6 | 듄의 신전

CHAPTERHOUSE:DUNE

프랭크 허버트

김승욱 옮김

**FRANK
HERBERT**

**THE DUNE
CHRONICLES**

황금가지

CHAPTERHOUSE DUNE

by Frank Herbert

過거를 되풀이하고자 하는 사람은 역사 교육을 통제해야 한다.

—베네 게세리트 코다

최초의 베네 게세리트 악솔로틀 탱크에서 아기 골라가 태어났을 때, 다르위 오드레이드 최고 대모는 '중앙' 꼭대기에 있는 자신의 개인 식당에서 조용한 축하연을 갖겠다고 선언했다. 이제 겨우 날이 밝으려 하는 시간이었는데, 평의회 의원 두 명, 즉 타말란과 벨론다는 그녀의 부름을 받고 짜증스러운 기색을 드러냈다. 오드레이드가 자신의 전담 요리사에게 아침 식사를 준비하라고 지시했는데도 소용없었다.

"모든 여자가 다 자기 아버지의 탄생을 주관할 수 있는 건 아니지요." 다른 사람들이 할 일이 너무 많아서 이처럼 '시간을 낭비하는 허튼 짓'에 시간을 쓸 수 없다고 불평하자 오드레이드는 이렇게 대꾸했다.

나이가 많은 타말란만이 장난스럽게 재미있다는 기색을 드러냈다.

벨론다는 살집이 많은 얼굴에 전혀 표정을 드러내지 않았다. 그녀에게 무표정은 대개 험악한 표정과 같았다.

혹시 벨은 최고 대모의 주위 환경이 상대적으로 화려한 것에 대한 분노를 떨쳐내지 못한 걸까? 오드레이드는 속으로 생각해 보았다. 오드레이드의 화려한 거처는 그녀의 위치를 뚜렷하게 나타내는 상징이었지만, 그것은 그녀가 다른 자매들보다 높다는 뜻이라기보다 그녀에게 의무가 있다는 뜻이었다. 숙소에 있는 작은 식당 덕분에 그녀는 식사를 하면서 보좌관들과 의견을 나눌 수 있었다.

벨론다는 여기저기를 홀깃거렸다. 빨리 이 자리를 떠나고 싶어 안달하는 기색이 역력했다. 벨론다의 차갑고 냉담한 껍질을 깨고 들어가 보려는 시도가 많이 있었지만 성공한 적은 없었다.

"그 아기를 품에 안고 '이 아기가 내 아버지구나'라고 생각하니 기분이 아주 이상했습니다." 오드레이드가 말했다.

"그 얘기는 이미 하시지 않았습니까!" 벨론다가 배에서 나오는 소리로 말했다. 마치 단어를 하나 말할 때마다 가벼운 소화 불량이 생기는 것처럼 묵직하게 울리는 바리톤에 가까운 목소리였다.

그러나 그녀는 오드레이드의 약간 뻐딱한 농담을 이해했다. 옛날의 마일즈 테그 바샤르는 정말로 최고 대모의 아버지였다. 그리고 오드레이드 자신이 세포를 수집해서(손톱으로 살갗을 살짝 긁어 얻은 조각이었다) 이 새로운 골라를 길러냈다. 혹시라도 그들이 틀레이랙스의 탱크를 그대로 복제하는 데 성공하는 경우를 대비한 장기적인 '가능성을 기대하는 계획'의 일환이었다. 그러나 벨론다는 교단에 그런 시설이 반드시 필요하다는 오드레이드의 말에 장단을 맞추느니 차라리 베네 게세리트에서 추방당하는 게 낫다고 생각했다.

"이런 시기에 이런 일을 하는 것은 경박하다고 생각합니다. 저 미친 여자들이 우리를 모조리 없애버리려고 사냥을 벌이고 있는데, 대모님은 축하연을 하고 싶다니요!" 벨론다가 말했다.

오드레이드는 온화한 말투를 유지하느라 약간 애를 써야 했다. "우리가 준비를 갖추기 전에 명예의 어머니들이 우리를 찾아낸다면, 그건 우리가 사기를 계속 유지하지 못했기 때문일 겁니다."

아무 말 없이 오드레이드의 눈을 똑바로 쏘아보는 벨론다의 시선에는 좌절감을 불러일으키는 비난이 들어 있었다. '저 지독한 여자들은 이미 우리 행성 열여섯 개를 쓸어버렸습니다!'

오드레이드는 그 행성들을 베네 게세리트의 소유물로 생각하는 것이 잘못임을 알고 있었다. 기근 시대와 대이동 이후 한데 모여 느슨하게 조직된 행성 정부 연방은 필수적인 공공 서비스와 믿을 만한 통신 시설을 교단에 크게 의존하고 있었다. 그러나 오랜 파벌들은 끈질기게 살아남았다. 초암, 우주조합, 틀레이랙스, 분열된 신의 사제들 중 아직 남아 있는 사람들. 심지어 물고기 웅변대의 외인 부대와 분파적인 집단들도 있었다. 분열된 신은 인류에게 분열된 제국을 남겨 주었고, 그 제국의 모든 파벌들은 대이동에서 돌아와 마구 날뛰고 있는 명예의 어머니들의 공격 때문에 갑자기 어정쩡한 상태가 되어 버렸다. 과거의 형태를 대부분 그대로 고수하고 있는 베네 게세리트가 공격의 최고 목표가 된 것은 당연한 일이었다.

벨론다는 항상 이 명예의 어머니들의 위협을 생각했다. 오드레이드는 그것을 약점으로 인식하고, 때로 벨론다를 다른 사람으로 교체할까 망설였다. 하지만 심지어 베네 게세리트 안에도 파벌들이 있는 요즘 벨이 최고의 조직 관리자라는 사실은 누구도 부인할 수 없었다. 기록 보관소는 그녀의 지휘하에서 가장 효율적이었다.

자주 그러듯이, 벨론다는 구체적인 말을 입 밖에 내지 않고도 무지막

지할 정도로 끈질기게 그들을 추적하고 있는 사냥꾼들에게 최고 대모의 주의를 돌려놓는 데 성공했다. 그 때문에 오드레이드가 오늘 아침에 느낄 수 있을 거라고 생각했던, 조용히 성공을 축하하는 분위기가 망가져 버리고 말았다.

그녀는 억지로 새로운 골라에게 생각을 돌렸다. '테그!' 만약 그의 원래 기억을 회복시킬 수 있다면, 교단은 역사상 최고의 바샤르를 다시 한 번 갖게 될 터였다. 멘타트 바샤르를! 구제국 내에서 이미 전설이 된 무용을 지닌 군사적 천재를.

하지만 대이동에서 돌아온 이 여자들과 맞서는 데 테그가 소용이 있을까?

'세상의 모든 신들을 걸고 말하건대, 명예의 어머니들이 절대로 우리를 찾아내서는 안 돼! 아직은 안 돼!'

테그는 아직 가능성에 불과했고, 미지의 영역이 너무 많아 불안했다. 듄이 파괴될 때 사망한 그가 그 전에 어떤 행동을 했는지는 전혀 알려지지 않았다. '그가 가무에서 뭔가 명예의 어머니들의 난폭한 분노에 불을 붙일 만한 행동을 한 거야. 듄에서 그가 죽을 줄 알면서도 그들에게 맞선 것만으로는 이런 광폭한 반응이 나올 리 없어.' 듄의 재앙이 있기 전에 그가 가무에서 보낸 시간에 대해 이런 저런 소문들이 있었다. '그가 인간의 눈으로 볼 수 없을 만큼 빨리 움직였다고 했어!' 그가 정말 그랬을까? 이것도 불쑥 튀어나온 아트레이데스 유전자의 엉뚱한 능력일까? 돌연변이? 아니면 그냥 테그의 신화에 불과한 걸까? 교단은 가능한 한 빨리 사실을 알아내야 했다.

복사 하나가 3인분의 아침 식사를 가져왔고, 자매들은 재빨리 음식을 먹었다. 시간을 낭비하는 것이 위험한 일이므로 일을 방해하는 이 귀찮은 일을 지체 없이 끝내버려야 한다고 생각하는 사람들 같았다.

다른 사람들이 나가고 난 후에도 오드레이드는 벨론다가 입 밖으로 표현하지 않은 두려움의 여파를 계속 느꼈다.

'그건 나의 두려움이기도 해.'

그녀는 자리에서 일어나 널찍한 창가로 갔다. 나지막한 지붕들 너머로 '중앙'을 고리처럼 둘러싼 과수원과 목초지의 일부가 내다보였다. 늦봄인데 벌써 열매들이 맺히기 시작한 것이 보였다. '재탄생. 새로운 테그가 오늘 태어났어!' 이런 생각을 해도 의기양양한 기분은 전혀 들지 않았다. 대개는 이 생각을 하면 기운이 나곤 했지만, 오늘 아침은 달랐다.

'나의 진정한 강점이 무엇인가? 내가 알고 있는 사실들이 무엇인가?'

최고 대모가 마음대로 부릴 수 있는 자원은 막강했다. 그녀를 섬기는 사람들의 깊은 충성심, 테그가 훈련시킨 바샤르(지금은 베네 게세리트 부대 중 일부를 크게 떼어내 저 멀리에서 학교 행성인 람파다스를 지키고 있었다) 휘하의 군사력, 장인(匠人)들과 기술자들, 구제국 전역에 퍼져 있는 첩자들과 공작원들, 교단이 명예의 어머니들로부터 보호해 줄 거라고 기대하는 수많은 노동자들, 그리고 생명의 여명기까지 닿아 있는 '다른 기억'을 지닌 모든 대모들.

오드레이드는 자신이 대모들이 지닌 최고의 강점 중에서도 최고의 것을 대표하는 존재임을 알고 있었으며, 그 사실에 대해 진정한 자부심을 느꼈다. 혹시 자신의 기억에서 필요한 정보를 얻지 못하더라도, 그 틈새를 메워줄 다른 사람들이 주위에 있었다. 기계에 저장된 데이터도 있었다. 비록 그런 데이터에 대한 선천적인 불신을 그녀 스스로도 인정하고 있기는 했지만.

오드레이드는 자신이 이차적인 기억으로 갖고 있는 다른 사람들의 삶

속으로, 깊은 곳에 숨어 있는 그 의식의 층으로 파고들어 보고 싶은 유혹을 느꼈다. 어쩌면 '다른 사람들'의 경험에서 현재의 곤경에 대한 기막힌 해결책을 찾아낼 수 있을지도 몰랐다. 아냐, 위험해! 그랬다가는 수없이 다양한 인간들의 모습에 홀려 몇 시간 동안이나 자신을 잃어버릴 수도 있었다. '다른 기억들'은 그 안에서 균형을 잡고 있다가 이쪽의 요구에 기꺼이 따르거나 꼭 필요할 때에만 이쪽을 침범하게 하는 편이 나았다. 의식, 그것이야말로 그녀가 자신의 정체감을 놓치지 않게 해주는 버팀목이었다.

던컨 아이다호의 기묘한 멘타트 은유가 도움이 되었다.

'자기 인식: 우주를 통과해 지나가며 새로운 이미지들을 모으는 거울을 마주 보는 것. 그 거울은 이미지들을 한없이 반사시킨다. 무한이 유한처럼 보인다. 그것은 무한의 조각에 대한 인식을 갖고 있는 의식과 동류이다.'

그녀는 말로 표현할 수 없는 자신의 의식과 이토록 가까운 말을 들은 적이 없었다. 아이다호는 의식을 '전문화된 복잡성'이라고 불렀다. "우리는 우리의 질서 시스템을 수집하고, 조합하고, 반사시킵니다."

사실, 인간들이 진화 과정에서 질서를 창조하도록 설계되었다는 것이 베네 게세리트의 견해였다.

'그렇다면 그것이 우리를 사냥하는 이 무질서한 여자들과 맞서는 데 어떤 도움이 되는 거지? 그들은 진화 과정에서 어떻게 생겨난 걸까? 진화는 그냥 신의 다른 이름에 불과한 건가?'

그녀의 자매들은 이런 '무익한 추측'을 비웃을 것이다.

그래도 '다른 기억들' 속에 답이 있을 수도 있었다.

'아아, 정말 유혹적이야!'

사방에서 공격을 받고 있는 자신의 자아를 과거의 존재들 속으로 투사해서 그 당시의 삶이 어떠했는지 느껴 보고 싶은 마음이 얼마나 간절한지. 이러한 유혹의 즉각적인 위험이 그녀를 오싹하게 만들었다. '다른 기억들'이 의식의 가장자리에 몰려 있는 것이 느껴졌다.

'그땐 이랬어!'

'아냐! 이쪽이 더 맞아!'

그들은 얼마나 탐욕스러운지. 그들 가운데 선택을 해서 신중하게 과거를 살려내야 했다. 그것이 바로 의식의 목적이 아니던가? 살아 있음의 본질이 아니던가?

'과거를 선택해서 현재와 견주어봐야 한다. 어떤 행동이 어떤 결과를 낳는지 배워야 해.'

이것이 역사에 대한 베네 게세리트의 견해였다. 고대인 산타야나의 말이 그들의 삶 속에서 울려 퍼졌다. "과거를 기억하지 못하는 자는 과거를 되풀이하는 저주를 받을 것이다."

'중앙'의 건물들 그 자체, 베네 게세리트의 모든 시설 중 가장 강력한 이 건물들 자체가 사방에서 그러한 태도를 반영하고 있었다. 유지폼, 그것이 이곳을 지배하는 개념이었다. 베네 게세리트의 활동 센터 중 더 이상 기능을 수행하지 못하면서도 과거에 대한 향수 때문에 보존되고 있는 곳은 거의 없었다. 교단에는 고고학자가 필요 없었다. 대모들은 역사의 화신이었다.

천천히(보통 때보다 훨씬 천천히), 그녀가 내다보고 있는 높은 창밖의 풍경이 마음을 차분하게 가라앉혀 주었다. 그녀의 눈이 보고 있는 것, 그것이 베네 게세리트의 질서였다.

그러나 명예의 어머니들이 바로 다음 순간 그 질서를 끝장내 버릴 수도 있었다. 교단의 상황은 폭군 치하에서 겪었던 것보다 훨씬 더 나빴다. 그녀는 이제 어쩔 수 없이 불쾌한 결정들을 수없이 내려야 했다. 그녀의 작업실은 그곳에서 이루어진 조치들 때문에 전보다 덜 기분 좋은 곳이 되었다.

'팔마에 있는 베네 게세리트 성을 포기하자고?'

이 제안은 작업용 책상 위에서 그녀를 기다리고 있는 벨론다의 아침 보고서 속에 들어 있었다. 오드레이드는 거기에 '예'라는 긍정적인 답변을 달았다.

'그곳을 포기하는 건 명예의 어머니들의 공격이 임박해서 우리가 그들을 지켜주거나 대피시킬 수 없기 때문이다.'

1100명의 대모들 외에도, 오드레이드의 한마디 때문에 목숨을 잃거나 아니면 그보다 더 나쁜 상황에 처하게 될 복사들, 대모 지망자들, 그 밖의 다른 사람들이 얼마나 될지 아는 사람은 운명의 여신들밖에 없었다. 베네 게세리트의 그늘 속에서 살아가는 모든 '평범한 인생들'에 대해서는 말할 것도 없었다.

그런 결정을 내려야 한다는 압박감 때문에 오드레이드는 새로운 피로를 느꼈다. 이것은 영혼의 피로인가? 영혼이라는 것이 존재하기는 하는가? 그녀는 의식이 탐색할 수 없는 깊은 곳에서 피로를 느꼈다. 피곤하고, 피곤하고, 피곤했다.

심지어 벨론다도 피로를 드러냈다. 벨은 폭력을 마음껏 즐겼다. 타말란만이 그것을 초월한 듯 보였지만 오드레이드는 속지 않았다. 탐은 초월적인 관찰력을 가질 수 있는 나이였다. 다른 자매들도 그 나이까지 살아남는다면 그런 관찰력을 지니게 될 것이다. 그때가 되면 관찰과 판단 외에는 아무것도 중요하지 않았다. 이런 사실은 대부분 결코 입 밖으로 표현되지 않았다. 주름진 얼굴에 스치듯이 어떤 표정이 나타날 뿐이었다. 타말란은 요즘 말을 거의 하지 않았다. 그녀의 말은 너무 짧아서 거의 어이없게 들릴 정도였다.

"비(非)우주선을 더 사십시오."

"시이나에게 브리핑을."

"아이다호 기록을 검토하세요."

"무르벨라에게 물어보십시오."

때로는 그저 으르렁거리는 듯한 소리만을 낼 때도 있었다. 마치 말을 했다가 자신의 속내를 무심코 드러내게 될지도 모른다고 생각하는 것 같았다.

그런데 사냥꾼들은 항상 저 밖을 어슬렁거리면서 참사회의 위치에 대한 조그마한 단서라도 찾으려고 우주를 훑고 있었다.

자신만의 가장 은밀한 생각 속에서 오드레이드는 명예의 어머니들의 비우주선을 별들 사이의 무한한 바다에 떠 있는 해적선으로 보았다. 그들은 해골이 그려진 검은 깃발을 휘날리지 않았지만, 그래도 그 깃발이 거기 있는 거나 마찬가지였다. 그들에게 낭만적인 것은 전혀 없었다. '죽이고 약탈하라! 다른 사람들의 핏속에서 부를 축적하라. 그 에너지를 다 빼내서 피가 윤활유처럼 칠해진 길 위에 죽음의 비우주선을 건조하라.'

그들은 자기들이 이 길을 계속 따라갈 경우 붉은 윤활유 속에 빠져 익사하게 되리라는 것을 깨닫지 못했다.

'명예의 어머니들의 고향인 대이동 행렬 속에 사나운 인간들이 있음이 틀림없어. 죽을 때까지 놈들을 잡자는 단 한 가지 생각만 가지고 사는 사람들.'

그런 생각들이 자유롭게 떠돌아다닐 수 있는 우주는 위험한 곳이었다.

훌륭한 문명은 그런 생각들이 에너지를 얻지 않도록, 아예 태어날 기회조차 갖지 못하도록 조치를 취했다. 그런 생각들이 우연이나 사고에 의해 생겨나는 경우에는 재빨리 방향을 돌려놓아야 했다. 그런 생각들이 대중을 끌어당기는 경향이 있기 때문이었다.

오드레이드는 명예의 어머니들이 이 사실을 깨닫지 못한다는 데에, 혹은 사실을 깨닫고도 무시한다는 데에 커다란 충격을 받았다.

"본격적인 발작을 일으킨 히스테리 환자들." 타말란은 그들을 이렇게 불렀다.

"외부인 혐오증입니다." 벨론다는 다른 의견이었다. 그녀는 자신이 기록 보관소를 이끌고 있으므로 현실에 대해 더 잘 이해하고 있다는 듯이 항상 다른 사람들의 말을 바로잡았다.

오드레이드는 두 사람의 말이 모두 옳다고 생각했다. 명예의 어머니들은 히스테리 환자처럼 행동했다. 모든 '외부인들'은 다 적이었다. 그들이 신뢰하는 듯 보이는 것은 자신이 성적인 노예로 만든 남자들뿐이었다. 그나마 그것도 제한적인 신뢰에 불과했다. 무르벨라('우리가 사로잡은 유일한 명예의 어머니이지.')에 따르면, 그들은 자신들의 장악력이 단단한지 확인하기 위해 항상 시험을 한다고 했다.

"때로는 기분이 나쁘다는 이유만으로 다른 사람들에게 본보기로 삼기 위해 누군가를 제거해 버리기도 합니다." 무르벨라의 이 말에 그들은 질문을 던지지 않을 수 없었다. 그들이 우리도 본보기로 만들고 있는 건가? 봐라! 감히 우리에게 맞선 자들은 이렇게 된다!고 말이야.

무르벨라는 이렇게 말했다. "당신들은 그들을 자극했습니다. 일단 자극을 받았으니 그들은 당신들을 완전히 파괴해 버릴 때까지 포기하지 않을 겁니다."

'외부인들을 잡아라!'

유난히도 직설적인 말이었다. '우리가 제대로 움직인다면 이것이 그들의 약점이 될 거다.' 오드레이드는 생각했다.

'우스꽝스러울 정도로 극단까지 치달은 외부인 혐오증인가?'

그럴 가능성이 컸다.

오드레이드는 작업용 책상을 주먹으로 쳤다. 최고 대모의 행동을 끊임없이 감시하는 자매들이 이 행동을 지켜보고 기록할 것이다. 그녀는 이어 어디나 존재하는 기계눈들과 그 뒤에 있는 감시 자매들에게 들으라는 듯이 큰 소리로 말했다.

"우리가 방어 지역에 가만히 앉아서 기다리기만 하지는 않을 것이다! 우리는 아무도 손댈 수 없는 사회와 영속적인 구조를 만든다고 생각했지만 벨론다만큼 뚱뚱해져버렸다(벨론다가 이 말을 듣고 화를 낼 테면 내라고 해!)."

오드레이드는 자신에게 익숙한 방 안을 휙 둘러보았다.

"이곳은 우리의 약점 중 하나다!"

그녀는 작업용 책상에 앉아 건축과 공동체 계획에 대해 (하필이면!) 생각했다. 뭐, 이것은 최고 대모의 권리였다!

교단의 공동체들이 제멋대로 성장하는 경우는 거의 없었다. 교단은 기존의 구조를 접수할 때에도(가무에 있는 하코넨의 옛 성을 접수했을 때처럼) 재건축 계획을 미리 마련했다. 그들은 기송관(氣送管)을 통해 작은 꾸러미들과 메시지를 보내고, 광통신선과 경선(硬線) 투사기를 통해 암호를 전달했다. 그들은 스스로를 통신 보안의 달인들로 생각했다. 아주 중요한 메시지들은 복사와 대모 전령(그들은 상관을 배신하느니 차라리 자폭할 사람들이었다)이 전달했다.

그녀는 자신의 창문 너머로, 이 행성 경계선 밖의 공간으로 퍼져 있는 자신의 조직망을 눈앞에 그려 볼 수 있었다. 뛰어난 솜씨로 조직된 그 조직망 속의 베네 게세리트는 각각 다른 베네 게세리트들의 연장선이라고 할 수 있었다. 교단의 생존에 관한 한, 그들은 충성심으로 똘똘 뭉쳐서 아무도 손댈 수 없었다. 타락한 자들이 생겨날 가능성도 있기는 했다. 어떤 사람들은 극적으로 타락한 모습을 보여주기도 했다(폭군의 할머니인 레이디 제시카처럼). 그러나 그들의 타락에는 한계가 있었다. 대부분의 혼란 상태는 일시적인 것이었다.

그 모든 것이 베네 게세리트의 패턴이었다. 약점인 것이다.

오드레이드는 자신이 벨론다의 두려움에 깊이 공감하고 있음을 인정했다. '하지만 그런 두려움 때문에 살아 있다는 기쁨을 억누르는 건 미친 짓이야!' 그것은 미친 듯이 날뛰고 있는 저 명예의 어머니들이 원하는 대로 굴복하는 꼴이었다.

"저 사냥꾼들은 우리의 강점을 원해." 오드레이드는 천장의 기계눈들을 올려다보면서 말했다. '적의 심장을 먹었던 고대의 야만인들과 같지. 뭐…… 우리가 그들에게 뭔가 먹을 걸 주기는 줄 거다! 그리고 그들은 때가 늦은 후에야 자기들이 그걸 소화할 수 없다는 걸 깨달을 거야!'

복사들과 대모 지망생들에게 맞게 만들어진 예비적인 가르침을 제외하면, 교단은 훈계조의 말에 그리 힘을 기울이지 않았다. 그러나 오드레이드는 자기만의 슬로건을 갖고 있었다. '누군가가 반드시 밭을 갈아야 한다'는 것이었다. 그녀는 한결 산뜻해진 기분으로 일을 시작하면서 혼자 미소를 지었다. 이 방, 이 교단, 이것들은 그녀의 정원이었다. 그녀는 이곳에서 잡초를 제거하고 씨를 심어야 했다. '그리고 비료도 있지. 절대 비료를 잊어선 안 돼.'

나의 황금의 길을 따라 인류를 이끌려고 나섰을 때 나는 그들이 뼛속 깊이 새기게 될 교훈을 약속했다. 나는 인간들이 입으로는 부정하면서도 행동으로는 긍정하는, 의미심장한 패턴을 알고 있다. 그들은 안정과 고요함을 추구한다면서 그런 상태를 평화라고 부른다. 그들은 이런 말을 하면서도 혼란과 폭력의 씨앗들을 만들어낸다.

—레토 2세, 신황제

'그러니까 그녀가 나를 거미 여왕이라고 부른단 말이지!'

위대한 명예의 어머니는 단 위에 높이 놓여 있는 육중한 의자에 앉은 채 뒤로 등을 기댔다. 소리 없는 웃음에 그녀의 말라빠진 가슴이 흔들렸다. '그녀는 내가 자기를 내 거미줄로 잡았을 때 무슨 일이 벌어질지 알고 있다! 그녀가 바짝 말라버릴 때까지 모든 걸 빨아들이는 거지. 난 그렇게 할 거다.'

별 특징이 없는 얼굴과 불안하게 움찔거리는 근육에 몸집이 작은 그녀는 알현실 천장의 채광창에서 들어온 빛을 받고 있는 노란색 타일 바닥을 내려다보았다. 베네 게세리트의 대모 한 명이 시거와이어에 묶인 채 그곳에 널브러져 있었다. 포로는 전혀 몸부림치지 않았다. 시거와이

어는 그런 면에서 훌륭한 물건이었다. '줄이 저 여자의 팔을 잘라버리겠지. 그럴 거야!'

그녀가 앉아 있는 방은 위대한 명예의 어머니에게 잘 어울리는 곳이었다. 이 방의 크기뿐만 아니라, 이 방이 다른 사람들에게서 빼앗은 물건이라는 점에서도 그러했다. 300평방미터 넓이의 이 방은 이곳 환승점에 있는 조합 항법사들의 집회를 위해 마련된 곳이었다. 거대한 수조 안에 한 명씩 들어가 있는 항법사들을 위한 곳. 저 노란색 바닥에 있는 포로는 거대한 공간 속의 티끌이었다.

'저 약해 빠진 년은 자기들의 이른바 최고 대모가 내게 어떤 이름을 붙여놓았는지 얘기하면서 너무 즐거워했어!'

하지만 그래도 아주 기분 좋은 아침이라고 위대한 명예의 어머니는 생각했다. 고문이나 정신적 탐침이 이 마녀들에게 전혀 효과를 발휘하지 못한다는 점만 빼면. 언제든 죽음을 선택해 버릴 수 있는 자를 어떻게 고문할 수 있단 말인가? 게다가 저들은 실제로 죽음을 선택했다! 그들은 또한 고통을 억누르는 방법도 알고 있었다. 아주 약삭빠른 자들이었다, 이 원시인들은.

그녀의 몸은 또한 시어로 가득 차 있었다! 그 망할 놈의 약이 주입된 육체는 제대로 조사해 보기도 전에 탐침이 닿을 수 없는 곳까지 타락했다.

위대한 명예의 어머니는 보좌관에게 신호를 보냈다. 그 보좌관이 한 발로 바닥에 널브러진 대모를 쿡쿡 질렀다. 그리고 위대한 명예의 어머니가 다시 한번 신호를 보내자, 그녀는 최소한의 움직임이 가능하도록 시거와이어 끈을 느슨하게 해주었다.

"네 이름이 무엇이냐, 아이야?" 위대한 명예의 어머니가 물었다. 나이가 든 데다가 거짓으로 온화한 척하는 그녀의 목소리가 거칠고 듣기 싫은 소리를 냈다.

"내 이름은 사반다이다." 탐침의 고통에 여전히 흔들리지 않는 깨끗하고 젊은 목소리였다.

"우리가 약한 남자 하나를 잡아서 노예로 만드는 모습을 지켜보고 싶으냐?" 위대한 명예의 어머니가 물었다.

사반다는 이런 질문에 적합한 답을 알고 있었다. 이런 질문에 대해 미리 주의를 들었으니까. "차라리 죽음을 택하겠다." 그녀는 햇빛 아래 너무 오랫동안 방치되어서 바짝 말라버린 뿌리 같은 색깔의 늙은 얼굴을 노려보며 차분하게 말했다. 저 쪼그랑할멈의 눈에 나타난 이상한 오렌지색 반점들. 그건 분노의 상징이라고 학교 감독관들이 말해 준 적이 있었다.

노파의 몸에 느슨하게 걸쳐져 있는 빨간색과 황금색의 로브에는 열린 앞자락을 따라 검은 드래곤이 그려져 있었다. 그 로브와 그 밑에 받쳐 입은 빨간색 레오타드는 노파의 앙상한 몸매를 더욱 강조해 줄 뿐이었다.

위대한 명예의 어머니는 이 마녀들에 대해 자꾸만 '저주받을 년들!'이라고 생각하면서도 표정을 전혀 바꾸지 않았다. "우리가 너를 잡은 그 더러운 작은 행성에서 네가 맡은 임무는 무엇이었느냐?"

"어린 것들을 가르치는 교사였다."

"아무래도 우리가 너희의 어린 것들을 하나도 살려두지 않은 것 같은데."

'저게 왜 지금 미소를 짓는 거지? 내 화를 돋우려고! 바로 그게 이유야!'

"너희의 어린 것들에게 마녀 시이나를 숭배하라고 가르쳤느냐?" 위대한 명예의 어머니가 물었다.

"내가 왜 자매를 숭배하라고 가르쳐야 하지? 시이나는 그런 걸 좋아하지 않을 거다."

"않을 거라…… 그녀가 다시 살아났고 네가 그녀를 알고 있다는 얘기 인가?"

"우리가 아는 사람이 산 자들뿐인가?"

이 젊은 마녀의 목소리가 얼마나 분명하고 대담한지. 그들은 놀라운 자제력을 갖고 있었다. 그러나 그런 능력도 그들을 구해 주지 못했다. 하지만 시이나를 숭배하는 종교가 끈질기게 남아 있다는 건 이상한 일이 었다. 물론 그 종교를 발본색원해서, 지금 마녀들을 파괴하듯이 파괴해 버려야 할 터였다.

위대한 명예의 어머니는 오른손 새끼손가락을 들어 올렸다. 기다리고 있던 보좌관 한 명이 주사기를 들고 포로에게 다가갔다. 어쩌면 이 새로운 약이 마녀의 혀를 자유롭게 풀어줄 수도 있었고, 그렇지 않을 수도 있었다. 어쨌건 상관없었다.

주사기가 목에 닿자 사반다는 인상을 찌푸렸다. 몇 초만에 그녀는 숨을 거뒀다. 하인들이 시체를 치웠다. 그 시체는 사로잡힌 퓨타르들의 먹이가 될 것이다. 퓨타르들이 그리 쓸모 있는 것은 아니었다. 녀석들은 사로잡힌 상태에서는 교배를 하려 하지 않았고, 지극히 평범한 명령도 따르지 않았다. 시무룩하니 뭔가를 기다리는 듯한 모습이었다.

"조련사는 어디?" 녀석들 중 하나가 이렇게 물을지도 몰랐다. 아니면 인간처럼 생긴 그들의 입에서 쓸모없는 또 다른 말이 흘러나올 수도 있었다. 그래도 퓨타르들은 약간의 즐거움을 제공해 주었다. 사로잡힌 그들의 모습은 또한 그들이 공격에 취약하다는 것을 실증해 주었다. 이 원시적인 마녀들처럼. '우린 마녀들의 은신처를 찾아낼 것이다. 그건 시간 문제일 뿐이야.'

진부하고 평범한 것을 취해서 그것에 새로운 빛을 비출 수 있는 사람은 무섭다. 우리는 우리의 생각이 변하는 것을 원치 않는다. 우리는 그런 요구에 위협을 느낀다. "난 이미 중요한 것들을 알고 있어!" 우리는 이렇게 말한다. 그런데 변화시키는 자가 나타나서 우리의 낡은 생각을 멀리 던져버린다.

—젠수피 스승

마일즈 테그는 '중앙' 주위의 과수원에서 노는 것을 좋아했다. 오드레이드가 그를 처음 이곳으로 데려온 것은 그가 겨우 아장아장 걷기 시작했을 무렵이었다. 그가 가진 가장 최초의 기억 중 하나는, 갓 두 살이 되었을 때 자신이 골라라는 사실을 이미 알고 있었다는 것이었다. 그러나 그 단어의 완전한 의미를 이해하지는 못했다.

"당신은 특별한 아이예요. 우린 아주 나이가 많은 사람의 세포로 당신을 만들었답니다." 오드레이드가 말했다.

그가 조숙한 아이이고 그녀의 말이 왠지 불안하게 들리기는 했지만, 그는 당시 나무 아래에 크게 자라 있는 여름 풀들 사이를 뛰어다니는 데에 더 흥미가 있었다.

그 첫날 이후 그는 여러 날을 더 과수원에서 보내며 오드레이드와 자신을 가르치는 다른 사람들에 대한 인상을 쌓아가듯이 과수원의 날들을 쌓아갔다. 그는 오드레이드가 이런 소풍을 자기만큼 좋아한다는 사실을 아주 일찍 깨달았다.

그는 네 살 되던 해 어느 날 오후에 그녀에게 이렇게 말했다. "봄은 내가 제일 좋아하는 계절이에요."

"저도 그렇답니다."

일곱 살이 되었을 때, 그는 벌써 눈부신 정신적 능력과 홀로그램처럼 정확한 기억력을 보여주었다. 교단이 전생의 그에게 그토록 중책을 맡겼던 것은 바로 이런 능력 때문이었다. 그 일곱 살 때, 그는 과수원이 자신의 내면 깊은 곳에 있는 무언가를 건드리는 곳임을 갑자기 깨닫게 되었다.

그가 스스로 떠올릴 수 없는 기억을 갖고 있음을 처음으로 실감한 것이 이때였다. 깊은 불안을 느낀 그는 오후의 태양을 배경으로 서서 빛 속에 윤곽을 드러내고 있는 오드레이드에게 시선을 돌리고 말했다. "내가 기억할 수 없는 것들이 있어요!"

"언젠가 기억하게 될 거예요." 그녀가 말했다.

그는 밝은 빛 때문에 그녀의 얼굴을 볼 수 없었다. 그래서 그녀의 말이 커다란 어둠 속에서 흘러나오는 것 같았다. 그것은 오드레이드의 말이자 그 자신의 내면에서 흘러나온 말이었다.

그해에 그는 마일즈 테그 바샤르의 생애를 공부하기 시작했다. 그에게 새 생명을 안겨준 세포의 주인이 바로 그 사람이었다. 오드레이드는 손톱을 치켜들고 그때의 일을 그에게 조금 설명해 주었다. "제가 그의 목에서 아주 조금 피부를 긁어냈습니다. 그의 피부 세포였지요. 당신에게 생명을 주기 위해 필요한 모든 것이 거기에 들어 있었습니다."

그해의 과수원에는 왠지 강렬함 같은 것이 있었다. 열매들은 보통 때보다 더 크고 무거웠으며, 벌들은 거의 미친 듯이 움직였다.

"남쪽 저 아래에서 사막이 점점 커지고 있기 때문입니다." 오드레이드가 말했다. 그녀는 그의 손을 잡고 이슬처럼 상쾌한 아침 공기 속에서 이제 싹을 틔우는 사과나무 아래를 걸었다.

테그는 나뭇잎 사이로 얼룩무늬를 만들고 있는 햇빛에 순간적으로 홀린 듯 매혹되어서 나무들 사이로 남쪽을 뚫어지게 바라보았다. 그는 사막에 대해 공부했다. 이곳에서 사막의 무게가 느껴지는 것 같았다.

"나무들은 자기들의 종말이 다가오는 걸 느낄 수 있답니다. 위협을 받으면 생명은 더 강렬하게 번식하지요." 오드레이드가 말했다.

"공기가 아주 건조해요. 틀림없이 사막 때문이에요." 그가 말했다.

"이파리들 중 일부가 갈색으로 변해서 끝이 둥글게 말린 모습이 보입니까? 올해에는 이곳에 물을 아주 많이 대야 했습니다."

그는 그녀가 자신에게 반말을 하는 경우가 거의 없다는 점이 마음에 들었다. 그녀는 대개 그를 동등한 인격체로 대해 주었다. 그는 가장자리가 둥글게 말린 갈색 이파리들을 보았다. 사막이 저지른 짓이었다.

과수원 안쪽 깊숙한 곳에서 그들은 한동안 새와 벌레의 소리에 조용히 귀를 기울였다. 근처의 목초지에서 토끼풀 주위에 몰려 있던 벌들이 두 사람을 살펴보러 왔지만 그는 참사회 안을 자유롭게 거니는 모든 사람들이 그렇듯이 페로몬으로 표시가 되어 있었다. 벌들은 붕붕거리며 그를 지나쳐 날아가 그의 정체를 식별할 수 있는 페로몬을 감지하고는 꽃이 있는 곳으로 자기들의 일을 하러 가버렸다.

'사과.' 오드레이드가 서쪽을 가리켰다. '복숭아.' 그는 그녀가 가리키는 곳으로 시선을 움직였다. 그래, 목초지 너머 동쪽에 벚나무들이 있었다. 수지가 나뭇가지 위에 이랑 같은 무늬를 그리고 있는 것이 보였다.

약 1500년 전에 처음 이곳에 도착한 비우주선에서 씨앗과 어린 가지를 가져와 애정 어린 손길로 땅에 심었다고 그녀가 말했다.

테그는 사람들의 손이 흙을 파헤치는 모습, 어린 가지들 주위에서 땅을 다독이는 모습, 조심스럽게 물을 대는 모습, 참사회 행성에 처음 세워진 건물들과 농원 주위의 야생 목초지에서 가축들이 밖으로 나오지 못하도록 울타리를 치는 모습 등을 눈앞에 그려보았다.

이때 그는 교단이 라키스에서 몰래 데려온 거대한 모래벌레에 대해 이미 배우고 있었다. 그 벌레가 죽으면서 모래송어라고 불리는 생물들이 만들어졌다. 사막이 점점 커지고 있는 것은 모래송어 때문이었다. 이러한 역사 이야기 중에는 그의 전생, 즉 사람들이 '바샤르'라고 부르는 사람에 대한 이야기와 겹치는 부분도 있었다. 그는 명예의 어머니라고 불리는 무시무시한 여자들이 라키스를 파괴할 때 목숨을 잃은 위대한 군인이었다.

테그에게 이런 공부는 매혹적인 동시에 괴로운 것이었다. 그는 자신의 내면에서 공백을 느꼈다. 마땅히 기억들이 자리 잡고 있어야 할 공간이었다. 그 공백들이 꿈속에서 그를 불렀다. 그리고 때로 그가 상념에 잠길 때 사람들의 얼굴이 눈앞에 나타나곤 했다. 그들의 말을 금방이라도 들을 수 있을 것만 같았다. 누군가 말해 주지도 않았는데 그가 어떤 물건의 이름을 알고 있을 때도 있었다. 특히 무기의 이름들이 그러했다.

그의 의식 속에서 심상치 않은 것들이 자라났다. 이 행성 전체가 사막으로 변할 것이다. 명예의 어머니들이 그를 길러준 이 베네 게세리트들을 죽이려 했기 때문에 시작된 변화였다.

그의 삶을 장악하고 있는 대모들에게 그는 자주 경외심을 느꼈다. 검은 로브를 입은 금욕적인 모습, 흰자위가 전혀 없이 푸른자위에 푸른 눈동자가 있는 눈. 스파이스 때문에 눈이 그렇게 되었다고 그들은 말했다.

오직 오드레이드만이 그에게 진정한 애정이라고 생각되는 감정을 보여주었다. 그런데 오드레이드는 '아주' 중요한 인물이었다. 모두들 그녀를 최고 대모라고 불렀다. 그녀는 그에게도 과수원에서 단둘이 있을 때를 빼고는 자신을 그렇게 불러야 한다고 말했다. 단둘이 있을 때에는 자신을 어머니라고 불러도 좋다고 했다.

그가 아홉 살 되던 해 추수기가 가까운 어느 날 아침 산책길에서 '중앙' 북쪽의 사과 과수원 세 번째 언덕을 막 넘었을 때, 나무는 하나도 없고 여러 가지 식물들이 우거져 있는 조금 움푹한 땅을 만나게 되었다. 오드레이드는 한 손을 그의 어깨에 올리고 제자리에 섰다. 한데 뭉쳐 있는 초록색 식물들과 자그마한 꽃들 사이로 구불구불 나 있는 길의, 경이로운 검은 디딤돌을 바라볼 수 있는 위치였다. 그녀는 그날따라 조금 묘한 모습이었다. 그는 그녀의 목소리에서 그것을 느낄 수 있었다.

"소유권이란 흥미로운 문제입니다. 우리가 이 행성을 소유한 걸까요, 아니면 이 행성이 우리를 소유한 걸까요?" 그녀가 말했다.

"전 이곳의 냄새가 좋아요." 그가 말했다.

그녀는 그의 손을 놓고 앞장을 서라며 부드럽게 그를 재촉했다. "우리는 이곳에 사람들의 코를 위한 식물을 심었습니다, 마일즈. 향내 나는 풀들이지요. 저 풀들을 자세히 살펴보고, 나중에 도서관에 갔을 때 한번 찾아보세요. 아, 거기 그놈을 밟으세요!" 그때 그는 길에 뻗어 있는 덩굴을 막 피하려던 참이었다.

그는 오른발로 초록색 덩굴손을 굳건히 밟고 서서 코를 찌르는 듯한 냄새를 들이마셨다.

"녀석들은 사람이 밟았을 때 향내를 풍기도록 만들어져 있답니다. 학교의 감독관들이 당신에게 과거에 대한 향수를 어떻게 다뤄야 하는지 가르쳤지요. 냄새 때문에 향수를 느끼는 경우가 흔하다는 얘기도 해주던가요?" 오드레이드가 말했다.

"예, 어머니." 그는 자신이 밟았던 곳을 뒤돌아보기 위해 시선을 돌리며 말을 이었다. "저건 로즈메리예요."

"어떻게 알았습니까?" 몹시 격한 목소리였다.

그는 어깨를 으쓱했다. "그냥 알아요."

"어쩌면 그게 원래 기억인지도 모릅니다." 기쁜 듯한 목소리였다.

향내 나는 분지를 계속 걸으면서 오드레이드는 다시 생각에 잠긴 듯한 목소리로 말했다. "각각의 행성은 나름의 특징을 갖고 있고, 우리는 거기에 옛 지구의 패턴을 그려 넣습니다. 때로는 그 그림이 희미한 스케치에 불과할 때도 있지만, 여기서는 우리가 성공을 거뒀습니다."

그녀는 무릎을 꿇고 앉아 원색적인 초록색 식물에서 가지를 하나 끌어당겼다. 그리고 그것을 손가락 사이에서 부러뜨린 다음 그의 코에 갖다 댔다. "세이지입니다."

그녀의 말이 옳았지만, 그는 그녀가 옳다는 것을 자신이 어떻게 알고 있는지 알 수가 없었다.

"저는 그 냄새를 음식에서 맡았어요. 그게 멜란지하고 비슷한가요?"

"세이지는 향기를 좋게 만들어주지만 의식을 변화시키지는 않습니다." 그녀는 자리에서 일어나 몸을 완전히 똑바로 세우고 그를 내려다보며 말을 이었다. "이곳을 잘 기억해 두세요, 마일즈. 우리 조상들이 살던 행성들은 사라져버렸지만, 우리는 여기에 우리의 기원 중 일부를 다시 살려두었습니다."

그는 그녀가 자신에게 뭔가 중요한 것을 가르치고 있음을 깨달았다. 그는 오드레이드에게 물었다. "이 행성이 우리를 소유하고 있느냐고 물으신 이유가 뭐예요?"

"나의 교단은 우리가 이 땅을 관리하는 집사라고 믿고 있습니다. 집사에 대해 알고 있나요?"

"로이티로 같은 사람이에요. 제 친구 요르기의 아버지요. 요르기는 자기 큰누나가 언젠가 자기네 농원의 집사가 될 거라고 했어요."

"맞습니다. 일부 행성의 경우에는 우리가 알고 있는 어떤 종족도 우리만큼 오랫동안 그곳에 거주한 적이 없지만, 그래도 우리는 집사일 뿐입니다."

"만약 교단이 참사회 행성을 소유한 게 아니라면, 누가 소유하는 거죠?"

"아마 아무도 아닐 겁니다. 내가 궁금해하는 건, 우리가 서로에게, 나의 교단과 이 행성에게 어떤 표식을 찍어놓았느냐 하는 겁니다."

그는 그녀의 얼굴을 올려다본 다음 자신의 손을 내려다보았다. 참사회 행성이 지금 그에게 표식을 찍고 있는 걸까?

"대부분의 표식은 우리의 내면 깊숙한 곳에 있습니다." 그녀는 그의 손을 잡으며 말을 이었다. "따라오세요." 두 사람은 향내 나는 골짜기를 떠나 로이티로의 영역으로 올라갔다. 가는 동안 오드레이드가 계속 말을 이었다.

"교단이 식물원을 만드는 경우는 거의 없습니다. 식물이 자라는 땅은 눈과 코 외에 훨씬 많은 것들에게 도움을 주어야 하지요."

"음식 말인가요?"

"그렇습니다. 무엇보다도 우리의 생명을 부양하는 거죠. 밭은 음식들을 만들어냅니다. 저 뒤의 골짜기에서도 주방에서 쓰일 음식들이 수확됩니다."

그는 그녀의 말이 자신의 안으로 흘러 들어와서 공백들 사이에 자리 잡는 것을 느꼈다. 그는 수백 년을 내다보는 계획을 감지했다. 건물의 들보들을 교체하고 분수선들을 제자리에 고정시키는 데 쓰일 나무들, 호수와 강의 제방들이 무너져 내리는 것을 막아주고, 비바람이 불어도 표토를 제자리에 안전하게 붙들어두고, 해안선을 유지하고, 물속에서도 물고기들이 번식할 수 있는 곳을 마련해 주는 식물들. 베네 게세리트는 또한 그늘과 피난처를 제공해 주거나, 잔디밭에 재미있는 그림자를 던져줄 나무들도 잊지 않았다.

"우리의 모든 공생 관계를 위한 나무와 식물이지요." 그녀가 말했다.

"공생이라고요?" 이건 처음 듣는 단어였다.

그녀는 그가 이미 겪은 일, 즉 다른 사람들과 함께 버섯을 수확하러 나갔던 경험을 이용해서 이 단어를 설명해 주었다.

"균류는 자신에게 우호적인 뿌리들이 있을 때에만 자랍니다. 종류에 따라 각각 특별한 식물과 공생 관계를 맺고 있지요. 생명을 가지고 자라나는 것들은 자신에게 필요한 것을 다른 존재에게서 가져옵니다."

그녀의 설명은 오랫동안 이어졌다. 이 가르침에 싫증이 난 그는 풀숲을 발로 찼다가 그녀가 자신을 불편한 시선으로 노려보고 있음을 깨달았다. 그가 뭔가 불쾌한 짓을 저지른 것이다. 어떤 식물은 밟아도 괜찮고, 어떤 식물은 안 되는 이유가 도대체 뭐지?

"마일즈! 풀은 표토가 바람에 실려 강바닥처럼 까다로운 곳으로 옮겨가는 것을 막아줍니다."

그는 이런 어조의 의미를 알고 있었다. 꾸짖음. 그는 자신이 망가뜨린

풀을 뚫어지게 내려다보았다.

"이 풀들은 우리 가축을 먹여 살립니다. 어떤 풀들의 씨앗은 우리가 먹는 빵과 다른 음식에 들어 있기도 해요. 일부 줄기풀들은 바람막이 역할을 합니다."

이건 그도 아는 사실이었다! 그는 그녀의 생각을 다른 곳으로 돌리려고 입을 열었다. "바람막이라고요?" 그리고 이 단어의 철자법을 말했다.

그녀는 미소를 짓지 않았다. 그는 그녀를 속일 수 있을 거라고 생각했던 것이 잘못이었음을 깨달았다. 그는 체념한 듯 계속 이어지는 그녀의 가르침에 귀를 기울였다.

사막이 다가왔을 때 가장 마지막으로 사라지는 것은 아마 포도와 수백 미터 땅속에 있는 포도의 곧은 뿌리일 것이라고 그녀가 말했다. 과수원의 나무들은 가장 먼저 죽을 것이라고 했다.

"왜 이 나무들이 죽어야 하죠?"

"더 중요한 생명에게 공간을 마련해 주기 위해서입니다."

"모래벌레와 멜란지 말이군요."

그는 베네 게세리트가 계속 존재하는 데 필요한 스파이스와 모래벌레 사이의 관계를 자신이 알고 있다는 사실이 그녀를 기쁘게 했음을 알 수 있었다. 그는 그 관계가 어떻게 작동하는지 확신하지 못했지만, 하나의 순환 고리를 상상했다. '모래벌레가 모래송어로, 모래송어가 멜란지로. 그리고 다시 처음부터 반복.' 그리고 베네 게세리트는 이 순환고리에서 자신들에게 필요한 것을 취했다.

그는 여전히 이 모든 가르침이 지겨웠기 때문에 질문을 던졌다. "만약 이 모든 것들이 어쨌든 죽게 돼 있다면, 제가 왜 도서관으로 가서 이름을 찾아봐야 하죠?"

"당신은 인간이고, 인간들은 모든 것을 분류해서 꼬리표를 붙이고 싶어 하는 깊은 욕망을 갖고 있으니까요."

"왜 우리가 그런 식으로 이름을 붙여야 하는데요?"

"그렇게 하면 우리가 이름을 붙인 것에 대해 소유권을 주장할 수 있기 때문입니다. 오해의 소지가 있고, 아주 위험할 수도 있는 소유권을 당연한 듯 받아들이는 거지요."

이렇게 해서 그녀는 다시 '소유권' 문제로 돌아왔다.

"나의 거리, 나의 호수, 나의 행성, 영원한 나의 꼬리표. 당신이 어떤 장소나 물건에 부여한 꼬리표가 당신이 죽을 때까지 계속 남아 있지 않을 수도 있습니다. 정복자들이 예의 바르게 선물을 바친다는 의미에서…… 혹은 두려움 속에서 기억해야 할 이름으로 꼬리표를 그냥 놔두는 경우를 빼면."

"듄."

"정말 이해가 빠르군요!"

"명예의 어머니들이 듄을 태워버렸어요."

"우리를 찾아낸다면, 그들은 우리에게도 똑같은 짓을 할 겁니다."

"내가 당신의 바샤르인 이상 그렇게는 안 돼요!" 이 말은 미처 생각도 하기 전에 그의 입에서 튀어나온 것이었다. 그러나 일단 말을 하고 나자 거기에 어느 정도 진실이 들어 있을지도 모른다는 생각이 들었다. 도서관의 자료에는 바샤르가 전장에 나타나기만 해도 적들이 부들부들 떨었다고 되어 있었다.

오드레이드는 마치 그가 무슨 생각을 하는지 알고 있는 사람처럼 그에게 말했다. "테그 바샤르는 전투가 전혀 필요하지 않은 상황을 만드는 것으로도 유명했습니다."

"하지만 그는 교단의 적들과 싸웠잖아요."

"결코 듄을 잊지 마세요, 마일즈. 그는 그곳에서 죽었습니다."

"알아요."

"감독관들이 아직 칼라단을 공부하라는 얘길 하지 않던가요?"

"했어요. 제가 배우는 역사에서는 단이라고 불리고 있죠."

"꼬리표입니다, 마일즈. 이름은 과거를 되새기게 해 주는 흥미로운 물건이지만 대부분의 사람들은 다른 연관성을 발견하지 못해요. 역사가 지루하다고요? 이름은 편리한 표식이고, 대개 자신과 같은 종족에게만 유용한 것이라고요?"

"어머니는 나와 같은 종족인가요?" 이것은 그가 계속 괴로워하면서도 이 순간까지 입 밖에 내지 않은 의문이었다.

"우린 아트레이데스입니다. 당신과 나 모두. 칼라단에 대해 공부할 때 이 점을 기억하세요."

다시 과수원을 지나 목초지를 가로질러 나뭇가지 사이로 '중앙'이 바라보이는 둥근 언덕으로 돌아왔을 때, 테그는 행정 단지와 그 단지를 울타리처럼 둘러싼 농원을 새로운 기분으로 바라보았다. 그는 울타리가 쳐진 길을 따라 1번가로 들어가는 아치에 이를 때까지 이 느낌을 꼭 끌어안고 있었다.

"살아 있는 보석이군요." 오드레이드가 '중앙'을 보고 말했다.

거리 입구의 아치 밑을 지나갈 때 그는 아치에 불로 새겨 넣은 거리 이름을 올려다보았다. 흐르는 듯한 선의 우아한 필체에 베네 게세리트의 장식이 새겨진 갈락 어였다. 모든 거리와 건물에는 여기처럼 흘림체로 된 이름표가 붙어 있었다.

주위의 '중앙'과 앞쪽 광장의 춤추는 분수, 건물의 우아한 세부 장식들을 바라보며 그는 인류가 지닌 경험의 깊이를 느꼈다. 베네 게세리트가 어떻게 해서 이곳을 생명체를 부양하는 곳으로 만들었는지 그는 짐작도 할 수 없었다. 공부를 할 때나 과수원으로 나들이를 나갔을 때 알게 된 사실들, 단순한 사실들과 복잡한 사실들이 모두 새로이 분명해졌다. 이것은 잠재적인 멘타트의 반응이었지만, 그는 그것을 몰랐다. 절대 틀리는 법이 없는 자신의 기억력이 어떤 관계들의 자리를 옮겨 다시 정돈했음을 느낄 뿐이었다. 그는 갑자기 걸음을 멈추고 자신이 온 길을 돌아보았다. 지붕이 있는 거리의 아치를 액자 삼아 저 멀리 과수원이 보였다. 모든 것이 서로 관련되어 있었다. '중앙'의 폐기물은 메탄과 비료를 만들어냈다. (그는 학교 감독관과 함께 그 공장을 견학한 적이 있었다.) 메탄은 펌프를 작동시키고, 일부 냉장 시설에 동력을 공급했다.

"뭘 보고 있지요, 마일즈?"

그는 어떻게 대답해야 할지 알 수 없었다. 그러나 어느 가을날 오후에 오드레이드가 자신을 오니숍터에 태워 '중앙' 위를 날면서 이 관계들에 대해 얘기해 주며 '개괄적인 시야'를 가르쳐주었던 것이 기억났다. 그때는 그것이 그냥 말이었지만, 지금은 그 말에 의미가 생겼다.

"가능한 한 폐쇄된 생태학적 순환 고리에 가까운 것을 만드는 겁니다. 기후 통제소의 인공위성들이 그것을 감시하고, 순서를 정하지요." 오드레이드는 그때 오니숍터 안에서 이렇게 말했다.

"왜 거기 서서 과수원을 바라보고 있는 겁니까, 마일즈?" 그녀의 목소리는 완전한 명령조였고, 그는 거기에 대항할 수단이 없었다.

"오니숍터 안에서 어머니는 그것이 아름답지만 위험하다고 하셨어요."

두 사람이 오니숍터를 함께 탄 것은 딱 한 번뿐이었다. 그녀는 그가 언제 일을 말하는 건지 금방 알아들었다. '생태학적 순환 고리 얘기군.'

그가 고개를 돌려 그녀를 올려다보며 대답을 기다렸다.

"폐쇄되었다는 것. 높은 벽을 세워 변화가 들어오지 못하게 막는 것이 얼마나 유혹적인 일인지요. 우리 자신의 자기만족적인 편안함 속에서 여기서 썩어가는 거죠."

그녀의 말이 그의 머릿속을 불안으로 가득 채웠다. 그는 전에도 이런 말을 들은 적이 있는 것 같았다⋯⋯ 어딘가 다른 곳에서 다른 여자가 그의 손을 잡고 있을 때.

"어떤 식으로든 폐쇄된 곳은 외부인들에 대한 증오의 비옥한 온상이 됩니다. 그것이 모진 수확물을 만들어내지요." 그녀가 말했다.

구절구절이 정확하게 똑같은 것은 아니지만 교훈의 내용은 똑같았다.

그는 오드레이드 옆에서 천천히 걸었다. 그녀에게 쥐어진 그의 손은 땀투성이였다.

"왜 말이 없는 거죠, 마일즈?"

"교단 사람들은 농부예요. 교단의 베네 게세리트가 정말로 하는 일이 그거예요." 그가 말했다.

그녀는 지금 무슨 일이 벌어진 건지 즉시 깨달았다. 그 자신도 모르는 사이에 멘타트의 훈련 결과가 지금 그의 내면에서 우러나오고 있는 것이다. 아직은 그 부분을 건드리지 않는 편이 가장 좋았다. "우린 생명을 갖고 자라나는 모든 것에 관심을 갖고 있습니다, 마일즈. 당신이 그걸 알아보다니, 대단한 감각이군요."

두 사람이 각자 헤어져 그녀는 자신의 탑으로, 그는 학교 구역에 있는 숙소로 돌아갈 때가 되었을 때 오드레이드가 말했다. "학교 감독관들에게 힘의 미묘한 사용법을 좀더 강조하라고 일러두겠습니다."

그는 그녀의 말을 잘못 알아들었다. "난 벌써 레이저총으로 훈련을 받고 있어요. 감독관님들은 제가 아주 잘한다고 하시던걸요."

"나도 그렇게 들었습니다. 하지만 손으로는 잡을 수 없는 무기들도 있습니다. 그런 무기는 정신으로 잡을 수밖에 없지요."

규칙은 요새를 만들고, 소인들은 그 뒤에 전제적 통치 구역을 만든다. 가장 좋은 시절에도 매우 위험한 상태이고, 위기 시에는 재앙이 된다.

— 베네 게세리트 코다

위대한 명예의 어머니의 침실 안은 지옥처럼 어두웠다. '대부인'이자 '고귀한 분'의 선임 보좌관인 로그노는 소환 명령에 따라 불이 켜지지 않은 복도에서 방으로 들어와 어둠을 보고 몸을 부르르 떨었다. 불이 전혀 켜지지 않은 상태에서 이렇게 의논을 할 때면 그녀는 겁에 질렸다. 그녀는 위대한 명예의 어머니가 그것을 즐거워한다는 것을 알고 있었다. 그러나 오로지 그 이유만으로 이곳을 이처럼 어둡게 해놓았을 리는 없었다. 위대한 명예의 어머니가 공격을 두려워하는 건가? 고귀한 분들이 침대에 들어 있을 때 자리를 빼앗긴 적이 여러 번이었다. 아니…… 그것뿐만은 아니었다. 그것이 이런 분위기를 선택하는 데 영향을 미쳤을 가능성은 있지만.

어둠 속에서 끙끙거리는 소리와 신음 소리가 났다.

몇몇 명예의 어머니들이 숨죽여 웃으며 위대한 명예의 어머니가 대담하게도 퓨타르를 침대에 들였다고 말했다. 로그노는 그럴 수도 있겠다고 생각했다. 이번 대(代)의 위대한 명예의 어머니는 대담한 행동을 많이 했다. 그녀는 대이동의 재앙으로부터 '무기' 중 일부를 구해 내지 않았던가? 하지만 퓨타르라니? 자매들은 섹스를 통해 퓨타르를 노예화할 수 없음을 알고 있었다. 적어도 인간과의 섹스는 효과가 없었다. 하지만 어쩌면 '많은 얼굴의 적들'은 그런 방법을 쓰고 있을 가능성이 있었다. 그건 아무도 모르는 일이었다.

침실에서 부드러운 털 냄새가 났다. 로그노는 등 뒤로 문을 닫고 기다렸다. 위대한 명예의 어머니는 자신의 모습을 가려주는 이곳의 어둠 속에서 무엇을 하든, 다른 사람의 방해를 받는 것을 좋아하지 않았다. '하지만 그녀는 내게 자신을 다마라고 불러도 좋다고 허락했어.'

또 한 번 신음 소리가 들리더니 말이 이어졌다. "바닥에 앉으시오, 로그노. 그래, 거기 문 옆에."

'정말로 내 모습이 보이는 걸까, 아니면 그냥 추측만 하는 걸까?'

로그노에게는 이걸 시험해 볼 용기가 없었다. '독. 언젠가 그걸로 저 사람을 잡을 거다. 그녀는 신중한 사람이지만, 그녀의 정신을 흐트러뜨리는 건 가능해.' 비록 그녀의 자매들은 비웃을지 몰라도, 독은 승계의 도구가 될 수 있었다…… 후계자에게 그것 말고도 패권을 유지할 수단이 더 있는 경우에는.

"로그노, 오늘 당신과 얘기를 나눴던 익스 인들 말인데, '무기'에 대해 그들이 뭐라고 했소?"

"그들은 '무기'의 기능을 이해하지 못하고 있습니다, 다마. 저는 그들에게 그것이 무엇인지 말해 주지 않았습니다."

"당연하지."

"'무기'와 '충전기'가 결합돼야 한다는 의견을 다시 내놓으시렵니까?"

"날 비웃는 거요, 로그노?"

"다마! 제가 그런 짓을 할 리가 있습니까."

"나도 그렇기를 바라오."

침묵이 이어졌다. 로그노는 자신과 그녀가 똑같은 문제를 생각하고 있음을 알 수 있었다. 재앙에서 살아남은 '무기'는 300세트에 불과했다. 평의회(그들이 '충전기'를 갖고 있었다)가 '무기'의 장전에 동의한다는 전제하에서, 각각의 세트를 사용할 수 있는 것은 딱 한 번뿐이었다. '무기' 자체를 장악한 위대한 명예의 어머니는 그 무서운 힘의 절반밖에 갖고 있지 않았다. '충전기'가 없는 '무기'는 손안에 들어오는 자그마한 검은색 튜브에 불과했다. '충전기'가 있으면 '무기'는 제한된 사정거리의 반경 안에서 죽음의 낫처럼 짧은 시간 안에 무혈의 죽음을 만들어냈다.

"'많은 얼굴을 가진 자들.'" 위대한 명예의 어머니가 투덜거리듯이 말했다.

로그노는 어둠 속에서 그 소리가 들려온 방향을 향해 고개를 끄덕였다.

'어쩌면 저 사람이 나를 볼 수 있는 건지도 몰라. 그녀가 재앙에서 달리 무엇을 건져냈는지, 익스 인들이 그녀에게 무엇을 제공해 주었는지 모르잖아.'

영원토록 저주해야 할, '많은 얼굴을 가진 자들'이 그 재앙을 일으켰다. 그들과 그들의 퓨타르가! 한 줌밖에 안 되는 '무기'를 제외한 모든 것을 그토록 쉽게 빼앗기다니! 무서운 힘이었다. '그 전투를 다시 시작하기 전에 우리는 반드시 무장을 잘 갖춰야 해. 다마가 옳아.'

"그 행성, 부젤 말인데, 그곳에 방어 장치가 없다는 게 확실하오?" 위대한 명예의 어머니가 말했다.

"방어 장치를 전혀 감지하지 못했습니다. 밀수꾼들 말로도 그곳에 방어 장치가 없다고 합니다."

"하지만 그곳에 수스톤이 그렇게 풍부한데!"

"이곳 구제국 사람들이 감히 마녀들을 공격하는 경우는 거의 없습니다."

"그 행성에 마녀들이 한 줌밖에 없다고는 믿지 못하겠소! 이건 일종의 함정이야."

"그럴 가능성은 항상 존재합니다, 다마."

"난 밀수꾼들을 믿지 않소, 로그노. 그들 중 몇 명을 노예화해서 이 부젤 얘기를 다시 시험해 보시오. 마녀들이 약한지는 몰라도, 멍청하다고는 생각하지 않소."

"알겠습니다, 다마."

"익스 인들에게 '무기'를 복제해 내지 못한다면, 우리가 아주 불쾌해할 거라고 말하시오."

"하지만 '충전기'가 없으면, 다마……."

"꼭 그래야 할 때가 되면 그 문제를 처리할 것이오. 이제 나가보시오."

로그노는 방을 나서면서 악문 이 사이로 바람이 새듯, "좋아아아아!"라고 말하는 소리를 들었다. 침실의 어둠을 경험한 뒤라 복도의 어둠조차 반가웠다. 그녀는 서둘러 빛이 있는 곳을 향했다.

우리는 우리가 반대하는 자들 중 최악의 인물을 닮는 경향이 있다.

—베네 게세리트 코다

'또 물의 영상이야! 우리가 이 망할 놈의 행성 전체를 사막으로 만들고 있는데 나는 물의 영상을 보다니!'

오드레이드는 여느 때처럼 부산한 아침의 소란 속에서 자신의 작업실에 앉아 '바다의 아이'가 물결에 씻기면서 파도 속에 떠 있는 것을 느꼈다. 파도는 피의 색깔이었다. '바다의 아이'로 나타난 그녀의 자아가 유혈의 시대를 예상한다는 뜻이었다.

그녀는 이런 영상들이 어디서 기원한 것인지 알고 있었다. 대모들이 그녀의 삶을 지배하기 전, 가무 해안에 있던 그 아름다운 집에서 보낸 어린 시절. 목전에 걱정거리들이 있음에도 불구하고 그녀는 미소를 억누를 수 없었다. 아빠가 다듬어놓은 굴. 그녀가 지금도 좋아하는 스튜.

어린 시절의 기억 중 가장 생생한 것은 바닷가 소풍이었다. 뭔가 물 위에 떠 있는 것 같은 느낌이 그녀의 가장 기본적인 자아에 말을 걸었다.

오르락내리락하는 파도, 물로 가득 찬 세계의 둥그런 경계선 바로 너머에 낯설고 새로운 곳들이 있다는 느낌, 그녀의 몸을 지탱하는 바로 그 물질 속에 내재한 짜릿한 위험. 이 모든 것이 한데 합쳐져서 '바다의 아이'가 바로 그녀임을 확인해 주었다.

그곳에서는 아빠도 더 차분했다. 시비아 엄마는 바람을 향해 얼굴을 돌리고 검은 머리를 흩날리며 더 행복한 모습이었다. 그 시절의 기억에는 균형이 잡혀 있다는 느낌이 있었다. 오드레이드가 갖고 있는 가장 오래된 '다른 기억'보다 더 오래된 언어로 전달된, 마음을 안심시켜 주는 메시지였다. '이곳이 나의 장소, 내가 사는 곳이다. 나는 "바다의 아이"야.'

정신적 건강에 대한 그녀의 개인적인 생각은 그 시절에서 유래한 것이었다. '낯선 바다에서 균형을 잡을 수 있는 능력. 뜻밖의 파도가 몰려와도 가장 깊숙한 곳의 자아를 유지할 수 있는 능력.'

대모들이 와서 자기들의 '숨겨진 아트레이데스 자손'을 데려가기 훨씬 전에 시비아 엄마가 오드레이드에게 그런 능력을 주었다. 시비아 엄마는 양모에 불과했지만 오드레이드에게 스스로를 사랑하는 법을 가르쳐 주었다.

모든 형태의 사랑이 의심받는 베네 게세리트 사회에서 이것은 지금도 오드레이드의 마지막 비밀로 남아 있었다.

'근본적으로, 나는 나 자신에게 만족하고 있다. 난 혼자가 되는 것에 개의치 않아.' 스파이스의 고통으로 인해 '다른 기억들'이 홍수처럼 밀려든 후 대모가 진정으로 혼자가 되는 것이 가능하다는 뜻은 아니었다.

그러나 시비아 엄마는, 그리고, 그래 아빠도, 베네 게세리트 대신 부모 노릇을 하면서 그 숨겨진 세월 동안 자신들이 맡은 아이에게 커다란 힘을 새겨놓았다. 그래서 대모들은 그 힘을 증폭시키는 역할로 전락해 버렸다.

학교 감독관들은 오드레이드의 '개인적 친근감에 대한 깊은 욕망'을 뿌리 뽑으려고 애썼지만 결국 실패했다. 그들은 자기들이 정말로 실패했는지 확신하지 못하면서도 항상 의심을 품었다. 그들은 결국 그녀를 알 다납으로 보냈다. 살루사 세쿤더스에서도 최악의 환경을 흉내 냈기 때문에 끊임없이 시험을 치러야 하는 그 행성에서 그녀에게 정신 훈련을 시키려 한 것이다. 그곳은 어떤 의미에서 듄보다 더 심한 곳이었다. 높은 절벽과 물이 말라버린 협곡, 뜨거운 바람과 지독히 차가운 바람, 수분이 너무 없는 곳과 너무 많은 곳. 교단은 그곳을 듄에서 살아남아야 하는 운명을 지닌 자들의 실험장으로 생각했다. 그러나 이곳의 그 어떤 것도 오드레이드 내면의 그 비밀스러운 핵심을 건드리지 못했다. '바다의 아이'는 고스란히 남아 있었다.

'그런데 지금 '바다의 아이'가 내게 경고를 보내고 있어.'

이것이 예지의 경고일까?

그녀는 이 '재능의 조각'을 항상 지니고 있었다. 교단에 대한 즉각적인 위험을 알려주는 작은 경련 같은 능력. 아트레이데스의 유전자가 자신의 존재를 그녀에게 일깨워주고 있었다. 이것이 참사회에 위협이 되는가? 아니…… 그녀가 손으로 만질 수 없는 통증은 위험에 처한 것이 다른 사람들이라고 말하고 있었다. 그러나 이건 중요한 일이었다.

'람파다스인가?' 그녀가 가진 재능의 조각은 답을 내놓지 못했다.

교배 감독관들은 아트레이데스 혈통에서 이 위험한 예지력을 제거하려고 애썼지만 제한적인 성공을 거뒀을 뿐이었다. "감히 퀴사츠 해더락이 또 태어날지도 모르는 위험을 무릅쓸 수는 없습니다!" 그들은 자기들의 최고 대모에게 이 괴상한 능력이 있다는 것을 알고 있었지만, 세상을 떠난 오드레이드의 전임자 타라자는 '그녀의 능력을 신중하게 사용할 것'을 권고했다. 오드레이드의 예지력이 베네 게세리트에 대한 위험을 경고하는 데에만 작동한다는 것이 타라자의 견해였다.

오드레이드도 같은 생각이었다. 그녀는 위협이 언뜻 보이는, 반갑지 않은 순간들을 경험했다. 그냥 언뜻 보일 뿐이었다. 그런데 최근에는 꿈으로 나타났다.

생생하게 자꾸 반복되는 꿈이었다. 모든 감각이 그녀의 머릿속에서 일어나는 이 생생한 현상에 맞춰져 있었다. 그녀는 팽팽하게 매어진 줄 위를 걸어 깊게 갈라진 구렁을 건너고 있었다. 누군가가(그녀는 감히 고개를 돌려 그 사람을 보지 못했다) 도끼를 들고 밧줄을 끊으려고 뒤에서 오고 있었다. 거칠게 꼬인 밧줄 가닥들이 맨발에 느껴졌다. 차가운 바람이 불어오고, 그 바람에 타는 냄새가 실려 왔다. 그 순간 그녀는 도끼를 든 사람이 가까이 왔음을 알았다!

위험스럽게 한 발짝씩 걸음을 내디딜 때마다 그녀는 온 힘을 다해야 했다. 한 걸음! 한 걸음! 밧줄이 요동쳤고, 그녀는 양쪽 옆으로 팔을 곧게 뻗으며 균형을 잡으려고 발버둥쳤다.

'내가 떨어지면 교단도 떨어져!'

베네 게세리트는 밧줄 밑의 구렁 속에서 종말을 맞을 것이다. 모든 살아 있는 것들이 그렇듯이, 교단도 언젠가 틀림없이 종말을 맞을 터였다. 대모가 되어서 감히 그것을 부정할 수는 없었다.

'하지만 여기서는 아니야. 떨어지는 게 아니라, 밧줄이 끊어지는 거야. 밧줄이 잘리도록 내버려두어선 안 돼! 저 도끼를 휘두르는 사람이 오기 전에 난 반드시 이 구렁을 건너야 해. 반드시! 반드시!'

꿈은 항상 여기서 끝났다. 침실에서 깨어나면 그녀 자신의 목소리가 귓속에서 울렸다. 소름이 끼쳤다. 땀은 한 방울도 흐르지 않았다. 악몽의 고통 속에서도 베네 게세리트의 자제력은 불필요한 과잉 반응을 허락하지 않았다.

'몸이 땀을 필요로 하지 않는다고? 몸은 땀을 얻지 못해.'

작업실에 앉아 그 꿈을 생각하면서 오드레이드는 가느다란 밧줄이라는 은유의 뒤에 숨어 있는 현실의 깊이를 느꼈다. '내가 내 교단의 운명을 지고 걸어가고 있는 섬세한 끈.' '바다의 아이'가 다가오는 악몽을 감지하고 피의 바다라는 이미지로 끼어들었다. 이것은 결코 하찮은 경고가 아니었다. 불길했다. 그녀는 자리에서 일어나 '잡초 속으로 흩어져, 내 병아리들아! 도망쳐! 도망쳐!'라고 소리치고 싶었다.

그러면 저 감시견들이 얼마나 충격을 받을까!

최고 대모의 의무 때문에 그녀는 기분 좋은 표정으로 떨림을 감추고 자기 앞에 놓여 있는 공식적인 결재 사항들을 빼면 중요한 일이 하나도 일어나지 않은 것처럼 행동해야 했다. 무슨 일이 있어도 공황 상태를 피해야 했다! 요즘 같은 때에 그녀가 당장 내려야 하는 결정들이 정말로 사소한 것도 아니었다. 차분한 태도가 필요했다.

그녀의 병아리들 중 일부는 이미 도망치고 있었다. 미지의 영역으로 가버린 것이다. 그들은 '다른 기억' 속에서 삶을 공유했다. 이곳 참사회에 있는 나머지 병아리들은 도망칠 때를 알게 될 것이다. '우리의 위치가 발각되었을 때.' 그때가 되면 그 순간의 불가피한 상황들이 그들의 행동을 지배할 것이다. 정말로 중요한 것은 그들이 받은 최고의 훈련뿐이었다. 그들이 미리 준비한 것 중 그것이 가장 믿을 만했다.

새로 만들어지는 베네 게세리트의 세포 하나하나는 궁극적으로 어디에 파견되든 참사회와 똑같은 준비 태세를 갖췄다. 항복하느니 완전한 파괴를 선택하라는 것. 비명을 질러대는 불길은 소중한 육체와 기록을 게걸스레 집어삼킬 것이다. 정복자는 쓸모없는 잔해만을 보게 될 것이다. 불길에 뒤틀리고 재가 묻어 있는 파편들만을.

참사회의 일부 자매들이 어쩌면 탈출할 수도 있을 것이다. 그러나 공격의 순간에 도망치는 것이란, 얼마나 소용없는 짓인지!

핵심적인 인물들은 어쨌든 '다른 기억'을 공유하고 있었다. 그것도 준비였다. 최고 대모는 그것을 피했다. '사기를 이유로 삼았지!'

도망칠 곳은 어디이고, 누가 탈출할 수 있을 것이며, 누가 포로가 될 것인가? 진짜 문제는 바로 이런 것들이었다. 저 아래에 새로 생긴 사막의 가장자리에서 어쩌면 결코 나타나지 않을지도 모르는 모래벌레를 기다리고 있는 시이나를 그들이 사로잡는다면? 시이나에다가 모래벌레까지 사로잡힌다면? 그 강력한 종교적 힘을 이용하는 법을 어쩌면 명예의 어머니들이 알고 있을 수도 있었다. 만약 명예의 어머니들이 아이다호 골라나 테그 골라를 사로잡는다면? 만약 이런 일 중의 하나가 실제로 발생한다면 다시는 은신처를 찾을 수 없을지도 몰랐다.

'만약, 만약.'

화가 나고 분통이 터지는 기분대로라면, '아이다호를 우리가 잡은 순간 죽여버려야 했어! 테그 골라를 길러내는 게 아니었어!'라고 말하고 싶은 심정이었다.

그녀의 평의회 의원들, 측근의 자문들, 그리고 감시견들 중 일부만이 그녀와 같은 의혹을 품고 있었다. 그들은 유보적인 태도로 그 의혹을 그냥 깔고 앉았다. 그들 중 두 골라에 대해 정말로 확신을 느끼는 사람은 하나도 없었다. 비우주선에 기뢰를 설치해서 비명을 질러 대는 불길에 쉽게 무너지도록 해놓았는데도 그랬다.

영웅적인 희생을 하기 전, 마지막 몇 시간 동안 테그는 볼 수 없는 것(비우주선도 포함해서)을 볼 수 있었을까? '듄의 그 사막에서 우리를 만날 지점을 그가 어떻게 알았을까?'

만약 테그에게 그런 능력이 있었다면, 헤아릴 수 없이 많은 세대 동안 축적된 아트레이데스의(그리고 미지의) 유전자를 지니고 있어서 위험할 정도로 재능이 많은 던컨 아이다호도 어쩌면 우연히 그런 능력을 발견할 가능성이 있었다.

'어쩌면 나도 그런 능력을 갖게 될지도 몰라!'

갑작스럽고 충격적인 통찰력으로, 오드레이드는 자신이 두 골라를 지켜보며 느끼는 것과 똑같은 두려움을 안고 타말란과 벨론다가 자기들의 최고 대모를 감시하고 있음을 처음으로 깨달았다.

그런 일이 가능하다는 것, 즉 인간의 감각이 비우주선이나 다른 형태의 차폐 장치들을 감지할 수 있도록 변할 수 있다는 사실을 아는 것만으로도 우주의 균형을 무너뜨리게 될 것이다. 그러면 명예의 어머니들은 틀림없이 도망길에 오르게 될 것이다. 이 우주에는 아이다호의 자손들이 헤아릴 수도 없이 많이 퍼져 있었다. 그는 자기가 '교단을 위한 망할 놈의 종마가 아니다'라고 항상 불평했지만, 이미 교단을 위해 그런 역할을 한 적이 아주 많았다.

'그는 항상 자기 자신을 위해 그걸 한다고 생각하지. 어쩌면 그게 사실인지도 모르고.'

아트레이데스 중심 혈통의 후손 중 누구라도, 테그에게서 꽃을 피운 것으로 짐작되는 이 능력을 갖고 있을 수 있었다.

그 세월이 다 어디로 간 걸까? 몇 달, 몇 년, 며칠이? 또다시 추수기가 돌아왔는데 교단은 아직도 끔찍한 림보(천국과 지옥 사이. 두 극단 사이의 중간지

대라는 의미도 있음—옮긴이)에 있었다. 벌써 오전 중반이 되었음을 오드레이드는 깨달았다. '중앙'의 소리와 냄새가 그녀에게 자신들의 존재를 알렸다. 저 바깥의 복도에는 사람들이 있었고, 공동 주방에서는 닭고기와 양배추가 요리되고 있었다. 모든 것이 정상적이었다.

이렇게 일을 하고 있는 순간에도 물의 영상 속에 살고 있는 사람에게 정상적인 것이란 무엇인가? '바다의 아이'는 가무를 잊지 못했다. 그곳의 냄새, 산들바람에 실려 온 해초 부스러기, 숨을 쉴 때마다 산소를 흠뻑 들이마시게 해주는 오존, 그녀의 주위 사람들이 걷고 말하는 태도에서 나타나던 그 눈부신 자유. 바다에 대한 대화는 그녀가 한 번도 이해하지 못한 깊은 부분까지 진행되었다. 심지어 사소한 잡담에도 숨어 있는 요소들이 있었다. 그들 발밑의 물결과 함께 흐르는 바다의 웅변이.

오드레이드는 그 어린 시절의 바다에 자신의 몸이 떠 있던 것을 반드시 기억해야 할 것 같은 기분이 들었다. 그녀는 그곳에서 알고 있던 힘들을 다시 포착하고, 순수했던 시절에 배운 대로 힘을 내게 해주는 특징들을 받아들여야 했다.

짠 물 속에서 얼굴을 아래로 한 채로 가능한 한 오래 숨을 참으면서 그녀는 바닷물에 씻기고 있는 '현재' 속에 떠 있었다. 그 현재가 모든 괴로움을 씻어가 버렸다. 이것은 본질만 남은 스트레스 관리법이었다. 굉장한 평온함이 그녀에게 몰려들었다.

'나는 떠 있다. 따라서 나는 존재한다.'

'바다의 아이'가 경고하고, '바다의 아이'가 기운을 회복시켜 주었다. 한 번도 인정한 적은 없었지만, 그녀에게는 회복이 절박하게 필요했다.

오드레이드는 전날 밤에 작업실 창문에 비친 자신의 얼굴을 보고, 나이와 책임감이 피로와 힘을 합쳐 뺨을 홀쭉하게 빨아들이고 입가를 처지게 만들었음에 충격을 받았다. 관능적인 입술은 얇아졌고, 부드러운 곡선을 그리고 있던 그녀의 얼굴은 길어졌다. 온통 파란색뿐인 눈만이 여느 때처럼 강력하게 반짝이고 있었다. 키가 크고 근육질인 몸매도 여전했다.

오드레이드는 충동적으로 소환 표시를 누르고 탁자 위에 나타난 영상을 뚫어지게 바라보았다. 참사회 우주공항에 착륙해 있는 비우주선, 거대한 덩어리를 이루고 있는 수수께끼의 기계들. 그들은 '시간'으로부터 분리되어 있었다. 반쯤 잠이 든 것 같은 세월을 보내면서 우주선은 착륙대에 커다랗게 움푹 파인 공간을 만들어 놓고, 쐐기가 박힌 듯 거의 꼼짝도 하지 않았다. 녀석의 덩치는 거대했고, 엔진은 예지력을 지닌 수색자들로부터, 특히 베네 게세리트를 팔아넘기면서 특별한 기쁨을 느낄 조합 항법사들로부터 녀석을 계속 가려줄 수 있을 만큼만 움직이고 있었다.

왜 바로 지금 이 영상을 불러낸 것일까?

그곳에 갇혀 있는 세 사람 때문이었다. 현재 살아 있는 최후의 틀레이랙스 주인인 사이테일, 그리고 성적으로 묶여 있는 무르벨라와 던컨 아이다호. 두 사람의 관계는 이 비우주선뿐만 아니라 두 사람이 서로에게 펼친 함정에 의해서도 유지되고 있었다.

'단순한 게 없어, 그 어느 것도.'

베네 게세리트의 주요 사업을 간단하게 설명할 수 있는 경우는 거의 없었다. 저 비우주선과 그 안에 들어 있는 인간들은 반드시 주요 사업으로 분류해야 하는 대상이었다. 비용이 많이 드는 사업이었다. 지금처럼 대기 상태에서도 에너지가 아주 많이 들었다.

그 모든 에너지 지출에 대해 인색한 계량기가 등장했다는 사실은 에너지 위기가 도래했음을 의미했다. 이건 벨의 걱정거리 중 하나였다. 그녀가 가장 객관적인 태도를 취하고 있을 때에도 그녀의 목소리에서 그 사실을 느낄 수 있었다. "완전히 뼈만 남을 정도로 줄였기 때문에 더 이상 줄일 데가 없습니다!" 모든 베네 게세리트들은 요즘 회계부의 눈이 자신들을 감시하고 있음을 알고 있었다. 그 눈은 교단의 생명력이 밖으로 흘러나가는 것을 비판했다.

벨론다가 리둘리안 크리스털 기록 두루마리를 왼쪽 팔 밑에 끼고 예고도 없이 작업실로 성큼성큼 들어왔다. 그녀는 마치 바닥을 증오하는 사람처럼 바닥을 쿵쿵 짓밟으며 걸었다. '자! 이걸 받아봐! 이것도!'라고 말하는 것 같았다. 바닥이 발밑에 있는 것이 유죄이므로 바닥을 때린다는 식이었다.

오드레이드는 벨의 눈에 나타난 표정을 보고 가슴이 답답해졌다. 벨론다가 리둘리안 기록을 탁자 위해 던지듯 내려놓자 '찰싹!' 하는 소리가 났다.

"람파다스입니다!" 벨론다가 말했다. 고뇌에 찬 목소리였다.

두루마리를 펼쳐 볼 필요도 없었다. "바다의 아이'의 피투성이 바다가 현실이 되었어.'

"생존자는?" 그녀의 목소리가 부자연스럽게 들렸다.

"하나도 없습니다." 벨론다는 오드레이드의 탁자에서 자신이 항상 앉는 쪽에 가져다 놓은 의자개에 무너지듯 주저앉았다.

그때 타말란이 들어와 벨론다 뒤에 앉았다. 두 사람 모두 비탄에 잠긴 표정이었다.

'생존자가 없다.'

오드레이드는 천천히 몸이 떨리는 것을 허락했다. 가슴에서부터 발바닥까지 떨림이 번져나갔다. 다른 사람들이 이처럼 노골적인 반응을 보든 말든 그녀는 상관하지 않았다. 이 작업실에서는 자매들이 이보다 더한 행동을 보인 적도 있었다.

"누구의 보고입니까?" 오드레이드가 물었다.

벨론다가 말했다. "초암에 있는 우리 첩자를 통해 온 겁니다. 그리고 특별한 표식이 찍혀 있었어요. 랍비가 이 정보를 제공한 겁니다. 틀림없습니다."

오드레이드는 어떤 반응을 보여야 할지 알 수 없었다. 그녀는 두 사람 뒤에 활처럼 불룩한 모양으로 나 있는 창문을 살짝 바라보았다. 눈발이 부드럽게 흩날리는 것이 보였다. 그래, 저 밖에서 힘을 가다듬고 있는 겨울과 함께 이 소식이 온 것은 당연한 일이었다.

참사회의 자매들은 날씨가 갑자기 겨울로 곤두박질친 것을 불만스러워했다. 어쩔 수 없는 현실 때문에 기후 통제소는 기온이 급격히 내려가는 것을 내버려두어야 했다. 점진적으로 기온이 떨어져 겨울로 접어드는 과정도 없었고, 땅에서 자라는 것들에 대한 상냥함도 없었다. 녀석들은 이제 얼어붙을 듯이 추운 휴면기를 반드시 거쳐야 했다. 매일 밤 3, 4도씩 기온이 내려갔다. 이 모든 과정을 일주일여 만에 마치고 나면 그들 모두가 도저히 끝날 것 같지 않은 추위 속으로 곤두박질칠 것이다.

'람파다스의 소식과 잘 어울리는 추위야.'

이런 기온 변화로 생긴 결과 중의 하나가 안개였다. 눈발이 금방 그치면서 안개가 흩어지는 것이 보였다. 아주 혼란스러운 날씨였다. 공기의 온도는 이슬점에 버금갔고, 아직 습기가 남아 있는 지역으로 안개가 넘실거리며 들어갔다. 안개는 얇은 명주 그물 같은 모양으로 땅에서 떠올라 이파리가 다 떨어진 과수원을 독가스처럼 떠돌았다.

'생존자가 하나도 없어?'

벨론다는 질문을 담은 오드레이드의 시선에 대한 답으로 고개를 가로 저었다.

람파다스, 여러 행성들로 이루어진 교단 네트워크의 보석이자 가장 소중한 학교의 본거지인 그곳이 이제 녹았다가 다시 딱딱하게 굳은 땅과 재로 가득 찬, 또 하나의 생명 없는 행성이 되어 버렸다. 그리고 알레프 부르즈말리 바샤르와 그가 엄선한 모든 방위 병력도. '그들이 모두 죽었다고?'

"모두 죽었습니다." 벨론다가 말했다.

과거 테그 바샤르가 총애하던 제자인 부르즈말리가 사라졌는데, 소득은 하나도 없었다. 람파다스, 그 경이로운 도서관과 훌륭한 교사들, 최고의 학생들…… 모든 것이 사라졌다.

"루실라도?" 오드레이드가 물었다. 람파다스의 부총장인 루실라 대모에게는 문제의 기미가 나타나는 즉시 종말의 운명을 맞게 된 사람들의 기억을 '다른 기억' 속에 가능한 한 많이 담아서 도망치라는 지시가 내려진 상태였다.

"첩자들의 말로는 모두 죽었답니다." 벨론다가 강력하게 말했다.

그것은 살아남은 베네 게세리트들에게 몸이 오싹해지는 조짐이었다. '어쩌면 너희가 다음 차례인지도 모른다!'는.

그 어떤 인간 사회가 그런 만행에 무감각해질 수 있을까? 오드레이드는 속으로 질문을 던져보았다. 그녀는 어딘가에 있는 명예의 어머니들의 기지에서 그들이 아침을 먹으며 그 소식을 얘기하는 장면을 그려보았다. "우리가 베네 게세리트의 행성 하나를 또 파괴했습니다. 100억이 죽었다고 하더군요. 이번 달에만 행성 여섯 개인 셈입니다, 그렇죠? 거기 크림 좀 집어주겠습니까?"

경악 때문에 거의 멍한 표정이 된 오드레이드는 보고서를 집어 대충 훑어보았다. '랍비가 준 정보로군. 틀림없어.' 그녀는 보고서를 부드럽게 내려놓고 평의회 의원들을 바라보았다.

늙고, 뚱뚱하고, 혈색이 좋은 벨론다. 멘타트이자 기록 관리자인 그녀는 지금 글을 읽기 위해 렌즈를 착용하고 있었다. 그런 모습이 자신에 관한 어떤 사실을 노출시키든 상관하지 않는다는 태도였다. 벨론다가 무딘 이를 드러내며 얼굴을 크게 찡그렸다. 그 표정이 말보다 더 많은 얘기를 해주었다. 그녀는 보고서에 대한 오드레이드의 반응을 이미 보았다. 어쩌면 벨은 똑같이 보복해야 한다는 주장을 다시 펼칠지도 몰랐다. 그것은 선천적인 심술 때문에 가치를 인정받는 사람에게서 예상할 수 있는 반응이었다. 그녀가 좀더 분석적인 태도를 취할 수 있도록 그녀를 멘타트 모드로 던져 넣을 필요가 있었다.

'벨의 태도가 나름대로는 옳아. 하지만 그녀는 내가 지금 생각하고 있는 걸 좋아하지 않겠지. 지금부터 신중하게 말을 골라야 한다. 내 계획을 드러내기에는 아직 너무 일러.' 오드레이드는 생각했다.

"심술이 심술을 무디게 만들 수 있는 경우가 있습니다. 우리는 그 점을 신중하게 생각해 보아야 합니다." 오드레이드가 말했다.

'됐어! 이것이 벨의 폭발을 미리 막아줄 거야.'

타말란이 의자에 앉은 채로 약간 몸을 움직였다. 오드레이드는 나이가 많은 그녀를 바라보았다. 탐은 비판적인 인내심이라는 가면 뒤에서 침착한 태도를 취하고 있었다. 갸름한 얼굴 위에 눈 같은 머리카락이 있는 지혜로운 노인의 모습이었다.

오드레이드는 그 가면 너머에 있는 탐의 지독한 신랄함을 꿰뚫어 보았다. 그녀의 태도는 지금 눈에 보이는 것, 귀에 들리는 것이 모두 마음에 들지 않는다는 사실을 드러내고 있었다.

벨의 육체가 부드러워 보이는 것과 대조적으로, 타말란에게는 뼈대와 같은 단단함이 있었다. 그녀는 여전히 균형 잡힌 몸매를 유지하고 있었으며, 근육도 가능한 한 최고로 다듬어져 있었다. 그러나 그녀의 눈에는 이런 겉모습과 일치하지 않는 표정이 있었다. '뒤로 물러난 것 같은 느낌, 삶으로부터 뒤로 물러난 느낌이야.' 아, 물론 그녀는 지금도 관찰을 계속하고 있었다. 그러나 최후의 후퇴가 이미 시작된 뒤였다. 타말란의 유명한 명석함은 일종의 약삭빠름으로 변해, 지금 당장 눈에 보이는 것보다는 과거의 관찰과 과거의 결정에 주로 의존하고 있었다.

'후임자 준비를 시작해야 해. 시이나가 후임자가 될 것 같군. 시이나는 우리에게 위험한 존재지만 커다란 장래성을 보여주고 있다. 그리고 시이나는 듄에서 피 맛을 보기도 했지.'

오드레이드는 타말란의 텁수룩한 눈썹에 시선의 초점을 맞췄다. 그 눈썹은 눈꺼풀 위로 뭔가를 감추듯 제멋대로 늘어져 있곤 했다. '그래, 시이나가 타말란의 후임이 될 거야.'

지금 해결해야 하는 복잡한 문제를 알기 때문에 탐은 그 결정을 받아들일 것이다. 그 결정을 발표하는 순간에 자기들이 얼마나 엄청난 궁지에 몰려 있는지를 탐에게 일깨워주기만 하면 될 터였다.

'탐이 보고 싶을 거야, 젠장!'

지도자들이 역사의 흐름과 함께 어떻게 움직이는지 알지 못하는 한 역사를 알 수 없다. 모든 지도자가 자신의 자리를 영원히 지켜나가려면 아웃사이더가 필요하다. 나의 경력을 조사해 보라. 나는 지도자이자 아웃사이더였다. 내가 단순히 교회 국가를 만들어냈을 뿐이라고 생각하지 마라. 그것은 지도자로서 나의 역할이었고, 나는 역사적 모델들을 베꼈다. 내 시대의 세련되지 않은 예술은 내가 아웃사이더임을 드러내준다. 가장 좋아하는 시는 서사시다. 이야기에서 가장 인기 있는 이상은 영웅주의다. 무용수들은 난폭하고 자유분방하다. 사람들로 하여금 내가 그들에게서 무엇을 빼앗았는지 느끼게 해주는 자극제. 내가 무엇을 빼앗았느냐고? 역사 속에서 자신의 역할을 선택할 권리다.

—레토 2세(폭군), 베더 베베의 번역

'난 이제 죽을 거야!' 루실라는 생각했다.

'제발, 친애하는 자매들, 내가 내 머릿속에 품고 있는 이 소중한 짐을 건네주기 전에 그런 일이 일어나지 않게 해줘요!'

자매들!

베네 게세리트들 사이에서 가족이라는 개념이 표현되는 경우는 좀처럼 없었지만, 그 개념은 분명히 존재했다. 유전적 의미에서 그들은 '친척'이었다. 그리고 '다른 기억' 때문에 그들은 대개 자기들의 친척 관계를 알고 있었다. 그들에게는 '재종자매'니 '이모할머니'니 하는 특별한 호칭이 필요하지 않았다. 그들은 직조공이 자신의 천을 알듯이 그 관계를 알고 있었다. 날실과 씨실이 어떻게 '천'을 만들어내는지 알듯이. '가족'보다 더 좋은 표현, 베네 게세리트의 천이 교단을 형성했다. 그러나 날실을 제공해 주는 것은 가족이라는 오랜 본능이었다.

루실라는 지금 자신의 자매들을 '가족'이라는 개념으로만 생각했다. '가족'에게는 그녀가 갖고 있는 것이 필요했다.

'가무에서 피난처를 구하다니 내가 어리석었어!'

그러나 피해를 입은 그녀의 비우주선은 더 이상 나아갈 수 없었다. 명예의 어머니들이 얼마나 악마처럼 지독했는지! 거기에 드러난 증오 때문에 그녀는 겁에 질렸다.

람파다스 주위의 도주로 곳곳에는 죽음의 함정이 설치되었다. 작은 비공간 구들이 흩뿌려진 우주 주름 방어선. 각각의 구에는 장(場) 발사기와 뭔가에 접촉하자마자 발사되는 레이저총이 탑재되어 있었다. 레이저가 비공간 구 안의 홀츠먼 발생기를 때리면 연쇄 반응이 일어나면서 핵 에너지가 방출되었다. 그 에너지가 지지직 소리를 내며 함정의 장 속으로 들어오면 엄청난 폭발이 번져나가면서 파괴 대상을 소리 없이 가로지르는 것이다. 비용은 많이 들지만 효과적인 방법이었다! 그런 폭발이 많이 일어나면 거대한 조합 우주선조차 우주 공간 속에서 고장난 난파선이 되어버릴 것이다. 그녀의 우주선에 있던 방어 장치 분석 시스템은 때가 너무 늦은 다음에야 이 함정의 본질을 꿰뚫었다. 그래도 이만하면 운이 좋은 편이었다.

가무의 이 외진 농가에서 이층 창문을 내다보고 있는 지금은 운이 좋다는 느낌이 들지 않았다. 창문이 열려 있어서 오후의 산들바람에 피할 수 없는 기름 냄새, 저 바깥에서 타오르는 불의 연기 속에 들어 있는 뭔가 더러운 것의 냄새가 실려 왔다. 하코넨이 이 행성에 남겨놓은 기름기의 흔적이 너무 깊어서 영원히 제거해 버릴 수 없을 것 같았다.

이곳에 있는 그녀의 접선자는 은퇴한 수크 의사였지만 그녀는 그가 그 이상의 존재임을 알고 있었다. 너무나 비밀스러워서 베네 게세리트 중에서도 제한된 숫자의 사람들만이 아는 존재. 그 지식은 특별한 기밀로 분류되어 있었다. '우리에게 해가 될 수 있기 때문에 우리끼리 있을 때조차 입에 담지 않는 비밀. 공개적인 경로가 존재하지 않기 때문에 자매들이 삶을 공유하면서도 서로에게 전해 주지 않는 비밀. 꼭 필요해질 때까지 우리가 감히 알려고 하지 않는 비밀.' 루실라가 이 비밀을 우연히 알게 된 것은 오드레이드의 애매한 말 때문이었다.

"가무에 대해 재미있는 사실 하나를 알고 있습니까? 으으음, 그곳에는 모두 신성하게 정화된 음식을 먹는다는 사실을 근거로 모인 집단이 하나 있습니다. 그곳에 동화되지 않은 이민자들의 관습이지요. 자기들끼리만 어울려 지내고, 다른 부족과의 번식에 눈살을 찌푸리고, 그런 것들 말입니다. 그들은 당연히 평범한 신비적 파편 조각들에 불을 붙입니다. 쑥덕거림, 소문. 이것이 그들을 더욱 고립시키는 역할을 하지요. 그게 바로 그들이 원하는 것이기도 하고요."

루실라는 이런 설명에 깔끔하게 맞아떨어지는 고대 사회를 알고 있었다. 그녀는 호기심을 느꼈다. 그녀가 생각한 사회는 '제2차 우주간(間) 이주' 직후에 사라진 것으로 여겨졌다. 기록 보관소에서 신중하게 자료를 훑어보았지만 오히려 호기심만 훨씬 더 커졌다. 생활 방식, 소문에 가려진 종교적 의식(특히 장식 촛대 의식)에 대한 설명들, 절대로 어떤 일이든 해서는 안 된다는 금지 조항이 붙어 있는 특별한 성일(聖日)을 지키는 것. 게다가 그들이 가무에만 있는 것도 아니었다!

어느 날 아침, 루실라는 드물게 한가한 시간을 이용해서 자신의 '예상 추측'을 시험해 보기 위해 작업실로 들어갔다. 그녀의 '예상 추측'은 멘타트의 것만큼 믿을 만하지는 않았지만, 단순한 가설 이상이었다.

"저한테 새로운 임무를 맡기실 생각인 것 같군요."

"당신이 기록 보관소에서 시간을 보냈다는 걸 알겠습니다."

"바로 지금 그렇게 하는 것이 이익이 되는 일 같았습니다."

"여러 가지를 관련시켜 보는 것요?"

"그냥 추측입니다."

'가무에 있는 그 비밀스러운 집단, 그들은 유대인이죠, 그렇지 않습니까?'

"이제 우리가 당신을 어떤 곳에 배치할 텐데, 그 때문에 당신에게 특별한 정보가 필요할 겁니다." 지극히 태평한 어조였다.

앉으라는 말이 없었는데도 루실라는 벨론다의 의자개에 털썩 주저앉았다.

오드레이드는 첨필을 하나 집어 들고는 일회용 종이에 뭐라고 글을 써서, 기계눈이 볼 수 없게 루실라에게 건네주었다.

루실라는 오드레이드의 암시를 알아차리고 종이 위로 몸을 기울여, 종이를 가리듯이 머리를 바짝 갖다 댔다.

"당신의 추측이 옳습니다. 당신은 죽음으로 그 비밀을 지켜야 합니다. 그것이 그들의 협조를 얻는 대가입니다. 커다란 신뢰의 표식이지요." 루실라는 종이를 갈기갈기 찢었다.

오드레이드는 눈과 손바닥의 식별 장치를 이용해서 뒤쪽 벽의 판벽널을 열었다. 그리고 그곳에서 작은 리둘리언 크리스털을 꺼내 루실라에게 주었다. 크리스털은 따뜻했지만 루실라는 몸이 오싹해졌다. 이것이 무엇이기에 이토록 비밀스럽단 말인가? 오드레이드는 작업 책상 밑에서 보안용 덮개를 올려 제자리에 고정했다.

루실라는 떨리는 손으로 크리스털을 수용기에 집어넣고 덮개를 머리 위로 잡아당겼다. 즉시 그녀의 머릿속에서 단어들이 모양을 갖췄다. 지극히 옛날에 사용되던 발음을 알아듣기 쉽게 다듬어놓은 것 같은 느낌이 들었다. "당신이 관심을 갖게 된 사람들은 유대인입니다. 그들은 영겁의 세월 이전에 방어적인 결정을 내렸습니다. 자꾸만 재발하는 유대인 학살의 해결책은 그들이 대중의 시야에서 사라지는 것이었습니다. 우주여행 덕분에 이 방법은 가능할 뿐만 아니라 매력적인 일이 되었습니다. 그들은 헤아릴 수 없이 많은 행성에 숨었습니다. 그들 나름의 대이동이었던 셈입니다. 그들만 살고 있는 행성도 있을 가능성이 큽니다. 그렇다고 해서 그들이 오랜 관습을 버렸다는 뜻은 아닙니다. 그들은 생존을 위해 어쩔 수 없는 상황이었기 때문에 이런 관습에서 탁월한 능력을 발휘했습니다. 과거의 종교도 어느 정도 바뀌기는 했지만 끈질기게 남아 있음이 분명합니다. 고대의 랍비도 당신 시대의 유대인 가정에서 안식일의 장식 촛대 뒤에 서 있다 보면 아마 어색한 기분이 들지 않을 겁니다. 그러나 그들의 비밀주의는 아주 대단해서 평생 동안 유대인과 나란히 일을 하면서도 전혀 짐작조차 못 할 수 있습니다. 그들은 그것을 '완벽한 위장'이라고 부릅니다. 그러나 그들은 그것의 위험성 또한 알고 있습니다."

루실라는 아무런 질문도 던지지 않고 이것을 받아들였다. 그토록 비밀스러운 것이라면 그것의 존재를 짐작만 하는 사람이라도 그것을 위험하게 생각할 것이다. '그렇지 않고서야 왜 그걸 비밀로 지키겠어, 응? 대답해 봐!'

크리스털은 안에 품고 있던 비밀을 계속 그녀의 의식 속으로 쏟아냈다. "발각될 위험이 있을 때, 그들이 보이는 표준적인 반응이 있습니다. '우리는 우리의 뿌리인 종교를 추구한다. 그것은 부활이다. 우리의 과거에서 최고의 것들을 다시 가져오는 것이다'는 식의 반응입니다."

루실라는 이 패턴을 알고 있었다. '정신 나간 부활주의자들'은 항상 존재했다. 그들은 대부분의 호기심을 확실히 무디게 만들어버렸다. '그 사람들? 아, 그 사람들도 그냥 부활주의자야'라고 말하기만 하면 되는 일이었다.

"그 은폐 시스템이 우리에게는 효과를 발휘하지 못했습니다. 우리는 유대인 전통에 대한 훌륭한 기록과, 그들이 그토록 비밀을 지키는 이유를 알려줄 수 있는 '다른 기억'을 갖고 있습니다. 우리가 이러한 상황을 휘저어놓은 것은, 코린의 전투 도중과 그 이후('정말 오래된 얘기잖아!')에 최고 대모였던 내가 우리 교단에 비밀 집단이 필요하다는 것을, 도와달라는 우리의 요청에 바로 반응을 보이는 집단이 필요하다는 것을 깨달은 후였습니다."

루실라는 의혹이 치솟는 것을 느꼈다. '요청이라고?'

이 오래전의 최고 대모는 이런 의혹을 미리 예상하고 있었다. "때로 우리는 그들이 피할 수 없는 요구를 합니다. 그러나 그들이 우리에게 요구할 때도 있습니다."

루실라는 이 지하 집단이 지닌 신비에 푹 빠져버린 느낌이었다. 이것은 극비 이상의 사실이었다. 기록 보관소에서 그녀가 던진 서투른 질문들은 대부분 거부당했다. '유대인? 그게 뭡니까? 아, 예, 고대의 종파군요. 당신이 직접 찾아보세요. 우린 한가하게 종교적인 연구를 할 시간이 없습니다'는 식이었다.

크리스털 안의 내용은 아직 끝난 것이 아니었다. "유대인들은 우리가 자기들을 그대로 흉내 낸다고 생각되는 부분을 보며 재미있어하기도 하고, 때로는 당혹스러워하기도 합니다. 짝짓기 패턴을 통제하기 위해 여성의 혈통을 중심으로 삼은 우리의 교배 기록은 유대인적인 것으로 간주됩니다. 어머니가 유대인이라면 그 자식은 유대인이 될 수밖에 없습니다."

크리스털의 내용이 결론에 이르렀다. "디아스포라(고대의 유대인 왕국들이 아시리아와 바빌로니아의 침략으로 멸망한 후 유대인들이 각지로 흩어진 것을 말함―옮긴이)는 기억될 것입니다. 이것을 비밀로 지키는 것은 우리의 가장 깊숙한 명예와 관련된 일입니다."

루실라는 머리에서 덮개를 들어 올렸다.

"당신은 람파다스에서 지극히 민감한 임무를 수행할 수 있는 적임자입니다." 오드레이드가 크리스털을 원래 숨겨두었던 장소에 다시 넣으면서 말했다.

'그건 과거의 일이고, 십중팔구 이미 무의미한 일이지. 오드레이드의 '민감한 임무' 때문에 내가 어떻게 됐는지 봐!'

가무의 농가에서 밖을 내다보면서 루실라는 커다란 농작물 운반차가 마당으로 들어온 것을 보았다. 그녀의 아래쪽에서 사람들이 부산하게 움직였다. 사방에서 인부들이 채소가 담긴 통을 들고 나와 커다란 운반차를 맞이했다. 잘린 줄기의 속대에서 자극적인 즙 냄새가 났다.

루실라는 창문에서 움직이지 않았다. 그녀를 숨겨준 사람들이 그녀에게 이 지역 사람들이 입는 옷을 제공해 주었다. 단조로운 회색의 일상복인 긴 겉옷과 그녀의 모래빛깔 머리카락을 묶을 밝은 파란색 스카프였다. 쓸데없이 주의를 끌 행동을 하지 않는 것이 중요했다. 그녀는 다른 여자들이 움직임을 멈추고 농장의 작업을 지켜보는 것을 본 적이 있었다. 이곳에서는 그녀의 존재가 호기심의 대상이 될 수 있었다.

운반차는 크기가 아주 컸다. 그 차에 달린 반중력 장치가 각각 접을 수 있도록 분절된 화물칸의 농작물 무게 때문에 힘겨워하고 있었다. 운반차 운전사는 앞쪽의 투명한 공간 속에 서서 방향 레버에 손을 올린 채 똑바로 앞을 바라보았다. 다리를 넓게 벌린 채 거미줄 모양의 비스듬한 지지대에 몸을 기댄 자세였다. 왼쪽 엉덩이는 동력 조종 막대에 닿아 있었다. 그는 몸집이 컸고, 거무스름한 얼굴에는 깊은 주름이 졌으며, 머리는 희끗희끗했다. 그의 몸은 기계의 연장처럼 기계의 육중한 움직임을 이끌었다. 그가 지나가면서 가볍게 시선을 들어 루실라를 올려다보고는 다시 아래쪽의 건물들에 둘러싸인 널찍한 적재장으로 통하는 길로 시선을 돌렸다.

'아예 기계의 일부가 되었군.' 그녀는 생각했다. 인간들은 자신의 일에 딱 맞게 변해 가는 경향이 있었다. 루실라는 여기에서 사람들을 약화시키는 힘을 느꼈다. 어떤 일에 자신을 너무 꼭 맞게 적응시키면 다른 능력들이 위축되었다. '우리가 하는 일 그 자체가 되는 거지.'

그녀는 갑자기 자신이 뭔가 거대한 기계의 운전사가 되어 있는 모습을, 저 운반차 안의 남자와 조금도 다르지 않은 모습이 되어 있는 광경을 그려 보았다.

거대한 기계가 그녀의 앞을 지나 마당 밖으로 굴러 나갔다. 운전사는 다시 그녀를 쳐다보지 않았다. 그녀를 이미 한 번 보았는데 두 번 볼 이유가 없지 않은가?

그녀를 숨겨준 사람들이 이곳을 은신처로 고른 것은 현명한 처사였다는 생각이 들었다. 바로 옆에는 믿을 만한 인부들이 있고 지나가는 사람들은 거의 호기심을 보이지 않는, 인구가 희박한 지역. 힘든 일은 호기심을 무디게 만들었다. 그녀는 사람들에게 이끌려 이곳으로 왔을 때 이곳의 특징을 눈치챘다. 그때는 저녁이었는데 사람들은 벌써 집을 향해 터벅터벅 걸어가고 있었다. 어떤 지역에서 일이 언제 끝나는지를 보면 그 지역의 도시적 밀도를 측정할 수 있었다. 사람들이 일찍 잠자리에 든다는 것은 그곳의 인구가 많지 않다는 뜻이었다. 밤의 활동이 많은 것은 활동적으로 오가는 타인들이 너무 가까이에 있다는 내면의 인식 때문에 사람들이 불안하고 초조해한다는 뜻이었다.

'내가 왜 이렇게 내면을 들여다보는 상태가 된 거지?'

명예의 어머니들이 최악의 맹습을 가하기 전, 교단이 처음 후퇴한 직후에 루실라는 '저 밖에서 누군가가 우리를 죽이려고 뒤쫓고 있다'는 생각을 받아들이지 못해 애를 먹었다.

대학살이라니! 이것은 랍비가 그날 아침에 '내가 당신을 도울 길이 있는지 알아보겠다'며 떠나기 전에 한 말이었다.

그녀는 랍비가 오래전의 모진 기억에서 그 단어를 선택했음을 알고 있었다. 그러나 가무에서 그런 경험을 한 뒤 이번 '대학살'이 있기 전까지, 루실라는 스스로 통제할 수 없는 상황에 갇혔다는 느낌을 이토록 강하게 느낀 적이 없었다.

'난 그때도 도망자였어.'

교단의 현재 상황은 폭군 치하에서 겪었던 것과 비슷했다. (지금 돌이켜 보면) 신황제가 베네 게세리트를 말살하려 한 적이 결코 없었고 오로지 그들을 지배하려고만 했다는 점이 다를 뿐이었다. 실제로 그는 그들을 지배했다!

'그 저주받을 랍비는 어디 있는 거지?'

그는 커다란 몸집에 구식 안경을 썼으며 모든 일에 열심이었다. 널찍한 얼굴은 햇빛을 많이 받아 갈색으로 탔고, 목소리와 움직임에서 나이가 드러나는 데도 주름살은 거의 없었다. 안경 때문에 깊숙이 자리 잡은 갈색 눈에 시선이 집중되었다. 그의 눈은 묘하게 강렬한 시선으로 그녀를 관찰했다.

"명예의 어머니들이라." 그녀가 자신이 어떤 궁지에 처해 있는지 설명하자 그는 (벽에 아무런 장식이 없는 위층의 바로 이 방에서) 이렇게 말했다. "아, 이런! 이거 어렵겠군요."

루실라는 그런 반응을 예상하고 있었다. 뿐만 아니라 그가 그녀의 그런 생각을 안다는 사실까지도 알 수 있었다.

"가무에서 당신의 수색 작업을 돕고 있는 조합 항법사가 한 명 있습니다. 에드릭류(類)에 속하는 사람으로 대단히 강력한 힘을 지녔다고 들었습니다." 그가 말했다.

"난 시오나의 피를 갖고 있습니다. 그는 나를 '보지' 못해요."

"나도, 그리고 우리 종족의 모든 사람들도 똑같습니다. 우리 유대인들은 어쩔 수 없는 상황에 잘 적응하지요."

"그 에드릭이라는 자는 그냥 과시용입니다. 그가 할 수 있는 일이 거의 없어요."

"하지만 그들이 그를 데려왔습니다. 아무래도 우리가 당신을 이 행성 밖으로 무사히 대피시킬 방법이 없을 것 같습니다."

"그럼 어떻게 하죠?"

"생각을 좀 해봐야죠. 우리 종족 사람들이 아주 무력하기만 한 것은 아니니까, 알겠습니까?"

그녀는 자신에 대한 염려와 진심을 읽었다. 그는 '그들을 자극하지 않기 위해 조심스럽게 행동하면서' 명예의 어머니들의 성적인 홀림에 저항하는 얘기를 조용히 들려주었다.

"내가 몇몇 사람들에게 살짝 일러두겠습니다." 그가 말했다.

그녀는 이 말에 묘하게 기운이 났다. 의료업에 종사하는 사람들의 손에 자신을 맡기다 보면 흔히 차갑고, 냉담하고, 잔인한 느낌이 들었다. 그녀는 수크들이 환자의 요구에 재빨리 반응하고, 연민의 감정으로 환자를 따뜻하게 대하도록 정신적인 훈련을 받았다는 사실을 생각하며 스스로를 안심시켰다. ('위급한 상황에서는 그 모든 것이 뒤로 떨어져 나가버릴 수 있지.')

그녀는 '홀로 죽음을 맞는 교육'에서 얻은 개인적인 기도문에 정신을 집중하며 차분함을 다시 회복하는 데 힘을 쏟았다.

'내가 죽게 되더라도 초월적인 교훈을 후세에 전달해야 해. 난 침착하게 이 세상을 떠나야 해.'

이것이 조금 도움이 되었지만 여전히 몸이 떨렸다. 랍비가 나간 지 너무 오래되었다. 뭔가가 잘못된 모양이었다.

'내가 그를 믿은 게 옳은 일이었을까?'

종말이 다가온다는 느낌이 점점 커지고 있는데도 루실라는 랍비와의 만남을 다시 돌이켜 보며 베네 게세리트의 순진함을 억지로 실천하려 했다. 그녀의 감독관들은 이것을 가리켜 '경험이 없는 사람에게 자연스럽게 나타나는 순수함으로 흔히 무지와 혼동되는 상태'라고 했다. 이 순진함 속으로 모든 것이 흘러들어 갔다. 그것은 멘타트의 정보 처리 과정과 흡사했다. 선입견 없이 정보가 들어왔다. "너는 우주를 비추는 거울이다. 네가 경험하는 것은 그 거울에 비친 모습뿐이다. 영상들이 너의 감각 기관에서 반사된다. 가설이 생겨난다. 틀린 것일지라도 중요하다. 여러 개의 틀린 가설이 믿음직한 결론을 만들어낼 수 있음을 보여주는 특별한 사례가 여기 있다."

"우린 당신에게 기꺼이 봉사하는 종입니다." 랍비는 이렇게 말했었다.

이런 말을 들으면 대모는 항상 바짝 긴장했다.

오드레이드의 크리스털에 들어 있던 설명이 갑자기 빈약하게 느껴졌다. '거의 언제나 중요한 건 이윤이야.' 그녀는 이 생각을 냉소적인 것으로 받아들였다. 그러나 그것은 엄청난 경험을 근거로 한 것이었다. 인간의 행동에서 이 특징을 제거하려는 시도는 항상 실질적인 적용이라는 바위에 부딪쳐 깨어져버렸다. 사회주의와 공산주의 시스템은 이윤을 세는 수단을 바꿔놓았을 뿐이다. 관리를 맡은 관료들의 수가 엄청나게 늘어났으니, 권력이 곧 이윤을 헤아리는 수단이었다.

루실라는 그것이 밖으로 나타나는 형태가 항상 똑같다는 사실을 스스로에게 경고했다. 이 랍비의 광대한 농장을 보라! 수크 의사가 은퇴해서 살고 있는 곳이라고? 그녀는 이곳의 건물들 뒤에 숨겨진 것들을 일부 보았다. 하인들, 화려한 거처. 게다가 이것이 다가 아님이 분명했다. 시스템이 아무리 바뀌어도 항상 똑같았다. 최고의 음식, 아름다운 애인들, 아무런 제한 없이 여행할 수 있는 자유, 휴가 때 머무르는 굉장한 숙소.

'그걸 우리만큼 자주 보면 아주 진저리가 나지.'

그녀는 생각이 신경질적으로 오락가락하고 있다는 걸 알면서도, 그걸 막을 힘이 없는 것 같았다. '생존. 수요 시스템의 가장 밑바닥에는 항상 생존이 있지. 그런데 나는 랍비와 그의 종족의 생존에 위협이 되고 있다.'

그는 그녀의 비위를 맞춰주었다. '우리가 갖고 있다고 생각되는 그 모든 힘에 바짝 달라붙어서 우리의 비위를 맞추는 자들을 항상 조심해야 해. 엄청난 숫자의 하인들이 우리의 명령을 수행하고 싶어 조바심을 치며 기다리고 있다는 사실을 알면 얼마나 으쓱해지는지! 사람이 얼마나 약해지는지. 그것이 명예의 어머니들의 실수였지. 랍비가 왜 이렇게 늦

어지는 걸까?'

그는 루실라 대모를 위해 자신이 얼마나 많은 성과를 올릴 수 있는지 알아보고 있는 걸까?

아래쪽에서 문이 쾅 소리를 내면서 발밑의 바닥을 뒤흔들었다. 서둘러 계단을 올라오는 발소리가 들렸다. 이 사람들은 얼마나 원시적인지. 계단이라니! 문이 열리는 순간 루실라는 뒤로 돌아섰다. 랍비가 진한 멜란지 냄새를 풍기며 들어왔다. 그는 문 옆에 서서 그녀의 기분을 살폈다.

"제가 늦은 것을 용서해 주십시오, 고귀한 레이디. 조합 항법사 에드릭에게 소환되어 신문을 받았습니다."

이것으로 스파이스 냄새를 이해할 수 있었다. 항법사들은 오렌지색의 멜란지 기체 속에 항상 잠겨 있었으며, 그 기체가 그들의 모습을 가려 버리는 경우도 잦았다. 루실라는 자그마한 V 자 모양을 한 항법사의 입과 코 역할을 하는 흉측한 막을 눈앞에 그려볼 수 있었다. 관자놀이가 불뚝불뚝 고동치는 항법사의 얼굴이 거대했기 때문에 입과 코가 아주 작아 보였다. 그녀는 동시 번역기를 통해 사람 냄새가 나지 않는 갈락 어로 번역된 항법사의 부엉이 울음소리 같은 목소리를 들으며 랍비가 얼마나 위협을 느꼈을지 알 수 있었다.

"그가 무엇을 원하던가요?"

"당신입니다."

"그가……."

"그가 확신하는 것은 아닙니다. 하지만 우리를 의심하고 있는 건 분명합니다. 하긴, 그는 모든 사람을 다 의심하지요."

"그들이 당신을 미행했습니까?"

"그럴 필요 없습니다. 그들은 언제든지 저를 찾아낼 수 있습니다."

"이제 어떻게 하죠?" 그녀는 자신이 너무 빠르게, 너무 큰 목소리로 말했음을 깨달았다.

"고귀한 레이디……." 그가 세 발짝 더 가까이 다가왔다. 그의 이마와 코에 땀이 배어 있는 것이 보였다. 두려움이었다. 두려움의 냄새가 났다.

"그래요, 뭐죠?"

"명예의 어머니들의 활동 뒤에 버티고 있는 경제적 시각 말인데, 저희는 그것에 꽤나 흥미가 있습니다."

그의 말이 그녀의 두려움을 현실로 만들어주었다. '그럴 줄 알았어! 저자가 나를 팔아넘기려는 거야!'

"당신 같은 대모들이 잘 알고 있듯이, 경제 시스템에는 항상 빈틈이 있습니다."

"그래서요?" 커다란 경계심이 배어 있는 목소리였다.

"어떤 상품이든 상품의 교역을 불완전하게 억압하면 항상 상인들의 이윤이 증가합니다. 특히 상급 도매업자들의 이윤이 증가하지요." 그의 머뭇거리는 목소리가 경계심을 불러일으켰다. 그가 말을 이었다. "반갑지 않은 마약을 국경에서 막으면 통제할 수 있다는 생각의 오류가 바로 그것입니다."

그가 지금 무슨 얘기를 하고 있는 거지? 그는 복사들조차 아는 기본적인 사실들을 설명하고 있었다. 늘어난 이윤은 국경 경비를 안전하게 통과할 경로를 확보하는 데 항상 쓰였다. 경비병들을 직접 매수하는 것이 자주 쓰이는 방법이었다.

'저자가 명예의 어머니들의 종을 매수한 걸까? 설마, 그런 일을 무사히 해낼 수 있을 거라고 생각하지는 않을 거야.'

그가 생각을 정리하는 동안 그녀는 기다렸다. 그는 그녀가 받아들일 가능성이 가장 크다고 생각되는 말을 만들고 있는 모양이었다.

그가 왜 국경 경비대원들에게 그녀의 주의를 돌린 걸까? 그의 의도가 그것이었음은 분명했다. 경비대원들은 물론 언제나 상관에 대한 배신을 합리화하기 위한 변명을 미리 마련해 두고 있었다. '내가 하지 않아도 누군가가 할 텐데 뭘'이라고.

그녀는 감히 희망을 품었다.

랍비가 목을 가다듬었다. 그가 원하는 단어들을 찾아서 순서에 맞게 정리하는 작업이 끝났음이 분명했다.

"당신을 무사히 가무 밖으로 피신시킬 방법이 있다고는 생각하지 않습니다."

그녀는 이토록 직설적인 단언이 나올 거라고는 미처 예상하지 못했다. "하지만 그……."

"당신이 갖고 있는 정보, 그건 문제가 다릅니다." 그가 말했다.

그러니까 국경과 경비대원들에게 주의를 집중시킨 이유가 이거였군!

"아직 이해를 못 한 모양이군요, 랍비. 내 정보는 몇 마디 말이나 어떤 경고 같은 게 아닙니다." 그녀는 손가락으로 이마를 톡톡 치면서 말을 이었다. "이 안에 소중한 삶들이 많이 있습니다. 모두 어느 것으로도 대신할 수 없는 경험들이며, 너무나 중요한 가르침이라서……."

"아아, 저는 제대로 이해하고 있습니다, 고귀한 레이디. 우리 문제는 '당신'이 이해하지 못한다는 겁니다."

'항상 이렇게 이해의 문제가 등장하다니!'

"지금 이 순간 나는 당신의 명예를 믿고 있습니다." 그가 말했다.

'아아, 베네 게세리트가 한 약속의 그 전설적인 정직성과 신뢰성을 말하는 거로군!'

"내가 당신을 배신하느니 차라리 죽음을 택하리라는 걸 아시지 않습니까." 그녀가 말했다.

그는 정말 어쩔 수 없다는 듯 두 손을 넓게 벌렸다. "저는 그걸 완전히 믿습니다, 고귀한 레이디. 문제는 배신이 아니라, 우리가 당신의 교단에게 한 번도 밝히지 않았던 어떤 것입니다."

"도대체 무슨 말을 하고 싶은 겁니까?" 거의 '목소리'를 사용한 것처럼 명령조의 말투였다(그녀는 이 유대인들에게 '목소리'를 사용하려 들지 말라는 경고를 미리 들었다).

"난 당신에게서 어떤 약속을 받아내야 합니다. 지금부터 내가 밝히려고 하는 사실 때문에 당신이 우리에게 등을 돌리지 않을 거라는 맹세를 받아내야 합니다. 당신은 우리의 딜레마에 대한 나의 해결책을 받아들이겠다고 약속해야 합니다."

"내용도 모르면서요?"

"내가 당신에게 약속을 요구하고 있고, 우리가 교단에 헌신하겠다는 약속을 소중히 지키고 있다는 사실만을 믿으십시오."

그녀는 그를 노려보며 그가 그녀와의 사이에 만들어놓은 장벽을 꿰뚫어 보려고 애썼다. 표면으로 드러난 그의 반응을 읽을 수는 있었지만, 그가 보여주는 뜻밖의 행동 밑에 숨어 있는 수수께끼는 읽어낼 수 없었다.

랍비는 이 무시무시한 여자가 스스로 결정을 내릴 때까지 기다렸다. 대모들은 항상 그를 불안하게 만들었다. 그는 그녀가 결국 어떤 결정을 내릴지 알고 있었기 때문에 측은한 마음이 들었다. 그는 그녀가 자신의 표정에서 그 측은한 마음을 읽어낼 수 있음을 깨달았다. 그들은 아주 많은 것을 알면서도, 또한 거의 아는 것이 없었다. 그들의 힘은 분명했다. 그리고 '비밀의 이스라엘'에 대한 그들의 지식은 너무나 위험한 처지에 놓여 있었다!

'하지만 우린 그들에게 빚을 졌다. 그녀는 '선택된 자들'에게 속하지 않지만 빚은 빚이고, 명예는 명예고, 진실은 진실이야.'

베네 게세리트는 다급한 시기에 여러 번 '비밀의 이스라엘'을 보존해 주었다. 그리고 대학살은 그의 종족이 기다란 설명을 듣지 않고도 알 수 있는 주제였다. 대학살은 '비밀의 이스라엘'의 영혼 속에 박혀 있었다. 그리고 '입에 담을 수 없는 그것' 덕분에, 선택된 자들은 결코 잊지 않을 것이다. 그들이 그것을 용서할 수 없는 만큼.

매일 치러지는 의식(이 의식에서는 공동체의 나눔이 주기적으로 강조되었다) 속에서 생생하게 유지되는 기억이 랍비가 반드시 해야 하는 일에 빛나는 후광을 던졌다. 아, 가엾은 여자 같으니! 그녀 역시 기억과 상황 속에 갇혀 있었다.

'가마솥 속으로 들어가는 거야! 우리 둘 다!'

"약속합니다." 루실라가 말했다.

랍비는 이 방에 하나뿐인 문으로 돌아가서 문을 열었다. 나이 많은 여자가 긴 갈색 드레스를 입고 거기 서 있었다. 랍비의 손짓에 따라 그녀가 안으로 들어왔다. 오랫동안 물 위에 떠 있던 나무와 같은 색깔의 머리카락은 뒤통수에 깔끔하게 올려 고정했고, 주름투성이의 쪼그라든 얼굴은 말린 아몬드처럼 검었다. 하지만 저 눈이라니! 흰자위가 없는 완전한 파란색이었다! 그리고 그 눈 속의 강철 같은 강인함은…….

"이 사람은 우리 종족의 레베카입니다. 당신도 틀림없이 눈치챘겠지만, 그녀는 위험한 일을 해 냈습니다." 랍비가 말했다.

"스파이스의 고통." 루실라가 속삭이듯 말했다.

"그녀는 오래전에 그 일을 해 냈고, 우리를 위해 훌륭히 일하고 있습니다. 이제 그녀가 당신을 위해 일할 겁니다."

루실라는 확인을 해보지 않을 수 없었다. "'나눔'이 가능합니까?"

"한 번도 해본 적은 없습니다, 레이디. 하지만 그것이 무엇인지 압니다." 레베카는 이 말을 하면서 루실라에게 다가오다가 두 사람의 몸이 거의 닿을 만한 위치에서 걸음을 멈췄다.

그들은 서로에게 몸을 기울여 이마를 맞댔다. 손을 뻗어 상대의 어깨를 움켜쥐었다.

두 사람의 정신이 맞물릴 때, 루실라는 강하게 생각을 쏘아 보냈다. "이걸 반드시 내 자매들에게 전달해야 합니다!"

"약속하겠습니다, 고귀한 레이디."

이렇게 정신이 완전히 섞인 상태에서는 속임수가 있을 수 없었다. 임박한 확실한 죽음, 혹은 독성이 있는 멜란지 추출물이 이 궁극의 솔직함을 촉진했다. 고대의 프레멘들이 멜란지 추출물을 '작은 죽음'이라고 부른 것은 옳은 표현이었다. 루실라는 레베카의 약속을 받아들였다. 제대로 훈련받지 못한 이 유대인들의 대모는 그것에 확신을 얻어 자신의 목숨을 맡겼다. 그뿐만이 아니었다! 루실라는 그 사실을 깨닫고 놀란 숨을 집어삼켰다. 랍비는 그녀를 명예의 어머니들에게 팔아넘길 작정이었다. 그 농작물 운반차 운전수는 루실라와 같은 인상착의의 여자가 농가에 정말로 있는지 확인하러 온 그들의 첩자였다.

레베카의 솔직함은 루실라가 도망치는 것을 허락하지 않았다. "우리가 우리 자신을 구하고 우리의 신용을 유지할 수 있는 길은 이것뿐입니다."

그래, 랍비가 그녀에게 경비대원과 권력의 거간꾼 이야기를 꺼낸 것은 바로 이 때문이었다. '영리해, 영리해. 그리고 나는 그가 미리 알고 있었던 것처럼 이것을 받아들였어.'

줄 하나만을 가지고는 인형을 조종할 수 없다.

—젠수니 총무

　시이나 대모는 회색 손톱이 달린 조각기를 이색적인 장갑처럼 양손에 끼고 조각대 위에 서 있었다. 조각대 위에 놓인 검은 센시플라즈가 그녀의 손 밑에서 모양을 갖춰가기 시작한 지 거의 한 시간째였다. 깨달음을 구하는 창조물, 그녀의 내면에 있는 야생의 장소에서 솟아오르는 창조물에 가까워진 것 같은 느낌이 들었다. 창조적인 힘의 강렬함 때문에 피부가 부들부들 떨렸다. 오른쪽 복도를 지나가는 사람들도 알아차리지 않을까 하는 생각이 들었다. 작업실의 북쪽 창문에서 그녀의 뒤쪽으로 회색 빛이 들어왔고, 서쪽 창문은 사막의 석양빛을 받아 오렌지색으로 빛났다.

　이곳 사막 감시 기지에서 시이나의 수석 조수로 있는 프레스터가 몇 분 전 문간에서 걸음을 멈추었지만, 이곳 기지 사람들은 지금 시이나를 방해하지 않는 게 좋다는 것을 모두 다 알고 있었다.

시이나는 뒤로 물러나면서 햇빛 같은 줄무늬가 있는 갈색 머리카락 한 줌을 손등으로 이마에서 쓸어 올렸다. 검은색 플라즈는 그녀 앞에 마치 도전자처럼 서 있었다. 녀석의 곡선과 평면이 그녀가 내면에서 감지하고 있는 형태에 '거의' 들어맞았다.

'난 가장 커다란 두려움을 느낄 때 이곳으로 와서 창조를 해.' 그녀는 생각했다.

이 생각이 파도처럼 솟아오르는 창조력의 기세를 꺾어놓았기 때문에, 그녀는 조각을 완성하기 위해 자신에게 한층 박차를 가했다. 조각기를 낀 손이 플라즈를 획획 스치고 지나가며 침범할 때마다 검은색 형태가 광적인 바람에 떠밀린 파도처럼 생겨났다.

북쪽 창문에서 들어오는 빛이 희미해지자 자동 장치들이 천장 가장자리에서 노란색과 회색이 섞인 빛을 보충해 주었지만, 그건 원래의 빛과 달랐다. 정말 달랐다!

시이나는 자신의 작품에서 뒤로 물러났다. 비슷하지만…… 만족스러운 수준은 아니었다. 그녀 내면의 형태가 거의 손에 잡힐 듯했다. 그것이 태어나려고 몸부림치는 것이 느껴졌다. 그러나 플라즈의 형태는 그게 아니었다. 그녀가 오른손을 한 번 획 휘두르자 플라즈가 조각대 위에서 검은색 덩어리로 전락했다.

젠장!

그녀는 조각기를 벗어 조각대 옆의 선반에 떨어뜨리듯 놓았다. 서쪽 창문 바깥의 지평선에는 아직 가느다란 선 모양의 오렌지색이 남아 있었다. 파도처럼 솟아오르는 창조력이 사라지는 것처럼 그 빛도 빠르게 사라지는 중이었다.

석양빛이 들어오는 창문으로 성큼성큼 걸어간 그녀는 마침 그날의 마지막 수색팀이 돌아오는 것을 볼 수 있었다. 점점 영역을 넓혀가는 모래 언덕의 진행경로에 임시 착륙장이 설치되어 있는 남쪽에서 수색팀의 착륙용 불빛들이 개똥벌레 화살처럼 움직였다. 오니숍터들이 천천히 내려오는 것으로 보아 이곳에 이식된 모래송어들로부터 마침내 모래벌레가 생겨나고 있다는 조짐, 이를테면 스파이스의 개화 같은 것을 전혀 찾지 못했음을 알 수 있었다.

'난 어쩌면 결코 오지 않을지도 모르는 벌레들의 목자야.'

창문은 검게 반사된 그녀 자신의 모습을 되돌려주었다. 스파이스의 고통이 남긴 흔적이 보였다. 갈색 피부에 비쩍 마른 몸매를 지닌, 듄의 집 없는 아이가 이제 키가 크고 조금은 엄격해 보이는 여자가 되어 있었다. 그러나 그녀의 갈색 머리카락은 목덜미에 단단하게 동여맨 두건에서 지금도 고집스럽게 삐져 나와 있었다. 온통 파란색뿐인 눈에는 야성이 있었다. 다른 사람들도 그것을 보았다. 그것이 문제였다. 그것이 그녀가 갖고 있는 몇 가지 두려움의 원천이었다.

우리의 '시이나'를 위한 선교단의 준비를 막을 길은 하나도 없는 것 같았다.

만약 거대한 모래벌레가 생겨난다면, 샤이 훌루드가 돌아오는 것이다! 베네 게세리트의 보호 선교단은 아무 의심 없이 종교적 숭배를 바칠 준비가 된 인류를 향해 그녀를 쏘아 보낼 태세였다. 신화가 현실이 되는 것이다…… 그녀가 저 뒤의 조각을 현실로 만들려고 애썼던 것처럼.

거룩한 시이나! 신황제는 그녀의 노예다! 신성한 모래벌레가 그녀에게 복종하는 것을 보라! 레토가 돌아왔다!

이것이 명예의 어머니들에게 영향을 미칠까? 아마 그럴 것이다. 그들은 신황제를 굴두르라고 부르면서 그에 대해 최소한 겉으로나마 믿음을 바치고 있었다.

그들이 성적인 착취 문제를 제외하고는 '거룩한 시이나'의 선도를 따를 가능성은 거의 없었다. 시이나는 베네 게세리트의 기준으로도 터무니없는 자신의 성적인 행동이, 선교단이 그녀에게 뒤집어씌우려고 하는 역할에 대한 일종의 항의라는 것을 알고 있었다. 그녀가 던컨 아이다호의 손에 성적인 종속 훈련을 받은 남자들을 세련되게 다듬고 있을 뿐이라는 변명은 바로 그것…… 변명에 불과했다.

'벨론다가 의심하고 있어.'

멘타트인 벨은 일탈적인 자매들에게 항상 위험한 존재였다. 벨이 교단의 고위 평의회에서 강력한 지위를 차지하고 있는 주된 이유가 바로 그것이었다.

시이나는 창문에서 몸을 돌려, 자신의 침상을 덮은 오렌지색과 암갈색 이불 위에 몸을 던졌다. 그녀의 바로 앞에는 자그마한 인간의 모습 위로 자세를 잡은 거대한 벌레의 커다란 흑백 그림이 있었다.

'저것이 옛날 그들의 모습이지. 어쩌면 다시는 볼 수 없는 모습이기도 하고. 저 그림으로 내가 말하고 싶었던 게 뭐지? 그걸 안다면 플라즈 조각을 완성할 수 있을지도 몰라.'

던컨과 비밀스러운 손가락 대화법을 만들어낸 것은 위험한 일이었다. 그러나 교단이…… 아직은 알면 안 되는 일들이 있었다.

'우리 둘 다 도망칠 길이 있을지도 몰라.'

하지만 두 사람이 어디로 갈 수 있을까? 이 우주는 명예의 어머니들과 그 밖의 세력들 때문에 골치를 앓고 있었다. 이 우주에 여기저기 흩어져 있는 행성들은 오로지 평화롭게 생을 마치기만을 바라는 사람들로 대부분 채워져 있었다. 일부 지역은 베네 게세리트의 인도를 받아들였고, 그

밖의 많은 지역은 명예의 어머니들의 억압 밑에서 몸부림쳤다. 대부분의 사람들은 최선을 다해 스스로를 다스릴 수 있게 되기를 희망했다. 민주주의에 대한 영원한 꿈이었다. 그러나 항상 미지의 것들이 존재했다. 명예의 어머니들의 가르침도 항상 존재했다. 무르벨라가 가르쳐준 단서에 의하면 극단적 상황에 처한 물고기 웅변대원들과 대모들이 명예의 어머니가 되었다고 했다. 물고기 웅변대의 민주주의가 명예의 어머니의 독재가 된 것이다! 단서가 너무 많아서 도저히 무시할 수 없을 정도였다. 하지만 그들이 T 탐침, 세포 유도, 성적인 기술 등을 통해 무의식적인 충동을 강조한 이유가 무엇일까?

우리 도망자들의 재능을 받아줄 시장이 어디 있을까?

이 우주의 시장은 이미 하나가 아니었다. 일종의 지하 활동망이 확립되어 있었다. 그것은 지극히 느슨한 조직이었으며, 과거의 타협과 일시적인 협정이 기반이었다.

언젠가 오드레이드가 이런 말을 한 적이 있었다. "그것은 가장자리가 해어지고, 구멍 난 곳을 기운 낡은 옷과 비슷하다."

구제국에서 초암이 단단하게 조직해 놓았던 교역망은 더 이상 존재하지 않았다. 이제 그 교역망은 느슨하기 짝이 없는 유대들에 의해 한데 묶여 있는 무시무시한 조각들로 변해 있었다. 사람들은 누덕누덕 기운 이 조직망을 경멸로 대했으며, 항상 좋았던 옛날을 그리워했다.

'우리를 신성한 시이나와 그녀의 배우자가 아니라 그냥 단순한 도망자로 받아들여 줄 우주란 어떤 곳일까?'

던컨이 그녀의 배우자라는 얘기는 아니었다. 그것은 원래 베네 게세리트의 계획이었다. "시이나와 던컨을 결합시켜라. 우리가 그를 통제하고, 그가 그녀를 통제할 것이다."

무르벨라가 그 계획을 갑작스레 끝장내 버렸다. '우리 두 사람 모두를 위해 좋은 일이었지. 성적인 집착을 원하는 사람이 어디 있겠어?' 그러나 시이나는 자신이 던컨 아이다호에 대해 묘하게 혼란스러운 감정을 품고 있음을 인정하지 않을 수 없었다. 손가락 대화법, 서로를 만지는 손길. 오드레이드가 그 광경을 엿보게 되었을 때, 그녀에게 무슨 말을 할 수 있을까? 오드레이드에게 발각되는 것은 만약의 일이 아니라 시간 문제였다.

"우리는 던컨과 무르벨라가 최고 대모님에게서 도망칠 길에 대해 이야기하고 있습니다, 최고 대모님. 우리는 테그의 기억을 되살릴 다른 방법들에 대해 얘기하고 있습니다. 우리는 베네 게세리트에 대한 우리의 은밀한 반란에 대해 이야기하고 있습니다. 그렇습니다, 다르위 오드레이드! 전에 당신의 제자였던 내가 당신에게 맞서는 반란자가 되었습니다."

시이나는 무르벨라에 대해서도 혼란스러운 감정을 품고 있음을 인정했다.

'그녀는 내가 실패했을지도 모르는 부분에서 던컨을 길들였어.'

사로잡힌 명예의 어머니는 매혹적인 연구대상이었다……. 때로는 재미있기도 했다. 우주선의 복사들용 식당 벽에 그녀의 우스꽝스러운 엉터리 시가 붙어 있었다.

이봐, 신! 당신이 거기 있었으면 좋겠군.
당신이 내 기도를 들어줬으면 좋겠다고.
내 방 선반에 새겨진 모습 말인데,
그게 정말 당신 모습이야, 아니면 그냥 나 자신이야?
뭐, 어쨌든 이제부터 기도한다.
내가 항상 긴장을 늦추지 않게 해주세요.

내가 저지른 최악의 실수들을 잊어버리게 해주세요.

그건 우리 둘 모두를 위한 겁니다.

내 부서의 감독관들에게

완벽함의 모범을 보이기 위해,

혹은 그저 그것의 천국을 위해,

빵처럼, 그것의 효모를 위해,

어떤 이유에 마음이 내키든,

제발 당신과 나를 위해 나서주세요.

그 후에 이어진 오드레이드와의 대결, 기계눈에 잡힌 그 모습은 정말 멋진 광경이었다. 오드레이드가 묘하게 귀에 거슬리는 목소리로 말했다. "무르벨라? 당신이?"

"그런 것 같습니다." 그녀에게는 뉘우치는 기색이 전혀 없었다.

"그런 것 같다고?" 여전히 귀에 거슬리는 목소리.

"왜, 안 되나요?" 상당히 도전적인 모습.

"당신은 선교단을 농담거리로 삼았습니다! 아니라고 하지 마세요. 그게 바로 당신의 의도였으니까."

"그들은 정말 더럽게 잘난 척을 한다고요!"

시이나는 그때의 대결을 곰곰이 생각하며 공감할 수밖에 없었다. 반항적인 무르벨라는 하나의 징후였다. 사람들이 알아챌 수밖에 없을 때까지 부글부글 끓고 있는 것이 무엇인가?

'나는 영원히 계속되는 훈련에 맞서서 바로 그런 식으로 싸웠어. '그 훈련이 너를 강하게 만들어줄 것이다, 아이야'라니.'

무르벨라는 어렸을 때 어떤 사람이었을까? 어떤 압력이 그녀를 지금처럼 만들어놓은 걸까? 삶은 항상 압력에 대한 반작용이었다. 어떤 사람들은 편안하고 즐거운 것에 굴복해서 그들에 의해 다듬어졌다. 폭음 때문에 모공이 부풀어 올라 빨갛게 변했다. 바커스가 그들에게 추파를 던졌고, 욕망이 그들의 외모에 자신의 형태를 고정시켰다. 대모들은 수천 년에 걸친 관찰을 통해 그것을 알고 있었다. '우리가 저항하든 하지 않든, 우리는 압력에 의해 다듬어진다.' 압력과 다듬기, 그것이 삶이었다. '그리고 나는 비밀스러운 반항을 통해 새로운 압력을 만들어내고 있어.'

교단이 현재 모든 위협에 대해 잔뜩 경계하고 있다는 점을 감안하면, 던컨과의 손가락 대화법은 아마도 쓸데없는 일일 것이다.

시이나는 고개를 갸우뚱하고 조각대 위에 있는 검은 덩어리를 바라보았다.

'하지만 난 끝까지 할 거야. 내 삶에 대한 나 자신의 선언을 만들어낼 거다. 내가 나 자신의 삶을 창조하겠어! 저주받을 베네 게세리트 같으니! 그러다 자매들이 날 존중하지 않게 되겠지.'

존중을 바탕으로 순종을 강요하는 방식은 조금 골동품 같았다. 그들은 이것을 가장 오래된 옛날부터 보존해 오면서 정기적으로 그것을 꺼내 광택을 내고, 인간이 만들어낸 모든 창조물이 그렇듯이 시간의 흐름에 따른 수리를 했다. 그래서 지금도 암묵적인 경의 속에서 그 방식이 시행되었다.

'그렇게 해서 너는 대모가 되었지만, 그 밖의 모든 판단 기준으로는 그것이 진실이 아냐.'

시이나는 그 순간 자신이 이 골동품을 한계까지 시험해서 아마도 그것을 깨뜨릴 수밖에 없으리라는 것을 깨달았다. 그녀의 내면에 있는 야생의 장소로부터 분출구를 찾아 헤매는 저 검은 플라즈 덩어리는 그녀가 반드시 해야 하는 일들 중 한 가지 요소에 불과했다. 그것을 반란이라고 부르든, 아니면 다른 이름으로 부르든, 그녀의 가슴속에서 느껴지는 그 힘을 부정할 수는 없었다.

관찰자로만 자신을 제한하면, 자기 인생의 중요한 점을 항상 놓치게 된다. 삶의 목적을 이런 식으로 표현할 수 있을 것이다. 가능한 한 최고의 삶을 살아라. 삶은 하나의 게임이며, 사람들은 그 안에 뛰어들어 그 게임을 철저하게 하면서 게임의 규칙을 배운다. 그렇게 하지 않는다면, 변화하는 게임에 계속 놀라며 당황하게 된다. 게임을 하지 않는 자들은 자주 칭얼거리면서 행운이 항상 자기들을 그냥 지나가 버린다고 불평한다. 그들은 스스로 행운을 어느 정도 만들어낼 수 있다는 사실을 보려 하지 않는다.

—다르위 오드레이드

"아이다호에 대한 최근의 기계눈 기록을 살펴 보셨습니까?" 벨론다가 물었다.

"나중에 합시다! 나중에!" 오드레이드는 자신이 짜증을 내고 있으며, 벨의 타당한 질문에도 그런 태도로 답했음을 인식했다.

요즘 들어 압력이 최고 대모를 점점 더 옥죄고 있었다. 그녀는 항상 총괄적인 관심을 갖고 자신의 임무를 대하려고 노력했다. 그녀의 관심을 끄는 일이 많을수록 그녀의 탐색 범위도 넓어졌으며, 그 덕분에 쓸모 있는 데이터를 더 많이 확실하게 얻을 수 있었다. 감각을 사용하면 데이터가 더 나아졌다. 본질. 그녀의 탐색적인 관심이 원하는 것은 바로 그것이었다. 본질. 그것은 마치 심원한 굶주림을 달래기 위해 음식을 찾아 헤매는 것과 같았다.

그러나 오늘 아침과 같은 날들이 점점 많아졌다. 그녀가 직접 일을 처리하는 걸 좋아한다는 사실은 널리 알려져 있었지만, 이 작업실의 벽들이 그녀를 붙들었다. 그녀는 반드시 사람들이 연락할 수 있는 곳에 있어야 했다. 단순히 다른 사람들의 연락을 받을 뿐만 아니라, 즉시 통신문과 사람들을 파견할 수 있어야 했다.

'젠장! 시간을 내야 해. 꼭 그래야 해!'

무엇보다 시간의 압박이 컸다.

시이나가 말했다. "우린 남에게서 빌려 온 날들을 따라 굴러가고 있습니다."

얼마나 시적인 표현인가! 현실의 요구 앞에서는 그리 도움이 되지 않는 말이었다. 도끼가 떨어지기 전에 그들은 가능한 한 많은 베네 게세리트 세포들을 흩어놓아야 했다. 그보다 더 중요한 것은 하나도 없었다. 베네 게세리트라는 천이 찢어져 참사회의 어느 누구도 알 수 없는 곳으로 보내지고 있었다. 때로 이 흐름이 오드레이드의 눈에 누더기와 자투리로 보였다. 그들은 한 무리의 모래송어를 우리에 넣고 베네 게세리트의 전통, 가르침, 기억을 안내인 삼아 비우주선을 타고 펄럭이며 떠나갔다. 교단은 오래전 제 1차 대이동 때에도 이렇게 했지만 교단으로 돌아오거나 연락을 보내온 사람은 하나도 없었다. 아무도. 아무도. 오로지 명예의 어머니들만 돌아왔다. 만약 그들이 한때 베네 게세리트였다면, 지금의 모습은 끔찍하게 뒤틀린 모습이었다. 그들은 무턱대고 자살 행위를 하고 있었다.

'우리가 다시 완전해질 수 있을까?'

오드레이드는 탁자 위의 일거리를 내려다보았다. 그녀의 선택을 바라는 명단들이 또 올라와 있었다. 누가 떠나고 누가 남을 것인가? 잠시 행동을 멈추고 심호흡을 할 시간도 거의 없었다. 그녀의 전임자인 타라자의 '다른 기억'은 '그것 보세요, 내가 뭐라고 했습니까! 내가 겪은 일들이 어떤 것인지 이제 알겠습니까?'라고 말하는 듯한 태도를 보였다.

'난 한때 꼭대기 자리에는 여유가 있는지 궁금했었지.'

어쩌면 꼭대기 자리에는 여유가 있는지도 몰랐다(그녀가 복사들에게 즐겨 말하는 것처럼). 그러나 시간이 충분한 경우는 거의 없었다.

대체적으로 수동적인 '저 바깥'의 비(非)베네 게세리트 대중을 생각할 때, 오드레이드는 가끔 그들이 부러웠다. 그들에게는 환상이 허락되어 있었다. 그것이 얼마나 위안이 되는지. 자신의 인생이 영원할 것이며, 내일은 더 나아질 것이고, 천국의 신들이 자신을 지켜보며 보살펴 주는 것처럼 행세할 수 있으니.

그녀는 자신에게 혐오를 느끼며 이렇게 타락한 자신의 생각으로부터 뒷걸음질 쳤다. 구름에 가려지지 않은 눈이 더 나았다. 그 눈에 보이는 광경이 무엇이든.

"가장 최근의 아이다호 기록들을 살펴보았습니다." 그녀는 탁자 건너편에서 참을성 있게 기다리고 있는 벨론다를 바라보며 말했다.

"그는 흥미로운 본능들을 가지고 있지요." 벨론다가 말했다.

오드레이드는 그 점에 대해 생각해 보았다. 비우주선 전체에 설치된 기계눈들이 놓치는 것은 거의 없었다. 아이다호 골라에 대한 평의회의 가설은 날이 갈수록 가설이라기보다 확신에 가까워지고 있었다. 이 골라는 아이다호로서 연달아 살았던 수많은 삶들의 기억을 얼마나 갖고 있는 걸까?

"탐은 그들의 아이들에 대해 의혹을 제기하고 있습니다. 그 아이들이 위험한 재능을 갖고 있습니까?" 벨론다가 말했다.

그건 예상할 만한 일이었다. 비우주선 안에서 무르벨라가 낳은 아이다호의 세 아이는 태어나자마자 다른 곳으로 옮겨졌다. 아이들이 자라는 과정은 모두 세심하게 관찰되고 있었다. 명예의 어머니들이 보여주는 섬뜩한 반응 속도를 그들도 갖고 있는가? 확실한 대답을 알아내기에는 때가 너무 일렀다. 무르벨라에 따르면, 그것은 사춘기 때 발달하는 능력이었다.

무르벨라는 화를 내면서도 체념한 듯, 아이들과 헤어지는 것을 받아들였다. 그러나 아이다호는 거의 반응을 보이지 않았다. 묘한 일이었다. 뭔가가 그에게 번식에 대해 더 폭넓은 시야를 제공해 준 걸까? 거의 베네 게세리트와 같은 시야를?

"이것도 베네 게세리트의 교배 프로그램일 뿐이지." 그가 이죽거렸다.

오드레이드는 자신의 생각이 그냥 흐르도록 내버려두었다. 아이다호가 보여주는 것이 정말로 베네 게세리트와 같은 태도인가? 교단은 감정적 애착이 고대의 파편이라고 말했다. 한때는 인간의 생존에 매우 중요했지만 베네 게세리트의 계획에는 더 이상 필요하지 않다는 것이다.

'본능이라.'

사람이 난자와 정자 상태일 때부터 존재하는 것. 그것은 대개 생명 유지에 필수적이었으며, '지금 너와 얘기하고 있는 건 종(種) 전체란 말이다, 멍청이!'라고 큰 소리로 외치곤 했다.

'사랑…… 자손…… 굶주림…….' 이 모든 무의식적 동인들이 특정한 행동을 강요했다. 그런 문제에 참견하는 것은 위험한 일이었다. 교배 감독관들은 그렇게 참견을 하면서도 그것이 위험하다는 걸 알고 있었다. 평의회는 주기적으로 이 문제를 토의했으며, 참견의 결과를 신중하게 지켜보라는 명령을 내렸다.

"기록을 살펴보셨다고요. 저한테 하실 말씀이 그것뿐입니까?" 벨론다에게서 나온 말치고는 상당히 푸념조였다.

기계눈의 기록에서 벨이 커다란 관심을 갖고 있는 것은, 아이다호가 무르벨라에게 명예의 어머니의 성 중독 기법에 대해 질문하는 모습이었다. 왜일까? 그들에게 필적하는 그의 능력은 악솔로틀 탱크 안에서 그의 세포에 각인된 틀레이랙스의 정신 훈련 때문에 생긴 것이었다. 아이다호의 능력은 본능과 흡사한 무의식적 패턴으로 생겨난 것이지만 그 결과는 명예의 어머니들의 효과와 분간할 수 없을 정도였다. 황홀경을 증폭시켜 상대의 이성을 모두 날려버린 뒤, 상대를 그 황홀경의 원천에 종속시키는 것.

무르벨라는 자신의 능력을 무한정 설명해 주지 않았다. 자신이 배운 것과 똑같은 기술로 아이다호가 자신을 중독시켰다는 사실에 대해 아직 분노가 남아 있음이 분명했다.

"아이다호가 동인을 물어보면 무르벨라는 장벽을 올립니다." 벨론다가 말했다.

'그래, 나도 봤어.'

"난 당신을 죽일 수도 있어. 당신도 알잖아!" 무르벨라는 이렇게 말했다.

기계눈 기록은 비우주선 안에 있는 무르벨라의 거처에서 두 사람이 함께 침대에 들어 있는 모습을 보여주었다. 서로가 중독된 것을 이제 막 만족시킨 모습이었다. 벌거벗은 몸에서 땀이 번들거렸다. 무르벨라는 파란색 수건을 이마에 놓고, 초록색 눈으로 기계눈을 쏘아보며 누워 있었다. 마치 그녀가 관찰자들을 직접 바라보고 있는 것 같았다. 그녀의 눈에 작은 오렌지색 얼룩들이 있었다. 명예의 어머니들이 스파이스 대용품으로 사용하던 물질이 그녀의 몸에 아직 남아 있어서, 그녀가 화를 내면 그렇게 반점으로 나타나는 것이다. 그녀는 이제 멜란지를 사용하고 있었다. 거부 반응은 나타나지 않았다.

아이다호는 그녀의 옆에 누워 있었다. 그의 얼굴 주위에 아무렇게나 흩어져 있는 검은 머리카락이 그가 베고 있는 하얀 베개와 날카로운 대조를 이루었다. 그는 눈을 감고 있었지만 눈꺼풀이 퍼덕거렸다. 마른 몸이었다. 오드레이드의 전속 요리사가 구미가 당기는 요리들을 보내는데도 그는 음식을 충분히 먹지 않았다. 높게 솟은 그의 광대뼈가 분명하게 두드러졌다. 이곳에 갇혀 지낸 세월 동안 그의 얼굴은 우악스럽게 변해 있었다.

무르벨라가 자신의 협박을 실천할 수 있는 신체적 능력을 갖고 있다는 사실을 오드레이드는 알고 있었다. 그러나 그 협박은 심리적으로는 거짓말이었다. '연인을 죽여? 그럴 수 없을걸!'

벨론다도 같은 생각을 하고 있었다. "그녀가 무슨 생각으로 자신이 얼마나 빨리 움직일 수 있는지를 보여준 걸까요? 전에도 그런 일이 있었잖습니까."

"그녀는 우리가 감시한다는 걸 압니다."

기계눈들은 무르벨라가 정사 후의 피로감에 반항하면서 침대에서 뛰어 나오는 모습을 보여주었다. 눈에 보이지도 않을 만큼 빠른 속도로 움직이며(지금까지 베네 게세리트가 성취한 속도보다 훨씬 더 빨랐다) 그녀는 오른발을 밖으로 찼다. 그 발은 아이다호의 머리에서 겨우 머리카락 한 올만큼 떨어진 곳에 멈췄다.

그녀가 처음 움직일 때 아이다호는 눈을 떴다. 그는 아무런 두려움도 없이, 꿈적도 하지 않은 채 그녀를 지켜보았다.

'저 일격! 맞았다면 치명적이었을 거야.' 그런 광경을 한 번만 봐도 두려움을 품기에는 충분했다. 무르벨라는 중앙 대뇌피질에 전혀 의존하지 않고 움직였다. 마치 곤충처럼, 근육에 불을 붙이는 지점에 있는 신경에 의해 촉발되는 공격이었다.

"봤지!" 무르벨라가 발을 내리고 부릅뜬 눈으로 아이다호를 내려다보았다.

아이다호는 미소를 지었다.

그것을 보면서 오드레이드는 교단에 무르벨라의 아이가 세 명 있다는 사실을 스스로에게 일깨웠다. 세 명 모두 여자아이였다. 교배 감독관들은 흥분했다. 시간이 흐르면 이 혈통에서 태어난 대모들이 명예의 어머니들과 필적하는 능력을 갖게 될지도 몰랐다.

'하지만 우린 아마 그만한 시간을 갖지 못할 거야.'

그러나 오드레이드도 교배 감독관들과 같은 흥분을 느꼈다. 저렇게 빠르다니! 교단의 위대한 프라나 빈두 자원, 신경과 근육 훈련에 그것을 덧붙인다면! 그렇게 해서 창조될 수도 있는 결과는 그녀의 내면에 말로 표현되지 않은 상태로 들어 있었다.

"그녀가 저런 행동을 한 건 우리에게 보여주기 위해서입니다. 그에게 보여주려는 게 아니에요." 벨론다가 말했다.

오드레이드는 확신할 수 없었다. 무르벨라는 끊임없는 감시에 분개하고 있었지만, 이미 거기에 적응하고 있었다. 그녀가 기계눈 뒤에 있는 사람들을 무시하고 행동하는 경우가 많았다. 기록화면 속에서 그녀가 침대에 누워 있는 아이다호의 옆자리로 다시 돌아갔다.

"제가 이 기록에 대한 접근을 제한했습니다. 일부 복사들이 불안해하고 있어서요." 벨론다가 말했다.

오드레이드는 고개를 끄덕였다. 성적인 중독. 명예의 어머니들이 지닌 능력 중에서도 그 부분이 베네 게세리트들, 특히 복사들 사이에서 불안한 잔물결을 일으켰다. 이건 매우 도발적이었다. 참사회에 있는 대부분의 자매들은 자기들 중 시아나만이 자칫 약해질지도 모른다는 전체적인 두려움에 반항하듯, 이런 기법들 중 일부를 실행하고 있다는 사실을 알고 있었다.

"우리는 절대 명예의 어머니처럼 되어서는 안 됩니다!" 벨은 항상 이렇게 말했다. '하지만 시아나는 의미심장한 통제 요인에 해당하지. 그녀는 우리에게 무르벨라에 대해 뭔가를 가르쳐주고 있어.'

어느 날 오후, 비우주선의 거처에서 편히 쉬고 있는 무르벨라의 모습을 발견한 오드레이드는 직설적인 질문을 던져보았다. "아이다호가 나타나기 전에 당신들 중에서, 그러니까, '함께 즐기자'는 유혹을 느낀 사람이 아무도 없었습니까?"

무르벨라는 분노와 자부심을 드러내며 진저리를 쳤다. "그가 날 잡은 건 우연입니다!"

'그녀가 아이다호의 질문에 보여주었던 것과 같은 분노였지.' 이때의 일을 떠올리면서 오드레이드는 작업용 탁자 위로 몸을 기울여 원래 기록을 불러냈다.

"그녀가 얼마나 화를 내는지 보십시오. 그런 질문에 대답하는 것에 대해 최면 무아지경의 금제가 있어요. 내 명성을 걸고 단언합니다." 벨론다가 말했다.

"그건 스파이스의 고통 속에서 밝혀질 겁니다." 오드레이드가 말했다.

"그녀가 거기까지 다다르기나 할지!"

"최면 무아지경은 원래 우리의 비밀입니다."

벨론다는 뻔히 파악되는 추론 과정을 곰곰이 생각해 보았다. '원래 대이동 때 우리가 내보낸 자매들 중 아무도 돌아오지 않았다.'

그들의 머릿속에는 다음과 같은 구절이 커다랗게 적혀 있었다. "변절한 대모들이 명예의 어머니를 만들었는가?" 그것이 사실임을 암시해 주는 단서들이 많았다. 그렇다면 그들은 왜 남자를 성의 노예로 만드는 데에 의존하는 걸까? 무르벨라가 역사에 대해 늘어놓은 쓸데없는 말들로는 충분하지 않았다. 그들이 사용하는 이 방법의 모든 점이 베네 게세리트의 가르침에 어긋났다.

"반드시 알아내야 합니다. 우리가 아는 빈약한 사실만으로도 몹시 불안해요." 벨론다가 고집스럽게 말했다.

오드레이드는 그녀의 걱정을 인정했다. 이 능력이 얼마나 유혹적인가? 대단히 유혹적일 것이다. 복사들은 명예의 어머니가 되는 꿈을 꾼다고 투덜거렸다. 벨론다의 걱정은 옳은 것이었다.

그토록 방종한 힘을 만들어내거나 활성화시킨다면, 엄청나게 복잡한 육체적 환상이 구축된다. 사람들의 욕망을 이용해서, 그들의 환상을 이용해서 한 곳의 인구 전체를 마음대로 이끌 수 있게 되는 것이다.

명예의 어머니들이 감히 사용하는 무시무시한 힘이 바로 그것이었다. 자기들이 모든 이성을 날려버리는 황홀경의 열쇠를 갖고 있다는 걸 사람들에게 알림으로써 그들은 전투에서 이미 절반쯤 승리를 거뒀다. 그런 것이 존재한다는 간단한 암시, 그것이 굴복의 시작이었다. 또 다른 교단인 명예의 어머니들 중에서 무르벨라의 수준에 있는 사람들은 아마 이것을 모르고 있겠지만 최고위급 사람들은……. 그들이 이 능력에 더 깊숙이 잠재해 있는 힘에 신경 쓰지 않고, 혹은 아예 짐작조차 하지 못한 채, 그냥 이 힘을 사용하기만 한다는 게 가능한 일일까? '만약 정말로 그렇다면, 맨 처음 대이동을 떠났던 우리의 자매들은 어떤 유혹에 넘어가 이런 막다른 골목으로 들어서게 된 걸까?'

전에 벨론다가 자신의 가설을 얘기한 적이 있었다.

명예의 어머니가 제1차 대이동에서 대모를 포로로 잡아 이렇게 말했으리라는 것이다. "환영합니다, 대모님. 미력하지만 우리의 능력을 보여 드리고 싶군요." 그리고 성적인 기술이 막간극처럼 실연된 후 명예의 어머니들이 빠른 몸놀림을 보여주는 시간이 이어졌다. 그 후 그들은 멜란지 공급을 끊고, 아드레날린을 기반으로 최면제가 가미되어 있는 스파이스 대용품을 대모에게 주입했다. 벨론다의 가설에 의하면, 그렇게 해서 무아지경에 빠진 대모가 성적으로 각인되었다는 것이다.

이것이 멜란지 금단 증상의 선택적인 고통과 합쳐져서 희생자로 하여금 자신의 근원을 부인하게 만들었다(는 것이 벨의 의견이었다).

'운명이여 우리를 도와주소서! 최초의 명예의 어머니들이 모두 대모였을까? 우리가 우리 자신에게 이 가설을 감히 시험해 보아야 하나? 비우주선에 있는 두 사람에게서 이것에 대해 우리가 알아낼 수 있는 게 뭐지?'

정보를 줄 수 있는 두 사람이 교단의 감시를 받고 있었지만, 열쇠는 아직 발견되지 않았다.

'여자와 남자는 더 이상 단순한 교배의 파트너도 아니고, 더 이상 서로를 위안하고 지탱해 주는 존재도 아냐. 뭔가 새로운 것이 덧붙여졌다. 더 큰 일이 됐어.'

작업 탁자 위에서 재생되고 있는 기계눈 화면에서 무르벨라가 최고 대모의 정신을 번쩍 들게 하는 말을 했다.

"명예의 어머니인 우리들이 우리 자신을 이렇게 만들었어! 어느 누구도 탓할 수 없지."

"들으셨습니까?" 벨론다가 다그치듯 물었다.

오드레이드는 무르벨라의 대화에 신경을 집중하고 싶어서 세게 고개를 흔들었다.

"나는 달라." 아이다호가 반박했다.

"그건 무의미한 변명이야. 그래, 당신은 처음으로 만나는 각인사를 덫으로 잡아채는 정신 훈련을 틀레이랙스 인들에게 받았잖아!" 무르벨라가 비난했다.

"그리고 그녀를 죽이게 되어 있었지. 그들의 의도는 그런 것이었어." 아이다호가 무르벨라의 말을 정정했다.

"하지만 당신은 날 죽이려는 시도조차 하지 않았어. 그렇다고 당신이 날 죽일 수 있었을 거라는 얘긴 아니지만."

"그건……." 아이다호는 자신들의 모습을 기록하고 있는 기계눈을 자기도 모르게 살짝 바라보며 말을 끊었다.

"저기서 그가 하려던 말이 무엇일까요? 반드시 알아내야 합니다!" 벨론다가 버럭 소리쳤다.

그러나 오드레이드는 아무 말 없이 두 포로들을 계속 관찰했다. 무르벨라가 놀라운 통찰력을 보여주었다. "당신은 당신과 상관없는 우연 때문에 나를 잡게 되었다고 생각하지?"

"그래."

"하지만 당신 안의 뭔가가 이 모든 걸 받아들였다는 걸 난 알 수 있어! 당신은 그냥 당신이 받은 정신 훈련에 따라 움직인 게 아냐. 당신은 자신의 능력을 최대한 발휘했어."

자신의 내면을 들여다보는지 아이다호의 눈이 흐릿해졌다. 그는 고개를 약간 뒤로 젖히며 가슴 근육을 쭉 폈다.

"저건 멘타트의 표정이잖아!" 벨론다가 비난했다.

오드레이드의 분석관들이 모두 이런 의견을 내놓았지만, 아이다호에게서 시인의 말을 짜내는 과제가 아직 남아 있었다. 만약 그가 멘타트라면, 왜 그 사실을 말하지 않는 거지?

'그런 능력이 암시하는 다른 것들 때문이지. 그는 우리를 두려워해. 옳은 생각이지.'

무르벨라가 이죽거리며 말했다. "당신은 임기응변의 수완으로 틀레이랙스 인들이 당신에게 심어놓은 것을 오히려 개선했어. 당신의 일부는 그것에 대해 전혀 아무런 불평도 하지 않았다고!"

"그녀는 저런 식으로 자신의 죄책감을 처리합니다. 그녀는 저게 사실이고, 그렇지 않았다면 아이다호가 자신을 잡을 수 없었을 거라고 믿을 수밖에 없어요." 벨론다가 말했다.

오드레이드는 입술을 꾹 다물었다. 기록 영상에는 재미있어하는 아이다호의 모습이 나타나 있었다. "어쩌면 우리 둘 다 같은 건지도 모르지."

"당신은 틀레이랙스 인들을 탓할 수 없고, 나도 명예의 어머니들을 탓할 수 없어."

타말란이 작업실로 들어와 벨론다 옆에 있는 자신의 의자개에 주저앉았다. "당신도 저것에 흥미를 느끼시는 모양이군요." 그녀가 영상 속의 인물들을 가리키며 말했다.

오드레이드는 투사기를 껐다.

"나는 우리 악솔로틀 탱크를 조사했습니다. 그 저주받을 사이테일이 아주 중요한 정보를 말하지 않았더군요." 타말란이 말했다.

"우리가 처음으로 만들어낸 골라에게는 아무런 결함도 없는 것이겠지요?" 벨론다가 다그치듯 물었다.

"우리 수크들이 찾아본 바로는 그렇습니다."

오드레이드가 온화한 어조로 말했다. "사이테일도 뭔가 흥정에 사용할 카드를 갖고 있어야겠지요."

양편이 모두 같은 환상을 갖고 있었다. 사이테일은 베네 게세리트가 명예의 어머니들에게서 자신을 구출해 참사회 행성에 피신처를 마련해 준 대가를 지불하고 있었다. 그러나 그를 연구한 모든 대모들은 최후로 남은 틀레이랙스의 주인인 그를 움직이는 다른 요인이 있다는 걸 알고 있었다.

'영리해, 정말 영리하구나, 베네 틀레이랙스. 우리가 짐작했던 것보다 훨씬 더 영리해. 그리고 그들은 자기들의 악솔로틀 탱크로 우리를 더럽혔다. '탱크'라는 단어 자체가 그들의 또 다른 속임수야. 우리는 따뜻한 양수가 들어 있는 용기를 생각했지. 각각의 탱크를 중심으로 (따로따로 분리해서 섬세하게 통제할 수 있는 방식으로) 자궁의 역할을 그대로 흉내 내기 위한 복잡한 기계가 달려 있다고 말이야. 탱크가 존재하는 건 사실이지! 하지만 그 안에 들어 있는 것이라니.'

틀레이랙스의 해법은 직선적이었다. 원본을 사용하는 것이다. 이미 억겁의 세월에 걸쳐 자연이 방법을 마련해 놓았다. 베네 틀레이랙스가 해야 할 일이라고는 자기들만의 통제 시스템, 즉 세포 안에 저장된 정보를 복제할 수 있는 자기들만의 방식을 덧붙이는 것뿐이었다.

사이테일은 그것을 '신의 언어'라고 했다.

'샤이탄의 언어라고 하는 편이 더 낫겠네.'

피드백을 통해 세포가 스스로의 자궁에 지시를 내렸다. 사실 수정된 난자가 하는 일도 그와 비슷했다. 틀레이랙스 인들은 그것을 세련되게 다듬었을 뿐이었다.

오드레이드에게서 한숨이 새어 나오자 함께 있던 사람들이 날카로운 시선을 보냈다. '최고 대모에게 새로운 걱정거리가 생긴 건가?'

'사이테일이 밝힌 정보 때문에 고민이 되는군. 게다가 그 정보가 우리에게 어떤 영향을 미쳤는지. 아, 우리가 그 '타락' 앞에서 얼마나 움찔했는지. 그리고 합리화가 뒤를 이었지. 게다가 우리는 그것이 합리화라는 것을 알고 있었어! '다른 방법이 없다면. 우리에게 그토록 절박하게 필요한 골라들을 이 방법으로 만들어낼 수 있다면. 아마 자원자들을 찾을 수 있을 거야'라고. 그리고 찾아냈지! 자원자들을!'

"멍하니 무슨 생각을 하는 겁니까!" 타말란이 투덜거렸다. 그녀는 벨론다를 살짝 바라보며 뭔가를 말하려다가 생각을 바꿨다.

벨론다의 표정이 부드럽고 온화해졌다. 그녀의 기분이 우울해졌을 때 자주 나타나는 표정이었다. 그녀의 목소리는 거의 목구멍에서 나오는 속삭임이었다. "아이다호를 제거해 버리자고 강력히 촉구합니다. 그리고 그 틀레이랙스의 괴물에 대해서는……."

"왜 그런 완곡한 표현으로 그런 제안을 하는 겁니까?" 타말란이 다그치듯 물었다.

"그럼 그를 죽이자고 하지요! 그리고 틀레이랙스 인은 우리의 모든 설득 방법을 동원해서……."

"그만하세요, 두 분 다!" 오드레이드가 명령했다.

그녀는 양쪽 손바닥으로 이마를 잠깐 누르면서 활처럼 불룩한 창문을 뚫어지게 바라보았다. 밖에서 얼음처럼 차가운 비가 내리고 있었다. 기후 통제소가 또 실수를 저지르고 있었다. 그들을 탓할 수는 없었지만, 인간들은 예측할 수 없는 일을 세상에서 가장 증오했다. 인간들은 '우리는 자연스러운 것을 원해!'라고 말하곤 했다. 그게 도대체 무슨 뜻인지는 모르겠지만.

이런 생각이 자신을 엄습할 때면, 오드레이드는 자기 마음에 드는 질서, 즉 가끔 과수원에서 산책을 즐길 때와 같은 상황만이 존재하는 삶을 갈망했다. 그녀는 계절에 관계없이 그런 산책을 매우 좋아했다. 조용한 저녁에 친구들과 함께 산책하면서 따스한 온기가 느껴지는 사람들과 서로를 탐색하듯 대화를 주고받는 것. 애정이라고? 그래, 최고 대모는 감히 그런 것을 원하고 있었다. 심지어 동무들의 사랑까지도 원하고 있었다. 향료가 강하게 가미됐다는 이유로 선택된 음료수와 함께 훌륭한 식사를 즐기는 것. 이것도 그녀가 원하는 것이었다. 미각을 자극하는 것은 얼마나 멋진 일인지. 그리고 나중에는…… 그래, 나중에는 상냥한 반려와 함께 하는 따스한 침대도. 그가 원하는 것에 대해 그녀가 세심하게 신경을 쓰는 만큼, 그녀의 요구에 대해서도 세심하게 신경을 써주는 반려.

물론 이것은 대부분 불가능한 일이었다. 책임이라니! 얼마나 엄청난 단어인가. 얼마나 뜨거운 단어인가.

"슬슬 배가 고프네요. 이곳으로 점심을 가져오라고 할까요?" 오드레이드가 말했다.

벨론다와 타말란이 그녀를 빤히 바라보았다. "이제 겨우 11시 반밖에 되지 않았습니다." 타말란이 투덜거렸다.

"그렇게 할까요, 말까요?" 오드레이드가 고집스럽게 말했다.

벨론다와 타말란이 은밀한 시선을 교환했다. "원하는 대로 하십시오." 벨론다가 말했다.

베네 게세리트들 사이에는 최고 대모의 위장이 만족했을 때 교단이 더 부드럽게 굴러간다는 말이 있었다(오드레이드도 아는 말이었다). 그 말이 방금 저울의 향방을 결정한 것이다.

오드레이드는 자신의 개인용 주방과 이어진 인터컴을 눌렀다. "점심 3인분 부탁합니다, 두아나. 특별한 걸로 준비해 주세요. 선택은 당신에게 맡기겠습니다."

방으로 날라져 온 점심은 오드레이드가 특별히 좋아하는 요리였다. 송아지 냄비요리. 두아나는 로즈마리 약간을 송아지 고기 속에 넣어 섬세한 솜씨를 발휘했다. 채소를 지나치게 익히지도 않았다. 훌륭했다.

오드레이드는 한 입 한 입을 음미했다. 나머지 두 사람은 숟가락을 입으로 가져가는 동작을 반복하며 힘겹게 식사를 했다.

'내가 최고 대모이고 저 두 사람은 아닌 이유 중의 하나가 이건가?'

식사가 끝난 후 복사가 그릇을 치우는 동안 오드레이드는 자신이 가장 좋아하는 질문으로 주의를 돌렸다. "휴게실과 복사들 사이에서 요즘 어떤 소문이 돌아다니고 있습니까?"

그녀는 자신이 복사였을 때 뭔가 위대한 진리를 기대하면서 자기보다 나이 많은 사람들의 말에 목을 맸던 것을 떠올렸다. 그러나 그녀가 얻은 것은 대부분 아무개 자매에 대한 잡담이나 모 감독관이 가장 최근에 겪고 있는 문제들에 대한 얘기였다. 그러나 때로는 장벽이 낮아져서 중요한 데이터가 흘러다녔다.

"대이동을 떠나고 싶다고 얘기하는 복사들이 너무 많습니다. 가라앉는 배에서 도망치는 쥐와 같다고 할 수 있겠죠." 타말란이 귀에 거슬리는 목소리로 말했다.

"최근 기록 보관소에 대한 관심이 크게 늘었습니다. 사정을 잘 아는 자매들은 스스로 확인을 해보려고 찾아오죠. 아무개 복사가 시오나의 유전자 표식을 진하게 갖고 있는지." 벨론다가 말했다.

오드레이드는 이 말에 흥미를 느꼈다. 오랜 세월에 걸친 폭군의 치하에서 유래한 그들의 공통적인 아트레이데스 조상, 시오나 이븐 푸아드 알 세예파 아트레이데스는 예지력을 지닌 수색자들에게 존재를 숨기는 능력을 후손들에게 전해 주었다. 참사회에서 거리낌 없이 걸어 다니는 사람들은 모두 조상에게서 받은 그 능력의 보호를 받고 있었다.

"진한 표식이라고요? 자기들이 궁금해하는 그 아무개가 능력의 보호를 받는지 의심을 품고 있다는 겁니까?" 오드레이드가 물었다.

"그들은 안심하고 싶어 합니다." 벨론다가 으르렁거리듯이 말했다. "이제 아이다호 얘기로 돌아가도 될까요? 그는 그 유전자 표식을 갖고 있기도 하고, 아니기도 합니다. 난 그게 걱정스러워요. 그의 세포 중 일부에 시오나의 표식이 없는 이유가 뭡니까? 틀레이랙스 인들이 무슨 짓을 꾸민 걸까요?"

"던컨은 그것이 위험하다는 걸 알고 있고, 자살 행위를 할 사람도 아닙니다." 오드레이드가 말했다.

"그가 어떤 존재인지 우리는 모릅니다." 벨론다가 투덜거렸다.

"아마 멘타트일 겁니다. 우리는 그 의미를 알지요." 타말란이 말했다.

"우리가 무르벨라를 데리고 있는 이유는 이해합니다." 벨론다가 말했다. "가치 있는 정보를 얻기 위해서죠. 하지만 아이다호와 사이테일은……."

"그만하십시오! 감시견이 너무 오래 짖는군요!" 오드레이드가 날카롭게 소리쳤다.

벨론다는 마지못해 이 말을 받아들였다. 감시견. 이것은 사람들이 얄은 길로 떨어지지 않도록 자매들이 끊임없이 감시하는 것을 가리키는 베네 게세리트의 용어였다. 이것이 복사들에게는 매우 괴로운 일이었지만 대모들에게는 그저 삶의 일부에 지나지 않았다.

오드레이드는 어느 날 오후에 회색 벽이 있는 비우주선 안의 접견실에 무르벨라와 단둘이 서서 이것을 설명해 주었다. 서로를 마주 본 채 가까이 붙어 서서 눈높이를 맞춘 자세였다. 대단히 비공식적이면서 친밀한 자세. 기계눈들이 사방에 있다는 사실을 둘 다 알고 있다는 점만 빼면.

"감시견이라." 오드레이드가 무르벨라의 질문에 대답했다. "그건 우리가 서로에게 귀찮은 존재라는 뜻입니다. 그 이상의 의미를 부여하지 마세요. 우리가 성가시게 잔소리를 하는 경우는 거의 없습니다. 간단한 말 한마디로 충분하지요."

무르벨라의 달걀형 얼굴이 혐오의 표정으로 일그러지고, 널찍하게 자리 잡은 초록색 눈은 강렬하게 빛났다. 오드레이드가 언급한 간단한 말 한마디가 공통의 신호, 즉 그런 상황에서 자매들이 사용하는 단어나 정해진 구절이라고 생각하는 기색이었다.

"어떤 단어죠?"

"그건 상관없습니다, 젠장! 뭐든 적절한 말이면 돼요. 그건 상호적인 반사 작용과 같습니다. 우리는 짜증스럽게 느껴지지 않는 공통의 '경련' 같은 걸 공유하고 있습니다. 그것이 우리를 긴장시켜 주기 때문에 우리는 그것을 환영합니다."

"그래서 내가 대모가 된다면 당신들이 '나를' 감시견처럼 감시하겠다고요?"

"우리 스스로도 감시견을 원합니다. 감시견이 없다면 우린 더 약해질 겁니다."

"갑갑할 것 같은데요."

"우리는 그렇게 생각하지 않습니다."

"내 생각에 그건 혐오스러운 일입니다." 그녀는 천장에서 반짝이는 렌즈들을 바라보며 말을 이었다. "저 저주받을 기계눈처럼 말이죠."

"우리는 우리 사람들을 잘 보살핍니다, 무르벨라. 일단 베네 게세리트가 되면 평생 동안 확실한 관리를 받을 수 있어요."

"편안한 벽감에서 말이죠." 그녀는 비웃고 있었다.

오드레이드는 부드럽게 말했다. "그것과는 아주 다릅니다. 우리는 평생에 걸쳐 도전을 받습니다. 우리 능력을 한계에 이르기까지 최대한 발휘해서 교단의 은혜를 갚죠."

"감시견들!"

"우린 항상 서로를 잊지 않습니다. 우리들 중 권력의 자리에 있는 사람이 때로 독재자가 될 수도 있고, 심지어 허물없는 사이처럼 굴 수도 있지만, 그것도 그 순간에 꼭 필요한 만큼 세심하게 계산된 수준까지만 그렇게 하는 겁니다."

"따스하거나 상냥한 태도가 진심인 경우는 결코 없다는 건가요?"

"그것이 규칙입니다."

"어쩌면 애정은 가능할 수도 있지만, 사랑은 안 된다?"

"난 당신에게 규칙을 말한 겁니다." 그리고 오드레이드는 무르벨라의 얼굴에서 이 말에 대한 반응을 분명히 볼 수 있었다. '바로 저거야! 저들은 나더러 던컨을 포기하라고 요구할 생각이야!'라고 말하는 표정.

"그러니까 베네 게세리트들 사이에는 사랑이 전혀 없군요." 그녀의 어조가 얼마나 슬펐는지. 무르벨라에게는 아직 희망이 있었다.

"사랑이 생겨나기도 합니다. 하지만 우리 자매들은 사랑을 탈선으로 취급하지요." 오드레이드가 말했다.

"그러니까, 내가 던컨에게 느끼는 감정이 탈선이다?"

"자매들이 그걸 처치하려 할 겁니다."

"처치라니! 병자에게 병의 교정을 위한 치료를 실시하는 것 말입니까!"

"사랑은 자매들이 부패했다는 징후로 간주됩니다."

"난 당신들에게서 부패의 징후를 보고 있어!"

마치 오드레이드의 생각을 읽은 것처럼, 벨론다가 오드레이드를 상념으로부터 끌어냈다. "저 명예의 어머니는 결코 우리에게 자신을 바치지 않을 겁니다!" 벨론다가 입가를 훔치며 점심 식사 때 조금 묻은 소스를 닦아냈다. "그녀에게 우리 방식을 가르치려 하는 건 시간 낭비입니다."

'적어도 벨이 이제는 무르벨라를 '매춘부'라고 부르지 않는군. 그것만으로도 조금 나아진 거지.' 오드레이드는 생각했다.

모든 정부(政府)들은 반복적으로 발생하는 문제들 때문에 고생한다. 권력이 정신병자에 가까운 사람들을 끌어당긴다는 것. 이건 권력이 부패한다는 뜻이 아니라, 부패할 수 있는 자들을 자석처럼 끌어당긴다는 뜻이다. 그런 사람들은 폭력에 도취하는 경향이 있으며, 그런 상태에 재빨리 중독된다.

—보호선교단, 문서 QIV(덱토)

레베카는 너무나 멀고 높은 곳에 너무나 위험한 모습으로 자리하고 있는 위대한 명예의 어머니를 감히 올려다보지 못한 채 명령받은 대로 노란색 타일 바닥 위에 무릎을 꿇었다. 위대한 명예의 어머니와 그녀의 동료들이 아첨꾼 시종들의 시중을 받으며 점심 식사를 하는 동안, 레베카는 이 거대한 방의 거의 중심이라고 할 수 있는 이곳에서 두 시간이나 기다렸다. 레베카는 시종들의 태도를 조심스럽게 보아두었다가 열심히 흉내 냈다.

약 한 달 전에 랍비에게서 받은 이식물 때문에 눈자위가 아직도 아팠다. 이식된 눈은 파란색 홍채와 하얀 공막(흰자위 — 옮긴이)을 갖고 있어서 그녀가 과거에 스파이스의 고통을 겪은 흔적이 전혀 드러나지 않았다.

이것은 일시적인 방어 장치였다. 1년도 채 되지 않아, 이 새로운 눈이 온통 파란색으로 변하면서 그녀의 정체를 드러낼 터였다.

그녀는 눈의 통증이 지금 자신의 문제들 중에서 가장 하찮은 것이라는 판단을 내렸다. 몸속에 삽입해 놓은 유기물이 그녀에게 정해진 양의 멜란지를 공급해 주면서 그녀가 멜란지에 중독되어 있음을 감춰주었다. 멜란지의 양은 약 60일분으로 계산되어 있었다. 만약 이 명예의 어머니들이 그녀를 그보다 오랫동안 붙들어놓는다면, 그녀는 금단 증상 때문에 맨 처음 겪었던 스파이스의 고통이 순하게 느껴질 만큼 강한 고통 속으로 곤두박질치게 될 것이다. 지금 당장 가장 위험한 것은 스파이스와 함께 정해진 양만큼 공급되고 있는 시어였다. 만약 이 여자들이 그것을 감지한다면, 의심을 품을 것은 자명했다.

'당신은 잘하고 있습니다. 인내심을 가지세요.' 이것은 람파다스의 수많은 사람들에게서 나온 '다른 기억'의 목소리였다. 이 목소리가 그녀의 머릿속에서 부드럽게 울렸다. 루실라의 목소리인 것 같은 느낌이 들었지만 확신할 수는 없었다.

'나눔의 의식'이 있고 나서, 이 목소리가 스스로를 '당신의 모할라타의 대변인'이라고 선언한 후 몇 달 동안 이 목소리는 그녀에게 친숙한 것이 되었다. '이 매춘부들은 우리의 지식을 따라올 수 없습니다. 그걸 기억하고 거기서 용기를 얻어요.'

'내면의 다른 자들'이 존재하는데도 주위에서 일어나는 일에는 제대로 신경을 쏟을 수 있다는 사실에 그녀는 경외를 느낄 수밖에 없었다. '우리는 그것을 '동시 흐름'이라고 부릅니다. 동시 흐름은 당신의 의식을 여럿으로 만들죠.' 대변인은 이렇게 말했다. 레베카는 이것을 랍비에게 설명하려고 했지만 그는 화를 냈다.

"당신은 부정한 생각들로 더럽혀진 거요!"

밤늦은 시간에 랍비의 서재에서 있었던 일이었다. 그는 동시 흐름을 가리켜 '우리에게 할당된 날들로부터 시간을 훔치는 것'이라고 했다. 서재는 지하에 있었으며 벽에는 오래된 책, 리둘리안 크리스털, 두루마리 등이 줄줄이 꽂혀 있었다. 익스에서 만든 최고의 장치들, 랍비의 동포들이 개조해서 성능을 향상시킨 장치들이 이 방을 탐침에게서 가려주었다.

그가 낡은 의자에서 뒤로 등을 기대고 앉아 있을 때면, 그녀는 그의 책상 옆에 앉을 수 있었다. 그의 옆에 나지막하게 설치된 발광구가 수염을 기른 그의 얼굴에 고풍스러운 노란빛을 던졌고, 그 빛은 그가 거의 자기 직업의 상징처럼 쓰고 다니는 안경에 부딪혀 반짝였다.

레베카는 혼란을 느끼는 척했다. "하지만 랍비께서는 우리가 람파다스의 이 보물을 구해야 한다고 말씀하셨습니다. 베네 게세리트가 우리에게 명예롭지 못한 행동을 했습니까?"

그녀는 그의 눈에서 걱정을 보았다. "레비가 어제 여기서 오간 질문들에 대해 얘기하는 걸 들었겠지. 베네 게세리트가 왜 우리에게 왔을까? 그들이 의문을 품고 있는 게 바로 그 점이오."

"우리가 내놓은 이야기는 일관되고 믿을 만한 것입니다. 자매들은 '진실 말하기'도 꿰뚫어 볼 수 없는 방법들을 우리에게 가르쳐주었습니다." 레베카가 항변했다.

"난 모르겠소…… 모르겠어." 랍비가 슬픈 듯이 고개를 저으며 말을 이었다. "거짓말이라는 게 뭐요? 진실은 뭐지? 우리가 우리 입으로 스스로를 파멸로 이끄는 건가?"

"우리가 저항하고 있는 건 바로 대학살입니다, 랍비 님!" 대개는 이 말이 그의 결심을 굳게 해주었다.

"기동대! 그래, 당신 말이 옳소, 딸이여. 모든 시대에는 기동대가 있었지. 가슴속에 살심을 품고 마을로 쳐들어온 그들의 채찍과 칼을 경험한 건 우리만이 아니오."

그런 일이 최근에 일어나서 자기가 직접 눈으로 본 것처럼 그가 이런 얘기를 하는 것이 이상하다고 레베카는 생각했다. 결코 용서하지 말고, 결코 잊지 말라. 리디체는 바로 어제의 일이다. '비밀의 이스라엘'의 기억 속에서 그것이 얼마나 강력한 존재인지. 대학살! 그것은 연속성이라는 측면에서 거의 그녀가 자신의 의식 속에 가지고 있는 이 베네 게세리트 존재들만큼 강력했다. 거의. 랍비는 바로 그것을 거부하는 것이라고 그녀는 스스로를 타일렀다.

"우리가 당신을 빼앗긴 것 같소. 내가 당신에게 무슨 짓을 한 거지? 내가 무슨 짓을 한 거야? 그것도 명예라는 명목으로." 랍비가 말했다.

그는 서재 벽의 계기판들을 바라보았다. 농장 주위에 설치된 수직 축 풍차들로부터 밤사이 동력이 얼마나 축적되는지 알려주는 그 계기판들은 저 위에서 기계가 윙윙거리며 내일을 위한 에너지를 저장하고 있다는 증거였다. 그것은 베네 게세리트의 선물이었다. 익스로부터의 자유. 독립성. 얼마나 독특한 단어인가.

레베카에게 시선을 돌리지 않은 채 그가 말했다. "난 그 '다른 기억'이라는 것을 어떻게 다뤄야 할지 모르겠소. 옛날부터 항상 그랬지. 기억은 모름지기 지혜를 가져와야 하는데 그건 그렇지 않아. 우리는 다른 방식으로 기억을 정리하고, 다른 곳에 우리의 지식을 적용하고 있소."

그는 시선을 돌려 그녀를 바라보았다. 그의 얼굴이 어둠 속으로 떨어지고 있었다. "당신 안에 있는 그것이 뭐라고 하더이까? 당신이 루실라라고 생각하는 존재 말이오."

레베카는 그가 루실라의 이름을 말하면서 즐거워한다는 것을 알 수 있었다. 만약 루실라가 '비밀의 이스라엘'의 딸을 통해 말할 수 있다면, 그녀는 배반을 당하지 않은 채 지금도 살아 있는 셈이었다.

레베카는 시선을 내리깔면서 말했다. "그녀의 말에 따르면 꼭 필요할 때 우리의 명령을 받고 나타나거나 멋대로 우리를 침범하는 내면의 이미지, 소리, 감각 등이 우리에게 있다고 합니다."

"꼭 필요할 때라, 그래! 그럼 육체의 감각 기관이 전해 주는 것을 제외하고, 당신이 있지 말아야 할 곳에 있으면서 불쾌한 일들을 할 수도 있는 그것은 무엇이오?"

'다른 몸, 다른 기억들이죠.' 레베카는 생각했다. 직접 경험하고 보니, 절대 기꺼이 그것을 포기할 수 없을 것이라는 확신이 들었다. '어쩌면 내가 정말로 베네 게세리트가 된 건지도 몰라. 랍비께서는 물론 그걸 두려워하시는 거지.'

"당신에게 해줄 말이 있소. 그들이 '살아 있는 의식의 결정적인 교차점'이라고 부르는 그것은, 당신 자신의 결정이 실처럼 당신에게서 뻗어 나가 다른 사람들의 삶 속으로 어떻게 들어가는지 당신이 알지 못하는 한 아무것도 아니오."

"다른 사람들의 반응 속에서 우리의 행동을 보는 것, 맞습니다. 교단은 그것을 그렇게 보고 있습니다."

"그것이 지혜요. 그 레이디는 자기들이 무엇을 추구한다고 하더이까?"

"인류의 성숙에 영향을 미치는 것이라고 합니다."

"으음. 그리고 그녀는 세상일들이 자신의 영향력 너머가 아니라, 단순히 감각 너머에 있다고 생각하지. 그건 거의 현명하다고 할 수 있겠소. 하지만 성숙이라…… 아아, 레베카. 우리가 저 높은 곳의 계획에 간섭하고 있는 거요? 야훼의 본질에 한계를 정하는 것이 인간의 권리요? 난 레토 2세가 그것을 이해하고 있었다고 생각하오. 당신 안에 있는 그 레이디는 그것을 부인하고 있고."

"그녀는 그가 저주받을 폭군이었다고 합니다."

"그랬지. 하지만 그가 나타나기 전에도 현명한 폭군들이 있었고, 우리의 후대에도 틀림없이 그런 사람들이 더 있을 거요."

"그들은 그를 샤이탄이라고 부릅니다."

"그는 사탄의 권능을 갖고 있었소. 그것에 대해서는 나도 그들과 마찬가지로 두려워하고 있어. 그는 예지자라기보다는 접합제였소. 자기 눈에 보이는 것들의 모양을 고정시켰지."

"레이디도 바로 그런 말을 하고 있습니다. 하지만 그녀는 그가 보존한 것이 그들의 잔이라고 합니다."

"이번에도 그들이 거의 현명하다고 할 수 있군."

커다란 한숨이 랍비의 몸을 뒤흔들었다. 그는 다시 한번 벽에 있는 계기판을 바라보았다. '내일을 위한 에너지라.'

그는 레베카에게 다시 시선을 돌렸다. 그녀는 전과 달랐다. 그는 그것을 인식하지 않을 수 없었다. 그녀는 베네 게세리트와 매우 비슷해져 있었다. 그건 이해할 수 있는 일이었다. 그녀의 정신은 람파다스에 있던 모든 '사람들'로 가득했다. 그러나 그들은 악마의 저주에 걸려 바다로 몰아내야 할 가다라의 돼지들(예수가 귀신 들린 자들에게서 돼지 떼에게로 귀신을 내쫓자 돼지들이 한꺼번에 바다에 빠져 죽었다는 성경의 이야기에서 나온 말—옮긴이)이 아니었다. '게다가 나도 예수가 아니지.'

"그들이 오드레이드 최고 대모에 대해 당신에게 해준 얘기 말인데, 그녀가 자기들의 기록 관리자와 기록 보관소를 싸잡아서 자주 욕하곤 한다는 얘기 말이오. 얼마나 굉장한 일이오! 기록 보관소라는 게 우리가 지혜를 보관해 두는 책과 같은 것 아니오?"

"그럼 제가 기록 관리자입니까, 랍비 님?"

그녀의 질문은 그를 당황시켰지만, 또한 문제를 분명하게 해주기도 했다. 그는 미소를 지었다. "얘기를 하나 해주겠소, 딸이여. 나는 이 오드레이드라는 인물에게 조금 공감하고 있음을 인정하오. 기록 관리자들에게는 항상 뭔가 불평꾼 같은 분위기가 있지."

"그것이 지혜입니까, 랍비 님?" 그녀가 얼마나 수줍은 기색으로 이 질문을 던졌는지!

"그렇고 말고, 딸이여, 틀림없소. 조금이라도 판단력의 기미가 보이면 기록 관리자들이 그것을 얼마나 세심하게 억압해 버리는지. 한마디 한마디 차례대로. 정말 오만한 자들이오!"

"그들은 어떤 단어를 사용해야 하는지 어떻게 판단을 내리는 겁니까, 랍비 님?"

"아아, 한 조각의 지혜가 당신을 찾아왔군, 딸이여. 그러나 이 베네 게세리트들은 지혜를 성취하지 못했고, 그걸 막고 있는 게 바로 그들의 잔이오."

그녀는 그의 얼굴에서 그의 속내를 읽을 수 있었다. '랍비께서는 내가 가지고 있는 이 생명들에 대한 의심으로 나를 무장시키려 하시는 거야.'

"베네 게세리트에 대해 얘기를 하나 해주겠소." 그가 말했다. 그런데 그 순간 그의 머릿속에는 아무 생각도 떠오르지 않았다. 그 어떤 말도, 그 어떤 현명한 충고도. 오랫동안 그에게 이런 일이 일어난 적은 없었다. 그에게 열려 있는 길은 하나뿐이었다. 마음으로부터 말하는 것.

"어쩌면 그들은 눈부신 섬광 같은 경험을 만나지 못한 채 다마스쿠스로 가는 길에 너무 오래 있었는지도 모르오(사도 바울이 다마스쿠스로 가는 길에 갑자기 눈이 멀면서 예수를 만나 기독교로 개종했다는 성경의 이야기를 바탕으로 한 말—옮긴이), 레베카. 자기들이 인류를 위해 행동하고 있다고 그들은 얘기하지. 왠지 나는 그들에게서 그런 점을 볼 수 없소. 폭군도 나와 마찬가지였을 거요."

레베카가 뭐라고 대답을 하려 하자, 그는 손을 들어 올리며 그녀의 말을 막았다. "성숙한 인류라고? 그것이 그들의 잔이라고? 사람들이 따서 먹는 것이 바로 성숙한 열매가 아니오?"

'환승점' 중앙 홀의 바닥에서 레베카는 그때의 대화를 떠올리며, 그녀가 보존하고 있는 생명들이 아니라 그녀를 붙잡은 사람들의 행동 속에 그 이야기가 구현되는 것을 보았다.

위대한 명예의 어머니는 이미 식사를 마친 다음이었다. 그녀가 시종의 옷자락에 손을 닦았다.

"저 여자를 가까이 다가오게 하시오." 위대한 명예의 어머니가 말했다.

고통이 레베카의 왼쪽 어깨를 창처럼 찌르더니, 그녀의 몸이 앞으로 기울어지면서 무릎을 꿇었다. 로그노라고 불리는 사람이 사냥꾼처럼 살그머니 뒤로 다가와 몰이용 막대기로 포로의 살을 쿡 찌른 탓이었다.

방 전체에 웃음소리가 울렸다.

레베카는 비틀거리며 두 발로 일어나 막대기를 바로 뒤에 둔 채 위대한 명예의 어머니에게로 올라가는 계단 발치에 도착했다. 그곳에서 막대기가 그녀를 멈춰 세웠다.

"엎드려!" 로그노가 자신의 명령을 강조하기 위해 또 한 번 막대기로 그녀를 찔렀다.

레베카는 털썩 무릎을 꿇고 자신의 시선 바로 앞에 있는 계단의 수직판을 뚫어지게 바라보았다. 노란색 타일에 작게 긁힌 자국들이 있었다.

왠지 이런 흠집들이 그녀를 안심시켰다.

위대한 명예의 어머니가 말했다. "내버려두시오, 로그노. 난 대답을 원하는 거지 비명을 듣고 싶은 게 아니니까." 그리고 그녀는 레베카를 향해 말을 이었다. "나를 봐라, 여자!"

레베카는 눈을 들어 그 죽음의 얼굴을 똑바로 올려다보았다. 그토록 커다란 위협을 담고 있는 얼굴치고 얼마나 특징이 없는지. 너무나…… 너무나 단조롭게 생긴 얼굴이었다. 거의 평범하게 보일 정도였다. 몸집도 아주 작았다. 이것이 레베카가 느끼고 있는 위험을 증폭시켰다. 저 자그마한 여자가 얼마나 굉장한 힘을 갖고 있기에 이토록 무시무시한 사람들을 다스리고 있는 것일까.

"네가 왜 이 자리에 있는지 아느냐?" 위대한 명예의 어머니가 다그쳤다.

레베카는 있는 힘껏 아첨하는 어조로 말했다. "오, 위대한 명예의 어머니시여, 당신께서 제게 '진실 말하기' 등 가무의 여러 일들에 대해 듣고 싶어 하신다고 들었습니다."

"너는 '진실을 말하는 자'와 짝을 맺었다!" 이것은 비난이었다.

"그는 죽었습니다, 위대한 명예의 어머니시여."

"아냐, 로그노!" 자신을 향한 이 말에 막대기를 든 보좌관이 앞으로 뛰어나왔다. "이년이 우리 방식을 모르는 모양이오. 자, 가서 옆에 서시오, 로그노. 당신의 맹렬함이 내게 짜증스럽게 느껴지지 않을 만한 곳에."

"네가 말할 수 있는 것은 내 질문에 대답할 때나, 내가 명령했을 때뿐이다, 이년!" 위대한 명예의 어머니가 소리쳤다.

레베카의 몸이 움찔거렸다.

'대변인'이 레베카의 머릿속에서 속삭였다. '그건 거의 '목소리'라고 할 만한 것이었습니다. 조심하십시오.'

"스스로를 베네 게세리트라고 부르는 자들과 알고 지낸 적이 있느냐?" 위대한 명예의 어머니가 물었다.

'바로 지금!' "마녀들과 만난 적이 없는 사람은 없습니다, 위대한 명예의 어머니시여."

"그들에 대해 무엇을 알고 있느냐?"

'그러니까, 저들이 날 이리로 데려온 이유가 이것이군.'

"그저 들은 얘기밖에 없습니다, 위대한 명예의 어머니시여."

"그들이 용감한가?"

"그들은 항상 위험을 피하려 한다고들 합니다, 위대한 명예의 어머니시여."

'당신은 우리에게 존경받을 만한 사람입니다, 레베카. 저것이 이 매춘부들의 패턴입니다. 구슬이 자기에게 맞는 경사진 길을 따라 굴러 내려오는 겁니다. 그들은 당신이 우리를 싫어한다고 생각합니다.'

"그 베네 게세리트들이 부유한가?" 위대한 명예의 어머니가 물었다.

"당신께 비하면 그 마녀들은 가난하다고 생각됩니다, 명예의 어머니시여." 레베카가 말했다.

"왜 그런 말을 하는 거냐? 오로지 내게 아첨만 할 생각은 하지 마!"

"하지만 명예의 어머니시여, 마녀들이 오로지 저를 수송하기 위해 가무에서 여기까지 커다란 우주선을 보낼 수 있겠습니까? 게다가 그 마녀들은 지금 어디 있습니까? 그들은 당신을 피해 숨어 있습니다."

"그래, 그들이 어디 있느냐?" 명예의 어머니가 다그쳤다.

레베카는 어깨를 으쓱했다.

"그들이 바샤르라고 부르는 자가 우리에게서 도망쳤을 때 너는 가무에 있었느냐?" 명예의 어머니가 물었다.

'그녀는 당신이 거기 있었다는 걸 알고 있습니다.' "저는 그곳에 있었습니다, 위대한 명예의 어머니시여. 그리고 이런저런 얘기들을 들었습니다. 저는 그 얘기들을 믿지 않습니다."

"넌 우리가 네게 믿으라고 하는 것을 믿어야 한다, 이년! 그곳에서 무슨 이야기를 들었느냐?"

"그가 눈으로 볼 수 없는 속도로 움직였으며, 그가…… 맨손으로 많은 사람들을 죽였다는 얘기, 그가 비우주선을 훔쳐서 대이동 속으로 도망쳤다는 얘기였습니다."

"그가 도망쳤다는 말은 믿어라."

'그녀가 얼마나 두려워하는지 보십시오! 몸이 떨리는 걸 감추지 못하고 있습니다.'

"'진실 말하기'에 대해 얘기해 보아라." 위대한 명예의 어머니가 명령했다.

"위대한 명예의 어머니시여, 저는 '진실 말하기'를 이해하지 못합니다. 제가 아는 것은 제 남편인 숄렘의 얘기뿐입니다. 원하신다면 그의 얘기를 들려드리겠습니다."

위대한 명예의 어머니는 보좌관들과 평의회 의원들을 좌우로 힐끔거리며 생각을 해보았다. 그들은 점점 지루해지는 모양이었다. '왜 이년을 그냥 죽여버리시지 않는 거지?'

레베카는 자신을 향해 오렌지색으로 번쩍이는 그들의 눈에서 폭력을 눈치채고 안으로 움츠러들었다. 그녀는 쇼엘이라는 애칭으로 부르던 남편에 대해 생각했다. 그의 말이 위로가 되었다. 그는 아직 어렸을 때 '적절한 재능'을 드러냈다. 어떤 사람들은 그것을 가리켜 본능이라고 했지만 쇼엘은 한 번도 그 단어를 사용하지 않았다. "당신의 육감을 믿으시오. 내 스승들이 항상 하시던 말씀이오."

그것은 너무나 실제적인 표현이어서, 그는 그것이 '심오한 신비'를 구하러 온 사람들을 대개 물리쳐주었다고 말했다.

"비결 같은 건 없소. 다른 일과 마찬가지로 훈련과 근면한 노력에 의한 것이지. 사람들이 '작은 지각'이라고 부르는 것, 사람들의 반응에서 아주 작은 변화를 감지해 내는 능력을 연습하는 것이오."

레베카는 지금 자신을 내려다보는 사람들에게서 그런 작은 반응들을 볼 수 있었다. '저들은 날 죽이고 싶어 해. 왜지?'

대변인이 조언을 해주었다. '위대한 자는 다른 사람들에게 자신의 힘을 과시하는 걸 즐깁니다. 그녀는 다른 사람들이 원하는 것을 하지 않고, 그들이 원하지 않는다고 생각되는 일을 합니다.'

"위대한 명예의 어머니시여, 당신께서는 너무나 커다란 부와 권력을 갖고 계십니다. 제가 당신께 봉사할 수 있는 천한 일자리가 분명히 있겠지요?" 레베카는 모험을 했다.

"내 밑으로 들어오고 싶다고?"

'저런 흉포한 미소라니!'

"그것이 제게는 행복이 될 겁니다, 위대한 명예의 어머니시여."

"난 널 행복하게 해주려고 여기 있는 게 아니다."

로그노가 바닥에서 한 걸음 앞으로 나섰다. "그럼 저희를 행복하게 해주십시오, 다마. 저희가 이년과 오락을 조금……."

"조용!"

'아아, 그건 실수였어. 다른 사람들이 있는 곳에서 그녀를 친밀한 이름으로 부른 것 말이야.'

로그노는 뒤로 물러서면서 하마터면 막대기를 떨어뜨릴 뻔했다.

위대한 명예의 어머니가 오렌지색으로 이글거리는 눈으로 레베카를 내려다보았다. "넌 가무의 그 한심한 삶으로 돌아가거라. 난 널 죽이지 않겠다. 그것이 네게는 자비가 될 것이다. 우리가 네게 무엇을 줄 수 있는지 본 지금, 그것 없이 네 삶을 살아라."

"위대한 명예의 어머니시여!" 로그노가 이의를 제기했다. "저희는 의심을……."

"난 당신에 대해 의심을 품고 있소, 로그노. 저 여자를 산 채로 돌려보내시오! 알겠소? 만약 저 여자가 우리에게 필요해지는 경우 우리가 저 여자를 찾아낼 수 없을 거라고 생각하는 거요?"

"아닙니다, 위대한 명예의 어머니."

"우리가 널 지켜보고 있다, 이년." 위대한 명예의 어머니가 말했다.

'미끼입니다! 그녀는 당신을 더 커다란 사냥감을 잡기 위한 수단으로 생각하고 있어요. 정말 재미있군요. 머리가 있는 사람이에요. 본성이 폭력적인데도 그 머리를 쓸 줄 압니다. 저렇게 해서 권력의 자리에 오른 거로군요.'

한때 조합이 사용했던 우주선의 냄새 나는 숙소에 갇혀서 가무로 돌아가는 동안 내내 레베카는 자신이 처해 있는 곤경에 대해 생각했다. 저 매춘부들은 그녀가 자기들의 의도를 모르지는 않을 거라고 생각하고 있음이 분명했다. 하지만…… 어쩌면 그렇게 생각하지 않을 가능성도 있었다. 비굴하고, 움찔거리는 모습 때문에. '그들은 그런 걸 아주 즐기지.'

그녀는 이런 생각이 떠오른 것이 람파다스의 조언자들은 물론 쇼엘의 '진실 말하기' 덕분이기도 하다는 것을 알고 있었다.

"사람들은 자그마한 관찰 결과들을 아주 많이 축적하오. 느끼기는 했으되 의식의 수준으로 결코 끌어올려지지 않는 것들을. 그것들이 많이 모이면 사람들에게 이런저런 얘기들을 해주지만, 사람들이 사용하는 언어로 말하는 것은 아니오. 언어는 필요하지 않소." 쇼엘은 이렇게 말했다.

그녀는 몹시 이상한 말이라고 생각했다. 그러나 그것은 그녀가 스파이스의 고통을 겪기 전의 일이었다. 밤에 침대에 누워 어둠과 다정한 육체의 손길에 위로를 받으며 그들은 아무 말도 없이 움직였지만, 말 또한 공유하고 있었다.

"언어는 사람들을 방해하지. 자신의 반응을 읽는 법을 배워야 하오. 때로는 이것을 설명할 수 있는 말을 찾을 수도 있고…… 때로는…… 찾지 못할 수도 있소." 쇼엘이 말했다.

"말을 찾지 못한다고요? 질문을 할 말조차?"

"말을 원한다는 거요? 이런 단어들은 어떻소? 신뢰. 믿음. 진실. 정직."

"좋은 단어들이에요. 쇼엘."

"하지만 그들은 과녁에서 벗어나 있소. 그들을 의지하지 마시오."

"그럼 당신은 무엇에 의지하지요?"

"나 자신의 내적인 반응. 나는 내 앞에 있는 사람이 아니라 나 자신을 읽소. 내가 항상 거짓말을 알아채는 건 내가 거짓말쟁이에게 등을 돌리고 싶어 하기 때문이오."

"그러니까, 당신은 그런 방법으로 그걸 해내는 거로군요!" 맨살이 드러난 그의 팔을 두드리며 그녀가 말했다.

"다른 사람들은 다른 방식으로 하고 있소. 어떤 사람은 거짓말쟁이를 보면 그 사람과 팔짱을 끼고 걸으면서 그 사람을 위로해 주고 싶다는 마음이 들기 때문에 상대의 거짓을 알아챌 수 있다고 하더군. 당신은 그게 말도 안 된다고 생각할지도 모르지만, 그 방법은 분명히 효과가 있소."

"난 그게 매우 현명한 방법이라고 생각해요, 쇼엘." 이건 사랑의 감정이 시키는 말이었다. 그녀는 사실 그의 말이 무슨 뜻인지 몰랐다.

"내 소중한 사랑." 그가 그녀를 품에 안으면서 말을 이었다. "진실을 말하는 자들은 '진실의 감각'을 갖고 있소. 그 감각은 한번 깨어난 후에는 항상 효과를 발휘하지. 단순히 사랑의 감정만으로 내게 현명하다는 말을 하지는 마시오."

"미안해요, 쇼엘." 그녀는 그의 팔에서 나는 냄새가 좋아 팔오금에 머리를 묻으며 그를 간질였다. "하지만 난 당신이 아는 것을 모두 알고 싶어요."

그는 그녀의 머리를 밀어 좀더 편안한 자세를 잡게 해주었다. "내 '3단계' 스승이 뭐라고 했는지 아시오? '아무것도 알지 말라! 철저하게 순진해지는 법을 배워라.'"

그녀는 깜짝 놀랐다. "아무것도 안 된다고요?"

"아주 깨끗한 석판을 가지고, 겉으로든 속으로든 아무것도 품지 않은 채 모든 것을 바라보아야 하오. 무엇이든 그 석판에 적히는 것은 저절로 적히는 거요."

그녀는 이제 이해할 수 있을 것 같았다. "아무것도 방해되지 않도록."

"맞소. 태초의 무지한 야만인이 되는 거요. 완벽하게 순박한 나머지 최고로 약아빠진 사람이 될 정도인 야만인. 그런 사람은 알고 싶은 것을 굳이 찾지 않아도 찾게 된다고 말할 수 있겠지."

"아, 그건 정말 현명하군요, 쇼엘. 당신은 틀림없이 역사상 최고의 학생이었을 거예요. 가장 이해가 빠르고, 가장……"

"나는 그것이 지루하기 짝이 없는 허튼소리라고 생각했소."

"그럴 리가!"

"어느 날 내 안에서 자그마한 씰룩거림을 읽어낼 때까지는 그랬소. 그건 근육의 움직임도 아니었고, 누군가 다른 사람이 감지할 수 있는 것도 아니었소. 그냥…… 씰룩거림이었지."

"어디가 씰룩거린 거죠?"

"그건 말로 설명할 수 없소. 하지만 내 4단계 스승이 내게 미리 준비를 시켜주었지. '부드러운 손길로 그것을 움켜쥐어라. 섬세하게'라고 말이오. 한 학생은 그게 진짜 손을 가리키는 말이라고 생각했소. 아, 우리가 얼마나 웃어댔던지."

"그런 건 잔인해요." 그녀는 그의 뺨을 만졌다. 검은 수염이 꺼끌꺼끌하게 자라나기 시작한 것이 느껴졌다. 늦은 시간이었지만 졸리지는 않았다.

"내 생각에도 잔인했던 것 같소. 하지만 그 씰룩거림이 찾아왔을 때 난 알았소. 그런 느낌은 처음이었는데. 그래서 놀라기도 했소. 그것의 존재를 알고 나자 그것이 그동안 내내 존재하고 있었다는 걸 알게 되었으니까. 그건 내게 친숙한 것이었소. 내 '진실의 감각'이 씰룩거린 거요."

그녀는 내면에서 '진실의 감각'이 조금씩 움직이는 것을 느낄 수 있을 것 같았다. 그의 목소리에 담긴 경탄이 뭔가를 자극했다.

"그때 그것은 나의 것이 되었소. 그것은 내게 속하고, 나는 그것에 속하고. 다시는 서로 분리될 수 없소."

"그건 얼마나 굉장한 일일까요." 경외감과 부러움이 그녀의 목소리에 담겨 있었다.

"아니요! 그중에는 내가 아주 싫어하는 것도 있소. 때로는 이런 시각으로 사람들을 바라보면, 그들의 창자가 속에서 빠져나와 매달려 있는 모습을 보는 것 같은 느낌이 들 때도 있소."

"끔찍해!"

"그렇소. 하지만 그걸 보상해 주는 것도 있지. 우리가 만나는 사람들 중에, 순수한 아이가 내민 아름다운 꽃과 같은 사람들. 순수함. 나 자신의 순수함이 거기에 반응을 보이면서 내 진실의 감각이 강화되오. 당신이 내게 해주는 것이 바로 그것이오, 내 사랑."

명예의 어머니들의 비우주선이 가무에 도착하자 그들은 그녀를 쓰레기 운반선에 태워 착륙대로 내려보냈다. 우주선은 쓰레기를 배설물처럼 다루면서 그 옆에 그녀를 토해 냈지만 그녀는 신경 쓰지 않았다. '집이다! 내가 집에 돌아왔으니 이제 람파다스는 살아남을 수 있어.'

그러나 랍비는 그녀처럼 기뻐하지 않았다.

두 사람은 또다시 그의 서재에 있었다. 그러나 이제 그녀는 '다른 기억'과 더 친해졌고, 훨씬 더 자신감이 있었다. 그는 이것을 알아보았다.

"그 어느 때보다 그들과 비슷해졌군! 부정하게."

"랍비 님, 저희는 모두 부정한 조상들을 갖고 있습니다. 저는 저의 그런 조상들을 몇 명 알고 있다는 점에서 운이 좋은 겁니다."

"그게 무슨 소리요? 무슨 말을 하는 거요?"

"우리 모두는 고약한 짓을 저질렀던 사람들의 후손입니다, 랍비 님. 우리는 우리 야만인 조상들을 생각하지 않으려 하지만, 그들은 분명히 존재합니다."

"그런 말을 하다니!"

"대모들은 그들을 모두 다시 불러낼 수 있습니다, 랍비 님. 잊지 마세요. 후손을 남긴 것은 승리자들입니다. 아시겠습니까?"

"당신이 이토록 대담하게 구는 건 처음이군. 당신에게 무슨 일이 생긴 거요, 딸이여?"

"저는 살아남았습니다. 승리를 거두려면 때로는 도덕적 대가를 치러야 한다는 걸 알고서."

"그게 무슨 소리지? 그런 악마의 말을 하다니."

"악마라고요? 우리 조상들이 저질렀던 악마 같은 일들 중 일부는 야만이라는 말로도 부족합니다. 우리 모두의 조상들입니다, 랍비 님."

그녀는 자신이 그에게 상처를 입혔음을 깨달았다. 자신의 말이 얼마나 잔인한지도 느껴졌다. 그러나 말을 멈출 수가 없었다. 그녀가 한 말의 진실에서 그가 어떻게 도망칠 수 있을까? 그는 명예를 아는 사람이었다.

그녀의 어조가 조금 부드러워졌지만 그녀의 말은 그를 더욱 깊숙이 베어나갔다.

"랍비 님, '다른 기억'이 제게 억지로 알려준 것들 중 일부를 랍비 님도 함께 목격하셨다면 악마를 의미하는 새로운 단어를 찾아내려고 하실 겁니다. 우리 조상들이 저질렀던 일 중에는 랍비 님께서 상상하실 수 있는 최악의 꼬리표로도 부족한 것이 있습니다."

"레베카…… 레베카…… 난 어쩔 수 없는 상황이었다는 걸 알고 있……."

"'시대의 어쩔 수 없는 상황'을 들먹이며 변명하지 마십시오! 랍비인 당신께서는 그래서는 안 된다는 걸 알고 계십니다. 우리에게서 언제 도덕적 감각이 사라져버리기라도 했습니까? 때로 우리가 그저 귀를 기울이지 않는 것뿐입니다."

그는 손으로 얼굴을 덮고 낡은 의자에 앉은 채 앞뒤로 몸을 흔들었다. 의자가 애처롭게 삐걱거렸다.

"저는 랍비 님을 항상 사랑하고 존경했습니다. 랍비 님을 위해 스파이스의 고통을 겪어내기도 했습니다. 랍비 님을 위해 람파다스의 기억을 받았습니다. 이 경험에서 제가 배운 것을 부정하지 말아주십시오."

그가 손을 내렸다. "난 부정하지 않소, 딸이여. 그러나 내가 고통을 느끼는 걸 허락해 주시오."

"이 모든 깨달음 중에서도, 랍비 님, 제가 가장 시급하게 지체 없이 처리해야 하는 것은 결백한 사람이 아무도 없다는 사실입니다."

"레베카!"

"죄라고 하기에는 부족할 수도 있을 겁니다, 랍비 님. 하지만 우리 조상들은 반드시 대가를 치러야 하는 짓들을 저질렀습니다."

"그건 이해하오, 레베카. 그건……."

"이해한다고 말하지 마십시오. 랍비 님께서 이해하지 못하신다는 걸 제가 알고 있으니까요." 그녀는 자리에서 일어나 이글거리는 눈으로 그를 내려다보았다. "랍비 님께서 바르게 정리해야 하는 건 대차대조표 같은 게 아닙니다. 얼마나 먼 과거까지 거슬러 올라가시겠습니까?"

"레베카, 난 당신의 랍비요. 당신이 이런 식으로 말해서는 안 돼, 특히 내게는."

"과거로 멀리 거슬러 올라갈수록, 랍비 님, 악마 같은 잔혹함이 더욱 심해지고 대가도 더 커집니다. 랍비 님께서는 그렇게 멀리까지 거슬러 올라가실 수 없지만 저는 그렇게 할 수밖에 없습니다."

그녀는 그의 목소리에 깃든 애원과 그녀의 이름을 부르는 고통스러운 어조를 무시하면서 몸을 돌려 그의 곁을 떠났다. 문을 닫으면서 그녀는 그의 말을 들었다. "우리가 무슨 짓을 저지른 건가? 이스라엘이시여, 그녀를 도와주소서."

역사의 저술은 대개 주의를 분산시키는 과정이다. 대부분의 역사 기록은 커다란 사건 뒤의 비밀스러운 영향력으로부터 주의를 분산시킨다.

—테그 바샤르

아무의 간섭도 받지 않을 때면, 아이다호는 자신이 갇혀 있는 비우주선 안을 자주 돌아다녔다. 이 익스의 물건에 대해 보고 배워야 할 것이 너무 많았다. 이곳은 놀라운 것들로 가득 찬 동굴이었다.

그는 안정이 되지 않는 마음으로 오후에 자신의 거처를 거닐다가 걸음을 멈추고 문간의 반짝이는 표면에 내장된 자그마한 기계눈들을 바라보았다. 그들은 그를 감시하고 있었다. 그를 샅샅이 엿보는 그 눈들을 통해 자기 자신을 보고 있는 것 같은 묘한 기분이 들었다. 자매들은 그를 보면서 무슨 생각을 할까? 오래전에 죽어버린 가무 성에서 온 땅딸막한 골라 아이가 호리호리한 남자가 되었다. 그의 피부와 머리카락은 검은색이었다. 머리카락은 듄의 최후의 날 그가 이 비우주선으로 들어왔을 때보다 더 길었다.

베네 게세리트의 눈은 그의 피부 속까지 들여다보았다. 그들이 그를 멘타트로 의심하고 있음이 분명했다. 그는 그들이 그것을 어떻게 해석할지 두려웠다. 멘타트가 대모들에게 자신의 정체를 어찌 무한정 숨길 수 있겠는가? 어리석은 짓이었다! 그들은 이미 그의 '진실 말하기' 능력을 의심하고 있었다. 확실했다.

그는 기계눈을 향해 손을 흔들며 말했다. "마음이 안정되지 않는군. 아무래도 좀 돌아다녀야겠습니다."

벨론다는 그가 감시받는 것에 대해 이렇게 익살을 부리는 걸 끔찍이 싫어했다. 그녀는 그가 우주선 안을 돌아다니는 것도 좋아하지 않았다. 그런 생각을 그에게 숨기려 하지도 않았다. 그녀가 그에게 맞서려고 그를 찾아올 때마다 그는 그녀의 성난 얼굴에서 말로 표현하지 않은 질문을 볼 수 있었다. "탈출할 방법을 찾고 있습니까?"

'지금 내가 하고 있는 게 바로 그겁니다, 벨. 하지만 당신이 짐작하는 방식으로 하지는 않을 겁니다.'

비우주선 안에는 그가 어떻게 해볼 수 없는 곳들이 있었다. 그가 뚫을 수 없는 외부의 차단장(場), 구동 장치가 일시적으로 해제된(사람들이 그에게 그렇다고 일러주었다) 특정한 기계 구역들, 경비대 숙소(그는 숙소들 중 일부를 들여다볼 수 있었지만 안으로 들어갈 수는 없었다), 병기고, 사로잡힌 틀레이랙스 인 사이테일에게만 허락된 구역. 그는 장벽들이 있는 곳에서 가끔 사이테일과 마주쳤다. 두 사람은 자기들을 갈라놓은 침묵의 장 너머로 서로를 응시하곤 했다. 우주선 안에는 정보 장벽도 있었다. 우주선 안의 기록들 중에는 그의 질문에 응답해 주지 않는 부분이 있었고, 그의 감시인들도 어떤 부분에 대해서는 대답을 해주지 않았다.

이런 제한된 여건 속에도 평생을 쏟아야 할 만큼 보고 배울 것이 많았다. 합리적으로 추론했을 때, 그의 일생은 아마 표준력으로 300년쯤 될 것이다.

'만약 명예의 어머니들이 우리를 찾아내지 못한다면 그렇다는 얘기지.'

아이다호는 자신을 그들이 쫓는 사냥감으로 보았다. 그들은 참사회의 여자들보다 그를 훨씬 더 원했다. 그는 그 사냥꾼들이 자신에게 무슨 짓을 할 것인지에 대해 조금도 환상을 품지 않았다. 그들은 그가 이곳에 있다는 걸 알고 있었다. 그가 상대를 성적인 노예로 만드는 법을 가르쳐 명예의 어머니들을 괴롭히도록 내보낸 남자들, 그 남자들이 사냥꾼들을 조롱했다.

자매들이 그의 멘타트 능력에 대해 알게 되면, 그들은 그의 정신 속에 골라로서 살았던 여러 번의 삶에 대한 기억이 들어 있음을 즉시 알아차릴 것이다. '원래의 아이다호는 그런 능력을 갖고 있지 않았지.' 그들은 그가 잠재적인 퀴사츠 해더락이 아닌지 의심할 것이다. 그들이 그의 멜란지 배급량을 어떻게 제한하는지 보면 알 수 있는 일이었다. 그들은 폴 아트레이데스와 그의 폭군 아들을 만들었던 실수를 되풀이하게 될까 봐 겁에 질려 있음이 분명했다. '3500년에 걸친 굴종이었으니!'

그러나 무르벨라를 상대하려면 멘타트의 의식이 필요했다. 그는 그녀와 만날 때마다 그때든 나중에든 답을 얻을 수 있을 거라고는 기대하지 않았다. 그것은 전형적인 멘타트의 접근 방식이었다. 의문에 정신을 집중하는 것. 멘타트들은 다른 사람들이 답변을 축적하듯이 의문을 축적했다. 의문은 자기들 나름의 패턴과 시스템을 창조했다. 그리고 이것이 가장 중요한 '형태들'을 만들어냈다. 스스로 만들어낸 패턴들. 온통 이미지, 단어, 꼬리표(모든 일시적인 것들)로 이루어져 있고 감각의 자극 속에 모든 것이 섞여 있는 그 패턴들을 통해 우주를 바라보면, 빛이 밝은 표면에 부딪혀 튀어나오는 것처럼 우주가 그의 내면에 있는 구조물에 반사되어 나왔다.

아이다호의 첫 멘타트 선생이 그 최초의 시험적인 구조물을 묘사하는 일시적인 말을 만들어낸 적이 있었다. '너의 일관된 움직임을 내면의 스크린에 비춰 보아라'라고.

멘타트의 능력 속에 맨 처음 주저하면서 살짝 발을 담갔을 때부터 아이다호는 감수성이 성장해서 자기 자신의 관찰력이 변화하는 과정을 추적할 수 있었다. 그렇게 그는 항상 멘타트가 '되어갔다'.

벨론다는 그가 겪어야 하는 가장 가혹한 시련이었다. 그는 상대를 꿰뚫는 듯한 그녀의 시선과 날카로운 질문을 두려워했다. 멘타트를 탐색하는 멘타트. 그는 과묵하고 참을성 있는 태도로 그녀의 침략에 섬세하게 대응했다. '자, 이번엔 당신이 뭘 쫓고 있는 거지?'

마치 그 답을 모르는 사람처럼.

그는 참을성을 가면처럼 뒤집어썼다. 그러나 두려움이 자연스레 찾아왔고, 그것을 드러내도 손해날 것은 하나도 없었다. 벨론다는 그의 시체를 보고 싶다는 소망을 숨기지 않았다.

아이다호는 자기가 사용할 수밖에 없는 능력들의 원천에 대해 감시자들이 곧 단 하나의 가능성만을 찾아내게 되리라는 사실을 받아들였다.

멘타트의 진짜 능력은 그들이 '위대한 종합체'라고 부르는 그 정신적 '구조물' 속에 있었다. 그런 능력을 발휘하기 위해서는 멘타트가 아닌 사람들이 상상조차 할 수 없는 참을성이 필요했다. 멘타트 학교에서는 그것을 불굴의 인내력으로 정의했다. 멘타트는 주위 환경 속에서 아주 자그마한 흔적들과 사소하게 흐트러진 부분들을 읽어내 그것들이 이끄는 곳으로 따라갈 수 있는, 원시시대의 추적자였다. 이와 동시에, 멘타트는 주위 사방과 자기 내면의 커다란 움직임에 대해서도 정신을 열어놓고 있었다. 이것이 멘타트의 기본 자세인 순박함을 만들어냈다. 진실을 말하는 자들의 순박함과 흡사했지만 훨씬 더 범위가 넓었다.

"너는 무엇이든 이 우주가 하는 일에 대해 열려 있어야 한다. 너의 정신은 컴퓨터가 아니다. 무엇이든 너의 감각 기관이 보여주는 것에 맞춰져 있는 반응의 도구야." 그의 첫 번째 선생은 이렇게 말했다.

벨론다의 감각들이 열려 있을 때면, 아이다호는 항상 그것을 인지할 수 있었다. 그녀가 약간 내면을 향하는 시선으로 서 있을 때면, 그는 그녀의 정신을 어지럽히는 선입견이 거의 없다는 것을 알 수 있었다. 그가 스스로를 방어할 수 있는 수단은 그녀의 기본적인 결함 속에 있었다. 감각을 열기 위해서는 이상주의가 필요했지만, 벨론다에게 이상주의는 낯선 것이었다. 그녀가 최고의 질문을 던지지 못하는 것이 그는 이상했다. 오드레이드가 결함 있는 멘타트를 쓸 사람인가? 그녀의 다른 업무 수행 솜씨와는 어긋나는 일이었다.

'나는 최고의 이미지들을 형성하는 질문을 찾고 있다.'

이런 의문들을 찾으면서 스스로를 영리하다고 생각하는 건 결코 안 될 일이었다. 자신이 유일한 해답을 제공해 줄 유일한 공식을 갖고 있다고 생각해서는 안 되었다. 멘타트는 새로운 패턴을 대하듯이, 새로운 질문에 대해서도 민감해져야 했다. 시험하고, 다시 시험하고, 형태를 만들고, 또다시 만들고. 이것은 결코 멈추는 일도 없고, 결코 만족할 줄도 모르는 끊임없는 과정이었다. 그것은 자기 자신만의 춤이었다. 다른 멘타트들의 춤과 비슷했으나 자기만의 독특한 자세와 스텝이 항상 있었다.

"사람은 결코 진정한 멘타트가 될 수 없다. 우리가 그것을 '끝없는 목표'라고 부르는 건 그 때문이다." 그의 선생들의 이 말이 그의 의식 속에 화인처럼 찍혀 있었다.

벨론다에 대한 관찰 결과가 축적됨에 따라, 그는 자신을 가르쳤던 그 위대한 멘타트 명인들의 견해를 인정하게 되었다. '대모들은 최고의 멘타트가 되지 못한다'는 견해를.

그 어떤 베네 게세리트도 스파이스의 고통에서 얻은 그 절대의 구속, 즉 교단에 대한 충성심으로부터 완전히 벗어나지 못하는 것 같았다.

그의 선생들은 절대를 피하라고 경고했다. 절대는 멘타트의 내면에서 심각한 결함을 야기했다.

"네가 하는 모든 것, 네가 느끼고 말하는 모든 것이 실험이다. 최종적인 추론은 없어. 죽을 때까지 멈추는 것은 하나도 없다. 어쩌면 죽은 후에도 멈추지 않을지 모르지. 각각의 삶이 끝없는 잔물결을 만들어내니까. 귀납적 사고가 네 안에서 튀어 오르고 너는 그것에 대한 스스로의 감응력을 기른다. 연역법은 절대의 환상을 품고 있지. 진실을 발로 차서 부숴버려라!"

벨론다의 질문이 그와 무르벨라의 관계를 건드렸을 때, 그는 희미한 감정적 반응을 보였다. '재미있어하는 건가? 질투?' 그는 이 상호적 중독의 거역할 수 없는 성적인 요구를 재미있어하는 것(심지어는 질투까지도)을 받아들일 수 있었다. '그 절정의 황홀경이 정말로 그렇게 대단한가?'

그는 마치 처음 이곳에 와서 이곳을 아직 집으로 받아들이지 못한 사람처럼, 자신이 있어야 할 곳에서 쫓겨난 것 같은 기분으로 자신의 거처를 정처 없이 돌아다녔다. '내가 지금 감정에 빠져 있군.'

이곳에 갇혀 지낸 세월 동안, 이 거처는 사람이 사는 곳 같은 모습을 띠게 되었다. 전에 화물 관리인의 방이었던 이곳이 지금은 그의 동굴이었다. 벽이 약간 둥글게 휘어진 방들은 컸다. 침실, 서재 겸 작업실, 거실,

물을 사용하는 시스템과 사용하지 않는 시스템이 설치된 초록색 타일의 욕실, 그가 무르벨라와 함께 훈련에 이용하는 길쭉한 연습실.

그의 거처에는 독특한 공예품들과 그의 흔적이 있었다. 콘솔과 딱 맞는 각도로 놓인 의자와 그를 우주선 시스템과 연결시켜 주는 투사기, 그리고 나지막한 사이드 테이블 위에 있는 리둘리안 기록들. 사람이 살면서 만들어놓은 얼룩도 있었다. 작업대 위에 있는 거무스름한 갈색의 얼룩. 엎질러진 음식이 지워지지 않는 흔적을 만들어놓은 것이다.

그는 마음을 안정시키지 못한 채 침실로 들어갔다. 그곳의 조명은 더 어두웠다. 친숙한 것들의 정체를 파악하는 그의 능력은 냄새에 대해서도 마찬가지였다. 침대에서 침 냄새와 비슷한 냄새가 났다. 지난 밤 성적인 충돌의 잔재였다.

'그래, 그게 적절한 표현이야. 충돌.'

여과기로 거르고 재생해서 달콤한 느낌까지 가미한 비우주선의 공기는 권태를 부채질할 때가 많았다. 미로 같은 비우주선에서 바깥 세상으로 통하는 틈이 오랫동안 열려 있는 경우는 결코 없었다. 그는 때로 말없이 코를 킁킁거리며 앉아 있곤 했다. 이 감옥의 환경에 맞게 조정되지 않은 공기의 희미한 흔적이라도 찾을 수 있을까 해서였다.

'탈출할 방법은 있어!'

그는 자신의 거처를 나와 정처 없이 복도를 따라 걷다가 통로 끝에서 강하 통로로 접어들어 우주선의 맨 아래층으로 나왔다.

'하늘 아래 노출된 저 세상에선 도대체 무슨 일들이 벌어지고 있을까?'

오드레이드가 세상일에 대해 들려준 단편적인 이야기들은 그를 두려움과 함정에 갇힌 듯한 느낌으로 가득 채웠다. '도망칠 곳이 없어! 시이나에게 나의 두려움을 털어놓는 게 현명한 일일까? 무르벨라는 그냥 웃기만 했지. '내가 당신을 보호해 줄게, 내 사랑. 명예의 어머니들은 날 해치지 않을 거야'라면서. 그것도 헛된 꿈이지.

하지만 시이나는…… 그렇게 빨리 손가락 대화법을 배워서 내 음모의 분위기에 동참하다니. 음모? 아냐…… 어떤 대모라도 자기 자매들을 거스르는 행동을 하지는 않을 거다. 심지어 레이디 제시카도 결국은 그들에게 돌아갔어. 하지만 난 시이나에게 교단을 거스르는 행동을 하라고 요구하는 게 아냐. 무르벨라의 어리석은 짓으로부터 우리를 보호해 달라고 요구하는 것뿐.'

사냥꾼들이 엄청난 힘을 갖고 있으므로 언젠가 파괴가 자행되리라는 것은 충분히 예상할 수 있는 일이었다. 멘타트라면 그들의 파괴적인 폭력 행위만 보고도 알 수 있었다. 그들은 그 외에 뭔가 다른 것도 가져왔다. 대이동을 떠난 사람들 사이에서 벌어진 일들을 암시하는 존재였다. 오드레이드가 정말 아무것도 아닌 것처럼 언급한 그 퓨타르라는 게 뭘까? 일부는 인간이고, 일부는 짐승이라고? 이것은 루실라의 추측이었다. '그건 그렇고, 루실라는 어디 있는 거지?'

그는 곧 자신이 대(大)우리에 와 있음을 깨달았다. 1킬로미터 길이의 이 화물 창고는 듄에 마지막으로 남은 거대한 모래벌레를 실어 참사회로 운반할 때 이용한 곳이었다. 이곳에서는 여전히 스파이스와 모래의 냄새가 났고, 그 냄새는 오래전에 먼 곳에서 죽음을 맞이한 사람들에 대한 생각으로 그의 머릿속을 가득 채웠다. 그는 자기가 왜 그토록 자주 이 대우리로 오는지, 어떨 때에는 바로 지금처럼 심지어 이곳에 오겠다는 생각도 없이 무의식적으로 이곳에 오는 이유가 무엇인지 알고 있었다. 이곳은 그에게 매력적이면서 또한 혐오스러운 곳이었다. 흙먼지, 모래, 스파이스의 흔적이 있는 무한한 공간이 있는 듯한 환상에는 잃어버린 자유에 대한 향수가 들어 있었다. 그러나 다른 이유도 있었다. 그 일이 항상 일어나는 곳이 바로 이곳이라는 것.

'오늘도 그 일이 일어날까?'

아무런 조짐도 없이, 대우리에 있다는 느낌이 사라져버리곤 했다. 그리고…… 타는 듯한 하늘에서 희미하게 반짝이는 그물이 보였다. 이 환영이 찾아올 때 그는 자기가 정말로 그물을 '보는 게' 아니라는 것을 알고 있었다. 그의 감각 기관들이 명확히 정의 내릴 수 없는 어떤 것을 그의 정신이 그렇게 해석해 낸 것이다.

'영원한 북풍처럼 물결치며 희미하게 반짝이는 그물.'

이윽고 그 그물이 갈라지면서 두 사람이 나타나곤 했다. 남자와 여자였다. 얼마나 평범하면서도 또한 비범한 모습인지. 고풍스러운 옷을 입은 할머니와 할아버지. 남자는 위아래가 붙은 앞치마 모양의 작업복을, 여자는 머리 스카프가 달린 긴 드레스를 입고 있었다. 게다가 그들은 꽃밭을 돌보고 있었다! 그는 이것 역시 환상임에 틀림없다고 생각했다. '내가 비록 이 광경을 보고 있지만, 내 눈이 실제로 보고 있는 건 이런 게 아냐.'

그들은 항상 나중에 그를 알아채곤 했다. 그는 그들의 목소리를 들었다. "저 친구가 또 왔군, 마티." 남자는 여자에게 아이다호의 존재를 알려주며 이렇게 말하곤 했다.

"저 사람이 어떻게 꿰뚫어 볼 수 있는지 모르겠어. 그럴 수 없을 것 같은데." 마티가 한번은 이런 질문을 던졌다.

"저 친구가 아주 얇게 퍼져 있는 것 같아. 그게 위험하다는 걸 저 친구가 알고 있을까?"

위험. 이 단어 때문에 그는 항상 퍼뜩 환영에서 벗어나곤 했다.

"오늘은 당신의 콘솔 앞에 있지 않는 겁니까?"

한순간 아이다호는 이것이 환영이며, 그 이상한 여자의 목소리라고 생각했다. 그러나 그는 곧 이것이 오드레이드의 목소리임을 깨달았다. 그녀의 목소리가 바로 뒤에서 들려왔다. 재빨리 몸을 돌리자, 자신이 해치를 닫지 않았음을 알 수 있었다. 그녀가 그를 따라 우리 안으로 들어와서 여기저기 모래가 모여 있는 곳을 피하며 소리 없이 그의 뒤를 밟은 것이다. 만약 그녀가 모래를 밟았다면 모래가 발밑에서 긁히면서 그녀의 존재를 드러냈을 것이다.

그녀는 피곤하고 불안해 보였다. '그녀는 왜 내가 내 콘솔 앞에 있을 거라고 생각했을까?'

그가 말로 표현하지 않은 의문에 답하는 것처럼 그녀가 말했다. "요즘에는 당신이 콘솔 앞에 있는 걸 아주 자주 봤습니다. 뭘 찾고 있습니까, 던컨?"

그는 말없이 고개를 흔들었다. '왜 갑자기 위험이 느껴지는 거지?'

오드레이드와 함께 있을 때 이런 느낌을 갖는 것은 드문 일이었다. 그러나 그는 그런 경우를 기억하고 있었다. 한번은 그녀가 그의 콘솔 장(場) 안에서 그의 손을 의심스럽다는 듯 뚫어지게 바라볼 때였다. '두려움이 콘솔과 연결되어 있군. 내가 데이터에 대한 멘타트의 굶주림을 드러내고 있는 건가? 내가 그곳에 나만의 은밀한 자아를 감춰두었다고 저들이 추측하고 있을까?'

"나는 프라이버시를 전혀 가질 수 없는 겁니까?" 분노에 찬 공격.

그녀는 마치 '당신이 그것밖에 안 되는 사람은 아닐 텐데요'라고 말하는 것처럼 고개를 천천히 좌우로 흔들었다.

"오늘 두 번째로 나를 찾아왔군요." 그가 비난하듯 말했다.

"당신 모습이 아주 좋아 보인다고 말하지 않을 수 없군요, 던컨." 그녀가 또다시 말을 돌렸다.

"당신의 감시자들이 그렇게 말하던가요?"

"좀스럽게 굴지 마세요. 나는 무르벨라와 얘기나 할까 하고 온 겁니다. 당신이 여기 있을 거라고 그녀가 말하더군요."

"무르벨라가 또 임신했다는 건 알고 있겠지요." 그가 지금 그녀를 달래려고 하는 걸까?

"그것에 대해 우리는 감사하고 있습니다. 난 시이나가 다시 당신을 방문하고 싶어 한다는 얘기를 하러 온 겁니다."

'오드레이드가 왜 그 얘기를 알려주는 거지?'

그녀의 말에 완전한 대모가 된 듐의 집 없는 아이의 모습이 그의 머릿속을 가득 채웠다(저들의 말로는 그녀가 역사상 가장 어린 대모라고 했다). 그가 속내를 털어놓는 친구인 시이나는 저 멀리에서 최후의 거대한 모래벌레를 감시하고 있었다. 녀석이 마침내 스스로를 불멸의 존재로 만든 것일까? 시이나의 방문에 오드레이드가 왜 관심을 갖는 거지?

"시이나는 당신과 폭군에 대해 얘기하고 싶어 합니다."

이 말에 그가 놀란 표정을 지었다.

"레토 2세에 대해 시이나가 알고 있는 것에 내가 도대체 무엇을 더 덧붙여줄 수 있겠습니까? 그녀는 대모입니다." 그가 다그치듯 물었다.

"당신은 아트레이데스 사람들과 친한 관계였습니다."

'아아, 멘타트의 흔적을 찾는 거로군.'

"하지만 당신은 그녀가 레토에 대해 얘기하고 싶어 한다고 했습니다. 그를 아트레이데스로 생각하는 건 신중하지 못한 일입니다."

"하지만 그는 아트레이데스였습니다. 그가 태어나기 이전의 어느 누구보다 더 원초적인 존재로 다듬어지긴 했지만, 그래도 그는 우리 가문 사람입니다."

'우리 가문 사람이라니!' 그녀는 자기 역시 아트레이데스임을 그에게 일깨워주고 있었다. 그 가문에 대한 그의 끝나지 않는 빚을 들먹이고 있는 것이다!

"그건 당신 생각입니다."

"이런 바보 같은 게임을 이제 그만둬야 하지 않을까요?"

경계심이 그를 사로잡았다. 그녀도 그것을 깨달았다. 대모들은 저주스러울 정도로 예민했다. 그는 감히 입을 열지 못한 채 그녀를 뚫어지게 바라보았다. 그러나 이런 행동조차 그녀에게 너무 많은 것들을 알려준다는 걸 그는 알고 있었다.

"우리는 당신이 골라로서 여러 번에 걸친 삶을 하나 이상 기억하고 있다고 믿고 있습니다." 그는 여전히 아무런 대답도 하지 않았다. "이런, 이런, 던컨! 당신은 멘타트입니까?"

그녀의 어조, 질문이면서 비난이기도 한 그 어조를 통해 그는 더 이상 자신의 정체를 숨길 수 없음을 깨달았다. 거의 안도감에 가까운 기분이 들었다.

"만약 그렇다면?"

"틀레이랙스 인들은 당신을 배양할 때 여러 아이다호 골라들의 세포를 섞어 넣었습니다."

'아이다호 골라!' 그는 자신을 그런 추상적인 개념으로 생각하고 싶지 않았다. "왜 레토가 당신에게 갑자기 그토록 중요해진 겁니까?" 이런 반응을 이미 보였으니 사실을 인정하지 않을 수 없었다.

"우리 벌레가 모래송어가 되었습니다."

"그들이 자라면서 번식하고 있습니까?"

"그런 것 같습니다."

"그들을 억제하거나 없애지 않는 한, 참사회는 듄처럼 변할 겁니다."

"당신이 그걸 알아냈군요."

"레토와 내가 함께 알아낸 겁니다."

"그러니까 여러 삶을 기억하고 있는 거로군요. 굉장해. 이제 당신은 우리와 조금 비슷한 존재가 된 겁니다." 그를 바라보는 그녀의 시선이 얼마나 확고한지!

"난 아주 다른 것 같은데요."

'그녀가 저런 생각을 하지 못하게 만들어야 해!'

"무르벨라와 처음 만났을 때 그 기억들을 얻은 겁니까?"

'이건 누구의 추측이지? 루실라인가? 그녀는 그 자리에 있었으니 이런 추측을 했을지도 모르겠군. 그리고 자신의 의혹을 자매들에게 털어놓았겠지.' 그는 무시무시한 주제를 밖으로 끄집어낼 수밖에 없었다. "난 퀴사츠 해더락이 아닙니다!"

"아니라고요?" 객관성을 가장하려는 부자연스러운 모습. 그녀가 이런 태도의 참모습, 즉 잔인함이 일부러 드러나도록 한 것 같다고 그는 생각했다.

"아니라는 걸 알지 않습니까!" 그는 자신이 지금 스스로의 목숨을 구하기 위해 싸우고 있다는 걸 알고 있었다. 오드레이드보다는 그를 감시하면서 기계눈의 기록들을 검토하는 다른 사람들과의 싸움이었다.

"당신의 연속적인 기억에 대해 들려주십시오." 이것은 최고 대모의 명령이었다. 도망칠 길은 없었다.

"나는 그…… 삶들을 알고 있습니다. 그건 한 번의 생애와 비슷합니다."

"그런 기억의 축적이 어쩌면 우리에게 매우 귀한 것일 수도 있습니다,

던컨. 악솔로틀 탱크도 기억합니까?"

그녀의 질문 때문에 그는 틀레이랙스 인들에 대해 이상한 상상을 하게 만들었던 그 몽롱한 탐색으로 생각을 돌렸다. 신생아의 불완전한 눈에 희미하게 보이던, 거대한 언덕 같은 인간의 몸. 흐릿하고 초점이 맞지 않은 이미지들. 산도(産道)를 빠져나오던 순간에 대한, 기억과 흡사한 어떤 것. 그것이 어떻게 '탱크'라는 말과 어울릴 수 있단 말인가?

"사이테일이 제공해 준 지식으로 우리는 우리 나름의 악솔로틀 시스템을 만들었습니다." 오드레이드가 말했다.

시스템? 흥미로운 표현이었다. "당신들도 틀레이랙스처럼 스파이스를 생산한다는 뜻입니까?"

"사이테일은 우리에게서 더 많은 것을 얻어내려고 흥정하고 있습니다. 하지만 시간이 흐르면 어떤 식으로든 스파이스가 만들어질 겁니다."

오드레이드는 자신의 단호한 목소리를 들으며 혹시 그가 자신의 불안을 감지하지는 않았는지 모르겠다고 생각했다. '어쩌면 우리한테 그만한 시간이 없을지도 몰라.'

"당신들이 대이동에 내보내는 자매들이 곤란한 지경에 빠져 있습니다." 그는 멘타트의 의식을 그녀에게 조금 맛보기로 드러내면서 말을 이었다. "당신들은 저장되어 있는 스파이스를 가져다가 그들에게 공급해 주고 있는데, 그 스파이스도 언젠가는 반드시 바닥이 날 겁니다."

"그들은 악솔로틀에 대한 우리의 지식과 모래송어를 갖고 있습니다."

그는 무한한 우주에서 헤아릴 수 없이 많은 듄이 재생산될지도 모른다는 생각에 충격을 받아 말을 잃었다.

"그들은 탱크나 벌레, 혹은 두 가지 모두를 이용해서 멜란지 공급의 문제를 해결할 겁니다." 그녀가 말했다. 이것만은 그녀도 진심으로 말할 수 있었다. 이것은 통계학적 예상에서 나온 말이었다. 대이동을 떠난 대모 무리들 중 하나가 반드시 그 일을 이룩할 터였다.

"탱크 말인데 나는 이상한…… 꿈을 꾸고 있습니다." 던컨은 하마터면 꿈 대신에 '명상'이라는 말을 할 뻔했다.

"당연히 그렇겠지요." 그녀는 여자의 몸이 거기에 어떻게 관련되어 있는지 짧게 설명해 주었다.

"스파이스를 만들 때도 그렇습니까?"

"그런 것 같습니다."

"그런 역겨운 일이!"

"그건 아이 같은 반응입니다." 그녀가 꾸짖듯이 말했다.

이런 순간에 그는 그녀에게 강렬한 혐오를 느꼈다. 한번은 대모들이 '인간의 공통적인 감정의 흐름'으로부터 스스로 떨어져 나오는 것에 대해 그가 그녀를 비난한 적이 있었다. 그때도 그녀는 그에게 똑같은 대답을 했다.

'아이 같다니!'

"그 점을 고칠 방법은 아마 없을 겁니다. 내 성격의 부끄러운 결함이죠." 그가 말했다.

"나와 도덕을 논할 생각이었습니까?"

그의 귀에는 성난 목소리처럼 들렸다. "윤리학을 논할 생각도 없습니다. 우린 서로 다른 규칙으로 움직이니까요."

"규칙은 흔히 연민의 감정을 무시해 버리기 위한 핑계로 사용됩니다."

"대모에게서 양심의 희미한 메아리가 울려 나오는 것 같군요."

"통탄할 일이죠. 만약 양심이 나를 다스리고 있다는 생각이 든다면, 내 자매들이 나를 추방해 버릴 겁니다."

"양심의 자극을 받을 수는 있어도, 양심에 지배당하지는 않는다는 겁니까?"

"훌륭합니다, 던컨! 당신이 공개적으로 멘타트임을 드러내는 편이 훨씬 마음에 드는데요."

"마음에 든다는 말 안 믿습니다."

그녀는 큰 소리로 웃었다. "꼭 벨 같아요!"

그는 아무 말도 하지 못한 채 그녀를 빤히 바라보았다. 그녀의 웃음소리를 들으며 그는 감시인들에게서 도망칠 수 있는 방법, 베네 게세리트의 끊임없는 조작에서 벗어나 자신만의 삶을 살 수 있는 방법을 갑자기 깨달았다. 탈출구는 기계가 아니라, 교단의 결함 속에 있었다. 그들이 그를 둘러싸 가두는 수단이라고 생각한 절대, 거기에 탈출구가 있었다!

'시이나는 그걸 알고 있어! 그녀가 그걸 미끼처럼 내 앞에 내밀고 있는 거야.'

아이다호가 아무 말도 하지 않자 오드레이드가 말했다. "그 다른 삶들에 대해 얘기해 보세요."

"틀렸습니다. 난 그들을 계속 이어지는 하나의 삶으로 생각합니다."

"죽은 적이 없는 삶?"

그는 이 질문에 대한 대답이 소리없이 스스로 형태를 갖추도록 내버려두었다. 시리즈처럼 이어진 기억들. 죽음도 삶만큼이나 많은 것들을 알려 주었다. 레토가 직접 그를 죽인 적이 무척 많았다!

"죽음 때문에 나의 기억이 끊어지지는 않습니다."

"묘한 영생이군요. 당신은 알고 있지요, 그렇지 않습니까? 틀레이랙스의 주인들이 스스로를 다시 만들어냈다는 걸. 하지만 당신은…… 그들은 한 몸에 여러 명의 골라들을 섞어 넣으면서 무엇을 만들고 싶었던 걸까요?"

"사이테일에게 물어보십시오."

"벨은 당신이 멘타트라고 확신했습니다. 그녀가 기뻐하겠어요."

"그렇지 않을 겁니다."

"내가 반드시 그녀를 기뻐하게 만들 겁니다. 이런! 물어볼 게 너무 많아서 어디서부터 시작해야 할지 모르겠네요." 그녀는 왼손으로 턱을 받친 자세로 그를 유심히 살펴보았다.

'물어볼 것들?' 멘타트로서 갖는 의문들이 아이다호의 머릿속을 흘렀다. 그는 자신이 수없이 자문했던 그 의문들이 스스로 움직이며 패턴을 형성하도록 내버려두었다. '틀레이랙스 인들은 내게서 무엇을 구한 걸까?' 그들이 그의 모든 골라들의 세포를 이번 생에 포함시킬 수는 없었을 것이다. 그러나…… 그는 그 모든 기억을 갖고 있었다. 도대체 어떤 우주적 연결 장치가 지금의 이 자아 속에 그 모든 삶들을 축적해 놓은 것일까? 그것이 대우리에서 그를 에워싼 환영들에 대한 열쇠인가? 절반의 기억들이 그의 머릿속에서 형태를 갖췄다. 따뜻한 액체 속에 들어 있는 그의 몸에 튜브가 영양을 공급하고, 기계가 마사지를 해주고, 틀레이랙스 관찰자들이 그를 탐색하며 질문을 던지던 기억. 그는 과거의 아이다호들이 반쯤 잠든 상태로 중얼거리듯이 대답하는 것을 느꼈다. 그들의 말에는 아무런 의미도 없었다. 마치 자신의 입에서 흘러나오는 외국어를 들으면서도 그것이 평범한 갈락 어라고 확신하는 것 같은 기분이었다.

틀레이랙스 인들의 행동에서 감지되는 일의 규모에 그는 경탄했다. 그들은 베네 게세리트 외에는 어느 누구도 감히 건드려보지 못한 우주를 조사했다. 베네 틀레이랙스가 이기적인 이유로 이런 일을 했다고 해서 그 의미가 작아지는 것은 아니었다. 틀레이랙스 주인들의 끝없는 재탄

CHAPTERHOUSE:DUNE

137

생은 감히 위험을 무릅쓸 만한 가치가 있는 보상이었다.

　얼굴의 춤꾼 하인들은 그 어떤 삶이든, 그 어떤 정신이든 복제할 수 있었다. 틀레이랙스 인들이 품고 있던 꿈의 규모는 베네 게세리트의 성취만큼이나 굉장한 것이었다.

　"사이테일은 무앗딥 시절의 기억을 인정합니다. 언젠가 당신이 그와 기억을 비교해 볼 수도 있을 겁니다." 오드레이드가 말했다.

　"그런 식의 영생은 협상을 위한 카드입니다." 그가 경고하듯 말했다. "그가 그것을 명예의 어머니들에게 팔아넘길 수도 있습니까?"

　"그럴 수도 있겠지요. 자, 이제 당신의 거처로 돌아갑시다."

　그의 작업실에 도착했을 때 그녀는 그에게 콘솔 앞에 있는 의자를 가리켰다. 그는 그녀가 아직도 그의 비밀을 캐내려 하는 걸까 생각했다. 그녀가 그의 위로 몸을 수그리고 조종대를 조작했다. 머리 위의 투사기가 모래 언덕들이 굽이치며 지평선을 이루고 있는 사막의 모습을 만들어냈다.

　"참사회인가? 적도를 따라 널찍한 띠 모양으로 형성된 지역이군요." 그녀가 말했다.

　흥분이 그를 사로잡았다. "모래송어가 있다고 하셨죠. 하지만 새로 생겨난 벌레는 없습니까?"

　"시이나의 예상으로는 곧 나타날 거랍니다."

　"그들에게는 촉매 역할을 해줄 대량의 스파이스가 필요합니다."

　"우리는 위험을 무릅쓰고 저곳에 대량의 멜란지를 사용했습니다. 레토가 당신에게 촉매에 대해 말해 준 모양이네요. 그에 대해 또 무엇을 기억하고 있습니까?"

　"그가 나를 죽인 적이 하도 많아서 그 생각을 할 때면 고통스러울 정도입니다."

그녀는 듄의 다르 에스 발라트에서 나온 기록을 갖고 있었으므로 이 말이 옳다는 것을 확인할 수 있었다. "그가 직접 당신을 죽였죠, 나도 알고 있습니다. 그가 당신을 다 이용하고 난 후에 그냥 던져버린 겁니까?"

"때로는 내가 기대에 부응하는 실적을 올려서 자연사를 허락받기도 했습니다."

"그의 황금의 길이 그만한 가치가 있는 것이었습니까?"

'우리는 그의 황금의 길도, 그것을 만들어낸 소란도 이해하지 못하고 있어.' 그는 이 생각을 말로 표현했다.

"흥미로운 표현이군요. 멘타트가 억겁에 걸친 폭군의 시대를 소란으로 생각하다니."

"그것이 대이동으로 폭발한 겁니다."

"기근 시대도 추진력을 제공했지요."

"그가 기근을 예상하지 못한 것 같습니까?"

그녀는 그의 멘타트다운 견해 때문에 말을 잃고 대답하지 못했다. '황금의 길. 인류가 우주 속으로 '폭발하는 것'…… 다시는 한 행성에 갇혀서 둘도 없는 운명에 쉽게 휘둘리지 않게 되는 것. 이젠 우리 달걀이 모두 한 바구니에 들어 있지 않아.'

"레토는 모든 인류를 하나의 유기체로 생각했습니다." 그가 말했다.

"하지만 그는 우리의 의사를 무시하고 자신의 꿈을 실현하는 데 우리를 동원했습니다."

"당신들 아트레이데스는 항상 그런 짓을 하지요."

'당신들 아트레이데스라니!'

"그럼 당신은 우리에게 빚을 모두 갚은 겁니까?"

"난 그렇다고는 하지 않았습니다."

"지금 나의 딜레마를 인정합니까, 멘타트?"

"모래송어들이 활동하기 시작한 지 얼마나 되었습니까?"

"표준력으로 8년이 넘었습니다."

"우리 사막이 얼마나 빠르게 커지고 있습니까?"

'우리 사막!' 그녀는 투사기를 가리켰다. "저건 모래송어가 나타나기 전보다 세 배 이상 커진 겁니다."

"그렇게 빨리!"

"시이나는 금방이라도 작은 모래벌레가 나타날 거라고 예상하고 있습니다."

"그들은 약 2미터 크기가 될 때까지 표면으로 나오지 않는 경향이 있습니다."

"그녀도 그렇게 말하더군요."

그는 생각에 잠긴 듯한 어조로 말했다. "각각의 벌레들이 '끝없는 꿈' 속에 잠긴 레토의 의식의 진주알들을 갖고 있죠."

"그가 그렇게 말했죠. 그는 그런 일들에 대해 한 번도 거짓말을 하지 않았습니다."

"그의 거짓말은 좀더 알아보기 어려웠습니다. 대모들의 거짓말처럼."

"우리가 거짓말을 한다는 겁니까?"

"왜 시이나가 나를 만나고 싶어 하는 겁니까?"

"멘타트들이란! 당신은 그 질문이 곧 답이라고 생각하고 있군요." 오드레이드는 짐짓 질렸다는 듯 고개를 가로저었다. "그녀는 종교적 숭배의 중심으로서 폭군에 대해 가능한 한 많은 것을 배워야 합니다."

"맙소사! 왜요?"

"시이나에 대한 숭배가 퍼져나가고 있습니다. 라키스에서 살아남은 사제들에 의해 구제국 전체와 그 너머까지."

"듄입니다. 그곳을 아라키스나 라키스로 생각하지 마십시오. 그러면 생각이 흐릿해집니다." 그가 그녀의 말을 정정했다.

그녀는 그의 지적을 받아들였다. 그는 이제 완전히 멘타트가 되어 있었으므로 그녀는 참을성 있게 그의 반응을 기다렸다.

"시이나는 듄에서 모래벌레들에게 얘기를 걸었습니다. 그들도 반응을 보였고요." 그는 의문을 담은 그녀의 시선을 맞받으며 말을 이었다. "보호 선교단을 이용해서 과거의 속임수를 또 꾸미고 있군요, 그렇죠?"

"대이동을 떠난 사람들 사이에서 폭군은 두르와 굴두르로 불리고 있습니다." 그녀가 그의 멘타트다운 순박함에 영양분을 공급해 주었다.

"당신은 그녀에게 위험한 임무를 맡길 생각입니다. 그녀도 압니까?"

"압니다. 그리고 당신이 그 임무를 덜 위험하게 만들어줄 수 있을 겁니다."

"그럼 당신들의 데이터 시스템을 내게 개방하세요."

"아무 제한 없이?" 벨이 무슨 말을 할지 이미 알 것 같았다!

그는 그녀가 자신에게 동의해 줄 거라고 차마 희망을 품지 못한 채 고개를 끄덕였다. '내가 얼마나 필사적으로 이것을 원하는지 그녀가 짐작하고 있을까?' 그는 자신의 탈출구가 되어줄 수도 있는 것에 대한 지식을 고통 속에 간직하고 있었다. '정보에 대한 무제한적인 접근권! 그녀는 내가 자유의 환상을 느끼고 싶어 한다고 생각할 거다.'

"나의 멘타트가 되어주겠습니까, 던컨?"

"내게 선택의 여지가 있기나 한 겁니까?"

"평의회에서 당신의 요청에 대해 논의해 보고 답변해 드리겠습니다."

'탈출구가 열리고 있는 건가?'

"난 반드시 명예의 어머니들과 똑같은 방식으로 생각해야 합니다." 그가 말했다. 그의 요청을 검토하게 될 감시견들과 기계눈을 겨냥한 말이었다.

"무르벨라와 함께 살고 있는 당신만큼 그 일을 잘해 낼 수 있는 사람이 어디 있겠습니까?" 그녀가 말했다.

부패의 변장은 무한하다.

—틀레이랙스의 투젠

'내가 무슨 생각을 하는지, 무엇을 할 수 있는지 저들은 모른다. 저들의 진실을 말하는 자는 나를 읽지 못해.' 사이테일은 생각했다. 그는 재앙 속에서 적어도 그 능력을 가지고 나올 수 있었다. 완벽하게 만들어진 그의 얼굴의 춤꾼들로부터 배운 기만의 기술.

그는 비우주선에서 자신에게 할당된 구역을 살며시 돌아다니며 관찰하고, 분류하고, 평가했다. 사람이든 장소든 한 번씩 볼 때마다 그는 그들을 가늠해 보거나 아니면 결함을 찾도록 훈련된 정신 속에 분류해 두었다.

각각의 틀레이랙스 주인들은 언젠가 신께서 자신의 헌신을 시험해 보기 위해 임무를 부여해 줄지도 모른다고 믿었다.

'좋았어!' 이것이 바로 그런 임무였다. 위대한 믿음을 공유하고 있다는 베네 게세리트의 맹세는 거짓이었다. 그들은 부정(不淨)했다. 그에게는 낯선 곳에서 돌아왔을 때 그를 정화해 줄 동료들이 더 이상 남아 있지 않았다. 그는 포윈다의 우주로 내동댕이쳐져서 샤이탄의 하인들에게 포로로 잡혀 있었으며, 대이동에서 돌아온 매춘부들에게 사냥당하는 신세였다. 그러나 그 사악한 자들 중 어느 누구도 그가 무엇을 갖고 있는지 알지 못했다. 이런 극단적인 상황에서 신께서 그를 어떻게 도와주실지 아무도 짐작하지 못했다.

'제가 스스로를 정화합니다, 신이시여!'

샤이탄의 여자들이 피난처와 '모든 도움'을 주겠다고 약속하며 그를 매춘부들의 손에서 뽑아 올 때 그는 그것이 거짓임을 이미 알고 있었다.

'시련이 클수록 내 믿음도 큰 거야.'

겨우 몇 분 전에 그는 희미하게 반짝이는 장벽을 통해 던컨 아이다호가 기다란 복도를 따라 아침 산책을 하는 모습을 지켜보았다. 그들을 갈라놓고 있는 차단장은 소리도 통과시키지 않았지만 사이테일은 아이다호의 입술이 움직이는 것을 보고 그가 저주를 퍼붓고 있음을 알았다. '나를 저주해라, 골라. 하지만 우리가 널 만들었고, 지금도 널 이용할 수 있어.'

신은 이 골라에 대한 틀레이랙스의 계획에 '신성한 사고'를 끼워 넣으셨다. 그러나 신께는 항상 더 큰 계획이 있는 법이다. 신에게 인간의 계획을 따르라고 요구하는 게 아니라 신의 계획에 스스로를 끼워 맞추는 것이 믿는 자들의 임무였다.

사이테일은 자신의 신성한 맹세를 새로이 하며 이 시험을 받아들였다. 그것은 베네 틀레이랙스의 오랜 방식인 슛토리에 따라 아무 말 없이 이루어졌다. "슛토리를 성취하는 데 이해는 필요하지 않다. 슛토리는 아무 말 없이, 심지어 이름도 없이 존재한다."

그의 신이 갖고 있는 마법이 그의 유일한 받침대였다. 사이테일은 이것을 깊이 느끼고 있었다. 최고의 켈에서 가장 어린 주인인 그는 자신이 이 궁극의 임무를 위해 선택되리라는 것을 처음부터 알고 있었다. 그 지식이 그의 강점 중 하나였으며, 그는 거울을 들여다볼 때마다 그것을 깨달았다. '신께서는 포윈다를 속이기 위해 나를 만드셨다!' 가냘프고 아이 같은 그의 외모는 탐색용 탐침을 막는 금속 색소가 칠해진 회색 피부 속에 들어 있었다. 그의 왜소한 모습은 그를 보는 사람들의 주의를 흐트러뜨렸고, 그가 계속해서 골라로 환생하는 동안 축적해 온 능력들을 감춰 주었다. 베네 게세리트만이 그보다 더 오랜 기억들을 갖고 있었지만, 악마가 그들을 이끌었다.

사이테일은 가슴을 문지르며 흉터조차 남지 않았을 만큼 뛰어난 솜씨로 그곳에 숨겨져 있는 것을 스스로에게 상기시켰다. 각각의 주인들은 모두 이런 자원을 갖고 있었다. 수많은 사람들의 씨앗 세포를 보존하는 무(無)엔트로피 캡슐. 켈 중심부의 다른 주인들, 얼굴의 춤꾼들, 기술 전문가들, 그리고 샤이탄의 여자들에게…… 수많은 약해 빠진 포윈다들에게도! 틀림없이 매력적으로 보일 '그 밖의 사람들'의 씨앗이었다. 폴 아트레이데스와 그가 사랑한 챠니도 그곳에 있었다. (죽은 자의 옷에서 세포를 찾아내느라고 얼마나 많은 비용이 들었는지!) 원래 던컨 아이다호도 아트레이데스 가문의 다른 심복들과 함께 그곳에 있었다. 멘타트인 투피르 하와트, 거니 할렉, 프레멘의 나입인 스틸가…… 틀레이랙스의 우주를 채울 하인과 노예는 충분했다.

그 무엔트로피 튜브 속에 든 귀한 것들 중에서도 귀한 것, 그가 다시 만들어낼 수 있기를 너무나 갈망하며 생각할 때마다 숨을 멈추게 되는 것. 완벽한 얼굴의 춤꾼들! 완벽한 흉내쟁이들. 희생자의 인격을 완벽하게 기록하는 도구들. 베네 게세리트의 마녀들조차 속일 수 있는 자들. 심지어 시어도 그들이 다른 사람의 정신을 포획하는 것을 막을 수 없었다.

이 튜브를 그는 흥정을 위한 궁극의 힘으로 생각했다. 이것은 절대적인 비밀이었다. 지금은 상대의 결점을 파악할 때였다.

비우주선의 방어 시스템에는 그를 만족시켜 줄 만큼 충분한 틈새들이 있었다. 많은 삶을 살면서 그는 자기와 같은 틀레이랙스의 주인들이 마음에 드는 물건들을 모으듯이 여러 가지 재주를 모았다. 그들은 항상 그가 너무 진지하다고 생각했지만, 이제 그런 평가를 설욕할 때였다.

베네 게세리트 연구는 항상 그의 마음을 끌었다. 억겁의 세월 동안 그는 그들에 대해 많은 지식을 얻었다. 그는 그 안에 신화와 잘못된 정보가 들어 있다는 걸 알고 있었지만, 신의 목적에 대한 믿음 덕분에 신성한 시험이 아무리 엄격하더라도 자신이 갖고 있는 견해가 위대한 믿음에 봉사하게 되리라고 확신할 수 있었다.

그는 자신이 베네 게세리트에 대해 만든 목록 중의 일부를 '전형적인 특징'이라고 불렀다. '그건 그들의 전형적인 행동이야!'라는, 그들이 자주 사용하던 말에서 따온 이름이었다.

이 '전형적인 특징들'이 그를 매혹시켰다.

천박하지만 위협적이지 않은 행동을 하는 다른 사람들을 묵인해 주는 것은 그들의 '전형적인' 행동이었다. 그러나 그들은 같은 베네 게세리트가 그런 행동을 하는 것은 용납하지 않았다. '베네 게세리트의 기준은 더 높다'는 것이었다. 사이테일은 이미 세상을 떠난 자신의 동료들조차 그런 말을 하는 것을 들은 적이 있었다.

"우리는 다른 사람들이 우리를 보듯이 우리 자신을 보는 재능을 갖고 있습니다." 오드레이드가 언젠가 이렇게 말한 적이 있었다.

사이테일은 이것을 '전형적인 특징'에 포함시켰다. 그러나 그녀의 말은 위대한 믿음과 일치하지 않았다. 사람의 궁극적인 자아를 볼 수 있는 것은 오로지 신뿐이었다! 오드레이드의 자랑에서는 오만의 냄새가 났다.

"그들은 결코 아무렇게나 거짓말을 하지 않는다. 진실이 그들에게 더 많은 도움이 되니까."

그는 이 말에 자주 의아함을 느꼈다. 최고 대모 자신이 이것을 베네 게세리트의 규칙이라고 했다. 그러나 마녀들이 진실에 대해 냉소적인 시각을 갖고 있는 것처럼 보인다는 사실은 변하지 않았다. 그녀는 감히 그 것이 젠수니의 말이라고 주장하기까지 했다. "누구의 진실 말입니까? 어떤 식으로 수정된 진실이죠? 어떤 맥락에서?"

그들은 전날 오후에 비우주선에 있는 그의 거처에 앉아 있었다. 그는 '상호 간의 문제에 대한 협의'를 요청했다. 이건 흥정을 뜻하는 그의 완곡한 표현이었다. 경계를 게을리하지 않으며 오가는 자매들과 기계눈을 제외하면 방 안에는 그들 두 사람뿐이었다.

그의 거처는 그럭저럭 편안한 편이었다. 벽이 플라즈로 되어 있는 세 개의 방은 편안한 초록색이었으며, 부드러운 침대, 그의 왜소한 몸집에 맞도록 줄인 의자 등이 있었다.

이것은 익스 산의 비우주선이었고, 그는 자기가 이 우주선에 대해 얼마나 많은 것을 알고 있는지 감시인들이 짐작하지 못한다고 확신했다. '익스 인들만큼 잘 알고 있지.' 익스의 기계들이 사방에 있었지만 익스 인은 한 명도 보이지 않았다. 참사회 행성에도 익스 인이 있을 것 같지 않았다. 마녀들은 기계의 유지 보수를 스스로 하는 것으로 악명이 높았다.

오드레이드가 몸을 움직이면서 신중하게 그를 관찰하며 천천히 말했다. "그들은 충동적이지 않습니다." 이건 자주 듣는 말이었다.

그녀는 그에게 편안히 지내고 있느냐고 물었고, 그를 걱정하는 것처럼 보였다.

그는 자신의 거실을 살짝 둘러보았다. "익스 인들이 하나도 보이지 않는군요."

오드레이드는 기분이 나쁜 듯 입을 꾹 다물었다. "그래서 협의를 요청한 겁니까?"

'당연히 아니지, 이 마녀야! 난 단순히 주의를 흐트러뜨리는 기술을 연습하고 있을 뿐이다. 내가 감추고 싶어 하는 일을 입에 담을 거라고 기대하는 건 아니겠지. 그렇다면, 이 저주받은 행성을 자유롭게 걸어 다니는 위험한 침입자가 하나라도 있을 가능성이 없다는 사실을 알면서 내가 왜 익스 인들에게로 당신의 주의를 돌렸겠어? 아아, 우리 틀레이랙스 인들이 아주 오랫동안 익스 인들과 관계를 맺어왔다고 잔뜩 허풍을 떨었지. 당신도 알잖아! 당신들이 익스에 도저히 잊을 수 없는 벌을 내린 게 한두 번이 아니면서.'

익스의 기술 관료들이라면 아마 쉽사리 베네 게세리트의 화를 돋우지 않으려 할 것이라고 그는 생각했다. 그러나 상대가 명예의 어머니라면 그들은 화를 돋우지 않으려고 지극히 조심할 것이다. 이 비우주선이 존재한다는 것은 비밀스러운 교역이 있음을 의미했지만, 교역의 대가가 틀림없이 얼토당토않게 비쌌을 것이고, 교역의 평계 또한 보기 드문 것이었을 터였다. 대이동에서 돌아온 그 매춘부들은 정말 고약했다. 그들에게도 어쩌면 익스가 필요한지 모르겠다는 생각이 들었다. 그러니 익스는 어쩌면 그 매춘부들에게 몰래 반항하며 베네 게세리트와 거래하고 있는지도 몰랐다. 그러나 운신의 폭은 좁고, 배신의 기회는 많았다.

흥정을 하는 동안 이런 생각들이 그에게 위안이 되었다. 오늘따라 오드레이드가 까다롭게 굴면서 그 불안한 베네 게세리트 방식으로 그를 뚫어지게 바라보며 침묵을 지킬 때마다 그는 불안해졌다.

흥정을 위한 카드는 큰 것이었다. 바로 그들 각자의 생존. 그리고 흥정의 판돈 속에는 항상 가능성이 희박한 그것, 즉 패권, 인간이 살고 있는 우주의 지배, 자신들의 방식을 지배적인 양식으로 영속화하는 것 등이 들어 있었다.

'내게 세력을 확장할 수 있는 작은 틈새를 줘. 내 얼굴의 춤꾼들을 줘. 내 명령에만 따르는 하인들을 달라고.' 사이테일은 생각했다.

"작은 부탁을 하나 하겠습니다. 나는 편안한 환경, 즉 나만의 하인을 원합니다." 그가 말했다.

오드레이드는 그 묵직한 베네 게세리트의 방식으로 그를 계속 뚫어지게 바라보았다. 그런 시선은 항상 가면을 벗겨내고 사람의 깊은 곳을 들여다보는 것처럼 보였다.

'하지만 내게는 당신이 꿰뚫지 못한 가면이 있어.'

그녀는 그를 혐오스러워했다. 그녀가 그의 이목구비에 차례로 시선을 주는 모습에서 그것을 알 수 있었다. 그녀가 무슨 생각을 하는지 알 것 같았다. '갸름한 얼굴과 장난꾸러기의 눈이 있는 장난꾸러기 꼬마의 얼굴. V 자를 그리고 있는 이마의 머리카락 선.' 그녀의 시선이 아래로 움직였다. '날카로운 이와 뾰족한 송곳니가 있는 자그마한 입.'

사이테일은 자신이 인류의 신화 중에서도 가장 위험스럽고 불안한 신화에서 나온 것 같은 모습이라는 사실을 알고 있었다. 오드레이드는 스스로에게 이런 질문을 던질 것이다. '베네 틀레이랙스는 유전자 통제를 통해 자신들을 더 인상적인 모습으로 만들 수 있었을 텐데, 왜 이런 외모를 선택한 걸까?'

이 모습이 바로 당신들을 불안하게 만들기 때문이다, 포윈다 쓰레기야!

그는 즉시 또 하나의 '전형적인 특징'을 생각해 냈다. "베네 게세리트는 좀처럼 흙을 흩어놓지 않는다."

사이테일은 베네 게세리트가 행동을 취한 후 뒤에 남은 더러운 모습을 여러 번 본 적이 있었다. '듄이 어떻게 됐는지 봐! 너희 샤이탄의 여자들이 매춘부들에게 도전하는 장소로 그 신성한 땅을 골랐기 때문에 그곳은 타서 재가 되어버렸어. 심지어 우리 예언자의 망령들조차 천국에 가버렸지. 모두 죽어버렸다고!'

그는 자신이 잃어버린 것에 대해서는 차마 생각할 수가 없었다. 틀레이랙스의 행성들 모두 듄과 같은 운명에서 벗어나지 못했다. '베네 게세리트 때문이야!' 그런데 그는 자신을 지탱해 줄 수 있는 존재라고는 신밖에 남지 않은 난민이 되어 그들의 관용을 견뎌야 했다.

그는 듄의 '흩어진 흙'에 대해 오드레이드에게 물었다.

"그걸 찾을 수 있는 건 우리가 극단적인 상황에 처했을 때뿐입니다."

"당신들이 그 매춘부들의 폭력을 이끌어낸 게 그런 이유입니까?"

그녀는 이 문제를 얘기하지 않으려 했다.

세상을 떠난 사이테일의 동료 중 하나가 이런 말을 한 적이 있었다. "베네 게세리트는 똑바르게 뻗은 흔적을 남깁니다. 당신은 그들을 복잡하다고 생각할지도 모르지만, 자세히 살펴보면 그들이 지나간 길이 매끄럽게 펴지지요."

그 동료와 그 밖의 모든 동료들이 매춘부들에게 학살당했다. 그의 생존은 오로지 무엔트로피 캡슐 안의 세포들에 달려 있었다. 죽은 틀레이랙스 주인의 지혜라는 게 그런 거지!

오드레이드는 악솔로틀 탱크에 대한 기술적인 정보를 더 얻고 싶어 했다. 오오, 그녀가 질문할 때 단어들을 얼마나 교활하게 고르는지!

생존을 위한 흥정. 그 흥정의 작은 부분들 각각에는 무거운 추가 달려 있었다. 그가 악솔로틀 탱크에 대한 자료를 조금씩 나눠서 준 대가로 무엇을 받았던가? 이제 오드레이드는 가끔 그를 우주선 밖으로 데리고 가 주었다. 그러나 그에게는 이 행성 전체가 이 우주선과 마찬가지로 감옥이었다. 어디로 가야 마녀들이 그를 찾아내지 못할까?

그들은 그들 자신의 악솔로틀 탱크로 뭘 하고 있는 걸까? 그는 이 문제에 대해 전혀 확신하지 못했다. 마녀들은 너무나 쉽게 거짓말을 했다.

그들에게 제한된 지식이나마 공급해 주는 것이 잘못일까? 그는 자신이 생명공학에 대한 자세한 사항들만 알려주겠다는 스스로의 제한보다 훨씬 더 많은 것을 그들에게 말해 주었음을 깨달았다. 그들은 틀레이랙스의 주인들이 어떻게 제한된 영생을 만들어냈는지 추리해 냈음이 틀림없었다. 탱크에서 자라는 골라를 항상 이용했다는 사실 말이다. 그것 역시 지금은 사라져버렸다! 그는 좌절감 때문에 격분해서 그녀를 향해 비명처럼 이 말을 외치고 싶었다.

'질문들…… 뻔히 보이는 질문들.'

그는 얼굴의 춤꾼 하인들과 자신만의 우주선 시스템 콘솔이 필요하다는 장황한 주장으로 그녀의 질문을 회피했다.

그녀는 교활하고 확고한 태도로 탱크에 대한 더 많은 지식을 얻어내려고 그를 탐색했다. "우리 탱크에서 멜란지를 생산해 내는 데 필요한 정보가 있다면, 우리가 우리 손님에게 더 후한 대접을 하게 될지도 모르죠."

'우리 탱크! 우리 손님!'

이 여자들은 플래스틸로 된 벽 같았다. 그가 개인적으로 사용할 수 있는 탱크는 없었다. '틀레이랙스의 그 모든 힘이 사라져버렸어.' 슬픈 자기 연민이 가득한 생각이었다. 그는 신이 그의 수완을 시험하고 있음이 분명하다는 사실을 스스로에게 일깨우며 기운을 회복했다. '저들은 자기들이 나를 함정에 가둬두고 있다고 생각하지.' 그러나 그들의 속박은 고통스러웠다. 얼굴의 춤꾼 하인이 안 된다고? 뭐, 좋지. 그럼 다른 하인들을 달라고 할 것이다. 얼굴의 춤꾼이 아닌 사람들을.

사이테일은 잃어버린 얼굴의 춤꾼들, 쉽게 변화시킬 수 있었던 자신의 노예들을 생각하면서 지금껏 살아온 수많은 삶 중에서 가장 깊은 고뇌를 느꼈다. '저주받을 여자들 같으니! 자기들이 위대한 믿음을 공유하고 있는 것처럼 행세하는 것도! 복사들과 대모들이 사방에서 언제나 꼬치꼬치 사정을 캐고 다니지. 첩자들! 게다가 기계눈도 도처에 있어. 정말 갑갑하군.'

참사회에 처음 왔을 때 그는 자신을 지키는 간수들에게서 수줍음을 감지했다. 남의 눈을 피하는 그들의 그러한 태도는 그가 교단의 활동을 캐고 들어가자 더욱 강렬해졌다. 나중에 그는 이것이 원처럼 사방을 에워싼다는 것을 알게 되었다. 조금이라도 위협을 받으면 모두들 밖을 향해 얼굴을 돌리고 서는 것이다. '우리 것은 우리 것이야. 당신은 들어올 수 없어!'

사이테일은 여기서 부모 같은 자세, 인류에 대한 어머니 같은 시각을 보았다. '얌전히 굴지 않으면 벌을 주겠다!'는 태도. 그런데 베네 게세리트의 벌이란 반드시 피해야 하는 것이었다.

오드레이드가 그에게 그가 줄 수 있는 것보다 더 많은 정보를 계속 요구하는 동안, 사이테일은 자신이 진실이라고 확신하는 '전형적인 특징'에 주의를 고정했다. '저들은 사랑을 할 수 없어.' 그러나 그도 그들의 생각에 동의할 수밖에 없었다. 사랑도 증오도 순수하게 이성적이지 않았다. 그는 그런 감정들이 주위의 공기에 그림자를 드리우는 검은 분수, 아무엇도 짐작하지 못하는 인간들에게 액체를 뿌려대는 원시적인 유정(油井)이라고 생각했다.

'이 여자 정말 조잘거리는군!' 그는 그녀의 말에 별로 귀를 기울이지 않은 채 그녀를 관찰했다. 저들의 결점이 무엇일까? 저들이 음악을 피한다는 것이 약점인가? 저들은 그것이 감정에 몰래 작용한다는 점을 두려워하는 걸까? 음악에 대한 혐오는 강한 세뇌의 결과인 것 같았다. 그러나 그 세뇌가 항상 성공하는 것은 아니었다. 많은 삶을 살면서 그는 마녀들이 음악을 즐기는 것처럼 보이는 경우를 본 적이 있었다. 그가 오드레이드에게 질문을 던지자 그녀는 상당히 흥분했다. 그는 그녀가 그에게 잘못된 답을 알려주기 위해 일부러 과시하듯 그런 행동을 하는 것 같다고 짐작했다.

"우린 주의가 흐트러지면 안 됩니다!"

"위대한 음악 공연을 기억 속에서 재생해 보는 경우가 한 번도 없습니까? 내가 듣기로는 고대에……."

"대부분의 사람들이 이미 알지도 못하는 악기로 연주하는 음악이 무슨 소용이 있습니까?"

"그래요? 어떤 악기를 말씀하시는 겁니까?"

"지금 어디서 피아노를 찾겠습니까?"

'아직도 거짓으로 화를 내고 있어.'

"조율하기가 지독하게 어렵고, 연주하기는 훨씬 더 어려운 악기들입니다."

'참 예쁘게도 발끈하는군.'

"나는 한 번도 들어본 적이 없는데, 그…… 그…… 피아노라고 하셨습니까? 발리세트와 비슷한 악기인가요?"

"먼 친척입니다. 하지만 그 악기는 근사치의 음에 맞춰 조율할 수밖에 없습니다. 악기 중에서도 특이한 놈이죠."

"유독 그…… 그 피아노를 얘기하시는 이유가 뭡니까?"

"우리에게 이제 그 악기가 없다는 게 너무 안됐다고 가끔 생각하니까요. 불완전한 것에서 완전한 것을 만들어내는 것이, 결국, 가장 고귀한 예술 형태입니다."

'불완전한 것에서 완전한 것을 만들어낸다고!' 그녀는 젠수니의 말로 그의 정신을 흐트러뜨리며, 이 마녀들이 그와 마찬가지로 위대한 믿음을 갖고 있다는 환상을 그에게 집어넣으려 하고 있었다. 그는 베네 게세리트와 흥정할 때의 이 특징에 대해 여러 번 주의를 들은 적이 있었다. 그들은 항상 비스듬한 각도에서 모든 것에 접근하며, 마지막 순간이 되어서야 자기들이 정말로 원하는 게 무엇인지 드러내곤 했다. 그러나 그는 여기서 그들이 흥정을 통해 얻고자 하는 것이 무엇인지 알고 있었다. 그녀는 그의 모든 지식을 원하면서 전혀 대가를 지불하지 않으려 했다. 그런데도 그녀의 말이 얼마나 유혹적인지.

사이테일은 깊은 경계심을 느꼈다. 그녀의 말은 베네 게세리트가 오로지 인간 사회를 완벽하게 만들고 싶어 할 뿐이라는 그녀의 주장과 깔끔하게 맞아떨어졌다. 결국 그녀는 자기가 그를 가르칠 수 있다고 생각한다는 얘기였다! 이것도 '전형적인 특징'이었다. '그들은 스스로를 교사로 본다'는 것.

그가 이 주장에 대해 의혹을 표시하자 그녀는 이렇게 말했다. "우리가 영향력을 행사하는 사회에 우리가 압력을 구축하는 것은 당연한 일입니다. 그 압박을 우리가 지휘할 수 있게 하려고 그러는 겁니다."

"내가 보기에는 앞뒤가 맞지 않는 것 같은데요." 그가 투덜거렸다.

"이런, 사이테일 주인! 이건 아주 흔한 패턴입니다. 정부(政府)가 어떤 목표물를 겨냥해 폭력을 일으키려고 할 때 흔히 이런 방법을 쓰죠. 당신들도 그랬습니다! 그래서 결국 당신들이 어떻게 됐는지 보십시오."

그러니까, 틀레이랙스 인들이 스스로 이런 재난을 초래했다고 감히 주장한단 말이지!

"우리는 위대한 전령의 교훈을 따릅니다." 그녀가 예언자 레토 2세를 가리키는 이슬라미야트의 언어를 이용했다. 그녀의 입술에서 흘러나오는 그 말은 낯설게 들렸지만, 그는 깜짝 놀랐다. 그녀는 모든 틀레이랙스 인들이 예언자를 얼마나 숭배하는지 알고 있었다.

'하지만 난 이 여자들이 그분을 폭군이라고 부르는 걸 들었어!'

여전히 이슬라미야트의 언어를 사용하면서 그녀가 다그쳤다. "폭력의 방향을 돌려서 모두에게 귀중한 교훈을 만들어내는 것이 그 분의 목적 아니었습니까?"

'저 여자가 위대한 믿음을 가지고 농담을 하는 건가?'

"우리가 그를 받아들인 건 그 때문입니다. 그는 우리 규칙에 따라 움직이지 않았지만, 우리의 목적을 위해 움직였습니다." 그녀가 말했다.

그녀는 감히 '자기'가 예언자를 받아들였다고 말하고 있었다!

그는 엄청나게 화가 났지만 그녀에게 맞서지 않았다. 상대하기가 까다로웠다. 대모가 자기 자신과 자신의 행동을 바라보는 시각이란. 그는 그들이 이 시각을 계속 재조정하며 어떤 방향으로도 결코 멀리 튀어 나가지 않도록 하는 게 아닐까 생각했다. 자신에 대한 증오도, 자신에 대한 사랑도 없었다. 그래, 자신감이었다. 사람을 미치게 하는 자신감. 그러나 거기에는 증오나 사랑이 필요하지 않았다. 그녀가 주장하는 것처럼 차가운 머리, 모든 판단을 언제라도 기꺼이 정정할 수 있는 자세만이 필요했다. 칭찬이 필요한 경우는 거의 없을 터였다. '일을 잘했다고 해? 뭐, 그럼 도대체 뭘 기대했냐고 할 텐데?'

"베네 게세리트의 훈련은 성격을 강화시킨다." 이것은 '민간의 지혜' 중에서 가장 대중적이고 전형적인 말이었다.

그는 이 점에 대해 그녀와 논쟁을 해보려고 시도했다. "명예의 어머니들도 당신들과 똑같은 정신 훈련을 받지 않습니까? 무르벨라를 보세요!"

"보편성을 원하는 겁니까, 사이테일?"

'왠지 재미있어하는 어조인데.'

"두 정신 훈련 시스템의 충돌, 그것이야말로 이런 대결을 바라보는 좋은 방법이 아닙니까?" 그가 모험을 했다.

"그리고 더 힘센 쪽이 승리를 거두겠지요, 당연히."

'틀림없이 이죽거리고 있어!'

"원래 항상 그런 것 아닙니까?" 그의 분노가 잘 억제되지 않았다.

"베네 게세리트가 틀레이랙스에게 미묘함이 또 하나의 무기라는 점을 일깨워줘야 하는 겁니까? 당신은 기만을 연습하지 않았나요? 적에게 잘못된 인상을 심어 함정으로 끌어들이려고 거짓 약점을 내보이지 않았어요? 약점을 만들어내는 건 가능한 일입니다."

'그렇지! 저 여자는 억겁의 세월에 걸쳐 틀레이랙스가 서투르고 바보같은 이미지를 만들어내서 속임수를 쓴 것을 알고 있어.'

"그래서 당신은 우리의 적에게 그런 식으로 대처할 생각입니까?"

"우리는 그들을 벌할 생각입니다, 사이테일."

저토록 준엄하고 단호하다니!

베네 게세리트에 대해 새로 알아낸 사실들이 그를 불안으로 가득 채웠다.

오드레이드는 엄중한 감시 속에 그를 데리고 우주선 밖의 차가운 겨울 공기 속으로 오후의 산책을 나가다가(억센 몸집의 감독관들이 바로 한 발짝 뒤에 있었다), 걸음을 멈추고 '중앙'에서 오고 있는 자그마한 행렬을 지켜보았다. 다섯 명의 베네 게세리트 여자들이었다. 그중 두 명은 가장자리가 하얀색으로 장식된 로브를 입은 것으로 보아 복사였지만, 나머지 세 명은 그가 알지 못하는 단조로운 회색 옷을 입고 있었다. 그들은 과수원 한 곳으로 수레를 밀고 들어갔다. 차가운 바람이 그들 사이로 불었다. 낙엽 몇 개가 검은 가지에서 휘리릭 떨어졌다. 수레에는 하얀 천에 싸인 긴 꾸러미가 들어 있었다. 시체인가? 꼭 시체 같은 모습이었다.

그가 그 꾸러미에 대해 물어보자 오드레이드는 베네 게세리트의 매장 관습에 대해 길게 얘기를 늘어놓았다.

땅에 묻어야 할 시체가 있을 때, 베네 게세리트는 지금 그가 목격한 것처럼 무심하게 그 일을 처리한다는 것이었다. 그 어떤 대모의 사망도 공식적으로 발표되는 법이 없고, 시간을 잡아먹는 장례의식 같은 것을 원하는 대모도 없었다. 대모의 기억이 그녀의 자매들 속에서 계속 살아 있지 않은가?

그는 이것이 불경한 관습이라고 얘기를 꺼냈지만 그녀가 그의 말을 잘라버렸다.

"죽음이라는 현상 앞에서 살아 있을 때의 모든 애착은 일시적인 것입니다! 우리는 '다른 기억' 속에서 그걸 어느 정도 바꿔놓지요. 당신들도 비슷한 관습을 갖고 있었습니다, 사이테일. 그리고 이제 우리는 당신들의 능력 중 일부를 우리 것으로 통합시키고 있습니다. 아, 그래요! 우리는 그런 지식을 바로 그렇게 생각하고 있습니다. 그 지식은 패턴을 바꿀 뿐입니다."

"불경한 관습입니다!"

"그건 전혀 불경하지 않습니다. 그들은 흙 속으로 돌아갑니다. 그곳에서는 그들이 적어도 비료가 될 수 있지요." 그리고 그녀는 그에게 더 이상 반박할 기회를 주지 않은 채 눈앞의 광경에 대한 설명을 계속했다.

그가 지금 보고 있는 것과 같은 일들이 일상적으로 행해지고 있다고 그녀는 말했다. 베네 게세리트들은 커다란 기계식 나사 송곳을 수레에 실어 과수원으로 가져가서, 그 송곳으로 땅에 적당한 구멍을 뚫었다. 그리고 싸구려 천으로 동여맨 시신을 수직으로 세워서 묻은 다음 그 위에 과일 나무를 심었다. 과일 나무들은 격자형으로 배열되어 있었으며, 과수원 한쪽 구석에는 시신을 묻은 장소가 기록된 기념비가 있었다. 그는 그녀가 손으로 가리키고 있는 그 기념비를 보았다. 초록색 기념비는 약 3미터 높이의 정사각형이었다.

"C-21근처에 매장되고 있는 것 같군요." 그녀는 매장팀이 수레에 몸을 기대고 기다리는 동안 나사 송곳이 움직이는 것을 지켜보며 말했다. "그 시체는 사과나무의 비료가 될 겁니다." 그녀는 불경스럽게도 그 사실을 기뻐하고 있는 것 같았다!

나사 송곳이 물러나고 사람들이 수레를 기울여 시체를 구멍 속으로 떨어뜨리는 것을 지켜보면서 오드레이드가 콧노래를 부르기 시작했다.

사이테일은 깜짝 놀랐다. "베네 게세리트가 음악을 피한다고 하지 않았습니까."

"이건 오래된 민요일 뿐입니다."

베네 게세리트는 지금도 수수께끼였다. 그리고 그는 '전형적인 특징들'의 약점을 그 어느 때보다 분명하게 보았다. 사람들이 받아들일 수 있는 길에서 벗어난 행동 패턴을 보이는 사람들과 어떻게 흥정을 할 수 있겠는가? 그들을 이해했다고 생각하는 순간 그들은 새로운 방향으로 쏜살같이 나아간다. 그들은 '전형적이지 않았다'! 그들을 이해하려 노력하는 과정에서 그의 질서 감각이 흐트러졌다. 그는 이 흥정에서 자신이 현실적인 것을 전혀 받아내지 못했다고 확신했다. 전보다 조금 더 자유를 누리기는 했지만, 그것은 사실 자유의 환상이었다. 차가운 얼굴의 이 마녀에게서는 그가 정말로 원하는 것이 결코 나오지 않았다! 베네 게세리트에 대해 그가 알고 있는 사실들을 꿰맞춰서 뭔가 실질적인 것을 알아내려 노력하는 것은 감질나는 작업이었다. 그들에게 관료적인 시스템이 거의 없고 기록을 남기는 시스템도 없다는 주장이 좋은 예였다. 물론 벨론다의 기록 보관소는 예외였다. 그런데 그가 기록 보관소에 대한 얘기를 꺼낼 때마다 오드레이드는 '하늘이여 저희를 지켜주소서!' 같은 말을 했다.

"당신들은 관리도, 기록도 없이 어떻게 스스로를 유지하고 있습니까?" 그는 정말로 궁금했다.

"어떤 일을 해야 할 필요가 있으면, 그냥 그 일을 합니다. 자매를 땅에 묻는 작업?" 그녀는 과수원을 가리켰다. 그곳에서는 사람들이 삽을 가져다가 무덤 위의 흙을 다지고 있었다.

"우린 그 일을 저렇게 합니다. 그리고 저런 일의 책임을 맡은 사람이 항상 주위에 있지요. 그 사람들이 누구인지 다들 압니다."

"누가…… 누가 이 불경한 일을 맡는……?"

"이건 불경한 게 아닙니다! 이건 우리 교육의 일부예요. 대개 실패한 자매들이 감독을 합니다. 실제 작업을 하는 것은 복사들이고요."

"그들은…… 그러니까 내 말은, 그들이 이걸 싫어하지 않습니까? 실패한 자매들이라고 하셨죠. 그리고 복사들. 이건 마치 벌을 받는 것 같은……."

"벌이라니요! 이런, 이런, 사이테일. 당신이 부르는 노래가 단 한 곡밖에 없는 겁니까?" 그녀는 시체를 땅에 묻고 있는 사람들을 가리키며 말을 이었다. "도제 기간이 끝난 후, 우리들은 모두 자기들의 임무를 기꺼이 받아들입니다."

"하지만 그런…… 아아, 관료가 없는……."

"우린 어리석지 않습니다!"

이번에도 그는 말을 이해하지 못했다. 그러나 말없이 어리둥절한 표정을 짓고 있는 그에게 그녀가 대답했다.

"관료들이 지배적인 권력을 얻게 되면 항상 탐욕스러운 귀족으로 변한다는 걸 당신도 분명히 알고 있을 겁니다."

그는 이 말이 지금 상황과 어떤 관련이 있는지 쉽사리 이해하지 못했다. 그녀는 지금 무슨 말을 하려는 거지?

그가 계속 침묵을 지키자 그녀가 말했다. "명예의 어머니들은 관료주의의 모든 특징을 갖고 있습니다. 무슨무슨 장관, 무슨무슨 일을 맡은 위대한 명예의 어머니. 소수의 권력자들이 꼭대기에 자리하고 있고, 그 밑에 많은 하급 관리들이 있지요. 그들은 이미 불안정한 굶주림으로 가득합니다. 탐욕스러운 육식 동물처럼, 자기들이 사냥감을 완전히 말살시키고 있다는 사실을 결코 생각하지 않습니다. 여기에는 엄격한 관계가 작동하고 있지요. 먹이의 수를 줄이는 것은 자신의 사회 구조를 와르르 무너뜨리는 일이다."

그는 마녀들이 명예의 어머니를 정말로 이런 시각으로 보고 있다고 믿기가 어려웠다. 그래서 그 생각을 말로 표현했다.

"당신이 살아남게 된다면, 사이테일, 내 말이 현실이 되는 걸 보게 될 겁니다. 아무 생각 없는 그 여자들이 다시 안으로 움츠러들어야만 하는 상황 앞에서 커다란 분노의 함성을 지르는 것. 사냥감에게서 최대한 많은 것을 짜내려는 수많은 새로운 움직임들. 사냥감을 더 많이 잡아라! 그들을 더 세게 쥐어짜! 그래 봤자 말살이 더 앞당겨질 뿐입니다. 아이다호 말로는 그들이 이미 스러지는 단계에 들어서 있다는군요."

'골라가 이런 말을 했어? 그러니까, 이 여자가 그를 멘타트로 이용한 모양이군!' "어떻게 해서 그런 생각을 하게 된 겁니까? 당신들의 골라가 그런 얘기를 가장 먼저 꺼냈을 리가 없는데."

'그가 당신들 것이라고 계속 믿어봐!'

"그는 우리의 평가를 확인해 주었을 뿐입니다. '다른 기억' 속에 있는 한 가지 예가 우리의 경계심을 불러일으켰죠."

"그래요?" 이 '다른 기억'이라는 것이 마음에 걸렸다. 저들의 주장이 사실일까? 여러 번에 걸친 그의 삶의 기억들에도 엄청난 가치가 있었다. 그는 자신의 의문을 확인하기 위해 질문을 던졌다.

"우리는 눈신 토끼라고 불리는 사냥감과 스라소니라고 불리는 고양이과 육식 동물 사이의 관계를 기억해 냈습니다. 스라소니들의 숫자는 항상 토끼들의 숫자를 따라 증가했지요. 그러다가 지나친 사냥으로 인해 스라소니들이 굶주리게 되었고, 그들의 세력이 크게 스러졌습니다."

"재미있는 말이군요, 스러지다니."

"우리가 명예의 어머니들을 위해 예비해 둔 운명을 묘사하는 말이지요."

오드레이드와의 만남이 끝났을 때(그는 이 만남에서 아무것도 얻지 못했다), 사이테일은 자신이 그 어느 때보다 더 혼란스러워하고 있음을 깨달았다. 그들의 의도가 정말로 그런 것일까? 저주받을 여자 같으니! 그는 그녀의 말을 전혀 확신할 수 없었다.

그녀가 그를 비우주선 안의 거처로 다시 데려다준 후, 사이테일은 오랫동안 제자리에 서서 차단장 너머로 기다란 복도를 바라보았다. 아이다호와 무르벨라가 연습장으로 가는 길에 가끔 모습을 보이곤 하는 복도였다. 그들이 널찍한 문을 통과하는 복도 저 아래쪽에 틀림없이 연습장이 있는 모양이었다. 그들은 항상 숨을 몰아쉬고 땀을 흘리며 그곳에서 나왔다.

그가 같은 자리에서 한 시간이 넘게 어슬렁거렸는데도, 그와 같은 포로 신분인 두 사람 중 어느 누구도 모습을 드러내지 않았다.

'그녀는 골라를 멘타트로 이용하고 있어! 그렇다면 그가 우주선 시스템의 콘솔을 이용할 수 있을 거다. 그녀가 자신의 멘타트에게서 데이터를 빼앗으려 할 리가 없지. 어떻게 해서든 아이다호와 직접 만날 기회를 만들어야 한다. 우리가 항상 모든 골라에게 각인시키는 휘파람 같은 언어가 있으니까. 내가 너무 안달하는 것처럼 보여서는 안 돼. 어쩌면 흥정에서 약간 양보를 얻어낼 수 있을지도 모르지. 내 거처가 너무 답답하다고 불평하는 거야. 그들은 내가 이렇게 갇혀 사는 것에 화를 낸다는 걸 알고 있으니까.'

교육은 지능의 대용품이 아니다. 손에 잘 잡히지 않는 그 특성은 수수께끼를 푸는 능력에 의해 부분적으로 정의될 뿐이다. 그 정의가 완성되는 것은, 여러분의 감각 기관들이 보고해 오는 것을 반영한 새로운 수수께끼의 창조를 통해서이다.

—멘타트 교본 1(덱토)

그들은 루실라를 위대한 명예의 어머니가 있는 곳으로 밀고 들어갔다. 루실라는 우리 속에 또 우리가 있는 튜브 모양의 우리에 들어 있었다. 그 물처럼 얽혀 있는 시거와이어 때문에 그녀는 그 우리의 중앙에서 움직일 수 없었다.

"난 위대한 명예의 어머니이다." 무거운 검은색 의자에 앉은 여자가 그녀를 맞이했다.

'몸집이 작은 여자군. 빨간색과 황금색의 레오타드를 입고 있어.'

"그 우리는 네가 '목소리'를 사용하려 할 경우 너를 보호하기 위한 것이다. 우리에게는 그것이 통하지 않는다. 우리의 그러한 면역성은 반사적 행동이라는 형태를 띠지. 상대를 죽여버린다는 얘기다. 너희들 여럿이 그런 식으로 죽었다. 우리도 '목소리'를 알고 있으며, 그걸 사용한다.

내가 너를 우리에서 풀어줄 때 그걸 기억해라." 그녀는 우리를 가지고 온 하인들을 손짓으로 쫓아냈다. "나가거라! 나가!"

루실라는 방 안을 둘러보았다. 창문이 없었다. 거의 정사각형에 가까운 모양. 은빛을 내는 발광구 몇 개가 방을 밝히고 있었다. 벽은 원색적인 초록색이었다. 전형적인 신문실의 풍경. 이 방은 어딘가 높은 곳에 위치하고 있었다. 그들은 날이 밝기 직전 그녀의 우리를 무중력 승강기에 태워 이리로 데려왔다.

위대한 명예의 어머니 뒤에서 벽의 널 하나가 잽싸게 옆으로 젖혀지더니 작은 우리 하나가 숨겨진 기계의 힘에 실려 방 안으로 미끄러져 들어왔다. 이 우리는 정사각형이었으며, 그 안에 누군가가 서 있었다. 그녀는 처음에 그것이 벌거벗은 남자라고 생각했다. 그가 고개를 돌려 그녀를 바라볼 때까지는.

'퓨타르!' 녀석의 얼굴은 널찍했으며, 그녀는 녀석의 송곳니를 볼 수 있었다.

"등을 문질러줘." 퓨타르가 말했다.

"그래, 귀여운 것. 나중에 내가 등을 문질러주마."

"먹고 싶어." 퓨타르가 말했다. 녀석이 루실라를 노려보았다.

"나중에, 귀여운 것."

퓨타르는 계속해서 루실라를 유심히 살펴보았다. "너 조련사?" 녀석이 물었다.

"저 여자가 조련사일 리가 없잖아!"

"먹고 싶어." 퓨타르가 고집스럽게 말했다.

"나중에 먹으라고 했지! 지금은 그냥 거기 앉아서 나를 위해 기분 좋은 소리를 내봐."

퓨타르는 우리 안에 쪼그리고 앉았다. 낮게 울리는 소리가 그의 목구멍에서 나오기 시작했다.

"저 녀석들이 저렇게 가르릉거릴 때에는 정말 귀엽지 않나?" 위대한 명예의 어머니가 대답을 기대하는 것 같지는 않았다.

퓨타르가 이 자리에 있는 것을 루실라는 이해할 수 없었다. 저 녀석들은 명예의 어머니를 사냥해서 죽이도록 되어 있었다. 그러나 녀석은 우리에 갇혀 있었다.

"녀석을 어디서 잡았지?" 루실라가 물었다.

"가무에서." 그녀는 자신이 지금 어떤 정보를 누설했는지 모르고 있었다.

'여기는 환승점이다.' 루실라는 생각했다. 그녀는 전날 밤에 작은 우주선에 타고 있을 때 이미 이 사실을 알아차렸다.

퓨타르가 소리를 멈췄다. "먹는다." 녀석이 으르렁거렸다.

루실라도 뭔가를 먹고 싶었다. 그들이 사흘 동안 그녀에게 먹을 것을 주지 않았기 때문에 그녀는 굶주림의 고통을 억지로 억눌러야 했다. 우리 안에 남아 있던 리터존의 물을 조금씩 홀짝거리는 것이 도움이 되기는 했지만, 그것도 거의 비어 있었다. 그녀를 이곳으로 데려온 하인들은 음식을 요구하는 그녀에게 비웃음을 보냈다. "퓨타르는 여윈 고기를 좋아하거든!"

멜란지가 없다는 것이 그녀를 가장 괴롭혔다. 이날 아침에 그녀는 금단 증상으로 인한 고통을 처음으로 느끼기 시작했다.

'곧 자살할 수밖에 없겠지.'

람파다스의 사람들이 그녀에게 참고 견뎌달라고 애원했다. '용기를 가져요. 저 야생의 대모들이 우리의 예상과 다르다면 어떻게 할 겁니까?'

'거미 여왕. 오드레이드는 이 여자를 그렇게 부르고 있지.'

위대한 명예의 어머니는 손으로 턱을 받친 채 계속 그녀를 유심히 살펴보았다. 그녀의 턱은 약했다. 분명한 특징이 없는 얼굴에서 부정적인 특징이 시선을 끌었다.

"결국에는 너희들이 질 것이다, 그렇지?" 위대한 명예의 어머니가 말했다.

"묘지 위를 지나가는 휘파람 소리군." 루실라가 말했다. 그리고 그녀는 이 표현의 의미를 설명해 주어야 했다.

위대한 명예의 어머니가 품위 있게 흥미롭다는 표정을 지었다. '아주 재미있군.'

"내 보좌관들이 그 말을 들었다면 즉시 널 죽여버렸을 거다. 그래서 지금 우리 둘만 있는 거야. 왜 그런 말을 하는 건지 궁금하구나."

루실라는 쪼그리고 앉아 있는 퓨타르를 살짝 바라보았다. "퓨타르는 하루아침에 생겨난 게 아니다. 그들은 한 가지 목적을 위해 야생 동물을 재료로 유전자 조작에 의해 만들어졌지."

"조심해라!" 위대한 명예의 어머니의 눈 속에서 오렌지색 불꽃이 타올랐다.

"여러 세대에 걸친 개발의 결과가 퓨타르의 창조에 쓰였다." 루실라가 말했다.

"우리는 우리의 쾌락을 위해 녀석들을 사냥하고 있어!"

"그리고 사냥꾼이 사냥감으로 바뀌게 되지."

위대한 명예의 어머니가 펄쩍 뛰듯이 일어섰다. 그녀의 눈은 완벽한 오렌지색이었다. 퓨타르가 흥분해서 낑낑거리기 시작했다. 이것이 그녀를 차분하게 가라앉혀 주었다. 천천히, 그녀가 다시 의자에 주저앉았다.

그녀가 우리에 들어 있는 퓨타르를 향해 한 손으로 손짓을 했다. "괜찮다, 귀여운 것. 곧 먹이를 주마. 그러고 나서 내가 등도 문질러주지."

퓨타르가 다시 가르릉거리기 시작했다.

"그러니까 너는 우리가 피난민이 되어 이곳으로 돌아왔다고 생각하는 거로군. 그래! 그걸 부정할 생각은 하지 마라." 위대한 명예의 어머니가 말했다.

"벌레들은 자주 방향을 튼다." 루실라가 말했다.

"벌레? 우리가 라키스에서 파괴해 버린 그 거대한 괴물 같은 것들을 말하는 거냐?"

이 명예의 어머니를 자극해서 극적인 반응을 끌어내고 싶다는 유혹이 느껴졌다. 저 여자의 경계심을 충분히 불러일으킨다면, 저 여자는 틀림없이 상대를 죽일 것이다.

'제발, 자매님! 참고 견디세요.' 람파다스의 사람들이 간청했다.

'내가 여기서 도망칠 수 있다고 생각하는 겁니까?' 이것이 그들의 입을 막았다. 희미하게 항변하는 한 사람의 목소리만 제외하면. '기억하세요. 우리는 고대의 인형입니다. 일곱 번 넘어져도 여덟 번 일어나죠.' 이 목소리는 작은 빨간색 인형이 흔들리는 이미지와 함께 다가왔다. 인형의 얼굴은 부처처럼 싱긋 웃는 표정이었고, 손은 인형의 뚱뚱한 배 위에서 깍지 낀 자세였다.

"신황제의 망령들을 얘기하는 모양이군. 난 다른 걸 생각하고 있었다." 루실라가 말했다.

위대한 명예의 어머니는 차분하게 시간을 들여 이 말을 생각해 보았다. 그녀의 눈에서 오렌지색이 점점 사라져갔다.

'저 여자가 날 가지고 놀고 있어. 그녀는 날 죽여서 자기 애완동물에게 먹일 생각이야.' 루실라는 생각했다.

'하지만 우리가 탈출한다면 당신이 제공해 줄 수 있는 전술적인 정보를 생각하세요!'

'우리라니!' 하지만 이 항변의 목소리가 얘기하는 내용이 정확하다는 사실을 피할 도리가 없었다. 그들이 작은 우주선에서 그녀의 우리를 꺼내 온 것은 아직 날이 밝을 때였다. 거미 여왕의 은신처로 다가가는 길은 접근이 어렵게 잘 설계되어 있었지만, 루실라는 그 설계가 재미있다고 생각했다. 아주 고대의, 시대에 뒤떨어진 설계였다. 접근로에 있는 좁은 공간들에는 작은 망루가 땅에서 솟아 있었는데, 마치 균사체에서 적당한 위치를 골라 솟아오른 탁한 회색의 버섯 같았다. 중요한 지점에서는 길이 날카로운 각도로 꺾어졌다. 평범한 지상 교통 수단으로는 그렇게 꺾어지는 길에서 빠른 속도로 움직일 수 없었다.

환승점에 대한 테그의 평가서에 이 점이 언급되어 있었던 것을 그녀는 떠올렸다. 말도 안 되는 방어 수단 같으니. 무거운 장비를 끌고 오거나 이 조잡한 설치물을 다른 방식으로 넘어가 버리면 이곳은 고립되게 마련이었다. 물론 땅 밑에서 서로 연결되어 있겠지만, 폭발물로 파괴해 버릴 수 있었다. 설치물들을 서로 잡아맨 다음 원래 줄기에서 잘라내버리면 모두 차츰 부서질 것이다. '소중한 에너지가 더 이상 너희들의 튜브를 통해 내려오지 않는단 말이다, 멍청이들아!' 명예의 어머니들은 안전하다는 느낌을 눈으로 확인하고 싶어서 이 시설물들을 유지했다. 안심하고 싶어서! 이 여자들에게 헛된 안도감을 주기 위해 그들을 지키는 자들은 이 쓸모없는 과시용 장치에 많은 양의 에너지를 사용하고 있음이 분명했다.

'복도! 복도를 기억해요.'

그래, 이 거대한 건물의 복도들은 엄청나게 컸다. 조합 항법사들이 지상에서 반드시 들어가 있어야 하는 거대한 수조도 거뜬히 놓을 수 있을 만큼. 복도를 따라 낮게 설치되어 있는 환기 시스템은 멜란지 가스를 내보내고, 다시 빨아들이는 역할을 할 것이다. 그녀는 해치들이 불안하게 울리는 소리를 내면서 쿵 하고 열렸다가 닫히는 모습을 상상할 수 있었다. 조합원들은 커다란 소음에 도통 신경을 쓰는 것 같지 않았다. 이동형 반중력 장치들을 위한 에너지 전송선은 두꺼운 검은색 뱀처럼 통로를 구불구불 가로질러 그녀의 시선에 스치는 모든 방 안으로 뻗어 있었다. 항법사가 마음 내키는 대로 아무 데나 기웃거리며 다니는 것을 막는 데는 별 소용이 없을 것 같았다.

그녀가 본 사람들 중에는 안내용 박동기를 착용한 사람이 많았다. 명예의 어머니들도 마찬가지였다. 그러니까 그들이 여기서 길을 잃기도 한다는 얘기였다. 탑들이 남근처럼 우뚝 솟아 있는 거대한 언덕 모양의 지붕 밑에 모든 것이 들어가 있었다. 이곳의 새로운 주민들은 여기에 매혹되었다. 이곳은 다듬어지지 않은 외부 세계와 단단하게 차단되어 있었다(어쨌거나 중요한 인물들은 뭔가를 죽이거나, 자신에게 즐거움을 안겨주는 노예들의 일이나 놀이를 구경할 때를 제외하면 절대 밖으로 나가지 않았다). 대부분의 풍경에서 그녀는 초라함을 보았다. 시설의 유지 관리에 최소한의 지출만이 이루어지고 있다는 뜻이었다. '변한 건 별로 없군. 테그의 평면도가 지금도 정확하게 들어맞으니까. 당신의 관찰 결과가 얼마나 가치 있는지 알겠습니까?'

위대한 명예의 어머니가 몸을 조금 움직이며 상념에서 깨어났다. "내가 너에게 삶을 계속 허락해 줄 수도 있다. 네가 내 호기심을 조금 충족시켜 준다면 말이지."

"내가 순전한 개소리로 너의 호기심에 답하지 않을 거라고 어떻게 확신하는 거지?”

위대한 명예의 어머니는 상스러움에 재미를 느꼈다. 그녀는 하마터면 소리 내어 웃음을 터뜨릴 뻔했다. 베네 게세리트가 상스러움을 수단으로 삼을 때 조심해야 한다고 그녀에게 미리 말해 준 사람은 분명히 하나도 없었다. 저들이 이런 수단을 쓰는 건 틀림없이 괴로운 이유 때문이었다. '"목소리"를 못 쓴다 이거지? 내가 동원할 수 있는 수단이 그것밖에 없다고 생각하는 건가?' 대모라면 위대한 명예의 어머니가 지금까지 한 말과 반응만으로도 충분히 그녀를 장악할 수 있었다. 몸짓과 말에 담긴 신호에는 항상 상대를 이해하고도 남을 만큼 많은 정보가 담겨 있었다. 언제나 견본으로 이용할 수 있는 추가 정보가 있게 마련이었다.

“너는 우리가 매력적이라고 생각하는가?” 위대한 명예의 어머니가 물었다.

'이상한 질문이군.'

“대이동에서 돌아온 사람들은 모두 어떤 매력을 지니고 있지.”

'내가 그 사람들을 많이 봤다고 생각하게 만드는 거야. 저 여자의 적까지도 포함해서.'

“너희들은 이국적이다. 낯설고 새롭다는 뜻이지.”

“그럼 우리의 성적인 기술은?”

“물론 거기에 미묘한 분위기가 있어. 어떤 사람들은 들떠서 자석처럼 끌리겠지.”

“하지만 너는 아닌 모양이군.”

'턱을 노리세요! 안 될 것 없지 않습니까?' 람파다스의 사람들이 제안을 내놓았다.

“난 네 턱을 유심히 살펴보고 있었다, 위대한 명예의 어머니.”

"그래?" 놀란 표정.

"턱이 아무래도 어렸을 때와 똑같은 모습인 것 같으니, 그 어린 시절의 유물이 틀림없이 자랑스럽겠어."

'아주 싫은데도 내색하지 못하는군요. 턱을 다시 공격하십시오.'

"네 연인들이 네 턱에 입을 자주 맞출 것 같은데." 루실라가 말했다.

위대한 명예의 어머니는 이제 화가 나 있었지만, 여전히 그 화를 터뜨릴 수 없었다. '날 위협해 봐! "목소리"를 사용하지 말라고 내게 경고하란 말이야!'

"턱에 입맞춘다." 퓨타르가 말했다.

"나중에 하라고 했지, 귀여운 것. 이제 입 좀 닥쳐!"

'가엾은 애완동물에게 화풀이를 하는군.'

"넌 내게 물어볼 것이 있어." 루실라가 말했다. 그녀는 다정함 그 자체였다. 이것은 알 만큼 아는 사람들에게 보내는 또 한 번의 경고였다. '나는 모든 것에 달콤한 시럽을 쏟아부을 수 있는 사람이다. "정말 좋군요! 당신과 함께 있는 시간이 얼마나 즐거운지." "정말 아름답지 않습니까!" "그걸 그렇게 싸게 사다니 정말 총명하시군요!" "편안하게. 재빨리." 형용사는 네가 마음대로 바꿔도 돼.'

위대한 명예의 어머니는 잠시 시간을 들여 마음을 가라앉혔다. 그녀는 자기가 불리한 입장에 서게 되었다는 걸 느꼈지만 어쩌다 그리됐는지 알 수가 없었다. 그녀는 수수께끼 같은 미소로 그 순간을 얼버무린 다음 입을 열었다. "난 너를 풀어주겠다고 했다." 그녀가 의자 측면의 뭔가를 누르자 튜브처럼 생긴 우리의 한 부분이 휙 옆으로 젖혀지며 시거와 이어 그물을 함께 걸어 갔다. 그와 동시에 나지막한 의자 하나가 그녀 바로 앞으로 한 발짝도 채 떨어지지 않은 곳의 바닥 널에서 솟아올랐다.

루실라는 의자에 앉았다. 자신을 신문하는 여자와 거의 무릎이 닿을 정도였다. '발. 저들이 발로 상대를 죽인다는 걸 기억해야 해.' 그녀는 손가락을 구부렸다 펴보기를 반복하다가 자신이 지금까지 세게 주먹을 쥐고 있었음을 비로소 깨달았다. 제기랄, 그렇게 긴장하다니!

"네가 음식을 조금 먹어야 할 것 같군." 위대한 명예의 어머니가 말했다. 그녀가 의자 측면의 뭔가 다른 것을 누르자 루실라 옆으로 쟁반이 올라왔다. 접시, 숟가락, 빨간색 액체가 찰랑찰랑 채워진 잔 하나가 있었다. '자기 장난감을 자랑하고 싶은가 보네.'

루실라는 잔을 집어 들었다.

'독이 있지 않을까? 냄새를 먼저 맡아보자.'

그녀는 시험하듯 음료수의 맛을 보았다. 홍분성 차와 멜란지였다! '배가 고프다.'

루실라는 빈 잔을 쟁반 위에 내려놓았다. 그녀의 혀에 남은 홍분성 물질에서 진한 멜란지 냄새가 났다. '저 여자가 지금 뭘 하고 있는 거지? 내 마음을 얻으려는 건가?' 루실라는 스파이스 덕분에 안도감이 물결처럼 번지는 것을 느꼈다. 접시에는 자극적인 소스가 뿌려진 콩 요리가 담겨 있었다. 그녀는 혹시 골치 아픈 첨가제가 들어 있지 않은지 시험 삼아 맛을 보고 나서 음식을 모두 먹어치웠다. 소스에는 마늘이 들어 있었다. 그녀는 이 양념에 대한 '기억'에 찰나의 순간 동안 붙들려 있었다. 이 양념은 고급 요리에 들어가는 첨가물이었으며, 늑대 인간에게 특효가 있었고, 헛배가 부르는 증세의 좋은 치료제였다.

"우리 음식이 마음에 드나?"

루실라는 턱을 훔쳤다. "아주 좋아. 좋은 요리사를 둔 당신에게 칭찬을 해줘야겠어."

'사적인 조직에서는 절대 요리사를 칭찬하면 안 되지. 요리사는 언제든지 다른 사람으로 바뀌어버릴 수 있는 존재니까. 여주인은 다른 사람으로 바꿀 수가 없지만.'

"마늘로 훌륭한 맛을 냈어."

"우린 람파다스에서 가져온 도서관 장서 중 일부를 연구했다." 아주 고소해하는 어조였다. '너희들이 뭘 잃어버렸는지 이제 알겠어?'라고 말하는 것 같았다. "온갖 쓸데없는 얘기들 속에 관심을 끄는 것이 아주 조금 파묻혀 있더군."

'저 여자가 당신더러 자기 사서가 되어달라는 건가요?' 루실라는 말없이 기다렸다.

"내 보좌관들 중 일부는 거기에 너희 마녀들의 둥지에 대한 단서가 있을지도 모른다고 생각하고 있다. 아니면 적어도 너희를 빨리 제거해 버릴 수 있는 방법이라거나. 그렇게 많은 언어로 된 문서라니!"

'번역자가 필요하다는 얘길까요? 퉁명스럽게 구세요!'

"무엇이 네 관심을 끌던가?"

"그런 건 거의 없었어. 버틀레리안 지하드에 대한 기록이 누구한테 필요하겠나?"

"그들도 도서관을 파괴했지."

"나한테 잘난 척하지 마!"

'우리가 생각했던 것보다 날카로운 인물이군요. 계속 퉁명스럽게 구세요.'

"당신이 내게 잘난 척하는 줄 알았는데."

"잘 들어라, 마녀! 넌 둥지를 지키기 위해 아주 무자비해질 수 있다고 생각하는 모양인데, 너희는 무자비한 게 뭔지 몰라."

"내가 어떻게 해야 당신의 호기심을 충족시켜 줄 수 있는지 아직 말하지 않은 것 같은데?"

"우리가 원하는 건 너희들의 과학이다, 마녀!" 그녀가 목소리를 낮게 깔며 말을 이었다. "우리 서로 이성적으로 굴자고. 너희가 도와주면 우리는 유토피아를 만들 수 있다."

'그리고 너희 적들을 모두 정복해 버리고, 매번 오르가슴을 느끼게 되겠지.'

"과학이 유토피아의 열쇠를 쥐고 있다고 생각하나?"

"우리의 일을 위한 조직의 개선에 대해서도."

'기억하세요. 관료주의는 순응성을 떠받듭니다……. 그것이 '치명적인 어리석음'을 종교처럼 떠받들게 만드세요.'

"모순이군, 위대한 명예의 어머니. 과학은 반드시 혁신적이어야 한다. 과학은 변화를 가져오지. 과학과 관료주의가 항상 전쟁을 벌이는 건 그 때문이야."

'저 여자는 자기의 뿌리를 알고 있을까요?'

"하지만 그 힘을 생각해 봐라! 네가 무엇을 손에 쥐게 될지 생각해 봐!"

'모르는군요.'

통제에 대한 명예의 어머니의 생각에 루실라는 홀린 듯한 흥미를 느꼈다. 그들은 우주를 통제한다. 우주와 균형을 맞추는 게 아니다. 그들은 밖을 바라볼 뿐, 결코 안을 바라보지 않는다. 자기 자신의 미묘한 반응들을 감지하도록 스스로를 단련하지 않는다. 근육(세력, 힘)을 만들어내는 것은 스스로 장애물이라고 정의한 모든 것을 정복하기 위해서이다. 이 여자들 눈이 멀어버린 건가?

루실라가 아무 말도 하지 않자 명예의 어머니가 말했다. "우리는 장서 속에서 베네 틀레이랙스에 대해 많은 것을 찾아냈다. 너희는 여러 프로젝트에서 그들과 힘을 합쳤더군, 마녀. 그 어떤 것에도 탐지당하지 않는 비우주선의 능력을 무력화하는 방법, 살아 있는 세포의 비밀을 꿰뚫어 보는 방법, 그리고 너희들의 보호 선교단과 이른바 '신의 언어'라는 것의 비밀을 꿰뚫어 보는 방법."

루실라는 긴장된 미소를 지었다. 저들은 어딘가에 진짜 신이 있을지도 모른다고 두려워하는 걸까?

'맛을 좀 보여주세요! 솔직하게 얘기해요.'

"우리는 그 어떤 일에서도 틀레이랙스와 힘을 합친 적이 없다. 네 부하들이 잘못 해석한 거야. 내가 잘난 척하는 게 아닌지 걱정되나? 신의 기분은 어떨 것 같은가? 우리는 우리를 도와줄 보호용 종교를 심는다. 그것이 선교단의 역할이야. 틀레이랙스인들에게는 종교가 하나밖에 없다."

"너희들이 종교를 조직한다고?"

"꼭 그런 건 아니지. 종교에 대해 조직적인 시각으로 접근하는 건 항상 변명 같아. 우리는 변명하지 않는다."

"네 얘기가 점점 지루해진다. 신황제에 대한 자료가 그렇게 적은 이유가 무엇이지?"

'급습이야!'

"네 부하들이 자료를 파기해 버렸나 보지."

"아아, 그렇다면 너희들도 그에게 관심이 있는 거로군."

'너도 그렇잖아, 거미 부인!'

"내 생각으로는, 위대한 명예의 어머니, 레토 2세와 그의 황금의 길을 당신네의 많은 학문 연구 기관들이 연구하고 있을 것 같은데."

'이번엔 잔인했어요!'

"우리한테는 학문 연구 기관이 없어!"

"네가 그에게 관심을 갖는 게 놀라운걸."

"그냥 지나가는 관심일 뿐이다."

'그래, 저 퓨타르는 번개에 맞은 떡갈나무에서 튀어나왔다!'

"우린 그의 황금의 길을 '종이 쫓기 놀이'라고 부른다. 그가 종잇조각들을 입으로 불어 무한한 바람 속으로 집어넣고는 '봤지! 그게 저기 있다'고 말한 거야. 그게 바로 대이동이다."

"어떤 사람들은 '탐구'라는 말을 더 좋아해."

"그가 정말로 우리의 미래를 예언할 수 있었을까? 네가 관심을 갖는 게 바로 그건가?"

'제대로 맞혔어요!'

위대한 명예의 어머니가 손에 대고 기침을 했다.

"무앗딥이 미래를 창조했고, 레토 2세는 그 창조를 무로 돌렸어."

"하지만 만약 내가……."

"그만! 위대한 명예의 어머니! 신탁에게 자신의 인생을 예언해 달라고 요구하는 사람들이 실제로 알고 싶어 하는 것은 보물이 숨겨져 있는 곳이야."

"그건 당연하지!"

"너의 미래를 모두 알면 그 어떤 것도 너를 놀라게 하지 못한다는 건가? 그거야?"

"문자 그대로다."

"넌 미래를 원하는 게 아냐. 넌 지금을 영원히 연장하고 싶어 하는 거다."

"내가 말했더라도 그보다 더 잘 표현할 수 없었겠군."

"그런데 넌 나와 얘기하는 게 지루하다고 했다!"

"뭐?"

'눈에 오렌지색이 나타났습니다. 조심해요.'

"다시는 놀랄 일이 없게 된다고? 그보다 더 지루한 게 어디 있지?"

"아아…… 오! 하지만 내 말은 그런 뜻이 아니다."

"그럼 네가 무엇을 원하는지 내가 이해하지 못한 모양이군, 위대한 명예의 어머니."

"상관없다. 내일 다시 이야기하자."

'이 순간을 모면하려는 거야!'

위대한 명예의 어머니가 일어섰다. "네 우리로 돌아가라."

"먹어?" 퓨타르가 애처로운 목소리로 말했다.

"아래층에 널 위해 굉장한 음식을 마련해 두었다, 귀여운 것. 그 후에 내가 네 등을 문질러주마."

루실라는 우리 안으로 들어갔다. 위대한 명예의 어머니가 그녀의 등 뒤로 의자용 쿠션을 던져 넣어주었다. "시거와이어에 그걸 대고 있어라. 내가 얼마나 친절해질 수 있는지 알겠나?"

우리의 문이 찰칵 소리를 내며 닫혔다.

퓨타르는 우리에 든 채 벽 속으로 다시 미끄러지듯 들어갔다. 그 위로 벽의 널이 재빨리 닫혔다.

"저 녀석들은 배가 고플 때면 잠시도 가만히 있지를 못한다." 위대한 명예의 어머니가 말했다. 그녀는 방으로 통하는 문을 열더니 몸을 돌려 잠시 루실라를 응시했다. "여기서는 아무도 널 방해하지 않을 거다. 누구든 이 방으로 들어오는 걸 내가 허락하지 않을 테니까."

우리가 자연스럽게 하는 많은 일들이 어려워지는 것은 우리가 그것들을 지적인 주제
로 만들려고 할 때뿐이다. 어떤 주제에 대해 너무 많이 아는 나머지 완전히 무지해지
는 것도 가능하다.

— 멘타트 교본 2(구술)

오드레이드는 정기적으로 복사들 및 그들의 감독감시관들과 함께 식
사를 했다. 감독감시관은 이 '정신의 감옥'에서 가장 가까이에 있는 간수
들이었다. 이 감옥에서 영영 풀려나지 못하는 이들이 많았다.

복사들의 생각과 행동은 참사회가 얼마나 잘 돌아가고 있는지에 대해
최고 대모의 의식 깊은 곳에까지 많은 것을 알려주었다. 복사들의 반응
은 대모들의 반응보다 기분이나 육감에 더 직접적인 영향을 받았다. 완
전한 자매들은 자신이 최악의 상태일 때 남의 눈을 피하는 데 아주 능숙
했다. 본질적인 것을 감추려 하지는 않았지만, 누구든 과수원으로 걸어
들어가거나 문을 닫아 감시견들의 시야에서 벗어날 수 있었다.

복사들은 그렇지 않았다.

요즘 '중앙'에서는 한가한 시간이 거의 없었다. 심지어 식당에도 시간

과 상관없이 항상 사람들이 드나들었다. 작업 교대 시간은 시차를 두고 정해져 있었는데, 대모라면 자신의 생활 리듬을 남다른 일정에 맞춰 쉽사리 조정할 수 있었다. 오드레이드는 그런 조정 작업에 에너지를 낭비할 수 없었다. 저녁 식사 때 그녀는 '복사들의 홀'로 향하는 문 앞에서 잠시 걸음을 멈췄다. 갑자기 조용해지는 것이 느껴졌다.

그들이 음식을 입으로 옮기는 모습에도 뭔가 의미가 있었다. 젓가락이 입을 향해 다가갈 때 눈은 어디를 향하는가? 젓가락으로 음식을 콕 찍어서 재빨리 씹은 뒤 꿀꺽 삼키는가? 그건 관찰해 볼 만한 대상이었다. 그녀 때문에 다들 불안해하고 있었다. 그렇다면 음식을 입으로 가져갈 때마다 사람들이 이런 싸구려 요리에 어떻게 독을 숨겼는지 모르겠다는 듯음식을 바라보며 생각에 잠겨 있는 저쪽의 저 사람은? 창조적인 사람 같았다. 그녀에게 더 민감한 일을 맡겨도 되는지 시험해 볼 필요가 있었다.

오드레이드는 홀 안으로 들어갔다.

바닥은 거대한 체스판 같은 무늬로 장식되어 있었는데, 흑백의 플라즈로 된 그 바닥에 흠집을 내는 것은 사실상 불가능했다. 복사들은 대모들이 바닥에서 체스 게임을 하려고 그런 무늬를 넣었다고 떠들어댔다. "우리들 중 한 명을 여기에 놓고, 다른 한 명을 저쪽에 놓고, 중앙선을 따라 몇 명을 더 놓는 거지. 그 사람들을 이렇게 움직이면…… 승자가 전부 가져가는 거야."

오드레이드는 서쪽 창문 옆의 탁자 모퉁이 근처에 앉았다. 복사들이 조용히 조심스럽게 움직여서 그녀를 위한 공간을 마련해 주었다.

이 홀은 참사회에서 가장 오래된 건축물 중 일부였다. 나무로 지어진 이 건물에서 검은색으로 마무리된 머리 위의 들보들은 엄청나게 두껍고 무거웠다. 길이가 약 25미터나 되는데도 이음매가 하나도 없었다. 참사회 어딘가 세심한 보살핌을 받는 농원에는 떡갈나무들이 햇빛을 향해 자라고 있었다. 유전자가 조작된 이 나무들은 가지 하나 없이 적어도 30미터까지 자랐으며, 줄기의 굵기는 모두 2미터 이상이었다. 이 홀을 지을 때 심어진 그 나무들은 이곳의 들보들이 세월의 흐름으로 약해졌을 때 새로 들보를 만드는 데 쓰였다. 이 들보들은 표준력으로 1900년을 견딜 수 있다고 알려져 있었다.

그녀 주위의 복사들이 똑바로 그녀를 바라보지 않으면서도 얼마나 세심하게 그녀를 관찰하고 있는지.

오드레이드는 고개를 돌려 서쪽 창밖의 석양을 바라보았다. '또 흙먼지가 이는군.' 점점 땅을 침범하며 번져오는 사막이 석양에 불을 붙여 깜부기불처럼 타오르게 만들었다. 금방이라도 걷잡을 수 없이 폭발해 버릴 것 같았다.

오드레이드는 한숨을 억눌렀다. 이런 생각을 하다 보니 악몽이 다시 떠올랐다. '구렁…… 팽팽하게 매어진 줄.' 지금이라도 눈을 감으면 줄 위에서 흔들리는 느낌이 생생해질 것이다. 도끼를 든 사냥꾼이 더 가까이 다가와 있었다!

가까운 곳에서 식사를 하던 복사들이 그녀의 불안을 느끼기라도 한 듯 불안하게 동요했다. 어쩌면 정말로 그녀의 불안을 느낀 것일 수도 있었다. 천이 스치는 소리가 그녀를 악몽에서 꺼내주었다. 그녀는 '중앙'의 소리들 중 새로운 소리 하나에 예민해져 있었다. 흔하디 흔한 움직임들, 그러니까 그녀의 뒤에서 의자가 옮겨지거나…… 주방의 문을 여는 소리 뒤에 긁히는 듯한 잡음이 있었다. 왕모래가 긁히는 소리. 청소원들은 모래와 '저주받을 흙먼지'에 대해 불평을 늘어놓았다.

오드레이드는 창문을 통해 그 불쾌감의 원천을 물끄러미 바라보았다.

바로 남쪽에서 불어오는 바람이었다. 황갈색과 황토색의 중간쯤인 탁한 안개 같은 것이 지평선 위에 커튼을 드리웠다. 바람이 지나가고 나면, 건물 구석구석과 언덕의 바람이 불어 가는 쪽 사면에서 바람이 떨구고 간 흙먼지가 발견되었다. 거기에서는 돌 냄새가 났다. 콧구멍을 자극하는 알칼리성 냄새였다.

그녀는 서빙을 맡은 복사가 음식을 내려놓고 있는 식탁을 내려다보았다.

오드레이드는 작업실과 개인 식당에서 재빨리 음식을 먹을 때와는 다른 이런 분위기를 자신이 즐기고 있음을 깨달았다. 그녀가 저 위에서 혼자 식사를 할 때에는 복사들이 아주 조용하게 음식을 가져왔다. 식탁을 치울 때에도 하도 조용하고 능숙해서 때로는 벌써 식탁 위의 모든 것이 사라져버렸음을 깨닫고 깜짝 놀라곤 했다. 이곳에서는 부산한 분위기 속에서 대화가 오가는 가운데 식사가 진행되었다. 그녀의 거처였다면, 두아나 주방장이 와서 혀를 차며 음식을 충분히 먹지 않는다고 한마디 했을지도 모른다. 오드레이드는 대개 그런 설교에 귀를 기울였다. 감시견도 나름대로 쓸모가 있었다.

오늘 저녁의 메뉴는 콩과 당밀로 만든 소스와 슬리그 고기였다. 소량의 멜란지, 나룩풀, 레몬 등이 첨가되어 있었다. 신선한 초록색 콩에 후추를 넣고 아삭하게 요리한 음식도 있었다. 음료수는 검붉은색 포도 주스였다. 그녀는 기대감을 안고 슬리그 고기를 한 입 베어 물었다. 먹을 만했지만, 그녀의 입맛으로는 조금 지나치게 익힌 것 같았다. 복사 요리사의 실수는 그리 크지 않았다.

'그렇다면 왜 이런 식사를 너무 많이 한 것 같은 느낌이 드는 걸까?'

그녀는 음식을 삼키면서 초감각으로 첨가물을 파악했다. 이 음식은 최고 대모에게만 에너지를 다시 채워주기 위한 것이 아니었다. 그런데 주방의 누군가가 그녀의 일일 영양소 목록을 청해 이 음식을 조정한 모양이었다.

'음식은 함정이다. 또 다른 중독이야.' 그녀는 생각했다. 그녀는 참사회 요리사들이 '식사하는 사람들을 생각해서' 음식에 넣는 것들을 교활하게 숨기는 것이 마음에 들지 않았다. 대모라면 음식에 들어간 성분들을 파악해서 자신의 한계 내에서 신진 대사를 조정할 수 있다는 것을 그들은 물론 알고 있었다. 그들은 지금 그녀를 지켜보면서 최고 대모가 오늘 저녁의 메뉴에 어떤 판결을 내릴지 궁금해하고 있었다.

음식을 먹으면서 그녀는 식사를 하고 있는 다른 사람들에게 귀를 기울였다. 그녀를 방해하는 사람은 아무도 없었다. 몸으로도, 목소리로도. 홀 안의 소리는 그녀가 들어오기 전과 거의 비슷한 수준으로 되돌아와 있었다. 사람들은 신나게 혀를 움직이다가 그녀가 들어오면 항상 어조를 약간 바꿨다. 그리고 목소리를 낮춰 다시 대화를 시작했다.

그녀 주위에서 바쁘게 머리를 굴리고 있는 모든 사람들은 입 밖에 내지 못한 의문을 품고 있었다. '최고 대모님이 왜 오늘 저녁에 이곳에 오신 걸까?'

오드레이드는 근처에서 식사를 하는 사람 몇 명에게서 조용한 경외감을 감지했다. 최고 대모는 때로 이런 반응을 유리하게 이용하곤 했다. 날카롭게 날이 서 있는 경외감. 복사들은 '그녀가 타라자를 품고 있다'고 자기들끼리 속삭였다(감독관들의 보고에 의하면 그랬다). 그건 오드레이드가 세상을 떠난 전임자를 '최고의 존재'로 소유하고 있다는 뜻이었다. 두 사람은 역사적인 한 쌍이었으며, 대모를 지망하는 사람들이 필수적으로 공부해야 하는 대상이었다.

다르와 타르는 이미 전설이었다.

심지어 벨론다(심술궂은 오랜 친구 벨)도 이 때문에 오드레이드를 정면으로 공격하지 못했다. 정면 공격은 거의 없었고, 오드레이드를 비난할 때에도 고함을 지르는 경우가 거의 없었다. 타라자는 교단을 구한 공을 인정받고 있었다. 그것이 많은 반대 의견들을 잠재웠다. 타라자는 명예의 어머니들이 본질적으로 야만인이며, 그들의 폭력을 완전히 빗나가게 할 수는 없지만 피투성이의 과시용 행동으로 이끌어 들일 수는 있다고 말했다. 실제로 일어난 사건들은 이 발언을 어느 정도 확인해 주었다.

'어느 정도까지는 옳았어요, 타르. 그들의 폭력이 어느 정도인지 누구도 예상하지 못했을 뿐.'

명예의 어머니들을 겨냥한 타라자의 고전적인 방법(투우장의 이미지가 얼마나 적합한지)은 그들로 하여금 엄청난 학살을 저지르게 만들었다. 그 때문에 현재 이 세상에서는 그들에게 잔혹한 짓을 당한 피해자들의 잠재적 지지자들이 신랄하게 굴고 있었다.

'어떻게 해야 우리를 지킬 수 있을까?'

방어 계획이 부족하다는 뜻은 아니었다. 그러나 그 계획이 시대에 뒤떨어진 것이 될 수는 있었다.

'물론 그것이 바로 내가 원하는 거지. 우리는 반드시 정화를 거쳐 최고의 노력을 기울일 준비를 해야 해.'

벨론다는 그녀의 이런 생각을 비웃었다. "그래서 아예 망해 버리자고요? 그래서 우리가 정화되어야 한다는 겁니까?"

벨론다가 최고 대모의 계획을 알게 되면 양면적인 태도를 취할 것이다. 심술궂은 벨론다는 갈채를 보낼 것이고, 멘타트 벨론다는 '좀더 좋은 때가 올 때까지' 일을 미루자고 주장할 것이다.

'하지만 자매들이 뭐라고 생각하든 나는 나만의 독특한 방법을 찾을 것이다.'

많은 자매들은 자기들이 지금까지 받아들였던 최고 대모들 중에서 오드레이드가 가장 이상하다고 생각했다. 그녀가 명예롭게 그 자리에 올랐다기보다는 어쩔 수 없이 일이 이렇게 되었다는 것이 그들의 생각이었다. '최고의 존재 타라자. 당신이 죽을 때 난 그 자리에 있었습니다, 타르. 당신의 인격을 거둬줄 사람이 나밖에 없었어요. 우연에 의한 승진인가요?'

많은 사람들이 오드레이드를 승인하지 않았다. 그러나 반대 의견이 대두되면 그들은 '최고의 존재 타라자, 우리 역사상 최고의 최고 대모'에게 다시 돌아왔다.

재미있군요! 내면에 있는 타라자는 누구보다도 빨리 웃음을 터뜨리며 이렇게 물었다. '그들에게 내가 저지른 실수에 대해 얘기해 주지 그래요, 다르? 특히 내가 당신을 잘못 판단했다는 점에 대해서.'

오드레이드는 생각에 잠겨 슬리그 고기를 씹었다. '시이나를 한 번 찾아가 봐야 할 때가 지났다. 남쪽 사막으로 곧 가봐야 해. 시이나에게 탐의 자리를 이어받을 준비를 시켜야 한다.'

변화하고 있는 이 행성의 풍경이 오드레이드의 생각 속에 크게 자리했다. 베네 게세리트가 참사회를 차지한 지 1500년이 넘었다. '도처에 우리의 흔적이 있지.' 특별한 숲이나 포도원, 과수원에만 그런 흔적이 있는 게 아니었다. 친숙하게 알고 있던 땅에 이런 변화가 닥쳐 오는 광경이 사람들의 집단 심리에 어떤 영향을 미치고 있을지.

오드레이드 옆에 앉아 있던 복사가 가볍게 목을 가다듬는 소리를 냈다. 최고 대모에게 말을 걸려는 건가? 그건 아주 드문 일이었다. 어린 복사는 아무 말도 하지 않고 식사를 계속했다.

오드레이드는 시이나를 만나러 사막으로 가는 일을 다시 생각하기 시작했다. 시이나는 절대로 몰라야 했다. '그녀가 바로 우리에게 필요한 사람이라는 걸 반드시 확인해야 해.' 시이나에게서 대답을 들어야 할 질문들이 있었다.

오드레이드는 도중에 감찰을 위해 들르는 곳에서 무엇을 발견하게 될지 알고 있었다. 자매들에게서, 동식물에게서, 참사회의 기초 그 자체에서, 그녀는 커다란 변화와 쉽게 알아볼 수 없는 변화들을 보게 될 것이다. 저 유명한 최고 대모의 평정을 비틀어버릴 것들을. 비우주선에서 절대 밖으로 나온 적이 없는 무르벨라도 변화를 감지하고 있었다.

바로 오늘 아침에 콘솔에 등을 대고 앉은 자세로 무르벨라는 자기 앞에 서 있는 오드레이드의 말에 전에 없이 주의 깊게 귀를 기울였다. 포로로 잡혀 있는 그 명예의 어머니에게서 날카로운 긴장이 느껴졌다. 그녀의 목소리에서는 의혹과 불안정한 판단들이 저도 모르게 드러났다.

"'모든 것'이 무상하다고요, 최고 대모님?"

"그것이 '다른 기억'에 의해 당신에게 각인된 지식입니다. 그 어떤 행성도, 그 어떤 땅이나 바다도, 땅이나 바다의 일부조차도 이곳에 영원히 존재하지 못합니다."

"너무 음울한 생각이에요!" 거부 반응.

"입장이 어떻든, 우리는 관리인에 불과합니다."

"쓸모없는 시각입니다." 최고 대모가 왜 지금 이런 말을 하는지 의문을 품으면서 주저하는 태도.

"명예의 어머니들이 당신을 통해 말하고 있군요. 그들은 당신에게 탐욕스러운 꿈을 주었습니다, 무르벨라."

"그건 당신 말이죠!" 강한 분노.

"명예의 어머니들은 자기들이 무한한 안전을 살 수 있다고 생각합니다. 뭐, 비굴하게 복종하는 사람들이 많이 살고 있는 작은 행성 말입니다."

무르벨라가 얼굴을 찌푸렸다.

"더 많은 행성! 항상 더 많은 행성을 바라죠! 그들이 떼를 지어 다시 몰려오는 건 그 때문입니다." 오드레이드가 날카롭게 소리쳤다.

"이 구제국에서는 고를 만한 것이 없어요."

"훌륭합니다, 무르벨라! 이제 우리와 같은 사고방식으로 생각하기 시작했군요."

"그것이 나를 '아무것도 아닌 존재'로 만들고 있어요!"

"물고기도 아니고 새도 아니고, 당신 자신만의 진정한 자아가 되는 것이? 그렇게 되더라도 당신은 관리인에 불과합니다. 조심하세요, 무르벨라! 당신이 뭔가를 소유하고 있다고 생각한다면 그건 유사(流砂) 위를 걷는 것과 같습니다."

이 말에 무르벨라는 무슨 소린지 모르겠다는 듯 미간을 찌푸렸다. 무르벨라가 얼굴에 감정을 저토록 노골적으로 드러내는 것에 대해 뭔가 조치를 취해야 할 터였다. 이곳에서는 감정을 드러내는 걸 허용할 수 있지만, 언젠가는…….

"그래요, 아무것도 분명하게 소유할 수 없어요. 그래서 어쨌다고요!" 짜증, 짜증.

"당신 말에는 옳은 말도 조금 섞여 있지만, 당신이 평생을 견딜 수 있는 장소를 당신 안에서 아직 찾아내지 못한 것 같군요."

"적이 나를 찾아내서 무참히 죽여버릴 때까지 견딜 장소 말인가요?"

'명예의 어머니의 훈련이 아교처럼 달라붙어 있어! 하지만 얼마 전 밤에 던컨과 얘기하던 모습을 생각하면, 그녀도 이제 준비가 되었다. 틀림없이 반 고흐의 그림이 그녀를 예민하게 만든 거야. 목소리에서 그게 느껴졌다. 그 기록을 다시 살펴봐야겠어.'

"누가 당신을 무참히 죽이겠습니까, 무르벨라?"

"당신들은 결코 명예의 어머니들의 공격을 버텨내지 못해!"

"난 우리가 걱정하는 기본적인 사실을 이미 말했습니다. 그 어떤 행성도 영원히 안전하지 않다고요."

"그것도 당신들의 쓸모없는 엉터리 교훈일 뿐이야!"

복사들의 홀에서 오드레이드는 던컨과 무르벨라의 기계눈 기록을 다시 살펴볼 시간을 아직 마련하지 못했음을 떠올렸다. 하마터면 한숨이 밖으로 새어 나올 뻔했다. 그녀는 기침으로 그것을 숨겼다. 이 어린 복사들에게 최고 대모의 근심을 보여주는 것은 결코 좋은 일이 아니었다.

'사막의 시이나에게 가자! 시간이 나는 대로 순회 감찰을 나가는 거야. 시간!'

오드레이드의 옆에 앉은 복사가 또다시 목을 가다듬는 소리를 냈다. 오드레이드는 곁눈질로 그녀를 살펴보았다. 그녀는 금발이었으며 가장자리가 하얀색으로 장식된 짧은 검은색 옷을 입고 있었다. 중급 3단계라는 뜻이었다. 그녀가 오드레이드를 향해 고개를 움직이는 기색은 전혀 없었다. 곁눈질로 오드레이드를 힐끔거리지도 않았다.

'순회 감찰에서도 이런 모습을 보게 되겠지. 두려워하는 모습. 그리고 풍경 속에서는 우리가 시간이 없을 때 항상 보게 되는 모습을 보게 될 거다. 벌목꾼들이 모두 가버렸기 때문에 잘리지 않고 남아 있는 나무들. 벌목꾼들은 박해를 당해 우리의 대이동 속에 섞여 떠나거나, 무덤에 들어가거나, 미지의 장소로 가버렸다. 어쩌면 노예가 되어버린 사람도 있을 거야. 건축 인부들이 떠나서 미완성으로 남은 화려한 건축물이 미완성이라는 이유 때문에 매력적으로 보이게 될까? 아냐. 우린 화려한 걸 그리 좋아하지 않아.'

그녀가 찾았으면 하던 예들을 '다른 기억'이 갖고 있었다. 미완성으로 남았기 때문에 더 아름다운 옛 건축물들의 예. 건축가가 파산하거나 소유주가 애인에게 화가 나는 바람에 완성되지 못한…… 어떤 것들은 그 때문에 더욱 흥미를 끌었다. 오래된 담, 오래된 유적들. 시간의 조각.

'내가 제일 좋아하는 과수원에 화려한 건물을 지으라고 명령한다면 벨이 뭐라고 할까?'

오드레이드 옆의 복사가 말했다. "최고 대모님?"

'훌륭해! 저들이 용기를 내는 경우가 좀처럼 없는데.'

"응?" 무슨 일이냐는 뜻이 희미하게 배어 있는 어조. '중요한 얘기가 아니라면 각오해야 할 거다.' 저 아이가 얘기를 이어나갈까?

그녀는 얘기를 이어나갔다. "최고 대모님, 제가 끼어든 건 상황이 급박한 데다 최고 대모님이 과수원에 관심을 갖고 계신다는 걸 제가 알기 때문입니다."

'최고야!' 이 복사는 두꺼운 촉수를 갖고 있었지만 그것이 그녀의 정신에까지 뻗지는 않았다. 오드레이드는 말없이 그녀를 뚫어지게 바라보았다.

"저는 최고 대모님 침실의 지도를 만드는 사람입니다, 최고 대모님."

그렇다면 이 아이는 믿을 만한 숙련자였다. 최고 대모의 일을 맡고 있는 사람인 것이다. 훨씬 더 바람직한 조건이었다.

"내 지도가 금방 완성되겠느냐?"

"이틀이면 됩니다, 최고 대모님. 제가 나날이 커져가는 사막의 움직임을 표시하게 될 곳에 겹쳐질 이미지를 조정하고 있습니다."

오드레이드는 짤막하게 고개를 끄덕였다. 그건 원래 명령에 포함되어 있던 작업이었다. 복사를 시켜 지도를 항상 갱신하라는 것. 오드레이드는 매일 아침 눈을 떠서 그 변화하는 풍경을 보고 상상력에 불이 붙기를 원했다. 풍경은 그녀가 자리에서 일어날 때 가장 먼저 의식에 각인되는 것이었다.

"오늘 아침 최고 대모님의 작업실에 보고서를 가져다 두었습니다, 최고 대모님. '과수원 관리'라는 제목이었는데. 혹시 그것을 보지 못하셨습니까?"

오드레이드가 본 것은 그 보고서의 제목뿐이었다. 그녀는 운동을 하다가 늦게 돌아와서 무르벨라를 찾아가려고 마음이 급했다. 무르벨라에게 너무나 많은 것이 달려 있었다!

"'중앙' 주위의 농원을 포기하거나, 아니면 그곳을 계속 유지할 조치가 취해져야 합니다. 이것이 그 보고서의 요지입니다." 복사가 말했다.

"보고서 내용을 그대로 말해 보아라."

오드레이드가 귀를 기울이는 동안 밤이 내리고 방 안에 불이 켜졌다. 간결했다. 무뚝뚝하게 느껴질 정도로. 그 보고서에는 벨론다에게서 비롯되었음을 알 수 있는 훈계가 들어 있었다. 기록 보관소의 흔적은 없었지만 날씨에 대한 경고는 항상 기록 보관소를 거쳤다. 그리고 이 복사는 거기서 몇 가지 표현을 베껴 왔다.

복사가 입을 다물었다. 보고가 끝난 것이다.

'어떤 반응을 보여야 할까?' 과수원, 목초지, 포도원은 단순히 외부의 침입을 막는 완충 장치나 풍경을 장식하는 기분 좋은 물건의 역할만 하는 게 아니었다. 그들은 참사회 사람들의 사기를 지탱하고 식량을 공급해 주었다.

'내 사기도 지탱해 주고 있지.'

복사는 아주 조용히 기다렸다. 곱슬곱슬한 금발에 둥근 얼굴. 상대의 기분을 좋게 만들어주는 표정. 비록 입이 넓찍하기는 했지만. 접시에 음식이 남아 있었지만 그녀는 그것을 먹지 않았다. 양손은 무릎에 포개져 있었다. '저는 당신에게 봉사하기 위해 여기 있습니다, 최고 대모님'이라고 말하는 것처럼.

오드레이드가 어떤 반응을 보여야 할지 생각을 정리하는 동안 기억이 그녀를 방해했다. 지금 눈앞에 보이는 광경 위로 과거의 사건이 동시에 흘러갔다. 그녀는 오니숍터 훈련 과정을 떠올렸다. '한낮에 복사 두 명이 교관과 함께 오니숍터에 타고 람파다스의 습지 위 높은 곳에 떠 있었지.' 그녀는 교단이 복사로 받아들일 수 있는 인물 중에서도 가장 서투른 사람과 한 조가 되었다. 유전자 선택의 결과임이 분명했다. 교배 감독관들은 후손들에게 어떤 특징을 전달해 주기 위해 그녀를 원하고 있었다. '그 특징이라는 게 정서적 균형이나 지성이 아니었던 건 분명해!' 오드레이드는 그녀의 이름을 기억했다. 린치네였다.

린치네가 교관에게 큰 소리로 말했다. "내가 이 망할 놈의 오니숍터를 조종하겠어요!"

그리고 오니숍터가 나는 동안 내내 축축한 호숫가와 나무들로 이루어진 풍경과 하늘이 정신없이 빙빙 도는 바람에 그들은 현기증을 느꼈다. '그래, 그렇게 보였어. 우리는 가만히 있는데 세상이 움직이는 것처럼.' 린치네는 매번 실수를 저질렀다. 한 번 움직일 때마다 기체가 더 심하게 빙빙 돌았다.

교관은 자기만이 손댈 수 있는 차단 장치를 잡아당겨 그녀를 시스템과 차단시켰다. 그는 기체가 수평으로 똑바로 비행하게 될 때까지 아무 말도 하지 않았다.

"넌 절대 이걸 조종해서는 안 돼, 아가씨. 절대 하지 마! 네 신체적 반응이 여기에 맞지 않아. 너 같은 사람이 되려면 사춘기 이전부터 신체적 반응을 그런 식으로 훈련해야 되겠다."

"조종할 거예요! 할 거예요! 이 망할 놈의 물건을 조종할 거예요." 그녀의 손이 이제 쓸모없어진 조종판 위에서 움찔거렸다.

"넌 구제 불능이야, 아가씨. 비행 금지라고!"

오드레이드의 호흡이 비로소 조금 편안해졌다. 처음부터 린치네 때문에 죽을 수도 있겠다고 생각했던 것을 이제야 알 수 있었다.

린치네가 뒷좌석의 오드레이드를 향해 홱 몸을 돌리면서 악쓰는 것처럼 소리를 질렀다. "네가 저 사람에게 말해! 베네 게세리트에게 반드시 복종해야 하는 입장이라고!"

린치네보다 몇 년 앞서 있는 오드레이드가 이미 지휘자로서 자신의 존재를 과시했음을 가리키는 말이었다.

오드레이드는 눈썹 하나 까딱하지 않고 침묵을 지키며 앉아 있었다.

'침묵은 대개 가장 좋은 말이다.' 이건 베네 게세리트의 어떤 익살꾼이 화장실 거울에 낙서해 놓은 말이었다. 오드레이드는 그때도 나중에도 이것이 훌륭한 충고라고 생각했다.

식당에서 만난 복사에게 대답을 해줘야 하는 상황을 다시 떠올리면서 오드레이드는 그 옛날 기억이 왜 저절로 떠올랐는지 궁금해졌다. 그런 일이 아무런 목적 없이 일어나는 경우는 거의 없었다. '침묵은 안 돼, 지금은. 틀림없어. 유머?' 그래! 그것이 바로 이 기억이 보내온 메시지였다. 오드레이드의 유머(오드레이드는 이것을 나중에 발휘했다)가 린치네에게 그녀 자신에 대해 뭔가를 가르쳐주었던 것이다. '스트레스를 받는 상황에서의

유머라.'

오드레이드는 식당에서 옆자리에 앉아 있는 복사에게 미소를 지었다. "넌 말(馬)이 되는 것에 대해 어떻게 생각하느냐?"

"예?" 깜짝 놀라서 엉겁결에 내뱉은 말이었지만, 그녀는 최고 대모의 미소에 반응을 보였다. 그 미소에 긴장감을 불러일으키는 것은 하나도 없었다. 심지어 따뜻하게까지 느껴지는 미소였다. 모두들 최고 대모가 애정을 허용한다고 했다.

"당연히 내 말을 이해하지 못했겠지." 오드레이드가 말했다.

"예, 최고 대모님." 그녀는 여전히 미소를 지으며 참을성 있게 기다렸다.

오드레이드는 눈으로 그 어린 얼굴을 더듬었다. 스파이스의 고통을 겪은 후 나타나는, 모든 것을 집어삼키는 파란색에 아직 물들지 않은 깨끗한 푸른 눈. 벨의 입과 거의 흡사한 모습이지만 심술이 없는 입. 믿음직한 근육과 믿음직한 지성. 그녀는 최고 대모에게 필요한 것을 미리 알아차리는 데에 뛰어난 능력을 발휘할 것이다. 지도를 그리는 임무와 그 보고서를 보라. 눈치가 빨랐다. 뛰어난 지성과 잘 어울렸다. 최고의 자리까지 올라갈 가능성은 크지 않았지만, 항상 그녀의 자질이 필요한 핵심적인 위치에 있게 될 것이다.

'내가 왜 이 아이의 옆에 앉은 걸까?'

오드레이드는 식사 시간에 이곳을 찾을 때 흔히 특정한 인물을 선택해 자리에 앉았다. 대개는 복사들이었다. 그들은 속내를 잘 드러내는 경우가 많았다. 최고 대모의 작업실에는 이런저런 보고서들이 자주 올라왔다. 복사들에 대한 감독관들의 개인적 관찰기록이었다. 그러나 때로는 오드레이드가 스스로도 설명할 수 없는 이유로 자리를 선택해 앉곤 했다. '오늘 저녁처럼 말이지. 왜 이 아이를 택한 걸까?'

최고 대모가 먼저 말을 시작하지 않는 한 대화가 이루어지는 경우는 드물었다. 대개는 그녀가 부드럽게 대화를 시작해서 좀더 속을 드러내는 얘기로 편안하게 대화를 이끌곤 했다. 주위의 다른 사람들은 탐욕스럽게 귀를 기울였다.

그런 순간에 오드레이드는 흔히 거의 종교적 평온함이라고 할 만한 태도를 보였다. 그것이 불안해하는 사람들을 달래주었다. 복사들은…… 뭐, 복사들이었다. 그러나 최고 대모는 그들 중 최고의 마녀였다. 불안해하는 것은 당연했다.

오드레이드의 뒤에서 누군가가 속삭였다. "최고 대모님이 오늘 밤에는 스트레기를 숯불 위에 올려놓으셨어."

숯불 위에 올려놓다. 오드레이드가 아는 표현이었다. 그녀가 복사이던 시절에도 쓰던 것이니까. 아마 이 복사의 이름이 스트레기인 모양이었다. '지금은 그 이름을 말하지 않기로 하자. 이름에는 마법이 들어 있어.'

"오늘 저녁의 식사가 마음에 드느냐?" 오드레이드가 물었다.

"괜찮습니다, 최고 대모님." 스트레기는 거짓된 의견을 말하지 않으려고 애쓰고 있었지만, 갑작스레 화제가 바뀐 것에 혼란을 드러냈다.

"음식이 지나치게 익었다." 오드레이드가 말했다.

"이렇게 많은 사람들이 음식을 먹는데 어떻게 요리사들이 모든 사람들의 입맛을 맞추겠습니까, 최고 대모님?"

'자기 생각을 아주 잘 얘기하는군.'

"네 왼손이 떨고 있구나." 오드레이드가 말했다.

"최고 대모님 옆에 있는 게 떨립니다, 최고 대모님. 게다가 저는 방금 연습장에서 오는 길입니다. 오늘은 아주 피곤한 하루였어요."

오드레이드는 떨리는 손을 분석해 보았다. "네게 긴 봉을 들어 올리라고 했구나."

"최고 대모님 시절에도 그게 고통스러웠나요, 최고 대모님?"(그 오랜 옛
날에도?)

"지금만큼 고통스러웠다. 고통이 가르침을 준다고 내게 말하더구나."

이것이 분위기를 누그러뜨렸다. 감독관들이 자주 하는 말로 공통의 경
험을 얘기하는 것이.

"아까 말에 대한 얘기가 무슨 뜻인지 모르겠습니다, 최고 대모님." 그
녀는 자신의 접시를 바라보며 말을 이었다. "이것이 말고기일 리는 없는
데. 제 생각에는 틀림없이……."

오드레이드가 큰 소리로 웃음을 터뜨리자, 다른 사람들이 깜짝 놀란
표정으로 그녀를 바라보았다. 그녀는 스트레기의 팔에 한 손을 올리고
웃음소리를 죽여 부드러운 미소를 지었다. "고맙구나. 오랫동안 날 이렇
게 웃게 만든 사람이 하나도 없었다. 이것이 오래고 즐거운 관계의 시작
이었으면 좋겠다."

"감사합니다, 최고 대모님. 하지만 저는……."

"말에 대해서 설명해 주마. 그건 사소한 농담이었어. 너를 모욕할 의도
는 없었다. 네가 어린아이 하나를 어깨 위에 태우고 그 아이가 짧은 다리로
움직일 수 있는 것보다 더 빨리 그 아이를 데리고 다녀주었으면 좋겠다."

"알겠습니다, 최고 대모님." 반대 의견도 없었고, 더 이상의 질문도 없
었다. 의문은 남아 있었지만 시간이 흐르면 저절로 답이 보일 것임을 스
트레기는 알고 있었다.

'마법의 시간이지.'

손을 거둬들이면서 오드레이드가 말했다. "네 이름은?"

"스트레기입니다, 최고 대모님. 알로아나 스트레기."

"편하게 있어라, 스트레기. 과수원 문제는 내가 처리하겠다. 우리에게 과수원은 식량뿐만 아니라 사기를 위해서도 필요해. 넌 오늘 밤에 임무 재조정부로 가거라. 그들에게 내가 너더러 내일 아침 6시에 내 작업실로 오라고 했다고 해."

"그렇게 하겠습니다, 최고 대모님. 지도의 표시 작업을 계속하게 되는 건가요?" 오드레이드는 막 자리에서 일어서려던 참이었다.

"한동안은 그렇다, 스트레기. 하지만 재조정부에 새 복사를 한 명 청해서 훈련시켜라. 곧 너무 바빠서 지도에 손을 댈 수 없게 될 테니까."

"감사합니다, 최고 대모님. 사막이 아주 빨리 커지고 있어요."

스트레기의 말에 오드레이드는 만족감을 느꼈다. 그것이 거의 하루 종일 그녀를 방해했던 우울함을 쫓아버렸다.

주기가 또 한 번의 기회를 얻어 다시 돌아가고 있었다. '생명'이나 '사랑' 같은 불필요한 이름으로 불리던 숨은 힘들에서 추진력을 얻어서.

'주기가 그렇게 돌아가는 거지. 그렇게 다시 새로워지는 거고. 마법이야. 그 어떤 요술이 이런 기적에서 주의를 돌리게 만들 수 있을까?'

작업실로 돌아온 그녀는 기상부에 명령을 내린 다음, 사무실의 도구들을 잠잠하게 잠재우고 활처럼 불룩한 모양의 창가로 갔다. 참사회가 나지막한 구름에 반사된 지상의 불빛을 받아 밤공기 속에서 엷은 빨간색으로 빛나고 있었다. 그 때문에 지붕과 담들이 낭만적으로 보였지만 오드레이드는 그런 느낌을 재빨리 거부해 버렸다.

낭만? 그녀가 복사들의 식당에서 한 일에 낭만적인 것은 하나도 없었다. '결국 저질러버렸다. 그 일에 완전히 가담한 거야. 이제 던컨이 우리 바샤르의 기억을 반드시 회복시켜야 할 텐데. 그건 까다로운 임무지.'

그녀는 배 속이 꼬이는 듯한 느낌을 억누르면서 계속 밤 풍경을 뚫어지게 바라보았다.

　'난 나 자신뿐만 아니라 내 교단의 남은 부분들을 모두 그 일에 가담시켰다. 그래, 이런 느낌이군요, 타르.'

　'그래요, 이런 느낌입니다. 그리고 당신의 계획은 실행하기가 까다로워요.'

　비가 올 것 같았다. 오드레이드는 창문 주위의 환기구를 통해 들어오는 공기에서 그것을 감지했다. 기상 특보를 읽을 필요가 없었다. 하긴, 요즘 그녀가 기상 특보를 읽는 경우는 거의 없었다. 굳이 그럴 이유가 없지 않은가? 그러나 스트레기의 보고서에는 강력한 경고가 담겨 있었다.

　비가 점점 드물어져서 요즘은 환영받는 존재였다. 자매들은 날씨가 추운데도 밖으로 나와 빗속을 걷곤 했다. 이런 생각을 하다 보니 조금 슬퍼졌다. 비가 내리는 것을 볼 때마다 그녀는 똑같은 의문을 떠올렸다. '이 것이 마지막 비인가?'

　기상부 사람들은 점점 넓어지는 사막을 건조하게 유지하면서, 경작지에는 계속 물을 대기 위해 영웅적인 일들을 해냈다. 오드레이드는 그들이 그녀의 명령에 따라 어떻게 이런 비를 내리게 했는지 알지 못했다. 오래지 않아 그들은 그런 명령을 수행할 수 없게 될 것이다. 그것이 최고 대모의 명령이라 할지라도. '사막이 승리를 거둘 거다. 그렇게 되도록 우리가 일을 시작했으니까.'

　그녀는 창문의 중앙 부분을 열었다. 이 높이에서는 바람이 멈춰 있었다. 머리 위에서 움직이는 구름만 있었다. 더 높은 곳의 바람은 자신이 지나가는 길에 있는 것들을 유린했다. 날씨 속에 급박한 느낌이 배어 있었다. 공기는 냉랭했다. 이렇게 소량의 비를 내리기 위해 기온을 조정한 모양이었다. 그녀는 창문을 닫았다. 밖으로 나가고 싶은 생각은 조금도 없었다. 최고 대모에게는 '마지막 비'라는 게임을 즐길 시간이 없었다. 한 번에 비 한 번씩. 그리고 저 밖에서는 사막이 그들을 향해 계속 무정하게 다가오고 있었다.

'그건 우리가 지도를 작성해서 관찰할 수 있어. 하지만 내 뒤의 사냥꾼은 어떻게 하지? 도끼를 든 그 악몽 속의 인물을? 그녀가 오늘 밤 어디 있는지 어떤 지도가 내게 말해 줄 수 있을까?'

종교(아이가 어른을 흉내 내는 것)는 과거의 신화들을 모두 품는다. 추측, 우주를 믿는다는 숨겨진 가정, 개인적 힘을 찾는 과정에서 발표된 선언들, 이 모든 것이 미량의 개화와 섞여 있다. 그리고 항상 말로 표현되지 않는 계명이 있다. '너희는 의문을 품지 말라!' 우리는 인간의 상상력을 이용해 가장 심오한 창의성을 발휘하면서 매일 이 계명을 어긴다.

—베네 게세리트 신조

무르벨라는 힘든 운동을 끝낸 후 몸을 부들부들 떨면서 혼자 연습장 바닥에 책상다리로 앉아 있었다. 최고 대모가 오후에 이곳을 다녀간 지 아직 한 시간도 되지 않았다. 흔히 그랬듯이 무르벨라는 열에 들뜬 꿈속에 버려진 듯한 기분이었다.

오드레이드가 떠나면서 한 말이 그 꿈속에 울려 퍼졌다. "복사가 배워야 하는 가장 어려운 교훈은 항상 한계에 이를 때까지 자신을 몰아붙여야 한다는 것입니다. 당신의 능력들이 당신을 상상할 수 있는 것보다 더 멀리까지 데려가 줄 겁니다. 그러니까 상상하지 마세요. 자신을 확장시키십시오!"

'나는 어떤 반응을 보여야 하나? 내가 남을 속이는 법을 배웠다고 해야 하나?'

오드레이드가 무슨 짓을 했는지 어린 시절과 명예의 어머니 교육의 패턴들이 떠올랐다. '난 갓난아기일 때 속이는 법을 배웠다. 뭔가가 필요한 척해서 사람들의 관심을 끄는 법을.' 속임수의 패턴에는 여러 방법들이 있었다. 나이가 들수록 남을 속이기가 더 쉬워졌다. 그녀는 주위의 '어른들'이 무엇을 요구하는지 알게 되었다. '나는 그 요구에 따라 생각 없이 그대로 움직였다. 그것이 이른바 "교육"이었지.' 베네 게세리트의 가르침은 왜 이토록 다른가?

"나를 솔직하게 대하라고는 하지 않겠습니다. 당신 자신에게 솔직해지세요." 오드레이드는 이렇게 말했다.

무르벨라는 자신의 과거에서 속임수의 뿌리를 뽑는 것을 포기했다. '왜 그래야 하지?' 이것도 속임수였다!

"젠장, 오드레이드!"

이 말을 내뱉은 후에야 그녀는 자신이 큰 소리로 말했음을 깨달았다. 그녀는 손으로 입을 막으려다가 그만두었다. 열에 들뜬 마음이 말했다. "그래봤자 달라질 게 뭐 있어?"

"교육 관료주의는 아이의 탐색적인 감수성을 무디게 만듭니다. 아이들의 기를 꺾어야 합니다. 그들이 얼마나 뛰어난 사람이 될 수 있는지 그들에게 알려주어서는 안 됩니다. 그것이 변화를 가져옵니다. 비범한 학생들을 어떻게 처리해야 할지에 대해 위원회에서 장시간 토론해야 하죠. 틀에 박힌 교사가 안전한 환경에서 우월감과 안전함을 느끼고 싶다는 깊숙한 욕망 때문에 새로 떠오르는 재능 있는 아이들에게서 위협을 느끼고 그 아이들을 짓눌러버리는 것에 대해서는 신경 쓸 필요 없습니

CHAPTERHOUSE:DUNE

199

다.” 오드레이드가 설명했다.

'이건 명예의 어머니들에 대한 얘기야. 틀에 박힌 교사라고?'

바로 이것이었다. 겉으로는 지혜로운 척하지만, 베네 게세리트는 사실 틀에 박힌 사람들이 아니었다. 그들은 가르치는 것에 대해 생각조차 하지 않는 경우가 많았다. 그들은 그저 가르칠 뿐이었다.

'세상에! 나도 그들처럼 되고 싶어!'

이 생각에 충격을 받은 그녀는 벌떡 일어나 팔목과 팔의 훈련 동작을 시작했다.

깨달음이 그 어느 때보다 깊이 파고들었다. 그녀는 이 교사들을 실망시키고 싶지 않았다. 솔직함과 정직함. 이건 모든 복사들이 듣는 말이었다. '학습의 기본적인 도구들'이라고 오드레이드는 말했다.

스스로의 생각 때문에 정신이 산만해진 무르벨라는 심하게 바닥을 굴렀다. 그리고 멍든 어깨를 문지르면서 일어섰다.

처음에 그녀는 베네 게세리트의 단호한 주장이 거짓말이라고 생각했다. '난 지금 당신을 아주 솔직하게 대하고 있기 때문에 당신에게 나의 흔들리지 않는 정직성에 대해 말해 줘야겠습니다'는 식의 태도라니.

그러나 그들의 행동이 그런 주장을 확인해 주었다. 열에 들뜬 꿈속에서 오드레이드의 목소리가 끈질기게 들려왔다. “사람은 바로 그렇게 판단을 내리는 겁니다.”

그들의 정신, 기억, 그리고 지성의 균형 속에 그 어떤 명예의 어머니도 가져본 적이 없는 뭔가가 있었다. 이런 생각 때문에 그녀는 자신이 왜소하게 느껴졌다. '부패를 거기 집어넣어야지.' 이것은 그녀의 열에 들뜬 생각에 낀 기미 같았다.

'하지만 내게는 재능이 있어! 명예의 어머니가 되려면 재능이 필요하

단 말이다. 내가 나 자신을 아직도 명예의 어머니로 생각하고 있나?'

베네 게세리트는 그녀가 아직 완전히 자기들 편이 되지 않았다는 것을 알고 있었다. '내가 가진 재주 중에 그들이 원할 만한 것이 있을까? 속임수의 재주는 아니야.'

"말과 일치하는 행동? 당신의 신뢰성을 재는 척도가 바로 그것입니다. 당신 스스로를 말에 얽어매지 마세요."

무르벨라는 손으로 귀를 덮었다. '입 좀 다물어, 오드레이드!'

"진실을 말하는 자가 근본적인 판단과 진심을 어떻게 구분합니까?"

무르벨라는 양손을 옆으로 내렸다. '어쩌면 내가 미친 건지도 모르겠어.' 그녀는 길쭉한 방을 죽 둘러보았다. 아무도 없었다. 그런데도 오드레이드의 목소리가 말을 하고 있었다.

"당신 자신을 진심으로 납득시키면, 말을 할 때마다 허튼소리(이건 아주 훌륭한 옛말입니다. 한번 찾아보세요) 즉 절대적인 포필라르키를 말할 수 있게 됩니다. 그래도 사람들은 당신을 믿을 겁니다. 하지만 우리 진실을 말하는 자들은 믿지 않을 겁니다."

무르벨라의 어깨가 축 처졌다. 그녀는 연습장 안을 정처 없이 돌아다니기 시작했다. 도망칠 곳이 하나도 없는 건가?

"결과를 찾아보세요, 무르벨라. 그렇게 해서 효과가 있는 것들을 찾아내는 겁니다. 우리가 그토록 자랑하는 진실이라는 게 바로 그런 겁니다."

'실용주의인가?'

그 순간 아이다호가 그녀를 찾아와 그녀의 눈에 나타난 광기 어린 표정을 보고 물었다. "무슨 일이야?"

"아무래도 내가 미친 것 같아. 정말로 미친 것 같아. 오드레이드가 나한테 무슨 짓을 한 것 같지만……."

그가 쓰러지는 그녀를 잡았다.

"누구 없어요?"

이번만은 기계눈이 있어서 다행이라는 생각이 들었다. 1분도 채 되지 않아 수크 의사 한 명이 나타났다. 아이다호가 바닥에 앉아 무르벨라를 안고 있는 가운데 그녀가 무르벨라 위로 몸을 구부렸다.

진찰은 금방 끝났다. 이마에 전통적인 다이아몬드 모양의 낙인이 찍힌, 머리가 희끗희끗해지는 나이 든 대모인 수크 의사가 몸을 똑바로 펴더니 입을 열었다. "과도한 스트레스입니다. 그녀는 지금 자신의 한계를 찾으려고 노력하는 게 아니라 한계를 넘어서고 있습니다. 감각을 민감하게 해주는 수업을 먼저 들은 다음에 이걸 계속하라고 해야겠습니다. 감독관을 보내겠습니다."

오드레이드는 그날 저녁 감독관의 병동에 있는 무르벨라를 찾아왔다. 그녀가 침대에 등을 기대고 앉아 있는 가운데 감독관 두 명이 번갈아 가며 그녀의 근육 반응을 시험하고 있었다. 살짝 몸짓을 하자 두 사람은 오드레이드와 무르벨라만을 남겨두고 자리를 떴다.

"난 일을 복잡하게 만드는 걸 피하려고 했습니다." 무르벨라가 말했다. '솔직함과 정직함.'

"복잡한 걸 피하려다가 복잡한 일을 만들어내는 경우가 많지요." 오드레이드는 침대 옆의 의자에 주저앉아서 무르벨라의 팔에 손을 얹었다. 손 밑에서 근육이 가볍게 떨렸다. "우리들이 하는 말 중에 '말은 느리고 느낌은 빠르다'는 게 있습니다." 오드레이드가 손을 거둬들이면서 말을 이었다. "어떤 결정을 내리려 했던 겁니까?"

"당신들이 내게 결정을 내려도 좋다고 허락했던가요?"

"이죽거리지 마세요." 그녀는 상대가 끼어들려는 것을 막기 위해 한 손을 들어 올리고는 말을 이었다. "당신이 전에 받았던 정신 훈련을 내가 충분히 고려하지 못했습니다. 명예의 어머니들은 당신을 사실상 결정을 내릴 수 없는 존재로 만들어놓았어요. 권력에 굶주린 사회에서 전형적으로 나타나는 일이죠. 사람들에게 영원히 허송세월을 하게 만드는 것. '결정은 나쁜 결과를 가져온다!'면서 말입니다. 당신들은 회피를 가르칩니다."

"그게 내가 쓰러진 것과 무슨 상관이에요?" 분개한 목소리.

"무르벨라! 내가 지금 설명하고 있는 일은 최악의 경우 양쪽 손발이 모두 절단된 사람과 거의 똑같은 존재를 만들어낼 수 있습니다. 어떤 것에 대해서도 결정을 내릴 수 없는 존재를 만들어내거나, 혹은 최후의 최후까지 그들을 내버려두었다가 필사적인 짐승처럼 그들에게 달려드는 겁니다."

"당신이 나더러 한계까지 자신을 몰아붙이라고 했잖아요!" 거의 울부짖는 듯한 목소리였다.

"당신의 한계까지 가라고 했습니다, 무르벨라. 내 한계가 아니라. 벨의 한계도 아니고, 다른 어느 누구의 한계도 아니에요. 당신의 한계입니다."

"난 당신들처럼 되고 싶다는 결정을 내렸습니다." 아주 희미한 목소리.

"훌륭해요! 나조차도 이런 자살 행위를 했던 적은 없는 것 같군요. 그것도 임신했을 때 말입니다."

무르벨라는 자기도 모르게 싱긋 웃었다.

오드레이드가 일어섰다. "잠을 좀 자두세요. 내일 당신은 특별 수업에 들어갈 겁니다. 그 수업에서 한계를 느끼는 능력과 당신의 결정을 서로 맞물리기 위해 우리가 당신의 능력을 다듬을 겁니다. 내 말을 기억하세요. 우리는 우리 사람들을 보살핍니다."

"내가 당신들의 사람인가요?" 거의 속삭이는 듯한 목소리였다.

"당신이 감독관들 앞에서 맹세를 했을 때부터 그랬습니다." 오드레이드는 밖으로 나가면서 불을 껐다. 문이 닫히기 전에 그녀가 누군가에게 말하는 소리가 들렸다. "그녀를 더 이상 귀찮게 하지 마세요. 그녀에게는 휴식이 필요합니다."

무르벨라는 눈을 감았다. 열에 들뜬 꿈은 사라졌지만 그 자리에 그녀 자신의 기억이 있었다. "저는 베네 게세리트입니다. 저는 봉사하기 위해 존재합니다."

자신이 감독관들에게 말하는 소리가 들렸다. 그러나 기억 속의 모습은 원래 모습과 다르게 강조되어 있었다.

'그들은 내가 냉소적이라는 걸 알고 있었어.'

그런 여자들에게 무엇을 감출 수 있겠는가?

기억 속에서 그녀의 이마에 닿아 있던 감독관의 손이 지금 실제로 닿아 있는 것처럼 느껴졌다. 지금 이 순간까지 아무런 의미를 갖지 못했던 그때의 말도 들려왔다.

"나는 신성한 인간의 존재 앞에 서 있습니다. 내가 지금 그렇게 하듯이 당신도 언젠가는 이렇게 서 있어야 합니다. 나는 반드시 그렇게 이루어지도록 당신의 존재를 향해 기도드립니다. 미래를 불확실하게 두십시오. 미래는 우리의 욕망을 받아들이는 캔버스이기 때문입니다. 따라서 인간의 조건은 언제나 아무것도 적혀 있지 않은 백지를 마주하고 있습니다. 우리는 우리가 공유하고 창조하는 신성한 존재에게 계속 우리 자신을 바치는 이 순간만을 소유하고 있습니다."

틀에 박힌 말이지만, 또한 그렇지 않기도 했다. 그녀는 자신이 이런 순간에 대해 신체적으로나 감정적으로나 준비되지 않았음을 깨달았다. 눈물이 그녀의 뺨을 타고 흘러내렸다.

억압을 위한 법은 그들이 금지하려는 것을 강화시키는 경향이 있다. 역사적으로 법과 관련된 일을 하는 모든 사람들의 직업을 안전하게 유지해 준 미세한 특징이 바로 이것이다.

— 베네 게세리트 코다

'중앙'을 불안하게 어슬렁거리면서(요즘은 이런 일이 드물어졌지만 바로 그 때문에 그녀의 태도가 더 강렬해졌다) 오드레이드는 기강이 해이해진 흔적이 없는지 찾아보았다. 그녀는 특히 지나치게 부드럽게 돌아가고 있는 부분들을 살펴보았다.

'선임 감시견'인 그녀는 자기만의 원칙을 갖고 있었다. '모든 것이 완벽하게 돌아가는 곳을 보여주면 누군가가 실수를 은폐하고 있음을 내가 밝혀내겠다. 배는 흔들려야 정상이다.'

그녀가 이 말을 자주 했기 때문에 이 말은 자매들이(심지어는 복사들도) 최고 대모에 대해 의견을 얘기할 때 사용하는 특징적인 구절이 되었다.

"배는 흔들려야 정상이야." 누군가가 이런 말을 하면 사람들은 작은 소리로 킥킥거렸다.

오늘 이른 아침의 감찰에는 벨론다가 동행했다. 그녀는 '한 달에 한 번'이 '두 달에 한 번'으로 줄어들었다는 점을 언급하지 않았다. 이번 감찰은 예정보다 일주일 늦은 것이었다. 벨은 이 시간을 이용해서 아이다호에 대해 경고를 하고 싶었다. 그래서 원래 이 시간에 감독관들의 근무 실적을 검토하고 있어야 하는 타말란을 억지로 동행시켰다.

'2 대 1인가?' 오드레이드는 생각했다. 벨이나 탐이 최고 대모의 의도를 짐작하는 것 같지는 않았다. 뭐, 그 의도가 언젠가는 드러날 것이다. 타라자의 계획이 그랬던 것처럼. '때가 되면 그렇게 되겠지요, 그렇죠, 타르?'

그들은 당당하게 복도를 걸었다. 검은 로브가 급하게 휘날리는 가운데, 그들의 눈이 놓치는 것은 거의 없었다. 모든 것이 익숙한 광경이었는데도 그들은 뭔가 새로운 것을 찾았다. 오드레이드는 귓속 통신기를 마치 엉뚱한 곳에 놓인 잠수용 추처럼 왼쪽 어깨 위에 올려놓고 있었다. '요즘은 절대 통신 범위를 벗어나서는 안 돼.'

모든 베네 게세리트 센터의 눈에 드러나지 않는 곳에는 부대 시설이 있었다. 병원, 주방, 시체 안치실, 쓰레기 처리실, (하수도 및 쓰레기 시설과 붙어 있는) 재활용 시스템, 운송 및 통신 시설, 주방을 위한 식량 공급 부서, 훈련과 신체 단련을 위한 방들, 복사들과 대모 지망생들을 위한 학교, 온갖 종류의 사람들을 위한 숙소, 만남의 장소, 시험 시설, 등등. 새로운 책임을 맡아 이동하는 사람들과 대이동 때문에 직원들이 자주 바뀌었다. 모두 쉽게 드러나지 않는 베네 게세리트 의식에 따라 일어나는 일이었다. 그러나 임무와 직책은 그대로였다.

한 구역에서 다른 구역으로 빠르게 움직이면서 오드레이드는 교단의 대이동에 대해 이야기했다. 그녀는 자기들이 '핵가족'이 되어버렸다는 사실에 대한 당혹감을 감추려 하지 않았다.

"인류가 무한한 우주로 퍼져나가는 것을 생각하기가 힘듭니다. 그 가능성이라니……." 탐이 말했다.

"무한한 숫자의 게임이지요." 오드레이드는 깨진 연석 너머로 발을 디디면서 말을 이었다. "그건 반드시 교정되어야 합니다. 우리는 우주의 주름을 뛰어넘는 법을 배운 후로 그 무한의 게임을 하고 있습니다."

벨론다가 전혀 즐겁지 않은 어조로 말했다. "그건 게임이 아닙니다!"

오드레이드는 벨론다의 기분을 이해할 수 있었다. '우린 단 한 번도 텅 빈 우주 공간을 보지 못했다. 항상 많은 은하들이 있지. 탐이 옳아. 그 황금의 길에 초점을 맞추면 기가 꺾이고 말아.'

탐험의 기억들이 그것을 통계학적으로 감당할 수 있는 수단을 교단에게 주었지만 그뿐이었다. 주어진 별들의 집단 속에는 사람이 살 수 있는 행성이 아주 많았고, 그중에는 현재의 유인 행성처럼 환경을 개조할 수 있는 곳이 예상대로 더 있었다.

"저 밖에서 무엇이 진화하고 있습니까?" 타말란이 다그치듯 물었다.

이건 그들이 대답할 수 없는 질문이었다. 무한이 무엇을 만들어낼 수 있는지 묻는다면 대답할 수 있는 말은 '무엇이든'뿐이었다.

'선한 것이든, 사악한 것이든. 신이든, 악마든.'

"만약 명예의 어머니들이 무언가로부터 도망치고 있는 거라면요? 흥미로운 가능성 아닙니까?" 오드레이드가 물었다.

"그런 추측은 아무 쓸모가 없습니다. 우주의 주름이 우리를 하나의 우주로 데려다 주는지 아니면 많은 우주로 데려다 주는지…… 혹은 팽창했다가 수축하는 무한한 숫자의 거품들에게로 데려다 주는지, 그런 것조차 우리는 모르고 있습니다." 벨론다가 중얼거리듯 말했다.

"폭군은 이걸 우리보다 더 잘 알고 있었던 걸까요?" 타말란이 물었다.

오드레이드가 어떤 방 안을 들여다보는 동안 그들은 잠시 걸음을 멈췄다. 방 안에서는 상급 복사 다섯 명과 감독관 한 명이 지역별 멜란지 저장소가 표시된 투사기 이미지를 유심히 들여다보고 있었다. 이 정보를 담고 있는 크리스털이 투사기 속에서 복잡하게 춤을 추듯 움직이며 분수 위에 떨어진 공처럼 투사기 빛 위에서 튀어 올랐다. 오드레이드는 투사기의 정보를 보고 얼굴이 찡그려지기 전에 고개를 돌려버렸다. 탐과 벨은 오드레이드의 표정을 보지 못했다. '멜란지 자료에 대한 접근을 제한해야겠어. 사기를 너무 가라앉히니까.'

행정 업무라니! 그 모든 것이 결국 최고 대모의 몫이었다. 항상 똑같은 사람들에게만 과도하게 권한을 위임하다 보면 관료주의가 되어버리게 마련이었다.

오드레이드는 자신이 행정에 대한 내적인 감각에 지나치게 의존하고 있음을 알고 있었다. 잦은 시험과 개정을 거치며 꼭 필요할 때에만 자동화 시스템을 이용하는 체제. 사람들은 그것을 '조직'이라고 불렀다. 그들이 대모가 될 때쯤이면 모두들 '조직'에 대해 어느 정도의 감각을 갖게 되고 그 후로는 아무런 의심 없이 그것을 사용하곤 했다. 거기에 위험이 있었다. 오드레이드는 그들의 활동에 변화를 불어넣기 위해 (아주 작은 것이라도) 끊임없이 개선하라는 압력을 가했다. 무작위성! 다른 사람들이 찾아내서 역이용할 수 있는 절대적인 패턴은 허락할 수 없었다. 사람들 각자가 살아 있는 동안 시스템의 커다란 변화를 보지는 못할지라도 변화가 오랫동안 쌓이다 보면 틀림없이 무시할 수 없는 차이가 생길 것이다.

오드레이드 일행은 1층으로 내려가서 '중앙'의 대로로 들어섰다. 자매들은 이 길을 '그 길'이라고 불렀다. 흔히 '베네 게세리트 방법(방법도 영어로는 way, 즉 길로 표현된다 — 옮긴이)'으로 알려진 훈련법을 가리키는, 그들끼리의 농담이었다.

'그 길'은 오드레이드의 탑 옆 광장에서 도시 지역의 남쪽 외곽까지 이어져 있었다. 레이저총의 광선만큼 똑바로 뻗어 있는 이 길의 길이는 거의 12킬로미터나 되었으며, 길가에는 높고 낮은 건물들이 있었다. 낮은 건물들에는 모두 공통점이 있었다. 위로 뻗어 올라가도 될 만큼 튼튼하게 지어졌다는 것.

오드레이드는 빈 좌석이 있는 개방형 운송차를 정지시켰다. 그리고 세 사람 모두 그 안으로 몰려 들어갔다. 그곳에서라면 대화를 계속할 수 있었다. '그 길'에 면해 있는 건물들의 정면에는 고풍스러운 매력이 있다고 오드레이드는 생각했다. 단열 플라즈로 된 장방형의 긴 창문이 있는 이런 건물들이 교단의 역사 중 대부분의 기간 동안 베네 게세리트 '길들'의 틀이 되어주었다. 길 가운데에는 키가 크고 폭이 좁게 자라도록 유전자가 조작된 느릅나무들이 한 줄로 늘어서 있었다. 새들이 그 나무에 둥지를 틀었고, 아침이면 빨간색과 오렌지색 물체들이 획획 날아다니며 날을 밝혔다. 꾀꼬리와 풍금조(중남미에 사는 새의 일종 — 옮긴이)였다.

'우리가 이런 익숙한 환경을 선호하는 것이 이미 위험스러울 만큼 패턴으로 굳어진 걸까?'

오드레이드는 '주정뱅이의 길'에서 일행을 이끌고 운송차에서 내렸다. 이런 괴상한 이름들에서 베네 게세리트의 유머가 드러난다는 생각이 들었다. 거리에 붙여진 우스꽝스러운 이름들. 이 길에 '주정뱅이의 길'이라는 이름이 붙은 것은 한 건물의 기초가 약간 가라앉아서 그 건물이 왠지 술에 취한 것처럼 보이기 때문이었다. 여러 건물들 중 하나가 대열을 벗어난 것이다.

'최고 대모와 같군. 사람들이 그걸 아직 모를 뿐이지.'

일행이 '탑의 길'로 들어설 때 그녀의 귓속 통신기에서 소리가 났다. "최고 대모님?" 스트레기였다. 걸음을 멈추지 않은 채 오드레이드는 통신이 연결되었다는 신호를 보냈다. "무르벨라에 대해 보고하라고 하셨죠. 수크 중앙에서는 그녀가 예정된 수업을 들을 수 있는 상태라고 했습니다."

"그럼 그녀를 수업에 보내." 일행은 탑의 길을 계속 걸어 내려갔다. 이 길에는 1층 건물밖에 없었다.

오드레이드는 길 양편에 늘어선 나지막한 건물들을 살짝 바라보았다. 한 건물에 2층이 증축되고 있었다. 어쩌면 언젠가 이곳이 정말로 탑의 길이 될지도 몰랐다. 그러면 이 이름에 깃든 농담(별로 변변한 것은 못 되지만)은 잊힐 것이다.

어쨌든 이름은 그냥 편하자고 짓는 것이라는 주장도 있었다. 그러니 교단에게는 미묘한 주제인 이 이름 짓는 작업을 그냥 즐기는 편이 낫다는 것이었다.

오드레이드는 사람들이 분주하게 오가는 보도에서 갑자기 걸음을 멈추고 일행을 돌아보았다. "떠나간 자매들의 이름을 따서 거리와 여러 장소의 이름을 짓는 게 어떨까요?"

"오늘은 말이 안 되는 소리만 하시는군요!" 벨론다가 비난했다.

"그들은 떠난 게 아닙니다." 타말란이 말했다.

오드레이드는 다시 어슬렁거리며 걷기 시작했다. 예상하던 반응이었다. 벨의 생각이 귀에 들리는 것 같았다. '우리의 '다른 기억' 속에 '떠난 사람들'이 들어 있어!'

오드레이드는 이런 거리에서 언쟁을 벌이고 싶지 않았지만 자신의 아이디어에 나름대로 장점이 있다고 생각했다. 나눔의 의식을 갖지 못하고 죽는 자매들도 있었다. '중요한 기억의 계통'은 다시 복제되었지만, 기억을 나누지 못하고 죽은 사람과 그녀가 갖고 있던 기억의 가닥은 영원히 사라져버렸다. 가무 성에서 명예의 어머니들에게 공격받아 목숨을 잃은 슈왕규도 그렇게 되었다. 그녀의 훌륭한 자질과…… 복잡성을 이어나갈 기억들이 전달되지 못한 것이다. 그녀의 실수가 그녀의 성공보다 더 많은 가르침을 주었다고 서슴없이 말하기는 어려웠다.

벨론다가 비교적 사람이 드문 곳에서 속도를 높여 오드레이드와 발걸음을 나란히 했다. "아이다호에 대해 얘기해야겠습니다. 멘타트인 건 좋습니다. 하지만 그 여러 가지 기억이라니. 지극히 위험합니다!"

그들은 시체 안치실을 지나가고 있었다. 방부제 냄새가 거리에서도 강하게 느껴졌다. 아치형 문은 열려 있었다.

"누가 죽었습니까?" 오드레이드는 벨론다의 걱정을 무시하고 질문을 던졌다.

"4 섹션의 감독관과 과수원 관리인입니다." 타말란이 말했다. 탐은 항상 모든 것을 알고 있었다.

벨론다는 자기 말이 무시당한 것에 격분해서 분노를 감추려 하지 않았다. "두 사람 모두 요점에서 벗어나지 마세요."

"요점이 무엇입니까?" 오드레이드가 물었다. 매우 온화한 목소리였다.

세 사람은 남쪽의 고지대로 나와 돌로 된 난간 앞에서 걸음을 멈추고 농원을 굽어보았다. 포도원과 과수원이 보였다. 아침 햇살이 흙먼지가 섞인 희미한 안개처럼 그곳을 비추고 있었다. 습기에 의해 만들어진 안개와는 전혀 달랐다.

"요점이 뭔지 아시지 않습니까!" 벨은 자신의 주장을 굽히려 하지 않왔다.

오드레이드는 돌 난간에 바짝 몸을 붙이고 풍경을 뚫어지게 바라보았다. 난간은 얼어붙을 듯이 차가웠다. 저 멀리의 안개가 다른 색을 띠고 있다고 그녀는 생각했다. 햇살이 먼지를 통과해 들어오면 반사 스펙트럼이 달라졌다. 빛이 더 활기 있고 날카롭게 변하는 것이다. 빛이 흡수되는 방식도 달라졌다. 후광처럼 번진 빛이 더 단단하게 모여 있었다. 바람에 날려 온 흙먼지와 모래가 마치 물처럼 모든 틈새 안으로 스며들었지만, 기분 나쁘게 긁히는 소리가 그들의 정체를 드러냈다. 벨의 고집도 똑같았다. 부드러운 윤활유가 없었다.

"저건 사막의 빛입니다." 오드레이드가 손가락으로 가리키며 말했다.

"이제 그만 내 말을 들어요." 벨론다가 말했다.

오드레이드는 대답하지 않기로 했다. 흙먼지가 섞인 빛은 고전적인 존재였지만, 옛날 화가들이 그린 안개 낀 아침 풍경처럼 편안해 보이지는 않았다.

타말란이 오드레이드의 옆으로 다가왔다. "나름대로 아름답군요." 다른 일에 정신이 팔려 있는 듯한 목소리를 보아하니 그녀도 '다른 기억'을 이용해 오드레이드처럼 비교를 해보고 있는 모양이었다.

'아름다움을 찾을 때 그런 방법을 사용하도록 정신 훈련을 받았으니까 말이지.' 그러나 오드레이드 내면 깊숙한 곳에서 이것이 그녀가 갈망하던 아름다움이 아니라고 말하는 목소리가 들려왔다.

세 사람 아래쪽에 있는 얕은 습지, 한때 초록색 식물들이 자라던 그곳이 지금은 건조해져서, 고대 이집트 인들이 죽은 자의 시신을 처리할 때처럼 땅의 내장이 파내어진 것 같은 분위기가 느껴졌다. 본질적인 것만 남을 때까지 건조되어 '영생'을 위해 보존된 것처럼. '죽음의 주인인 사막이 흙을 니트론(질소화합물의 일종 ─ 옮긴이)으로 둘둘 말고, 우리 아름다운 행성을 그 안에 숨겨진 모든 보석들의 향료로 채운다.'

벨론다는 두 사람 뒤에 서서 고개를 절레절레 흔들고 투덜거리며 이 행성이 앞으로 어떤 모습이 될지 보지 않으려 했다.

오드레이드는 동시 흐름이 갑자기 불쑥 나타나는 바람에 하마터면 몸을 부르르 떨 뻔했다. 기억이 홍수처럼 그녀를 덮쳤다. 타브르 시에치를 찾아 헤매는 자신, 살인자들이 버려둔 곳에 그대로 남아 사막에 의해 미라가 된 스파이스 해적들의 시체를 발견하는 자신이 느껴졌다.

'지금 타브르 시에치는 무엇인가? 녹아서 흘러내린 바위가 굳어진 곳에 불과하다. 그 자랑스러운 역사를 말해 주는 표시가 하나도 없어. 명예의 어머니들은 역사의 살해자다.'

"대모님이 아이다호를 제거하지 않겠다 해도, 저는 그를 멘타트로 이용하는 것에 반대합니다."

벨은 정말 귀찮은 사람이었다! 오드레이드는 지금 그녀의 나이가 그 어느 때보다 분명하게 드러난다는 점을 눈치챘다. 글을 읽을 때 쓰는 돋보기안경이 지금도 그녀의 코에 걸쳐져 있었다. 그 안경 때문에 그녀의 눈이 크게 확대되어서 마치 눈만 커다란 물고기 같았다. 겉으로 드러나지 않는 인공 눈 대신 안경을 쓴다는 사실이 그녀의 성격을 드러내주었다. '약해진 내 감각 기관에 필요한 그 장치들보다 내가 더 위대하다'고 말하는 듯한, 거꾸로 뒤집힌 허영이었다.

벨론다는 최고 대모에게 정말로 화를 내고 있었다. "왜 그런 식으로 나를 빤히 바라보는 겁니까?"

오드레이드는 평의회의 약점을 갑자기 인식하고는 당황해서 타말란에게 시선을 돌렸다. 연골은 절대 성장을 멈추지 않기 때문에 탐의 귀,

코, 턱이 커져 있었다. 일부 대모들은 신진대사를 조절해서 이것을 바로 잡거나 정기적으로 수술을 받았다. 탐은 그런 허영에 굴복하려 하지 않았다. '이게 나다. 받아들이든지 말든지 맘대로 해'라고 말하는 것처럼.

'내 보좌관들은 너무 늙었어. 그리고 나는…… 이 문제들을 어깨에 짊어지려면 내가 더 젊고 튼튼해야 해. 아, 젠장. 이런 식으로 자기연민에 빠지다니!'

가장 위험한 것은 하나뿐이었다. 교단의 생존에 어긋나는 행동을 하는 것.

"던컨은 뛰어난 멘타트입니다!" 오드레이드는 자신의 직위가 가진 모든 힘을 동원했다. "하지만 난 여러분들 중 어느 누구도 여러분의 능력 이상으로 이용하지 않습니다."

벨론다는 침묵을 지켰다. 그녀는 멘타트의 약점을 알고 있었다.

'멘타트들이란!' 오드레이드는 생각했다. 그들은 걸어 다니는 기록 보관소와 같았지만, 대답이 가장 필요할 때 질문으로 되돌아가 버리곤 했다.

"나한테 또 다른 멘타트는 필요하지 않습니다. 나한테는 발명가가 필요합니다!" 오드레이드가 말했다.

벨론다가 여전히 아무 말도 하지 않자 오드레이드가 말했다. "내가 자유롭게 풀어주고 있는 건 그의 정신입니다. 그의 몸이 아니라."

"그에게 모든 데이터를 공개하기 전에 반드시 분석을 해보아야 합니다!"

벨론다의 평소 주장을 생각하면 이건 얌전한 편이었다. 그러나 오드레이드는 이 말을 믿지 않았다. 그녀는 기록 보관소의 보고서들이 끊임없이 재탕되는 그런 회의들을 끔찍이도 싫어했다. 벨론다는 그런 회의를 무조건적으로 좋아했다. 기록 보관소의 벨론다는 원래의 길에서 벗어나 아무 상관없는 세부 사항들을 지루할 정도로 파고들었다! 아무개 대모가 탈지유를 넣은 오트밀 죽을 더 좋아하든 말든 무슨 상관인가?

오드레이드는 벨론다에게 등을 돌리고 남쪽 하늘을 바라보았다. '흙먼지! 흙먼지를 더 많이 걸러내야 할 거야!' 벨론다는 조수들을 양옆에 거느리고 나타날 것이다. 그 모습을 상상만 해도 지겨워졌다.

"분석은 더 이상 하지 않겠습니다." 오드레이드가 말했다. 그녀의 원래 의도보다 더 날카로운 목소리가 튀어나왔다.

"나한테도 시점이 있습니다." 벨론다는 상처를 받은 것 같았다.

'시점이라고? 우리가 우리 우주를 지각하는 창문에 불과하단 말인가? 각각 시점을 하나밖에 갖지 못한 창문?'

본능과 온갖 종류의 기억들…… 심지어 기록 보관소까지, 이 모두는 저항할 수 없을 만큼 강력히 강요당하지 않는 이상 결코 스스로의 의견을 내놓지 않았다. 그들은 살아 있는 의식 속에서 분명하게 정리될 때까지 무게를 지니지 못했다. 그러나 누구든 정리의 공식을 만들어내는 사람 쪽으로 대세가 기울게 마련이었다. '모든 질서는 임의적이다!' 다른 자료가 아니라 왜 꼭 이 자료를 사용해야 하는가? 모든 대모들은 세상일이 그들 자신만의 흐름 속에서, 그들 자신만의 상대적 환경 속에서 벌어진다는 것을 알고 있었다. 멘타트인 대모가 왜 그 지식을 바탕으로 행동할 수 없겠는가?

"조언을 거부하는 겁니까?" 타말란의 목소리였다. 탐이 벨과 한편이 되려는 건가?

"내가 언제 조언을 거부한 적이 있습니까?" 오드레이드는 자신의 분노를 드러냈다. "난 벨의 기록 보관소가 또다시 정신없는 일을 벌이는 걸 거부하는 겁니다."

벨론다가 끼어들었다. "그렇다면 현실적으로……."

"벨! 나를 상대로 현실에 대해 왈가왈부하지 마세요!" 이 말 때문에 속을 끓일 테면 끓이라지! 대모이자 멘타트라니! '현실은 없다. 우리 자신의 질서가 모든 것에 부과되어 있을 뿐이야. 이건 베네 게세리트의 기본적인 금언이다.'

오드레이드가 더 일찍 태어났더라면 좋았을 거라고 생각할 때가 있었다(지금도 그런 생각이 들었다). 귀족들과 오랜 우정을 나누는 로마 시대의 여장부나 응석받이 빅토리아 시대 사람이었다면. 그러나 그녀는 시대와 환경 속에 갇혀 있었다.

'영원히 갇혀 있는 걸까?'

그럴 가능성을 직시해야 했다. 어쩌면 교단의 미래는 항상 발견될 것을 두려워하며 비밀스러운 은신처에 숨는 것밖에 없는지도 몰랐다. 사냥당하는 미래. '그리고 지금 이 "중앙"에서 우리에게 허락된 실수는 아마 단 한 번뿐일 거야.'

"이번 감찰은 이걸로 충분합니다!" 오드레이드는 개인 운송차를 불러 일행을 이끌고 서둘러 작업실로 돌아왔다.

'사냥꾼들이 이곳의 우리를 덮친다면 어떻게 하지?'

그들 각자는 나름대로의 시나리오를 갖고 있었다. 어떻게 반응할지 온갖 계획이 가득한 단막극 같은 시나리오였다. 그러나 대모들은 모두 현실주의자였으므로 자신이 준비한 단막극이 도움이 되기보다는 오히려 방해가 될 수도 있다는 것을 알고 있었다.

작업실에서는 아침 햇살에 주위의 모든 것이 무참하게 드러났다. 오드레이드는 자신의 의자에 주저앉아 타말란과 벨론다가 자리에 앉기를 기다렸다.

그 망할 놈의 분석 회의는 더 이상 없을 것이다. 그녀에게는 기록 보관소보다 더 나은 것, 그들이 전에 사용했던 그 무엇보다도 더 나은 것이 꼭 필요했다. 그건 바로 영감이었다. 오드레이드는 근육이 부들부들 떨리는 것을 느끼며 다리를 문질렀다. 잠을 제대로 자지 못한 지 벌써 여러 날이었다. 오늘의 감찰에서 그녀는 좌절을 느꼈다.

'단 한 번의 실수로 우리가 끝장날 수도 있다. 그런데 나는 돌이킬 수 없는 결정에 우리를 맡기려 하고 있어. 내가 너무 잔꾀를 부리고 있는 걸까?'

그녀의 보좌관들은 잔꾀를 부려야 하는 해결책에 반대했다. 교단은 앞에 무엇이 놓여 있는지 미리 알고 꾸준히 침착하게 움직여야 한다는 것이다. 그들의 모든 행동은 조금만 발을 잘못 디뎌도 그들에게 닥쳐올 재앙과 팽팽한 균형을 이루고 있었다.

'그리고 나는 구렁 위에 팽팽하게 걸쳐진 줄에 서 있지.'

그들에게 실험의 여지가, 가능한 해결책들을 시험할 여지가 있는 걸까? 그들은 모두 게임을 하고 있었다. 벨과 탐은 끊임없이 흘러들어 오는 제안들을 걸러내고 있었지만, 사람들을 아주 작은 단위로 나누는 대이동보다 더 효과적인 것은 하나도 없었다.

"아이다호가 퀴사츠 해더락이라는 징조가 조금만 나타나도 그를 죽일 수 있도록 준비를 해야 합니다." 벨론다가 말했다.

"당신들에게는 할 일이 없습니까? 여기서 나가세요, 두 사람 모두!"

두 사람이 일어서는 순간 오드레이드를 둘러싼 작업실이 낯설게 느껴졌다. 뭐가 잘못된 거지? 벨론다는 그 끔찍한 비난의 시선으로 그녀를 내려다보고 있었다. 타말란은 실제보다 더 현명하게 보였다.

'이 방이 왜 이러는 거야?'

우주 시대 이전의 인간들도 이 작업실의 기능을 알아볼 것이다. 왜 이렇게 낯설게 느껴지는 걸까? 작업용 책상은 작업용 책상이었고, 의자는 편안한 위치에 놓여 있었다. 벨과 탐은 의자개를 더 좋아했다. 그것이 '다른 기억' 속에 있는 과거 인간들에게는 이상하게 보일 것이다. 그녀는 그 사람들이 그녀의 시각에 영향을 미치고 있는 것 같다고 생각했다. 리둘리안 크리스털이 빛나는 것도 이상하게 보일지 몰랐다. 그 안에서 맥박처럼 깜박이는 빛도. 책상 위에서 춤추는 메시지도 어쩌면 놀라울 것이다. 그녀의 의식을 공유하고 있는 과거의 인간들에게 그녀의 작업 도구는 이상하게 보일 수 있었다.

'하지만 나한테 낯설게 느껴졌어.'

"괜찮습니까, 다르?" 탐이 걱정스럽게 말했다.

오드레이드는 손짓으로 그녀를 물리쳤지만 두 사람 모두 움직이지 않았다.

너무 오래 일하고 충분히 쉬지 못한 탓으로 돌릴 수 없는 일들이 그녀의 머릿속에서 벌어지고 있었다. 그녀가 낯선 곳에서 일하고 있는 듯한 느낌을 받은 것은 이번이 처음이 아니었다. 전날 밤에도 이 책상에서 간식을 먹고 있을 때, 책상에는 지금처럼 인사 명령서들이 흩어져 있었는데, 그녀는 자신이 그냥 앉아서 다 끝나지 않은 일거리를 물끄러미 바라보고 있음을 깨달았다.

이 끔찍한 대이동을 위해 어떤 자리에서 어떤 자매들을 빼낼 수 있을까? 대이동을 떠난 자매들이 가져간 소수의 모래송어들이 살아남을 가능성을 어떻게 하면 더 높일 수 있을까? 멜란지를 어떻게 분배하는 것이 적당한가? 더 많은 자매들을 미지의 세계로 보내는 걸 미뤄야 할까? 사이테일을 유도해서 악솔로틀 탱크가 어떻게 스파이스를 생산해 내는지 답변을 얻어낼 때까지 기다리면서?

오드레이드는 그 낯선 느낌이 왔을 때 자신이 샌드위치를 씹고 있었음을 기억해 냈다. 그녀는 샌드위치를 보고, 빵을 살짝 열어보았다. '내가 지금 먹고 있는 이게 뭐지?' 참사회에서 나는 최고의 빵 위에 닭의 간과 양파가 얹어져 있었다.

그녀 자신의 일상적인 일과에 의문을 품는 것, 그것이 이 낯선 감각의 일부였다.

"아파 보입니다." 벨론다가 말했다.

"그냥 피곤해서 그래요." 오드레이드는 거짓말을 했다. 그들은 그녀의 말이 거짓임을 알고 있었지만, 그렇다고 그녀에게 이의를 제기할 것인가? "두 사람도 나만큼 피곤하겠어요." 애정이 깃든 목소리였다.

벨은 만족하지 않았다. "대모님은 나쁜 모범을 보이고 있습니다!"

"네? 내가요?" 이 농담 같은 어조를 벨도 알아챘다.

"대모님도 잘 아시지 않습니까!"

"애정을 내보이시는 게 문제입니다." 타말란이 말했다.

"벨에게도 안 되나요?"

"난 대모님의 그 빌어먹을 애정을 원하지 않아요! 그건 잘못입니다."

"내 애정이 나의 결정을 지배하는 경우에만 그렇죠, 벨. 그런 경우에만."

벨론다가 갈라진 목소리로 속삭이듯 소리를 낮췄다. "어떤 사람들은 당신이 위험할 정도로 낭만적이라고 생각합니다, 다르. 그게 어떤 결과를 낳을 수 있는지 아시지요?"

"우리의 생존이 아닌 다른 것을 위해 자매들을 내 편으로 끌어들인다는 거로군요. 그런 뜻입니까?"

"가끔은 당신 때문에 머리가 아파요, 다르!"

"당신에게 두통을 안겨주는 건 나의 의무이자 권리입니다. 머리가 아프지 않으면 사람이 부주의해지거든요. 애정은 당신의 마음을 어지럽히지만 증오는 그렇지 않습니다."

"내 결점은 나도 알아요."

'당신은 대모가 될 수 없는 사람인데 그걸 모르고 있어.'

작업실이 다시 익숙한 곳으로 변했지만 이제 오드레이드는 그 낯선 느낌이 어디서 오는 건지 알고 있었다. 그녀는 이곳을 고대 역사의 일부로 생각하면서, 마치 오래전에 사라져버린 곳을 보듯이 이곳을 바라보고 있었다. 만약 그녀의 계획이 성공한다면, 이곳은 틀림없이 사라져버릴 것이다. 이제 자신이 무엇을 해야 하는지 알 것 같았다. 첫 번째 단계를 밝힐 때였다.

'조심하세요.'

'예, 타르, 나도 예전의 당신만큼 조심하고 있습니다.'

탐과 벨이 비록 늙기는 했지만 필요할 때는 정신이 예리해졌다.

오드레이드는 벨에게 시선을 고정했다. "패턴입니다, 벨. 폭력에 폭력으로 대응하지 않는 것이 우리의 패턴입니다." 그녀는 벨이 뭐라고 대답하려는 것을 막기 위해 한 손을 들어 올리면서 말을 이었다. "그래요, 폭력은 더 많은 폭력을 쌓아 올리고, 그 진자는 폭력을 저지르는 사람들이 산산이 부서질 때까지 계속 움직입니다."

"무슨 생각을 하는 겁니까?" 탐이 다그치듯 물었다.

"어쩌면 황소에게 더 강력한 미끼를 던져야 하는지도 모릅니다."

"그건 위험합니다. 아직은 안 돼요."

"하지만 여기 멍청하게 앉아서 그들이 우리를 찾아낼 때까지 기다릴 수도 없습니다. 람파다스를 비롯해서 여러 곳에서 일어난 재앙들은 그들이 이곳에 왔을 때 무슨 일이 벌어질지 우리에게 알려줍니다. '왔을 때'입니다, '온다면'이 아니라."

이 말을 하면서 오드레이드는 자신의 발밑에서 구렁을 감지했다. 도끼를 든 악몽 속의 사냥꾼이 더욱더 가까이 다가와 있었다. 그녀는 그 악몽 속으로 가라앉아서 시선을 돌려 자신들의 뒤를 밟는 자의 정체를 알아내고 싶었지만 감히 그럴 수가 없었다. 퀴사츠 해더락의 실수가 바로 그런 것이었으니까.

'넌 미래를 보는 게 아니다. 미래를 만들어내는 거야.'

타말란은 오드레이드가 이 문제를 꺼낸 이유를 물었다. "생각을 바꾼 겁니까, 다르?"

"우리 테그 골라가 열 살입니다."

"원래 기억의 복원을 시도하기에는 너무 어렵습니다." 벨론다가 말했다.

"폭력적인 용도로 사용할 게 아니라면 왜 테그를 다시 만들어낸 겁니까?" 오드레이드가 물었다. 그리고 탐이 뭐라고 반대 의견을 말하려 하는 순간 말을 이었다. "아, 그래요! 테그가 우리의 문제를 항상 폭력으로 해결한 건 아니죠. 그 평화로운 바샤르는 합리적인 말로 적들을 되돌아가게 만들 수 있었습니다."

탐이 생각에 잠긴 듯한 어조로 말했다. "하지만 명예의 어머니들은 아마 절대로 협상을 하지 않을 겁니다."

"우리가 그들을 극단적인 상황으로 몰아넣을 수 없다면 그렇죠."

"당신의 제안에 따른다면 우리의 움직임이 지나치게 빨라질 것 같군요." 벨론다가 말했다. 상황을 요약하는 멘타트로서 벨은 믿을 만했다.

오드레이드는 깊이 숨을 들이쉬며 작업용 책상을 내려다보았다. 마침내 그 순간이 온 것이다. 그 끔찍한 '탱크'에서 아기 골라를 꺼낸 그날 아침에 그녀는 이 순간이 자신을 기다리고 있음을 느꼈다. 그때에도 그녀는 이 골라를 때가 되기도 전에 혹독한 시련으로 몰아넣게 되리라는 것을 알고 있었다. 그녀와 혈연으로 이어진 존재라 해도.

오드레이드는 책상 밑으로 손을 뻗어 소환장(場)을 건드렸다. 두 평의회 의원들은 말없이 서서 기다리고 있었다. 그들은 그녀가 뭔가 중요한 얘기를 하려 한다는 것을 알고 있었다. 최고 대모가 확신할 수 있는 것한 가지는 자매들이 대단히 신중한 태도로 그녀의 말에 귀를 기울인다는 사실이었다. 그들이 그렇게 열심히 귀를 기울이는 모습을 보면, 대모보다 더 자아 속에 갇힌 사람도 만족할 터였다.

"정치입니다." 오드레이드가 말했다.

두 사람은 정신이 번쩍 들었다! 이건 의미심장한 말이었다. 베네 게세리트의 정치에 개입해서 높은 자리에 오르기 위해 자신의 능력을 이렇게 저렇게 사용하다 보면 책임의 포로가 되어버렸다. 의무와 결정을 스스로 짊어지고, 자신에게 의지하는 사람들의 삶에 묶이는 것이다. 교단과 최고 대모를 한데 묶는 것의 정체가 바로 이거였다. 그 한마디 말은 평의회 의원들과 감시견들에게 '동등한 사람들 가운데 최고'께서 이미 결정을 내렸음을 말해 주었다.

작업실 문 바깥에 누군가가 작게 발을 질질 끄는 소리를 내며 도착했음을 세 사람 모두 알아차렸다. 오드레이드는 책상 오른쪽 구석에 있는 하얀 판을 건드렸다. 그녀의 뒤에서 문이 열리자 최고 대모의 명령을 기다리며 서 있는 스트레기가 나타났다.

"그를 데려와라." 오드레이드가 말했다.

"예, 최고 대모님." 거의 감정이 없는 모습이었다. 이 스트레기는 장래가 아주 유망한 복사였다.

그녀가 시야 밖으로 사라졌다가 마일즈 테그의 손을 잡고 돌아왔다. 아이의 머리카락은 거의 금발이었지만, 좀더 짙은 색의 선들이 줄무늬처럼 나타나 있었다. 그건 아이가 자랐을 때 머리 색깔이 짙은 색으로 변할 거라는 의미였다. 그의 얼굴은 갸름했고, 코는 아트레이데스 남자들의 뚜렷한 특징인 매부리코의 모습을 이제 막 드러내고 있었다. 아이의 푸른 눈이 기민하게 움직이면서 기대와 호기심을 담고 이 방과 방 안에 있는 사람들을 살펴보았다.

"밖에서 기다려라, 스트레기."

오드레이드는 문이 닫힐 때까지 기다렸다.

아이는 조금도 조급해하는 기색 없이 오드레이드를 바라보며 서 있었다.

"마일즈 테그 골라, 타말란과 벨론다를 기억하겠지?" 오드레이드가 말했다.

그는 두 사람에게 재빨리 시선을 던졌지만 여전히 아무 말도 하지 않았다. 그들이 자신을 강렬한 눈길로 살펴보고 있는데도 전혀 동요하지 않은 것 같았다.

타말란은 인상을 찌푸렸다. 그녀는 이 아이를 골라로 부르는 것에 처음부터 동의하지 않았다. 골라는 시체에서 채취한 세포를 배양해 만들어졌다. 이 아이는 클론이었다. 사이테일이 클론인 것처럼.

"난 저 아이를 던컨과 무르벨라가 있는 비우주선으로 보낼 생각입니다. 마일즈의 원래 기억을 복원시키는 데 던컨만큼 적합한 인물이 어디 있겠습니까?" 오드레이드가 말했다.

"일종의 인과응보인 셈이군요." 벨론다가 동의했다. 그녀는 반대 의견을 말하지 않았다. 그러나 아이가 가고 난 후에는 반드시 말할 것이다. '너무 어렵니다!'라고.

"그게 무슨 뜻이에요, 인과응보라니요?" 테그가 물었다. 새된 목소리였다.

"바샤르가 가무에 있을 때, 던컨의 원래 기억을 복원시켰거든요."

"그거 많이 아픈가요?"

"던컨은 그렇다고 하더군요."

'때로는 무자비한 결정을 내릴 수밖에 없어.'

오드레이드는 사람들이 스스로 결정을 내릴 수 있다는 사실을 받아들이는 데 그것이 커다란 장벽이 된다고 생각했다. 이 점에 대해서는 무르벨라에게 따로 설명을 하지 않아도 될 것이다.

'어떻게 해야 충격을 줄일 수 있을까?'

도저히 충격을 줄일 수 없을 때가 있었다. 고통이 아주 크더라도 단번에 재빨리 붕대를 뜯어내는 편이 더 자비로울 때.

"그…… 그 던컨 아이다호가 내게…… 예전의 기억들을 정말로 돌려줄 수 있어요?"

"그렇습니다."

"우리가 너무 무모한 것 아닙니까?" 타말란이 물었다.

"저는 바샤르의 기록을 계속 공부했어요. 그분은 유명한 군인이고 멘타트셨어요." 테그가 말했다.

"넌 그게 자랑스러운 모양이구나." 벨은 아이를 향해 자신의 반대 의견을 내보이고 있었다.

"특별히 그런 건 아니에요." 아이는 눈 하나 깜짝하지 않고 그녀의 시선을 맞받았다. "전 그분을 다른 사람으로 생각하고 있어요. 하지만 흥미는 갖고 있죠."

"다른 사람이라." 벨론다가 중얼거렸다. 그녀는 동의하지 않는다는 뜻을 제대로 감추지도 않은 채 오드레이드를 바라보았다. "대모님이 저 아이에게 깊은 가르침을 주고 있군요!"

"그의 생모도 그랬습니다."

"제가 어머니를 기억하게 될까요?" 테그가 물었다.

오드레이드는 그에게 공범자 같은 미소를 보냈다. 과수원을 산책할 때 두 사람이 자주 함께 나누던 미소였다. "그럴 겁니다."

"모든 걸 전부요?"

"당신은 모든 것을 기억하게 될 겁니다. 당신의 아내, 자식들, 전투. 모든 것을."

"저 아이를 얼른 보내세요!" 벨론다가 말했다.

아이는 미소를 지었지만 오드레이드를 바라보며 그녀의 명령을 기다렸다.

"좋습니다, 마일즈. 스트레기에게 비우주선에 있는 새 숙소로 데려다 달라고 하세요. 내가 나중에 가서 던컨에게 당신을 소개해 주겠습니다." 오드레이드가 말했다.

"스트레기의 어깨에 무동을 타도 돼요?"

"그녀에게 얘기해 보세요."

테그는 충동적으로 오드레이드에게 달려가 까치발로 서서 그녀의 뺨에 입을 맞췄다. "내 진짜 어머니도 대모님 같았으면 좋겠어요."

오드레이드는 그의 어깨를 토닥였다. "나랑 아주 비슷한 분이랍니다. 자, 어서 가보세요."

그가 나가고 문이 닫히자 타말란이 말했다. "당신이 그의 딸이라는 걸 말하지 않았군요!"

"아직은 말하지 않았습니다."

"아이다호가 그에게 말할까요?"

"그런 지시가 떨어지면요."

벨론다는 사소한 일에는 관심이 없었다. "뭘 꾸미고 있는 겁니까, 다르?"

타말란이 대신 대답했다. "우리의 멘타트 바샤르가 지휘하는 처벌 부대지요. 뻔하지 않습니까."

'그녀가 미끼를 물었어!'

"그런 겁니까?" 벨론다가 다그치듯 물었다.

오드레이드는 두 사람에게 강렬한 시선을 보냈다. "테그는 우리 군인들 중 최고였습니다. 누구든 우리의 적을 벌할 수 있는 사람이 있다면……."

"하나 더 배양하는 게 좋겠군요." 타말란이 말했다.

"무르벨라가 그에게 영향을 미칠 수도 있다는 점이 마음에 들지 않습니다." 벨론다가 말했다.

"아이다호가 협조할까요?" 타말란이 물었다.

"그는 아트레이데스의 요구에 따를 겁니다."

오드레이드는 자신이 실제로 느끼고 있는 것보다 더 자신 있게 말했다. 그런데 이 말이 낯선 느낌의 또 다른 원천을 향해 그녀의 정신을 열어주었다.

'난 무르벨라의 시선으로 우리를 보고 있어! 적어도 한 명의 명예의 어머니와 같은 사고방식을 가질 수 있게 된 거야!'

우리는 역사를 가르치지 않는다. 경험을 재현할 뿐이다. 우리는 연쇄적으로 나타나는 결과들을 쫓는다. 숲속에서 짐승의 흔적을 쫓듯이. 우리의 말 이면을 살펴보면, 그 어떤 역사가도 건드린 적이 없는 광범위한 사회적 행동을 보게 된다.

—베네 게세리트 파노플리아 예언

사이테일은 오후의 운동 삼아 숙소에 면한 복도를 따라 걸으면서 휘파람을 불었다. 복도를 오르락내리락하며 휘파람을 불었다.

'내가 휘파람을 부는 것에 저들이 익숙해지게 해야 해.'

휘파람을 불면서 그는 그 소리에 어울리는 단가를 지었다. "틀레이랙스의 정자는 말을 하지 않는다네." 이 말이 그의 머릿속을 몇 번이나 지나갔다. 저들은 유전적 틈새를 연결해서 그의 비밀을 알아내는 데 그의 세포를 이용할 수 없었다.

'반드시 선물을 들고 나를 찾아와야 할 거다.'

오드레이드가 '무르벨라와 의논을 하러 가는 길'이라면서 일찍 그를 찾아왔었다. 그녀는 포로로 잡혀 있는 그 명예의 어머니 이름을 그에게 자주 언급했다. 거기에는 어떤 목적이 있었지만, 그 목적이 도대체 무엇인지 그는 알 수 없었다. 위협인가? 그건 언제나 가능한 일이었다. 결국은 사실이 드러날 것이다.

"당신이 두려워하지 않기를 바랍니다." 오드레이드는 이렇게 말했다.

두 사람은 자동 음식 배달기 앞에 서 있었고, 그는 점심 식사가 나오기를 기다리는 중이었다. 메뉴가 그의 마음에 드는 경우는 결코 없었지만, 그럭저럭 먹을 만했다. 오늘 그는 해산물을 요청했다. 어떤 형태의 해산물 요리가 나올지는 알 수 없었다.

"두려워한다고요? 당신을? 아아, 친애하는 최고 대모님, 내가 당신들에게 귀중한 존재가 되려면 살아 있어야 합니다. 그런데 왜 내가 두려워하겠습니까?"

"당신의 최근 요청에 대해 평의회가 판단을 유보했습니다."

'그럴 줄 알고 있었어.'

"나를 묶어두는 건 실수입니다. 당신들의 선택권을 제한시키죠. 당신들을 약하게 만듭니다."

그가 이 말을 만들어내는 데에는 여러 날이 걸렸다. 그는 이 말이 효과를 발휘하기를 기다렸다.

"모든 것은 사람이 도구를 어떻게 이용하려 하는가에 달려 있습니다, 주인 사이테일. 어떤 도구는 제대로 사용하지 못하면 부러져버리지요."

'젠장, 이 마녀!'

그는 날카로운 송곳니를 드러내며 미소를 지었다. "완전히 멸망할 때까지 시험을 하시렵니까, 최고 대모님?"

그녀는 보기 드물게 비꼬는 말을 하면서 그것을 농담처럼 내뱉었다. "내가 당신을 강하게 만들어줄 거라고 정말로 생각하는 겁니까? 이번에는 무엇을 얻기 위한 흥정입니까, 사이테일?"

'그래, 내가 더 이상 '주인' 사이테일이 아니란 말이지. 칼의 평평한 면으로 치듯이 공격해야 해!'

"당신들은 자매들을 '대이동'으로 흩어 놓고 있습니다. 그중 일부가 파멸을 피할 것이라는 희망을 안고서 말입니다. 당신들의 이 히스테리 같은 반응이 경제적으로 어떤 결과를 낳겠습니까?"

'결과! 저들은 항상 결과에 대해 이야기하지.'

"우리의 거래는 시간을 얻기 위한 것입니다, 사이테일." 매우 엄숙한 목소리였다.

그는 잠시 동안 말없이 이 말을 곰곰이 생각해 보았다. 기계눈들이 두 사람을 지켜보고 있었다. 결코 그것을 잊어서는 안 되었다. '이건 경제란 말이다, 마녀! 우리가 누구를, 그리고 무엇을 사고파는 건가?' 자동 음식 배달기 옆의 이 반침은 흥정을 하기에는 참으로 이상한 장소라는 생각이 들었다. 경제를 이런 식으로 운영하는 것은 형편없는 일이었다. 관리자들의 부산한 움직임, 계획과 전략을 짜기 위한 회의는 닫힌 문 뒤에서 벌어져야 했다. 창밖의 풍경 때문에 사람들의 정신이 흐트러져서 당면한 일에 정신을 쏟지 못하게 되는 일은 일어나지 않는 고급스러운 방에서.

그가 살아온 수많은 삶들의 연쇄적인 기억은 이런 생각을 받아들이려 하지 않았다. '어쩔 수 없는 상황. 인간들은 어디서든 가능한 곳에서 상업적인 활동을 한다. 항해 중인 배의 갑판에서, 하급 사무원들이 부산하게 오가는 천박한 거리에서, 모든 사람들이 볼 수 있게 머리 위에서 정보가 흘러가는 전통적인 증권 거래소의 널찍한 홀에서.'

계획과 전략이 고급스러운 방에서 만들어질 수는 있겠지만, 그런 계획과 전략이 만들어졌다는 증거는 증권 거래소에서 모든 사람들이 볼 수 있는 정보와 흡사했다.

그래, 기계눈들이 감시를 할 테면 하라지.

"당신은 나를 어쩔 생각입니다, 최고 대모님?"

"당신의 생명과 힘을 지켜줄 겁니다."

'조심, 조심.'

"하지만 내게 자유로운 손을 주지는 않겠다는 거로군요."

"사이테일! 경제에 대해 얘기하면서 무언가를 공짜로 얻겠다는 겁니까?"

"하지만 내 힘이 당신에게 중요할 텐데요?"

"당연하지요!"

"난 당신을 믿지 않습니다."

바로 그 순간에 자동 음식 배달기가 그의 점심을 토해 냈다. 연한 소스를 넣고 살짝 튀긴 흰살 생선이었다. 향초 냄새가 났다. 기다란 컵에는 물이 들어 있었고, 멜란지 냄새가 희미하게 났다. 야채 샐러드도 있었다. '이들이 나름 애를 썼군.' 그는 입안에 침이 고이는 것을 느꼈다.

"점심을 맛있게 드시기 바랍니다, 주인 사이테일. 그 안에는 당신에게 해로운 게 하나도 없습니다. 그것이 신뢰의 척도 중 하나가 아닌가요?"

그가 대답을 하지 않자 그녀가 말했다. "신뢰가 우리의 흥정과 무슨 관계가 있는 겁니까?"

'저 여자가 지금 무슨 장난을 치고 있는 거지?'

"당신은 명예의 어머니들을 어떻게 할 생각인지 내게 말해 주었지만, 나를 어떻게 할 건지는 말하지 않았습니다." 그는 자신의 말이 푸념처럼 들린다는 것을 알고 있었다. 어쩔 수 없는 일이었다.

"난 명예의 어머니들에게 그들 역시 생명이 유한한 존재라는 것을 알려줄 생각입니다."

"나한테도 그렇게 할 생각이군요!"

그녀의 눈에 지금 만족감이 떠오른 건가?

"사이테일."

'저렇게 부드러운 목소리라니.'

"그렇게 해서 깨달은 사람들은 진정으로 귀를 기울입니다. 상대의 말을 듣는 거죠." 그녀는 그의 쟁반을 살짝 바라보며 말을 이었다. "뭔가 특별한 걸 드시겠습니까?"

그는 최대한 몸을 쭉 폈다. "자극적인 음료수 조금이면 좋겠습니다. 생각할 것이 있을 때에는 그것이 도움이 되거든요."

"물론이지요. 즉시 음료수를 내려보내라고 하겠습니다." 그녀는 반침에서 시선을 돌려 그의 거처 중 중앙실이 있는 곳을 바라보았다. 그는 그녀가 장소에서 장소로, 물건에서 물건으로 시선을 옮기다가 잠시 움직임을 멈추는 지점을 살펴보았다.

'모든 것이 제자리에 있다, 마녀. 난 동굴에 사는 짐승이 아냐. 모든 물건이 반드시 편안한 곳에 있어야 하지. 내가 따로 생각하지 않아도 찾아낼 수 있게. 그래, 내 의자 옆에 있는 저것은 자극펜이다. 내가 자극펜을 이용하고 있다고. 하지만 알코올은 피하지. 그걸 알겠나?'

오드레이드의 명령으로 배달된 음료수에서는 쓴 약초 맛이 났다. 그는 곧 그 약초의 정체를 알아냈다. 카스민이었다. 가무에서 자라는 약용 식물의 유전자를 조작해 만든 혈액 강화제.

그녀가 그에게 가무를 일깨워주려는 건가? 이들은 너무나 교활했다, 이 마녀들 같으니!

저들은 경제의 문제를 가지고 그를 놀려대고 있었다. 그가 복도 끝에서 방향을 돌려 씩씩하게 걷는 운동을 계속하며 자신의 거처로 돌아가는 동안 놀림을 받았다는 사실이 가슴을 쿡쿡 찔렀다. 구제국을 한데 묶어둔 접착제가 무엇인가? 접착제 역할을 하는 것은 많았다. 어떤 것은 작고 어떤 것은 컸지만 대부분 경제적인 요인들이었다. 흔히 편리한 것으로 생각되는 얽히고설킨 관계들. 그들이 서로를 터뜨려버리지 않는 것은 무엇 때문인가? 대협정이었다. '네가 누군가를 터뜨려버린다면 우리가 힘을 합해 너를 터뜨려버릴 것'이라는 규약.

그는 불현듯 어떤 생각이 떠올라서 거처 출입문 앞에서 갑자기 걸음을 멈췄다.

그것이었나? 처벌만으로 어찌 탐욕스러운 포윈다들을 저지할 수 있겠는가? 결국 마지막에는 무형의 것들로 이루어진 접착제가 있는 건가? 동료들의 비난? 하지만 동료들이 어처구니없는 일을 전혀 망설이지 않고 저지른다면? 그렇다면 무엇이든 할 수 있었다. 아마도 명예의 어머니들이 그런 듯했다. 틀림없었다.

그는 자신의 영혼을 벌거벗겨 노출시킬 수 있는 사그라실(室)이 너무나 그리웠다.

'야기스트는 사라졌다! 내가 최후의 마세이크인가?'

가슴이 텅 빈 것 같았다. 숨을 쉬는 것도 힘들었다. 샤이탄의 여자들과 좀더 드러내놓고 흥정을 하는 것이 어쩌면 최선인 것 같았다.

'아냐! 샤이탄 자신이 지금 나를 유혹하고 있는 거야!'

그는 기가 죽은 채 자신의 방으로 들어갔다.

'그들이 반드시 대가를 치르게 만들어야 한다. 아주 커다란 대가를 치르게 해야 해. 커다란 대가를, 커다란 대가를, 커다란 대가를.' '커다란'이라는 말을 한 번 되뇔 때마다 그는 의자를 향해 한 발짝씩 다가갔다. 그가 자리에 앉자 그의 오른손이 자극펜을 향해 저절로 뻗어 나갔다. 곧 그는 자신의 정신이 빠르게 움직이고 있으며, 여러 생각이 신기한 대형을 짓고 쏟아져 들어오는 것을 느낄 수 있었다.

'내가 익스 산 우주선에 대해 얼마나 잘 알고 있는지 저들은 짐작도 하지 못한다. 그 지식은 내 머릿속에 들어 있지.'

그 후 한 시간 동안 그는 자신이 포원다에게 승리를 거뒀다는 얘기를 동료들에게 해줄 때가 오면, 이 순간을 어떻게 표현할 것인지 생각했다. '신이 도우셨다고 하는 거야!'

그의 이야기는 극적인 사건과 그가 받은 시험의 긴장된 분위기로 가득 차서 반짝거릴 것이다. 결국 역사를 쓰는 것은 항상 승리자들이었다.

사람들은 최고 대모가 그 어느 것도 소홀히 할 리 없다고 말한다. 숨어 있는 또 다른 의미를 파악하지 못한다면 이 말은 무의미한 잠언에 불과하다. 또 다른 의미란 내가 모든 자매들의 종이라는 것이다. 사람들은 종을 비판적인 눈으로 감시한다. 나는 일반적인 일에도, 사소한 일에도 지나치게 많은 시간을 쏟을 수 없다. 최고 대모는 반드시 통찰력이 있는 행동을 보여야 한다. 그렇지 않으면 우리 교단의 가장 구석진 곳까지 불안감이 뚫고 들어갈 것이다.

—다르위 오드레이드

오늘 아침에 오드레이드가 '중앙'의 복도를 걷고 있을 때, 그녀가 '종으로서 나의 자아'라고 부르는 것의 일부가 그녀와 함께했다. 그녀는 연습장에서 시간을 보내지 않고 이렇게 걷는 것으로 운동을 대신하고 있었다. '불만에 찬 종이로군!' 그녀는 눈에 보이는 광경이 마음에 들지 않았다.

'우리는 어려운 상황 속에 너무 단단하게 묶여 있다. 사소한 문제와 커다란 문제를 거의 구분하지도 못할 정도야.'

저들의 양심이 어떻게 되어버린 걸까?

어떤 사람들은 그렇지 않다고 했지만, 오드레이드는 베네 게세리트의

THE

DUNE CHRONICLES

234   듄의 신전

양심이 존재한다는 걸 알고 있었다. 그러나 사람들이 그 양심을 뒤틀어 쉽게 알아볼 수 없는 형태로 바꿔버렸다.

그녀는 양심을 가지고 장난치는 것이 질색이었다. 생존이라는 명분으로 내려진 결정들, 선교단(그들의 끝없는 궤변 같으니!), 이 모든 것이 인간의 판단력을 훨씬 더 많이 요구하는 어떤 것으로부터 갈라져 나왔다. 폭군은 이것을 알고 있었다.

인간이 되는 것, 그것이 가장 중요한 문제였다. 그러나 인간이 되기 전에 먼저 그것을 직감으로 느껴야 했다.

객관적인 해답 같은 것은 없었다! 궁극적으로 그것은 매우 간단해 보였지만, 그것을 실제로 적용하면 그 복잡한 본질이 드러났다.

'나와 같군.'

자신의 내면을 들여다보면 자신이 스스로를 어떤 인물로 믿고 있었는지 알 수 있었다. 다른 것은 전혀 소용이 없었다.

'그렇다면 나는 누군가?'

"그 질문을 하는 자가 누군가?" '다른 기억'이 꼬챙이를 불쑥 찌르듯이 물었다.

오드레이드는 큰 소리로 웃음을 터뜨렸다. 옆을 지나가던 프라스카라는 이름의 감독관이 깜짝 놀라서 그녀를 빤히 바라보았다. 오드레이드는 프라스카에게 손을 흔들며 말했다. "살아 있다는 건 좋은 겁니다. 그걸 잊지 마세요."

프라스카는 희미한 미소를 지어 보이고는 다시 하던 일을 계속했다.

'그래, 누가 묻는 건가? 내가 누군가라니?'

위험한 질문이었다. 이 질문을 던짐으로써 그녀는 인간적인 것이 하나도 없는 우주에 놓이게 되었다. 그 어느 것도 그녀가 구하고 있는 그 막연한 것과 조화되지 않았다. 그녀 주위의 모든 것들, 광대, 야생 동물, 꼭두각시들이 숨겨진 끈이 당겨지는 것에 반응했다. 그녀는 자신을 홱 잡아당겨 움직이게 만드는 그 끈을 느꼈다.

오드레이드는 자신을 거처로 데려다줄 승강기를 향해 계속 복도를 걸었다.

'끈이라.' 알과 함께 오는 것이 무엇인가? '우리는 '움트는 정신'이라고 그럴듯한 말을 하지. 하지만 삶의 압박이 나라는 인간을 만들어내기 전에 나는 무엇이었을까?'

뭔가 '자연스러운 것'을 찾아 헤매는 것만으로는 충분하지 않았다. '고귀한 야만인'은 아니었다. 그녀는 살아오면서 그런 자들을 많이 보았다. 그들을 잡아당기는 끈이 베네 게세리트의 눈에는 아주 잘 보였다.

그녀는 자신의 내면에 있는 엄격한 스승을 느꼈다. 오늘은 그 존재가 아주 강했다. 그녀는 때로 그 힘에 복종하지 않거나 그 힘을 피하곤 했다. 엄격한 스승이 말했다. "당신의 재능을 강화시키세요. 물살을 따라 부드럽게 흘러가면 안 됩니다. 헤엄을 쳐요! 그걸 사용하지 않으면 잃게 될 겁니다."

거의 공포에 가까운 감각 때문에 숨을 헐떡이면서 그녀는 자신이 인간성을 거의 잃어버렸음을 깨달았다. 이제 곧 전부 잃어버릴 판이었다.

'내가 명예의 어머니와 같은 사고방식을 터득하려고 너무 애를 쓴 거야! 난 누구든 사람들을 조작해서 내 계략대로 행동하게 만들 수 있었다. 그 모든 것이 베네 게세리트의 생존이라는 명분으로 이루어진 일이야!'

벨은 베네 게세리트를 보존하기 위해서라면 교단이 그 어떤 일도 거부하지 않을 것이라고 말했다. 이 호언장담에는 약간의 진실이 들어 있었지만, 다른 모든 호언장담에도 그 정도의 진실은 들어 있었다. 교단을 구하는 것이 목적이라 해도 대모가 하고 싶어 하지 않는 일은 분명히 존재했다.

'우린 폭군의 황금의 길을 막지 않을 것이다.'

인류의 생존이 교단의 생존보다 우선했다. '그렇지 않다면 인간의 성숙이라는 우리의 임무는 무의미한 것이 되지.'

그러나 누군가의 명령을 애타게 기다리는 종족의 지도자가 되는 것은 얼마나 위험한 일인지. 그들은 자신의 요구가 무엇을 만들어내는지 잘 몰랐다. 지도자들도 실수를 했다. 그리고 아무런 의문도 품지 않고 추종하는 수많은 사람들에 의해 증폭된 그 실수는 필연적으로 커다란 재앙을 향해 나아갔다.

'나그네쥐 같은 행동이야.'

자매들이 그녀를 신중하게 지켜보는 것은 옳은 일이었다. 모든 정부(政府)들은 권력을 쥐고 있는 동안 계속 의심의 눈길을 받을 필요가 있었고, 거기에는 교단의 정부도 포함되었다. '그 어떤 정부도 믿지 마! 나의 정부도!'

그들은 지금도 나를 지켜보고 있다. 내 자매들의 시선을 벗어나는 것은 거의 없지. 때가 되면 그들도 내 계획을 알게 될 것이다.

그녀가 교단에 대해 커다란 힘을 갖고 있다는 사실을 마주 보기 위해서는 끊임없는 정신적 정화가 필요했다. '난 이런 힘을 원하지 않았어. 어느날 갑자기 이 힘이 내게 주어진 거야.'

그녀는 계속 생각을 이어 갔다. '권력은 부패할 수 있는 자들을 끌어들인다. 권력을 추구하는 모든 자들을 의심해야 해.' 그녀는 그런 사람들이 쉽게 부패하거나 이미 부패해 버렸을 가능성이 매우 크다는 것을 알고 있었다.

오드레이드는 코다 메모를 써서 기록 보관소에 보내야겠다고 머릿속에 메모를 해두었다. (벨이 이걸 보면서 땀 좀 흘리라지!) "우리는 권력을 잡기를 꺼리는 사람에게만, 그것도 그런 꺼리는 마음을 더욱 강화시키는 상황에서만 우리의 일에 대한 권력을 허락해야 한다."

'베네 게세리트를 완벽하게 묘사하는 말이로군!'

"괜찮은 겁니까, 다르?" 오드레이드 옆의 승강기 문에서 벨론다의 목소리가 들려왔다. "당신 모습이…… 이상해 보이는군요."

"그냥 할 일을 좀 생각하고 있었습니다. 내리실 겁니까?"

벨론다는 오드레이드와 자리를 바꾸면서 그녀를 뚫어지게 바라보았다. 승강기 장(場)이 오드레이드를 붙들고 그 의문이 담긴 시선으로부터 그녀를 가볍게 채갔다.

오드레이드가 작업실에 들어서자 보좌관들이 오직 그녀만이 해결할 수 있는 문제라고 생각해 책상에 쌓아 놓은 일거리들이 눈에 들어왔다.

'정치.' 그녀는 책상에 앉으며 이 말을 떠올리고는, 자신이 맡은 일들을 처리할 준비를 했다. 탐과 벨은 일전에 그녀의 말을 분명히 들었지만, 그녀를 돕기 위해 자기들이 앞으로 무슨 일을 하게 될지 그저 막연히 짐작만 할 뿐이었다. 그들은 걱정을 하면서 점점 더 면밀하게 그녀를 관찰했다. '그들로서는 당연히 그래야지.'

거의 모든 일에 정치적 요소가 들어 있다는 생각이 들었다. 감정이 고조되면 정치적 세력들이 점점 더 전면으로 나섰다. 이것이 '교회와 국가의 분리'라는 저 오랜 헛소리를 '거짓말!'로 만들었다. 종교만큼 감정적 열기에 취약한 것은 없었다.

'우리가 감정을 불신하는 것도 무리가 아냐.'

물론 모든 감정을 불신하는 것은 아니었다. 꼭 필요한 순간에 벗어날 수 없는 감정, 즉 사랑이나 증오 같은 감정뿐이었다. 가끔은 분노를 약간 허용하되 그 감정을 단단히 통제하기도 했다. 그것이 교단의 믿음이었다. 천부당만부당한 소리!

폭군의 황금의 길은 그들의 실수를 더 이상 관대하게 봐줄 수 없는 것으로 만들었다. 황금의 길은 베네 게세리트를 영원히 낙후된 곳에 남겨두었다. '무한'을 섬길 수 없었다!

벨이 자꾸만 제기하는 질문에는 답이 없었다. "그가 우리에게 정말로 원한 것이 무엇이었습니까?"

'그가 우리를 조작해서 무엇을 시키려 한 걸까? (우리가 다른 사람들을 조작하는 것처럼!) 의미가 없는 곳에서 왜 의미를 찾는가? 길이 어디로도 이어져 있지 않다는 것을 알면서 그 길을 따라갈 것인가?'

황금의 길! 하나의 길이 하나의 심상 속에 놓여 있었다. '"무한"은 어디에도 없어!' 유한한 정신이 멈칫했다. 멘타트들은 바로 이곳에서 변덕스러운 '전망들'을 찾아내고 항상 답보다 더 많은 질문을 만들어냈다. 그것은 끝없는 원에 코를 가까이 대고서 '모든 것에 대한 답'을 찾는 자들의 텅 빈 잔이었다.

'자기들 나름의 신을 찾는 거지.'

그녀는 그들을 비난하기 어렵다는 것을 깨달았다. 무한을 마주한 정신이 움츠러들었다. '허공'! 모든 시대의 연금술사들은 자기들만의 꾸러미 위로 몸을 숙이고 "여기 어딘가 반드시 질서가 있을 거야. 계속 노력한다면 틀림없이 찾을 수 있어"라고 말하며 넝마를 줍는 사람들과 같았다.

그리고 항상 질서란 그들이 스스로 만들어낸 질서뿐이었다.

'아아, 폭군이여! 이 어릿광대. 당신은 그것을 알았습니다. 당신은 이렇게 말했지요. "내가 너희들이 따를 질서를 창조하겠다. 이것이 그 길이다. 보이는가? 안 돼! 그쪽은 보지 마라. 그곳은 (어린이들과 미친 사람들에게만 알몸이 보이는) 벌거벗은 임금님의 길이야. 내가 가리키는 곳에만 시선을 주어라. 이것이 나의 황금의 길이다. 근사한 이름이 아닌가? 존재하는 것은 그것뿐이고, 앞으로도 그럴 것이다."

폭군이여, 당신도 또 하나의 광대였습니다. 우리 공통의 과거 속에서 고독하게 길을 잃은 그 먼지 덩어리로부터 끝없는 세포의 재순환으로 우리를 이끄는.

당신은 인간의 우주가 우리가 대이동으로 흩어졌을 때 우리를 묶어주는 공동체와 약한 접착제 이상이 결코 되지 못하리라는 것을 알고 있었습니다. 우리가 공유한 탄생의 전통이 과거 속에 너무 멀리 있어서, 후손들이 갖고 있는 그 탄생의 사진이 대부분 왜곡되었습니다. 대모들은 원본을 가지고 있지만, 그것을 바라지 않는 사람들에게 강요할 수는 없습니다. 알겠습니까, 폭군이여? 우리는 당신의 말을 들었습니다. "그들이 와서 그것을 요구하게 해라! 그때가 되면, 그때서야……."

당신이 우리를 남겨둔 것은 그 때문이었습니다, 이 못된 아트레이데스 인간 같으니! 내가 반드시 나서야 하는 것은 그 때문입니다.'

자신이 인간이라는 느낌에 위험이 닥쳤음에도, 그녀는 자신이 명예의 어머니들의 방식 속으로 스스로를 계속해서 넌지시 밀어 넣으리라는 것을 알고 있었다. '난 그들이 생각하듯 생각해야 해.'

사냥꾼의 문제는 포식자와 사냥감이 그 문제를 공유하고 있다는 것이었다. 건초 더미 속에서 바늘을 찾는 것과 같은 문제가 아니었다. 친숙한 것과 낯선 것이 흩어져 있는 땅을 가로지르는 문제에 오히려 더 가까웠다. 베네 게세리트의 속임수 때문에 명예의 어머니들은 친숙한 것을 대할 때도 최소한 낯선 것을 상대할 때만큼 어려움을 겪을 것이다.

'그들이 우리를 위해 해준 것이 무엇인가?'

행성 간 통신은 사냥당하는 자의 편이었다. 수천 년 동안 경제논리 때문에 제한되어 있던 그 통신 시설은 중요 인물들과 무역업자들을 제외하고는 사용할 수 있는 사람이 그리 많지 않았다. '중요'라는 말은 그 말이 항상 의미하던 것과 같은 뜻으로 쓰였다. 부유하고 권력 있는 사람, 은행가, 관리, 밀사, 군인. '중요'라는 꼬리표는 여러 종류의 사람에게 붙었다. 협상가, 연예인, 의료 관계자, 솜씨 좋은 기술자, 첩자 등 여러 전문가들. '옛 지구(地球)'의 프리메이슨 시절 이후로 그들의 종류는 그리 달라지지 않았다. 대개 달라지는 것은 그들의 숫자, 질, 세련도였다. 경계선은 언제나 그랬던 것처럼 일부 사람들에게는 훤히 들여다보였다.

그녀는 이것을 때로 검토하면서 결함을 찾아보는 것이 중요하다고 느꼈다.

행성에 묶여 있는 대다수의 사람들은 '우주의 침묵'에 대해 얘기했다. 우주 여행이나 통신 비용을 감당할 능력이 없다는 뜻이었다. 대부분의 사람들은 이 장벽을 넘어 자신들에게 전달되는 뉴스가 특정한 사람들의 이익을 위해 관리된다는 것을 알고 있었다. 그건 예전부터 항상 있던 일이었다.

행성의 지형과 눈에 잘 띄는 파장의 발산을 피해야 한다는 점이 통신 시스템의 종류를 결정했다. 튜브, 전령, 광통신선, 신경 전달자 등 정보를 교환하는 많은 방법들. 비밀주의와 암호는 행성들 사이에서뿐만 아니라 행성 내에서도 중요했다.

오드레이드는 명예의 어머니들이 입구를 찾기만 하면 그 시스템을 이용할 수 있을 거라고 보았다. 사냥꾼들은 시스템의 암호를 해독하는 것부터 시작해야 할 것이다. 그러나 그다음에는 '참사회로 이어지는 흔적이 어디에서부터 시작되는가?'라는 문제가 있었다.

추적이 불가능한 비우주선, 익스 산 기계들, 조합 항법사들, 이 모든 것이 소수의 특권층들을 제외하고는 행성들 사이에 침묵의 담요를 씌우는 데 기여했다. 사냥꾼들에게 출발점을 제공해 주는 것은 안 될 일이었다!

그때, 베네 게세리트의 징벌 행성에서 온 나이 든 대모 하나가 점심시간 직전에 최고 대모의 작업실에 나타난 것은 놀라운 일이었다. 기록 보관소가 그녀의 정체를 밝혀냈다. '이름: 도르투즐라. 용서받을 수 없는 위반 행위를 저질러 오래전에 특별한 파멸의 길로 보내졌음.' 기억에 의하면 그 위반 행위란 모종의 연애를 뜻했다. 오드레이드는 자세한 사항을 물어보지 않았다. 그런데도 일부 자세한 정보가 화면에 나타났다. (벨론다가 또 끼어들고 있어!) 도르투즐라가 추방될 때 감정적 격동이 있었음을 오드레이드는 눈여겨보았다. 그녀의 연인이 이별을 막기 위해 무익한 시도를 했기 때문이었다.

오드레이드는 도르투즐라의 치욕에 대해 떠돌던 얘기를 기억했다. 사람들이 그것을 '제시카의 범죄!'라고 부르던 것을. 그보다 가치 있는 정보는 떠도는 얘기들을 통해 얻었다. 도르투즐라는 그동안 어디에 배치되어 있었을까? 그런 건 신경 쓸 필요 없었다. 지금은 그게 중요하지 않았다. 더 중요한 건 '그녀가 왜 이곳에 왔는가? 그녀가 사냥꾼들을 우리에게로 이끌어 올 수도 있는 여행을 왜 감행했는가?'였다.

오드레이드는 그녀의 내방을 알리는 스트레기에게 이런 질문들을 던졌다. 스트레기는 대답하지 못했다. "반드시 대모님에게만 밝힐 것이 있다고 했습니다, 최고 대모님."

"나한테만?" 오드레이드는 하마터면 쿡쿡 웃음을 터뜨릴 뻔했다. 자신의 행동을 항상 누군가가 관찰(감시라고 하는 편이 더 나았다)하고 있는데. "이 도르투즐라라는 사람이 자기가 왜 이곳에 왔는지 말하지 않았단 말이지?"

"저보고 가서 최고 대모님께 말씀드리라고 한 사람들 말이 최고 대모님께서 그분을 만나셔야 할 것 같다고 하셨습니다."

오드레이드는 입술을 꾹 다물었다. 추방당한 대모가 여기까지 뚫고 들어올 수 있었다는 사실이 오드레이드의 호기심을 자극했다. 끈질긴 대모라면 평범한 장벽을 넘어올 수 있을 터였다. 그러나 이곳의 장벽은 평범하지 않았다. 도르투즐라가 이곳에 온 이유를 이미 말했을 것이다. 다른 사람들이 그녀의 말을 듣고 그녀를 통과시켜 보낸 것이다. 도르투즐라가 자매들을 설득하기 위해 베네 게세리트의 책략을 사용하지 않았음은 분명했다. 그랬다면 그녀는 즉시 거절당했을 것이다. 그런 헛소리에 낭비할 시간이 없다면서. 그러니 그녀는 명령 계통을 모두 따랐다. 그녀의 행동은 그녀가 신중한 판단 아래 움직이고 있음을 말해 주었다. 그녀가 가져온 메시지가 무엇이든, 이것은 그 안에 들어 있는 또 하나의 메시지였다.

"그녀를 데려오너라."

도르투즐라는 그녀가 머물던 낙후된 행성에서 평온하게 나이를 먹은 모양이었다. 그녀의 나이를 가장 많이 드러내는 것은 입가의 얕은 주름들이었다. 그녀의 머리카락은 로브의 두건에 가려져 있었지만, 그 밑에서 상대를 응시하는 눈은 밝고 기민했다.

"여기 온 이유가 무엇입니까?" 오드레이드의 어조는 '정말 중요한 얘기가 아니면 가만두지 않겠다'고 말하는 듯했다.

도르투즐라의 이야기는 아주 간단했다. 그녀와 세 명의 대모들이 대이동에서 돌아온 일단의 퓨타르와 얘기를 해보았다는 것이었다. 도르투즐라가 자리를 지키고 있는데, 뭔가가 그곳을 탐색하더니 참사회에 메시지를 전해 달라고 요청했다고 했다. 도르투즐라는 진실의 감각으로 그 요청을 조사해 보았다. 낙후된 곳에도 '꽤나' 재능 있는 사람이 존재할 수 있음을 최고 대모에게 일깨워주는 이야기였다. 그 메시지가 진실이라는 판단을 내리고, 자매들도 여기에 동의하자 도르투즐라는 빠르게 움직였다. 조심해야 한다는 사실도 잊지 않았다.

'우리가 소유한 비우주선을 통한 정당한 급전'이었다고 그녀는 표현했다. 그 우주선은 밀수꾼들이 사용하는 타입의 작은 놈이었다고 했다.

"혼자서도 그 우주선을 조종할 수 있습니다."

메시지의 핵심 내용은 굉장했다. 퓨타르들이 대모들과 동맹을 맺고 명예의 어머니들에게 맞서고 싶다는 것이었다. 이 퓨타르들의 무력이 어느 정도나 되는지는 짐작하기 어렵다고 도르투즐라가 말했다.

"제가 물어보았지만 그들은 대답하지 않았습니다."

오드레이드는 퓨타르들에 대한 많은 이야기를 평가해 본 적이 있었다. 명예의 어머니를 죽이는 자들? 이 얘기를 믿을 만한 근거가 있었지만, 퓨타르들의 실력이 어느 정도인지는 혼란스러웠다. 특히 가무에서 일어난 일에 대한 보고에서 더욱 그러했다.

"그 일행이 몇이나 된답니까?"

"퓨타르 열여섯에 조련사 네 명입니다. 그들이 스스로를 그렇게 불렀습니다. 조련사라고요. 그리고 그들은 명예의 어머니들이 단 한 번밖에 사용할 수 없는 위험한 무기를 갖고 있다고 했습니다."

"당신은 아까 퓨타르만 언급했습니다. 이 조련사라는 건 누구입니까? 게다가 비밀스러운 무기에 대한 얘기는 무엇이고요?"

"저는 일부러 그들을 언급하지 않았습니다. 그들은 대이동에서 생겨난 변종에 속하는 인간인 것 같습니다. 남자 셋에 여자 하나입니다. 무기에 대해서는 그들이 더 이상 말하려 하지 않았습니다."

"인간인 것 같다고요?"

"제대로 짚으셨군요, 최고 대모님. 처음에 저는 그들이 얼굴의 춤꾼이라는 기묘한 인상을 받았습니다. 그런데 그 어떤 판단 기준도 그들과 맞지 않았습니다. 페로몬도 음성이었고, 몸짓, 표정, 모든 것이 음성이었습니다."

"그럼 그냥 첫인상이 그랬을 뿐이라는 겁니까?"

"저도 이유를 모르겠습니다."

"퓨타르들은요?"

"그들은 설명과 잘 맞았습니다. 겉으로 보기에는 인간이지만 틀림없는 사나움을 갖고 있더군요. 고양잇과 동물들에게서 기원한 것으로 판단됩니다."

"다른 사람들도 그렇게 말했습니다."

"그들은 언어를 구사하지만, 그건 축약된 갈락 어였습니다. 그냥 말을 내뱉는 것이지요. '언제 먹어?', '너 좋은 여자', '머리 긁고 싶어', '여기 앉아?' 그들은 조련사에게 즉각적으로 반응을 보이는 것 같았지만, 조련사를 두려워하지는 않았습니다. 퓨타르와 조련사 사이에 상호 존중과 호감이 있는 것 같다는 인상을 받았습니다."

"위험하다는 것을 알면서도 왜 이 정보를 즉시 전달해야 할 만큼 중요하다고 생각했습니까?"

"그들은 대이동에서 돌아온 사람들입니다. 그들의 동맹 제의는 명예의 어머니들이 생겨난 곳으로 들어갈 수 있는 입구입니다."

"그들에 대해서도 물론 물어봤겠지요. 대이동을 떠난 사람들의 상황에 대해서도."

"대답이 없었습니다."

간단한 사실의 서술이었다. 이 추방당한 자매가 아무리 어두운 과거를 갖고 있다 해도 그녀를 조롱할 수는 없었다. 더 많은 의문들이 생겼다. 오드레이드는 질문을 던진 후, 그녀가 대답을 하는 동안 그녀를 면밀히 관찰했다. 시든 과일 같은 그 입이 자주색으로 열렸다가 분홍색으로 닫히는 것을 지켜보았다.

도르투즐라의 근무 경력 중 어떤 것이, 아마도 오랜 세월에 걸친 참회가 그녀를 부드러운 사람으로 만들어놓은 것 같았지만 베네 게세리트다운 강인함은 그 알맹이가 고스란히 남아 있었다. 그녀는 자연스럽게 주저하는 태도로 말을 했다. 그녀의 몸짓은 흐르듯이 부드러웠다. 그녀는 상냥한 시선으로 오드레이드를 바라보았다. (그녀의 자매들이 비난하는 결점이 그거였다. 베네 게세리트의 냉소주의가 겉으로 나오지 못하고 있다는 것.)

도르투즐라는 오드레이드의 흥미를 끌었다. 그녀는 자매 대 자매로서 얘기했고, 강인하고 잘 정돈된 정신이 그녀의 말에서 드러났다. 그녀에게 징계를 내리기 위해 임명된 자리에서 오랜 세월을 보내며 역경에 의해 강인해진 정신이었다. 그녀는 지금 젊은 날의 그 잘못을 보상하기 위해 최선을 다하고 있었다. 현재 진행 중인 일들에 관심이 없는 무슨 시간의 봉사자처럼 보이려는 노력은 없었다. 그녀의 이야기는 꼭 필요한 내용들로만 간결하게 정리되어 있었다. 그녀가 꼭 필요한 것에 대해 가능한 한 완벽한 의식을 갖고 있음을 알리려는 것이었다. 최고 대모의 결정에 굴복했고, 이 여행이 위험한 것이라는 경고에도 동의했지만 그래도 '최고 대모님이 반드시 이 사실을 아셔야 한다'는 생각이 들었음을 보여주는 태도였다.

"저는 그것이 함정이 아니라고 확신합니다."

도르투즐라의 태도에는 흠잡을 데가 없었다. 똑바른 시선, 상황에 걸맞게 침착한 표정을 하고 있는 눈과 얼굴. 그러나 뭔가를 숨기려는 시도는 전혀 없었다. 자매라면 이런 가면을 뚫고 적절한 평가를 읽어낼 수 있었다. 도르투즐라의 행동은 긴박감을 바탕으로 하고 있었다. 그녀는 한때 바보였지만, 이젠 아니었다.

그녀가 귀양을 떠난 행성의 이름이 뭐였지?

작업용 책상의 투사기가 이름을 보여주었다. 부젤.

이 이름이 오드레이드에게 경계심을 불러일으켰다. 부젤! 그녀의 손가락이 콘솔에서 춤추듯 움직이며 기억을 확인해 주었다. 부젤은 대부분 바다로 이루어진 행성이었으며 추운 곳이었다. 대단히 추웠다. 척박한 섬들 중에는 커다란 비우주선보다 큰 것이 하나도 없었다. 베네 게세리트는 한때 부젤 그 자체를 처벌로 생각했다. 이곳을 좋은 본보기로 삼아 '조심하지 않으면 부젤로 보내버리겠다, 아이야'라고 말했던 것이다. 그 순간 오드레이드는 또 다른 열쇠를 기억해 냈다. 수스톤이었다. 그들은 발이 하나인 바다 생물 콜리스터를 부젤의 풍토에 맞게 이식했다. 녀석들의 딱딱한 겉껍질이 닳으면 신기한 종양이 생겼는데, 그것은 우주에서 가장 귀하게 취급되는 보석 중 하나였다.

수스톤.

도르투즐라는 옷의 목선 바로 위에 그 보석을 착용하고 있었다. 작업실의 불빛에 그 보석이 심오하게 빛나는 바다의 초록색과 연한 자줏빛이 우아하게 섞인 색으로 변했다. 그것은 인간의 안구보다 더 컸으며, 마치 부의 선언처럼 그곳에 의기양양하게 걸려 있었다. 아마 부젤 사람들은 그런 장식을 별것 아닌 것으로 생각할 것이다. 바닷가에서 그냥 돌을 집어 들기만 하면 되니까.

수스톤. 이건 의미심장했다. 베네 게세리트의 계획에 의해 도르투즐라는 밀수꾼들과 빈번한 거래를 했다. (이것은 그녀가 그 비우주선의 소유자라는 증거였다.) 반드시 신중하게 대처할 필요가 있었다. 아무리 자매 대 자매의 태도로 이야기를 하고 있지만, 오드레이드는 여전히 최고 대모였고 도르투즐라는 징벌용 행성에서 온 대모였다.

　밀수. 법을 시행할 수 없다는 현실과 맞닥뜨린 적이 없는 사람들과 명예의 어머니들에게 이것은 커다란 범죄였다. 우주의 주름도 밀수에 대한 시각을 변화시키지는 못했다. 변화가 있다면, 그저 작은 우주선의 침입이 더 쉬워진 것뿐이었다. 아주 작은 비우주선들. 비우주선을 얼마나 작게 만들 수 있을까? 오드레이드의 지식에서 이 부분은 비어 있었다. 기록 보관소가 그 틈을 메워주었다. '지름 140미터.'

　그렇다면 충분히 작은 셈이었다. 수스톤은 천연의 매력을 지닌 화물이었다. 우주의 주름은 중대한 경제적 장벽이었다. 크기와 질량에 비해 화물의 가치가 얼마나 되는가? 커다란 물건을 옮기느라고 많은 돈을 쓰는 사람들도 있었다. 수스톤은 밀수꾼들에게 자석 같은 매력을 발휘했다. 수스톤은 명예의 어머니들에게도 특별한 관심거리였다. 단순히 경제적 문제 때문일까? 수스톤에 대해서는 항상 커다란 시장이 존재하고 있었다. 지금은 조합이 멜란지를 마음껏 쓰고 있으므로 수스톤은 밀수꾼들에게 멜란지만큼이나 매력적이었다. 조합은 수세대에 걸쳐 여기저기의 저장소에 스파이스를 항상 쌓아두었으며 (틀림없이) 비밀스러운 예비 저장소도 많이 있을 터였다.

　'그들은 명예의 어머니들로부터 공격받지 않는 위치를 돈으로 살 수 있다고 생각하지!' 그러나 그들의 이런 생각이 장점으로 바뀔 여지가 있을 것 같았다. 명예의 어머니들은 난폭한 화풀이로 지금까지 알려진 멜란지의 유일한 '천연' 산지인 듄을 파괴해 버렸다. 그리고 여전히 결과에 대해서는 생각도 하지 않은 채(이건 이상한 일이었다) 틀레이랙스 인까지 완전히 없애버렸다. 그들의 악솔로틀 탱크가 스파이스를 구제국에 홍수처럼 쏟아내고 있었는데도 말이다.

'그런데 우리에게는 듄을 다시 만들어낼 수 있는 생물이 있다. 어쩌면 현재 살아 있는 유일한 틀레이랙스의 주인인지도 모르는 사람 역시 우리 수중에 있어. 사이테일의 머릿속에 단단히 잠겨 있는 것은, 악솔로틀 탱크를 멜란지의 풍요의 뿔로 만드는 방법이야. 우리가 그에게서 그것을 알아낼 수만 있다면 말이지.'

지금 당면한 문제는 도르투즐라였다. 그녀가 자신의 생각을 간결하게 전달할 줄 안다는 점은 인정할 만했다. 조련사와 퓨타르는 불안해하면서도, 그 원인에 대해서는 말하지 않으려 했다고 그녀는 말했다. 도르투즐라가 베네 게세리트의 설득 방법을 시도하지 않은 것은 현명한 일이었다. 대이동에서 돌아온 사람들이 그런 방법에 어떤 반응을 보일지는 전혀 알 수 없었다. 하지만 그들이 무엇 때문에 불안해한 걸까?

"명예의 어머니들이 아닌 뭔가 다른 위협인 것 같습니다." 도르투즐라가 말했다. 그녀는 감히 그 이상 말을 하려 하지 않았지만, 그럴 가능성이 존재하고 있으므로 반드시 생각을 해보아야 했다.

"가장 중요한 건 그들이 동맹을 원한다고 말했다는 점입니다." 오드레이드가 말했다.

'공통의 문제에 대한 공통의 대의명분'이라는 것이 그들의 표현이었다. 진실의 감각을 통해 확인했음에도, 도르투즐라는 그 제안을 신중하게 검토해 볼 것을 권유했다.

그들이 도대체 왜 부젤에 갔을까? 명예의 어머니들이 부젤을 놓쳤기 때문에? 아니면 그들이 미친 듯 우주를 휩쓰는 과정에서 부젤을 하찮은 곳으로 판단했기 때문에?

"그런 것 같지는 않습니다." 도르투즐라가 말했다.

오드레이드도 동의했다. 원래 임무가 아무리 하찮은 것이었다 해도, 도르투즐라는 지금 귀한 자산을 갖고 있었다. 그보다 훨씬 더 중요한 것은, 그녀가 최고 대모를 찾아올 때 사용할 수 있는 비우주선을 가진 대모라는 점이었다. 그녀는 참사회의 위치를 알고 있었다. 물론 사냥꾼들에게는 아무 소용 없는 일이었다. 대모들은 비밀을 누설하느니 차라리 스스로 목숨을 끊을 사람들이니까.

문제가 문제를 복잡하게 만들었다. 그러나 먼저 자매들 사이의 나눔이 필요했다. 도르투즐라가 최고 대모의 의도를 반드시 정확하게 해석해야 했다. 오드레이드는 개인적인 문제로 화제를 돌렸다.

대화는 잘 진행되었다. 도르투즐라는 재미있어하는 기색이 역력했지만, 기꺼이 대화를 나눴다.

외로운 곳에서 임무를 맡은 대모들은 자매들이 '다른 관심사'라고 부르는 것을 갖게 되는 경향이 있었다. 옛날 같으면 그것이 취미라고 불렸겠지만, 그런 관심사에 대모들이 극단적으로 몰두하는 경우가 잦았다. 오드레이드는 대부분의 '관심사'가 지루하지만 도르투즐라가 자신의 관심사를 취미라고 부른다는 점이 의미심장하다고 생각했다. '오래된 동전을 모은다고 했지?'

"어떤 종류입니까?"

"저는 그리스 초기의 은화 두 개와 완벽하게 남아 있는 황금 오볼(옛 그리스의 화폐─옮긴이) 하나를 갖고 있습니다."

"진품인가요?"

"진짜입니다." 동전의 진위를 확인하기 위해 '다른 기억'의 자가 검색을 실시했다는 뜻이었다. 정말 흥미로운 일이었다. 그녀는 심지어 취미 생활을 할 때조차 자신을 더욱 강화시키는 방식으로 능력을 훈련하고 있었다. 내면의 역사와 외적인 움직임이 서로 일치했다.

"정말 흥미롭습니다, 최고 대모님." 도르투즐라가 말했다. "우리가 지금도 자매라고 확인해 주신 것에 감사드립니다. 그리고 고대의 그림에 대한 최고 대모님의 관심이 제 것과 비슷한 취미라고 생각합니다. 하지만 제가 왜 위험을 무릅쓰고 이곳에 왔는지 우리 둘 다 알고 있습니다."

"밀수꾼들 때문이죠."

"물론입니다. 명예의 어머니들이 부젤에 있는 제 존재를 간과했을 리가 없습니다. 밀수꾼들은 많은 금액을 부르는 사람에게 자기들이 가진 것을 팔 겁니다. 그들이 부젤에 대해, 수스톤에 대해, 그리고 수행원들을 거느리고 그곳에 상주하는 대모에 대해 자신들이 알고 있는 귀중한 지식으로 이득을 얻었을 거라고 생각해야 합니다. 그리고 조련사들이 저를 찾아냈다는 사실도 잊어서는 안 됩니다."

'젠장! 도르투즐라는 내가 자문으로 가까이 두고 싶은 사람이다. 비열한 자들의 의도 때문에 이렇게 묻혀 있는 보석들이 얼마나 더 많을까? 왜 우리는 재능 있는 자들을 그리도 자주 따돌려버린단 말인가? 이건 교단이 아직 떨쳐버리지 못한 오랜 약점이야.' 오드레이드는 생각했다.

"우리가 명예의 어머니들에 대해 귀한 정보를 얻은 것 같습니다." 도르투즐라가 말했다.

고개를 끄덕여 동의를 표시할 필요는 없었다. 도르투즐라가 참사회를 찾아온 이유 중의 핵심이 바로 이것이었다. 마구 노략질을 해대는 저 사냥꾼들은 구제국으로 떼 지어 몰려 들어와서 어디든 베네 게세리트의 조직이 있을 거라고 짐작되는 곳에서 사람들을 죽이고 불을 질렀다. 그러나 부젤에는 손을 대지 않았다. 그곳의 위치를 틀림없이 알 텐데도.

"왜지?" 오드레이드는 생각을 입 밖에 내어 물었다.

"사람이란 결코 자신의 둥지를 망가뜨리지 않는 법입니다." 도르투즐라가 말했다.

"그들이 이미 부젤에 와 있다고 생각합니까?"

"아직은 아닙니다."

"하지만 그들이 부젤을 원한다고 믿는군요."

"가장 가능성이 높은 계산 결과입니다."

오드레이드는 그녀를 빤히 바라보기만 했다. 그러니까 도르투즐라에게 또 다른 '취미'가 있다는 얘기였다! 그녀는 '다른 기억' 속으로 파고들어 가서 그곳에 저장된 재능들을 되살려 완벽하게 터득했다. 누가 그녀를 탓할 수 있을까? 부젤에서는 틀림없이 시간이 한없이 느리게 흐를 터였다.

"멘타트의 계산이군요." 오드레이드가 비난하듯 말했다.

"예, 최고 대모님." 아주 온순한 목소리였다. 대모들이 이런 식으로 '다른 기억'을 파고들려면 반드시 참사회의 허락이 있어야 했고, 허락을 받은 후에도 동료 자매들의 인도와 지원을 받아야 했다. 그러니까 도르투즐라는 지금도 반란자인 셈이었다. 그녀는 금지된 연인과의 관계에서 그랬던 것처럼 자신의 욕망을 따랐다. 좋아! 베네 게세리트에는 이런 반란자들이 필요했다.

"그들은 전혀 망가지지 않은 부젤을 원합니다." 도르투즐라가 말했다.

"물의 세계라서?"

"그곳은 양서류인 하인들에게 알맞은 집이 되어줄 겁니다. 퓨타르나

조련사는 아닙니다. 제가 그들을 면밀하게 연구해 보았습니다."

지금까지 드러난 증거들은 명예의 어머니들이 노예로 만든 하인들, 아마도 양서류로 짐작되는 그 하인들을 데려와서 수스톤을 거둬 갈 계획임을 시사했다. 명예의 어머니들에게 양서류 노예가 있다는 것이 이상한 일은 아니었다. 퓨타르를 만드는 데 사용된 지식이라면 지능을 가진 여러 형태의 생물들을 만들어낼 수도 있을 터였다.

"노예라, 위험한 불균형이군." 오드레이드가 말했다.

도르투즐라가 처음으로 강한 감정을 드러냈다. 깊은 혐오감 때문에 그녀의 입술이 한일자로 굳게 다물어졌다.

그것은 교단이 이미 오래전에 알아차린 패턴이었다. 노예 제도가 결국 실패를 피할 수 없다는 것. 노예 제도는 증오가 저수지처럼 한데 모이는 현상을 초래했다. 노예는 달랠 수 없는 적이었다. 이 적들을 모두 쓸어버릴 수 없다면, 감히 시도하지 말아야 했다. 억압이 적들을 강하게 만들어 줄 것이라는 확실한 인식을 갖고 행동을 조절해야 했다. 억압받은 자들은 언젠가 반드시 햇빛을 보게 될 것이며, 그날이 되면 억압자들은 하늘의 도움을 바라는 수밖에 없었다. 그것은 양날의 칼이었다. 억압받는 자들은 항상 억압자들의 행태를 배워 흉내 내곤 했다. 형세가 역전되면 복수와 폭력이 다시 한번 세상을 휩쓸고 지나갈 무대가 마련되었다. 서로의 역할이 바뀌었을 뿐. 그런 식으로 지겹도록 역할의 역전이 되풀이되는 것이다.

"사람들은 결코 철이 들지 못하는 건가?" 오드레이드가 물었다.

도르투즐라에게는 대답할 말이 없었지만, 즉시 제안할 것은 하나 있었다. "저는 부젤로 돌아가야 합니다."

오드레이드는 생각을 해보았다. 이 추방당한 대모는 또다시 최고 대모보다 앞에 있었다. 도르투즐라가 부젤로 돌아가야 한다는 결정이 내키지는 않았지만, 그것이 최선의 방책임을 두 사람 모두 알고 있었다. 퓨타르와 조련사가 그곳으로 다시 올 것이다. 그보다 더 중요한 것은 명예의 어머니들이 탐을 내는 행성인 만큼 대이동에서 돌아온 그 방문객들이 누군가에게 목격되었을 가능성이 크다는 점이었다. 명예의 어머니들이 반드시 뭔가 움직임을 보일 것이고, 그 움직임을 통해 그들에 대한 많은 정보가 드러날 수도 있었다.

"물론 그들은 부젤이 함정의 미끼라고 생각하겠지요." 오드레이드가 말했다.

"제가 자매들에 의해 추방당했다는 사실이 알려지게 만들 수도 있습니다. 저들은 그 정보를 확인할 수 있을 겁니다." 도르투즐라가 말했다.

"당신 자신을 미끼로 이용한다고요?"

"최고 대모님, 그들을 협상의 자리로 꾀어들일 수 있다면 어찌하시겠습니까?"

"우리와 협상을 한다고요?"

'얼마나 깜짝 놀랄 만한 생각인가!'

"그들이 지금까지 합리적인 협상이라는 걸 하지 않았다는 건 알고 있습니다만……."

"정말 좋은 생각입니다! 하지만 그 미끼를 더 유혹적인 것으로 만들어봅시다. 내가 베네 게세리트의 항복이라는 제안을 갖고 그들을 만나러 가는 수밖에 없겠다는 결론을 내렸다고 하세요."

"최고 대모님!"

"난 항복할 생각이 없습니다. 하지만 그들을 대화의 자리로 이끌어내기에 이보다 더 좋은 방법이 어디 있겠습니까?"

"부젤은 회담의 장소로 좋은 곳이 아닙니다. 우리 시설이 형편없어요."

"그들은 '환승점'에 대거 몰려 있습니다. 만약 그들이 환승점을 회담 장소로 제의한다면, 그들의 설득에 넘어가 주겠습니까?"

"아주 신중하게 계획을 세워야 할 겁니다, 최고 대모님."

"아, '아주' 신중해야지요." 오드레이드의 손가락이 콘솔 위에서 흔들리듯 움직였다. "그래요, 오늘 밤." 그녀는 눈앞에 나타난 질문에 대답을 하고 나서 어질러져 있는 작업용 책상 너머의 도르투즐라를 향해 말했다. "돌아가기 전에 내 평의회와 그 밖의 다른 사람들을 만나주었으면 좋겠습니다. 우리가 당신에게 철저한 브리핑을 해주겠지만, 당신이 공개적인 임무를 맡게 될 거라고 내가 개인적으로 보장합니다. 중요한 건 환승점 회담에 그들을 끌어내는 겁니다……. 그리고 당신을 미끼로 사용하는 걸 내가 얼마나 싫어하는지 당신이 알아주었으면 좋겠습니다."

도르투즐라가 깊은 생각에 빠져 대답을 하지 않자 오드레이드가 말했다. "어쩌면 그들이 우리의 제의를 무시하고 당신을 없애버릴지도 모릅니다. 그래도 당신은 우리가 가진 최고의 미끼입니다."

도르투즐라는 자신에게 아직도 유머 감각이 남아 있음을 보여주었다. "저도 저 자신을 낚싯바늘에 대롱대롱 매다는 것이 싫습니다, 최고 대모님. 낚싯줄을 꽉 잡아주시기를 부탁드립니다." 그녀는 자리에서 일어나 오드레이드의 책상에 쌓인 일거리를 걱정스럽게 바라보며 말했다. "이렇게 할 일이 많은데, 저 때문에 점심시간을 한참 넘기신 것 같군요."

"이곳에서 식사를 함께 합시다, 자매님. 지금은 당신이 그 무엇보다 중요한 존재입니다."

모든 국가는 추상이다.

— 옥툰 폴리티쿠스 BG 기록 보관소

루실라는 이 원색적인 초록색 방과 자꾸만 나타나는 위대한 명예의 어머니에 지나치게 익숙해지면 안 된다고 스스로를 다잡았다. 이곳은 환승점, 베네 게세리트의 말살을 꾀하는 자들의 본거지였다. 이곳이 바로 적이었다. 이곳에서 보낸 날이 이제 17일째였다.

스파이스의 고통을 겪는 동안 째깍거리기 시작한, 오류를 모르는 정신적인 시계가 알려주는 바에 따르면 그녀는 이제 이 행성의 하루에 적응되어 있었다. 잠자리에서 일어나는 시간은 동틀 무렵이었다. 저들이 음식을 언제 가져다줄지는 알 수 없었다. 명예의 어머니들은 그녀의 식사를 하루에 한 끼로 제한했다.

그리고 우리에 갇힌 그 퓨타르가 항상 있었다. '너희 둘 다 우리에 갇혀 있다. 우리는 위험한 동물을 이렇게 다룬다. 때로 동물들이 기지개도 켜보고 우리를 즐겁게도 해줄 수 있도록 그 동물들을 밖으로 내보내기도 하지만 나중에는 다시 우리로 돌려보낸다'는 사실을 일깨워주기 위해서였다.

음식에는 최소량의 멜란지가 들어 있었다. 저들이 인색해서가 아니었다. 저들은 자기들의 돈을 아끼지 않았다. 멜란지를 조금밖에 주지 않는 것은 '네가 분별 있게 굴기만 하면 무엇을 누릴 수 있는지' 잠깐 보여주기 위해서였다.

'오늘은 그녀가 언제 올까?'

위대한 명예의 어머니가 오는 시간은 정해져 있지 않았다. 포로에게 혼란을 주려고 아무 때나 나타나는 건가? 그럴 가능성이 컸다. 지휘자가 시간을 쏟아야 하는 다른 일들이 있을 것이다. 위험한 애완동물을 찾아오는 시간은 정규 스케줄 중 아무 때나 적당히 집어넣으면 될 일이었다.

'내가 위험한 존재인지는 몰라도 네 애완동물은 아냐, 거미 부인.'

루실라는 탐색 장치들의 존재를 느꼈다. 그 물건들은 단순히 눈에만 자극이 되는 게 아니었다. 녀석들은 사람의 몸속을 들여다보면서 숨겨진 무기가 없는지, 장기들이 제대로 작동하는지 탐색했다. 이 여자의 몸에 이상한 물건들이 이식되어 있는 건 아닌지, 혹시 수술로 장기들을 몸에 추가하지는 않았는지 탐색하는 것이다.

'그런 건 하나도 없어, 거미 부인. 우리는 태어날 때부터 가지고 있던 것들에 의존한다고.'

루실라는 자신이 당면한 가장 커다란 위험이 무엇인지 알고 있었다. 자신이 이런 상황에서 스스로를 부족하게 느낄 것이라는 점. 그녀를 사로잡은 자들 때문에 그녀는 너무나 불리한 상황에 처해 있었지만 베네 게세리트의 능력을 파괴당하지는 않았다. 그녀는 몸속의 시어가 고갈되어 비밀을 드러내기 전에 스스로의 의지로 죽음을 선택할 수 있었다. 그녀는 아직 본연의 정신을 유지하고 있었다……. 그리고 람파다스의 수많은 사람들도.

퓨타르가 들어 있는 곳의 널조각이 열리더니 녀석이 우리에 갇힌 채 밖으로 미끄러져 나왔다. 거미 여왕이 이곳으로 오고 있다는 얘기였다. 그녀는 여느 때처럼 이곳으로 오기 전에 먼저 자신이 위협적인 존재임을 과시하고 있었다. '오늘은 빠른데요. 그 어느 때보다 빨라요.'

"안녕, 퓨타르." 루실라는 즐겁고 쾌활한 목소리로 말했다.

퓨타르는 그녀를 바라보았지만 아무 말도 하지 않았다.

"그 우리에 갇혀 있는 게 정말 싫겠어." 루실라가 말했다.

"우리 싫다."

그녀는 이 생물들이 어느 정도의 언어 능력을 갖고 있음을 이미 확인했지만, 그 능력이 정확하게 어느 정도인지는 아직 알 수 없었다.

"그 여자가 너도 굶기는 것 같던데. 날 먹고 싶어?"

"먹는다." 퓨타르가 분명하게 관심을 드러냈다.

"내가 네 조련사였으면 좋겠다."

"너 조련사?"

"그렇다면 내게 복종할 건가?"

바닥 밑에 숨겨져 있던 거미 여왕의 무거운 의자가 위로 올라왔다. 아직은 그녀의 모습이 보이지 않았지만 그녀가 지금의 대화를 듣고 있을 거라고 생각해야 했다.

퓨타르는 묘하게 강렬한 시선으로 루실라를 뚫어지게 바라보았다.

"조련사들도 너를 우리에 가두고 굶기나?"

"조련사?" 질문임을 분명하게 드러내는 억양이었다.

"네가 위대한 명예의 어머니를 죽여줘." 저들은 전혀 놀라지 않을 것이다.

"다마 죽인다!"

"그리고 그녀를 먹어."

"다마 독." 낙심한 목소리였다.

'아아, 이거 정말 흥미로운 정보로군요!'

"그녀는 독이 아냐. 그녀의 고기도 내 것과 똑같아."

퓨타르가 그녀를 향해 우리의 끝까지 다가왔다. 녀석의 왼손이 아랫입술을 아래로 잡아당기자 성난 붉은색의 흉터가 나타났다. 화상 자국 같았다.

"독 봐라." 녀석이 손을 떨어뜨리며 말했다.

'그 여자가 어떻게 저런 짓을 했을까요?' 그녀의 주위에서 독의 냄새는 나지 않았다. 인간의 육체 그리고 분노에 반응해서 눈을 오렌지색으로 변화시키는 아드레날린 기반의 약…… 무르벨라가 밝힌 다른 반응들. 절대적인 우월감.

퓨타르의 이해력이 어느 정도일까? "그거 쓴 독약이었나?"

퓨타르가 인상을 쓰며 침을 뱉었다.

'행동이 더 빠르군요. 말보다 더 강력하기도 하고.'

"너 다마를 미워해?"

녀석이 송곳니를 드러내 보였다.

"그 여자가 두려워?"

녀석은 미소를 지었다.

"그럼 왜 그 여자를 죽이지 않지?"

"너 조련사 아니다."

'조련사가 죽이라는 명령을 내려야 하는군요!'

위대한 명예의 어머니가 들어와 의자에 주저앉았다.

루실라는 유쾌하고 쾌활하게 목소리를 조정했다. "좋은 아침이야, 다마."

"날 그렇게 불러도 좋다고 허락한 적 없다." 나지막한 목소리였다. 그녀의 눈에 오렌지색 반점들이 나타나기 시작했다.

"퓨타르와 나는 대화를 하고 있었지."

"안다." 눈의 오렌지색 반점들이 더 많아졌다. "네가 녀석을 버릇없게 만들었다면……."

"하지만 다마……."

"날 그렇게 부르지 마!" 그녀는 의자에서 벌떡 일어서 있었다. 눈이 오렌지색으로 이글거렸다.

"앉아. 신문을 그런 식으로 하면 되나." 루실라가 말했다. 빈정거리는 말투. 그것은 위험한 무기였다. "당신이 어제 정치에 대한 얘기를 계속하고 싶다고 했어."

"시간을 어떻게 아는 거지?" 그녀가 다시 의자에 주저앉았다. 그러나 눈은 여전히 불타고 있었다.

"베네 게세리트들은 모두 이런 능력을 갖고 있어. 우린 어떤 행성에서든 그 행성의 리듬을 금방 느낄 수 있지."

"이상한 재능이군."

"누구나 그렇게 할 수 있어. 민감해지기만 하면 돼."

"나도 그걸 배울 수 있나?" 오렌지색이 엷어졌다.

"'누구나' 할 수 있다고 했어. 당신도 아직은 인간이겠지, 안 그래?"

'아직 완전한 대답을 찾아내지 못한 문제지요.'

"너희 마녀들은 왜 너희에게 통치 조직이 없다고 주장하는 거지?"

'화제를 바꾸고 싶어 하는군. 우리의 능력이 걱정스러운 겁니다.'

"난 그렇게 말하지 않았어. 우리에겐 '전통적인' 정부가 없다고 했지."

"사회적 규범도 없단 말인가?"

"모든 필요 조건을 충족시키는 사회적 규범이라는 건 없다. 어떤 사회에서 범죄가 되는 것이 다른 사회에서는 도덕적 요건이 될 수도 있지."

"사람들은 항상 정부를 갖는다." 오렌지색이 완전히 사라졌다.

'저 여자가 이 문제에 왜 이토록 관심을 보이는 걸까요?'

"사람들이 가지고 있는 건 정치야. 어제도 그렇게 얘기했지. 정치, 겉으로는 솔직하고 완전히 마음을 연 것처럼 보이면서 가능한 한 많은 것을 숨기는 기술."

"그러니까 너희 마녀들이 뭔가를 숨기고 있다는 얘기군."

"그렇게는 말하지 않았어. 우리가 '정치'를 입에 담는 것은 우리 자매들에게 주는 경고다."

"난 네 말을 믿지 않는다. 인간들은 항상 모종의 형태로……."

"협정을 만든다고?"

"그 말이나 다른 말이나 마찬가지야!"

'이런 얘기가 그녀의 화를 돋우는군요.'

루실라가 더 이상 대답을 하지 않자 위대한 명예의 어머니가 몸을 앞으로 기울였다. "넌 뭔가를 감추고 있다!"

"당신이 우리를 물리치는 데 도움이 될 수도 있는 것들을 당신에게 감추는 건 내 권리가 아닌가?"

'그래, 아주 흥미진진한 미끼를 던지는 겁니다!'

"그럴 줄 알았어!" 그녀는 만족한 표정으로 다시 몸을 뒤로 기댔다.

"하지만 밝히지 못할 것도 없지. 당신은 항상 권위의 틈새 같은 게 있어서 누군가 그곳을 메울 수 있다고 생각하면서도 그것이 내 교단과 관련해서 어떤 의미인지 깨닫지 못하고 있어."

"오, 그 의미를 제발 얘기해 주시지."

'비꼬는 어조에 고압적이군요.'

"당신은 이 모든 것이 부족의 시대와 그 이전까지 거슬러 올라가는 본능을 따른다고 믿고 있지. 족장과 장로들이 있던 시대. 신비의 어머니와 평의회가 있던 시대. 그리고 그 이전에는 '강한 남자(혹은 여자)'가 있어서 모두가 굶주리지 않고, 동굴 입구의 불이 모두를 보호하게 해주었지."

"그거 말이 되는군."

'정말 그럴까요?'

"아, 나도 같은 생각이야. 그런 형태의 진화 과정이 상당히 분명하게 알려져 있으니까."

"진화라니, 이 마녀! 여러 가지 것들이 차곡차곡 쌓였을 뿐이야."

'진화라. 저 여자가 핵심적인 단어에 덥석 달려드는 걸 봤습니까?'

"그 힘을 그 힘 스스로에게 돌리면 통제할 수 있어."

'통제! 저 여자가 얼마나 관심을 보이는지 보세요. 저 여자는 그 단어를 아주 좋아하고 있습니다.'

"그러니까 너희들도 다른 사람들과 똑같이 법을 만든다는 얘기군!"

"어쩌면 규칙이라고 해야겠지. 하지만 모든 것이 무상한 것 아닌가?"

위대한 명예의 어머니가 강렬한 관심을 드러냈다. "물론이지."

"하지만 당신들의 사회는 자신의 일에 상상력을 조금도 적용할 수 없다는 걸 아는 관료들의 손에 관리되고 있어."

"그게 중요한 건가?"

'정말로 어리둥절해하고 있어요. 인상을 찌푸린 걸 보세요.'

"오직 당신에게만 중요하지, 명예의 어머니."

"위대한 명예의 어머니다!"

'저 여자 정말 과민하군요!'

"다마라는 이름을 내게 허락하는 게 어떤가?"

"우린 친한 사이가 아니다."

"퓨타르는 당신과 친하고?"

"화제를 돌리는 짓은 그만둬!"

"이빨 깨끗 원한다." 퓨타르가 말했다.

"닥쳐!"

'정말로 불타오르고 있군요.'

퓨타르는 털썩 쪼그리고 앉았지만 겁을 집어먹지는 않았다.

위대한 명예의 어머니가 오렌지색 시선을 루실라에게 돌렸다. "관료들이 뭐 어쨌다는 거냐?"

"그들에게는 운신의 여지가 없어. 그래야 그들의 상관이 살을 찌울 수 있으니까. 규칙과 법 사이의 차이를 깨닫지 못한다면, 두 가지 모두 법과 같은 힘을 갖는다."

"내게는 차이점이 보이지 않는다."

'저 여자는 자기가 지금 어떤 사실을 누설하는지도 모르고 있군요.'

"법은 강요된 변화라는 허구를 사람들에게 전달한다. 이런저런 법 덕분에 새롭고 밝은 미래가 찾아올 거라는 거지. 법이 미래를 강제로 집행하는 거야. 규칙은 과거를 집행한다고 여겨진다."

"여겨진다고?"

'저 여자는 이 말도 좋아하지 않는군요.'

"매 순간마다 행동에는 실체가 없다. 예를 들어 어떤 문제를 연구하기 위해 위원회를 만드는 것처럼. 위원회의 위원 수가 많을수록 더 많은 선입견들이 그 문제에 적용된다."

'조심해야 합니다! 저 여자는 이 얘기를 정말로 진지하게 생각하면서 그걸 자기 자신에게 적용하고 있어요.'

루실라는 가장 이성적인 어조로 목소리를 조정했다. "당신들은 확대된 과거에 의존해 살아가면서 아직 정체를 알 수 없는 미래를 이해하려고 애쓰고 있어."

"우린 예지력을 믿지 않는다."

'아니, 믿고 있습니다! 이제야 얘기가 나오는군요. 저 여자가 우릴 살려두는 건 그 때문입니다.'

"다마, 제발. 자기 자신을 법이라는 비좁은 원 속에 가둬두면 항상 불균형이 생겨나."

'신중해야 합니다! 당신이 자기를 다마라고 부르는데도 저 여자가 이의를 제기하지 않았어요.'

위대한 명예의 어머니가 자세를 바꾸자 의자가 삐걱거렸다. "하지만 법은 반드시 필요해!"

"필요하다고? 그건 위험해."

"왜지?"

'부드럽게 말하세요. 저 여자는 위협을 느끼고 있습니다.'

"꼭 필요한 규칙과 법은 사람이 적응하는 것을 막아. 필연적으로 모든 것이 와르르 무너지게 돼 있지. 자기들이 미래를 돈으로 사들인다고 생각하는 은행가들과 같아. '내 시대에 권력을 누리자! 내 후손들 따위 알게 뭐야!'라는 식이지."

"후손들이 내게 무엇을 해주는데?"

'그걸 말하지 마세요. 저 여자를 봐요. 저 여자는 그 흔한 광기의 반응을 보이고 있습니다. 저 여자에게 다른 걸 조금 맛보여 주세요.'

"명예의 어머니들은 원래 테러리스트였지. 관료 제도가 먼저 생기고 테러를 무기로 선택한 거야."

"무기를 손에 쥐고 있다면 그걸 사용해야 한다. 하지만 우린 반란자들이었다. 테러리스트라고? 그들은 너무 혼돈스러워."

'저 여자는 '혼돈'이라는 말을 좋아하는군요. 외부의 모든 것을 정의하는 말로 그 단어를 사용하고 있습니다. 저 여자는 심지어 당신이 자기들의 기원을 어떻게 아느냐고 묻지도 않았어요. 저 여자는 우리의 신비스러운 능력을 받아들이고 있습니다.'

"이상하지 않은가, 다마……."

'아무 반응이 없군요. 계속하세요.'

"……반란자들이 승리를 거둔 후에는 너무나 빨리 과거의 패턴에 빠져버린다는 것? 그건 모든 정부들의 행로에 숨어 있는 함정이라기보다는 권력을 얻는 모든 사람들 앞에서 기다리고 있는 망상에 더 가까워."

"하! 너한테서 뭔가 새로운 얘기를 들을 줄 알았더니. 그건 우리도 아는 얘기다. '권력은 부패한다. 절대적인 권력은 절대적으로 부패한다.'"

"틀렸어, 다마. 그보다는 미묘하지만 훨씬 더 널리 퍼져 있는 얘기가 있지. 권력은 부패할 수 있는 자들을 끌어들인다는 것."

"감히 내가 부패했다고 비난하는 건가?"

'눈을 잘 보세요!'

"내가? 당신을 비난한다고? 그런 걸 할 수 있는 사람은 당신 자신밖에 없어. 난 당신에게 베네 게세리트의 의견을 말해 줄 뿐이다."

"그러면서 내게 아무것도 밝히지 않지!"

"하지만 우리는 모든 법을 초월하는 도덕이 있다고 믿어. 변하지 않는 규칙에 대한 모든 시도에 대해 반드시 감시견 역할을 해야 하는 도덕이."

'당신이 한 문장에서 두 단어를 모두 사용했는데도 저 여자는 눈치채지 못했습니다.'

"권력은 언제나 효과를 발휘한다, 마녀. 그것이 법이야."

"그리고 그 신념 밑에서 오랫동안 이어져온 정부는 항상 부패로 가득 차게 되지."

"도덕이야!"

'저 여자는 빈정거리는 실력이 별로군요. 특히 자신이 수세에 몰려 있을 때에는 더.'

"난 정말로 당신을 도우려 했어, 다마. 법은 모든 사람에게 다 위험해. 무고한 사람에게도, 죄지은 사람에게도. 스스로 힘이 있다고 생각하든, 무력하다고 생각하든 상관없지. 법은 그 자체로서 인간적인 이해력을 갖지 못해."

"인간적인 이해력이라는 건 없어!"

'우리 의문의 답을 얻었군요. 인간이 아닙니다. 저 여자의 무의식적인 측면을 겨냥해 말을 걸어보세요. 저 여자는 지금 활짝 열린 상태입니다.'

"법은 항상 사람들에 의해 해석되어야 해. 법에 묶인 자들은 연민을 드러낼 자유를 원하지 않는다. 자유롭게 움직일 여지가 없는 거야. '법은 법이다!'라는 거지."

"그래, 법은 법이야!"

'아주 수세에 몰려 있군요.'

"그건 위험한 생각이야. 특히 무고한 사람에게는. 사람들은 이걸 본능적으로 알고 있어서 그런 법에 분개하지. 그 '법'과 그 헛소리를 다루는 사람들을 무력하게 만들기 위해 대개는 무의식적으로 사소한 일들이 저질러진다."

"감히 법을 헛소리라고 하다니." 그녀는 의자에서 반쯤 일어섰다가 다시 주저앉았다.

"당연하지. 그리고 법은, 법에 생계가 걸려 있는 모든 사람들에 의해 하나의 상징이 된 법은 지금 내가 하는 것 같은 얘기를 들으면서 금방 성을 내게 된다."

"성을 내는 게 당연하지, 마녀!"

'하지만 저 여자가 당신더러 입 다물라는 말은 하지 않는군요.'

"'더 많은 법을 달라!'고 당신들은 말하지. '우리에게는 더 많은 법이 필요하다!'고 말이야. 그렇게 해서 당신들은 연민을 모르는 새로운 도구들을 만들고, 그 체제에 기대어 생계를 해결하는 자들에게 일거리를 줄 수 있는 새로운 틈새들도 부수적으로 만들어내는 거야."

"원래 세상은 항상 그랬고, 앞으로도 항상 그럴 거야."

"그것도 틀린 소리야. 그건 론도(주멜로디가 여러 번 반복되는 음악 ― 옮긴이)와 같다. 계속 구르고 구르다가 결국 엉뚱한 사람이나 엉뚱한 집단에 상처를 입히게 되지. 그다음에는 무정부 상태가 되는 거야. 혼돈이지."

'저 여자가 흠칫하는 게 보입니까?'

"반란자, 테러리스트, 폭발하듯 맹렬하게 터져 나오는 폭력의 증가. 지하드! 그 모든 것이 당신들이 비인간적인 것을 만들어냈기 때문이야."

'손에 턱을 고이고 있군요. 조심하세요!'

"어쩌다가 정치 얘기에서 여기까지 온 거지, 마녀? 당신의 의도가 이거였나?"

"우린 그 주제에서 눈꼽만큼도 멀어지지 않았어!"

"이제 당신들 마녀들이 일종의 민주주의를 실행하고 있다고 얘기할 차례겠군."

"당신이 상상도 하지 못할 기민함으로 그렇게 하고 있지."

"내가 상상할 수 있는지 시험해 봐."

'저 여자는 당신이 비밀을 말해 줄 거라고 생각하고 있습니다. 비밀을 하나 말해 주세요.'

"민주주의는 유권자들 앞에 희생양을 내세움으로써 샛길로 빠져버릴 위험이 커. 부자들, 탐욕스러운 자들, 범죄자, 어리석은 지도자를 희생양으로 잡아다 놓는 거지. 그런 식으로 싫증이 나도록 계속되는 거다."

"당신들도 우리와 같은 생각을 하고 있군."

'세상에! 우리가 자기와 같아지기를 정말 절박하게 원하고 있군요.'

"당신은 당신들이 반란을 일으킨 관료라고 말했다. 당신은 결점이 무엇인지 알고 있어. 꼭대기가 무겁고, 유권자들이 손을 댈 수 없는 관료주의는 항상 체제의 에너지가 한계에 이를 때까지 팽창하지. 나이 든 사람과 은퇴한 사람에게서, 아니 누구에게서든 닥치는 대로 에너지를 훔쳐오는 거야. 특히 우리가 한때 중산층이라고 불렀던 사람들에게서 에너지를 훔치지. 원래 대부분의 에너지가 바로 중산층에게서 생겨나니까."

"너희들은 스스로를…… 중산층이라고 생각하나?"

"우린 우리 자신에 대해 고정된 생각을 갖고 있지 않아. 하지만 '다른 기억'이 관료주의의 결함을 우리에게 알려주고 있지. 당신들한테도 '하층 계급'을 위한 모종의 공무원이 있을 것 같은데."

"우린 우리 사람들을 보살핀다."

'이거, 고약하게 우리 흉내를 내는군요.'

"그럼 그게 투표를 어떻게 희석시키는지 알겠군. 가장 큰 증상은 사람들이 투표를 하지 않는다는 것이지. 투표를 해봤자 소용없다는 걸 본능이 그들에게 알려주거든."

"민주주의는 어쨌든 멍청한 짓이야!"

"우리도 같은 생각이다. 선동가들에게 넘어가기가 쉽지. 선거제도는 그런 질병에 취약해. 하지만 선동가들을 알아내기는 쉽다. 그들은 몸짓을 많이 사용하고, 설교자와 같은 리듬으로 말을 하며, 종교적 열정과 신을 두려워하는 진지함이 느껴지는 단어들을 사용해."

'저 여자가 싱글거리고 있어요!'

"알맹이가 전혀 없는 진지함을 표현하려면 연습이 아주 많이 필요해, 다마. 그 연습의 흔적을 항상 감지해 낼 수 있지."

"진실을 말하는 자들이?"

'저 여자가 몸을 앞으로 기울이는 게 보입니까? 우리가 다시 저 여자를 붙들었어요.'

"그들의 표식이 반복이라는 것을 배운 사람이라면 누구나. 그들이 말을 반복하는 건 자기들의 말에 사람들의 관심을 붙들어두기 위한 시도야. 말에 주의를 기울여서는 안 돼. 그 사람의 행동을 관찰해야지. 그렇게 해서 그들의 저의를 알아내는 거다."

"그럼 너희가 민주주의를 실행하는 게 아니로군."

'나한테 베네 게세리트의 비밀을 더 얘기해라.'

"아니, 우린 실행하고 있어."

"네 말로는……."

"우린 민주주의를 잘 수호하고 있다. 내가 방금 설명한 일들을 감시하면서. 위험은 크지만 보상 또한 크거든."

"네가 지금 하는 얘기가 무슨 뜻인지 알고 있나? 너희들이 바보 패거리라는 뜻이야!"

"좋은 여자!" 퓨타르가 말했다.

"닥쳐. 그렇지 않으면 널 너희 패거리에게 돌려보내겠다!"

"넌 안 좋다, 다마."

"네가 무슨 짓을 저질렀는지 이제 알겠나, 마녀? 네가 저 녀석을 망쳐 버렸다!"

"항상 다른 녀석들이 있는 줄 아는데."

'오오. 저 미소를 보세요.'

루실라는 위대한 명예의 어머니의 호흡에 맞춰 자신의 호흡을 조절하며, 그녀와 정확히 똑같은 미소를 지었다. '우리가 얼마나 똑같은지 알겠나? 물론 난 너를 상처 입히려 했지. 너도 내 입장이었다면 똑같은 짓을 하지 않았겠어?'

"그러니까 너희는 민주주의를 이용해서 무엇이든 원하는 대로 할 수 있다는 얘기로군." 자못 흡족해하는 표정이었다.

"상당히 섬세하지만 쉬운 기법이다. 대부분의 사람들이 막연한 불만이나 깊은 불만을 느끼는 체제를 만드는 거야."

'저 여자가 바로 이런 시각으로 그 문제를 이해하고 있습니다. 당신이 말을 하는 박자에 맞춰 저 여자가 고개를 끄덕이는 걸 보세요.'

루실라는 위대한 어머니가 고개를 끄덕이는 리듬에 자신을 맞췄다. "그 때문에 앙심과 분노의 감정이 널리 축적된다. 그다음에는 필요한 때에 그 분노의 표적이 될 만한 것을 제공해 주는 거야."

"교란 전술이로군."

"난 주의를 흐트러뜨리는 방법이라고 생각하고 싶은데. 사람들에게 의문을 제기할 시간을 주면 안 돼. 더 많은 법률 속에 당신의 실수를 묻어버리는 거다. 환상을 거래하는 거야. 투우장 전술이지."

"아, 그래! 그거 좋군!"

'저 여자는 거의 환희를 느끼고 있습니다. 투우장 전술을 좀더 얘기해 주세요.'

"예쁜 망토를 흔들어. 사람들은 그 망토를 향해 돌진했다가 그 뒤에 투우사가 없다는 걸 알고 혼란에 빠지지. 그 때문에 황소가 둔해지는 것처럼 유권자들도 둔해진다. 다음번에는 투표권을 영리하게 사용하는 사람이 더 적어질 거야."

"우리가 그런 전술을 쓰는 게 바로 그 때문이지!"

'우리라고 했습니다! 저 여잔 지금 자기가 무슨 말을 하는지 알까요?'

"그다음에는 정치에 냉담해진 유권자들을 꾸짖는 거야. 그들이 죄책감을 느끼게 만들어. 그들이 계속 둔한 상태로 있게 해. 그들에게 먹이를 주고 오락을 제공한다. 너무 지나쳐서는 안 돼!"

"그렇고 말고! 너무 지나치면 안 되지."

"그들에게 순응하지 않으면 굶주림이 기다린다는 것을 알려줘. 평지풍파를 일으키는 자들에게 지루한 일이 강요된다는 걸 보여줘."

'고맙습니다, 최고 대모님. 이건 적절한 이미지였어요.'

"황소가 가끔씩이라도 투우사를 잡아버리게 내버려두지는 않나?"

"물론 그래야지. 세게 후려갈겨! 저놈을 잡아! 그다음에는 웃음소리가 잦아들기를 기다린다."

"그래, 너희들은 민주주의를 허락한 게 아니었어!"

"왜 내 말을 믿지 않으려는 거지?"

'이건 무모한 짓입니다!'

"민주주의를 허락한다면 자유로운 투표, 배심원, 판사들을 허용해야 하고 그리고……."

"우린 그들을 감독관이라 부른다. '전체의 배심원' 같은 존재야."

'이제 저 여자가 혼란에 빠졌군요.'

"그런데 법이 없다……. 아니 규칙, 아니 너희들이 부르는 이름이 무엇이든, 하여튼 그것이 없단 말인가?"

"우리가 그것들을 따로 정의한다고 내가 말하지 않았나? 규칙은 과거. 법은 미래다."

"너희들은 이…… 이 감독관들에게 제한을 가하는 거로군, 어떤 식으로든 말이야!"

"그들은 어떤 결정이든 마음대로 내릴 수 있다. 배심원들이 활동하는 방식과 똑같아. 법률 따위 알게 뭐야!"

"그건 아주 거슬리는 생각이군."

'저 여자는 지금 불안해하고 있습니다. 저 여자의 눈이 얼마나 멍한지 보세요.'

"우리 민주주의의 제1규칙은 그 어떤 법도 배심원들을 규제하지 않는다는 것이다. 그런 법률은 어리석은 짓이야. 이기적인 소규모 집단에서 활동할 때 인간이 얼마나 어리석어질 수 있는지 놀라울 뿐이다."

"지금 나보고 어리석다고 하는 건가, 그렇지!"

'오렌지색을 조심하세요.'

"이기적인 집단들이 깨인 행동을 하는 건 거의 불가능하다는 게 자연의 법칙인 것 같아."

"깨인 행동! 그럴 줄 알았어!"

'위험한 미소를 짓는군요. 조심해요.'

"그건 생명의 힘과 함께 흐르면서 생명이 계속될 수 있도록 행동을 조절한다는 뜻이다."

"물론, 최대 다수가 최대의 행복을 누리게 된다고 하겠지."

'서둘러요! 우리가 너무 영리하게 굴었습니다! 화제를 바꿔요!'

"그건 폭군이 황금의 길에서 제외시킨 요소 중의 하나였지. 그는 행복을 고려하지 않았다. 인류의 생존만을 생각했을 뿐이야."

'화제를 바꾸라고 했습니다! 저 여자를 보세요! 분노하고 있습니다!'

위대한 명예의 어머니가 턱에서 손을 떨어뜨렸다. "난 너를 우리 교단에 초청해 우리의 일원으로 받아들일 생각이었다. 널 풀어줄 생각이었어."

'저 여자의 생각을 다른 데로 돌리세요! 서둘러요!'

"아무 말도 하지 마라. 입도 뻥긋하지 마." 위대한 명예의 어머니가 말했다.

'아, 당신이 일을 저질렀군요!'

"넌 로그노나 아니면 다른 사람을 도와줄 테고, 그러면 그 사람이 내 자리에 앉게 되겠지!" 그녀는 웅크리고 있는 퓨타르를 흘깃 바라보며 말을 이었다. "먹겠느냐, 귀여운 것?"

"좋은 여자 안 먹는다."

"그럼 내가 저 여자의 시체를 너희 패거리에게 던져주겠다!"

"위대한 명예의 어머니……."

"말하지 말라고 했어! 넌 감히 나를 다마라고 불렀다."

그녀는 눈 깜짝할 사이에 의자에서 벗어나 있었다. 루실라의 우리 문이 콰당 하고 열리면서 벽에 쿵 부딪혔다. 루실라는 피하려고 했지만 시거와이어 때문에 움직일 수 없었다. 그녀는 자신의 관자놀이를 부숴버린 발길질을 눈으로 보지 못했다.

루실라가 죽을 때, 그녀의 의식 속에는 분노의 비명이 가득했다. 람파다스의 사람들이 수많은 세대 동안 가둬두었던 감정들을 분출하고 있었다.

결코 삶에 참여하지 않는 사람들이 있다. 삶은 그들에게 우연히 일어나는 일이다. 그들은 거의 우둔한 끈기라고 할 수 있는 것을 가지고 그럭저럭 살아나가며 분노로 가득 찬 안전의 환상으로부터 그들을 들어 올릴 수 있는 모든 것에 분노와 폭력으로 저항한다.

—알마 마비스 타라자

왔다 갔다, 왔다 갔다, 하루 종일 왔다 갔다. 오드레이드는 기계눈 기록들 사이를 차례로 오가며 망설임과 불안을 안고 뭔가를 찾아 헤매고 있었다. 먼저 사이테일을 한 번 살펴보고, 그다음에는 던컨, 무르벨라와 함께 밖에 나가 있는 어린 테그를 살펴보고, 그다음에는 오랫동안 창밖을 바라보며 람파다스에서 온 부르즈말리의 마지막 보고서를 생각했다.

저들이 언제쯤 바샤르의 기억을 복원하려는 시도를 할 수 있을까? 기억을 회복한 골라가 복종할까?

'랍비에게서는 왜 더 이상 소식이 없는 거지? 최후의 프로제시바, 가능한 한 멀리 있는 자매들 사이의 나눔을 시작해야 하는 걸까?' 이것이 사기에 미치는 영향은 파괴적일 것이다.

그녀의 책상 위에는 기록들이 투사되어 있었고, 보좌관들과 자문들이 계속 드나들었다. 그렇게 방해를 받는 건 어쩔 수 없는 일이었다. 여기 서명해 주세요. 이걸 승인해 주세요. 이 집단에게 가는 멜란지의 양을 줄일까요?

벨론다가 여기, 책상에 앉아 있었다. 그녀는 오드레이드에게 찾는 게 무엇이냐는 질문을 더 이상 던지지 않고, 예의 그 흔들림 없는 시선으로 그녀를 지켜볼 뿐이었다. 무정한 모습이었다.

두 사람은 대이동에 딸려 보낸 새로운 모래벌레들이 폭군의 해로운 영향력을 회복시킬 것인지를 놓고 언쟁을 벌였다. 벌레라는 망령 속에 들어 있는 그 '끝없는 꿈'은 지금도 벨에게 걱정거리였다. 그러나 벌레들의 숫자만 봐도 폭군이 그들의 운명을 쥐고 있던 시절이 끝났음을 알 수 있었다.

타말란은 벨론다에게서 뭔가 기록을 찾을 게 있다며 아까 다녀갔다. 기록 보관소가 새로 쌓아 놓은 자료를 보다가 나온 벨론다는 교단의 인구 변화, 자원의 고갈에 대해 통렬한 독설을 퍼붓기 시작했다.

오드레이드는 이제 땅거미가 풍경을 가로질러 움직이고 있는 창밖을 내다보았다. 거의 알아차릴 수 없을 만큼 조금씩 날이 어두워졌다. 완전한 어둠이 내림에 따라 그녀는 저 멀리 농원의 주택들에서 나오는 불빛을 인식했다. 그 불빛들이 한참 전에 켜진 것을 알면서도, 밤이 그 불빛들을 만들어낸 것 같은 기분이 들었다. 사람들이 집 안에서 이리저리 움직이고 있었기 때문에 가끔 불빛 몇 개가 가려지곤 했다. '사람이 없으면 빛도 없지. 에너지를 낭비하면 안 돼.'

깜박거리는 불빛들이 잠시 그녀의 시선을 사로잡았다. 숲속에서 쓰러지는 나무에 대한 오래된 질문이 그녀의 머릿속에서 변형되었다. 듣는 사람이 아무도 없다면 소리가 존재하는 것인가? 오드레이드는 감지기가 음파의 진동을 기록하든 말든 진동은 존재한다는 사람들 편에 표를 던졌다.

'비밀 감지기들이 우리의 대이동을 따라가고 있을까? 첫 번째로 대이동을 떠난 사람들이 어떤 새로운 재능과 발명품들을 사용할까?'

벨론다는 더 이상 침묵을 허용할 수 없다는 판단을 내렸다. "다르, 당신이 참사회 전체에 불안한 신호를 보내고 있습니다."

오드레이드는 아무 말 없이 이 말을 받아들였다.

"당신이 뭘 꾸미고 있는 건지는 몰라도, 지금 당신의 행동은 우유부단으로 해석되고 있어요."

'벨의 목소리가 저리 슬프게 들리다니.'

"중요 집단들이 당신을 물러나게 해야 할지 논의하고 있습니다. 감독관들이 투표를 하고 있어요."

"감독관들뿐인가요?"

"다르, 며칠 전에 프라스카에게 손을 흔들면서 살아 있는 게 좋은 일이라고 말했다는 게 사실입니까?"

"그래요."

"도대체 무슨 짓을 하고 있는 겁니까?"

"재평가를 하고 있습니다. 도르투즐라에게선 아직 소식이 없습니까?"

"오늘 그 질문을 적어도 열두 번은 물어봤을 겁니다!" 벨론다가 책상을 가리키며 말을 이었다. "당신은 람파다스에서 온 부르즈말리의 마지막 보고서로 계속 되돌아가고 있습니다. 뭔가 우리가 간과한 게 있는 겁니까?"

"우리 적들이 왜 가무를 단단히 틀어쥐고 있는 걸까요? 말해 보세요,

멘타트."

"자료가 충분하지 않습니다. 당신도 알고 있잖아요!"

"부르즈말리는 멘타트가 아니었지만 상황에 대한 그의 묘사에는 끈덕진 힘이 있습니다, 벨. 결국 그는 바샤르가 가장 총애하던 제자였으니까요. 부르즈말리가 스승과 같은 특징을 보여주는 것도 이해할 만한 일이죠."

"그냥 말해 버리세요, 다르. 부르즈말리의 보고서에서 뭘 본 겁니까?"

"그는 텅 빈 그림을 채우고 있습니다. 완전히 채운 건 아니지만…… 그가 계속 가무를 언급하는 걸 보면 뭔가가 생각날 것 같아요. 많은 경제 세력들이 그곳과 강력한 관계를 맺고 있습니다. 그 가닥들을 우리 적이 끊어버리지 않은 이유가 뭘까요?"

"그들도 같은 체제 안에 있는 거겠죠."

"만약 우리가 가무에 전면 공격을 가한다면?"

"폭력이 난무하는 상황에서 사업을 하고 싶어 하는 사람은 하나도 없습니다. 당신 얘기가 그런 뜻입니까?"

"일부는 그래요."

"그 경제 체제와 관계를 맺고 있는 대부분의 사람들은 아마도 떠나고 싶어 할 겁니다. 또 다른 행성, 또 다른 비굴한 사람들에게로 움직이는 거지요."

"왜죠?"

"그러면 더 신뢰성 있는 예측을 할 수 있으니까요. 그들은 물론 방어를 강화할 겁니다."

"우리가 그곳에서 감지하고 있는 이 동맹 말인데요, 벨, 그들은 우리를 찾아내서 말살시키려는 노력을 배가할 겁니다."

"그건 분명하죠."

벨론다의 짧은 대답이 오드레이드로 하여금 생각을 밖으로 돌리게 만들었다. 그녀는 눈을 머리에 이고 별빛을 받아 빛나고 있는 먼 산을 향해 시선을 들었다. 공격자들이 저 방향에서 올까?

그녀보다 지성이 떨어지는 사람이라면 이런 생각이 불쑥 들었을 때 아마 멍해졌을 것이다. 그러나 오드레이드는 '공포에 맞서는 기도문'이 없어도 맑은 정신을 유지할 수 있었다. 그녀에게는 더 간단한 방식이 있었다.

'두려움에 맞서야 해. 그렇지 않으면 두려움이 등 위로 기어오른다.'

그녀의 태도는 직선적이었다. 우주에서 가장 무서운 것은 인간의 머릿속에서 나왔다. 악몽(베네 게세리트의 절멸을 의미하는 백마)은 상상 속에서도 현실 속에서도 형체를 지니고 있었다. 도끼를 든 사냥꾼은 정신도 몸도 후려칠 수 있었다. 그러나 머릿속의 공포에서 도망칠 길은 없었다.

'그렇다면 공포에 맞서야 해!'

이 어둠 속에서 그녀가 맞서고 있는 것은 무엇인가? 도끼를 든 그 얼굴 없는 사냥꾼도, 미지의 구렁 속으로 추락하는 것도(그녀가 조금 가지고 있는 재능으로 이 두 가지를 모두 볼 수 있었다) 아니었다. 분명한 실체를 가진 명예의 어머니들과 누구인지는 몰라도 그들을 지원해 주는 사람들이었다.

'그리고 나는 나의 작은 예지력이나마 우리를 인도하는 데 감히 이용할 수 없다. 내가 우리의 미래를 불변의 것으로 고정해 버릴 수 있으니까. 무앗딥과 그의 아들 폭군이 그렇게 했고, 폭군은 우리를 그것에서 구해 내기 위해 3500년이라는 세월을 보냈어.'

중간쯤 떨어진 거리에서 움직이는 불빛들이 그녀의 시선을 끌었다. 늦게까지 일하는 정원사들이 지금도 과수원에서 가지치기를 하고 있었다. 마치 저 고색창연한 나무들이 영원히 살 거라고 생각하는 것처럼. 과수원에서 잘라낸 가지들을 태우는 곳에서 날아온 연한 연기 냄새가 통풍기를 통해 그녀에게 닿았다. 그런 세세한 일에 주의를 게을리하지 않는 사람들이 베네 게세리트의 정원사들이었다. 그들은 죽은 나무를 그냥 내버려두는 법이 없었다. 그냥 내버려뒀다가는 기생충들이 꼬일 것이고, 그다음에는 기생충들이 살아 있는 나무에까지 파고들 수도 있으니까. 깨끗하고 깔끔하게. 미리 계획을 세워서 자신이 사는 곳을 관리한다. 지금 이 순간도 영원의 일부이다.

'죽은 나무를 절대 그냥 내버려두지 않는다고?'

가무가 죽은 나무인가?

"과수원에 뭐가 있기에 그렇게 홀린 듯이 바라보는 겁니까?" 벨론다가 물었다.

오드레이드는 고개를 돌리지 않은 채 말했다. "과수원이 나를 회복시켜 줍니다."

겨우 이틀 전 밤에 그녀는 그곳으로 산책을 나갔었다. 날씨는 춥고 상쾌했으며, 지면과 가까운 곳에 안개가 살짝 끼어 있었다. 그녀의 발이 나뭇잎을 움직였다. 드문드문 오는 비가 흘러 들어간 따뜻한 저지대에서 희미한 퇴비 냄새가 났다. 다소 매혹적이고 축축한 냄새였다. 그런 곳에서도 생명은 평소처럼 끓어오르고 있었다. 그녀의 머리 위에 있는 앙상한 가지들이 별빛을 배경으로 황량하게 두드러져 보였다. 봄이나 수확기의 모습과 비교하면 사실 우울한 광경이었다. 그러나 그것은 자체적인 흐름 속에서 아름다웠다. 부름을 받아 깨어날 때를 다시 기다리는 생명.

"감독관들에 대해 걱정하지 않는 겁니까?" 벨론다가 물었다.

"그들의 투표 결과가 어떨까요, 벨?"

"아주 박빙입니다."

"다른 사람들도 그들의 뒤를 따를까요?"

"당신이 내리는 결정에 대해 걱정하는 사람들이 있습니다. 결과에 대해서 걱정하는 거죠."

벨은 이 방면에 아주 뛰어났다. 몇 마디 말 속에 엄청난 자료를 집어넣는 것. 베네 게세리트가 내리는 대부분의 결정은 삼중의 미로를 통해 움직였다. 유효성, 결과 그리고 누가 명령을 실행할 것인가(이것이 가장 중요했다)? 그들은 세세한 점에 정밀하게 주의를 기울이면서 결정을 실행할 사람을 대단히 신중하게 선택했다. 이것이 유효성에 묵직한 영향을 미치고, 유효성이 결과를 지배했다. 훌륭한 최고 대모라면 이 결정의 미로를 겨우 몇 초만에 뚫고 나아갈 수 있었다. 그다음에는 '중앙'이 활기를 띠었다. 사람들의 눈이 반짝이고, '그녀가 주저 없이 움직였다'는 말이 사람들 사이로 전달되었다. 그것이 복사들과 다른 학생들 사이에 자신감을 만들어냈다. 대모들(특히 감독관들)은 결과를 평가할 때를 기다렸다.

오드레이드가 벨론다와 창에 비친 자신의 모습을 향해 말했다. "아무리 최고 대모라도 천천히 시간을 들여야 합니다."

"하지만 무엇 때문에 그렇게 혼란스러워하는 겁니까?"

"속도를 내라고 재촉하는 겁니까, 벨?"

벨론다는 마치 오드레이드에게 밀린 것처럼 의자개에 앉은 채 뒤로 물러났다.

"이런 시기에 인내심을 발휘하기란 지극히 어렵습니다. 하지만 딱 맞는 순간을 선택하는 것이 내 선택에 영향을 미칩니다." 오드레이드가 말했다.

"새로운 테그를 이용해서 뭘 할 생각입니까? 이 질문에는 반드시 답을 해줘야 합니다."

"만약 우리 적들이 가무에서 떠난다면 어디로 가겠습니까, 벨?"

"그곳에서 그들을 공격할 생각입니까?"

"그들을 조금 밀어주는 거지요."

벨론다가 부드럽게 말했다. "그런 불에 부채질을 하는 건 위험한 짓입니다."

"우리한테는 또 다른 흥정 카드가 필요합니다."

"명예의 어머니들은 흥정을 하지 않습니다!"

"하지만 그들과 동맹을 맺은 사람들은 흥정을 할 것 같은데요. 그들이 떠난다면…… 어디 보자, 환승점으로 갈까요?"

"환승점에 왜 그렇게 관심을 갖는 겁니까?"

"명예의 어머니들이 그곳을 본거지 삼아 대거 몰려 있습니다. 그리고 우리의 소중한 바샤르는 그 사랑스러운 멘타트 정신 속에 그 장소에 대한 기억 문건을 보관하고 있지요."

"아아아." 이것은 하나의 단어인 동시에 한숨이었다.

그때 타말란이 들어와 조용히 서서 두 사람의 관심을 요구했다. 마침내 오드레이드와 벨론다는 그녀를 바라보았다.

"감독관들이 최고 대모를 지지했습니다." 타말란이 짐승의 날카로운 발톱 같은 손가락을 하나 들어 올리며 말을 이었다. "한 표 차로!"

오드레이드는 한숨을 쉬었다. "말해 보세요, 탐. 내가 복도에서 인사했던 감독관, 프라스카는 어느 쪽에 표를 던졌습니까?"

"최고 대모님을 찬성하는 쪽입니다."

오드레이드는 굳은 미소를 띤 표정으로 벨론다를 겨냥했다. "첩자들과 공작원들을 파견하세요, 벨. 사냥꾼들을 자극해서 환승점에서 우리와 회담을 갖게 만들어야 합니다."

'아침까지 벨은 내 계획을 추리해 내겠지.'

벨론다와 타말란이 걱정스러운 목소리로 서로를 향해 뭐라고 중얼거리며 자리를 뜬 후 오드레이드는 짧은 복도로 나가 자신의 거처로 향했다. 복도에는 여느 때처럼 복사들과 대모 일꾼들이 순찰을 돌고 있었다. 몇몇 복사들이 그녀에게 미소를 지었다. 감독관들의 투표 결과를 그들도 들었다는 뜻이었다. 또 한 번의 위기가 지나간 것이다.

오드레이드는 거실을 지나 침실로 가서 옷을 그대로 입은 채 침상 위에 몸을 쭉 폈다. 발광구 하나가 창백한 노란색 빛으로 방을 물들이고 있었다. 그녀의 시선은 사막 지도를 지나 반 고흐의 그림으로 향했다. 보호용 액자에 들어 있는 그 그림은 침상의 발치에 있는 벽에 덮개가 덮인 채 걸려 있었다.

'코르드빌의 오두막.'

사막의 성장을 기록하고 있는 지도보다 더 좋은 지도라는 생각이 들었다. '내가 어디에서 왔고 앞으로 무엇을 할 수 있는지 일깨워주시오, 빈센트.'

기운이 다 빠진 하루였다. 그녀는 이미 피곤한 단계를 넘어, 정신이 단단한 원 속을 빙빙 도는 상태에 이르러 있었다.

그녀가 책임져야 하는 일들이란!

그 일들이 그녀를 에워쌌다. 그녀는 임무에 포위당했을 때 자신이 가장 불쾌한 모습을 보이는 경우가 있음을 알고 있었다. 차분한 척하는 데에만도 모든 에너지를 소비해야 했다. '벨은 내게서 그것을 봤어.' 미칠 지경이었다. 교단은 모든 경로로부터 차단되어 거의 무력해져 있었다.

그녀는 눈을 감고 명예의 어머니 지휘관의 이미지를 구성해 보려 했다. '늙고…… 권력에 담뿍 빠져 있겠지. 강단도 있고. 강한 데다가 눈이 부실 만큼 빠르게 움직일 수도 있어.' 그 이미지에 얼굴은 없었지만, 상상 속의 몸이 오드레이드의 머릿속에 서 있었다.

오드레이드는 이 얼굴 없는 명예의 어머니에게 소리 없이 말을 걸었다. "당신들이 나름의 잘못을 저지르게 내버려두는 것은 우리에게 힘든 일입니다. 교사들은 항상 이것을 힘들어하지요. 그렇습니다, 우리는 자신을 교사로 생각합니다. 우리는 개인을 가르친다기보다는 종족을 가르칩니다. 우리는 모든 사람들을 위한 교훈을 제공합니다. 만약 당신이 우리에게서 폭군을 본다면 그 판단이 옳은 겁니다."

머릿속의 이미지는 아무런 대답도 하지 않았다.

교사들이 은신처에서 나올 수 없을 때에는 어떻게 가르침을 베풀 수 있을까? 부르즈말리는 죽었고, 테그 골라는 미지의 존재였다. 오드레이드는 눈에 보이지 않는 압력이 참사회로 집중되는 것을 느꼈다. 감독관들이 투표를 한 것도 무리가 아니었다. 거미줄이 교단을 에워쌌다. 거미줄의 가닥들이 그들을 단단히 붙들고 있었다. 그리고 그 거미줄 어딘가에 얼굴 없는 명예의 어머니 지휘관이 웅크리고 있었다.

거미 여왕.

그녀의 앞잡이들의 행동이 그녀의 존재를 알렸다. 그녀가 만든 거미줄에서 함정의 역할을 하는 가닥이 부르르 몸을 떨면, 공격자들이 거미줄에 얽힌 희생자에게 달려들었다. 그들은 미친 듯이 폭력적으로 날뛰었으며, 자기편 사람들이 몇 명이나 죽는지 혹은 자기들이 학살한 사람이 몇 명이나 되는지 신경도 쓰지 않았다.

누군가가 그러한 수색 작업을 지휘하고 있었다. 바로 거미 여왕이.

'우리 기준으로 봤을 때 그녀의 정신이 정상일까? 내가 도르투즐라를 얼마나 끔찍한 위험 속으로 보낸 거지?'

명예의 어머니들은 과대망상의 단계를 넘어서 있었다. 그들에 비하면 폭군은 우스꽝스러운 해적처럼 보였다. 레토 2세는 적어도 베네 게세리트와 같은 지식을 갖고 있었다. 지금 위치에서 미끄러지면 칼에 베어 치명적인 상처를 입게 될 거라는 사실을 의식하면서 칼끝에서 균형을 잡는 법. '그토록 커다란 힘을 손에 쥔 대가가 그거지.' 명예의 어머니들은 이 필연적인 운명을 무시한 채, 끔찍한 히스테리에 시달리는 거인처럼 무작정 무기를 휘둘러댔다.

무엇이든 그들에게 반대하고 나서서 성공을 거둔 사례가 한 번도 없었고, 그들은 이제 광전사와 같은 살육의 광기를 선택했다. 고의로 선택한 히스테리였다.

'우리가 바샤르와 그의 빈약한 부대를 듄에 남겨 자살 행위 같은 방어에 소모했기 때문일까? 그가 명예의 어머니들을 몇 명이나 죽였는지는 알 길이 없다. 람파다스에서 부르즈말리가 그들을 얼마나 죽였는지도 역시. 사냥꾼들은 틀림없이 그에게서 따끔한 맛을 보았겠지. 아이다호에게서 명예의 어머니들의 성적 노예화 기법을 훈련받고 그 기법을 전파하기 위해 파견된 남자들은 말할 것도 없지. 그것도 남자들에게 전파하라고 했으니!'

그것이 이런 광기를 불러일으킬 만한 일이었을까? 그럴 수도 있었다. 하지만 가무에서 나온 이야기들은? 테그가 명예의 어머니들을 겁에 질리게 만든 새로운 능력을 보여주었을까?

'바샤르의 기억을 복원하게 되면 그를 조심스럽게 관찰해야 해.'

비우주선이 그를 가둬둘 수 있을까?

명예의 어머니들을 그토록 민감하게 만든 게 과연 무엇일까? 그들은 피를 원했다. 그런 사람들에게 나쁜 소식을 가져다주는 건 절대 안 될 일이었다. 그들의 앞잡이들이 그렇게 광기 어린 행동을 하는 것도 무리가 아니었다. 겁에 질린 권력자가 나쁜 소식을 전한 사람을 죽여버릴 수도 있었다. 나쁜 소식을 전해 주어서는 안 되었다. 차라리 전장에서 죽는 편이 더 나았다.

거미 여왕의 부하들은 거만한 정도를 넘어섰다. 훨씬 멀리까지 훌쩍. 그들을 비난하는 것은 불가능했다. 차라리 소에게 풀을 먹는다고 책망을 하는 편이 나을 것이다. 그러면 소가 꾸짖는 사람을 광기 어린 눈으로 바라보며 '이게 원래 내가 해야 하는 일 아닙니까?'라고 묻는다 해도 잘못이 아니었다.

'십중팔구 어떤 결과가 나올지 알면서도 우리는 왜 그들에게 불을 붙였을까? 우린 둥그런 회색 물체를 막대기로 공격하고 나서 그것이 말벌의 둥지였음을 깨닫는 사람과는 달라. 우리는 우리가 공격하는 물체가 무엇인지 알고 있었다. 그건 타라자의 계획이었고, 우리들 중 누구도 의문을 제기하지 않았어.'

교단은 계획적으로 광적인 폭력을 휘두르는 적 앞에 서 있었다. '우리는 닥치는 대로 베어 넘길 것이다!'가 그들의 정책이었다.

만약 명예의 어머니들이 고통스러운 패배를 당한다면 어떻게 될까? 그들의 히스테리가 어떻게 변할까?

'난 그게 두려워.'

교단이 감히 이 불길에 부채질을 해도 될까?

'반드시 그래야 해!'

거미 여왕은 참사회를 찾으려는 노력을 배가할 것이다. 폭력이 더 심해져서 훨씬 더 혐오스러운 지경에 이를 것이다. 그럼 그다음에는? 명예의 어머니들이 누구를 막론하고 모두를 베네 게세리트 동조자로 의심

할까? 그들이 자기를 지지하는 사람들에게 혹시 등을 돌리지는 않을까? 그들은 지능 있는 생명체가 하나도 없는 우주에 혼자 남게 되는 것에 대해 생각해 보았을까? 이런 생각은 해보지도 않았을 가능성이 더 컸다.

'넌 어떤 모습인가, 거미 여왕? 넌 어떤 식으로 생각을 하지?'

무르벨라는 자신이 자기네 호르무 교단의 최고 지휘자는 물론 심지어 차석 지휘관들조차도 알지 못한다고 말했다. 그러나 무르벨라는 어떤 차석 지휘관의 거처에 대해 설명해 주었고, 거기서 많은 것을 알 수 있었다. 사람은 무엇을 고향이라고 부르는가? 삶의 작은 교훈들을 함께 나누기 위해 어떤 사람들을 곁에 두는가?

우리들 중 대부분은 우리 자신의 모습을 비춰주는 동료와 주위 환경을 선택한다.

무르벨라는 이렇게 말했다. "그녀의 개인 하인 한 명이 나를 개인 공간으로 데리고 갔습니다. 자신이 이 신성한 장소에 접근할 수 있다는 걸 자랑하며 실증해 보인 겁니다. 공적인 공간은 깔끔하고 깨끗했지만, 개인 공간의 방들은 어질러져 있었습니다. 옷가지가 바닥에 그냥 팽개쳐져 있고, 연고 항아리는 열려 있고, 침대도 흐트러진 모습 그대로이고, 음식은 바닥의 접시 위에서 말라가고 있었죠. 난 왜 이렇게 어질러진 것을 치우지 않느냐고 물어보았습니다. 그녀는 그건 자기 일이 아니라고 하더군요. 청소를 맡은 사람은 밤이 내리기 직전에 거처에 들어갈 수 있었습니다."

'비밀스러운 천박함.'

그런 사람은 개인 공간의 모습과 필적하는 정신을 갖고 있을 것이다.

오드레이드의 눈이 번쩍 떠졌다. 그녀는 반 고흐의 그림에 정신을 집중했다. '내가 선택한 거야.' 이것이 인류의 긴 역사에 '다른 기억'이 가져올 수 없는 긴장을 얹어주었다. '당신이 내게 메시지를 보냈군요, 빈센트. 당신 때문에 난 내 귀를 자르지 않을 겁니다……. 신경도 쓰지 않는 사람들에게 쓸모없는 사랑의 말을 보내지도 않을 거고요. 당신을 존경하는 의미에서 내가 할 수 있는 최소한의 일입니다.'

침실에서는 친숙한 냄새가 났다. 카네이션의 자극적이고 얼얼한 냄새였다. 이건 꽃 향기를 넣은 향수 중에서 오드레이드가 가장 좋아하는 것이었다. 시종들은 이 냄새가 배경에 깔리도록 항상 그 향수를 가져다 두었다.

그녀가 다시 눈을 감자, 그녀의 생각이 곧장 거미 여왕에게로 되돌아갔다. 오드레이드는 이런 연습을 통해 그 얼굴 없는 여자가 더 입체적으로 변하는 것을 느꼈다.

무르벨라는 명예의 어머니 지휘관이 명령을 내리기만 하면 무엇이든 그녀가 원하는 것이 대령된다고 말했다.

"무엇이든?"

무르벨라는 이미 알려져 있는 사례들을 설명했다. 추하게 뒤틀린 성행위 상대, 사람을 질리게 만드는 사탕 과자, 엄청나게 폭력적인 공연에 의해 시작되는 감정의 광란.

"그들은 항상 극단적인 것을 찾습니다."

첩자들과 공작원들의 보고서가 반쯤은 경탄하는 듯한 무르벨라의 설명에 살을 붙여주었다.

"모두들 자기가 지배할 권리를 갖고 있다고 말합니다."

'그 여자들은 독재적 관료주의에서 발전해 나왔어.'

많은 증거들이 그 사실을 확인해 주었다. 무르벨라는 초창기 명예의 어머니들이 '자기들이 다스리는 사람들에게 지나치게 위협적인 수준으로 세금이 부과되었을 때' 백성들에 대한 성적인 지배권을 얻기 위해 연구를 실시했다는 내용의 역사 수업에 대해 얘기해 주었다.

'지배할 권리?'

오드레이드가 보기에 이 여자들이 그런 권리를 고집하는 것 같지는 않았다. 그랬다. 그들은 자신들이 올바르다는 사실에 대해 결코 의문이 제기되어서는 안 된다고 생각했다. 결코! 그들이 잘못된 결정을 내리는 법은 없었다. 결과를 무시하라. 그런 일은 결코 일어나지 않으니까.

오드레이드는 자기가 찾던 열쇠를 발견했음을 깨닫고 침상에서 똑바로 일어나 앉았다.

'실수가 결코 발생하지 않는다.'

그러려면 무의식이라는, 엄청나게 커다란 가방 속에 그것을 가둬두어야 할 것이다. 그리고 그들이 만들어낸 사나운 우주를 아주 자그마한 의식이 내다볼 것이다.

'아아, 멋지군!'

오드레이드는 야간조의 시종을 불렀다. 1단계에 속한 복사였다. 그녀는 시종에게 위험한 각성제가 든 멜란지 차를 갖다달라고 했다. 잠을 자야 한다는 육체의 요구를 지연시키기 위해서였다. 그러나 거기에는 대가가 따랐다.

복사는 잠시 망설이다가 명령에 따랐다. 잠시 후 그녀가 김이 피어오르는 컵을 작은 쟁반에 담아 가지고 돌아왔다.

오드레이드는 참사회 행성 깊은 곳의 차가운 물로 만들어진 멜란지 차가 자신의 영혼 속까지 영향을 미치는 맛을 갖고 있다고 오래전에 결론을 내린 바 있었다. 쓴맛이 나는 각성제는 원기를 북돋워주는 그 맛을 없애버리고 그녀의 양심을 갉아댔다. 자신을 지켜보는 사람들에게서 말이 새어 나갈 것이다. '걱정스러워, 걱정스러워, 걱정스러워'라고. 감독관들이 또 한 번 투표를 하게 될까?

그녀는 천천히 차를 마시면서 각성제가 효과를 발휘할 여유를 주었다. '사형선고를 받은 여자가 최후의 만찬을 거부하고 차를 홀짝거리고 있군.'

이윽고 그녀는 텅 빈 잔을 한쪽으로 치우고 따뜻한 옷을 가져다 달라고 했다. "과수원으로 산책을 나가야겠다." 시종은 아무 말도 하지 않았다. 그녀가 자주 그곳에 산책을 나간다는 것을, 밤에도 나가는 경우가 있다는 것을 모두들 알고 있었다.

몇 분 되지도 않아 그녀는 자신이 가장 좋아하는 과수원으로 향하는, 고리 모양 울타리가 있는 좁은 길에 서 있었다. 그녀의 오른쪽 어깨에 짧은 끈으로 고정된 소형 발광구가 길을 비춰주었다. 교단에서 기르는 검은 소들의 작은 무리가 오드레이드 옆의 울타리로 다가와 그녀가 지나가는 모습을 응시했다. 그녀는 녀석들의 축축한 콧등을 바라보며 녀석들의 입김에 들어 있는 짙은 자주개자리 냄새를 들이마시고 걸음을 멈췄다. 소들이 코를 킁킁거리며 페로몬을 감지했다. 그 페로몬은 그들에게 그녀를 받아들이라고 명령하고 있었다. 그들은 목동이 울타리 근처에 쌓아놓은 꼴을 다시 먹기 시작했다.

소들에게서 돌아선 오드레이드는 목초지 너머의 앙상한 나무들을 바라보았다. 그녀가 갖고 있는 소형 발광구의 작은 노란색 원이 겨울의 황량함을 더욱 강조해 주었다.

이곳이 왜 그녀를 매료시키는지 이해하는 사람은 거의 없었다. 골치 아픈 생각들이 이곳에서 위로를 받는다는 말로는 충분하지 않았다. 발밑에서 아삭아삭 소리를 내며 서리가 밟히는 겨울에도 그랬다. 이 과수원은 폭풍과 폭풍 사이에서 힘겹게 얻은 정적이었다. 그녀는 소형 발광구의 불을 끄고 어둠 속에서 발길이 닿는 대로 익숙한 길을 따라갔다. 때로 그녀는 이파리 하나 없는 나뭇가지들에 둘러싸인 별빛을 올려다보았다. 폭풍. 그녀는 그 어떤 기상학자도 예상할 수 없는 폭풍이 다가오고 있음을 느꼈다. '폭풍이 폭풍을 낳는다. 분노가 분노를 낳는다. 복수가 복수를 낳는다. 전쟁이 전쟁을 낳는다.'

예전의 바샤르는 그런 고리를 끊어버리는 데 명수였다. 이 골라도 그런 능력을 갖게 될까?

이 얼마나 위험한 도박인지.

오드레이드는 소들을 뒤돌아보았다. 검은 덩어리가 별빛을 받은 입김을 내뿜으며 움직이고 있었다. 온기를 느끼기 위해 서로 가까이 붙어 있는 그들에게서 새김질을 하는지 뭔가를 가는 듯한 익숙한 소리가 들려왔다.

'남쪽의 사막으로 가야 해. 그곳에서 시이나와 얼굴을 맞대는 거다. 모래송어들이 번성하고 있어. 그런데 왜 모래벌레가 나타나지 않는 거지?'

그녀는 울타리 옆에 떼 지어 모여 있는 소들을 향해 큰 소리로 말했다. "풀을 먹어라. 그건 원래 너희들이 해야 하는 일이야."

만약 그녀를 염탐하는 감시견이 우연히 이 말을 들었다면, 오드레이드가 나중에 이에 대해 진지하게 설명해야 할 터였다.

'하지만 오늘 밤 나는 우리 적들의 심장을 꿰뚫어 보았다. 그들이 불쌍하네.'

어떤 것에 대해 잘 알게 되려면 그것의 한계를 알아야 한다. 참을 수 있는 한계 너머까지 압박을 받아야만 진정한 본성이 드러날 것이다.

—암탈 규칙

목숨이 걸렸을 때에는 이론에만 의존해서는 안 된다.

—베네 게세리트 주석

던컨 아이다호는 비우주선 연습장의 거의 중앙에 어린 골라와 세 발짝 거리를 두고 서 있었다. 정교한 훈련 기구들이 금방 손 닿는 곳에 있었다. 사람을 지치게 만드는 것도 있고, 위험한 것도 있었다.

오늘 아침 아이는 경탄과 신뢰를 보여주고 있었다.

'나도 골라이기 때문이 이 아이를 더 잘 이해하는 걸까? 의문의 여지가 있는 가정이로군. 이 아이는 그들이 나를 위해 설계했던 방식과는 아주 다른 방식으로 양육되었다. 설계! 아주 정확한 말이야.'

교단은 테그의 원래 유년 시절을 가능한 한 많이 재현해 주었다. 심지어 오래전에 사라져버린 남동생을 대신해서, 형을 숭배하는 어린 친구까지도 마련해 놓았다. 그리고 오드레이드는 아이에게 깊은 가르침을 주었다! 테그의 생모가 그랬던 것처럼.

아이다호는 이 아이를 만드는 데 세포가 이용된 늙은 바샤르를 기억하고 있었다. 그는 생각이 깊은 사람이어서 그의 말에는 주의를 기울일 필요가 있었다. 아이다호는 별로 힘들이지 않고 그의 태도와 말을 기억해 냈다.

"진정한 전사는 흔히 친구보다 적을 더 잘 이해한다. 그러나 그 이해심이 연민으로 이어지면 위험한 함정에 빠질 것이다. 누구의 인도도 받지 않고 이해심을 그냥 내버려두면 당연히 연민으로 이어지게 되어 있다."

이러한 발언을 가능케 한 정신이 이 아이의 내면 어딘가에 숨어 있다고는 생각하기 어려웠다. 바샤르는 대단히 통찰력이 있는 사람이었다. 연민에 대한 이 가르침은 오래전 가무 성에서 그가 한 말이었다.

"적을 향한 연민은 경찰과 군대에 모두 약점이 된다. 가장 위험한 것은, 적이 너의 존재를 정당화해 준다는 이유로 적을 그대로 남겨두게 이끄는 무의식적인 연민이다."

"선생님?"

저 새된 목소리가 어떻게 옛날 바샤르의 위엄 있는 어조로 변할 수 있을까?

"뭐냐?"

"왜 거기 그렇게 서서 저를 바라보시기만 하는 거예요?"

"사람들은 바샤르를 '신뢰할 수 있는 장로'라고 불렀다. 그거 알고 있었느냐?"

"예, 선생님. 전 그분의 생애를 공부했어요."

그럼 이제는 '신뢰할 수 있는 아이'가 된 건가? 오드레이드는 원래 기억을 왜 이토록 빨리 복원하고 싶어 하는 거지?

"바샤르 때문에 교단 전체가 '다른 기억' 속으로 파고들어 가서 역사에 대한 시각을 고치고 있다. 사람들에게서 그런 얘기를 들었느냐?"

"아뇨, 선생님. 제가 그걸 아는 게 중요한 일인가요? 최고 대모님은 선생님이 제 근육을 훈련시켜 줄 거라고 하셨는데요."

"내 기억으로 너는 단의 마리네트를 즐겨 마셨다. 아주 훌륭한 브랜디지."

"전 아직 어려서 술을 마실 수 없어요, 선생님."

"넌 멘타트였다. 그게 무슨 뜻인지 아느냐?"

"선생님이 제 기억을 복원해 주시면 알게 되겠죠, 그렇죠?"

공손한 어조의 '선생님'이 뒤에 붙지는 않았다. 이 아이는 교사에게 임무가 쓸데없이 늦어지고 있다고 주의를 환기시키고 있었다.

아이다호는 미소를 지었다. 아이도 싱긋 웃었다. 애교가 있는 아이였다. 이 아이에게는 쉽사리 자연스러운 애정을 보여줄 수 있었다.

"그 아이를 조심하세요. 아이의 매력이 상당하니까요." 오드레이드가 이렇게 말한 적이 있었다.

아이다호는 오드레이드가 아이를 데려오기 전에 일러주었던 것들을 떠올렸다.

"모든 사람은 궁극적으로 자아에 대해 책임이 있으니, 그 자아의 형성에는 최대한의 배려와 주의가 필요합니다." 그녀가 말했다.

"골라에게 그것이 필요합니까?"

두 사람은 그날 밤 아이다호의 거실에 있었다. 옆에서 무르벨라가 홀린 듯이 귀를 기울였다.

"그는 당신이 가르쳐주는 모든 것을 기억할 겁니다."

"우리가 원래의 존재를 약간 손본다는 얘기군요."

"조심하세요, 던컨! 감수성이 예민한 아이에게 나쁜 기억을 심어주거나 아무도 믿지 말라고 가르친다면 그건 그 아이를 자살하게 만드는 겁니다. 자살 시기가 빠르든 늦든 별로 다를 게 없어요."

"나도 바샤르를 알고 있었다는 사실을 잊은 겁니까?"

"당신이 기억을 회복하기 전에 어떠했는지 기억하지 못하는 겁니까, 던컨?"

"난 바샤르가 그걸 해낼 수 있다는 걸 알고 있었고, 그를 나의 구세주로 생각했습니다."

"그 아이가 당신을 바라보는 시각도 바로 그런 겁니다. 그건 특별한 신뢰예요."

"난 그 아이를 정직하게 대할 겁니다."

"당신은 정직하게 행동한다고 생각할지 몰라도, 그 아이의 신뢰와 마주하게 될 때마다 당신 자신의 내면을 깊이 들여다보는 게 좋을 겁니다."

"만약 내가 실수를 한다면요?"

"가능하다면 우리가 그 실수를 교정할 겁니다." 그녀는 기계눈을 살짝 올려다보았다가 다시 그에게 시선을 돌렸다.

"당신들이 우리를 지켜보리라는 건 나도 알고 있습니다!"

"그것 때문에 스스로에게 금제를 가하지는 마세요. 당신이 지나치게 자의식을 가지게 만들려는 게 아닙니다. 그냥 신중하게 행동해 주기를 바라는 거지요. 그리고 우리 교단이 효과적인 치유 방법을 갖고 있다는 사실을 기억하십시오."

"신중하게 하겠습니다."

"당신도 기억할 겁니다. '우리가 적에게 과시하는 사나움은 항상 우리가 가르치고자 하는 교훈에 의해 완화된다'는 말을 한 사람이 바로 바샤르라는 것을요."

"난 그를 적으로 생각할 수 없습니다. 바샤르는 내가 지금까지 알았던 가장 훌륭한 사람 중의 하나였습니다."

"좋습니다. 이제 그를 당신의 손에 맡기겠습니다."

그렇게 해서 이곳 연습장에 서 있게 된 아이는 교사의 망설임 때문에 적잖이 조바심을 내고 있었다.

"선생님, 이것도 가르침의 일부인가요? 그냥 이렇게 서 있기만 하는 것 말이에요. 제가 알기로 때로는……."

"가만히 있어라."

테그는 군인처럼 차려 자세를 취했다. 아무도 그에게 그런 것을 가르쳐준 적이 없었다. 이것은 그의 원래 기억에서 나온 행동이었다. 아이다호는 이렇게 얼핏 드러난 바샤르의 모습에 갑자기 넋을 잃었다.

'저 아이가 나를 이런 식으로 사로잡으리라는 걸 저들은 알고 있었어!'

베네 게세리트의 설득력 있는 말솜씨를 결코 과소평가해서는 안 되었다. 자칫하면, 자신에게 압박이 가해졌다는 사실을 알지도 못한 채 그들을 위해 움직이고 있는 자신을 깨닫게 될 수도 있었다. 미묘하고 저주스러운 능력! 물론 그것에 대한 보상이 있기는 했다. 고대의 저주 혹은 축복에 표현되어 있는 것처럼, 흥미로운 시대를 살고 있다는 것. 아이다호는 모든 것을 따져보아도 자신이 흥미로운 시대를 더 좋아한다는 결론을 내렸다. 심지어 지금 같은 시대까지도.

그는 깊이 숨을 들이쉬었다. "너의 원래 기억을 복원시키는 데에는 고통이 따를 것이다. 신체적으로나 정신적으로나 모두. 어떤 의미에서는 정신적 고통이 더 크지. 난 그것에 대해 널 준비시키려 한다."

아이는 여전히 차려 자세를 취하고 있었다. 말도 하지 않았다.

"우선 무기 없이 시작해 보자. 네 오른손에 칼이 들려 있다고 상상하는 거야. 이것은 '다섯 가지 자세'의 변형이다. 각각의 반응은 그 반응이 필요해지기 전에 생겨난다. 양팔을 옆으로 내리고 긴장을 풀어라."

아이다호는 테그의 뒤로 움직여서 아이의 오른쪽 팔꿈치 아래를 잡고 첫 번째 동작의 시범을 보여주었다.

"각각의 공격자는 무한한 길 위에 떠 있는 깃털이다. 깃털은 다가오면서 방향이 바뀌어 제거된다. 너의 반응은 깃털을 날려 보내는 숨결과 같다."

아이다호는 옆으로 물러서서 테그가 동작을 되풀이하는 것을 관찰했다. 그러다 때로 말을 듣지 않는 근육을 날카롭게 내려치며 동작을 교정해 주었다.

"몸이 스스로 배우게 해!" 테그가 그에게 왜 그런 행동을 하느냐고 물었을 때 그는 이렇게 대답했다.

쉬는 시간에 테그는 아이다호가 말한 '정신적 고통'이 무슨 의미냐고 물었다.

"네 원래 기억은 네가 골라이기 때문에 생겨난 벽들에 에워싸여 있다. 적절한 순간이 되면 그 기억들 중 일부가 홍수처럼 밀려오며 되살아날 거야. 모든 기억이 다 즐겁기만 한 것은 아니지."

"최고 대모님은 바샤르 님이 선생님의 기억을 복원시켰다고 하셨어요."

"이런 세상에, 이 녀석아! 왜 계속 '바샤르 님'이라고 하는 거야? 그 사람이 바로 너다!"

"하지만 전 아직 그걸 모르는걸요."

"너한테는 특별한 문제가 있다. 골라가 각성하기 위해서는 반드시 죽음의 기억이 있어야 해. 하지만 널 만들어낸 세포들은 죽음의 기억을 갖고 있지 않아."

"하지만 저…… 바샤르 님은 돌아가셨잖아요."

"또 바샤르 님! 그래, 그는 죽었다. 너는 고통이 가장 심한 부분에서 그것을 느끼고 '네가' 바로 바샤르라는 걸 깨달아야 해."

"선생님이 정말로 제게 그 기억을 되돌려주실 수 있나요?"

"네가 그 고통을 이겨낼 수 있다면. '네가' 내 기억을 복원시켰을 때 내가 뭐라고 한 줄 아느냐? 난 '아트레이데스! 당신들은 모두 정말 기가 막히게 똑같아!'라고 말했다."

"저를…… 미워하세요?"

"그래. 그리고 너는 나한테 한 짓 때문에 스스로를 혐오했다. 내가 무슨 짓을 해야 하는지 이제 조금 짐작하겠느냐?"

"예, 선생님." 아주 낮은 목소리였다.

"최고 대모가 나더러 절대 네 신뢰를 배반해서는 안 된다고 하더구나……. 그러나 넌 내 신뢰를 배반했다."

"하지만 제가 선생님의 기억을 복원하지 않았나요?"

"너 자신을 바샤르로 생각하는 게 얼마나 쉬운지 이제 알겠느냐? 넌 충격을 받았다. 그리고 그래, 네가 내 기억을 복원시켰지."

"제가 원하는 건 그것뿐이에요."

"말은 그렇게 하겠지."

"어머니…… 최고 대모님은 선생님이 멘타트라고 하셨어요. 저도 멘타트였다는 게…… 도움이 될까요?"

"논리적으로 따지면 '그렇다'고 해야겠지. 하지만 우리 멘타트들이 하는 말이 있다. 논리는 맹목적으로 움직인다는 거지. 그리고 우리는 사람을 보금자리에서 혼돈 속으로 차 넣어버리는 논리도 있다는 걸 알고 있다."

"혼돈이 무슨 뜻인지는 저도 알아요!" 스스로를 대단히 자랑스러워하는 목소리였다.

"그건 네 생각이지."

"그리고 전 선생님을 믿어요!"

"내 말 잘 들어! 우린 베네 게세리트의 종이다. 대모들은 신뢰를 기반으로 교단을 세우지 않았어."

"제가 어머니…… 최고 대모님을 믿지 말아야 하는 건가요?"

"어떤 한계 내에서 너는 학습을 하고 그걸 감사하게 생각할 거다. 지금으로서는 베네 게세리트가 조직화된 '불신'의 시스템하에서 움직인다고 네게 경고해야겠다. 사람들이 네게 민주주의에 대해 가르쳐주었느냐?"

"예, 선생님. 사람들이 투표를……."

"그건 누구든 너를 지배할 힘을 가진 사람을 불신해야 하는 체제야! 자매들은 그걸 잘 알고 있다. 뭐든 너무 많이 믿지 마라."

"그럼 선생님도 믿지 말아야 하는 거예요?"

"네가 나에 대해 믿을 수 있는 것은, 내가 너의 원래 기억을 복원하기 위해 최선을 다할 것이라는 점뿐이다."

"그럼 그게 아무리 고통스러워도 상관없어요." 그는 기계눈을 올려다보았다. 그 기계눈의 목적이 무엇인지 알고 있는 얼굴이었다. "선생님이 이런 얘기를 하면 저 사람들이 싫어하나요?"

"멘타트는 그들의 감정을 데이터로 볼 뿐이다."

"그건 사실을 뜻하는 건가요?"

"사실은 약하다. 멘타트가 엉클어진 사실들 안에 갇혀버리는 수도 있지. '믿을 만한' 데이터가 너무 많아. 그건 마치 외교와 같다. 어떤 전망을 만들어내려면 좋은 거짓말이 몇 개 필요해."

"저는…… 혼란스러워요." 그는 주저하면서 이 단어를 말했다. 자기 말이 무슨 뜻인지 확실히 알 수 없는 모양이었다.

"나도 한때 최고 대모에게 그런 말을 했다. 최고 대모는 '내가 형편없는 행동을 했군요'라고 말했지."

"선생님이 저를…… 혼란스럽게 만들면 안 되는 거예요?"

"그것이 가르침이 아니라면." 테그가 여전히 알 수 없다는 표정을 하고 있자 아이다호는 말을 이었다. "이야기를 하나 해주마."

테그는 즉시 바닥에 앉았다. 오드레이드가 똑같은 방법을 자주 사용했음을 드러내는 행동이었다. 잘된 일이었다. 테그는 이미 이야기를 받아들일 준비가 되어 있었다.

"내 생애들 중 한 번은 개를 길렀는데, 그 개는 조개를 싫어했다." 아이다호가 말했다.

"전 조개를 먹어본 적 있어요. 그건 '큰 바다'에서 나는 거예요."

"그래, 어쨌든, 그 개가 조개를 싫어한 건 예전에 조개 한 마리가 건방지게 개의 눈에 침을 뱉었기 때문이다. 그게 따끔하고 아프거든. 게다가 설상가상인 건 전혀 수상쩍을 게 없는 모래 속의 구멍에서 침이 튀어나왔다는 거다. 조개의 모습은 보이지 않았는데."

"그래서 그 개가 어떻게 했어요?" 아이는 주먹으로 턱을 괴고 몸을 앞으로 기울였다.

"그 개는 자기를 화나게 한 그 조개를 파내서 내게 가져왔지." 아이다호는 싱긋 웃으면서 말을 이었다. "교훈 제1과, 알 수 없는 물건이 네 눈에 침을 뱉게 내버려두면 안 된다."

테그는 웃음을 터뜨리며 손뼉을 쳤다.

"하지만 개의 입장에서 한번 보자. 그러면 침을 뱉은 놈을 쫓아가야 한다는 게 되지. 그러고 나면 영광스러운 보상이 기다린다. 주인께서 기뻐하신다는 것."

"선생님의 개가 계속 조개를 파냈나요?"

"우리가 바닷가로 나갈 때마다 그랬지. 녀석은 으르렁거리며 침 뱉은 놈들을 쫓아가고, 주인은 그걸 가져가서 나중에 안쪽에 살덩이가 아주 조금 붙어 있는 빈 껍데기만 다시 보여주었지."

"조개를 먹은 거군요."

"개의 입장에서 한번 생각해 봐라. 침 뱉은 놈들이 정당한 벌을 받은 거야. 녀석에게는 기분 나쁜 것들을 세상에서 없애버리는 나름의 방법이 있었고, 주인은 그런 녀석을 좋아했다."

테그가 자신의 총명함을 드러냈다. "자매님들이 우리를 개로 생각하나요?"

"어떤 의미에서는 그래. 그걸 절대 잊지 마라. 네 방으로 돌아가면, '불경죄'가 뭔지 한번 찾아봐. 주인들에 대한 우리의 관계를 파악하는 데 도움이 되니까."

테그는 기계눈을 올려다본 다음 다시 아이다호에게 시선을 돌렸지만 아무 말도 하지 않았다.

아이다호는 시선을 들어 테그 뒤의 문을 바라보며 말했다. "그 이야기는 당신을 위한 것이기도 했어."

테그는 펄쩍 뛰듯이 일어서서 혹시 최고 대모님이 오신 게 아닐까 생각하며 뒤를 돌아보았다. 그러나 그곳에 있는 건 무르벨라뿐이었다.

그녀는 문 근처의 벽에 몸을 기대고 있었다.

"당신이 교단에 대해 그런 식으로 얘기하는 걸 벨이 좋아하지 않을 거야." 그녀가 말했다.

"오드레이드는 내게 자유 재량을 준다고 했어." 그는 테그를 바라보며 말을 이었다. "이야기를 하느라 시간을 많이 낭비했구나! 네 몸이 뭘 배웠는지 한번 보자."

무르벨라가 훈련 구역으로 들어와 아이와 함께 있는 던컨을 보았을 때 기묘한 흥분이 그녀를 엄습했다. 그녀는 자신이 베네 게세리트와 거의 같은 새로운 시각에서 그를 바라보고 있음을 인식하면서 한동안 그를 지켜보았다. 최고 대모의 브리핑 결과가 테그를 대하는 던컨의 솔직한 태도에서 드러났다. 이 새로운 인식은 지극히 기묘한 느낌이었다. 마치 그녀가 예전의 동료들로부터 완전히 한 발짝 떨어져 나온 것 같았다. 날카로운 상실감이 느껴졌다.

무르벨라는 자신이 예전의 삶에서 이상한 것들을 그리워하고 있음을 깨달았다. 남자를 사로잡아 명예의 어머니에게 지배받는 존재로 만들기 위해 거리에서 새로운 남자를 찾아다니던 사냥의 기억은 아니었다. 성적인 중독자를 만들 때 느껴졌던 힘은 베네 게세리트의 가르침과 던컨과의 경험 때문에 예전의 짜릿함을 잃어버렸다. 그 힘의 한 가지 요소가 그립기는 했다. 그 어떤 것으로도 막을 수 없는 세력에 속해 있다는 느낌.

그것은 추상적이면서도 구체적이었다. 수없이 되풀이되는 정복 그 자체가 아니라 필연적인 승리에 대한 기대감이었다. 그녀가 그런 기대감을 느끼게 된 데에는 명예의 어머니 자매들과 함께 먹은 약이 일조를 했다. 멜란지를 먹기 시작하면서 그 약에 대한 욕구가 스러졌을 때, 그녀는 과거 자신이 처해 있던 중독 상태를 다른 시각에서 바라보게 되었다. 베네 게세리트의 화학자들은 그녀의 혈액 샘플에서 그 아드레날린 대용품을 찾아내, 그녀에게 그 물질이 필요해지는 경우에 대비해 준비해 두고 있었다. 그녀는 자신에게 그 물질이 필요하지 않다는 것을 알고 있었다.

다른 종류의 금단 현상이 그녀를 괴롭혔다. 남자들이 자신에게 사로잡힌 게 아니라 흐르듯 지나간다는 사실. 그런 시절은 영원히 가버렸다고, 그녀의 내면에서 뭔가가 속삭였다. 그녀는 그것을 다시는 경험하지 못할 것이다. 새로운 지식이 그녀의 과거를 바꿔버렸으니까.

그녀는 자신의 존재가 혹시 방해가 될까 봐 두려워하면서도 아이와 함께 있는 던컨을 보고 싶어서 오늘 오전에 자기 거처와 연습장 사이의 복도를 배회했다. 대모 교사와 함께 오전에 더 힘든 수업을 하게 된 요즘은 그녀가 이렇게 복도를 어슬렁거리는 경우가 잦았다. 그럴 때면 그녀는 명예의 어머니들에 대해 많은 생각을 했다.

이 상실감으로부터 도망칠 수가 없었다. 공허감이 너무 커서 무엇으로도 메울 수 없을 것 같았다. 그건 늙어간다는 느낌보다 더 나빴다. 명예의 어머니로서 늙어가는 데에는 보상이 있었다. '그쪽' 교단에서 명예의 어머니가 모아들인 힘은 나이와 함께 급속하게 커져가는 경향이 있었다. 하지만 그녀가 느끼고 있는 건 그런 게 아니었다. 절대적인 상실감이었다.

'난 패배당했어.'

명예의 어머니들은 패배에 대해 생각도 하지 않았다. 무르벨라는 자신이 그런 생각을 해야만 하는 상황에 몰렸음을 깨달았다. 명예의 어머니들이 적의 손에 죽임을 당하는 경우도 있다는 건 그녀도 알고 있었다. 그 적들은 언제나 대가를 치렀다. 그것이 법칙이었다. 죄를 저지른 자 하나를 잡기 위해 행성 전체를 초토화하는 것.

무르벨라는 명예의 어머니들이 참사회를 찾아 헤매고 있다는 걸 알고 있었다. 과거에 그곳에 충성을 바쳤던 사람으로서 자기가 그 사냥꾼들을 도와야 한다는 것도 의식하고 있었다. 베네 게세리트가 그녀의 기억 속에 있는 대가를 치르지 않았으면 좋겠다는 생각 때문에 그녀가 개인적으로 느끼는 패배감이 더 매서웠다.

'베네 게세리트는 너무나 귀중해.'

그들은 명예의 어머니들에게 무한히 귀중한 존재였다. 아마 무르벨라 자신 외에는 그 어떤 명예의 어머니도 이런 사실을 짐작조차 하지 못할 것이다.

허영.

그녀는 예전의 자기 자매들에게 이런 판결을 내렸다. '예전의 나도 마찬가지였지.' 무시무시한 자존심. 그것은 그들이 패권을 쥐기 전에 수많은 세대에 걸쳐 피정복자의 삶을 경험한 데서 자라 나온 것이었다. 무르벨라는 명예의 어머니들에게 배운 역사를 다시 들려주며 오드레이드에게 이 점을 알리려고 했다.

"노예가 주인이 되면 아주 지독해지지요." 오드레이드가 말했다.

명예의 어머니들에게 하나의 패턴이 존재하고 있음을 무르벨라는 깨달았다. 그녀도 한때 그 패턴을 받아들였으나 지금은 그것을 거부하고 있었다. 그리고 자신의 생각이 이처럼 바뀐 이유를 전부 다 털어놓을 수는 없었다.

'난 이제 성숙해져서 그런 것들을 벗어버린 거야. 이제 내게 그들은 유치하게 보이겠지.'

던컨이 또다시 훈련을 멈췄다. 스승과 제자가 모두 땀을 비 오듯 흘리고 있었다. 그들은 숨을 몰아쉬며 서서 호흡을 골랐다. 두 사람 사이에 묘한 시선이 교환되었다. '무슨 음모라도 꾸미는 건가?' 아이가 이상하게 성숙해 보였다.

무르벨라는 오드레이드의 말을 떠올렸다. "성숙은 그 나름대로의 행동을 강요합니다. 우리의 교훈 중 하나는, 그렇게 강요되는 것들을 의식이 이용할 수 있게 만들어야 한다는 겁니다. 본능을 수정하는 거죠."

'그들은 날 수정했고, 앞으로도 더 많이 수정할 거야.'

그녀는 어린 골라를 대하는 던컨의 태도에도 똑같은 것이 작용하고 있음을 알 수 있었다.

"이런 활동은 우리가 영향을 미치는 사회에서 많은 스트레스를 만들어냅니다. 그 때문에 우리는 끊임없이 조정을 해야 합니다." 오드레이드가 전에 한 말이었다.

'하지만 저들이 내 예전 자매들에게 맞춰 어떻게 조정할 수 있을까?'

오드레이드는 이 질문에 직면했을 때 특유의 냉정함을 드러냈다.

"우리는 과거의 우리 행동 때문에 대규모의 조정을 해야 합니다. 폭군의 치세 기간 중에도 마찬가지였습니다."

'조정?'

던컨이 아이에게 말을 하고 있었다. 무르벨라는 그 이야기를 들으려고 더 가까이 다가갔다.

"무앗딥의 이야기를 들었겠지? 그래. 넌 아트레이데스이고, 거기에는 결점이 포함되어 있다."

"실수를 말씀하시는 건가요, 선생님?"

"그래, 그거야! 어떤 길이 극적인 행동을 할 기회를 제공해 준다고 해서 그 길을 택해서는 절대 안 된다."

"제가 그렇게 죽었나요?"

'아이가 과거의 자신을 1인칭으로 생각하게 만들어놓았어.'

"그건 네가 판단할 일이다. 하지만 그것이 항상 아트레이데스의 약점이었다. 매력적인 일들, 극적인 행동. 무앗딥의 할아버지가 그랬던 것처럼 커다란 황소의 뿔에 받혀 죽는 일. 자기 백성들을 위한 장대한 장관(壯觀). 수 세대 동안 이야기로 전해질 수 있는 일들! 억겁의 세월이 흐른 지금도 그런 이야기들을 단편적으로 들을 수 있을 정도야."

"그 이야기를 제게 해주신 건 최고 대모님이었어요."

"네 생모도 아마 네게 그 이야기를 해줬을 거다."

아이가 몸을 부르르 떨었다. "선생님이 생모라고 말씀하시면 이상한 기분이 들어요." 어린 목소리에 경외감이 배어 있었다.

"이상한 기분은 이상한 기분이고, 지금의 가르침은 가르침이지. 난 '데스의 극적인 행동'이라는 끈질긴 꼬리표가 붙어 있는 일에 대해 얘기하고 있는 거다. 옛날에는 '아트레이데스의 극적인 행동'이었지만 그걸 다 말하기는 귀찮아."

아이가 또다시 그 성숙한 의식의 핵심을 건드렸다. "개의 목숨에도 가치가 있는 법이에요."

무르벨라는 저 아이의 몸에 어른의 정신이 생겨난다면 어떻게 될지 언뜻 목격하고는 숨을 집어삼켰다. 혼란스러워질 것이다.

"네 생모는 레르나에우스 록스브로우 가문의 재닛 록스브로우였다. 베네 게세리트였고. 네 아버지는 초암의 지부 대리인인 로쉬 테그였다. 조금 있다가 레르나에우스의 집을 찍은, 바샤르가 가장 좋아하던 사진을 보여주마. 그걸 가져가서 열심히 살펴봐라. 그곳이 네가 가장 좋아하는 곳이라고 생각해."

테그는 고개를 끄덕였지만, 얼굴 표정에는 두려움이 드러나 있었다.

저 위대한 멘타트 전사도 혹시 두려움을 경험한 적이 있을까? 무르벨라는 고개를 저었다. 그녀는 던컨이 하고 있는 행동에 대한 지식을 갖고 있었지만, 어딘지 빈틈이 느껴졌다. 아마도 그녀는 이런 일을 결코 경험하지 못할 것이다. 어떤 느낌일까? 또 다른 생애의 기억을 고스란히 간직한 채 새로운 삶에 눈뜨는 것은. 대모의 '다른 기억'과는 많이 다를 거라는 생각이 들었다.

던컨은 그것을 '움트는 정신'이라고 불렀다. "진정한 자아의 각성이지. 나는 마법의 우주 속으로 던져진 기분이었어. 내 의식은 원이 되었다가 그다음에는 구가 되었지. 임의적인 형태들은 일시적이었고. 탁자는 탁자가 아니었어. 그러다가 나는 무아지경으로 빠져들었지. 내 주위의 모든 것이 희미하게 빛나고 있더군. 그 어떤 것도 현실이 아니었어. 이 순간이 지나자 단 하나의 현실을 잃어버렸다는 느낌이 들었지. 내 탁자는 다시 탁자가 되어 있었어."

그녀는 '골라의 원래 기억을 각성시키는 법에 대하여'라는 베네 게세리트의 안내서를 공부한 적이 있었다. 던컨은 그 책 속의 지시 사항들로부터 빗나가고 있었다. 왜지?

그가 아이의 곁을 떠나 무르벨라에게 다가왔다.

"시이나와 얘기를 해야겠어. 틀림없이 더 나은 방법이 있을 거야." 그가 그녀의 곁을 지나가며 말했다.

즉각적인 이해란 흔히 반사적인 반응이며 '이해'의 가장 위험한 형태이다. 그것은 사람의 학습 능력 위에 불투명한 스크린을 명멸시킨다. 법의 판례가 그런 식으로 작용한다. 사람들의 길에 막다른 골목들을 마구 흩어놓는 것이다. 주의하라. 아무것도 이해하지 말라. 모든 이해는 일시적인 것이다.

— 멘타트 픽세(아닥토)

자신의 콘솔 앞에 혼자 앉아 있던 아이다호는 그가 이곳에 처음 갇혔을 때 우주선 시스템에 저장해 두었던 기록과 맞닥뜨리고는 자신이 그 시기의 태도와 감각적 의식 속으로 내동댕이쳐지는 것(그가 이 말을 생각해 낸 것은 나중이었다)을 느꼈다. 그는 이제 더 이상 비우주선에서 좌절감으로 가득 찬 오후를 보내고 있는 게 아니었다. 그는 '그곳'으로 돌아가서 한껏 몸을 늘인 채 '그때'와 '지금' 사이에 걸쳐져 있었다. 마치 그의 골라 생애들이 이번 생을 그가 처음 탄생했던 순간과 연결시켜 주는 것처럼.

즉시 그는 자신이 '그물'이라고 부르게 된 것을 보았다. 직각으로 엇갈린 선들에 의해 모습이 분명하게 드러난 노부부도 보였다. 보석이 박혀서 희미하게 빛나는 그물의 밧줄들 사이로 보이는 그들의 모습. 초록색, 파란색, 황금색, 은색의 보석들이 너무 휘황찬란해서 눈이 아플 정도였다.

그는 이 사람들에게서 신과 같은 안정감을 느꼈지만, 뭔가 흔한 것 또한 느껴졌다. '평범하다'는 단어가 생각났다. 이제는 친숙해진 정원의 풍경이 그들의 뒤쪽으로 펼쳐져 있었다. 정원에는 꽃이 피어 있는 관목들 (장미인 것 같았다), 구불구불하게 완만한 경사를 이루고 있는 잔디밭, 키 큰 나무들이 있었다.

부부가 그를 마주 바라보았다. 그들의 시선이 하도 강렬해서 아이다호는 마치 알몸이 된 듯했다.

이 환영 속에 새로운 힘이 있다! 그것은 더 이상 '대(大)우리'에만 국한되어 있지 않았다. 점점 더 저항하기 어려워지는 자석처럼 그것이 그를 그 아래로 너무 자주 끌어당기는 바람에 감시견들도 경계를 하고 있을 터였다. '저자가 또 다른 퀴사츠 해더락인가?' 하고.

베네 게세리트의 의심이 어느 수준 이상으로 높아지면 그는 목숨을 잃을 것이다. 그들이 지금 그를 지켜보고 있었다! 의문을 품고 걱정스러운 추측을 하며. 그런데도 그는 환영으로부터 눈을 돌릴 수가 없었다.

저 노부부가 왜 이토록 친숙하게 느껴지는 걸까? 그가 과거에 알던 사람들인가? 가족?

그는 멘타트로서 자신의 기억을 뒤져보았지만 짐작과 들어맞는 것을 하나도 찾지 못했다. 둥근 얼굴. 짧은 턱. 아래턱의 두툼한 주름살. 어두운색의 눈. 그물 때문에 눈동자 색깔은 분명하게 보이지 않았다. 여자는 발이 보이지 않을 정도로 긴 파란색과 초록색의 드레스를 입고 있었다. 그리고 풍만한 가슴부터 허리 바로 아래까지는 초록색 얼룩이 묻은 하얀 앞치마로 가려져 있었다. 정원에서 사용하는 도구들이 앞치마의 고리에서 대롱거렸다. 그녀의 왼손에는 모종삽이 들려 있었다. 반백의 머리카락 몇 가닥이 초록색 스카프 밑으로 빠져나와 눈 주위에서 바람에 흔들리며, 웃음 때문에 생긴 그곳의 주름살들을 강조해 주었다. 그녀는…… 친절한 할머니 같은 모습이었다.

남자는 그녀의 완벽한 짝으로 똑같은 예술가의 손에 창조된 존재처럼 그녀와 잘 어울렸다. 그는 두둑하게 나온 배 위로 가슴까지 연결된 작업복을 입고 있었다. 모자는 쓰지 않았다. 여자와 똑같은 어두운 색의 눈동자에는 뭔가가 반사되어 반짝이고 있었다. 짧게 깎은 흰머리는 뻣뻣했다.

아이다호는 지금 그의 표정처럼 온화한 표정을 본 적이 없었다. 그가 입술 끝을 위로 올리며 미소를 짓자 입가에 주름이 생겼다. 그는 왼손에 작은 삽을 들고 있었으며, 길게 뻗은 오른손 손바닥에는 작은 금속 공처럼 보이는 것이 균형을 잡고 있었다. 그 공이 찢어지는 듯한 호각 소리를 발하는 바람에 아이다호는 손으로 귀를 틀어막았다. 그래도 소리는 멈추지 않았다. 소리가 저절로 희미하게 사라졌다. 그는 손을 내렸다.

'마음을 편하게 해주는 얼굴들이야.' 이것이 아이다호에게 의심을 불러일으켰다. 그들이 왜 친숙하게 보이는지 이제 알아차렸기 때문이다. 그들은 얼굴의 춤꾼들과 비슷하게 보였다. 들창코까지도.

그는 앞으로 몸을 기울였지만 환영과의 거리는 변하지 않았다. "얼굴의 춤꾼들." 그가 속삭였다.

그물과 노부부가 사라졌다.

흑단처럼 새까만 색으로 반짝이는, 연습장용 레오타드를 입은 무르벨라의 모습이 그들의 자리를 대신했다. 그는 손을 뻗어 그녀를 만져본 다음에야 그녀가 정말로 그곳에 서 있다는 것을 믿을 수 있었다.

"던컨? 왜 그래? 땀투성이잖아."

"내…… 생각에는 저 저주받을 틀레이랙스 인들이 내 안에 뭔가를 심어놓은 것 같아. 계속 눈에 보이는 게…… 얼굴의 춤꾼들인 것 같아. 그들이…… 그들이 나를 보고 조금 전에…… 호각 소리가 났어. 고통스러웠어."

그녀는 기계눈을 살짝 올려다보았지만 걱정스러운 표정은 아니었다. 이것이 즉각적인 위험이 되지 않더라도 이 정도는 자매들이 알아낼 수 있었다……. 어쩌면 사이테일에게는 위험할지도 모르지만.

그녀는 그의 옆에 쪼그리고 앉아 그의 팔에 손을 얹었다. "그들이 탱크 안에서 당신 몸에 무슨 짓을 해놓은 거야?"

"아냐!"

"하지만 당신 말로는……."

"내 몸은 단순히 이번 여행을 위한 새 여행 가방이 아냐. 이 속에는 지금까지 내 몸속에 있던 모든 화학적 성질과 물질들이 다 들어 있지. 달라진 건 내 정신이야."

이 말을 듣고 그녀는 걱정스러워졌다. 그녀는 베네 게세리트가 걷잡을 수 없는 능력에 대해 우려한다는 걸 알고 있었다. "망할 놈의 사이테일!"

"내가 찾아낼 거야." 그가 말했다.

그는 눈을 감았다. 무르벨라가 일어서는 소리가 들렸다. 그녀의 손이 그의 팔에서 떨어져 나갔다.

"아마 그러지 않는 게 좋을 거야, 던컨."

그녀의 목소리가 멀리서 들려왔다.

'기억. 그들이 그 비밀스러운 것을 어디에 숨겼을까? 원래 세포 깊숙한 곳에?' 이 순간까지 그는 자신의 기억을 멘타트의 도구로 생각했다. 그는 거울 앞에 서서 오래전의 순간들로부터 자신의 모습을 불러낼 수 있었다. 가까이 다가가서 나이를 먹어 생긴 주름살을 자세히 살펴보았다.

그의 뒤에 있는 여자의 얼굴을 바라보았다. 거울에 비친 두 개의 얼굴 중 그의 얼굴에는 의문이 가득 차 있었다.

얼굴들. 연달아 나타나는 가면들, 그가 '나 자신'이라고 부르는 이 사람에 대한 다른 시각들. 조금 균형이 맞지 않는 얼굴들. 때로는 머리카락이 반백이었고, 때로는 지금처럼 카라쿨 양의 새까만 색이었다. 때로는 익살스러운 표정을 짓는가 하면, 때로는 심각한 표정으로 내면을 들여다보며 새로운 날을 맞기 위한 지혜를 찾고 있었다. 그 모든 것의 안쪽 어딘가에 상황을 관찰하고 숙고하는 의식이 놓여 있었다. 선택을 하는 것은 그 사람이었다. 틀레이랙스인들이 거기에 손을 댄 것이다.

심장이 피를 강하게 뿜어내면서, 아이다호는 위험의 존재를 깨달았다. 이것은 처음부터 그가 경험하도록 되어 있는 일이었다……. 그러나 틀레이랙스 인들이 그렇게 만든 것은 아니었다. 그가 이것과 함께 태어났을 뿐이다.

'살아 있다는 게 이런 것이지.'

그의 다른 생애들에 대한 그 어떤 기억도, 틀레이랙스 인들이 그에게 했던 그 어떤 짓도 그의 가장 깊숙한 의식을 조금도 바꿔놓지 못했다.

그는 눈을 떴다. 무르벨라는 여전히 가까이에 서 있었지만 표정을 숨기고 있었다. '그러니까 저 여자가 대모가 되면 나를 저런 식으로 바라보게 된다 이거지.'

그는 그녀의 이런 변화가 마음에 들지 않았다.

"만약 베네 게세리트가 실패하면 어떻게 되지?" 그가 물었다.

그녀가 대답을 하지 않자 그는 고개를 끄덕였다. '그래. 그것은 최악의 가정이지. 교단이 역사의 하수도를 내려가는 거야. 그런데 당신은 그걸 원하지 않아, 내 사랑.'

그녀가 몸을 돌려 그의 곁을 떠날 때 그는 그녀의 얼굴에서 그것을 볼 수 있었다.

기계눈을 올려다보면서 그가 말했다. "다르, 당신에게 반드시 할 얘기가 있습니다. 다르."

주위의 기계들 중 어디에서도 반응이 없었다. 그도 반응을 기대한 것은 아니었다. 그런데도 그는 자기가 그녀에게 이야기를 할 수 있으며, 그녀는 들을 수밖에 없으리라는 것을 알고 있었다.

"난 다른 방향에서 우리의 문제에 접근해 봤습니다." 그가 말했다. 그는 기록기들이 바쁘게 윙윙 돌아가며 그의 목소리를 리둘리안 크리스털에 집어넣는 모습을 상상했다. "난 명예의 어머니들의 정신 속으로 들어가 봤습니다. 내가 성공한 건 확실합니다. 무르벨라가 공명하고 있으니까요."

그들은 이 말을 듣고 긴장할 것이다. 그는 자기만의 명예의 어머니를 가지고 있었다. 그러나 '가졌다'는 말은 적절하지 않았다. 그는 무르벨라를 '갖지' 못했다. 심지어 침대에서조차도. 그들은 서로를 가졌다. 그의 환영 속에 나타난 사람들이 서로 어울리는 듯 보였던 것처럼 서로에게 어울렸다. 그가 환영 속에서 본 것이 그것이었던가? 명예의 어머니들에게 성적인 훈련을 받은 두 노인?

"난 지금 다른 이슈를 살펴보고 있습니다. 베네 게세리트를 이기는 법." 그가 말했다.

이건 도전이었다.

"일화." 그가 말했다. 이건 오드레이드가 즐겨 사용하는 단어였다.

"지금 우리에게 벌어지고 있는 일을 그렇게 봐야 합니다. 작은 일화라고. 최악의 상황에 대한 가정조차 이 생각을 배경으로 가려내야 합니다.

대이동은 우리가 하는 모든 일을 왜소하게 만들어버릴 정도로 규모가
큰 일이니까요."

그래! 이것은 교단에 대한 그의 가치를 실증해 주는 말이었다. 이것이
명예의 어머니들을 좀더 제대로 볼 수 있게 해주었다. 이곳 구제국으로
돌아온 그들은 이쪽과 같은 난쟁이였다. 오드레이드는 이 말을 알아들
을 것이다. 벨이 그렇게 만들 터였다.

'무한한 우주'의 어디에선가 배심원들이 명예의 어머니들에게 불리한
평결을 내렸다. 법과 법의 관리자들은 사냥꾼들의 편에 서지 않았다. 그
는 자신의 환영이 그 배심원들 중 두 명을 보여준 것 같다고 짐작했다.
만약 그들이 얼굴의 춤꾼이라 해도, 사이테일의 수하는 아니었다. 희미
하게 반짝이는 그물 뒤의 그 두 사람은 자기 자신들 외에 어느 누구에게
도 속하지 않았다.

정부의 커다란 결점들은 급격한 내적 변화가 필요하다는 사실이 분명히 드러나 있는
데도 그런 변화를 두려워하는 데서 생겨난다.

—다르위 오드레이드

오드레이드에게 아침에 가장 먼저 먹는 멜란지는 항상 뭔가 달랐다.
그녀의 몸은 잔뜩 굶주린 사람이 달콤한 과일을 움켜쥐는 것처럼 반응
했다. 그다음에는 느리고, 날카롭고, 고통스럽게 기운이 회복되었다.

멜란지 중독의 무서운 점이 바로 이것이었다.

그녀는 그 효과가 자연스레 진행되기를 기다리며 침실 창가에 서 있
었다. 기후 통제소가 오늘 아침에 강우 작업을 다시 한번 완수했음을 그
녀는 알아차렸다. 깨끗하게 씻긴 풍경 속 모든 것이 낭만적인 안개에 젖
고, 날카로운 가장자리들이 모두 흐릿해져서 마치 오랜 추억 같은 존재
로 변해 있었다. 그녀는 창을 열었다. 축축하고 차가운 바람이 그녀의 얼
굴을 가로질러 지나가며 마치 익숙한 옷을 입을 때처럼 그녀의 주위로
추억들을 끌어당겼다.

그녀는 깊이 숨을 들이쉬었다. 비 온 후의 냄새라니! 그녀는 하늘에서 떨어지는 물에 의해 삶의 본질이 증폭되고 매끈하게 다듬어지던 것을 기억했지만, 지금의 비는 달랐다. 이 비는 돌 냄새와 비슷한 냄새를 남겼다. 오드레이드는 이 냄새를 좋아하지 않았다. 이 냄새는 깨끗하게 씻긴 세상의 이야기가 아니라, 비를 전부 멈춰서 가둬버리고 싶어 하며 화를 내는 생명체의 이야기를 전해 주었다. 이 비는 이제 더 이상 부드럽지 않았으며, 충만함을 가져다주지도 않았다. 대신 변화를 피할 수 없다는 인식이 들어 있었다.

오드레이드는 창을 닫았다. 즉시 거처의 익숙한 냄새들이 되돌아왔다. 시어를 일정한 양으로 분비해 주는 몸속의 장치 때문에 방을 떠나지 않는 시어 냄새도 마찬가지였다. 참사회의 위치를 아는 사람이라면 누구나 그 장치를 몸속에 삽입해 두어야 했다. 스트레기가 방으로 들어오는 소리와 슥슥 사막 지도가 바뀌는 소리가 들렸다.

스트레기가 움직일 때에는 민첩한 소리가 났다. 몇 주 동안 가까이 지내본 결과 오드레이드가 처음 내린 판단이 옳았다. 믿을 만한 사람. 뛰어나게 총명하지는 않았지만 최고 대모에게 무엇이 필요한지 아주 민감하게 알아차렸다. 저 조용한 움직임이라니. 어린 테그가 스트레기와 같은 민감성을 갖게 된다면, 그는 그에게 필요한 지위와 기동력을 갖게 될 것이다. '우리에게 말(馬)과 같은 존재가 되는 걸까? 아냐, 그보다 훨씬 더 커다란 존재지.'

오드레이드의 멜란지 동화 작용이 절정에 이르렀다가 가라앉았다. 창에 비친 스트레기의 모습을 통해 그녀가 임무를 기다리고 있음을 알 수 있었다. 그녀는 지금 이 순간이 스파이스에게 바쳐져 있음을 알고 있었다. 아직 이런 단계에 이르지 못한 그녀는 이처럼 신비스럽게 기운을 북돋워주는 경험 속으로 자신이 들어가게 될 날을 고대하고 있을 터였다.

'저 아이가 잘됐으면 좋겠어.'

대부분의 대모들은 가르침을 따를 뿐, 스파이스를 중독으로 생각하지는 않았다. 그러나 오드레이드는 매일 아침 그것의 정체를 느꼈다. 사람들은 어렸을 때 훈련받은 패턴에 따라 몸이 요구할 때마다 스파이스를 먹었다. 신진대사 시스템을 자극해서 성능을 최고 수준으로 끌어올리는 데 딱 필요한 만큼 최소한의 멜란지를 먹는 것이다. 생물학적으로 몸에 반드시 필요한 것들은 멜란지와 더 부드럽게 맞물렸다. 음식 맛이 좋아지고, 사고를 당하거나 치명적인 공격을 받지만 않는다면 멜란지를 먹지 않는 사람보다 훨씬 더 오래 살 수도 있었다. 그러나 그것은 중독이었다.

몸의 기운을 회복한 오드레이드는 눈을 깜박이며 스트레기를 주시했다. 아침마다 오랜 시간이 걸리는 이 일에 대한 호기심이 분명하게 드러나 있었다. 오드레이드는 창에 비친 스트레기의 모습을 향해 말했다. "멜란지 금단 증상에 대해서는 배웠느냐?"

"예, 최고 대모님."

중독에 대한 인식을 드러내서는 안 된다는 주의가 있었음에도, 그 인식은 항상 오드레이드에게서 눈 한 번 깜짝하면 갈 수 있는 거리 이상 떨어져본 적이 없었다. 그녀는 그동안 축적된 분노를 느꼈다. 복사 시절에 했던 정신적 준비(이것은 스파이스의 고통 속에서 단단하게 각인되었다)는 '다른 기억'과 시간의 축적에 의해 서서히 사라져버렸다. '멜란지 사용의 중지는 네 인생에서 본질적인 요소 하나를 제거해 버릴 것이다. 만약 중년기 말에 그런 일이 일어난다면 그 때문에 목숨을 잃을 수도 있다'는 경고. 지금은 이 말이 얼마나 무의미해졌는지.

"금단 증상은 내게 강렬한 의미를 지니고 있다. 난 아침의 멜란지를 고통스럽게 느끼는 사람들 중 하나야. 이런 경우도 있다는 얘기를 너도 분명히 들었겠지."

"죄송합니다, 최고 대모님."

오드레이드는 지도를 유심히 살펴보았다. 북쪽을 향해 손가락처럼 불쑥 돌출되어 있는 사막이 더 길어지고, 시이나의 기지가 있는 '중앙'의 남동쪽을 향해 건조 지역이 눈에 띄게 넓어져 있었다. 이윽고 오드레이드는 스트레기에게 다시 시선을 돌렸다. 그녀는 새로운 관심이 담긴 시선으로 최고 대모를 지켜보고 있었다.

'스파이스의 어두운 면에 대한 생각 때문에 다른 생각을 모두 멈춰버렸군!'

"우리 시대의 사람들은 멜란지의 독특함을 거의 생각하지 않는다. 인간들이 탐닉해 온 과거의 모든 마약들이 공통적으로 갖고 있는 놀라운 요소가 하나 있지. 스파이스는 예외지만. 그 마약들은 모두 수명을 줄이고 고통을 가져다주었다."

"저희도 들었습니다, 최고 대모님."

"하지만 명예의 어머니들에 대한 우리의 걱정 때문에 통치의 한 요소가 가려져버릴 수도 있다는 얘기는 아마 듣지 못했겠지. 정부(政府)들은 에너지에 대한 탐욕을 갖고 있다(그래, 심지어 우리 정부도 마찬가지야). 그 탐욕이 사람들을 함정으로 던져버릴 수 있지. 네가 나를 섬긴다면 배 속 깊은 곳에서 그것을 느끼게 될 거다. 매일 아침 내가 고통에 시달리는 걸 지켜보게 될 테니까. 그것, 이 무시무시한 함정에 대한 지식을 깊이 새겨두어라. 명예의 어머니들처럼 생명의 자리에 무심한 죽음을 놓는 시스템에 사로잡혀 무신경하게 남들을 압박하는 사람이 되지 마. 명심해라. 사회적으로 받아들일 수 있는 마약에 세금을 매겨 그 돈으로 사람들의 월급을 줄 수도 있지만, 그렇지 않으면 무신경한 관리들에게 일자리를 마련해 주는 꼴이 된다는 걸."

스트레기는 어리둥절한 표정이었다. "하지만 멜란지는 수명을 늘려주고, 건강을 증진시키고 식욕을 자극해서……."

오드레이드가 험악한 표정을 짓는 바람에 그녀는 말을 멈췄다.

'복사들의 지침서 내용 그대로구먼!'

"멜란지에는 다른 측면이 있다, 스트레기. 네가 지금 내게서 보고 있는 것 말이야. 복사들의 지침서가 거짓말을 한 것은 아니다. 하지만 멜란지는 마약이고 우리는 중독되어 있어."

"모든 사람이 다 멜란지를 부드럽게 받아들일 수 없다는 건 저도 알고 있습니다, 최고 대모님. 하지만 명예의 어머니들은 멜란지를 사용하지 않는다고 하셨잖습니까."

"그들이 사용하는 대용품에는 좋은 점이 거의 없다. 복용을 중단했을 때의 고통과 죽음을 막아준다는 것을 빼면 말이야. 그것도 비슷한 중독성을 지니고 있다."

"그럼 저 포로는요?"

"무르벨라는 예전에 그 대용품을 사용했고, 지금은 멜란지를 사용하고 있다. 두 가지를 서로 대체하는 게 가능하거든. 재미있나?"

"저…… 저희도 이것에 대해 더 많은 걸 배우게 되겠지요. 그런데 최고 대모님께서는 그들은 결코 매춘부라고 부르시지 않는군요."

"복사들은 그렇게 부르는데 나는 왜 아니냐고? 아아, 스트레기, 벨론다가 아주 나쁜 영향을 미쳤구나. 아, 나도 그 심리적 압박에 대해 알고 있다." 스트레기가 뭐라고 반박하려 하는 것을 보며 그녀는 말을 이었다. "복사들은 위협을 느끼고 있다. 그들은 참사회를 보면서 참사회가 매춘부들이 가져올 긴 밤에 대비한 요새라고 생각한다."

"비슷합니다, 최고 대모님." 지극히 머뭇거리는 어조였다.

"스트레기, 이 행성 역시 그저 잠시 머무르는 장소에 불과하다. 오늘 너와 함께 남쪽으로 가서 그 점을 네게 새겨주어야겠다. 타말란을 찾아 보겠니? 그녀에게 시이나를 찾아가기 위해 미리 의논했던 대로 준비를 해달라고 해라. 다른 사람한테는 절대 말하지 말고."

"예, 최고 대모님. 제가 함께 가게 될 거라는 말씀이신가요?"

"내 옆에 있어라. 네가 훈련시키고 있는 사람에게 이제 지도에 대한 책임을 완전히 맡으라고 해."

스트레기가 방을 나가자 오드레이드는 시이나와 아이다호에 대해 생각했다. '그녀는 그와 이야기를 나누고 싶어 하고 그는 그녀와 이야기를 나누고 싶어 해.'

기계눈의 분석결과는 이 두 사람이 때로 몸으로 손의 움직임을 가린 채 수신호로 대화를 나눈다는 사실을 보여주었다. 그 수신호는 과거 아트레이데스의 전투 암호처럼 보였다. 오드레이드는 그중 일부를 알아보았지만 내용을 파악할 수 있는 정도는 아니었다. 벨론다는 시이나에게서 설명을 듣고 싶어 했다. "비밀이라니요!" 오드레이드는 더 신중했다. "잠시 내버려두세요. 어쩌면 거기서 뭔가 흥미로운 결과가 나올지도 모릅니다."

'시이나가 원하는 게 무엇일까?'

던컨이 무슨 생각을 하고 있는지는 몰라도 그 생각은 테그와 관련되어 있었다. 테그의 원래 기억을 복원하기 위해 어쩔 수 없이 고통을 만들어내는 것은 아이다호의 기질과 어긋났다.

오드레이드는 어제 콘솔에 앉아 있던 던컨을 불쑥 찾아갔을 때 그 점을 눈치챘다.

"늦으셨군요, 다르." 뭘 하고 있는지 하던 일에서 시선을 들지 않은 채 그가 말했다. '늦었다고? 이른 저녁인데.'

그는 여러 해 전부터 그녀를 자주 다르라고 부르고 있었다. 그가 어항에 갇힌 물고기와 같은 자기 신세에 분노하고 있음을 일깨워주기 위해서였다. 벨론다는 이것에 짜증을 내며 '그의 저주받을 무엄함'에 대해 열변을 토했다. 그는 물론 벨론다도 '벨'이라고 불렀다. 던컨은 자신의 바늘을 아낌없이 휘두르고 있었다.

이런 생각을 하면서 오드레이드는 작업실로 들어가기 전에 잠시 걸음을 멈췄다. 어제 던컨은 콘솔 옆의 카운터를 주먹으로 세게 내리쳤다. "틀림없이 테그를 위한 더 좋은 방법이 있을 겁니다!"

'더 좋은 방법? 그는 도대체 무슨 생각을 하고 있는 걸까?'

작업실 너머의 복도 아래쪽에서 뭔가가 움직이는 바람에 그녀는 회상에서 깨어났다. 타말란에게 갔던 스트레기가 돌아오고 있었다. 스트레기가 복사들의 대기실로 들어갔다. '사막 지도 작성을 맡게 될 후임자에게 말을 전하려는 거겠지.'

기록 보관소의 기록들이 오드레이드의 책상 위에 높이 쌓여 있었다. '벨론다!' 오드레이드는 기록 더미를 노려보았다. 권한을 다른 사람들에게 위임하려고 아무리 애를 써도 항상 이렇게 조직적으로 찌꺼기가 남았다. 그녀의 평의회 의원들은 최고 대모만이 그것을 처리할 수 있다고 고집을 부렸다. 새로 도착한 이 서류들 중 대부분은 '제안과 분석'을 요구하는 벨론다의 것이었다.

오드레이드는 콘솔을 손으로 눌렀다. "벨!"

기록 보관소의 사무원이 응답했다. "최고 대모님?"

"벨을 이리로 올려 보내라! 그 뚱뚱한 다리로 최대한 빨리 달려오라고 해!"

1분도 채 되지 않아 벨론다는 마치 꾸중을 듣고 풀이 죽은 복사처럼 작업용 책상 앞에 서 있었다. 최고 대모가 어떤 때에 그런 어조로 말을 하는지 모두 알기 때문이었다.

오드레이드는 책상 위의 서류 더미에 손을 댔다가 충격을 받은 사람처럼 손을 홱 거둬들였다. "도대체 이게 다 뭡니까?"

"우리가 중요하다고 판단한 것들입니다."

"내가 모든 걸 다 살펴봐야 한다는 겁니까? 요점만 강조하는 방식은 어디로 갔습니까? 이렇게 너절하게 일을 처리하다니요, 벨! 나도 당신도 멍청이가 아닙니다. 하지만 이건…… 이건……."

"난 가능한 한 다른 사람들에게 위임을……."

"위임? 이걸 보세요! 내가 반드시 봐야 하는 게 뭐고, 다른 사람에게 위임해도 되는 게 뭡니까? 요점만 들어 있는 게 하나도 없어요!"

"즉시 시정하겠습니다."

"그렇게 하셔야 할 겁니다, 벨. 탐과 나는 오늘 남쪽으로 갈 거니까요. 불시 사찰을 하고 시이나도 만날 겁니다. 내가 떠나 있는 동안 당신이 내 자리에 앉으세요. 매일같이 이렇게 일거리가 쇄도하는 기분이 어떤지 한번 느껴봐요!"

"최고 대모님과 연락할 길이 없는 겁니까?"

"광통신선과 귓속 통신기를 항상 갖고 있을 겁니다."

벨론다의 숨소리가 한결 편안해졌다.

"기록 보관소로 가서 다른 사람에게 책임을 맡기세요, 벨. 제발 좀 관료답게 굴어요. 스스로를 보호하란 말입니다!"

"진짜 배는 흔들리는 법입니다, 다르."

벨이 지금 농담을 한 건가? 그녀의 노력이 모두 허사는 아니었다!

오드레이드가 투사기 위에서 손을 흔들자 수송실에 있는 타말란의 모습이 나타났다. "탐?"

"예?" 타말란이 임무 목록에서 시선을 돌리지 않은 채 말했다.

"얼마나 빨리 떠날 수 있습니까?"

"약 두 시간 후입니다."

"준비가 되면 절 부르세요. 아, 그리고 스트레기가 함께 갈 겁니다. 그 아이 자리도 마련해 주세요." 오드레이드는 타말란이 미처 대답하기도 전에 투사기를 꺼버렸다.

오드레이드가 지금 반드시 처리해야 하는 일들이 있었다. 최고 대모의 골치를 썩이는 건 탐과 벨뿐이 아니었다.

'우리에게 남아 있는 행성이 열여섯 개…… 거기에는 틀림없이 위험에 처해 있는 부젤이 포함되지. 겨우 열여섯 개라니!' 그녀는 이 생각을 옆으로 밀어버렸다. 이런 생각을 할 시간이 없었다.

'무르벨라. 그녀를 불러야 할까…… 아냐. 그건 나중에 해도 돼. 새 감독관 위원회는? 그건 벨에게 맡기자. 공동체 해산은?'

새로운 대이동이 사람들을 빨아들이고 있었기 때문에 어쩔 수 없이 정리를 해야 했다. '사막보다 앞서야 해!' 이 우울한 생각과 오늘은 맞설 수 없을 것 같았다. '나는 여행을 떠나기 전에는 항상 이렇게 안절부절못하지.'

갑자기 오드레이드는 도망치듯 작업실을 나와 복도를 살금살금 걸으며 제자들이 잘하고 있는지 들여다보았다. 각 방의 문간에서 걸음을 멈추고 학생들이 무엇을 읽고 있는지, 끝없이 계속되는 프라나 빈두 연습을 잘하고 있는지 확인하기도 했다.

"거기 너는 무엇을 읽고 있느냐?" 그녀는 반쯤 어두워진 방에서 투사기 앞에 있는 어린 2단계 복사에게 다그치듯 물었다.

"톨스토이의 일기입니다, 최고 대모님."

복사의 눈에 나타난 아는 척하는 표정은 '그의 말이 최고 대모님의 '다른 기억' 속에 직접 들어 있습니까?'라고 묻고 있었다. 아이의 혀끝에서 그 질문이 나오기 직전이었다! 그들은 혼자 있는 그녀와 맞닥뜨리면 항상 그녀를 시험하듯 그렇게 좀스러운 꼼수를 부리곤 했다.

"톨스토이는 성(姓)이다! 일기라면 레오 니콜라이에비치 백작의 것이겠지." 오드레이드가 날카롭게 소리쳤다.

"예, 최고 대모님." 복사는 그녀가 자신을 꾸짖고 있음을 깨닫고 무안해하는 기색이었다.

오드레이드는 어조를 누그러뜨리며 아이에게 톨스토이의 말을 한 구절 인용해 주었다. "'나는 강이 아니다. 나는 그물이다.' 그는 겨우 열두 살 때 야스나야 폴랴나에서 이런 말을 했다. 그의 일기에서는 이 말을 찾을 수 없을 테지만, 이 말은 아마도 그가 했던 모든 말 중에서 가장 의미심장할 거야."

오드레이드는 복사가 감사하다는 말을 하기도 전에 몸을 돌렸다. '항상 가르침뿐이지!'

그녀는 가장 큰 주방까지 정처 없이 내려가서 시렁에 걸린 냄비들의 안쪽 가장자리를 손으로 훑어 기름기가 없는지 살펴보며 주방을 검사했다. 그곳에서 교육을 맡은 주방장조차 그녀의 움직임을 조심스럽게 지켜보는 것이 눈에 띄었다.

점심 식사 준비 때문에 주방에는 좋은 냄새가 나는 김이 자욱했다. 재료를 다지고 솥을 젓는 소리가 기운을 회복시켜 주었지만, 주방 사람들이 일상적으로 주고받는 농담들은 그녀가 들어가는 즉시 멈춰버렸다.

그녀는 요리사들이 바쁘게 일하고 있는 기다란 조리대를 돌아 교육 담당 주방장의 교단으로 갔다. 그는 광대뼈가 두드러지게 튀어나오고 살집이 좋은 커다란 남자였다. 그의 얼굴은 그가 다루고 있는 고기만큼이나 불그스름했다. 오드레이드는 그가 역사상 위대한 요리사들 중 한 명임에 틀림없다고 생각했다. 이름도 잘 어울렸다. 플라시도 살라트. 그는 여러 가지 이유로 그녀의 생각 속에서 따스한 자리를 확실하게 차지하고 있었는데, 그가 그녀의 개인 요리사를 훈련시켰다는 사실이 그 이유 중 하나였다. 명예의 어머니들이 나타나기 전에는 중요한 방문객들이 주방을 둘러보며 특별한 요리의 맛을 보기도 했다.

"우리 선임 요리사를 소개해도 되겠습니까, 플라시도 살라트?"

그가 쇠고기로 만든 요리 플라시도는 많은 사람들이 부러워하는 대상이었다. 플라시도는 거의 날 것이나 다름없는 고기를 향초와 양념을 넣은 겨자 소스와 함께 내놓는 요리였는데, 겨자 소스 때문에 고기의 맛이 가려지는 경우는 없었다.

오드레이드는 이 요리가 너무 이국적이라고 생각했지만, 그 판단을 입 밖에 낸 적은 한번도 없었다.

오드레이드는 살라트가 (소스를 바로잡기 위해 약간 정신을 팔았다가) 자신에게 완전히 시선을 주자 입을 열었다. "난 뭔가 특별한 음식에 굶주려 있습니다, 플라시도."

그는 이 말을 알아들었다. 그녀는 '특별한 음식'을 요청할 때 항상 이렇게 말을 시작하곤 했다.

"굴 스튜는 어떻습니까?" 그가 의견을 내놓았다.

'이건 춤과 같아.' 오드레이드는 생각했다. 그녀가 무엇을 원하는지 두 사람 모두 알고 있었다.

"훌륭합니다!" 그녀는 그의 의견에 동의하고 나서, 이 자리에서 꼭 필요한 연극을 하기 시작했다. "하지만 굴은 아주 부드럽게 다뤄야 합니다, 플라시도. 지나치게 익혀서는 안 되지요. 국물에는 우리가 생산한 셀러리 건조 분말을 조금 써야 합니다."

"파프리카도 조금 넣을까요?"

"난 항상 그편이 더 좋더군요. 멜란지를 쓸 때는 아주 조심하세요. 아주 살짝만 넣어야 합니다."

"그렇다마다요, 최고 대모님!" 그는 자기가 멜란지를 너무 많이 쓸지도 모른다는 생각을 하는 것만으로도 끔찍하다는 듯 눈을 굴리면서 말을 이었다. "스파이스는 쉽사리 맛을 지배해 버리니까요."

"굴을 조개 즙 속에서 익히세요, 플라시도. 당신이 직접 요리를 살펴면서 굴의 가장자리가 막 구부러지기 시작할 때까지 부드럽게 저어주면 좋겠습니다."

"1초도 더 저어서는 안 되지요, 최고 대모님."

"크림처럼 진한 우유를 조금 데워서 곁들이세요. 우유를 끓이면 안 됩니다!"

플라시도는 자기가 굴 스튜에 곁들일 우유를 끓일까 봐 걱정하는 그녀의 모습에 짐짓 경악한 표정을 지었다.

"음식을 내는 그릇에는 버터를 살짝 두르세요. 그 위에 국물을 섞어서 붓는 겁니다." 오드레이드가 말했다.

"셰리주는 넣지 말고요?"

"당신이 내 특별 요리를 직접 맡아준다니 얼마나 기쁜지 모르겠습니다, 플라시도. 내가 셰리주를 깜박했어요." (최고 대모는 무엇이든 결코 잊는 법이 없었다. 그들 모두 아는 사실이었지만 이것도 연극에 꼭 필요한 단계였다.)

"국물에 셰리주 3온스를 넣겠습니다." 그가 말했다.

"알코올이 없어지도록 데우세요."

"물론이지요! 하지만 향기에 상처를 줘서는 안 됩니다. 크루통이 좋겠습니까, 짭짤한 크래커가 좋겠습니까?"

"크루통으로 주세요."

오드레이드는 벽감 속의 식탁에 앉아 '바다의 아이'가 굴 스튜의 맛을 어떻게 감상했는지 떠올리면서 굴 스튜 두 그릇을 먹었다. 그녀가 숟가락을 입으로 가져가는 법을 간신히 배웠을 나이에 아빠가 이 요리를 처음 맛보게 해주었다. 그가 직접 만든 스튜였다. 그가 자랑하던 요리. 오드레이드가 그것을 살라트에게 가르쳐주었다.

그녀는 살라트에게 포도주를 칭찬했다.

"당신이 샤블리 포도주를 반주로 선택한 게 특히 마음에 들었습니다."

"날카로운 맛이 있는 무정한 샤블리지요, 최고 대모님. 우리가 가진 것 중에서도 좋은 놈입니다. 덕분에 굴의 향기가 훌륭하게 돋보이지요."

타말란이 벽감으로 그녀를 찾아왔다. 사람들은 최고 대모가 필요해질 때 그녀가 어디 있는지 항상 아는 것 같았다.

"준비가 되었습니다." 탐이 지금 불만스러운 표정을 짓고 있는 건가?

"오늘 밤에 어디서 머무를 예정입니까?"

"엘디오입니다."

오드레이드는 미소를 지었다. 그녀는 엘디오를 좋아했다.

'내가 지금 까탈스러운 기분이라서 탐이 내 비위를 맞추는 건가? 어쩌면 우리는 잠시 기분 전환을 할 만한 소질을 갖고 있는지도 모르지.'

타말란을 따라 수송 부두로 가면서 오드레이드는 튜브를 타고 움직이는 걸 더 좋아하는 게 탐의 고유한 특징이라는 생각을 했다. 그녀는 지상 여행에 짜증을 냈다. "내 나이에 시간을 낭비하고 싶어 하는 사람이 어디 있습니까?"

오드레이드는 개인적인 운송수단으로서 튜브를 싫어했다. 그 안에 들어가면 완전히 폐쇄되어 무력해졌다! 그녀는 지상이나 공중을 더 좋아했기 때문에 급히 서둘러야 할 때에만 튜브를 이용했다. 짧은 편지나 메모를 보낼 때에는 그녀도 주저 없이 작은 튜브를 이용했다. '메모들은 목적지에 도착할 수만 있다면 그런 것쯤 신경 쓰지 않지.'

이런 생각을 하다보면 그녀가 어디를 가든 그녀의 움직임에 따라 조정되는 네트워크를 항상 의식하게 되었다.

모든 것들의 중심(항상 '모든 것들의 중심'이라는 게 존재했다) 어딘가에서 자동화된 시스템이 통신을 분류해서 (대부분의 경우) 중요한 공문서를 반드시 목적지로 보냈다.

개인 급전(사람들은 모두 그것을 PD라고 불렀다)이 필요하지 않을 때에는 도청 방지 장치가 된 분류기와 광통신선을 따라 보통 급전을 보낼 수 있었다. 행성 밖으로의 통신은 또 다른 문제였다. 지금처럼 사냥당하는 시기에는 특히 더. 가장 안전한 방법은 메시지를 암기했거나 디스트란스를 몸속에 이식한 대모를 파견하는 것이었다. 요즘 모든 전령들은 시어를 잔뜩 먹었다. 시어로 보호하지 않으면 T 탐침이 심지어 죽은 사람의 머릿속까지 읽어낼 수 있었다. 행성 밖으로 나가는 모든 메시지는 암호로 되어 있었지만, 적이 내용을 감춰주는 1회용 은폐 장치를 우연히 발견할 수도 있었다. 행성 밖으로의 통신은 대단히 위험했다. 랍비의 침묵도 어쩌면 그 때문일 수 있었다.

'지금 내가 왜 이런 생각을 하고 있는 거지?'

"도르투즐라에게서는 아직 소식이 없습니까?" 그녀는 튜브로 들어갈 준비를 하는 타말란에게 물었다. 두 사람의 일행에 속한 사람들이 그 안에서 기다리고 있었다. 사람이 아주 많았다. 왜 이렇게 많은 거지?

저 앞쪽의 부두 끝에서 스트레기가 통신 담당 복사와 이야기를 나누는 것이 보였다. 적어도 여섯 명의 통신부 사람들이 근처에 있었다.

타말란은 언짢은 기색을 역력하게 드러내며 고개를 돌렸다. "도르투즐라라니요! 소식을 듣는 즉시 당신에게 알려드리겠다고 모두들 얘기하지 않았습니까!"

"그냥 물어본 겁니다, 탐. 그냥 물어봤어요."

오드레이드는 기가 죽어서 순순히 타말란을 따라 튜브 속으로 들어갔다. '내 머릿속에 감시자를 세워서 머릿속에 떠오르는 모든 것에 의문을 제기하게 해야겠어.' 머릿속에 어떤 생각이 불쑥 떠오르는 데에는 항상 그럴 만한 이유가 있었다. 그것이 베네 게세리트 방법이었다. 벨론다가 자주 그녀에게 일깨워주는 것처럼.

오드레이드는 그 순간 자신이 베네 게세리트 방법에 적잖이 진저리를 치고 있음을 깨닫고 깜짝 놀랐다.

'이번에는 그런 걱정을 벨에게 맡겨버리자!'

지금은 자유롭게 떠올라서 주위의 흐름에 도깨비불처럼 반응해야 할 때였다.

'바다의 아이'는 흐름을 잘 알았다.

시간은 스스로를 헤아리지 않는다. 그저 원을 바라보기만 해도 이것을 분명히 알 수 있다.

— 레토 2세(폭군)

"보시오! 우리가 어떻게 됐는지 봐!" 랍비가 울부짖었다. 그는 머리 위에 숄을 뒤집어써서 얼굴을 거의 감춘 채 둥글게 휘어진 차가운 바닥 위에 책상다리를 하고 앉아 있었다.

방은 어둠침침했고, 방 안에 작게 울려 퍼지는 기계 소리 때문에 그는 힘이 빠졌다. 저 소리가 좀 멈춰 준다면!

레베카는 엉덩이에 양손을 대고 지치고 낭패스러운 표정으로 그의 앞에 서 있었다.

"거기 그렇게 서 있지 마시오!" 랍비가 명령하듯 말하면서 숄 밑에서 그녀를 올려다보았다.

"랍비 님이 포기하시면 우리는 끝장난 게 아닙니까?" 그녀가 물었다.

그는 그녀의 목소리를 듣고 화가 나서 잠시 시간이 흐른 후에야 그 반갑지 않은 감정을 한쪽으로 제쳐둘 수 있었다.

'저 여자가 감히 나한테 설교를 하는 건가? 하지만 지식이 잡초에서 나올 수도 있다고 현자들께서 말씀하시지 않았던가?' 커다란 전율과도 같은 한숨이 그의 몸을 뒤흔들고 난 후 그는 숄을 어깨로 떨어뜨렸다. 레베카가 자리에서 일어서는 그를 도와주었다.

"비공간. 이곳에서 우리는 숨어……." 랍비는 시선을 들어 어두운 천장을 훑어보며 말을 이었다. "여기서도 입 밖에 내지 않는 게 좋겠군."

"우리는 말로 할 수 없는 것으로부터 숨어 있습니다." 레베카가 말했다.

"유월절에도 문을 열어둘 수가 없소. '손님'이 어떻게 들어오실 수 있겠소?"

"손님들 중에는 우리가 원하지 않는 사람도 있어요."

"레베카." 그는 고개를 수그리며 말을 이었다. "당신은 단순한 시련과 문제 이상이오. '비밀의 이스라엘'의 이 작은 세포가 당신과 함께 망명생활을 하고 있는 건 우리가 이해를……."

"그런 말은 그만두십시오! 랍비 님은 제게 일어난 일을 전혀 이해하지 못하십니다. 제 문제가 뭔지 아세요?" 그녀는 그에게 가까이 몸을 기울이며 말을 이었다. "과거의 그 모든 생명들과 접촉하면서 계속 인간으로 남아 있는 겁니다."

랍비가 움찔했다.

"그렇다면 당신이 더 이상 우리와 같지 않다는 거요? 당신이 베네 게세리트가 된 거요?"

"제가 베네 게세리트가 되면 랍비 님도 아시게 될 겁니다. 제가 저 자신을 바라보듯이 저를 바라보는 걸 보시게 될 겁니다."

그가 눈썹을 아래로 당기며 인상을 찌푸렸다. "무슨 소리요?"

"거울은 무엇을 바라봅니까, 랍비 님?"

"흐흠! 이번에는 수수께끼로군." 그러나 희미한 미소 때문에 그의 입이 실룩거렸다. 그의 눈에 단호한 표정이 되돌아왔다. 그는 자기 주위의 방을 둘러보았다. 이 방에는 여덟 명이 있었다. 이 공간이 수용할 수 있는 인원보다 많은 숫자였다. '비공간!' 이 방은 몰래 들여온 부품 조각들을 모아 힘겹게 조립한 것이었다. 아주 작은 방. 방의 길이는 12.5미터였다. 그가 직접 길이를 쟀다. 방은 고대의 불룩한 통을 옆으로 눕혀놓은 것 같은 모양이어서 단면은 달걀형이었고, 양쪽 끝은 반구형으로 닫혀 있었다. 천장의 높이는 그의 머리 위에서부터 1미터를 넘지 않았다. 폭이 가장 넓은 중앙의 너비는 겨우 5미터밖에 되지 않았고, 둥글게 휘어진 바닥과 천장 때문에 폭이 훨씬 더 좁아 보였다. 건조식량과 재활용된 물. 그들은 그것만으로 살아가야 했다. 얼마나 오랫동안 그렇게 살아야 하는 걸까? 만약 사람들에게 발각되지 않는다면 아마 표준력으로 1년 정도일 것이다. 그는 이 장치의 안전성을 믿지 않았다. 기계에서 나는 저 기묘한 소리라니.

그들이 이 구멍 속으로 기어 들어온 것은 늦은 오후였다. 저 위는 틀림없이 어두워졌을 것이다. 그럼 부족의 다른 사람들은 어디 있는가? 오래전의 빚과 과거의 봉사에 대한 명예로운 책임을 끌어내서 어디든 은신처를 찾을 수 있는 곳으로 도망쳐버렸다. 일부는 살아남을 것이다. 어쩌면 그들이 여기 남은 사람들보다 살아남을 가능성이 더 클 수도 있었다.

비공간 입구는 홀로 서 있는 굴뚝 옆의 재 구덩이 밑에 숨겨져 있었다. 굴뚝을 강화해 주는 금속에는 외부의 모습을 이 안으로 전달하는 리둘리안 크리스털 가닥들이 들어 있었다. 재! 이 방에서는 탄내가 났고, 작은 재활용실에서 나오는 하수도 같은 악취가 벌써부터 방 안에 퍼져나가고 있었다. 화장실을 재활용실이라고 그렇게 돌려서 부르다니!

누군가가 랍비의 뒤쪽으로 다가왔다. "수색대가 떠나고 있습니다. 우리가 제때 미리 경고를 받은 게 다행입니다."

이 방을 만든 조슈아였다. 그는 키가 작고 날씬한 몸집이었으며, 얼굴은 턱이 좁은 날카로운 삼각형이었다. 검은 머리카락이 넓은 이마를 휩쓸었다. 미간이 넓은 갈색 눈은 속으로 뭔가를 곰곰이 생각하는 듯한 시선으로 세상을 바라보고 있어서, 랍비는 그를 믿지 않았다. '이런 일에 대해 그렇게 지식이 많은 것에 비해 나이가 너무 어려 보인단 말야.'

"물러가겠지. 하지만 다시 돌아올 거다. 그때가 되면 너도 우리가 운이 좋았다고 생각하지 못할걸." 랍비가 말했다.

"저들은 우리가 농장과 이렇게 가까운 곳에 숨어 있을 거라고는 짐작하지 못할 겁니다. 수색대는 주로 노략질을 하고 있었어요." 레베카가 말했다.

"베네 게세리트의 말씀이신가." 랍비가 말했다.

"랍비 님." 조슈아가 저런 꾸짖는 말투로 말을 하다니! "다른 사람들의 결점을 그들 자신에게조차 숨겨주는 사람이 바로 축복받은 사람이라고 랍비 님께서 누차 말씀하시지 않았습니까?"

"이젠 다들 스승 행세를 하려 하는군! 하지만 다음 순간에 무슨 일이 일어날지 아는 사람이 어디 있느냐?" 랍비가 말했다.

그러나 그는 조슈아의 말이 진실임을 인정하지 않을 수 없었다. '날 괴롭히는 건 우리가 도망치고 있다는 사실이야. 우리의 작은 디아스포라인 셈이지. 하지만 우리는 지금 바빌론에서 도망쳐 흩어지는 게 아니다. 우린, 우린…… 태풍을 피해 지하실에 숨어 있어!'

이 생각이 그의 기운을 북돋워주었다. '태풍이 영원히 머물지는 않지.'

"식량을 책임진 사람이 누구냐? 처음부터 식량 배급을 제한해야 해." 그가 말했다.

레베카는 안도의 한숨을 쉬었다. 랍비는 최악의 동요를 보여주고 있었다. 너무 감정적인가 하면 너무 지적인 행동을 했다. 그가 다시 정신을 차린 것이다. 이제 그가 지적인 행동을 할 차례였다. 그의 그런 행동에 대해서도 기세를 조금 꺾어놓아야 할 것이다. 베네 게세리트의 의식 덕분에 그녀는 주위 사람들을 새로운 시각으로 볼 수 있었다. '우리 유대인들은 아주 예민하지. 지식인들을 봐!'

이것은 교단 특유의 사고방식이었다. 지적인 성취에 크게 의존하는 사람들에게는 커다란 결점이 있었다. 그녀는 람파다스 사람들이 보여주는 모든 증거를 부정할 수 없었다. 그녀가 흔들릴 때마다 '대변인'이 그녀를 위해 그 증거들을 과시하듯 보여주었다.

레베카는 기억을 좇는 것을 거의 즐기게 되었다. 그녀는 자기 머릿속의 기억들을 기억의 환상이라고 생각했다. 과거에 대한 지식이 그녀로 하여금 그녀 자신의 어린 시절을 부정하게 만들었다. 그녀가 어린 시절에 믿어야 한다고 강요당했던 것 중에 헛소리가 많았음을 이제는 알 수 있었다. 허구적 통념과 망상, 지극히 유치한 충동.

'우리가 성숙함에 따라 우리의 신들도 성숙할 겁니다.'

레베카는 미소를 억제했다. '대변인'은 그녀에게 이런 짓을 자주 했다. 마치 그녀가 자신의 행동을 고맙게 생각할 거라고 확신하면서 그녀의 옆구리를 쿡쿡 찌르는 듯했다.

조슈아는 자기가 맡은 기계들에 다시 달라붙어 있었다. 누군가가 식량 목록을 훑어보는 것이 보였다. 랍비는 평소처럼 강렬한 시선으로 이 광경을 지켜보았다. 다른 사람들은 담요로 몸을 말고 어두운 방 끝에서 침상에 누워 자고 있었다. 이 모든 것을 보면서 레베카는 자신이 무슨 역할을 해야 하는지 깨달았다. '사람들이 지루함을 느끼지 못하게 해야 해.'

'놀이를 이끌겠다고요?'

'더 좋은 생각이 있는 게 아니라면 우리 민족에 대해 내게 뭘 가르쳐줄 생각은 하지 마세요, 대변인.'

이 내적인 대화에 대해 그녀가 무슨 말을 할지라도 모든 조각들이 서로 연결되어 있음은 분명했다. 과거는 이 방과, 이 방은 결과에 대한 그녀의 전망과. 이것은 베네 게세리트가 준 커다란 선물이었다. '정해진 미래에 대해 생각하지 마세요. 미리 정해진 운명이 있다고요? 그럼 당신이 태어나면서부터 부여받은 자유는 어떻게 되는 겁니까?'

레베카는 자신의 탄생을 새로운 시각으로 바라보았다. 탄생의 순간부터 그녀는 미지의 운명을 향해 움직이기 시작했다. 눈에 보이지 않는 위험과 기쁨이 가득한 길이었다. 그렇게 해서 그들은 강굽이를 돌아 공격자들을 발견했다. 다음번 굽이 너머에는 커다란 폭포가 있을지, 평화롭고 아름다운 광경이 넓게 펼쳐져 있을지 모를 일이었다. 여기서 예지력이 마법처럼 그녀를 유혹했다. 무앗딥과 그의 아들 폭군이 무릎 꿇은 유혹. '예언자는 다가올 일을 알아요!' 람파다스의 사람들은 그녀에게 예언을 구하지 말라고 가르쳤다. 이미 아는 일이 미지의 것보다 더욱더 그녀를 괴롭힐 수도 있었다. 새로운 것이 신선하게 느껴지는 것은 의외성 때문이었다. 랍비가 그 사실을 깨달을 수 있을까?

'랍비 님은 "다음 순간에 무슨 일이 일어날지 누가 말해 줄까?" 하고 물었지. 그런 걸 원하시는 겁니까, 랍비 님? 미래에 대해 듣게 될 얘기가 마음에 들지 않을 텐데요. 그건 분명합니다. 예언자가 입을 여는 순간부터 미래는 과거와 똑같아집니다. 그 권태 속에서 사람들이 얼마나 울부짖을지. 새로운 것은 없을 겁니다, 결코. 그 계시의 순간에 모든 것이 낡은 것으로 변하는 겁니다.

랍비 님이 "내가 원한 건 이런 게 아니었어!"라고 말씀하시는 소리가 들리는 듯합니다.

그 어떤 잔혹함도, 포악함도, 조용한 행복도, 가슴이 터질 듯한 기쁨도 예상 밖으로 다가오지 않을 겁니다. 웜홀 속을 제멋대로 달리는 튜브 열차처럼 랍비 님의 삶은 마지막 대결의 순간을 향해 질주할 겁니다. 자동차 안의 나방처럼 랍비 님은 양옆의 벽에 날개를 부딪히며 운명의 여신에게 밖으로 나가게 해달라고 청할 겁니다. "이 튜브가 마법처럼 방향을 바꾸게 해주세요. 뭔가 새로운 일이 일어나게 해줘요! 내가 이미 보았던 끔찍한 일들이 일어나지 않게 해주세요!"라고 말입니다.'

문득 그녀는 무앗딥이 바로 이런 고통을 겪었으리라는 사실을 깨달았다. 그는 누구에게 기도를 드렸을까?

"레베카!" 랍비가 그녀를 부르고 있었다.

그녀는 조슈아 옆에 서 있는 그에게 갔다. 그는 조슈아의 기계 위에 자그맣게 투사되어 나타나는 방 밖의 어두운 세상을 바라보고 있었다.

"폭풍이 오고 있소. 조슈아 말로는 폭풍이 재 구덩이를 단단하게 굳혀놓을 것이라는군." 랍비가 말했다.

"잘됐네요. 우리가 이곳에 방을 만들고, 이곳으로 들어올 때 구덩이에 뚜껑을 덮지 않은 건 그 때문이니까요." 그녀가 말했다.

"하지만 어떻게 밖으로 나간단 말이오?"

"우린 그 일에 필요한 도구를 갖고 있습니다. 그리고 설사 도구가 없다 해도 우리에게는 항상 두 손이 있지요." 그녀가 말했다.

보호 선교단의 지침이 되는 중요한 개념이 하나 있다. '대중을 의도적으로 이끄는 것.' 이 개념은 진실의 본질을 바꾸는 것이 논쟁의 목적이 되어야 한다는 우리의 믿음 속에 굳게 자리 잡고 있다. 그런 문제를 다룰 때, 우리는 무력보다 권능을 사용하는 편을 선호한다.

—코다

환영이 나타나서 명예의 어머니들의 행동에 대한 통찰력을 얻게 된 후 비우주선에서의 삶은 던컨 아이다호에게 독특한 게임처럼 느껴지게 되었다. 이 게임 속에 테그가 들어온 것은 단순히 또 다른 플레이어의 등장이 아니라 기만적인 한 수였다.

그는 오늘 아침에 자기 콘솔 옆에 서 있다가, 가무의 베네 게세리트 성에서 무기 전문가 겸 보호자의 역할을 하던 늙은 바샤르와 함께 보낸 자신의 골라 어린 시절과 비슷한 요소를 이 게임에서 발견했다.

교육. 교육은 그때에도 지금처럼 가장 중요한 문제였다. 그리고 경비병들. 그들은 비우주선 안에서 대개 조심스럽게 행동했지만 예전에 가무에서 그랬던 것처럼 항상 존재했다. 경비병이 없다 해도 교묘하게 위장되어서 실내 장식 속에 섞여 있는 탐지 장비들이 있었다. 그는 가무에서 그런 장치들을 피하는 데 숙달되어 있었다. 그리고 이곳에서는 시이나의 도움을 받아 그 회피 기술을 예술의 경지로 끌어올렸다.

그의 주위에서 벌어지는 일들은 중요하지 않은 배경으로 변해 있었다. 경비병들은 무기를 가지고 있지 않았다. 그러나 그들은 대부분 선임 복사들을 몇 명 거느린 대모들이었다. 그들은 자기에게 무기가 필요하다고 생각하지 않을 것이다.

비우주선 안에는 그에게 자유롭다는 환상을 부추기는 것이 몇 가지 있었다. 특히 우주선의 크기와 복잡한 구조가 그랬다. 우주선은 아주 컸다. 얼마나 큰지는 알 수 없었지만 그가 드나들 수 있는 층이 아주 많았고, 복도의 길이는 1000걸음 이상이었다.

튜브와 터널, 반중력 통에 탄 그를 운반해 주는 이동 파이프, 강하로와 승강기, 전통적인 복도와 손을 대면 쉭 하고 열리는(또는 그에게 '금지!'된 곳이어서 열리지 않는) 해치가 있는 널찍한 복도, 이 모든 것들이 그의 기억 속에 각인되어 그의 영역이 되었다. 경비병들의 느낌과는 한참 다른 그의 개인적이고 은밀한 공간이었다.

이 우주선을 행성에 착륙시켜 유지하는 데 드는 에너지가 엄청나다는 사실은 교단의 의지를 보여주는 증거였다. 교단은 그 비용을 평범한 방법으로는 헤아릴 수 없을 것이다. 베네 게세리트 재정부의 회계 감사관은 단순히 돈을 세는 사람이 아니었다. 그들은 솔라나 다른 화폐들을 다루지 않았다. 그들은 사람, 식량, 수천 년 후에 만기가 되는 지불금, 물건이나 의리를 맞교환하게 되어 있는 계약 등을 다뤘다.

'빚을 갚아요, 던컨! 우리가 지금 당신의 빚을 회수하고 있는 겁니다!'

이 우주선은 그냥 감옥이 아니었다. 그는 멘타트로서 여러 가지 전망을 고려해 보았다. 가장 가능성이 높은 것은, 이 우주선은 대모들이 인간의 감각을 혼란시키는 비우주선의 능력을 무력화시킬 방법을 찾는 실험실이라는 것이었다.

'비우주선 게임판이지. 수수께끼이자 미궁. 이 모든 게 고작 죄수 세 명을 가두기 위해서라고? 아냐. 분명히 다른 이유가 있을 거다.'

이 게임에는 비밀스러운 규칙이 있었고, 그중 일부에 대해 그는 짐작만 할 뿐이었다. 그러나 시이나가 자신의 뜻에 동참했을 때 그는 용기를 얻었다. '그녀가 나름의 계획을 갖고 있을 줄 알았어. 그녀가 명예의 어머니들의 방식을 실천에 옮기기 시작했을 때부터 이미 분명해졌지. 내가 훈련시킨 자들의 솜씨를 다듬는 것 말이야!'

시이나는 무르벨라에 대한 내밀한 정보와 그 밖의 많은 것들을 원했다. 그가 여러 번의 삶을 거치면서 알게 된 사람들의 기억, 특히 폭군에 대한 기억이 그녀가 원하는 것이었다.

'나도 베네 게세리트에 대한 정보를 원해.'

교단은 그의 움직임을 최소한으로 제한했다. 그에게 좌절감을 안겨줘서 멘타트의 능력을 기르려는 것이었다. 그는 우주선 밖에서 느껴지는 커다란 문제의 핵심에 있지 않았다. 오드레이드가 질문을 통해 교단이 어떤 궁지에 몰려 있는지 언뜻 보여줄 때마다 그는 감질나는 단편적인 정보를 접했다.

이만하면 새로운 전제를 내놓기에 충분한 건가? 그가 자신의 콘솔을 통해 볼 수 없는 자료에 대한 접근권이 허락되지 않는다면 충분하지 않았다.

그것 역시 그의 문제였다. 제길! 그는 그들의 상자 안에 있는 또 다른 상자 속에 있었다. 모두들 함정에 갇혀 있었다.

일주일 전 어느 날 오후 오드레이드가 이 콘솔 옆에 서서 교단의 자료가 그에게 '활짝 열려 있다'고 차분하게 단언했다. 그녀가 바로 여기에 서 있었다. 카운터에 편안하게 등을 기대고 가슴에서 팔짱을 낀 자세로. 마일즈 테그가 어른이었을 때의 모습을 그녀가 많이 닮은 것이 가끔 신기했다. 말을 할 때 서 있고 싶어 하는 것(이건 강박인가?)조차 테그와 닮은 점이었다. 그리고 그녀 역시 의자개를 싫어했다.

그는 그녀의 저의와 계획을 아주 대충 알고 있을 뿐이었다. 그러나 그는 그녀의 저의와 계획을 믿지 않았다. 가무의 일을 겪은 그가 믿을 리가 없었다.

미끼. 그때 그들은 그를 그렇게 이용했다. 그가 듄처럼 베네 게세리트에게 모든 걸 이용당하고 껍데기만 남은 시체가 되지 않은 것이 다행이었다.

이런 식으로 마음이 불안해질 때면 아이다호는 콘솔의 의자에 늘어져 있는 걸 좋아했다. 때로는 꼼짝도 하지 않고 몇 시간 동안이나 그곳에 앉아서 머릿속으로 이 우주선이 갖고 있는 강력한 데이터베이스의 복잡성을 이해해 보려고 노력하기도 했다. 우주선의 시스템은 그 안에 들어온 모든 인간의 정체를 파악할 수 있었다. '자동 모니터를 갖고 있다는 얘기야.' 우주선의 시스템은 말하는 사람, 요구하는 사람, 일시적으로 지휘권을 잡은 사람을 항상 알고 있어야 했다.

'비행 회로는 잠금장치를 깨뜨리려는 내 시도를 허용하지 않는다. 연결이 끊어졌다고?' 이건 그의 경비병들이 해준 얘기였다. 그러나 회로에 손을 댄 인간의 정체를 파악해 내는 우주선의 능력, 바로 거기에 열쇠가 있다는 확신이 들었다.

시이나가 도와줄 것인가? 그녀를 지나치게 믿는 건 위험한 도박이었다. 때로 콘솔에 앉아 있는 그를 지켜보는 그녀의 모습을 보면서 그는 오드레이드를 떠올렸다. '시이나는 오드레이드의 제자였어.' 이 기억을 떠올리면 정신이 번쩍 들었다.

그가 우주선 시스템을 이용하는 방식에 대해 그들은 어떤 관심을 갖고 있을까? 그런 건 묻지 않아도 알 수 있는 일이었다!

이곳에 온 지 3년째 되던 해에 그는 자신의 열쇠들을 이용해서 시스템으로 하여금 그를 위해 데이터를 숨기게 만들었다. 염탐꾼 기계눈의 활동을 방해하기 위해 그는 자신이 한 일을 눈에 뻔히 보이는 곳에 숨겨두었다. 나중에 꺼내 볼 수 있게 자료를 끼워놓은 것이 분명히 눈에 드러나게 하면서도 그 안에 암호로 작성한 두 번째 메시지를 숨겨놓았던 것이다. 그건 멘타트에게는 아주 쉬운 일이었고, 우주선 시스템의 잠재적 능력을 탐색할 때에는 대개 유용한 속임수로 사용되었다. 그는 자신의 데이터에 비밀 폭탄을 걸어놓아서 아무런 법칙도 없이 아무렇게나 다시는 꺼내 볼 수 없을 정도로 폐기되게 했다.

벨론다가 의심을 품었지만, 그녀가 물어보았을 때 그는 그저 미소만 지었다.

'난 내 역사를 숨기고 있습니다, 벨. 골라로서 살아온 나의 생애들, 골라가 아니었던 시절까지 거슬러 올라가는 그 모든 생애 말입니다. 그 생애들에 대해 내가 내밀하게 기억하는 것들이 가슴을 찌르는 기억들의 폐기 장소입니다.'

이제 콘솔에 앉아서 그는 혼란스러운 감정을 경험하고 있었다. 갇혀 있는 삶이 그를 괴롭혔다. 아무리 크고 호화로워도 감옥은 감옥이었다. 그는 자신이 탈출할 수 있는 가능성이 크다는 것을 얼마 전부터 알고 있었지만, 교단이 어떤 궁지에 몰려 있는지 점점 더 많이 알게 된 것과 무르벨라가 그를 붙들었다. 그는 경비병과 이 괴물 같은 장치로 대표되는 정교한 시스템의 포로인 동시에 또한 자기 생각의 포로가 된 것 같은 기분이었다. 이 비우주선은 당연히 하나의 장치였다. 도구인 것이다. 위험한 우주에서 눈에 띄지 않고 움직이기 위한 수단. 예지력을 지닌 수색자들에게조차 자신과 자신의 의도를 숨기기 위한 수단.

수많은 생애 동안 축적된 기술을 가지고 그는 정교함과 순박함으로 이루어진 스크린을 통해 주위를 바라보았다. 멘타트들은 순박함을 길렀다. 자신이 뭔가를 알고 있다고 생각하는 것은 스스로 눈을 멀게 만드는 지름길이었다. 배움에 천천히 제동을 거는 것은 성장이 아니라 '내가 알고 있다고 생각하는 것들'의 축적이었다(멘타트들은 이렇게 배웠다).

교단이 그에게 개방한(만약 그들의 말을 믿을 수 있다면 그렇다는 얘기지만) 새로운 데이터가 의문을 불러일으켰다. 대이동 속에서 명예의 어머니들에 대한 반대 세력이 어떻게 조직되었을까? 명예의 어머니들이 베네 게세리트를 사냥하듯이 명예의 어머니들을 사냥하는 집단들(그는 그들을 선뜻 세력이라고 부를 수가 없었다)이 있음은 분명했다. 만약 가무에서의 증거를 받아들인다면 그들은 명예의 어머니들을 죽이기도 했다.

퓨타르와 조련사인가? 그는 멘타트로서 계산을 해보았다. 첫 번째 대이동에서 틀레이랙스의 분파가 유전자 조작에 뛰어들었다. 그가 환영 속에서 본 두 사람, 그들이 퓨타르를 만들어냈을까? 혹시 그 부부가 얼굴의 춤꾼인가? 틀레이랙스의 주인들과 상관없이 독자적으로 행동하는 얼굴의 춤꾼? 이 모든 것은 대이동 속에서 그리 희한한 일이 아니었다.

젠장! 더 많은 데이터, 유력한 정보에 대한 접근권이 필요했다. 그가 지금 갖고 있는 정보원들은 빈약해도 한참 빈약했다. 제한된 용도를 가진 도구인 그의 콘솔을 더 커다란 요건에 맞게 적응시킬 수는 있었지만,

그의 적응 과정은 절룩거리며 앞으로 나아가지를 못했다. 그는 멘타트로서 성큼성큼 나아갈 필요가 있었다.

'저들이 나를 절름발이로 만든 건 실수야. 오드레이드가 나를 믿지 않는 건가? 그녀는 아트레이데스인데, 제길! 그녀는 내가 자기 가문에 어떤 빚을 지고 있는지 알고 있다. 여러 번의 생애를 살았는데도 그 빚은 절대 갚아지지 않아!'

그는 자신이 조바심을 치고 있다는 걸 알고 있었다. 갑자기 그의 정신이 그 사실에 고정되었다. 조바심치는 멘타트라니! 그건 그가 커다란 돌파구 가장자리에 잔뜩 도사리고 있다는 신호였다. '가장 가능성이 높은 전망!' 뭔가 저들이 테그에 대해 그에게 말해 주지 '않은' 어떤 것인가?

의문들! 생각한 적이 없는 의문들이 그를 향해 달려들었다.

'좀더 멀리에서 바라볼 필요가 있어!' 반드시 거리의 문제는 아니었다. 의문에 왜곡된 부분이 거의 없다면 내면에서도 넓은 시야를 얻을 수 있었다.

그는 베네 게세리트들이 가진 경험의 어딘가에(어쩌면 심지어 벨이 다른 사람들에게 빼앗길세라 지키고 있는 기록 보관소 어딘가에도) 빠진 조각들이 있음을 느꼈다. 벨은 이 점을 인정할 것이다! 멘타트라면 이런 순간의 흥분을 틀림없이 알고 있을 터였다. 그의 생각들은 모자이크용 조각들 같았다. 대부분의 조각들이 손만 뻗으면 닿을 수 있는 곳에 있어서 언제든 모자이크에 끼워 넣을 수 있었다. 이건 해법의 문제가 아니었다.

그의 첫 멘타트 스승의 말이 그의 머릿속에 울려 퍼졌다. "평형추 속에서 너의 의문들을 모으고 너의 임시 데이터를 저울의 한쪽에 올려놓아라. 해법은 모든 상황의 균형을 무너뜨리지. 네가 찾던 것을 불균형이 드러내 보여줄 거다."

그래! 민감한 의문들과 불균형을 이룩하는 게 멘타트의 요술이었다.

전날 밤에 무르벨라가 한 말이…… 뭐였더라? 두 사람은 그때 침대에 있었다. 천장에 9:47이라고 투사된 시간을 본 기억이 났다. 그때 그는 이런 생각을 했다. '저렇게 숫자를 투사하려면 에너지가 들 텐데.'

그는 '시간'으로부터 차단된 이 거대한 폐쇄 공간, 이 우주선의 동력의 흐름을 거의 느낄 수 있을 것 같았다. 아무런 마찰 없이 움직이는 기계들은 그 어떤 기계로도 주위의 자연스러운 것들과 구분할 수 없는 거짓 존재를 만들어냈다. 다만 지금은 기계가 대기 상태에 있어서 사람의 눈이 아니라 예지력으로부터 정보가 가려져 있었다.

그의 옆에 있는 무르벨라는 또 다른 종류의 힘이었으며, 두 사람은 모두 그들 둘을 한데 묶어두려는 힘을 의식하고 있었다. 서로에게 끌리는 감정을 억누르기 위해 필요한 에너지라니! 성적인 매력이 계속 쌓이고 또 쌓여갔다.

'무르벨라가 말을 하고 있다.' 그래, 그것이었다. 묘하게 자기분석적인 태도. 그녀는 전에 없이 성숙한 태도로 자신의 삶을 바라보았다. 뭔가 커다란 힘을 지닌 것이 자신 안에서 자라고 있다는 확신과 고양된 의식을 지닌 베네 게세리트.

이 베네 게세리트적 변화를 인식할 때마다 그는 슬픔을 느꼈다. '우리가 헤어질 날이 점점 가까워지고 있어.'

그러나 무르벨라가 말을 하고 있었다. "그녀(무르벨라는 오드레이드를 흔히 '그녀'라고 지칭했다)가 나더러 당신에 대한 내 사랑을 평가하라고 계속 요구하고 있어."

이 말이 기억 속에 떠오르자 아이다호는 그때의 대화를 되짚어보았다. "그녀는 나한테도 똑같은 방법을 시도한 적이 있지."

"그래서 당신은 뭐라고 했어?"

"오디 에트 아모. 엑스크루시오르."

그녀는 한쪽 팔꿈치로 몸을 일으키고는 그를 내려다보았다. "그게 무슨 언어야?"

"레토가 옛날에 내게 배우라고 한 아주 오래된 언어."

"번역해 봐." 명령조의 말. 명예의 어머니였던 과거의 모습이었다.

"난 그녀를 증오하고 그녀를 사랑한다. 그래서 정말 괴롭다."

"날 정말로 증오해?" 믿지 못하겠다는 말투.

"내가 증오하는 건 이런 식으로 묶여 있는 거야. 내 '자신'의 주인이 아닌 것."

"할 수 있다면 내 곁을 떠날 건가?"

"나는 그런 결정의 순간이 계속 되풀이되기를 원해. 내가 그걸 통제하고 싶다고."

"이건 어떤 조각 하나를 전혀 움직일 수 없는 게임이야."

바로 이것이었다! 그녀의 말.

기억을 떠올리면서 아이다호는 의기양양해지기보다, 마치 오랜 잠을 자고 난 후 갑자기 눈을 뜬 것 같은 기분이었다. '어떤 조각 하나를 전혀 움직일 수 없는 게임. 게임.' 이건 비우주선과 교단이 이곳에서 하고 있는 일에 대한 그의 시각이었다.

두 사람의 대화는 이것으로 끝이 아니었다.

"이 우주선은 우리의 특별한 학교야." 무르벨라가 말했다.

그는 동의할 수밖에 없었다. 교단은 데이터를 걸러내고, 체에 남은 데이터를 보여주는 그의 멘타트 능력을 강화시켰다. 그는 이것이 어디로 이어질지 감지하고는 납처럼 무거운 공포를 느꼈다.

"신경의 통로를 깨끗이 해라. 정신을 산만하게 하는 것과 쓸모없는 정신의 배회를 차단해라."

멘타트들이 자신이 보이는 반응의 방향을 바꿔 모든 멘타트들이 피해야 하는 위험한 모드로 들어가면 '그곳에서 자신을 잃어버릴 수 있다'고 했다.

그들은 학생들을 데리고 가서 식물인간을 보여주었다. 위험을 보여주는 실례로서 살려두고 있는 '실패한 멘타트들'이었다.

하지만 그것이 얼마나 유혹적인지. 그 모드가 지닌 힘을 느낄 수 있었다. '숨겨진 것은 하나도 없고, 모든 것을 알 수 있어.'

그 공포의 한가운데에서 무르벨라가 침대에 누운 채 그를 향해 돌아누웠다. 그는 성적인 긴장이 거의 폭발할 지경에 이른 것을 느꼈다.

'아직은 아냐. 아직은 아냐!'

두 사람 중 하나가 뭔가 다른 말을 했다. 뭐라고? 그는 교단의 저의를 드러내는 도구로서 논리의 한계에 대해 생각하던 참이었다.

"당신은 그들을 분석하려는 시도를 자주 해?" 무르벨라가 물었다.

그가 입 밖으로 내지 않은 생각들을 그녀가 이렇게 알아차리는 것이 신기했다. 그녀는 사람들의 생각을 읽는 능력은 없다고 했다. "난 당신의 생각을 읽을 뿐이야, 나의 골라. 당신은 내 것이야."

"그건 당신도 마찬가지지."

"너무나 진실이군." 거의 농담처럼 들리는 말이었지만, 뭔가 더 깊고 복잡한 것이 그 안에 숨겨져 있었다.

인간의 영혼을 분석하는 작업에는 항상 함정이 있었다. 그는 이 말을 해주었다. "자기가 어떤 행동을 하면서 그 이유를 안다고 생각하면 평범하지 않은 행동에 대해 온갖 종류의 평계를 댈 수 있게 돼."

'평범하지 않은 행동에 대한 핑계!' 이것이 그의 모자이크에 들어갈 또 하나의 조각이었다. 게임은 더 남아 있었지만, 죄책감과 비난이 역공을 가했다.

무르벨라가 거의 생각에 잠긴 듯한 목소리로 말했다. "사람은 거의 모든 것을 모종의 심리적 상처 위에 올려놓고 합리화할 수 있는 것 같아."

"행성 전체를 태워버리는 짓까지도 합리화한단 말인가?"

"거기에는 일종의 잔인한 단호함이 있지. '그녀'가 말하기를, 단호한 선택을 하는 것이 영혼을 단단하게 해주고 스트레스 상황에서 의지할 수 있는 정체감을 안겨준대. 당신도 동의해, 나의 멘타트?"

"멘타트는 당신의 것이 아냐." 그의 목소리에는 힘이 없었다.

무르벨라는 소리 내어 웃으며 베개 위로 다시 털썩 드러누웠다. "자매들이 우리에게 원하는 게 뭔지 알지, 나의 멘타트?"

"그들은 우리의 아이를 원하지."

"아, 그것만이 아니야. 그들은 우리가 자기들의 꿈에 기꺼이 동참해 주기를 원해."

'모자이크에 들어갈 또 다른 조각이야!'

그러나 베네 게세리트를 제외한 어느 누가 그 꿈을 알고 있단 말인가? 자매들은 항상 연기하는 배우들이었다. 그렇게 해서 진짜 모습이 자기들의 가면을 거의 통과하지 못하게 하는 것이다. 그들의 진짜 모습은 담속에 갇혀 있다가 필요할 때 조금씩 겉으로 드러났다.

"그녀는 왜 그 옛날 그림을 계속 갖고 있는 걸까?" 무르벨라가 물었다.

아이다호는 배의 근육이 단단하게 뭉치는 것을 느꼈다. 오드레이드가 자기 침실에 놓아둔 그림의 홀로그램 기록을 그에게 가져다준 적이 있었다. '빈센트 반 고흐의 코르드빌의 오두막'이라고 했다. 거의 한 달 전,

그녀는 밤중에 예고도 없이 그를 찾아와 바로 이 침대에 누워 자고 있던 그를 깨워 그 그림을 보여주었다.

"당신은 내가 무엇을 통해 인간성을 붙들고 있는지 물었지요? 여기, 이겁니다." 그리고 그녀는 잠에 취한 그의 눈앞에 홀로그램을 불쑥 내밀었다. 그는 일어나 앉아서 그 물건을 뚫어지게 바라보며 이해를 해보려고 애썼다. 저 여자가 왜 저러는 걸까? 오드레이드는 아주 들뜬 것 같았다.

그녀는 홀로그램을 그의 손에 남겨둔 채 방 안의 불을 모조리 켰다. 그 때문에 방이 금방 단단하게 형태를 잡았다. 비우주선답게 모든 것이 어렴풋이 기계적인 분위기를 띠었다. 무르벨라는 어디 있지? 같이 잠자리에 들었는데.

그가 홀로그램에 시선의 초점을 맞추자, 그 그림이 뭔가 설명할 수 없는 느낌으로 그에게 다가왔다. 마치 그 그림이 그를 오드레이드와 연결시켜 준 것 같았다. '그녀가 이걸 통해 인간성을 붙들고 있다고?' 홀로그램은 그의 손에 차갑게 느껴졌다. 그녀가 그것을 그에게서 가져가 사이드 테이블 위에 세워놓았다. 그녀가 의자를 찾아 그의 머리맡에 앉는 동안 그는 홀로그램을 뚫어지게 바라보았다. 앉다니? 뭔가 그녀에게 그와 몸을 가까이 하라고 강요하고 있었다!

"이건 과거 지구에서 어떤 광인이 그린 겁니다." 그녀가 그의 뺨에 자신의 뺨을 가까이 대며 말했다. 그동안 두 사람은 그림을 복사한 홀로그램을 바라보고 있었다. "보세요! 인간적인 순간이 저 안에 고스란히 들어 있습니다."

'저 풍경 속에? 그래, 젠장. 그녀의 말이 옳다.'

그는 홀로그램을 뚫어지게 바라보았다. '저 놀라운 색채!' 그건 단순한 색채가 아니었다. 그것은 총체였다.

"대부분의 현대 예술가들은 그가 저 풍경을 창조해 낸 방식을 비웃을 겁니다." 오드레이드가 말했다.

'내가 저 그림을 보는 동안 좀 조용히 해줄 수 없는 건가?'

"저건 궁극적인 기록자로서의 인간이었습니다. 인간의 손, 인간의 눈, 인간의 본질이 한계를 시험했던 한 사람의 의식 속에 선명하게 떠오른 것이지요." 오드레이드가 말했다.

'한계를 시험했다!' 이것도 모자이크에 들어갈 조각이었다.

"반 고흐는 원시적이기 짝이 없는 재료와 장비를 가지고 저걸 만들어 냈습니다." 거의 취한 듯한 목소리로 그녀가 말을 이었다. "그가 사용한 물감은 동굴에 살던 원시인이나 알아볼 만한 것이었어요! 그림을 그린 천은 어쩌면 그가 직접 만든 건지도 모릅니다. 다른 도구들 역시 짐승의 털과 야생 나뭇가지로 그가 직접 만든 건지도 모르죠."

그녀는 홀로그램의 표면을 만졌다. 그녀의 손가락이 키 큰 나무를 가로지르는 그림자를 드리웠다. "우리 기준으로 보면 당시의 문화 수준은 조잡했습니다. 하지만 그가 무엇을 만들어냈는지 알겠습니까?"

아이다호는 뭔가 말을 해야 할 것 같았지만, 말이 나오지 않았다. 무르벨라는 어디 있지? 그녀가 왜 여기 없는 거야?

오드레이드가 몸을 뒤로 젖혔다. 그녀의 다음 말이 뜨겁게 그의 속으로 파고들었다.

"이 그림은 야성을 억누르는 것이 불가능하다고 말하고 있습니다. 우리가 아무리 피하려 해도 인간들 사이에서 반드시 생겨나게 마련인 그 독특함 말입니다."

아이다호는 홀로그램에서 억지로 시선을 떼어 말을 하고 있는 오드레이드의 입술을 바라보았다.

"빈센트는 대이동 속의 우리 동료들에 대해 뭔가 중요한 얘기를 해주 었습니다."

'옛날에 죽은 이 화가가? 대이동에 대해서?'

"그들은 저 멀리서 우리가 상상할 수 없는 일들을 했고, 지금도 하고 있습니다. 야성의 행동 말입니다! 대이동을 떠난 사람들의 인구 규모가 폭발적이었다는 사실을 보면 분명합니다."

무르벨라가 부드러운 하얀 로브에 허리띠를 채우면서 맨발인 채로 오 드레이드의 뒤쪽에서 방으로 들어왔다. 샤워를 했는지 머리칼이 젖어 있었다. 그래, 샤워를 하러 갔던 거로군.

"최고 대모님?" 무르벨라가 졸린 목소리로 말했다.

오드레이드는 고개를 완전히 돌리지 않은 채 어깨 너머로 말했다. "명 예의 어머니들은 자기들이 모든 야성을 예측하고 통제할 수 있다고 생 각합니다. 말도 안 되는 소리지요. 그들은 심지어 자기들 안의 야성조차 통제하지 못합니다."

무르벨라가 침대 발치로 다가와서 무슨 일이냐는 듯이 아이다호를 빤 히 바라보았다. "내가 대화 중간에 들어온 것 같군요."

"균형, 그것이 열쇠입니다." 오드레이드가 말했다.

아이다호는 최고 대모에게서 시선을 떼지 않았다.

"인간들은 낯선 곳에서 균형을 잡을 수 있습니다. 심지어 예측하지 못 한 곳에서도 그렇지요. 그건 '동조'라고 불립니다. 위대한 음악가들은 그 것을 알고 있지요. 내가 어렸을 때 가무에서 보았던 파도 타는 사람들도 그것을 알고 있었습니다. 어떤 파도는 사람을 던져버리지만 그들은 미 리 준비를 하고 있었지요. 다시 파도를 기어 올라가서 한 번 더 달려드는 겁니다." 오드레이드가 말했다.

이유를 설명할 수는 없었지만, 아이다호는 오드레이드의 또 다른 말을 떠올렸다. "우리에게는 다락방 창고가 없습니다. 우리는 모든 걸 재활용합니다."

'재활용. 순환. 원의 조각들. 모자이크의 조각들.'

이런 식으로 아무렇게나 탐색하는 것은 좋지 않았다. 이건 멘타트의 방법이 아니었다. 하지만 재활용이라. 그렇다면 '다른 기억'은 다락방 창고가 아니라 저들이 재활용하고 있다고 생각하는 물건이라는 얘기였다. 그건 그들이 자기들의 과거를 이용해서 과거를 변화시키고 갱신할 뿐이라는 뜻이었다.

'동조.'

음악을 일부러 피한다고 주장하는 사람에게서 나온 말치고는 묘한 암시였다.

이 말을 기억하면서 그는 자신의 정신적 모자이크를 느껴보았다. 그것은 엉망이 되어 있었다. 맞는 조각이 하나도 없었다. 아마도 서로 맞아떨어지지 않을 가능성이 큰 제멋대로의 조각들이었다.

그러나 그들은 서로 맞아떨어졌다!

최고 대모의 목소리가 그의 기억 속에서 계속 들려왔다. '그러니까 이것 말고 더 있단 말이지.'

오드레이드가 말했다. "이걸 아는 사람들은 그 핵심을 향해 나아갑니다. 그들은 사람이 스스로의 행동에 대해 생각할 수 없다고 경고합니다. 그건 실패의 지름길이라는 겁니다. 어떤 행동을 할 거라면 그냥 해야 합니다!"

'생각하지 말고 그냥 해라.' 그는 무질서를 느꼈다. 멘타트의 훈련이 아닌 다른 자원이 필요했다.

'베네 게세리트의 술수!' 그녀는 이것이 어떤 영향을 미칠지 미리 알고 고의로 이런 행동을 했다. 그가 때로 그녀에게서 느꼈던 애정은 어디로 가버린 걸까? 그녀는 누군가를 이런 식으로 취급하면서 그 사람의 안녕에 관심을 가질 수 있는 걸까?

오드레이드가 자리를 뜨자(그는 그녀가 떠나는 것을 거의 알아차리지 못했다), 무르벨라가 침대에 앉아 무릎 주위의 로브를 똑바로 폈다.

'인간들은 낯선 곳에서 균형을 잡을 수 있다.' 그의 머릿속에서 무엇인가가 움직였다. 모자이크의 조각들이 서로의 관계를 알아내려 애쓰고 있었다.

우주에서 새로운 파도가 불쑥 솟아오르는 것이 느껴졌다. 그의 환영 속에 나타났던 그 낯선 사람 두 명인가? 그들은 그것의 일부였다. 그는 이유도 모른 채 그냥 알 수 있었다. 베네 게세리트가 뭐라고 주장했더라? "우리는 낡은 양식과 낡은 신념을 수정한다."

"날 봐!" 무르벨라가 말했다.

'"목소리"?' 꼭 그렇지는 않았지만, 그녀가 '목소리'를 시험 삼아 사용했음을 확실히 알 수 있었다. 저들이 그녀에게 이 술수를 훈련시키고 있다는 얘기를 그녀는 그에게 해준 적이 없었다.

그는 그녀의 초록색 눈에서 이질적인 표정을 보았다. 그녀가 예전 동료들에 대해 생각하고 있음을 알려주는 표정이었다.

"베네 게세리트보다 더 영리해질 생각은 하지 마, 던컨."

'기계눈 때문에 하는 말인가?'

그는 확신할 수 없었다. 요즘 들어 그녀의 눈 뒤에 드러나는 지성이 그를 사로잡았다. 그는 그것이 자라는 것을 느낄 수 있었다. 마치 그녀를 가르치는 교사들이 풍선을 불고 있고, 무르벨라의 지성은 그녀가 새 생명을 잉태했을 때 배가 팽창하는 것처럼 팽창하고 있는 것 같았다.

'"목소리"!' 저들이 저 여자에게 무슨 짓을 하고 있는 거지?

그건 멍청한 질문이었다. 그들이 무슨 짓을 하는지 그는 알고 있었다. 그들은 그녀를 그에게서 빼앗아 가 자매로 만들고 있었다. '이젠 내 연인이 아냐, 나의 놀라운 무르벨라.' 이제 그녀는 무슨 일을 하든 냉정하게 계산하는 대모였다. '마녀.' 누가 마녀를 사랑할 수 있을까?

'난 할 수 있어. 앞으로도 항상 그럴 거야.'

"그들은 자기들 목적에 이용하려고 상대를 사각 지대에서 붙잡아." 그가 말했다.

그는 자신의 말이 뿌리를 내리는 것을 보았다. 그녀는 이미 함정에 빠진 뒤에 함정의 존재를 알아차렸다. 베네 게세리트는 정말 진저리가 나게 교활했다! 그들은 그녀를 그에게 묶어두고 있는 힘만큼이나 자력이 강한 것들을 조금씩 살짝 보여주면서 그녀를 자기들의 함정으로 꾀어 들였다. 명예의 어머니가 그 사실을 깨닫는다면 분노할 수밖에 없을 것이다.

'우리가 다른 사람들을 함정에 빠뜨리는 거야! 그들이 우리를 함정에 빠뜨리는 게 아냐!'

그러나 베네 게세리트는 그 일을 해냈다. 그들은 다른 범주에 속하는 사람들이었다. 거의 자매와 같았다. 그걸 부정할 이유가 없지 않은가? 게다가 그녀는 그들의 능력을 원했다. 그녀는 이런 유보적인 위치를 벗어나 우주선의 벽 바로 너머에서 느낄 수 있는 완전한 가르침 속으로 들어가고 싶어 했다. 그들이 그녀를 왜 아직도 유보적인 위치에 묶어두는지 그녀도 알고 있지 않은가?

'저들은 그녀가 지금도 자기들의 함정 속에서 몸부림치고 있다는 걸 알아.'

무르벨라는 스르르 로브를 벗고 침대 속 그의 옆자리로 올라왔다. 그를 건드리지는 않았다. 그녀는 두 사람의 몸이 서로 무장을 하고 가까이 있는 듯한 느낌을 유지했다.

"그들은 원래 시이나의 통제를 내게 맡길 생각이었어." 그가 말했다.

"당신이 나를 통제하는 것처럼?"

"내가 당신을 통제해?"

"때로는 당신이 우스꽝스럽다는 생각이 들어, 던컨."

"만약 내가 나 자신을 비웃을 수 없다면 정말로 망가져버리겠지."

"유머가 있는 척하는 당신의 태도도 비웃는 거야?"

"그게 가장 먼저야." 그는 그녀를 향해 몸을 돌려 오므린 손으로 그녀의 왼쪽 가슴을 쥐었다. 손바닥 밑에서 젖꼭지가 단단해지는 것이 느껴졌다. "내가 젖을 떼지 못했다는 거 알고 있었어?"

"그 모든 생애 동안 한 번도……."

"한 번도."

"내가 짐작할 수도 있었을 텐데." 그녀의 입술에 스치듯 미소가 생겨났다. 그러다 갑자기 두 사람 모두 서로를 부여잡고 주체할 수 없이 웃음을 터뜨렸다. 이윽고 무르벨라가 말했다. "젠장, 젠장, 젠장."

"누굴 말하는 거지?" 그의 웃음이 가라앉자 그들은 서로에게서 떨어져 억지로 거리를 유지했다.

"누구가 아니라 무엇이야. 젠장 맞을 운명!"

"운명은 별로 신경 쓰지 않는 것 같은데."

"난 당신을 사랑해. 제대로 된 대모가 되려면 그래서는 안 되는데."

그는 자기연민과 너무나 가까운 이런 대화의 이탈을 극도로 싫어했다. '그럼 농담을 해!' "당신은 뭐든 제대로 한 적이 없어." 그는 임신을 해서

CHAPTERHOUSE: DUNE

353

부풀어 오른 그녀의 배를 마사지하듯 문질렀다.

"난 제대로 된 사람이야!"

"저들은 당신을 만들면서 '제대로'라는 단어를 빼먹어버렸어."

그녀는 그의 손을 밀치고 똑바로 일어나 앉아 그를 내려다보았다. "대모들은 결코 사랑을 해서는 안 돼."

"나도 알아."

'내 고뇌가 저절로 드러난 건가?'

그녀는 자신의 근심에 너무 사로잡혀 있었다. "내가 스파이스의 고통에 이르게 되면……."

"무르벨라! 어떤 식으로든 고통이 당신과 연관되는 게 난 싫어."

"내가 어떻게 피할 수 있어? 나는 이미 급류 속에 들어가 있는데. 이제 곧 저들이 나에게 자세한 걸 알려줄 거야. 그다음에는 아주 빠르게 진행되겠지."

그는 고개를 돌리고 싶었지만 그녀의 눈이 그를 붙들었다.

"정말이야, 던컨. 난 느낄 수 있어. 어떤 의미에서 그건 임신과 같아. 중간에 그만두는 게 너무 위험해지는 순간이 온다고. 그러니 끝까지 해내는 수밖에 없어."

"그러니까 우리가 서로를 사랑하는 거잖아!" 그는 자신의 생각을 하나의 위험에서 또 다른 위험 속으로 억지로 밀어 넣고 있었다.

"그리고 저들은 그걸 금지하지."

그는 기계눈을 올려다보았다. "감시견들이 우릴 감시하고 있어. 그들에게는 송곳니도 있지."

"나도 알아. 난 지금 '그들'에게 얘기하는 거야. 당신에 대한 내 사랑은 결점이 아냐. 그들의 차가움이 결점이지. 그들은 명예의 어머니들과 똑같아!"

'어떤 조각 하나를 전혀 움직일 수 없는 게임.'

그는 이 말을 커다랗게 외치고 싶었지만, 기계눈 뒤에서 귀 기울이고 있는 자들은 소리 내어 말한 것 이상의 의미를 파악할 터였다. 무르벨라가 옳았다. 대모들을 속일 수 있다고 생각하는 건 위험했다.

그를 바라보는 그녀의 시선을 무엇인가가 베일처럼 가리고 있었다. "그때 당신이 얼마나 낯설게 보였는지." 그는 그녀가 어떤 대모가 될지 깨달았다.

'그 생각에서 멀어져!'

그의 기억이 지닌 낯설음에 대한 생각은 때로 그녀의 주의를 흐트러뜨렸다. 그녀는 그의 전생들이 그를 왠지 대모와 비슷한 존재로 만들어 놓았다고 생각했다.

"난 수없이 많이 죽었어."

"그걸 기억해?" 매번 똑같은 질문이었다.

그는 고개를 저었다. 감시견들의 해석 대상이 될 얘기를 감히 더 이상 할 수가 없었다.

'죽음과 각성에 대한 얘기는 안 돼.'

죽음과 각성도 여러 번 되풀이하다 보니 무뎌졌다. 때로는 그걸 굳이 자신의 비밀 데이터 폐기 장소에 넣으려 하지도 않았다. 그래…… 중요한 것은 다른 인간들과의 독특한 만남, 그가 알고 있는 얼굴들의 기다란 목록이었다.

시이나는 자신이 그에게서 원하는 것이 바로 그것이라고 주장했다. "친한 사람만이 알고 있는 사소한 일들. 모든 예술가들은 그런 것을 원해요."

시이나는 자신이 무엇을 요구하는지 알지 못했다. 그 모든 살아 있는 만남들은 새로운 의미를 창조해 놓았다. 패턴 안에 또 패턴이 있었다. 지극히 작은 것들이 너무 날카로워져서 그는 어느 누구와도 그것을 나누는 걸 포기해 버렸다……. 심지어 무르벨라하고도.

'내 팔에 닿은 손. 아이의 웃는 얼굴. 공격자의 번득이는 눈.'

셀 수 없이 많은 평범한 일들. 친숙한 목소리가 말하고 있었다. "난 오늘 밤에 그냥 발을 쳐들고 쓰러지고 싶은 생각뿐이야. 나한테 움직이라고 하지 마."

모든 것이 그의 일부가 되어 있었다. 그것들은 그의 인격 속에 갇혀 있었다. 살아 있음이 그것들을 도저히 떼어낼 수 없을 만큼 굳게 결합시켜 놓았고, 그는 그것을 누구에게도 설명할 수 없었다.

무르벨라가 그를 보지 않은 채 말했다. "당신의 그 삶들 속에 많은 여자들이 있었겠지."

"숫자를 세어본 적이 없어서."

"그들을 사랑했어?"

"그들은 죽었어, 무르벨라. 내가 약속할 수 있는 건 내 과거 속에 질투 많은 유령은 없다는 것뿐이야."

무르벨라는 발광구를 껐다. 그는 눈을 감았다. 그녀가 그의 품속으로 기어 들어오고 어둠이 사방에서 다가오는 것이 느껴졌다. 그는 그녀를 세게 안았다. 그녀에게 그런 것이 필요하다는 걸 알기 때문이었다. 그러나 그의 생각은 저절로 굴러갔다.

오랜 기억 속에서 멘타트 스승의 말이 떠올랐다. "가장 커다란 의미가 있던 것이 심장이 한 번 뛰는 순간에 무의미해질 수 있다. 멘타트는 그런 순간들을 기쁨으로 바라보아야 한다."

그는 기쁨을 전혀 느끼지 못했다.

그동안의 모든 생애들이 멘타트적인 의미에 반항하듯 그의 내면에서 계속되고 있었다. 멘타트는 매 순간 자신의 우주를 새롭게 바라보는 자였다. 낡은 것도 없고, 새로운 것도 없고, 오랜 과거에 붙들린 것도 없고, 진정으로 '알려진' 것도 없었다. 멘타트는 그물이었고, 그 그물에 잡힌 것을 조사하기 위해서만 존재했다.

'무엇이 그물을 빠져나가지 못한 건가? 이번 운명에서 내가 얼마나 섬세한 그물을 이용한 거지?'

이것은 멘타트의 시각이었다. 그러나 틀레이랙스 인들이 그를 다시 만들면서 그 모든 골라 아이다호의 세포를 포함시켰을 리가 없었다. 그의 세포 집단들 속에는 분명히 빈틈이 있을 터였다. 그는 그런 틈들을 이미 많이 파악해 냈다.

'하지만 내 기억에는 틈이 없어. 난 그 생애들을 모두 기억하고 있다.'

그는 '시간'의 밖에서 연결된 그물이었다. '그래서 내가 그 환영 속의 사람들을 볼 수 있는 거야…… 그 그물을.' 멘타트의 의식이 제공할 수 있는 설명은 그것뿐이었다. 만약 교단이 이것을 짐작한다면 겁에 질릴 터였다. 그가 아무리 여러 번 부정해도 그들은 '퀴사츠 해더락이 또 나타났다! 그를 죽여!'라고 말할 터였다.

'그러니까 너 스스로 움직여라, 멘타트!'

그는 모자이크의 조각들이 대부분 모였다는 걸 알고 있었지만, 그 조각들은 멘타트들이 '아하!'라고 탄성을 발하면서 귀하게 여기는 그 질문들의 집합으로 한데 모이려 하지 않았다.

어떤 조각 하나를 전혀 움직일 수 없는 게임.

평범하지 않은 행동에 대한 평계.

'그들은 우리가 자기들의 꿈에 기꺼이 동참해 주기를 원해요.'

한계를 시험한다!

인간들은 낯선 곳에서 균형을 잡을 수 있다.

동조. 생각하지 말고 그냥 하는 것.

최고의 예술은 거역할 수 없는 방식으로 삶을 모방한다. 만약 예술이 꿈을 모방한다면, 그것은 삶의 꿈임이 틀림없다. 그렇지 않고서는 우리가 연결될 수 있는 곳이 하나도 없다. 우리의 플러그가 맞지 않는 것이다.

─다르위 오드레이드

이른 오후에 사막을 향해 남쪽으로 여행하면서 오드레이드는 시골 풍경이 3개월 전 감사를 나왔을 때에 비해 기분 나쁠 정도로 바뀌어버린 것을 발견했다. 자신이 지상 교통수단을 선택한 것이 정당화된 것 같은 느낌이었다. 이 높이에서는 흙먼지로부터 그들을 보호해 주는 두꺼운 플라즈의 창틀에 비치는 광경을 더 자세히 알아볼 수 있었다.

'훨씬 더 건조해졌군.'

그녀의 일행은 비교적 가벼운 자동차에 타고 있었다. 운전사를 포함해도 열다섯 명밖에 되지 않았다. 에어쿠션을 사용하지 않을 때에는 반중력 장치와 정교한 제트 추진 장치가 사용되었다. 이 자동차는 반들반들한 표면에서 한 시간에 300킬로미터를 매끈하게 나아갈 수 있었다. (지나치게 열성적인 타말란 덕분에 규모가 너무 커져버린) 그녀의 호위대는 버스로 뒤따르고 있었는데, 그 버스에는 중간에 잠깐 멈췄을 때 먹을 음식과 갈아입을 옷도 실려 있었다.

오드레이드의 옆, 운전사 뒷좌석에 앉은 스트레기가 말했다. "여기에 비를 조금 내리게 할 수 없나요, 최고 대모님?"

오드레이드의 입술이 얇아졌다. 침묵이 최고의 대답이었다.

오드레이드 일행은 예정보다 늦게 출발했다. 일행이 모두 부두에 모여 떠날 준비가 되었을 때, 벨론다에게서 연락이 왔기 때문이었다. 최고 대모가 직접 처리해야 하는 또 하나의 재난 보고서가 마지막 순간에 날아오다니!

그럴 때면 오드레이드는 공식적인 해설자가 자신이 할 수 있는 유일한 역할인 것 같은 느낌이 들었다. 무대의 가장자리로 걸어가서 보고서의 의미를 알려주는 사람. "자매님들, 오늘 우리는 명예의 어머니들이 우리 행성 네 개를 더 없애버렸다는 사실을 알게 되었습니다. 우리가 그만큼 더 작아진 겁니다."

'행성이 겨우 열두 개밖에(부젤을 포함해서) 남지 않았으니 도끼를 든 얼굴 없는 사냥꾼이 그만큼 더 가까워진 거야.'

오드레이드는 자신의 발밑에서 하품을 하듯 입을 크게 벌린 구렁을 느꼈다.

벨론다에게는 좀더 적절한 순간이 올 때까지 이 나쁜 소식을 발표하지 말라고 지시했다.

오드레이드는 자기 옆의 창문을 내다보았다. 그런 소식에 적절한 순간이라는 게 뭘까?

그들이 남쪽을 향해 달린 지 세 시간이 조금 넘었다. 연소기로 반들반들하게 만든 노면이 초록색 강처럼 그들 앞에 뻗어 있었다. 굴참나무가 자라는 산허리를 통과하는 길이었다. 산허리는 저 멀리 능선으로 둘러싸인 지평선까지 뻗어 있었다. 이곳의 굴참나무는 과수원만큼 열을 맞춰 나무를 심지는 않은 농원에서 난쟁이처럼 자랐다. 나무들이 구불구불한 선을 이루며 산 위까지 이어졌다. 원래 이곳의 조림 구역은 기존의 지형을 따라 배치되었는데, 지금은 긴 갈색 풀들이 반(半)계단식 조림지를 가리고 있었다.

"저기서 송로를 기르고 있다." 오드레이드가 말했다.

그런데 이번에는 스트레기가 나쁜 소식을 전해 주었다. "송로에 문제가 생겼다고 들었습니다, 최고 대모님. 비가 충분하지 않아서요."

'이제 송로가 없다고?' 오드레이드는 뒷좌석에 앉은 통신 담당 복사를 불러 이런 건조한 날씨를 교정할 수 있는지 기후 통제소에 물어보라고 할까 망설였다.

그녀는 일행을 살짝 뒤돌아보았다. 한 줄에 네 명씩 세 줄로 앉은 그들은 그녀의 관찰력을 넓혀주고 명령을 수행할 전문가들이었다. 게다가 뒤를 따라오는 저 버스는 또 어떤가! 그 버스는 참사회에 있는 것 중에서도 큰 편에 속했다. 길이가 적어도 30미터는 되었다! 그 버스에 사람들이 잔뜩 들어차 있는 것이다! 흙먼지가 버스를 가로지르거나 버스를 휘감으며 소용돌이쳤다.

타말란은 오드레이드의 명령에 따라 저 뒤의 버스에 타고 있었다. 최고 대모가 흥분했을 때는 때로 금방 화를 내곤 한다고 모두들 생각했다. 탐이 데려온 사람들이 너무 많았지만, 오드레이드가 그 사실을 알았을 때에는 너무 늦어서 바꿀 수가 없었다.

"이런 건 감찰 여행이 아닙니다! 진저리 나는 침략이에요!"

'내 힌트를 받아줘요, 탐. 정치 드라마를 좀 연출해요. 당신을 바꾸는

걸 좀 쉽게 만들어줘요.'

그녀는 이 자동차 안의 유일한 남자인 운전사에게 주의를 돌렸다. 클레르비라는 이름의 그는 몸집이 작고 성질이 까다로운 운송 전문가였다. 얼굴은 누가 꼬집어놓은 것 같았고, 피부색은 새로 뒤집어놓은 축축한 흙 같았다. 그는 오드레이드가 가장 좋아하는 운전사였다. 빠르고 안전했으며, 자신이 운전하는 기계의 한계에 대해 주의를 게을리하지 않았다.

일행이 산꼭대기에 이르자 굴참나무가 듬성듬성해지고, 대신 앞에는 부락을 둘러싼 과수원이 있었다.

지금의 빛 속에서 보니 아름다운 광경이라고 오드레이드는 생각했다. 나지막한 건물들의 벽은 하얀 색이었고 지붕에는 오렌지색 타일이 붙어 있었다. 능선 아래쪽 저 멀리에 아치형 지붕이 그늘을 드리운 진입로가 보였고, 그 뒤에 거리와 줄을 맞춰 서 있는 것은 이 지역을 담당하는 사무실들이 들어 있는 높다란 중앙 건물이었다.

이 광경이 오드레이드에게 안도감을 주었다. 반짝반짝 빛나는 듯한 부락의 모습은 고리처럼 둥그렇게 부락을 감싼 과수원의 안개와 거리 때문에 부드럽게 보였다. 이 위쪽은 아직 겨울 날씨여서 가지들이 앙상했지만 적어도 한 번쯤은 더 열매를 맺을 수 있을 터였다.

교단이 주위 풍경에 대해 어느 정도의 아름다움을 요구한다는 사실을 그녀는 스스로에게 일깨웠다. 위장의 욕구를 제외시키지 않으면서 감각 기관들을 달래주는 것이다. 가능하다면 편안하게…… 하지만 너무 지나쳐서는 안 된다!

오드레이드의 뒤에서 누군가가 말했다. "나무들 중에 잎이 나는 게 있는 것 같아."

오드레이드는 더 자세히 살펴보았다. 그래! 검은 가지 위에 작은 초록색 점들이 보였다. 이곳에서 겨울이 살짝 발을 뺀 것이다. 계절적인 변화를 만들어내려고 애쓰는 기후 통제소도 가끔 발생하는 실수를 막을 수는 없었다. 팽창하는 사막 때문에 이곳의 기온이 너무 일찍 높아지고 있었다. 그래서 이상하게 따뜻한 지역이 생겨나면서 갑자기 서리가 내려야 할 시기에 식물에서 잎이 나거나 꽃이 피었다. 농원이 죽어가는 일이 점점 너무나 흔해졌다.

한 현장 자문이 꽃이 만개한 과수원에 눈이 내리는 영상을 첨부한 보고서에서 '인디언 섬머'라는 고대의 용어를 새삼 사용한 적이 있었다. 그 단어를 보고 오드레이드는 기억이 꿈틀거리는 것을 느꼈다.

'인디언 섬머라. 정말 딱 맞는 표현이야!'

이 행성의 고통에 대해 같은 견해를 갖고 있는 평의회 의원들은 시기에 맞지 않는 따뜻한 날씨의 뒤를 바짝 쫓아 얼어붙을 듯한 추위가 습격해 오는 현상에 대한 이 은유를 알아보았다. 뜻하지 않게 되살아난 따뜻한 날씨는 습격자들이 이웃을 괴롭힐 수 있는 시기가 되어주었다.

기억을 떠올리며 오드레이드는 사냥꾼의 도끼에서 풍기는 오싹함을 느꼈다. '시간이 얼마나 남았을까?' 그녀는 감히 대답을 구하려 하지 않았다. '난 퀴사츠 해더락이 아냐!'

고개를 돌리지 않은 채, 오드레이드가 스트레기에게 말했다. "이곳 폰드릴에 와본 적이 있느냐?"

"제가 대모 지망생 시절을 보낸 건 이곳이 아닙니다, 최고 대모님. 하지만 이곳도 비슷할 거라고 생각합니다."

그래, 이런 부락들은 서로 아주 흡사했다. 대부분 나지막한 건물들이 작은 밭과 과수원 사이에 자리 잡고 있었다. 특별한 훈련을 위한 학교 센터들이었다. 이 훈련은 장래가 유망한 자매들을 걸러내는 시스템으로서, '중앙'에 가까워질수록 체의 눈이 더 섬세해졌다.

이런 부락들 중에서도 폰드릴 같은 곳은 학생들을 강하게 다듬는 데 집중했다. 그들은 매일 학생들을 밖으로 내보내 오랫동안 힘든 노동을 하게 했다. 손으로 땅을 파헤치기도 하고 손에 과일 얼룩을 묻혀보기도 한 사람들은 나중에 더 더러운 임무 앞에서도 주춤거리는 경우가 거의 없었다.

이제 흙먼지가 자욱한 곳을 벗어났으므로 클레르비가 창문을 열었다. 열기가 쏟아져 들어왔다! 기후 통제소는 도대체 뭘 하고 있는 거지?

폰드릴 외곽의 건물 두 개가 1층 위에서 하나로 합쳐지면서 긴 터널이 만들어져 있었다. 오드레이드는 저기에다 내리닫이 격자문 하나만 달면 우주 여행 이전의 역사에 나오는 성문처럼 보이겠다고 생각했다. 갑주를 입은 기사들에게는 저렇게 어둡고 더운 마을 입구가 그리 낯설지 않을 것이다. 입구는 검은 플래스톤으로 만들어져 있었는데, 그냥 보기에는 돌과 똑같았다. 기계눈이 들어 있는 머리 위의 구멍에서는 틀림없이 수호자들이 대기하고 있을 터였다.

어둡게 그늘진 기다란 마을 입구가 깨끗하다는 것을 그녀는 알 수 있었다. 베네 게세리트 부락에서 썩는 냄새나 기타 불쾌한 냄새가 코를 강타하는 경우는 거의 없었다. 빈민가도 없었다. 절름거리며 길을 걷는 불구자들도 거의 없었다. 사람들은 대단히 건강해 보였다. 훌륭한 관리 시스템이 건강한 주민들의 행복을 지키기 위해 신경을 쓰고 있었다.

'하지만 우리에게도 장애인은 있어. 그중에는 신체적 장애인이 아닌 사람들도 있지.'

클레르비가 그늘진 입구를 빠져나와 곧바로 안쪽에 차를 세우자 일행은 차에서 내렸다. 타말란이 탄 버스가 그들 뒤쪽에 멈춰 섰다.

오드레이드는 이 입구를 통과하면서 더위를 조금 식힐 수 있지 않을까 희망했었지만, 자연의 심술 때문에 이곳이 오븐처럼 변해서 오히려 기온이 더 높았다. 그 입구를 지나 중앙 광장의 밝은 빛 속으로 나오자 반가운 기분이 들었다. 피부에서 땀이 증발하면서 몇 초 동안이나마 시원함을 느낄 수 있었다.

태양이 그녀의 머리와 어깨를 태우기 시작하면서, 한숨 놓아도 될 것 같은 환상이 갑작스레 사라져버렸다. 그녀는 체온을 조절하기 위해 신진대사 조절법을 이용해야 했다.

중앙 광장에서는 물이 원을 그리며 흩뿌려지고 있었다. 이제 곧 볼 수 없게 될 부주의한 광경이었다.

'지금은 그냥 놔두자. 사기가 중요해!'

일행이 여느 때처럼 '똑같은 자세로 오래 앉아 있었더니 힘들다'는 듯 끙끙거리면서 뒤따라오는 소리가 들렸다. 광장 반대편 끝에서 영접단이 서둘러 움직이는 것이 보였다. 폰드릴의 지도자인 침페이가 밴에 타고 있는 것이 보였다.

최고 대모의 일행은 파란색 타일이 깔린 분수 광장으로 옮겨 갔다. 오드레이드의 어깨 옆에 서 있는 스트레기만이 예외였다. 타말란의 일행도 공중에 흩뿌려지는 물을 향해 이끌리듯 다가갔다. 오드레이드는 아주 오래된 인간의 꿈속에 포함되어 있는 이 모든 것을 결코 완전히 떼어 내 버릴 수 없을 것이라는 생각이 들었다.

'비옥한 땅과 공기 중에 노출된 물. 얼굴을 담그고 갈증을 달래며 안도감을 느낄 수 있고 마실 수도 있는 깨끗한 물.'

실제로 그녀의 일행 중 몇몇 사람들이 분수에서 바로 그런 행동을 하고 있었다. 그들의 얼굴이 물기에 젖어 번들거렸다.

폰드릴 영접단이 분수 광장의 푸른색 타일을 벗어나지 않은 지점에서 오드레이드 근처에 멈춰 섰다. 침페이가 데려온 일행은 대모 세 명과 조금 나이가 든 편인 복사 다섯 명이었다.

그 복사들이 모두 스파이스의 고통을 겪을 시기에 가까이 다가가 있음을 오드레이드는 알아보았다. 상대를 똑바로 바라보는 그들의 시선에 그 시련에 대한 인식이 드러나 있었다.

침페이는 가끔 학생들을 가르치기 위해 '중앙'으로 오곤 했지만, 오드레이드는 '중앙'에서 그녀를 자주 보지 못했다. 그녀는 몸을 잘 단련하고 있는 것 같았다. 머리카락은 갈색이었지만 색깔이 하도 짙어서 햇빛 속에 서자 검붉게 보였다. 갸름한 얼굴은 엄숙하다 못해 거의 삭막하게 보일 지경이었다. 이목구비는 텁수룩한 눈썹 밑의 온통 푸른색뿐인 눈을 중심으로 몰려 있었다.

"뵙게 되어서 반갑습니다, 최고 대모님." 정말 진심처럼 들리는 어조였다.

오드레이드는 고개를 아주 조금 까딱했다. '당신 말은 잘 들었습니다. 왜 나를 만나서 반갑다는 겁니까?'라는 뜻을 나타내는 최소한의 몸짓이었다.

침페이는 이 뜻을 알아차렸다. 그녀는 키가 크고 뺨이 홀쭉한 자기 옆의 대모를 가리켰다. "과수원 관리자인 팔리를 기억하시겠지요? 팔리가 방금 정원사 대표단을 이끌고 저를 찾아왔습니다. 심각한 불만 사항이 있다면서요."

비바람에 시달린 팔리의 얼굴은 약간 회색으로 보였다. '과로 때문인가?' 그녀의 입술은 얇았으며 턱은 날카로웠다. 손톱 밑에는 흙이 끼어 있었다. 오드레이드는 그 손을 바라보며 흡족함을 느꼈다. '다른 사람들과 함께 땅을 파헤치는 걸 주저하지 않는 사람이군.'

정원사 대표단이라. 불만이 점점 높아지고 있다는 얘기였다. 그들이 제기한 것은 틀림없이 심각한 문제일 터였다. 그 문제를 최고 대모에게 떠넘기는 것은 침페이답지 않았다.

"한번 들어봅시다." 오드레이드가 말했다.

팔리는 침페이를 살짝 바라보며 자세한 얘기를 들려주었다. 심지어 대표단 지도자들의 경력까지도 빼놓지 않았다. 그들 모두는 당연히 훌륭한 사람들이었다.

오드레이드는 패턴을 인식했다. 이 불가피한 결과에 관해 여러 번 회의가 열린 적이 있었다. 침페이도 몇 번 회의에 참석했다. (어쩌면 아직 존재하지 않을지도 모르는) 저 먼 곳의 모래벌레 때문에 이런 변화가 일어난다는 사실을 사람들에게 어떻게 설명할 수 있을까? 이것이 그저 '비만 조금 더 오면' 되는 문제가 아니라 이 행성 기후 시스템 전체의 핵심과 곧바로 연결된 문제라는 것을 농부들에게 어떻게 설명할 수 있을까? 이곳에 비가 더 내린다면 고위도의 바람 방향이 바뀔 수도 있었다. 그렇게 되면 다른 곳에서도 변화가 일어날 것이고, 습기를 잔뜩 품은 열풍이 생겨나 단순히 기후가 혼란해지는 데서 그치지 않고 매우 위험한 상황이 벌어질 터였다. 기후 시스템에 잘못된 조건을 삽입한다면 거대한 태풍이 쉽게 생겨날 수 있었다. 행성의 기후란 쉽게 조정해서 다룰 수 있는 간단한 물건이 아니었다. '그래도 나는 때로 그런 요구를 하고 있지.' 매번 방정식 전체를 꼼꼼하게 조사해 보아야 했다.

"이 행성이 마지막 투표를 하고 있습니다." 오드레이드가 말했다. 이것은 오래전부터 교단이 인간의 오류성을 일깨울 때 사용하던 말이었다.

"듄이 지금도 투표권을 갖고 있습니까?" 팔리가 물었다. 오드레이드의 예상보다 더 강한 적의가 느껴졌다.

"나도 열기를 느끼고 있습니다. 이곳에 오면서 당신 과수원의 이파리들도 보았어요." 오드레이드가 말했다. '당신이 뭘 걱정하는지 나도 압니다, 자매님.'

"올해 수확량이 일부 줄어들 겁니다." 팔리가 말했다. '이건 당신 잘못이야!'라고 비난하는 말투였다.

"대표단에게는 뭐라고 말씀하셨습니까?" 오드레이드가 물었다.

"사막이 반드시 커져야 하고, 기후 통제소가 이제는 우리가 원하는 조정 작업을 모두 해줄 수 없다고 했습니다."

이건 진실이었다. 이런 경우를 대비해 서로 합의한 대답이기도 했다. 진실이라는 것이 흔히 그렇듯이 불충분한 설명이었지만 지금 그들이 해줄 수 있는 얘기는 이것뿐이었다. 곧 뭔가를 포기해야 할 터였다. 그리고 그때까지 더 많은 대표단이 찾아올 것이고, 작물을 더 잃어버릴 것이다.

"저희와 함께 차를 드시겠습니까, 최고 대모님?" 외교적인 재주를 지닌 침페이가 끼어들었다. '문제가 얼마나 악화되고 있는지 아시겠습니까, 최고 대모님? 팔리는 이제 돌아가서 다시 과일과 채소를 돌볼 겁니다. 그녀가 있어야 할 곳으로 돌아가는 것이지요. 메시지를 전달했으니까요.'

스트레기가 헛기침을 했다.

'저 빌어먹을 행동을 못 하게 해야겠어!' 그러나 뜻은 분명했다. 스트레기는 일행의 일정을 책임지고 있었다. 그녀의 헛기침은 '이제 가봐야 한다'는 뜻이었다.

"우리가 좀 늦게 출발했습니다. 그냥 잠시 다리 운동이나 좀 하고, 당신들에게 스스로 해결할 수 없는 문제가 있는지 알아보러 들른 것뿐입니다." 오드레이드가 말했다.

"정원사들 문제는 저희가 처리할 수 있습니다, 최고 대모님."

침페이의 활기 찬 어조에는 훨씬 더 많은 의미가 들어 있어서 오드레이드는 하마터면 빙긋 웃을 뻔했다.

'원한다면 감찰을 해보시지요, 최고 대모님. 어디든 살펴보십시오. 폰드릴이 베네 게세리트의 질서로 유지되고 있음을 알게 되실 겁니다.'

오드레이드는 타말란의 버스를 살짝 바라보았다. 몇몇 사람들이 이미 냉방기가 있는 버스 안으로 돌아가고 있었다. 타말란은 문 옆에 서 있었다. 여기서 오가는 얘기를 충분히 들을 수 있는 거리였다.

"당신이 일을 잘하고 있다는 보고를 여러 번 들었습니다, 침페이. 우리가 간섭하지 않아도 당신이 잘할 수 있겠지요. 난 이렇게 엄청난 숫자의 수행원들을 거느리고 당신 일에 끼어들고 싶지 않습니다." 이 마지막 문장을 말할 때 오드레이드의 목소리는 모든 사람들이 충분히 들을 수 있을 만한 크기였다.

"어디서 밤을 보내실 겁니까, 최고 대모님?"

"엘디오입니다."

"저는 한동안 그곳에 가보지 못했지만, 바다가 훨씬 작아졌다더군요."

"공중 관찰 결과도 당신의 말과 같습니다. 우리가 간다고 그쪽에 미리 알릴 필요는 없습니다, 침페이. 그쪽에서는 이미 알고 있습니다. 이런 인원으로 쳐들어가려니 아무래도 미리 준비를 시켜야 했거든요."

과수원 관리자 팔리가 한 걸음 앞으로 나섰다. "최고 대모님, 조금이라도……."

"정원사들에게 말하세요, 팔리. 둘 중 하나를 선택할 수 있다고. 명예의 어머니들이 도착해서 그들을 노예로 만들 때까지 투덜거리며 여기서 기다리든지, 아니면 대이동에 나서든지."

오드레이드는 자신의 차로 돌아와서 자리에 앉아 문이 닫히고 출발하는 소리가 들릴 때까지 눈을 감고 있었다. 이윽고 그녀가 눈을 떴다. 일행은 이미 폰드릴을 벗어나 남쪽의 과수원 지대를 통과하는 반들반들한 길에 들어서 있었다. 그녀의 뒤에서 긴장된 침묵이 느껴졌다. 자매들은 폰드릴에서 본 최고 대모의 행동에 의문을 품고 깊이 생각해 보는 중이었다. 그곳에서의 만남은 불만스러웠다. 복사들도 당연히 이 분위기에 휩쓸렸고, 스트레기는 시무룩해 보였다.

지금 같은 날씨에 대해 신경을 쓰지 않을 수 없었다. 이제 말만으로는 불만을 달랠 수 없었다. 좋은 날씨를 측정하는 기준이 낮춰져 있었다. 모두들 이유를 알고 있었지만, 실제로 눈에 띄게 일어나는 변화들은 여전히 핵심적인 문제였다. 최고 대모에 대해 불평을 할 수는 없었다(훌륭한 이유가 없다면 말이지!). 그러나 날씨에 대해 투덜거릴 수는 있었다.

"저 사람들 오늘 날씨를 왜 이렇게 춥게 만든 거지? 오늘은 내가 밖에 있어야 하는데 왜 하필 오늘이냔 말이야? 우리가 처음 밖에 나왔을 때는 꽤 따뜻했는데, 지금 날씨를 좀 봐. 난 옷도 제대로 챙겨 입지 않았다고!"

스트레기는 말을 하고 싶어 했다. '뭐, 내가 저 아이를 데려온 것도 그 때문이지.' 그녀는 어쩔 수 없이 최고 대모와 함께 지내다 보니 원래 갖고 있던 경외심이 사라져서 이제 거의 수다스러운 사람이 되어 있었다.

"최고 대모님, 지침서를 찾아보았는데요……."

"지침서를 조심해라!" 그녀가 지금까지 살아오면서 이런 말을 듣거나 말한 적이 몇 번이나 되던가? "지침서는 습관을 만들어낸다."

스트레기는 습관에 대해 자주 설교를 들었다. 베네 게세리트도 습관을 갖고 있었다. 사람들이 '마녀들의 전형적인 행동!'이라며 보존해 두고 있는 것이 바로 그것이었다. 그러나 남이 이쪽의 행동을 예측할 수 있게 해주는 패턴은 반드시 조심스럽게 없애버려야 했다.

"그럼 왜 지침서가 있는 거예요, 최고 대모님?"

"주로 그 내용이 틀렸음을 증명하기 위해서지. 코다는 신입들을 위한 것이고, 다른 지침서는 1차 훈련을 위한 거야."

"그럼 역사는요?"

"기록으로 남은 역사가 진부하다는 사실을 결코 무시하지 마라. 대모가 되면 매 순간 역사를 다시 배우게 될 거야."

"진실은 텅 빈 잔이다." 자신이 이 격언을 기억하고 있다는 걸 매우 자랑스러워하는 목소리였다.

오드레이드는 하마터면 미소를 지을 뻔했다.

'스트레기는 보석 같은 아이야.'

이건 신중해야 한다는 사실을 일깨워주는 생각이었다. 보석 중에는 불순물 덕분에 정체가 드러나는 것이 있었다. 전문가들은 보석 안에 들어 있는 불순물의 지도를 만들었다. 그것은 비밀스러운 지문이었다. 사람도 마찬가지였다. 결점 덕분에 상대가 어떤 사람인지 알게 되는 경우가 많았다. 반짝이는 표면에서 알아낼 수 있는 것은 거의 없었다. 상대를 잘 알아보려면 안쪽 깊숙한 곳의 불순물을 바라보아야 했다. 바로 그곳에 총체적인 하나의 존재가 갖는 보석으로서의 가치가 있었다. 그런 불순물이 없었다면 반 고흐가 어떤 사람이 되었겠는가?

"스파이스의 고통을 겪기 전에 네가 지침으로 삼아야 할 것은, 감수성이 예민한 냉소주의자들의 말이다, 스트레기. 그들이 역사에 대해 하는 말 말이다. 스파이스의 고통을 겪은 후에는 네가 스스로 너만의 냉소주

의자가 되어 너 자신의 가치를 발견하게 될 거다. 지금의 네게 역사란 연대를 알려주고, 과거에 일어난 일들을 알려줄 뿐이야. 대모들은 그 '일들'을 스스로 찾아 나서서 역사가들의 편견을 파악하지."

"그게 전부인가요?" 아주 화가 난 목소리였다. '그럼 선생님들이 왜 제 시간을 그렇게 낭비하게 만든 거죠?'라는 뜻이었다.

"많은 역사서는 대부분 아무런 가치도 없다. 어떤 유력 집단의 비위를 맞추기 위해 편견을 갖고 집필되었기 때문이지. 네 눈이 열릴 때를 기다려라. 우린 최고의 역사가들이야. 우리는 역사적 사건이 일어날 때 바로 그곳에 있었어."

"그래서 제 시각이 매일 변할 거라고요?" 속으로 깊이 생각에 잠긴 목소리였다.

"우리가 항상 생생하게 기억하도록 바샤르가 일깨워준 교훈이 바로 그것이다. 과거는 반드시 현재에 의해 재해석되어야 해."

"제가 그런 걸 좋아하게 될지 잘 모르겠어요, 최고 대모님. 도덕적으로 결정해야 하는 것이 너무 많아요."

아아, 이 보석 같은 아이는 문제의 핵심을 꿰뚫어 보고 진정한 베네 게세리트처럼 자신의 생각을 얘기하고 있었다. 스트레기의 불순물 중에는 눈부신 것들이 있었다.

오드레이드는 생각에 잠긴 스트레기를 곁눈질로 바라보았다. 오래전에 교단은 자매들 각자가 자기만의 도덕적 결정을 내려야 한다고 규정했다. '너 스스로 의문을 가져보지 않고 지도자를 따르지 말라.' 어린 학생들의 도덕적 정신 훈련이 그토록 중시되는 것은 바로 그 때문이었다.

'장래가 기대되는 자매들을 어린 나이에 데려오려고 하는 이유가 바로 그것이지. 그리고 어쩌면 도덕적 결함이 시이나에게 슬그머니 생겨난 것도 그 때문일 거다. 우리가 그 아이를 너무 늦게 얻었어. 그녀와 던컨이 비밀스럽게 손으로 나누는 얘기의 내용이 뭘까?'

"도덕적 결정은 언제나 쉽게 알아볼 수 있다. 사람들이 이기심을 버리는 게 바로 그런 결정을 통해서니까." 오드레이드가 말했다.

스트레기는 경외심이 어린 시선으로 오드레이드를 바라보았다. "그러려면 얼마나 용기가 필요할까요!"

"용기가 아냐! 심지어 절박한 심정도 아니다. 우리가 내리는 결정은 가장 기본적인 의미에서 자연스러운 것이다. 다른 선택의 여지가 없기 때문에 그렇게 하는 것이지."

"대모님 곁에서는 때로 제가 무지하다는 느낌이 들어요, 최고 대모님."

"훌륭해! 그것이 지혜의 시작이다. 무지엔 많은 종류가 있다, 스트레기. 가장 천박한 것은 자신의 욕망을 자세히 조사해 보지도 않고 무작정 따르는 것이지. 때로는 그것이 무의식적으로 이루어진다. 너의 감수성을 갈고 닦아라. 네가 무의식적으로 하는 행동을 의식해야 해. '그 행동을 하면서 내가 얻으려 했던 것이 무엇인가?'라는 질문을 항상 던져보아라."

일행이 엘디오까지의 여정 중 마지막 산꼭대기에 이르렀을 때, 오드레이드는 자신을 돌아볼 수 있는 그 순간이 반가웠다.

그녀의 뒤에서 누군가가 중얼거렸다. "바다가 보여."

"여기서 멈춰라." 바다를 굽어보는 굽이길의 널찍한 분기점에 가까워졌을 때 오드레이드가 명령했다. 클레르비는 이곳을 잘 알고 있었으므로 미리 준비를 하고 있었다. 오드레이드가 그에게 이곳에서 멈추라고 명령하는 경우가 흔했기 때문이다. 그는 그녀가 원하는 곳에서 차를 정지시켰다. 자동차가 멈추면서 끼익 소리를 냈다. 버스가 뒤에서 정차하는 소리도 들려왔다. 뒤에서 누군가가 커다란 목소리로 동료들에게 "저

걸 좀 봐!"라고 소리치고 있었다.

엘디오는 오드레이드가 있는 곳에서 왼쪽 아래 저 멀리 누워 있었다. 섬세한 건물들 중 일부가 가느다란 파이프를 받침 삼아 땅 위로 솟아 있었고, 그 건물들 밑과 사이로 바람이 지나갔다. 이곳은 '중앙'이 자리 잡고 있는 고지대로부터 남쪽으로 아주 멀리 내려온 지점이었으므로 날씨가 훨씬 따뜻했다. 이 거리에서는 마치 장난감처럼 보이는 작은 수직축 풍차들이 엘디오에 있는 건물들의 모퉁이에서 씽씽 돌아가며 부락에 동력을 보태고 있었다. 오드레이드는 스트레기에게 그 풍차들을 가리켜 보였다.

"우린 다른 사람들이 통제하는 복잡한 기술에 대한 예속으로부터 독립하는 길이 저기에 있다고 생각했다."

이 말을 하면서 오드레이드는 오른쪽으로 시선을 옮겼다. '바다!' 한때 찬란하고 광활하게 펼쳐져 있던 바다가 지금은 무서울 정도로 줄어들어 자취만 남아 있었다. '바다의 아이'는 지금 그녀의 눈에 보이는 광경을 아주 싫어했다.

따스한 수증기가 바다에서 올라왔다. 흐릿한 자주색의 건조한 산들이 바다 반대편에서 윤곽이 불분명한 수평선을 그렸다. 그녀는 기후 통제소가 흠뻑 젖은 공기를 흩어버리려고 이곳에 바람을 보냈음을 알 수 있었다. 그 결과 그들이 서 있는 곳 아래쪽의 자갈 깔린 해변에 파도가 하얀 거품을 일으키며 거칠게 부딪혔다.

오드레이드가 기억하기로, 예전에는 이곳에 어촌 마을들이 줄지어 늘어서 있었다. 이제 바다가 뒤로 물러나 버렸으므로 마을들은 비탈길 위쪽으로 한참 높은 곳에 있었다. 한때 저 마을들은 해변을 알록달록하게 장식했다. 그러나 많은 주민들이 새로운 대이동에 흡수되어 떠나버렸다. 이곳에 남은 사람들은 바다까지 배를 운반하기 위해 선로를 깔아두었다.

그녀는 이러한 변화를 좋은 것으로 인정하면서도 비탄에 잠겼다. 에너지 절약. 이 상황 전체가 갑자기 냉혹하게 느껴졌다. 사람들이 죽음을 기다리던 구제국의 노인 시설 같았다.

'이런 곳들이 죽음을 맞이할 때까지 얼마나 남은 걸까?'

"바다가 너무 작아요!" 자동차 뒤에서 누군가의 목소리가 들려왔다. 오드레이드는 그 목소리의 주인이 누구인지 알 수 있었다. 기록 보관소의 사무원이었다. '벨이 심어놓은 지긋지긋한 첩자들 중 하나로군.'

오드레이드는 앞으로 몸을 기울이면서 클레르비의 어깨를 살짝 두드렸다. "가까운 해안까지 내려가자. 이곳에서 거의 바로 아래쪽에 있는 저 후미로. 우리 바다에서 헤엄을 치고 싶구나, 클레르비. 그 바다가 사라지기 전에."

스트레기와 다른 복사 두 명이 후미의 따스한 물 속에서 그녀와 합류했다. 다른 사람들은 해안을 따라 걷거나 자동차와 버스에서 이 기묘한 장면을 바라보았다.

'최고 대모님이 바다에서 알몸으로 헤엄을 치시다니!'

오드레이드의 몸 주위에서 기운을 북돋워주는 물이 느껴졌다. 그녀가 지도자로서 반드시 내려야 하는 결정 때문에 지금 이렇게 헤엄치는 것이 그녀에게 꼭 필요했다.

이 행성의 온난한 기후를 마지막으로 맛볼 수 있는 시기 동안 이 최후의 위대한 바다를 얼마나 보존할 수 있을까? 사막이 다가오고 있었다. 사라져버린 듄의 사막과 맞먹는 '절대적인 사막'이었다. '그 도끼를 든 사람이 우리에게 시간을 조금만 준다면.' 도끼의 위협은 아주 가깝고, 구렁은

깊었다. '이 저주받을 재능 같으니! 왜 내가 이런 걸 알아야 하는 거지?'

'바다의 아이'와 파도의 움직임이 그녀의 균형감각을 천천히 회복시켜 주었다. 이 바다는 커다란 골칫거리였다. 여기저기 흩어져 있는 작은 바다나 호수보다 훨씬 더 중요했다. 이곳에서 올라오는 습기의 양이 상당했다. 날씨를 간신히 관리하고 있는 기후 통제소가 불필요한 일탈을 공격하기 위해 에너지를 사용해야 한다는 뜻이었다. 그러나 이 바다는 지금도 참사회를 먹여 살리고 있었다. 이곳은 통신로이자 운송로였다. 바다의 운반선은 가장 값싼 운반 수단이었다. 그녀는 결정을 내릴 때 반드시 에너지 비용과 다른 요소들의 균형을 맞춰야 했다. 그러나 이 바다는 사라질 터였다. 그건 확실했다. 이곳의 인구 전체가 새로 이주해야 하는 상황에 직면해 있었다.

'바다의 아이'의 기억이 끼어들었다. 향수. 그것이 적절한 판단력의 활동을 차단했다. '바다가 얼마나 빨리 사라져야 하지?' 이것이 문제였다. 이 결정에 따라 사람들을 불가피하게 이주시켜서 다른 곳에 정착시키는 문제가 결정될 터였다.

'빨리 해치우는 게 가장 좋아. 고통을 과거 속으로 떨쳐버리는 거다. 한번 해보자고!'

그녀는 여울로 헤엄쳐 가서 영문을 모르겠다는 표정의 타말란을 올려다보았다. 탐의 로브 자락이 뜻하지 않게 몰려와 물을 튀긴 파도 때문에 검게 변해 있었다. 오드레이드는 자그맣게 몰려오는 파도 위로 고개를 쳐들었다.

"탐! 이 바다를 가능한 한 빨리 제거하세요. 기후 통제소더러 신속한 탈수 계획을 짜라고 해요. 식량부와 운송부도 그 계획에 참여해야 할 겁니다. 그 최종 계획을 내가 승인하기 전에 여느 때처럼 우리가 검토해 보도록 하지요."

타말란은 아무 말 없이 고개를 돌렸다. 그녀는 적당한 자매들에게 자기와 함께 가자고 손짓을 했다. 그동안 그녀는 최고 대모에게 한 번밖에 시선을 주지 않았다. '봤습니까! 내가 꼭 필요한 요원들을 데려온 게 옳았죠!'

오드레이드는 물속에서 나왔다. 그녀의 발밑에서 젖은 모래가 소리를 냈다. '이것도 곧 마른 모래가 되겠지.' 그녀는 수건으로 몸을 닦지도 않고 옷을 입었다. 옷이 그녀의 몸을 불편하게 옥죄었지만 그녀는 그냥 무시한 채 해변을 따라 다른 사람들이 있는 곳과는 반대편으로 걸어 올라갔다. 바다를 뒤돌아보지는 않았다.

'추억의 기념품은 그것뿐이어야 해. 과거의 기쁨을 떠올리기 위해 가끔 불러내서 쓰다듬을 수 있는 것들. 그 어떤 기쁨도 영원할 수 없다. 모든 것이 무상하지. '이것 역시 지나갈 것'이라는 말은 우리 살아 있는 우주의 모든 것에 적용돼.'

해변이 진흙 같은 흙으로 변하고 나무들이 듬성듬성 서 있는 곳에 이르렀을 때 그녀는 마침내 몸을 돌려 자신이 방금 선고를 내린 바다를 뒤돌아보았다.

중요한 것은 생명뿐이라고 그녀는 스스로를 타일렀다. 번식이 계속 추진되지 않는다면 생명은 지속될 수 없었다.

'생존. 우리 아이들이 반드시 살아남아야 한다. 베네 게세리트는 반드시 살아남아야 해!'

어떤 아이 한 명이 전체보다 더 중요한 경우는 없었다. 그녀는 가장 깊은 곳에 있는 자신의 자아 속에서 종(種)이 자신에게 말을 걸고 있음을 인식하며 이 점을 받아들였다. 그 자아를 그녀는 '바다의 아이'로서 처음 만났었다.

일행이 차가 있는 곳으로 돌아가 엘디오로 갈 준비를 하는 동안 오드 레이드는 '바다의 아이'에게 마지막으로 한 번 소금기가 밴 공기의 냄새를 맡도록 허락했다. 그녀는 자신이 점점 차분해지는 것을 느꼈다. 그 본질적인 균형을 일단 터득한 후에는 그것을 유지하기 위해 꼭 바다가 필요한 것은 아니었다.

네가 가진 의문을 땅에서 뿌리째 뽑아 올리면 대롱거리는 뿌리가 보일 것이다. 더 많은 의문들이다!

─멘타트 젠수피

다마는 마음껏 힘을 발휘할 수 있는 상태였다.

'거미 여왕이라고!'

그녀는 마녀들이 자신에게 붙여준 이 칭호가 마음에 들었다. 이곳, 환승점의 새 통제 센터는 그녀가 친 거미줄의 중심이었다. 건물 외부는 아직 그녀에게 어울리지 않았다. 조합의 자기만족이 설계에 너무 많이 포함되어 있었다. 보수적인 분위기. 그러나 내부는 그녀를 부드럽게 달래주는 친숙한 분위기를 띠기 시작했다. 자신이 두르를 결코 떠난 적이 없으며, 퓨타르도 없고, 구제국으로 돌아오기 위한 그 비참한 비행도 없었다고 상상하는 일조차 거의 가능할 것 같았다.

그녀는 회의실의 열린 문간에 서서 식물원을 바라보고 있었다. 뒤로 네 발짝 떨어진 곳에서는 로그노가 대기 중이었다. '내 뒤로 너무 가까이

다가오지 마라, 로그노. 그렇지 않으면 내가 널 죽여버려야 할 테니까.'

태양이 높이 떠오르면 하인들이 편안한 의자와 탁자를 여기저기 내놓게 될 타일 너머의 잔디밭에는 아직 이슬이 맺혀 있었다. 그녀가 화창한 날씨를 주문했으니 기후 통제소는 그런 날씨를 만들어내야 무사할 터였다. 로그노의 보고서는 흥미로웠다. 그래, 그 늙은 마녀가 부젤로 돌아갔단 말이지. 게다가 그녀는 화를 내고 있었다. 잘된 일이었다. 그녀는 자신이 감시당하고 있다는 걸 알고 있었으며, 부젤에서 자신을 빼내 피신처를 마련해 달라고 요구하러 최고 마녀를 찾아갔던 것임이 분명했다. 그런데 그 요청이 거절당한 것이다.

'중심부의 몸통이 발각되지 않는 한 그들은 우리가 자기들 팔다리를 파괴해도 개의치 않아.'

다마는 어깨 너머로 로그노에게 말했다. "그 늙은 마녀를 데려오시오. 그녀의 시종들도 모두."

로그노가 명령을 수행하기 위해 몸을 돌리는 순간 다마는 이렇게 덧붙였다. "그리고 퓨타르 몇 마리를 굶기시오. 굶주린 녀석들이 필요하니까."

"예, 다마."

누군가 다른 사람들이 로그노가 서 있던 시종의 자리를 채웠다. 다마는 새로 자리를 채운 사람이 누군지 확인하기 위해 고개를 돌리지는 않았다. 필요한 명령을 수행할 보좌관들은 항상 충분히 있었다. 위협이라는 문제만 제외하면 보좌관들은 모두 비슷비슷했다. 로그노는 항상 위협적인 존재였다. '내가 긴장을 늦추지 않게 해주지.'

다마는 신선한 공기를 깊이 들이마셨다. 오늘은 날씨가 아주 좋을 것이다. 바로 그녀가 그런 날씨를 원하고 있으므로. 그녀는 자신의 비밀스러운 기억들을 거둬들여 거기서 위안을 얻었다.

'굴두르에게 축복을! 우리 세력을 다시 구축할 곳을 찾았어.'

구제국의 합병은 계획대로 진행되고 있었다. 이제 남아 있는 마녀들의 둥지는 그리 많지 않을 것이다. 저 저주받을 참사회가 발견된다면, 곁가지들은 천천히 파괴해도 되었다.

하지만 익스. 그곳이 문제였다. '어쩌면 어제 익스의 과학자 두 명을 죽이지 말았어야 했는지도 모르겠군.'

그러나 그 멍청이들은 감히 그녀에게 '더 많은 정보'를 요구했다. 요구라니! 그것도 '무기'의 재무장을 위한 해결책을 아직 찾아내지 못했다고 말한 다음에 말이다. 물론 그들은 그것이 무기임을 모르고 있었다. 아니, 알고 있었나? 그녀는 확신할 수 없었다. 따라서 그 둘을 죽인 건 결국 잘한 일이었다. 그들에게 교훈을 가르쳐준 것이다. '질문이 아니라 답을 가져오라'는 교훈을.

그녀는 자신과 자신의 자매들이 구제국에서 만들어내고 있는 질서가 마음에 들었다. 그동안 그들은 너무 많은 방랑을 하면서 너무 많은 문화와 너무 많은 불안정한 종교들을 만났다.

'굴두르에 대한 숭배가 우리를 만족시키듯이 저들도 만족시킬 것이다.'

그녀가 자신의 종교에 대해 신비스러운 공감을 느끼고 있는 것은 아니었다. 종교는 권력을 위한 유용한 도구였다. 이 종교의 뿌리는 잘 알려져 있었다. 마녀들이 '폭군'이라고 부르는 레토 2세와 그의 아버지 무앗딥. 두 사람 모두 최고의 권력 중개인들이었다. 분파적인 집단들이 주위에 많이 있었지만 그들을 제거하는 건 가능한 일이었다. 본질은 보존해둔 채. 그것은 윤활유가 듬뿍 뿌려진 기계와 같았다.

'다수의 가면을 쓴 소수의 전제 정치.'

마녀 루실라가 알아차린 것이 바로 그것이었다. 그녀가 대중 조작법을 알고 있다는 사실을 발견한 이상 그녀를 살려둘 수는 없었다. 마녀들의 둥지를 반드시 찾아내서 태워버려야 할 것이다. 그렇게 예민한 감각을 지닌 사람이 루실라뿐이 아님은 분명했다. 그녀의 행동을 통해 학교가 어떻게 돌아가는지 알 수 있었다. 학교에서 이런 것을 가르치는 것이다! 멍청이들 같으니! 현실을 관리하지 않으면 세상사가 정말 걷잡을 수 없게 되어버리기 마련이었다.

로그노가 돌아왔다. 다마는 그녀의 발소리를 언제나 구분할 수 있었다. 은밀한 발소리.

"부젤에서 늙은 마녀를 끌고 올 겁니다. 그녀의 시종들도요." 로그노가 말했다.

"퓨타르에 대한 지시도 잊지 마시오."

"명령을 내려두었습니다, 다마."

'유들유들한 목소리! 날 퓨타르 떼에게 먹이로 줘버리고 싶겠지, 안 그래, 로그노?'

"그리고 우리에 대한 경비를 강화하시오, 로그노. 어젯밤에도 녀석들 세 마리가 탈출했소. 내가 아침에 일어났을 때 녀석들이 정원을 서성거리고 있더군."

"저도 들었습니다, 다마. 우리에 경비병들을 추가했습니다."

"조련사가 없으면 녀석들이 무해하다는 얘기 같은 건 하지 마시오."

"저도 그렇게 생각하지 않습니다, 다마."

'이번만은 저 여자도 진실을 얘기하는군. 저 여자는 퓨타르들을 무서워한다. 잘된 일이야.'

"우리 세력기반은 이미 완성된 거겠지, 로그노." 다마가 몸을 돌리며 말했다. 로그노가 위험 지역 안으로 적어도 2밀리미터쯤 침범해 들어온 것이 눈에 띄었다. 로그노도 그것을 알아차리고 뒤로 물러났다. '네가 내 앞에 있어서 내가 널 볼 수 있을 때에는 얼마든지 가까이 다가와도 좋지만, 로그노, 뒤에서는 안 돼.'

로그노는 다마의 눈에서 오렌지색 불꽃을 보고 거의 무릎을 꿇다시피 했다. '분명히 무릎이 꺾였어.' "당신을 위해 열심을 내다가 그리 된 것입니다, 다마!"

'날 몰아내려고 열심을 낸 거겠지, 로그노.'

"가무에서 온 여자는 어떻게 되었소? 이상한 이름이었는데. 이름이 뭐였지?"

"레베카입니다, 다마. 그녀와 그녀의 동료 몇 명이…… 아아, 일시적으로 저희의 시야를 벗어났습니다. 저희가 그들을 찾아낼 것입니다. 그들은 행성을 떠날 수 없습니다."

"당신은 내가 그 여자를 이곳에 붙들어두었어야 한다고 생각하지, 그렇지 않소?"

"그녀를 미끼로 간주하신 건 현명한 판단이었습니다, 다마!"

"그 여자는 지금도 미끼요. 우리가 가무에서 찾은 그 마녀가 그들을 찾아간 건 우연이 아니야."

"예, 다마."

'예, 다마!' 로그노의 비굴한 목소리를 듣는 건 유쾌한 일이었다. "자, 가서 일 보시오!"

로그노는 허둥지둥 자리를 떠났다.

폭력을 저지를 가능성이 있는 작은 집단들이 어딘가에서 항상 비밀리에 회합을 갖고 있었다. 그들은 서로 공통적으로 품고 있는 증오를 차곡차곡 쌓아가며 자기들 주위의 질서 정연한 삶을 파괴하려고 떼 지어 몰려 나왔다. 그런 파괴 행위가 있은 후에는 언제나 누군가가 청소를 해야 했다. 다마는 한숨을 쉬었다. 테러 전술은 너무나…… 너무나 일시적이었다!

성공. 위험한 것은 바로 그것이었다. 그 때문에 그들은 제국을 잃어버렸다. 사람이 자신의 성공을 마치 깃발처럼 펄럭이며 휘둘러대면 그 사람을 베어버리고 싶어 하는 사람이 항상 나타났다. 시기심 때문이었다!

'이번에는 우리가 성공을 더 신중하게 간직할 것이다.'

그녀는 반쯤 상념에 잠겨 들었다. 자기 뒤에서 나는 소리에 여전히 긴장을 늦추지 않으면서도 오늘 아침에 살펴본 새로운 승리의 증거들을 음미했다. 자신들이 사로잡은 행성의 이름을 말없이 입속에서 굴려보는 것이 마음에 들었다.

'왈락, 크로닌, 리놀, 에카즈, 벨라 테게즈, 가무, 가몬트, 니우셰…….'

인간들은 가장 끈질기고 치명적인 지성의 질병, 즉 자기기만에 선천적으로 취약하다. 이 세상에서 가능한 최고의 세상과 최악의 세상은 각자 그 극적인 특성을 이 병으로부터 얻는다. 우리가 파악하는 한, 원래부터 이 병에 면역을 가진 사람은 존재하지 않는다. 항상 긴장을 늦추지 말아야 한다.

—코다

오드레이드가 '중앙'을 떠나 있는 상태에서(아마도 곧 돌아올 것이다) 벨론다는 재빨리 행동할 필요가 있었다. '저 저주받을 멘타트 골라는 너무 위험해서 살려둘 수 없어!'

최고 대모 일행이 험악한 오후의 날씨 속으로 사라져 시야를 벗어나자마자 벨론다는 비우주선으로 향했다.

벨론다에게 있어 고리 모양으로 늘어선 과수원을 지나가는 것은 사려 깊은 행동이 아니었다. 그녀는 창문이 하나도 없고 속도가 빠른 자동 튜브에 자리를 마련하라고 명령했다. 오드레이드 역시 자기 나름의 관찰자들을 심어두었기 때문에 그들이 오드레이드에게 쓸데없는 연락을 보낼 수도 있었다.

비우주선으로 가는 길에 벨론다는 아이다호의 여러 생애에 대한 자신의 평가를 다시 검토해 보았다. 그녀는 언제라도 빨리 꺼내 볼 수 있도록 기록 보관소에 기록을 보관해 두고 있었다. 원래의 삶과 초창기 골라의 삶 속에서 그의 성격을 지배한 것은 충동이었다. 그는 금방 사람을 미워하고, 금방 충성을 바쳤다. 나중에 만들어진 아이다호 골라들은 냉소주의로 이러한 성격을 조절했지만 저변에는 여전히 충동적인 성격이 남아 있었다. 폭군이 그 성격을 행동으로 끌어낸 것도 여러 번이었다. 벨론다는 하나의 패턴을 발견했다.

'자부심을 자극해서 그를 선동할 수 있어.'

그가 오랫동안 폭군을 섬긴 기록에 그녀는 홀린 듯한 흥미를 느꼈다. 그가 멘타트였던 적이 여러 번 있었을 뿐만 아니라, 진실을 말하는 자였던 경우 역시 한 번 이상이었다는 증거도 있었다.

아이다호의 외모에는 그녀의 기록에 들어 있는 내용이 반영되어 있었다. 그의 성격을 보여주는 흥미로운 주름살들, 눈 주위의 표정과 입매는 복잡한 내면의 변화와 궤를 같이했다.

오드레이드는 이 남자가 위험하다는 사실을 왜 받아들이려 하지 않는 걸까? 오드레이드가 자신의 감정을 보라는 듯이 과시하면서 아이다호에 대해 얘기할 때면 벨론다는 자주 불안해졌다.

"그의 생각은 분명하고 단도직입적입니다. 그의 정신에는 까다로운 청결함이 있어요. 그것이 기운을 북돋워줍니다. 난 그를 좋아합니다. 그리고 그것이 나의 결정에 영향을 미치는 사소한 일들 중 하나라는 걸 알고 있습니다."

'그녀는 그의 영향력을 인정하고 있어!'

벨론다는 아이다호가 혼자서 콘솔에 앉아 있는 것을 발견했다. 그는 선형 영상에 주의를 고정시키고 있었는데, 그녀는 그 영상이 비우주선의 운전 모형도임을 알 수 있었다. 그는 그녀를 발견하고 영상을 없애버렸다.

"안녕하십니까, 벨. 기다리고 있었습니다."

그가 콘솔장(場)을 건드리자 그의 뒤에서 문이 열렸다. 어린 테그가 들어와 말없이 벨론다를 쏘아보며 아이다호 근처에 자리를 잡았다.

아이다호는 그녀에게 자리에 앉으라는 말을 하지도 않았고, 그녀를 위해 의자를 찾아주지도 않았다. 그래서 결국 그녀가 그의 침실에서 의자를 하나 가져다가 그를 마주 보는 자리에 놓아야 했다. 그녀가 의자에 앉자 그는 신중하면서도 재미있어하는 표정으로 그녀에게 시선을 돌렸다.

벨론다는 그의 인사말에 여전히 깜짝 놀란 상태였다. '저 사람이 왜 날 기다렸을까?'

그는 그녀가 말로 표현하지 않은 이 질문에 대답했다. "다르가 미리 제게 생각을 전하면서 시이나를 만나러 떠난다고 알려주었습니다. 그녀가 떠나면 당신이 지체 없이 날 잡으려 들 것이라는 사실을 난 알고 있었습니다."

이것이 단순한 멘타트의 계산 결과인지 아니면……. "그녀가 당신에게 미리 경고를 했군!"

"틀렸습니다."

"당신과 시이나가 무슨 비밀을 갖고 있는 겁니까?" 다그치는 목소리였다.

"그녀는 당신들이 원하는 대로 날 이용하고 있습니다."

"선교단!"

"벨! 우리 둘 다 멘타트입니다. 우리가 꼭 이런 바보 같은 게임을 해야 합니까?"

벨론다는 심호흡을 하면서 멘타트 모드에 들어가려고 했다. 아이가 자신을 쏘아보고 아이다호가 재미있어하는 표정을 짓고 있는 이런 상황에서는 쉬운 일이 아니었다. 설마 오드레이드의 교활한 책략인가? 이 골라와 힘을 합쳐 자매에게 맞서고 있는 거야?

아이다호는 그녀에게서 베네 게세리트의 강렬함이 사라지고 그녀가 멘타트답게 두 배로 정신을 집중하는 걸 보고 긴장을 풀었다. "당신이 날 죽이고 싶어 한다는 걸 오래전부터 알고 있었습니다, 벨."

'그래…… 내 두려움 때문에 내 생각이 겉으로 드러났지.'

아주 아슬아슬한 상황이었다고 그는 생각했다. 벨론다는 마음속에 죽음을 품고 그를 찾아왔다. '필연성'을 만들어내기 위한 작은 극(劇)도 완전히 준비되어 있었다. 그는 자신이 폭력으로 그녀에게 맞설 수 있을 것이라는 환상을 거의 품지 않았다. 그러나 멘타트로서의 벨론다라면 행동에 나서기 전에 먼저 관찰을 할 것이다.

"당신이 우리를 그냥 이름으로 부르는 건 무례한 행동입니다." 그녀가 그를 자극했다.

"우리 서로를 다른 시각에서 보기로 합시다, 벨. 당신은 더 이상 대모가 아니고 난 '골라'가 아닙니다. 공통의 문제를 지닌 두 사람일 뿐이죠. 당신이 이걸 모르고 있었다는 말은 하지 마십시오."

그녀는 그의 작업실을 살짝 둘러보았다. "날 기다리고 있었다면 왜 무르벨라를 여기 데려다 놓지 않은 겁니까?"

"그녀에게 날 보호하면서 당신을 죽이라고 강요하라고요?"

벨론다는 이 말을 곰곰이 생각해 보았다. '저 저주받을 명예의 어머니는 아마 날 죽일 수 있을 거다. 하지만 그렇게 되면…….' "그녀를 보호하려고 다른 곳으로 보냈군요."

"나한테는 더 나은 수호자가 있습니다." 그는 아이를 가리켰다.

'테그? 수호자라고? 가무에 그에 관한 소문들이 있었지. 아이다호가 뭔가 알고 있는 건가?'

그녀는 이걸 물어보고 싶었지만 그렇게 이야기의 방향이 바뀔 위험을 무릅써도 되는지 알 수 없었다. 감시견들에게 위험을 보여주는 분명한 각본을 반드시 전달해야 했다.

"저 아이 말입니까?"

"당신이 날 죽이는 걸 저 아이가 본다면 베네 게세리트를 섬기려 할까요?"

그녀가 대답을 하지 않자 그가 말했다. "당신이 내 입장이라고 생각해 보십시오, 벨. 난 당신들의 함정뿐만 아니라 명예의 어머니들의 함정에도 붙들린 멘타트입니다."

"당신의 정체가 그것뿐입니까? 멘타트뿐이에요?"

"아뇨. 나는 틀레이랙스의 실험작이지만 미래를 보지는 못합니다. 난 퀴사츠 해더락이 아니에요. 나는 여러 생애의 기억을 가진 멘타트입니다. '다른 기억'을 가진 당신, 그것이 내게 어떤 힘이 되어주는지 한번 생각해 보세요."

그가 말을 하는 동안 테그가 아이다호의 팔꿈치 옆 콘솔에 몸을 기댔다. 소년은 호기심 어린 표정을 지었을 뿐, 그녀를 두려워하는 기색은 없었다.

아이다호는 자신의 머리 위에 초점이 맞춰져 있는 영상을 가리켰다. 은색 점들이 분명한 영상을 만들어낼 준비를 갖추고 거기서 춤을 추듯 움직이고 있었다. "멘타트로서 나는 중계기 영상에 모순이 나타나는 것을 알고 있습니다. 여름에 겨울 풍경이 나타나고, 나를 찾아온 방문객들이 빗속을 뚫고 왔는데도 화창한 풍경이 보이고…… 내가 당신의 작은 연극을 신용하지 않게 되는 걸 미리 예상하지 못했습니까?"

그녀는 이것이 멘타트의 계산 결과임을 알 수 있었다. 그런 의미에서 두 사람은 공통의 가르침을 받은 사람들이었다. 그녀가 말했다. "당신은 당연히 도(道)를 과소평가해서는 안 된다고 스스로에게 일렀겠지요."

"난 여러 의문들을 생각해 보았습니다. 함께 일어나는 일들에는 숨겨진 연결 고리가 있을 수 있습니다. 동시성과 직면했을 때 인과 관계는 무엇입니까?"

"당신은 훌륭한 스승들을 두었군요."

"그것도 한 번의 생애에서만 그런 것이 아니었지요."

테그가 그녀를 향해 몸을 기울였다. "정말로 이분을 죽이려고 오신 거예요?"

거짓말을 해봤자 의미가 없었다. "난 지금도 그가 너무 위험하다고 생각한다." 감시견들이 이걸 갖고 논쟁을 벌일 테면 벌이라지!

"하지만 아이다호 님은 제게 기억을 되돌려주실 분이에요!"

"우리는 같은 무대에서 춤추는 무용수들입니다, 벨. 도(道). 우리가 함께 춤추고 있는 것처럼 보이지 않을 수도 있고, 스텝이나 리듬이 다를 수도 있지만 우리는 다른 사람들의 눈에 같이 비치고 있습니다." 아이다호가 말했다.

그녀는 그가 이야기를 어디로 끌고 가려 하는지 차츰 짐작이 갔다. 혹시 그를 파괴할 다른 방법이 있는지 모르겠다는 생각이 들었다.

"선생님이 무슨 말씀을 하시는 건지 모르겠어요." 테그가 말했다.

"흥미로운 우연의 일치를 얘기하는 거야." 아이다호가 말했다.

테그는 벨론다에게 시선을 돌렸다. "대모님이 좀 설명해 주실 수 있어요?"

"그는 우리가 서로에게 필요하다는 얘기를 하려는 거다."

"그럼 왜 그냥 그렇게 말씀하시지 않는 거죠?"

"그건 그보다 더 미묘한 문제란다, 아이야." 그리고 그녀는 생각했다. '내가 아이다호에게 경고하는 모습이 반드시 기록으로 남아야 해.' "당나귀의 코는 꼬리의 원인이 아닙니다, 던컨. 그 짐승이 당신의 시야를 제한하는 그 가느다란 수직 공간을 아무리 여러 번 지나간다 해도 말입니다."

아이다호는 벨론다의 확고한 시선을 맞받았다. "다르가 한번은 사과꽃이 달린 어린 가지를 들고 여기에 온 적이 있습니다. 그런데 그때 내 영상에는 수확 시기의 모습이 나타났습니다."

"이거 수수께끼죠, 그렇죠?" 테그가 손뼉을 치면서 말했다.

벨론다는 그때 오드레이드가 아이다호를 방문했던 기록을 떠올렸다. 최고 대모의 움직임은 정확했다. "온실이 있다는 생각은 하지 않았습니까?"

"아니면, 그녀가 그냥 날 즐겁게 해주고 싶어 했다거나?"

"저도 뭔가 추측을 해야 하는 거예요?" 테그가 물었다.

오랜 침묵이 흐른 후 멘타트의 시선이 멘타트의 시선과 얽혔다. 아이다호가 말했다. "나의 연금 생활 뒤에는 무질서가 있습니다, 벨. 당신들의 최고 평의회에 불화가 있어요."

"무질서 속에서도 심의와 판단이 이루어질 수 있습니다." 벨론다가 말했다.

"당신은 위선자입니다, 벨!"

그녀는 마치 그에게 한 대 맞기라도 한 것처럼 뒤로 물러났다. 완전히 무의식적인 행동이었기 때문에 그녀는 자신이 타인에 의해 그런 반응을 보였다는 사실에 충격을 받았다. '목소리인가?' 아니…… 그보다 더 깊은 곳까지 닿는 어떤 것이었다. 그녀는 갑자기 이 남자가 극도로 무서워졌다.

"멘타트이자 '대모'인 사람이 이렇게 위선자가 될 수도 있다는 사실이 정말 놀랍군요." 그가 말했다.

테그가 아이다호의 팔을 잡아당겼다. "두 분이 싸우시는 거예요?"

아이다호는 아이의 손을 털어버렸다. "그래, 우린 지금 싸우고 있다."

벨론다는 아이다호의 시선에서 눈을 뗄 수 없었다. 몸을 돌려 도망치고 싶었다. 저자가 무엇을 하고 있는 건가? 일이 완전히 잘못되어 버렸어!

"당신들 중에 위선자와 범죄자가 있습니까?" 그가 물었다.

벨론다는 다시 한번 기계눈을 되새겼다. 그는 그녀뿐만 아니라 감시자들까지도 장난감처럼 데리고 놀고 있었다! 그것도 더할 나위 없이 신중하게. 그가 보여주고 있는 실력에 대한 경탄이 갑작스레 그녀의 마음을 가득 채웠지만 그렇다고 해서 두려움이 진정된 것은 아니었다.

"당신 자매들이 왜 당신을 묵인해 주는지 묻고 있습니다." 그의 입술은 너무나 섬세하고 정확하게 움직였다! "당신은 필요악입니까? 가치 있는 데이터를 내놓고, 때로는 좋은 충고도 해주는 겁니까?"

그녀는 간신히 입을 열었다. "당신이 어찌 감히?" 목구멍이 울리는 듯한 그 소리에는 그녀의 자랑거리인 심술과 악의가 모두 들어 있었다.

"어쩌면 당신이 당신 자매들을 강하게 만들어주는 건지도 모르겠군요." 어조가 조금도 변하지 않은 단조로운 목소리로 그가 말을 이었다. "약한 연결 고리가 있으면, 다른 사람들이 반드시 강화해 주어야 하는 부위가 생기게 마련이고 그것이 그 다른 사람들을 강하게 만들겠지요."

벨론다는 자신이 멘타트 모드를 간신히 유지하고 있음을 깨달았다. 그의 말 중에 진실이 있을까? 혹시 최고 대모가 그녀를 그런 식으로 보고 있는 걸까?

"당신은 범죄적인 반항심을 품고 이곳에 왔습니다. 필연성을 들먹이면서! 당신에게 다른 선택의 여지가 없었음을 증명하기 위해 기계눈을 겨냥한 작은 연극을 준비했겠죠." 그가 말했다.

그녀는 그의 말에 자신의 멘타트 능력이 회복되고 있음을 깨달았다. 그가 다 알고서 저런 행동을 하는 걸까? 그의 말뿐만 아니라 그의 태도도 연구해 보아야 한다는 생각이 그녀를 사로잡았다. 그가 정말로 그녀의 생각을 저렇게 잘 읽어내는 걸까? 어쩌면 이번 만남의 기록이 그녀가 준비했던 작은 연극보다 훨씬 더 가치 있을 것 같았다. 게다가 그 결과는 조금도 다르지 않았다!

"최고 대모의 소망이 곧 법이라고 생각합니까?" 그녀가 물었다.

"정말로 내가 그렇게 부주의하다고 생각하십니까?" 그는 뭐라고 끼어들려고 하는 테그를 향해 손을 저어 그의 말을 막으면서 말을 이었다. "벨! 멘타트로서만 날 상대하십시오."

"말씀하시지요."

'나 말고 많은 사람들이 이 대화를 듣고 있으니까 말이야!'

"난 당신의 문제 속에 깊이 얽혀 있습니다."

"우린 당신에게 문제를 준 적이 없습니다."

"아뇨, 줬습니다. '당신이' 줬어요, 벨. 당신은 얘기를 조금씩 풀어놓으면서 구두쇠처럼 굴지만 나는 압니다."

벨론다는 갑자기 오드레이드의 말을 떠올렸다. "나한테 멘타트는 필요하지 않습니다! 나한테는 발명가가 필요합니다."

"당신에게는…… 내가…… 필요합니다. 당신의 문제는 아직도 껍데기 속에 들어 있지만, 알맹이가 그 안에 분명히 있고 그것을 뽑아내야 합니다." 아이다호가 말했다.

"도대체 왜 우리에게 당신이 필요하다는 겁니까?"

"당신들에게는 내 상상력, 내 독창성, 레토의 분노 앞에서 내 목숨을 부지하게 해주었던 그런 것들이 필요합니다."

"당신이 셀 수도 없을 정도로 여러 번 그에게 죽임을 당했다고 했잖습니까."

'너 스스로 식언을 하는 거냐, 멘타트!'

그는 비할 데 없이 훌륭하게 통제된 미소를 지어 보였다. 그녀도 기계 눈도 도저히 그 의도를 착각할 수 없을 만큼 너무나 정확하게 조절된 미소였다. "그럼 내 말을 믿는 겁니까, 벨?"

'저자가 명을 재촉하고 있군!'

"뭔가 새로운 게 없다면 당신들은 멸망할 수밖에 없습니다. 시간문제일 뿐이에요. 당신들도 그걸 모두 알고 있습니다. 어쩌면 이번 세대에는 아닐지도 모르지요. 다음 세대도 아닐지 모릅니다. 하지만 그건 필연적인 일이에요."

테그가 아이다호의 소매를 거칠게 잡아당겼다. "바샤르 님이 도울 수 있지 않아요?"

소년은 정말로 귀를 기울이고 있었던 모양이었다. 아이다호가 테그의 팔을 가볍게 두드리며 말했다. "바샤르로는 충분하지 않아." 그리고 그는 벨론다를 향해 말을 이었다. "우린 다 같은 패배자 신세입니다. 꼭 먹잇감 하나를 놓고 으르렁거려야겠습니까?"

"당신이 전에도 했던 얘기군요."

'그리고 앞으로도 틀림없이 또 하겠지.'

"지금도 멘타트 모드입니까? 그럼 연극을 포기하세요! 우리 문제에서 낭만적인 안개를 걷어버리란 말입니다." 그가 말했다.

'낭만적인 건 다르야! 내가 아니라고!'

"여기저기 고립된 곳에 조금씩 흩어져서 학살당할 때만 기다리고 있는 대이동의 베네 게세리트들에게 낭만적인 게 어디 있습니까?" 그가 말했다.

"아무도 도망치지 못할 거라고 생각하는 겁니까?"

"당신들은 이 우주에 적들의 씨를 뿌리고 있습니다. 당신들이 명예의 어머니들에게 먹이를 주고 있어요!"

이 순간 그녀는 완전히(그리고 오로지) 멘타트의 상태를 유지했다. 이 골라의 능력에 능력으로 맞대응하기 위해 그럴 수밖에 없었다. 연극? 낭만? 몸이 멘타트의 능력 발휘에 방해가 되었다. 멘타트들은 몸을 이용해야지, 몸이 방해가 되게 해서는 안 되었다.

"당신들이 대이동에 떠나보낸 대모들 중 어느 누구도 이리로 돌아오거나 연락을 보내오지 않았습니다. 당신들은 대이동을 떠난 사람들이 어디로 갔는지 아는 것은 바로 그 사람들 자신뿐이라면서 스스로를 안심시키려고 애씁니다. 그들이 연락을 보내오지 않았다는 사실 속에 들어 있는 메시지를 어떻게 무시할 수 있는 겁니까? 참사회와 연락을 시도한 사람이 왜 하나도 없는 거죠?" 그가 말했다.

'저자가 우리 모두를 꾸짖고 있어, 빌어먹을! 게다가 저자 말이 옳아.'

"내가 우리 문제를 가장 기본적인 형태로 밝혔던가요?"

'멘타트로서 물어보는 거야!'

"질문이 간단하면 미래에 대한 계산 결과도 간단해지지요." 그녀가 동의했다.

"성적인 황홀경의 증폭이 곧 베네 게세리트의 각인이 되는 건가요? 명예의 어머니들이 저 바깥에서 당신네 사람들을 함정에 가두고 있는 겁니까?"

"무르벨라는?" 이건 단 한마디로 구성된 도전장이었다. '당신이 사랑한다는 이 여자를 평가해 봐! 우리가 반드시 알아야 하는 사실들을 그 여자가 알고 있나?'

"그들은 자신들의 쾌락을 중독적인 수준까지 끌어올리지 않도록 정신 훈련을 받았지만, 그래도 취약합니다."

"그녀는 명예의 어머니들의 역사 속에 베네 게세리트가 포함되어 있다는 걸 부인합니다."

"그렇게 하도록 정신 훈련을 받았기 때문입니다."

"대신 권력에 대한 욕망을 갖게 된 건가요?"

"이제야 당신이 제대로 된 질문을 하는군요." 그녀가 대답을 하지 않자 그가 계속 말을 이었다. "축복의 어머니." 그가 베네 게세리트 평의회 의원들을 가리키는 고대의 호칭으로 그녀를 불렀다.

그녀는 그가 왜 이 호칭을 사용했는지 알고 있었다. 이 호칭이 의도했던 대로 효과를 발휘하는 것이 느껴졌다. 그녀는 이제 단단하게 균형을 잡고 있었다. 자신이 스스로 겪은 스파이스의 고통의 모할라타, 즉 악의적인 조상들에게 지배당할 위험에서 그녀를 보호해 주는 선량한 '다른 기억'의 연합에 둘러싸인 멘타트 대모가 된 것이다.

'저런 방법을 써야 한다는 걸 저자가 어떻게 알았을까?' 기계눈 뒤에 있는 관찰자들도 모두 똑같은 의문을 품고 있을 것이다. '그렇지! 폭군이 그를 이렇게 훈련시킨 거다. 몇 번이나 계속. 이것의 정체가 무엇인가? 최고 대모가 감히 이용하려고 하는 이 능력이 뭐야? 위험한 건 사실이지만 내 짐작보다 훨씬 더 커다란 가치를 지니고 있다. 우리가 창조해 낸

신들이시여! 이자가 우리를 해방시켜 줄 도구입니까?'

그는 지극히 차분한 모습이었다. 그는 자신이 그녀를 장악했음을 알고 있었다.

"내 지난 생애 중에 한 번, 왈락 제9행성에 있던 당신들 베네 게세리트 교단을 방문한 적이 있습니다, 벨. 거기서 당신의 조상들 중 한 명인 테르시우스 헬렌 안틱과 대화를 나눴죠. 그녀의 인도를 받으십시오, 벨. 그녀는 알고 있습니다."

벨론다는 머릿속에서 자신을 쿡쿡 찌르는 친숙한 기운을 느꼈다. '안틱이 내 조상이라는 걸 저자가 어떻게 알았지?'

"내가 왈락 제9행성에 간 건 폭군의 명령 때문이었습니다. 아, 그래요! 난 그를 폭군으로 생각할 때가 많았습니다. 내가 받은 명령은 당신들이 그곳에 안전하게 숨겨두었다고 생각했던 멘타트 학교를 폐쇄시키라는 것이었습니다."

안틱이 동시 흐름으로 끼어들었다. '지금 그가 얘기하는 일을 당신에게 보여주겠습니다.'

"생각해 보십시오. 멘타트인 내가 나와 같은 방식으로 사람들을 훈련시키는 학교를 폐쇄해야 했던 겁니다. 물론 그가 왜 그런 명령을 내렸는지 나는 알고 있었습니다. 그건 지금 당신도 마찬가지고요."

동시 흐름이 그녀의 의식 속으로 쏟아져 들어왔다. '질베르투스 알반스에 의해 설립된 멘타트단. 그들을 틀레이랙스의 패권에 통합시키고 싶어 했던 베네 틀레이랙스에게서 구한 임시 피난처. 헤아릴 수 없이 많은 '종자 학교'로의 확산. 그들이 독립적인 반대 세력의 핵이 되었다는 이유로 레토 2세에 의해 폐쇄당함. 기근 시대 이후 대이동 속으로 확산.'

"그는 최고의 교사들 몇 명을 듄에 붙들어 두었습니다. 하지만 안틱이 지금 당신에게 마주 바라보라고 강요하는 문제는 그것과 상관없지요. 당신 자매들은 어디로 갔습니까, 벨?"

"아직은 그걸 알아낼 길이 없지 않습니까?" 그녀는 새로운 눈으로 그의 콘솔을 바라보았다. 이런 정신을 방해하는 것은 잘못이었다. 만약 이 사람을 이용할 생각이라면 그를 완전히 이용해야 했다.

"그건 그렇고, 벨." 그녀가 자리를 뜨려고 일어섰을 때 그가 입을 열었다. "명예의 어머니들이 어쩌면 상대적으로 작은 집단일 수도 있습니다."

'작다고?' 교단의 행성들이 무시무시한 숫자로 몰려오는 그들 때문에 차례차례 제압당하고 있다는 걸 모르는 걸까?

"모든 숫자는 상대적입니다. 이 우주에 정말로 부동인 것이 있습니까? 우리 구제국이 그들에게 최후의 피난처일 수도 있습니다, 벨. 숨어서 집단을 재정비할 수 있는 곳 말입니다."

"이런 얘기를 전에…… 다르에게도 했군요."

'최고 대모도 아니고 오드레이드도 아니군. 다르라고 했다.' 그는 미소를 지었다. "그리고 어쩌면 우리가 사이테일을 도와줄 수도 있을 겁니다."

"우리?"

"무르벨라가 정보를 모으고 내가 그것을 평가하는 거지요."

그는 벨론다가 이 말을 듣고 지어 보인 미소가 마음에 들지 않았다.

"정확하게 무슨 말을 하려는 겁니까?"

"우리의 상상력이 여기저기 돌아다니면서 그 결과에 따라 우리 실험을 고안하게 하는 겁니다. 비공간 행성이 있다 해도 누군가가 그 차폐막을 뚫을 수 있다면 무슨 소용이겠습니까?"

그녀는 소년을 살짝 바라보았다. 바샤르가 비우주선을 '감지'했을지도 모른다는 자기들의 의심을 아이다호가 알고 있는 건가? 그건 당연한 일이었다! 그만한 능력을 지닌 멘타트라면…… 조각조각의 정보를 조합해서 대가다운 전망을 만들어낼 수 있을 터였다.

"조금이라도 인간이 살 만한 행성의 존재를 감추려면 G-3급 태양이 뿜어내는 모든 에너지가 필요할 겁니다." 그녀는 냉담하고 매우 차가운 시선으로 그를 내려다보았다.

"대이동에서 완전히 불가능한 일은 하나도 없습니다."

"하지만 지금 현재 우리의 능력으로는 그렇지 않지요. 뭔가 그보다 덜 야심찬 건 없습니까?"

"교단 사람들의 세포에 있는 유전자 표식을 다시 검토해 보세요. 아트레이데스 유전형질 속에 공통적으로 나타나는 패턴을 찾아보십시오. 당신이 짐작조차 하지 못했던 재능이 있을지도 모릅니다."

"당신의 독창적인 상상력이 이리저리 마구 뛰어 다니는군요."

"G-3급 태양에서 유전학으로 뛰었죠. 어쩌면 공통적인 요인이 있을지도 모릅니다."

'왜 이런 터무니없는 제안을 하는 거지? 비공간 행성과 예지력 차단 장치를 빤히 들여다볼 수 있는 사람들이라니? 저자가 지금 뭘 하고 있는 거지?'

그녀는 그가 오로지 그녀 자신만을 위해 이런 얘기를 하고 있다고 생각할 만큼 자만하지 않았다. 항상 기계눈들이 존재하고 있었으니까.

그는 한쪽 팔을 소년의 어깨에 무심하게 걸친 채 침묵을 지켰다. 두 사람이 모두 그녀를 지켜보고 있었다. 내게 도전하는 건가? '할 수 있다면 한번 멘타트답게 행동해 봐!'라고?

비공간 행성이라니? 물체의 질량이 증가하면, 중력을 무력화시키는 데 필요한 에너지가 소수(素數)와 결합된 한계치를 넘어섰다. 그런데 비공간 차폐막이 부딪히는 에너지 장벽은 이보다 훨씬 더 컸다. 기하급수적인 증가가 얼마나 엄청난 건지를 보여주는 또 하나의 예였다. 지금 아이다호의 말은 대이동을 떠난 누군가가 이 문제를 우회할 수 있는 방법을 발견했을 수도 있다는 뜻인가? 그녀는 그에게 이 질문을 던졌다.

"익스 인들은 홀츠먼의 통일 개념을 꿰뚫어 보지 못했습니다. 그들은 그 개념을 그저 이용할 뿐입니다. 의미를 이해하지 못하는 사람이 사용해도 이 이론은 효과를 발휘하지요." 그가 말했다.

'저자가 왜 익스의 기술주의 얘기를 꺼낸 걸까?' 익스 인들이 너무나 많은 일에 손가락을 담그고 있기 때문에 베네 게세리트는 그들을 믿지 못했다.

"폭군이 왜 한 번도 익스를 억압하지 않았는지 궁금하지 않습니까?" 그가 물었다. 그녀가 계속 그를 빤히 바라보기만 하자 그는 다시 입을 열었다. "그는 그들의 활동을 제한하기만 했습니다. 그는 인간과 기계가 도저히 떼어낼 수 없을 만큼 서로 연결되어서 각자 상대의 한계를 시험한다는 생각에 매혹되어 있었습니다."

"사이보그 말입니까?"

"그것도 포함되었죠."

아이다호는 버틀레리안 지하드가 남긴 혐오감의 잔재가 베네 게세리트들 사이에도 남아 있다는 걸 모르는 걸까? 심상치 않아! 인간과 기계, 그 각자가 할 수 있는 일들이 한데 수렴되다니. 기계의 한계를 생각하면, 그것은 익스 인들의 근시안적인 생각을 단적으로 보여주는 예였다. 아이다호의 말은 폭군이 지능을 갖춘 기계라는 개념에 동의했다는 뜻인가? 멍청이! 그녀는 그에게서 시선을 돌렸다.

"너무 빨리 자리를 뜨시는군요, 벨. 시이나가 성적인 구속의 영향을 받지 않는다는 사실에 더 관심을 보이셔야 할 텐데요. 내가 기술을 갈고 닦으라고 보낸 젊은이들은 각인되지 않았고, 그녀도 마찬가지입니다. 그런데도 그녀는 그 어떤 명예의 어머니보다 더 숙련된 솜씨를 보이고 있어요."

벨론다는 이제 오드레이드가 왜 이 골라를 소중하게 생각했는지 알 수 있었다. '가치를 헤아릴 수도 없을 정도야! 내가 이자를 죽이려고 했다니.' 하마터면 실수를 저지를 뻔했다는 생각 때문에 곤혹감이 그녀의 머릿속을 가득 채웠다.

그녀가 문에 다다랐을 때 그가 그녀를 다시 불러 세웠다. "내가 가무에서 본 퓨타르들 말입니다. 그들이 명예의 어머니를 사냥해서 죽인다는 얘기가 왜 우리 귀에 들어온 걸까요? 무르벨라는 전혀 모르는 얘기라고 하던데요."

벨론다는 뒤를 돌아보지 않고 자리를 떴다. 그녀가 오늘 아이다호에 대해 알게 된 모든 사실들이 그의 위험성을 증가시켰다…… 그러나 그걸 참고 견디는 수밖에 없었다……. 지금은.

아이다호는 깊이 숨을 들이쉬며 어리둥절한 표정을 짓고 있는 테그를 바라보았다. "여기에 있어줘서 고맙구나. 네가 커다란 도발에 직면해서도 침묵을 지켜줘서 정말 고맙다."

"벨론다 님이 정말로 선생님을 죽일 생각은 아니었겠죠…… 그렇죠?"

"네가 처음에 그렇게 몇 초를 벌어주지 않았더라면 그녀가 정말로 죽였을지도 모른다."

"왜요?"

"그녀는 내가 퀴사츠 해더락인지도 모른다는 잘못된 생각을 갖고 있어."

"무앗딥 같은 사람 말이에요?"

"그리고 그의 아들도."

"뭐, 이젠 벨론다 님이 선생님을 해치지 않을 거예요."

아이다호는 벨론다가 나간 문을 바라보았다. 일시적인 유예. 그가 얻어낸 것은 그것뿐이었다. 어쩌면 이제 그는 더 이상 다른 사람들의 음모 속에서 돌아가는 톱니바퀴의 톱니에 불과한 존재가 아닌지도 몰랐다. 그는 사람들과 새로운 관계를 확립했다. 그 관계를 조심스럽게 이용한다면 그가 목숨을 부지할 수도 있을 것이다. 감정적인 애착이 그 안에 포함되었던 적은 한 번도 없었다. 심지어 무르벨라와의 관계에서도…… 오드레이드와의 관계에서도. 무르벨라는 성적인 구속에 대해 마음속 깊은 곳으로부터 그만큼 분개하고 있었다. 오드레이드는 아트레이데스의 의리로 맺어진 고대의 유대감을 암시하지만 대모의 감정은 믿을 수 없는 것이었다.

'아트레이데스!' 그는 테그를 바라보며 아직 다 자라지 않은 얼굴에 벌써 나타나기 시작한 유전적인 외모를 보았다.

'내가 벨과의 대화에서 정말로 얻어낸 게 뭐지?' 그들이 이제 그에게 거짓 데이터를 제공해 줄 가능성은 거의 없었다. 그는 사람이라면 누구나 실수를 저지를 수 있다는 생각으로 지금 상황을 윤색하며 대모에게서 직접 들은 말이라면 어느 정도 믿을 만하다고 생각했다.

'나만 특별한 게 아냐. 이제는 자매들도 나와 같은 입장이 되었다!'

"무르벨라 님을 찾으러 가봐도 될까요? 무르벨라 님이 발로 싸우는 법을 가르쳐주겠다고 약속하셨거든요. 아마 바샤르 님은 그런 방법을 배우지 못했을 거예요." 테그가 말했다.

"누가 그걸 배우지 못했다고?"

테그가 고개를 수그린 채 무안해하면서 말했다. "'내가' 배우지 못했어요."

"무르벨라는 연습장에 있다. 빨리 가봐. 하지만 벨론다에 대한 얘기는 내가 직접 하겠다."

아이다호는 소년이 방을 나가는 모습을 지켜보며 베네 게세리트의 환경 속에서 교육은 결코 멈추는 법이 없다고 생각했다. 그러나 자신들이 자매들에게서만 구할 수 있는 것을 배우고 있다는 무르벨라의 말이 옳았다.

이런 생각을 하다 보니 불안감이 일었다. 기억 속의 어떤 영상이 떠올랐다. 복도에서 차단장 뒤에 서 있던 사이테일의 모습이었다. 자신과 마찬가지로 갇혀 있는 신세인 그는 무엇을 배우고 있을까? 아이다호는 부르르 몸을 떨었다. 그 틀레이랙스 인을 생각하다 보면 항상 얼굴의 춤꾼들에 대한 기억이 떠올랐다. 그리고 그 기억은 자기들이 죽인 사람의 기억을 '그대로 찍어낼' 수 있는 얼굴의 춤꾼들의 능력을 상기시켰다. 생각이 여기에 이르면 그가 본 환영에 대한 공포가 그를 가득 채웠다. 얼굴의 춤꾼들이라니.

'게다가 나는 틀레이랙스의 실험작이야.'

이건 그가 감히 대모와 함께 조사해 볼 엄두를 내지 못하는 문제였다. 아니, 대모의 눈에 띄거나 대모가 그의 말을 들을 수 있는 곳에서도 감히 엄두를 내지 못했다.

그는 복도로 나가 무르벨라의 거처로 들어가서 의자에 자리를 잡고 앉아 그녀가 공부하던 과목의 나머지 부분을 살펴보았다. '목소리.' 그녀는 자신의 목소리 실험 내용을 복습할 때 상대를 들여다보는 듯한 어조를 사용했다. 프라나 빈두 반응을 강제로 일으키기 위한 호흡 장치가 아무렇게나 헝클어진 채 버려진 듯 의자에 걸쳐져 있었다. 그녀가 명예의 어머니이던 시절의 나쁜 버릇이었다.

무르벨라가 돌아왔을 때에도 그는 그 자리에 있었다. 피부에 딱 달라붙는 하얀색 레오타드가 땀으로 얼룩져서 그녀는 빨리 이 옷을 벗고 편안히 쉬고 싶었다. 그가 그동안 터득한 술수 중 하나를 이용해서 샤워를 하러 가는 그녀를 멈춰 세웠다.

"교단에 대해 우리가 모르던 사실들을 알아냈어."

"말해 봐!" 그에게 대답을 다그치는 무르벨라는 예전에 그가 알던 모습이었다. 그녀의 달걀형 얼굴에서는 땀이 번들거렸고, 초록색 눈은 그에게 감탄하고 있었다. '나의 던컨이 또 그들을 꿰뚫어 봤어!'

"어떤 조각 하나를 움직일 수 없는 게임." 그가 이 말을 다시 상기시켰다. '기계눈을 감시하는 감시견들이 이 말을 갖고 이러쿵저러쿵 뜯어볼 테면 보라지!' "그들이 내게 원하는 건, 시이나를 중심으로 새로운 종교를 만들어내는 일을 도와달라는 것만이 아냐. '우리더러 자기들의 꿈에 기꺼이 참가해 달라'는 그것 말이야. 나는 그 밖에도 그들을 귀찮게 괴롭히는 존재, 그들의 양심이 되어서 그들이 자신의 '평범하지 않은 행동'에 대해 스스로 내놓는 평계에 의문을 품게 만들어야 해."

"오드레이드가 왔다 간 거야?"

"벨론다가 왔다 갔지."

"던컨! 그 사람은 위험해. 절대 그 사람과 단둘이 만나서는 안 돼."

"아이가 나와 함께 있었어."

"아이는 그런 얘기 안 했어!"

"그 아이는 명령에 복종하니까."

"좋아! 그래서 어떻게 됐지?"

그는 그녀에게 상황을 짤막하게 설명해 주었다. 심지어 벨론다의 표정과 다른 반응까지도. (기계눈 감시자들이 정말로 수선을 피우겠군!)

무르벨라는 격분했다. "만약 그 여자가 당신을 해치면 난 그들 중 누구하고도 다시는 협력하지 않을 거야!"

'예상했던 그대로의 반응이군, 내 사랑. 결과를 생각해! 당신들 베네 게세리트 마녀들은 자신의 행동을 아주 신중하게 다시 살펴봐야 할걸.'

"연습장에서 한 훈련 때문에 내 몸에서 아직 냄새가 나. 그 아이 말인데, 정말 빨라. 그렇게 똑똑한 아이는 본 적이 없어." 그녀가 말했다.

그가 자리에서 일어섰다. "이리 와, 내가 씻겨주지."

그는 샤워실로 들어가 그녀가 땀에 젖은 레오타드를 벗는 걸 도와주었다. 그녀의 피부에 닿는 그의 손이 서늘했다. 그는 그녀가 자신의 손길을 얼마나 좋아하는지 알 수 있었다.

"아주 부드러우면서도 아주 강해." 그녀가 속삭였다.

'세상에!' 그를 바라보는 그녀의 시선이라니. 마치 그를 집어삼킬 것만 같았다.

이번만은 무르벨라도 자기 비난 없이 아이다호를 생각할 수 있었다. '내가 잠에서 깨어 '난 그를 사랑해!'라고 깨달은 순간이 언제인지 기억나지 않아.' 아니, 이 감정은 그녀의 마음속 깊은 곳으로 슬금슬금 파고들어 와서 점점 더 깊은 중독이 되었다. 그리고 마침내 기정사실이 되어 살아 있는 순간마다 그 사실을 받아들이지 않을 수 없게 되었다. 마치 호흡처럼…… 혹은 심장 박동처럼. '이것이 결점이라고? 교단이 틀렸어!'

"등을 씻어줘." 그녀가 말했다. 그리고 샤워기에서 쏟아지는 물에 그의 옷이 흠뻑 젖은 것을 보고 웃음을 터뜨렸다. 그녀는 그를 도와 그의 옷을 벗겼고, 바로 이 샤워실 안에서 또다시 그 일이 일어났다. 그 통제할 수 없는 충동, 감각 이외의 모든 것을 몰아내 버리는 남자와 여자의 얽힘.

그 일이 끝난 후에야 그녀는 기억을 되새기며 속으로 이렇게 혼잣말을 할 수 있었다. '그는 내가 아는 모든 기법을 알아.' 그러나 그건 단순한 기법이 아니었다. '그는 날 기쁘게 해주고 싶어 해! 두르의 소중한 신이시여! 제가 어찌 이런 행운을 잡을 수 있었단 말입니까?'

그가 그녀를 안아 들고 샤워실을 나가 아직 물기가 남아 있는 그녀의 몸을 침대에 내려놓을 때까지 그녀는 그의 목에 단단히 매달려 있었다. 그녀가 그를 자기 옆으로 잡아당겼다. 두 사람은 조용히 누워서 기운이 저절로 회복되기를 기다렸다.

이윽고 그녀가 속삭였다. "그러니까 선교단이 시이나를 이용할 거라는 얘기군."

"아주 위험한 일이지."

"교단이 노출될 거야. 그들이 항상 그런 상황을 피하려 하는 줄 알았는데."

"내가 보기에 그건 가소로워."

"그들이 당신을 시켜서 시이나를 조종할 생각이었기 때문에?"

"아무도 그녀를 조종할 수 없어! 아마 아무도 그래서는 안 될 거야." 그는 기계눈을 올려다보며 말을 이었다. "이보시오, 벨! 당신이 꼬리를 잡은 호랑이가 한 마리만 있는 게 아닙니다."

벨론다는 기록 보관소로 돌아가는 길에 기계눈 기록실 문 앞에서 걸음을 멈추고 감시모에게 시선으로 질문을 던졌다.

"또 샤워실입니다. 어느 정도 시간이 흐르니 지루해지는군요." 감시모가 말했다.

"참여의 비결입니다!" 벨론다는 이렇게 말하고 자신의 거처를 향해 씩씩하게 걸었다. 그녀의 머릿속은 다시 정리해야 하는 인식의 변화로 인해 요동치고 있었다. '그는 나보다 더 훌륭한 멘타트야! 난 시이나를 질투하고 있다, 젠장! 그리고 그도 그걸 알고 있어!'

참여의 비결! 기운을 북돋워주는 잔치. 명예의 어머니들이 가진 성적인 지식이 공통의 황홀경에 잠기는 그 원시적인 행사와 흡사한 효과를 베네 게세리트에 발휘하고 있었다. 그들은 그 경험을 향해 한 발 다가섰다가 다시 한 발 물러나곤 했다.

그런 것이 존재한다는 걸 아는 것뿐인데! 얼마나 혐오스럽고, 얼마나 위험한지…… 그런데도 얼마나 매력적인지.

'그런데 시이나는 그 영향을 받지 않는다! 젠장!' 아이다호는 왜 하필 지금 그들에게 그 사실을 일깨워준 걸까?

매번 법보다는 균형 잡힌 정신을 우선하는 판단력을 보여주십시오. 규칙과 지침서
는 패턴으로 고정된 행동을 낳습니다. 패턴으로 고정된 행동은 모두 의심의 여지 없
이 받아들여지며 파괴적인 추진력을 점점 얻게 되곤 합니다.

—다르위 오드레이드

동이 트기 직전, 타말란이 자신들이 가야 할 반들거리는 길에 대한 소
식을 갖고 엘디오에서 오드레이드의 숙소에 나타났다.

"공중을 떠도는 모래 때문에 바다 너머의 길 중 여섯 곳이 위험하거나
통행 불가능한 곳으로 변했습니다. 대단히 커다란 모래 언덕들이 있다
고 합니다."

오드레이드는 매일 실시하는 수양법을 방금 마친 참이었다. 가벼운 스
파이스의 고통을 거친 다음 운동을 하고 찬물로 샤워를 하는 것. 엘디오
의 손님용 침실에는 골격에 천을 씌운 의자 하나밖에 없어서(이곳 사람들은
그녀의 취향을 알고 있었다) 그녀는 그곳에 앉아 스트레기와 아침 보고서를 기
다리고 있었다.

은색으로 밝혀진 발광구 두 개의 빛 속에서 타말란의 얼굴이 누렇게

뜬 것처럼 보였지만, 흡족한 기색이 분명했다. '그렇게 처음부터 내 말을 들을 것이지!'라고 말하는 듯한 표정.

"오니숍터를 구하세요." 오드레이드가 말했다.

타말란은 최고 대모의 담담한 반응에 실망한 기색을 역력히 드러내며 방을 나갔다.

오드레이드는 스트레기를 불렀다. "다른 도로들을 확인해 보아라. 바다의 서쪽 끝을 돌아가는 길에 대해 알아봐."

스트레기는 서둘러 물러가다가 다시 돌아오는 타말란과 부딪힐 뻔했다.

"유감이지만 운송부가 충분한 숫자의 오니숍터를 당장 마련할 수 없다고 합니다. 여기서 동쪽에 있는 마을 다섯 군데를 옮기는 중이라서요. 아마 정오까지는 오니숍터를 마련할 수 있을 겁니다."

"여기서 남쪽에 있는 사막 돌출부 꼭대기에 관측 기지가 있지 않습니까?" 오드레이드가 물었다.

"첫 번째 장애물이 바로 그 뒤에 있습니다." 타말란은 여전히 혼자서 너무 즐거워하고 있었다.

"우리가 그곳으로 갈 테니 오니숍터를 그리로 보내라고 하세요. 아침 식사를 하는 즉시 여기서 출발할 겁니다."

"하지만 다르……."

"클레르비에게 당신이 오늘 내 차를 탈 거라고 말해 두세요. 그래, 스트레기, 뭐지?" 스트레기가 타말란 뒤의 문간에 서 있었다.

방을 나가는 타말란의 어깨가 굽은 것을 보니 같은 차를 타자는 얘기를 용서로 받아들이지 않은 모양이었다. '숯불 위에 올라간 형국이군!' 그러나 탐의 행동은 지금 일행에게 필요한 것과 잘 맞아떨어졌다.

"저희가 관측 기지까지 가는 건 가능합니다. 흙먼지와 모래가 피어오르겠지만 길은 안전합니다." 스트레기가 앞의 이야기를 들었음을 드러내며 말했다.

"아침 식사를 서두르자."

사막이 가까워질수록 풍경이 더욱 황량해졌다. 오드레이드는 남쪽을 향해 서둘러 움직이면서 이 점을 언급했다.

가장 최근의 보고서에서 사막의 가장자리로 보고된 지점으로부터 100킬로미터 이내의 지역에서 마을들이 뿌리째 뽑혀 더 서늘한 지역으로 옮겨진 흔적이 보였다. 겉으로 노출된 건물의 기초들, 해체 과정에서 파손되어 다시 쓸 수 없기 때문에 그냥 남겨진 벽들. 파이프들은 건물의 기초와 같은 높이에서 잘려 있었다. 그 파이프들을 땅에서 파내는 비용이 너무 비싸기 때문이었다. 볼품없이 어질러진 이 모습들을 머지않아 모래가 모두 덮어버릴 것이다.

이곳에는 듄에 있었던 것과 같은 방어벽이 없다고 오드레이드가 스트레기에게 말했다. 참사회 행성의 주민들은 곧 극지방으로 옮겨 가 물을 구하기 위해 얼음을 채굴하게 될 것이다.

"우리가 벌써 스파이스 수확 장비를 만들고 있다는 게 사실입니까, 최고 대모님?" 타말란과 함께 뒷자리에 앉은 누군가가 물었다.

오드레이드는 자리에 앉은 채 고개를 돌렸다. 질문을 던진 것은 상급 복사인 통신대원이었다. 책임감 때문에 이마에 깊은 주름이 새겨진 그녀는 나이가 지긋한 편이었으며, 통신 장비 앞에서 오랜 시간을 보낸 탓에 안색이 좋지 않고 눈살을 찌푸린 듯한 표정이었다.

"우린 벌레들에 대비한 준비를 해야 한다." 오드레이드가 말했다.

"그들이 나타나기나 한다면." 타말란이 말했다.

"사막을 걸어본 적이 있습니까, 탐?" 오드레이드가 물었다.

"난 듄에 있었습니다." 아주 짧은 대답이었다.

"그래서 광활한 사막으로 나가본 적이 있습니까?"

"킨 근처에서 모래가 조그맣게 쌓여 있는 곳에만."

"그건 사막과 다릅니다." 그녀가 짧은 대답을 했으니 대답도 응당 짧아야 했다.

"내가 꼭 알아야 하는 것들을 '다른 기억'이 내게 알려줍니다." 이건 복사들에게나 맞는 말이었다.

"그것도 실제와 같지 않습니다, 탐. 당신이 직접 경험해야 해요. 듄에 있을 때, 언제든 벌레가 나타나서 사람을 집어삼킬 수도 있다는 걸 안다는 게 아주 신기한 느낌이었습니다."

"당신이 듄에서 이룩한…… 위업에 대해 나도 들었습니다."

'위업이라. "경험"이 아니라 위업이란 말이지. 비난이 섞인 정확한 말이군. 정말 탐다운 행동이야. 어떤 사람들은 "벨과 너무 자주 접촉해서 그녀도 영향을 받았다"고 말하겠지.'

"그런 사막을 걸어보면 사람이 바뀝니다, 탐. '다른 기억'이 더 선명해지지요. 프레멘 조상의 경험을 이용하는 것과 직접 프레멘이 되어서 다만 몇 시간만이라도 그곳을 걸어보는 건 상당히 다릅니다."

"나한테는 그게 즐겁지 않았습니다."

탐의 모험심이란 이 정도였다. 이 차 안에 있는 사람들이 모두 그녀의 좋지 않은 점을 본 셈이었다. 소문이 퍼져나갈 것이다.

'그래, 정말로 숯불 위에 올라간 형국이야!'

그러나 이제는 평의회의 자리를 시이나에게 넘겨주자는 얘기(만약 그녀가 그 자리에 맞는다면)를 설명하기가 더 쉬워질 터였다.

관측 기지는 규토를 녹여서 결합시킨 광대한 건물이었으며, 열기 때문에 생긴 거품이 전체에 퍼져 있는 초록색 유리 같은 모습이었다. 규토를 융합시킨 건물 가장자리에 선 오드레이드는 발밑의 풀들이 군데군데 조금씩 흩어져 있을 뿐이라는 것을 알 수 있었다. 한때 신록이 우거졌던 이 언덕의 아래쪽 능선은 벌써 모래의 침략을 받고 있었다. 손가락 모양으로 땅을 잠식해 들어오는 사막을 따라 새로 심어진 솔트 관목(시이나의 사람들이 이것을 심었다고 오드레이드의 수행원 중 한 명이 말해 주었다)이 제멋대로의 모습으로 회색 차단벽을 형성하고 있었다. 소리 없는 전쟁이었다. 엽록소를 기반으로 한 생물들이 모래에 맞서 지연 작전을 펴고 있는 것이다.

그녀의 오른쪽에서는 나지막한 모래 언덕 하나가 기지 위로 솟아 있었다. 그녀는 다른 사람들에게 따라오지 말라고 손짓으로 알린 후, 모래 언덕을 올랐다. 사물의 모습을 감춰주는 그 커다란 덩치 바로 뒤에 기억 속의 사막이 있었다.

'그래, 우리가 창조하고 있는 게 이런 것이란 말이지.'

사람이 살고 있는 흔적은 전혀 없었다. 그녀는 침략해 들어오는 모래 언덕들에 맞서 최후의 필사적인 투쟁을 벌이고 있는 식물들을 뒤돌아보지 않고 저 멀리 지평선에 계속 시선을 집중했다. 사막 거주자들이 보았던 경계선이 있었다. 이 넓고 건조한 땅에서 움직이는 것들은 모두 잠재적으로 위험한 존재였다.

그녀는 다른 사람들이 있는 곳으로 돌아온 후, 유리처럼 반들반들하게 윤을 낸 기지의 표면을 한동안 바라보았다.

나이가 지긋한 통신 담당 복사가 오드레이드에게 와서 기후 통제소의 요청을 전달했다.

오드레이드는 내용을 훑어보았다. 간결하고 불가피한 내용이었다. 그 단어들 속에 자세히 묘사된 변화들은 결코 갑작스러운 게 아니었다. 기후 통제소는 지상 장비를 더 요구하고 있었다. 이건 우연히 다가온 폭풍처럼 갑작스러운 게 아니라 최고 대모의 결정 때문에 생겨난 요구였다.

'어제였나? 내가 바다를 단계적으로 없애기로 결정한 게 고작 어제였어?'

그녀는 통신 담당 복사에게 보고서를 돌려주고 그녀의 등 뒤로 시선을 돌려 모래가 흔적을 남긴 반들반들한 건물 표면을 바라보았다.

"요청을 승인한다." 그리고 그녀는 말을 이었다. "이 건물들이 모두 저 뒤로 물러난 걸 보니 슬프군."

복사는 어깨를 으쓱했다. '어깨를 으쓱했어!' 오드레이드는 그녀를 한 대 때리고 싶었다. (그랬다면 교단 전체가 당황해서 술렁거렸을 거야!)

오드레이드는 복사에게 등을 돌렸다.

'내가 저 사람에게 도대체 무슨 말을 할 수 있겠나? 우리가 이 땅에 온 후 가장 나이 많은 자매의 평생보다 다섯 배나 많은 시간이 흘렀다. 그런데 저 사람은 어깨를 으쓱하다니.'

그러나…… 어떤 의미에서 그녀는 교단의 설비들이 간신히 완성되었다는 것을 알고 있었다. 플라즈와 플래스틸은 건물과 주위 환경들 사이의 질서정연한 관계를 유지해 주는 경향이 있었다. '땅과 기억 속에 고정되어 있는 거지.' 마을과 도시는 다른 힘에 쉽사리 굴복하지 않았다……. 인간들의 변덕을 제외한다면.

'그것도 또 다른 자연의 힘이야.'

그녀는 세월에 대해 존경심을 갖는다는 생각이 이상한 것이라는 결론을 내렸다. 사람들은 그런 생각을 선천적으로 갖고 있었다. 그녀는 레르나에우스에 있는 가문의 소유지에 대해 얘기하는 바샤르에게서 그런 모습을 본 적이 있었다.

"우린 어머니가 해놓으신 실내 장식을 그대로 보관하는 것이 적절하다고 생각했습니다."

지속성. 다시 살아난 골라는 그런 감정 또한 되살리는 걸까?

'이곳은 나의 동류들이 있었던 곳이라는 식으로 말이지.'

'나의 동류'라는 말이 혈연으로 연결된 조상들을 가리킬 때에는 이런 얘기가 독특하고 고색창연한 분위기를 띠었다.

'우리 아트레이데스 사람들이 칼라단에서 얼마나 끈질기게 살아남았는지 봐. 낡은 성을 복원하고, 고대의 나무에 깊이 새겨진 조각들에 윤을 내면서 말이야. 그 삐걱거리는 낡은 곳이 간신히 용납할 수 있는 수준으로 기능을 발휘하게 하는 데에만 많은 가신들이 동원되었지.'

그러나 그 가신들은 자기들이 혹사당하고 있다는 생각은 하지 않았다. 그들은 자신들이 하는 일에 대해 일종의 특권 의식을 갖고 있었다. 나무에 광택을 낼 때 그들의 손길은 마치 나무를 쓰다듬는 것 같았다.

"오래된 것. 아트레이데스와 오랫동안 함께했던 것."

사람들과 그들이 만든 예술품들. 연장들의 감각이 그녀 자신의 살아 있는 일부처럼 느껴졌다.

"나는 남들보다 더 나은 존재이다. 내 손에 쥔 이 막대 때문에…… 내가 먹을 고기를 사냥하기 위해 불에 달궈 날카롭게 만든 이 창 때문에…… 추위를 막아주는 이 집 때문에…… 겨울 양식을 저장해 두는 내 돌 창고 때문에…… 속도가 빠른 이 돛단배 때문에…… 이 거대한 해양 쾌속선…… 나를 우주로 실어다 주는 금속과 세라믹의 이 우주선……."

인류 역사상 처음으로 우주로 나간 그 모험가들. 그들은 자신들의 항해가 어디로 뻗어 나갈지 짐작조차 하지 못했다. 고대의 그들이 얼마나 고립되어 있었는지! 사람이 살 수 있는 공기가 든 작은 캡슐과 원시적인 전송 시스템으로 데이터를 보내오는 귀찮은 상대. 고독. 외로움. 그저 살아남는 것을 제외하고는 무엇을 하든 기회가 제한된 상황. 공기를 계속 세척해야 했고, 항상 마실 물이 떨어지지 않게 해야 했고, 무중력 상태에서 몸이 약해지는 것을 막기 위해 운동을 해야 했다. 활동적으로 움직여야 했다. 건강한 몸에 건강한 정신이 깃든다. 그런데 건강한 정신이라는 게 뭐지?

"최고 대모님?"

또 그 귀찮은 통신담당 복사였다!

"응?"

"벨론다 님께서 부젤에서 전령이 왔다는 소식을 최고 대모님께 즉시 알려드리라고 하셨습니다. 이방인들이 와서 대모님들을 모두 데려갔답니다."

오드레이드는 급히 복사에게 몸을 돌렸다. "그게 연락 내용 전문(全文)인가?"

"아뇨, 최고 대모님. 이방인들은 어떤 여자의 지휘를 받고 있었답니다. 전령 말로는 그 여자가 명예의 어머니처럼 보였는데, 그들의 로브를 입지는 않았다고 합니다."

"도르투즐라나 다른 사람들에게서는 아무 소식도 없고?"

"그분들께는 그럴 기회가 없었습니다, 최고 대모님. 전령은 1급 복사입니다. 그녀는 도르투즐라 님의 분명한 지시를 따라 작은 비우주선을 타고 왔답니다."

"그 복사가 절대 그곳을 떠나지 못하게 하라고 벨에게 말해라. 그 아이는 위험한 정보를 갖고 있어. 내가 돌아가면 전령을 하나 뽑아 브리핑을 하겠다. 전령은 반드시 대모여야 해. 전부 기록했나?"

"그럼요, 최고 대모님." 자신의 능력을 의심하는 듯한 최고 대모의 어조에 기분이 상한 모양이었다.

드디어 일이 벌어지고 있어! 오드레이드는 힘겹게 흥분을 억제했다.

'저들이 미끼를 물었다. 이제…… 그들이 낚싯바늘에 걸린 건가? 도르투즐라가 그런 식으로 복사에게 일을 맡긴 건 위험한 짓이었다. 도르투즐라의 성품을 보건대 그 복사는 지극히 믿을 만한 사람임에 틀림없어. 만약 사로잡힌다면 자살할 각오가 되어 있는. 그 복사를 반드시 만나봐야겠다. 어쩌면 스파이스의 고통을 겪어도 되는 수준인지 몰라. 그리고 어쩌면 그것이 바로 도르투즐라가 내게 보낸 메시지인지도 모르지. 그게 그녀다운 행동일 거다.'

물론 벨은 펄펄 뛸 것이다. '처벌 기지에서 온 사람을 믿는 건 명청한 짓입니다!'라면서.

오드레이드는 통신대를 불렀다. "벨론다와 통신을 연결해라."

휴대용 투사기는 고정된 투사기만큼 선명하지 않았지만, 벨과 그녀 주위의 풍경을 알아볼 만했다.

'마치 자기가 주인인 것처럼 내 책상에 앉아 있군. 훌륭해!'

오드레이드는 벨론다에게 화를 터뜨릴 여유를 주지 않고 입을 열었다. "전령으로 온 그 복사가 스파이스의 고통을 겪을 준비가 됐는지 알아보세요."

"그녀는 준비되어 있습니다."

'세상에! 벨이 저렇게 명쾌한 대답을 하다니.'

"그럼 그 일을 처리해 주세요. 어쩌면 그녀가 우리 전령이 될 수도 있을 것 같습니다."

"벌써 그렇게 됐습니다."

"그녀는 수완이 좋은가요?"

"아주 뛰어납니다."

'도대체 벨에게 무슨 일이 일어난 거지? 행동이 너무 이상하잖아. 평소 모습과 완전히 달라. 던컨이군!'

"아, 그리고 벨, 던컨이 기록 보관소에 자유롭게 접촉할 수 있도록 해 주세요."

"오늘 아침에 그렇게 했습니다."

'이런, 이런. 던컨과의 접촉이 효과를 발휘하고 있어.'

"시이나를 만난 후 나와 얘기를 좀 합시다."

"탐이 옳았다고 전해 주십시오."

"무엇에 대해서요?"

"그냥 그렇게만 전해 주세요."

"좋습니다. 당신이 일을 처리하는 방식이 최고로 만족스럽다는 말을 꼭 해야겠군요, 벨."

"최고 대모님이 저를 그렇게 지휘하셨는데 제가 어찌 실수할 수 있겠습니까?"

통신을 끊을 때 벨론다는 정말로 미소를 짓고 있었다. 오드레이드가 몸을 돌리고 보니 타말란이 뒤에 서 있었다.

"무엇에 대해 옳았다는 겁니까, 탐?"

"아이다호와 시이나의 접촉에 우리가 짐작하는 것보다 더 많은 의미가 있다는 것입니다." 타말란은 오드레이드에게 가까이 다가와 목소리를 낮췄다. "두 사람이 비밀로 하는 게 뭔지 알아내기 전에는 그녀를 제자리에 앉히지 마십시오."

"당신이 내 의도를 알고 있었다는 걸 압니다, 탐. 하지만…… 내 생각이 그렇게 뻔히 들여다보이나요?"

"몇 가지 문제에서는 그렇습니다, 다르."

"당신이 내 친구라서 다행이군요."

"다른 사람들도 당신을 지지합니다. 감독관들이 투표를 했을 때, 당신의 창의력이 유리하게 작용했습니다. 당신의 옹호자들 중 한 사람은 그걸 '영감을 받았다'고 표현하더군요."

"그렇다면 내가 '영감을 받은' 결정을 내리기 전에 시이나를 아주 철저하게 숯불 위에 올려놓을 거라는 사실을 당신도 알겠군요."

"물론이지요."

오드레이드는 통신대원들에게 투사기를 치우라는 신호를 보내고서 유리로 만들어진 것 같은 구역의 가장자리로 가서 기다렸다.

'창조적인 상상력.'

그녀는 동료들의 뒤섞인 감정을 알고 있었다.

'창의력!'

그건 스스로를 굳건히 에워싼 권력에게 항상 위험한 존재였다. 창의력은 항상 새로운 것을 들고 나왔다. 새로운 것은 권력을 장악한 손을 부숴버릴 수도 있었다. 베네 게세리트조차 창의력에 접근할 때에는 불안을 품었다. 배를 평평하게 유지하다 보면, 일부 사람들이 배를 흔들어대는 자를 따돌려야겠다는 생각을 하게 마련이었다. 도르투즐라를 그런 자리에 배치한 데에는 그런 요소가 작용하고 있었다. 문제는 창조적인 사람들이 낙후된 곳을 반가워하는 경향이 있다는 점이었다. 그들은 그것을 '혼자만의 시간'이라고 불렀다. 도르투즐라가 밖으로 나온 것은 상당한 힘이 작용했기 때문이었다.

'다치면 안 됩니다, 도르투즐라. 우리가 지금까지 이용했던 최고의 미

끼가 되어야 해요.'

그때 오니숍터들이 도착했다. 모두 열여섯 대였는데, 조종사들은 온갖 고생을 하고 나서 또 임무를 맡게 된 것에 불쾌한 기색이었다. '여러 마을 전체를 옮겼으니!'

마음이 약해진 오드레이드는 오니숍터들이 단단하고 반들반들한 길 위에 내려앉는 것을 지켜보았다. 송풍기처럼 생긴 날개들이 포드의 소매 속으로 접혀 들어갔다. 오니숍터들이 모두 잠자는 곤충처럼 변했다.

'미친 로봇이 자기 모습을 본떠 설계한 곤충.'

일행을 태우고 공중으로 떠오른 오니숍터 안에서 스트레기는 또다시 오드레이드 옆에 앉아 질문을 던졌다. "우리가 모래벌레를 보게 되는 건가요?"

"그럴지도 모르지. 하지만 아직은 그들을 보았다는 보고가 없었다."

스트레기는 실망한 듯 뒤로 등을 기대고 앉았다. 그러나 오드레이드의 대답을 근거로 또 다른 질문을 던지지는 못했다. 때로 진실은 사람을 혼란스럽게 만들 수 있었다. 오드레이드는 자신들이 이 진화의 도박에 너무나 커다란 기대를 걸고 있다고 생각했다.

'그렇지 않고서야 우리가 참사회에서 사랑하는 것들을 모두 파괴할 이유가 없지.'

동시 흐름이 끼어들어 오래전 분홍색 벽돌 건물의 좁은 입구 위에 아치형으로 걸려 있던 간판의 영상을 보여주었다. '불치병 전문 병원.'

교단이 결국 저런 병원에 들어가는 신세가 된 건가? 아니면 교단이 너무나 많은 실수들을 묵인해 준 건가? '다른 기억'이 이렇게 끼어드는 데에는 나름의 목적이 있음이 틀림없었다.

'실수라고?'

오드레이드는 자신들의 실수가 무엇인지 찾아보았다. '그럴 때가 되면, 우리는 무르벨라를 자매로 생각해야 한다'고 생각했던 것. 그들에게 사로잡힌 저 명예의 어머니가 손쓸 수 없는 실패작이라는 뜻은 아니었다. 그러나 그녀는 이곳에 잘 적응하지 못했고, 깊은 훈련을 시작한 나이가 아주 늦었다.

주위의 사람들이 모두 얼마나 조용한지. 모두들 바람에 휩쓸린 모래를 바라보고 있었다. 고래등 같은 모래 언덕들 사이로 간간이 잔물결 모양의 건조한 땅이 보였다. 이른 오후의 태양이 이제야 근처 풍경을 분명히 볼 수 있게 해주는 측면 광선을 충분히 발하기 시작했다. 흙먼지 때문에 앞쪽의 지평선이 잘 보이지 않았다.

오드레이드는 의자에서 몸을 둥글게 말고 잠이 들었다. '난 전에도 이런 광경을 본 적이 있다. 난 듄에서 살아남았어.'

일행이 탄 오니숍터가 아래로 내려가 시이나의 사막 감시 센터 위를 선회하면서 약간 흔들리는 바람에 오드레이드는 잠에서 깨었다.

'사막 감시 센터. 우리가 또 그 꼴이군. 우린 사실 이곳에 이름을 지어준 게 아니다…… 이 행성에 이름을 지어주지 않은 것처럼. 참사회라니! 그게 무슨 이름인가? 사막 감시 센터라니! 그건 이름이 아니라 설명이다. 일시적으로 머무른다는 점을 강조하고 있는 거야.'

일행이 아래로 내려가는 동안 그녀는 자신의 생각을 확인해 주는 것들을 보았다. 건물의 이음매들이 모두 스파르타 식으로 딱딱해서 이곳에 임시로 거처를 마련했다는 느낌이 증폭되었다. 부드러운 부분도, 이음매를 둥글린 부분도 없었다. 그저 '이건 여기다 연결하고, 저건 저리로 가야 한다'는 식으로 건물이 지어져 있을 뿐이었다. 이음매를 연결하고 있는 것은 탈착이 가능한 연결기였다.

기체가 덜컹거리며 착륙했고, 조종사의 말도 곱지 않았다. "도착했습니다. 이제 속이 시원하군요."

오드레이드는 항상 자신에게 할당되는 방으로 곧장 가서 시이나를 불렀다. 임시 숙소. 이곳 역시 딱딱한 침상이 있는 스파르타 식 방이었다. 이번에는 의자가 두 개였다. 서쪽으로 난 창문이 사막을 향하고 있었다. 임시 거처 같은 이 방의 본질이 그녀를 불쾌하게 만들었다. 이곳의 모든 것을 해체해서 수레에 싣고 떠나는 데에는 몇 시간밖에 걸리지 않을 터였다. 그녀는 함께 붙어 있는 욕실에서 얼굴을 씻으며 그 움직임을 최대한 이용했다. 오니숍터에서 쭈그리고 잠을 잔 탓에 그녀의 몸이 삐걱거렸다.

기운을 차린 그녀는 창문으로 다가갔다. 이곳을 세운 사람들이 이 탑을 여기에 포함시켜 준 것이 고마웠다. 탑은 모두 10층이었는데, 그녀가 있는 곳은 9층이었다. 시이나는 꼭대기 층을 차지하고 있었다. 이곳의 이름이 의미하는 일을 하기 위해 시야가 넓은 곳을 고른 것이다.

기다리는 동안 오드레이드는 필요한 준비를 했다.

'마음을 열고 선입견을 털어버리는 거야.'

시이나가 도착했을 때 반드시 아무런 선입견이 없는 순박한 눈으로 첫인상을 파악해야 했다. 특정한 목소리에 맞춰 귀를 미리 준비해 두어도 안 되었다. 코 역시 기억 속의 냄새를 기대해서는 안 되었다.

'내가 이 아이를 선택했다. 난 이 아이의 첫 번째 스승이기 때문에 실수를 저지르기가 쉬워.'

문간에서 들려오는 소리에 오드레이드는 시선을 돌렸다. 스트레기였다.

"시이나 님이 방금 사막에서 돌아와 여기 직원들과 함께 계십니다. 최고 대모님께 위층의 거처에서 만나자고 하십니다. 그곳이 더 편안하다고요."

오드레이드는 고개를 끄덕였다.

꼭대기 층에 있는 시이나의 거처는 지금도 모서리마다 조립식 건물 같은 느낌을 풍기고 있었다. 사막을 앞질러 재빨리 마련된 거처였다. 손님용 방보다 여섯 배 내지 일곱 배 크기인 커다란 방이었지만, 따지고 보면 이곳은 작업실 겸 침실이었다. 창문은 서쪽과 북쪽, 두 곳에 있었다. 오드레이드는 기능적인 모습과 기능적이지 못한 모습이 섞여 있는 것에 충격을 받았다.

시이나는 자신의 방에 자신을 투영해 놓았다. 베네 게세리트의 표준 침상에는 밝은 오렌지색과 적갈색의 이불이 덮여 있었다. 하얀 바탕에 까만 선으로 그린 모래벌레의 그림, 크리스털 이빨을 온통 내보이며 정면을 향하고 있는 녀석의 그림이 한쪽 끝의 벽을 가득 채우고 있었다. 시이나가 '다른 기억' 및 듄에서 보낸 어린 시절을 지침 삼아 직접 그린 것이었다.

시이나가 더 거창한 표현을 시도하지 않았다는 사실에서 그녀에 대해 뭔가를 알 수 있었다. 어쩌면 전통적인 사막을 배경으로 총천연색 그림을 그릴 수도 있었을 텐데. 그림 속에는 벌레와 녀석의 몸 밑에 모래가 있다는 암시, 그리고 전면에 로브를 입고 서 있는 자그마한 사람의 모습뿐이었다.

'그녀 자신인가?'

이것은 경탄할 만한 자제력이었으며, 그녀가 왜 이곳에 있는지 끊임없이 일깨워주는 역할을 했다. 자연에 대한 깊은 인상이 담긴 그림이었다.

'자연은 결코 형편없는 예술은 만들어내지 않는다는 건가?'

이건 너무 그럴듯한 말이라서 받아들일 수 없었다.

'우리가 말하는 "자연"이라는 게 무슨 뜻이지?'

그녀는 지독한 '자연의' 황야를 본 적이 있었다. 금방이라도 부서질 것 같은 나무들은 잘못 만들어진 초록색 물감 속에 들어갔다가 툰드라의 가장자리에 남겨져 자연을 서투르게 흉내 낸 추한 모습으로 말라가고 있는 것 같았다. 혐오스러웠다. 이런 나무들에 어떤 목적이 있을 거라고는 생각하기 어려웠다. 게다가 발 없는 도마뱀들…… 끈적끈적한 노란색 피부. 거기 어디에 예술이 있는가? 어딘가 다른 곳을 향한 진화의 여행 중 임시로 들른 장소일 뿐이었다. 인간의 개입이 항상 뭔가를 바꿔놓는가? 슬리그! 베네 틀레이랙스가 만들어놓은 구역질 나는 놈들.

시이나의 그림에 감탄하면서 오드레이드는 이 세상의 이런저런 것들이 합쳐진 조합들 중에는 인간의 감각에서 특정한 부분을 불쾌하게 건드리는 것이 있다는 결론을 내렸다. 음식으로서 슬리그는 맛있는 녀석이었다. 추한 조합들은 오랜 옛날의 경험들을 건드렸다. 경험이 판단을 내리는 것이다.

'그건 좋지 않아! 우리가 '예술'로 생각하는 것들 중에는 안도감을 느끼고 싶다는 욕망의 비위를 맞추는 것이 많다. 날 성나게 하지 마라! 내가 받아들일 수 있는 게 뭔지는 내가 알아, 라는 식이지.'

이 그림은 어떻게 해서 시이나에게 안도감을 주는 걸까?

'모래벌레: 숨겨진 보물을 지키는 맹목적인 힘. 신비스러운 아름다움 속의 예술성.'

시이나가 자신의 임무에 대해 '나는 어쩌면 결코 존재하지 않을 수도 있는 벌레들을 지키는 목동'이라고 우스갯소리를 한다는 보고가 있었다.

게다가 녀석들이 정말로 나타난다고 해도 그녀의 그림 속에 나타난 것 같은 크기가 되려면 오랜 세월이 걸릴 것이다. 벌레 앞에 있는 저 자그마한 인물이 지금 그녀의 목소리로 얘기하고 있는 건가? '시간이 흐르면 이런 때가 올 것'이라고?

멜란지 냄새가 방에 배어 있었다. 대모의 거처에서 보통 느낄 수 있는 것보다 더 강한 냄새였다. 오드레이드는 탐색적인 시선으로 가구들을 훑어보았다. 의자, 작업용 책상, 고정된 발광구에서 나오는 빛. 모든 것이 편안하게 사용될 수 있는 곳에 배치되어 있었다. 하지만 구석에서 이상한 모양을 하고 있는 저 검은 플라즈 덩어리는 뭐지? 저것도 시이나의 작품인가?

오드레이드는 이 방이 시이나에게 잘 맞는다는 결론을 내렸다. 그림 외에는 그녀의 출신을 상기시키는 것이 거의 없었지만, 어느 쪽 창문이든 창을 통해 바라보이는 풍경은 듄의 건조한 땅 깊숙한 곳에 있는 다르에스 발라트의 풍경이라고 해도 될 것 같았다.

문간에서 옷자락 스치는 소리가 작게 들려오자 오드레이드는 긴장했다. 그녀가 시선을 돌리자 시이나의 모습이 보였다. 최고 대모가 있는 곳으로 들어오기 전에 문 뒤에서 고개만 내밀고 살짝 들여다보는 모습은 거의 수줍다고 해도 될 정도였다.

그녀의 동작은 '그래, 그녀가 정말로 내 방에 왔어. 좋아. 누군가는 내 초대를 아무렇게나 대했을지도 모르는데'라고 말하는 듯했다.

오드레이드의 준비된 감각들이 시이나의 존재 때문에 술렁거렸다. 역사상 가장 어린 대모. 사람들은 흔히 '조용하고 어린 시이나'를 생각하곤 했다. 그녀는 항상 조용한 편도 아니었고 어리지도 않았지만 그 별명은 끈질기게 남았다. 그녀는 심지어 생쥐처럼 겁이 많지도 않았다. 그러나 밭 가장자리에서 농부가 떠나기를 기다리는 쥐처럼 침묵을 지키는 경우가 많았다. 농부가 떠나면 생쥐는 쏜살같이 튀어나와 땅에 떨어진 곡식을 주워 갈 것이다.

시이나가 완전히 방으로 들어와서 오드레이드와 한 발짝도 채 되지 않는 거리에 멈춰 섰다. "너무 오랫동안 격조했습니다, 최고 대모님."

오드레이드가 받은 첫인상은 묘하게 뒤죽박죽이었다.

'솔직함과 은폐?'

시이나는 무엇이든 받아들일 수 있는 자세로 조용히 서 있었다.

시오나 아트레이데스의 이 후손은 베네 게세리트의 풍모 밑에 흥미로운 얼굴을 갖고 있었다. 점점 자랄수록 교단과 아트레이데스의 계획이 모두 그녀에게 효과를 발휘했다. 단호하게 많은 결정들을 내린 흔적이 있었다. 호리호리한 몸과 검은 피부에 햇살 같은 무늬가 있는 갈색 머리의 집 없는 아이가 이제 이렇게 침착한 대모가 되었다. 야외에서 오랜 시간을 보내는 탓에 피부는 아직도 가무잡잡했다. 머리카락에도 여전히 햇살 같은 무늬가 있었다. 그러나 저 눈, 온통 푸른색밖에 없는 강철 같은 눈은 '나는 스파이스의 고통을 통과했습니다'라고 말하고 있었다.

'내가 지금 저 아이에게서 느끼고 있는 게 뭐지?'

시이나는 오드레이드의 표정(베네 게세리트의 순박함!)을 보고 이제 오랫동안 두려워하던 대결의 시간이 왔음을 깨달았다.

'나의 진실 외에는 나를 방어할 것이 하나도 없어. 대모님이 내게서 완전히 자백을 끌어내지 않으면 좋으련만.'

오드레이드는 모든 감각을 열고 지극히 신중하게 옛 제자를 지켜보았다.

'두려움! 내가 지금 뭘 느끼고 있는 거지? 저 아이가 말을 할 때 뭔가가 드러난 건가?'

시이나의 흔들림 없는 목소리는 오드레이드가 처음 그녀를 만났을 때 예상했던 것처럼 강력한 도구로 다듬어져 있었다. 시이나의 원래 천성 (프레멘 같은 천성. 만약 그런 게 있다면 말이지만!)에는 재갈이 물려 다른 방향으로 유도되었다. 마음속 깊은 곳의 원한은 매끄럽게 다듬어졌다. 사랑과 증오의 감정을 느낄 수 있는 능력은 단단한 고삐에 잡혀 있었다.

'이 아이가 나를 끌어안고 싶어 한다는 느낌이 드는 이유가 뭐지?'

오드레이드는 갑자기 약해진 기분이 들었다.

'이 여자는 나의 방어 체제 안으로 들어왔던 적이 있다. 다시는 아이를 완전히 배제시킬 방법이 없어.'

타말란의 말이 떠올랐다. "그녀는 속내를 드러내지 않는 부류의 사람입니다. 슈왕규 자매를 기억하십니까? 그 사람과 같지만 속을 감추는 데 더 능해요. 시이나는 자기가 어디를 향해 가는지 압니다. 우린 그녀를 조심스럽게 관찰해야 할 겁니다. 아트레이데스 혈통이 다 그렇죠."

"나도 아트레이데스입니다, 탐."

"우리가 그걸 한시라도 잊은 줄 아십니까! 만약 최고 대모가 교배를 하겠다는 결정을 혼자서 내린다면 우리가 그냥 멍하니 서 있기만 할 것 같습니까? 우리의 관용에는 한계가 있습니다, 다르."

"그래, 정말이지 오래전에 한 번 찾아왔어야 하는데 그랬구나, 시이나."

오드레이드의 어조가 시이나를 긴장시켰다. 그녀는 교단에서 '베네 게세리트의 평온함'이라고 불리는 표정을 갑작스레 지으며 오드레이드를 마주 바라보았다. 아마도 이 표정보다 더 평온한 것은 이 우주에 없을 터였다. 또한 속내를 이토록 완벽하게 감춰주는 가면도 없을 터였다. 이 표정은 단순히 상대의 탐색을 막는 장벽이 아니었다. 그것은 무(無)였다. 이 가면 위에 무엇이든 표정이 나타난다면 바로 그것이 죄였다. 이 가면은 그 자체로서 자기도 모르게 속내를 드러냈다. 시이나는 즉시 그것을 깨닫고 웃음으로 응수했다.

"대모님이 조사하러 오실 줄 알고 있었습니다! 던컨과의 손가락 대화법 때문이지요?"

'제발, 최고 대모님! 그냥 이 얘기를 받아들여 주세요.'

"모두 말해 봐라, 시이나."

"그는 명예의 어머니들이 공격해 오는 경우 누군가 자신들을 구해 주기를 바라고 있습니다."

"그게 전부냐?"

'저 아이는 나를 완벽한 바보로 아는 건가?'

"아뇨. 그는 우리의 의도와…… 우리가 명예의 어머니들의 위협에 맞서기 위해 어떤 조치를 취하고 있는지에 대한 정보를 원합니다."

"그에게 무슨 얘기를 해주었느냐?"

"제가 해줄 수 있는 얘기는 전부 해줬습니다."

'진실이 나의 유일한 무기야. 대모님의 생각을 딴 데로 돌려놔야 해!'

"너는 높은 자리에서 그를 도와주는 친구 노릇을 하고 있는 것이냐, 시이나?"

"그럼요!"

"나도 그렇다."

"탐과 벨은 아니고요?"

"내 정보원에 의하면 이제 벨도 그를 관대하게 받아들이고 있다고 하더군."

"벨이? 관대하게 받아들인다고요?"

"넌 그녀를 잘못 판단하고 있다, 시이나. 그건 너의 결점이야."

'저 아이가 뭔가를 숨기고 있어. 너 무슨 일을 저지른 거냐, 시이나?'

"시이나, 벨과 함께 일을 할 수 있을 것 같으냐?"

"제가 그녀를 놀리기 때문인가요?"

'벨과 함께 일을 한다고? 그게 무슨 뜻이지? 설마 벨이 저 저주받을 선교단 프로젝트를 지휘한다는 얘기는 아니겠지!'

오드레이드의 입가가 희미하게 움찔거리면서 입꼬리가 올라갔다. '또 농간을 부리는 건가? 그런 건가?'

시이나는 '중앙'의 식당에서 최고의 가십거리였다. 그녀가 교배 감독관들(특히 벨)을 놀린 이야기와 무르벨라에게서 나온 명예의 어머니들에 대한 정보와 그녀가 상대를 유혹하는 방법을 비교해 가며 살을 붙인 자세한 이야기들이 음식보다 더 흥을 돋웠다. 오드레이드도 겨우 이틀 전에 최근에 나온 그런 이야기 하나를 얼핏 들은 적이 있었다. "그녀가 이렇게 말했답니다. '나는 상대가 제멋대로 굴도록 내버려두는 방법을 이용했습니다. 자기들이 우리를 꽃밭으로 데려가고 있다고 생각하는 남자들에게 아주 효과적인 방법이지요'라고요"라는 내용이었다.

"놀린다고? 네가 그 사람을 놀린다는 거냐, 시이나?"

"본성에 반하는 행동을 함으로써 새로운 형태를 만들어낸다는 뜻의 적절한 표현이지요." 이 말을 입 밖에 내는 순간 시이나는 자신이 실수를 저질렀음을 깨달았다.

오드레이드는 경고와도 같은 정적을 느꼈다. '새로운 형태를 만들어내?' 그녀의 시선이 구석에 있는 기묘한 검은 덩어리로 향했다. 그녀는 스스로도 놀랄 정도로 꼼짝하지 않고 그것을 바라보았다. 그것이 그녀의 시선을 빨아들였다. 그녀는 뭔가 일관된 것, 그녀에게 뭔가 '말을 걸어오는' 것을 계속 탐색했다. 아무것도 응답하지 않았다. 그녀가 한계에 이르기까지 탐색을 했는데도. '그래, 그것이 저 덩어리의 목적이야!'

"저것의 이름은 '허공'입니다." 시이나가 말했다.

"네 것이냐?"

'제발 시이나. 누군가 다른 사람이 만들었다고 말해. 이걸 만든 사람은 이미 내가 쫓아갈 수 없는 곳으로 가버린 사람이야.'

"약 일주일 전 어느 날 밤에 제가 만들었습니다."

'네가 새로 형태를 만들어내는 건 검은 플라즈뿐이냐?'

"예술 전반에 대한 매혹적인 논평이구나."

"구체적인 예술에 대한 것이 아니고요?"

"네게 얘기해야 하는 문제가 있다, 시이나. 네가 일부 자매들을 긴장시키고 있어."

'그리고 나도 긴장시키고 있지. 네 안에 우리가 찾아내지 못한 야성이 존재한다. 던컨이 우리더러 찾아보라고 했던 아트레이데스의 유전자 표식이 네 세포 안에 있어. 그 표식들이 네게 뭘 준 거지?'

"제 자매들을 긴장시킨다고요?"

"네가 역사상 가장 어린 나이로 스파이스의 고통을 이기고 살아남았다는 사실을 그들이 떠올릴 때에는 특히 그렇지."

"저주스러운 존재들을 제외하면 그렇다는 얘기겠죠."

"네가 그런 존재인 거냐?"

"최고 대모님!"

'대모님은 교훈을 줄 때를 제외하고는 한 번도 고의로 내게 상처를 입힌 적이 없어.'

"넌 불복종을 나타내기 위한 행동으로서 스파이스의 고통을 겪었다."

"제가 현명한 충고를 거슬렀다고 말해 주시면 안 될까요?"

'때로는 유머가 대모님의 정신을 흐트러뜨리지.'

시이나의 복사 보좌관인 프레스터가 문간에 서서 두 사람의 주의를 끌기 위해 가볍게 벽을 두드렸다. "수색팀이 돌아오는 대로 알려달라고 하셔서 왔습니다."

"그들의 보고 내용은?"

'시이나의 목소리에 안도감이?'

"8번 수색팀이 탐색 결과를 대모님께 보여드리고 싶어 합니다."

"그놈들은 항상 그래!"

시이나는 억지로 분통을 터뜨리며 말을 이었다. "저와 함께 탐색 결과를 보시겠습니까, 최고 대모님?"

"난 여기서 기다리겠다."

"오래 걸리지는 않을 겁니다."

두 사람이 가버린 후 오드레이드는 서쪽 창문으로 다가갔다. 지붕 너머로 새로 생긴 사막의 모습이 분명하게 보였다. 작은 모래 언덕들이 있었다. 거의 석양 무렵이었는데, 저 건조한 열기가 너무나 듄과 흡사했다.

'시이나가 뭘 숨기고 있는 걸까?'

아직 소년의 모습을 거의 벗어나지 못한 젊은 남자가 옆 지붕에서 바다와 같은 초록색 매트리스 위에 똑바로 누워 얼굴에 황금색 수건을 덮고 알몸으로 일광욕을 하고 있었다. 그의 피부가 햇빛에 황금빛으로 달아올라 수건이랑 음모(陰毛)와 같은 색을 띠고 있었다. 산들바람이 수건의 한쪽 모퉁이를 건드리는 바람에 수건이 들어 올려졌다. 나른한 손길이 올라와 수건을 다시 덮었다.

'저 사람은 어떻게 저리 한가할 수 있는 거지? 야간 노동자인가? 그렇겠군.'

한가함은 그리 장려되는 것이 아니었는데, 이 광경은 한가함을 과시하듯 내보이고 있었다. 오드레이드는 혼자 미소를 지었다. 누구든 그를 야간 노동자로 생각한다 해도 뭐라고 할 사람이 없을 것이다. 그는 어쩌면 사람들이 그런 추측을 하리라는 사실에 기대고 있는지도 몰랐다. 다르게 알고 있는 사람들의 눈에만 띄지 않으면 되는 일이었다.

'저 사람에 대해 물어보지 말아야겠다. 머리 좋은 사람들은 어느 정도 보상을 받을 자격을 갖고 있으니까. 게다가 저 사람이 정말로 야간 노동자일 수도 있어.'

그녀는 시선을 들어 올렸다. 이곳에 새로운 패턴이 나타나고 있었다. 이국적인 석양. 지평선을 따라 그어진 좁은 오렌지색 띠는 방금 태양이 땅 밑으로 살짝 가라앉은 곳에서 부풀어 있었다. 오렌지색 위의 은청색 하늘이 머리 위에서 더 어두워졌다. 그녀는 듄에 있을 때 이런 광경을 많이 보았다. 굳이 기상학적 설명을 찾아보고 싶은 생각은 없었다. 잠깐 머무르다 사라지는 이 아름다움을 그냥 눈이 흡수하게 내버려두는 편이 더 나았다. 오렌지색이 사라진 후 급격하게 찾아온 어둠 속에서 이 땅 위로 갑작스러운 정적이 내려앉는 것을 귀와 피부로 느끼는 편이 더 나았다.

젊은 남자가 매트리스와 수건을 집어 들고 통풍기 뒤로 사라지는 모습이 어렴풋이 눈에 들어왔다.

그녀의 뒤에서 복도를 뛰어오는 소리가 들렸다. 시이나가 숨이 거의 턱에 차서 들어왔다. "여기서 북동쪽으로 30킬로미터 떨어진 곳에 스파이스 덩어리가 발견되었습니다! 작지만 속이 꽉 들어찼어요!"

오드레이드는 감히 희망을 품을 수 없었다. "혹시 바람에 날려 와 쌓인 것일 수도 있지 않느냐?"

"그럴 가능성은 희박합니다. 제가 그곳에 24시간 감시를 붙여두었습니다." 시이나는 오드레이드가 서 있던 창가를 흘깃 바라보았다. '대모님

이 트레보를 봤어. 어쩌면…….'

"아까 네게 물었지, 시이나. 벨과 함께 일할 수 있겠느냐고 말이다. 그건 중요한 질문이었다. 탐이 나이를 먹어가고 있어서 곧 다른 사람으로 바꿔야 해. 물론 표결이 이루어지겠지."

"제가요?" 이건 전혀 예상치 못한 얘기였다.

"내가 첫 번째로 꼽은 사람이 너다."

'이제 꼭 해야 하는 일이 되었어. 내가 널 계속 지켜볼 수 있는 곳에 가까이 둬야겠어.'

"하지만 전…… 그러니까 제 말은 선교단의 계획이…….'

"그건 나중으로 미뤄도 된다. 그리고 너 말고도 벌레들의 목동이 될 수 있는 사람이 반드시 있을 거야……. 만약 그 스파이스 덩어리가 우리의 희망대로라면."

"아? 예……. 여기 사람들 중 여럿이, 하지만 아무도…… 벌레들이 지금도 제게 반응을 보이는지 시험해 보고 싶지 않으세요?"

"평의회에서 일한다고 해서 그런 시험을 방해받지는 않을 거다."

"저는…… 보셔서 아시겠지만 정말 깜짝 놀랐습니다."

"충격을 받았다고 해도 되겠구나. 말해 봐라, 시이나. 요즘 네가 정말로 관심을 갖고 있는 게 뭐지?"

'여전히 탐색하고 있어. 트레보, 지금 날 도와줘!'

"사막이 잘 자라게 하는 것입니다."

'진실을 말해야 해!'

"그리고 물론 저의 성생활이지요. 옆집 지붕 위의 젊은 남자를 보셨지요? 트레보입니다. 던컨이 기술을 연마시켜 달라고 새로 보낸 사람이에요."

오드레이드가 가고 난 후에도 시이나는 그 얘기가 왜 그토록 유쾌한 반응을 불러일으켰는지 궁금했다. 그러나 최고 대모의 관심을 다른 곳으로 돌리는 데에는 성공했다.

그녀가 예비로 마련해 두었던 주장, 즉 진실을 낭비할 필요조차 없었다. '내가 테그를 각인시켜서 그 방법을 통해 바샤르의 기억을 복원할 수 있을지 그 가능성에 대해 토론하고 있었다'는 진실.

모든 것을 자백해야 하는 상황을 피해 간 것이다. '최고 대모님은 내가 비우주선 감옥을 다시 작동시켜서 벨론다가 그 안에 심어놓은 기뢰의 신관을 제거할 방법을 몰래 알려줬다는 걸 알아내지 못했어.'

그 어떤 감미료로도 감출 수 없는 씁쓸함이 있다. 쓴맛이 난다면 뱉어버려라. 최초의 우리 조상들이 바로 그렇게 했다.

—코다

무르벨라는 한밤중에 깨어 주위를 분명히 의식하고 있었음에도 꿈이 계속되는 것 같은 기분이었다. 던컨이 그녀의 옆에서 자고 있었고, 기계의 재깍거리는 소리가 희미하게 들려왔다. 천장에 있는 시간 투사기였다. 그녀는 최근 들어 혼자 있는 걸 무서워하며 던컨에게 밤에 곁에 있어 달라고 고집을 부렸다. 그는 그녀가 넷째 아이를 임신한 탓이라고 생각했다.

그녀는 침대 가장자리에 앉았다. 시간 투사기의 어렴풋한 빛 속에서 방이 유령처럼 희미하게 보였다. 꿈속의 영상들이 끈질기게 남아 있었다.

던컨이 뭐라고 투덜대며 그녀를 향해 돌아누웠다. 밖을 향해 불쑥 뻗어 나온 팔이 그녀의 다리 위에 저절로 걸쳐졌다.

그녀는 이런 식의 정신적 침범이 꿈이 아니라는 느낌이 들었지만, 꿈과 같은 특징이 일부 있었다. 베네 게세리트의 가르침 탓이었다. 그 가르침과 사이테일에 대한 그들의 저주스러운 암시들…… 그리고 모든 것! 그것들이 그녀가 통제할 수 없는 움직임을 촉발했다.

오늘 밤 그녀는 정신 나간 말(言)의 세상에서 길을 잃고 헤매고 있었다. 원인은 분명했다. 무르벨라가 9개 언어를 말할 줄 안다는 사실을 아침에 벨론다가 알아내고 이 수상쩍은 복사를 이른바 '언어학적 유산'이라는 정신적 길로 내려보냈던 것이다. 그러나 이 밤의 광기에 벨론다가 영향을 미쳤다고 해서 도망칠 길은 없었다.

악몽. 그녀는 소리가 울리는 거대한 장소에 갇힌 미생물만 한 크기의 생물이었다. 그리고 어디를 봐도 엄청나게 커다란 글자로 '데이터 저장소'라는 말이 붙어 있었다. 찌푸린 턱과 무시무시한 촉수를 가진 살아 있는 단어들이 그녀를 둘러쌌다.

그들은 육식 동물이었고, 그녀는 그들의 사냥감이었다!

자신이 완전히 잠에서 깨어 침대에 걸터앉아 있으며 던컨의 팔이 자신의 다리 위에 얹혀 있다는 것을 아는데도 그녀의 눈에는 여전히 그 짐승들이 보였다. 그들이 그녀를 뒤로 몰았다. 그녀는 자신의 몸이 움직이지 않는데도 자신이 뒷걸음질을 치고 있음을 '알고' 있었다. 그들이 그녀의 눈에 보이지 않는 끔찍한 재앙을 향해 그녀를 밀어붙였다. 고개를 움직일 수가 없었다! 그녀는 눈으로 이 짐승들을 보고 있을 뿐만 아니라 (그들 때문에 침실 일부가 가려져서 보이지 않았다) 귀로는 자신이 할 줄 아는 9개 언어의 불협화음 속에서 짐승들의 소리를 듣고 있었다.

'저들이 나를 갈기갈기 찢어버릴 거야!'

고개를 돌릴 수는 없었지만, 그녀는 자신의 뒤에 무엇이 있는지 느낄 수 있었다. 더 많은 짐승들의 이빨과 발톱. 사방에 온통 위협뿐이었다!

만약 그들이 그녀를 구석으로 몰아넣기라도 한다면 와락 덤벼들 터였다. 그러면 그녀는 끝장이었다.

'완전히 끝장난 것. 죽음. 희생자. 고통에 사로잡힌 포로. 손쉬운 사냥감.'

절망이 그녀의 머릿속을 가득 채웠다. 던컨은 왜 깨어나서 그녀를 구해 주지 않는 걸까? 그의 팔은 납덩이처럼 무거웠다. 그녀를 제자리에 묶어두고 이 짐승들로 하여금 그녀를 괴상한 함정 속으로 몰아가게 하는 힘의 일부였다. 그녀는 부르르 몸을 떨었다. 몸에서 땀이 비 오듯 쏟아졌다. 끔찍한 단어들! 그것들이 한데 합쳐져서 거대한 조합이 되었다. 칼처럼 날카로운 송곳니가 있는 짐승 한 마리가 똑바로 그녀를 향해 다가왔다. 그녀는 녀석의 양 턱 사이에 입을 벌리고 있는 암흑 속에서 더 많은 단어들을 보았다.

'위를 보아라.'

무르벨라는 소리 내어 웃기 시작했다. 웃음을 통제할 수가 없었다. '위를 보아라. 완전히 끝장난 것. 죽음. 희생자…….'

웃음소리가 던컨을 깨웠다. 그는 일어나 앉아서 낮게 떠 있는 발광구를 켜고 그녀를 빤히 바라보았다. 아까 두 사람이 성적인 충돌을 벌인 후라 그가 얼마나 흐트러져 보이는지.

그는 재미있어하는 것 같기도 하고 자다 깨서 기분이 나쁜 것 같기도 한 표정을 지었다. "왜 웃고 있는 거지?"

웃음소리가 잦아들며 숨 막히는 소리가 되었다. 그녀의 옆구리가 아팠다. 그의 애매한 미소가 또다시 웃음의 발작에 불을 붙일까 봐 무서웠다. "오…… 오! 던컨! 성적인 충돌!"

그는 이것이 자기들 두 사람을 묶어주고 있는 중독을 가리키는 자기들 두 사람 사이의 용어라는 것을 알고 있었다. 하지만 그녀가 이 말에 웃음을 터뜨리는 이유가 뭐지?

그의 어리둥절한 표정이 그녀에게는 우스꽝스럽게 보였다.

웃음소리 사이사이에 끅끅 숨을 몰아쉬면서 그녀가 말했다. "단어가 두 개 더." 그리고 그녀는 또다시 웃음이 터지는 것을 막기 위해 조개처럼 입을 다물어야 했다.

"뭐?"

그녀가 지금까지 들어본 소리 중 그의 목소리만큼 웃긴 것은 없었다. 그녀는 그에게 불쑥 손을 내밀고 고개를 저었다. "오오…… 오오……."

"무르벨라, 왜 이러는 거야?"

그녀가 할 수 있는 것이라고는 계속 고개를 젓는 것뿐이었다.

그가 시험 삼아 애매한 미소를 지었다. 그 덕분에 그녀는 조금 진정되어서 그에게 몸을 기댔다. "아냐!" 그의 오른손이 움직이는 것을 느끼고 그녀가 말했다. "난 그냥 당신과 가까이 있고 싶을 뿐이야."

"지금 시간이 몇 시인지 좀 봐." 그가 턱을 치켜들어 천장의 투사기를 가리키며 말을 이었다. "거의 3시가 다 됐어."

"너무 재미있었어, 던컨."

"그러니까 나한테 말해 보라고."

"숨 좀 고르고."

그는 그녀를 조심스럽게 베개 위에 눕혔다. "젠장, 늙은 부부 같군. 한밤중에 재미있는 얘기라니."

"아냐, 내 사랑. 우린 달라."

"정도의 문제일 뿐이야."

"질이 다르다고." 그녀가 고집을 피웠다.

"그래, 뭐가 그렇게 재미있었던 거지?"

그녀는 자신의 악몽과 벨론다가 자신에게 미친 영향을 설명해 주었다.

"젠수니. 아주 오래된 기법이지. 자매들은 당신에게서 외상의 접점을 제거하려고 그걸 이용하고 있어. 말을 이용해서 무의식적인 반응에 불을 붙이는 거지."

공포가 되돌아왔다.

"무르벨라, 왜 떨고 있는 거지?"

"명예의 어머니 교사들은 만약 우리가 젠수니의 손에 떨어진다면 끔찍한 일을 겪게 될 거라고 했어."

"웃기는 소리! 나도 멘타트로서 똑같은 일을 겪었어."

그의 말이 꿈의 또 다른 조각 하나를 불러냈다. 머리가 두 개 달린 짐승. 녀석의 입 두 개가 모두 벌어져 있고 그 안에 단어들이 있었다. 왼쪽에는 '하나의 단어가'라는 말이, 오른쪽에는 '다른 단어로 이어진다'는 말이.

기쁨이 두려움의 자리를 채웠다. 소리 내어 웃지도 않았는데 기쁨이 찾아들었다. "던컨!"

"음." 멘타트로서 뭔가 생각에 잠긴 듯한 목소리였다.

"벨은 베네 게세리트가 말을 무기로 사용한다고 말했어. '목소리.' 그녀는 그걸 '통제의 도구'라고 불렀지."

"그건 당신이 거의 본능처럼 배워야 하는 교훈이야. 당신이 이걸 배우기 전에는 그들이 결코 당신을 깊은 훈련에 들여놓지 않을걸."

'그리고 당신이 그걸 배운 후에는 내가 당신을 믿지 않겠지.'

그녀는 몸을 굴려 그에게서 멀어지면서 시간 투사기 주위의 천장에서 반짝이는 기계눈들을 바라보았다.

'난 아직도 보호 관찰 대상이야.'

그녀는 자신의 교사들이 은밀하게 자신에 대해 의논한다는 것을 알고 있었다. 그녀가 다가가면 그들은 이야기를 뚝 그쳐버렸다. 그리고 마치 그녀가 흥미로운 표본이기라도 한 것처럼 그들만의 특별한 시선으로 그녀를 뚫어지게 바라보았다.

벨론다의 목소리가 그녀의 정신을 어지럽혔다.

덩굴손 같은 악몽. 그때는 오전 중반이었고, 운동 때문에 그녀의 몸에서 나는 불쾌한 땀내가 코에 닿았다. 보호 관찰을 받고 있는 견습생인 그녀는 의무에 따라 대모에게서 세 발짝 떨어진 곳에 서 있었다. 벨의 목소리가 들려왔다.

"절대 전문가가 되지 마세요. 그러면 단단히 갇힙니다."

'이런 얘기가 오가게 된 건 베네 게세리트의 지침이 되는 말이 없느냐고 내가 물었기 때문이지.'

"던컨, 저들이 정신적 훈련과 신체 훈련을 혼합시키는 이유가 뭘까?"

"정신과 몸이 서로를 강화해 주는 거야." 졸린 목소리였다.

'젠장! 다시 잠들려고 해.'

그녀는 던컨의 어깨를 흔들었다. "만약 말이 그렇게나 하찮은 것이라면 저들은 왜 기율에 대해 그렇게 많이 떠들어대는 거야?"

"패턴. 더러운 말." 그가 웅얼거렸다.

"뭐라고?" 그녀는 좀더 거칠게 그를 흔들었다.

그가 똑바로 돌아누우면서 입술을 우물거렸다. 곧 그의 목소리가 들려왔다. "기율은 패턴과 같고, 패턴은 가서는 안 되는 길과 같다. 그들은 우리가 모두 선천적으로 패턴을 만들어내는 사람들이라고 하지……. 그들에게는 '질서'라는 뜻인 것 같아."

"그게 왜 그렇게 나쁜데?"

"다른 사람들에게 우리를 파괴하거나 함정에…… 우리가 변화시킬 수 없는 것들 속에 가둬버릴 기회를 주니까."

"정신과 몸에 대한 당신 말은 틀렸어."

"<u>흐으으으음</u>?"

"두 가지를 서로에게 묶어놓는 것은 압력이야."

"내 말이 그 말 아닌가? 이봐! 밤새 얘기할 거야, 잠을 잘 거야, 어쩔 거야?"

"그 '어쩔 것'은 더 이상 안 할 거야. 오늘 밤에는 안 돼."

깊은 한숨에 그의 가슴이 들썩거렸다.

"저들은 날 더 건강하게 만들려는 게 아냐." 그녀가 말했다.

"그들이 그럴 거라고 말한 사람은 아무도 없어."

"그건 나중 일이야. 스파이스의 고통을 겪은 다음의 일." 그녀는 그 치명적인 시련을 일깨우는 걸 그가 몹시 싫어한다는 걸 알고 있었지만 어쩔 수 없었다. 그 시련에 대한 기대가 그녀의 머릿속을 가득 채웠다.

"좋아!" 그가 일어나 앉아서 베개를 팡팡 두드려 모양을 만든 다음 거기에 등을 기대고 그녀를 유심히 살펴보았다. "도대체 무슨 일이지?"

"그들은 그 언어의 무기를 지독히도 교활하게 사용하고 있어! 그녀는 테그를 당신에게 데려오면서 당신이 그 아이에 대해 모든 책임을 져야 한다고 말했지."

"그 말을 믿지 않는다는 건가?"

"그 아이는 당신을 아버지로 생각해."

"꼭 그런 건 아냐."

"그렇지. 하지만…… 당신도 바샤르에 대해 그렇게 생각했어?"

"그가 내 기억을 복원시켰을 때? 그랬지."

"당신들은 지적인 고아들이야. 항상 존재하지 않는 부모를 찾고 있는. 그 아이는 당신이 자신에게 얼마나 상처를 입힐지 조금도 모르고 있어."

"그런 것이 가족을 산산조각 내곤 하지."

"그러니까 당신은 그 아이의 안에 있는 바샤르를 미워하면서 그에게 상처를 입히게 된 걸 기뻐하고 있다고."

"그런 말은 하지 않았어."

"그가 왜 그렇게 중요한 거지?"

"바샤르? 그는 군사적인 천재야. 항상 뜻밖의 행동을 하지. 적들이 전혀 예상치 못했던 곳에 나타남으로써 적들을 당황시키는 거야."

"누구나 그렇게 할 수 있는 것 아냐?"

"바샤르처럼은 할 수 없어. 그는 전술과 전략을 창조해 내지. 너무나 간단하게!"

"더 많은 폭력을 일으키는군. 명예의 어머니들과 똑같아."

"항상 그런 건 아냐. 바샤르는 전투 없이 승리를 거두는 것으로 명성이 높았어."

"나도 역사를 봤어."

"역사를 믿지 마."

"하지만 방금 당신 말은……."

"역사는 대결에 초점을 맞추지. 거기에도 일말의 진실이 있지만, 대격변에도 불구하고 끈질기게 지속되는 것들은 감춰져 있어."

"끈질긴 것들?"

"남편이 아마도 징집되어서 어딘가에서 무기를 들고 싸우고 있을 때 논에서 쟁기를 채운 물소를 모는 여자에 대해 역사가 뭐라고 하지?"

"그게 왜 끈질기고 중요한……."

"집에 있는 그녀의 아이들에게는 음식이 필요해. 그런데 남자는 끝일 줄 모르는 광기 때문에 집을 떠나 있다? 누군가는 반드시 쟁기질을 해야지. 그녀야말로 인간의 진정한 끈기를 보여주고 있어."

"굉장히 신랄한 말투야…… 이상해."

"내가 과거에 군인이었으니까?"

"그건 그래. 베네 게세리트가…… 바샤르와 엘리트 부대를 강조하는 건……."

"당신은 그들이 거드름을 피우며 폭력을 휘둘러대는 거만한 사람들에 지나지 않는다고 생각해? 그들이 쟁기질을 하는 그 여자를 그냥 타고 넘어가 버릴 거라고?"

"안 될 것 없잖아?"

"그들이 놓치는 게 거의 없기 때문에 안 되는 거야. 폭력을 휘두르는 자들은 쟁기질하는 여자를 스쳐 지나가면서도 자기들이 기본적인 현실을 건드렸다는 걸 좀처럼 깨닫지 못해. 베네 게세리트라면 그런 걸 절대 놓치지 않을걸."

"그러니까 그게 왜 안 되냐고?"

"거만한 사람들은 죽음의 현실에 올라타고 있기 때문에 시야가 제한되어 있어. 여자와 쟁기는 삶의 현실이야. 삶의 현실이 없다면 인류는 존재하지 않아. 내 폭군은 이걸 간파했지. 자매들은 그를 저주하면서도, 바로 이 점 때문에 그를 찬미하고 있어."

"그러니까 당신은 그들의 꿈에 기꺼이 참여하고 있다는 얘기군."

"그런 것 같아." 깜짝 놀란 듯한 목소리였다.

"그리고 테그를 철저히 정직하게 대하고 있다고?"

"그가 질문을 던지면, 나는 솔직한 대답을 주지. 호기심에 대해 폭력을 휘두르는 걸 난 좋아하지 않아."

"그리고 당신은 그에 대해 모든 책임을 지고 있고?"

"그녀가 한 말은 정확하게 그런 게 아니었어."

"아아, 내 사랑. 그녀가 한 말은 '정확하게' 그런 게 아니었다니. 당신은 벨을 위선자라고 부르면서 거기에 오드레이드를 포함시키지 않아. 던컨, 당신이 알아야……."

"기계눈을 무시하고 그냥 말해 봐!"

"거짓말, 속임수, 사악한……."

"이봐! 베네 게세리트 얘기야?"

"그들은 케케묵은 평계를 갖고 있어. 아무개 자매가 그런 행동을 했으니, 나 역시 그런 행동을 한다 해도 별로 나쁠 게 없다는 식이지. 두 개의 범죄가 서로를 상쇄해 주는 거야."

"무슨 범죄?"

그녀는 망설였다. '이 사람에게 말해 줘야 할까? 아냐. 하지만 그는 뭔가 대답을 기대하고 있는데.'

"벨은 당신과 테그의 역할이 뒤바뀐 것을 기뻐하고 있어! 그녀는 그가 고통받는 걸 고대하고 있다고."

"어쩌면 우리가 그녀를 실망시켜야 할지도 모르겠군." 그는 이 말을 입 밖에 낸 순간 자신이 실수했음을 깨달았다. '아직 때가 너무 일러.'

"인과응보!" 무르벨라는 몹시 기뻐하고 있었다.

'저들의 주의를 다른 곳으로 돌려야 해!'

"저들은 응분의 대가 같은 것에는 관심이 없어. 공정함에는 관심이 있지만. 저들에게는 이런 격언이 있지. '판결이 내려지면, 그 판결의 대상이 된 사람은 반드시 그 판결의 공정함을 받아들여야 한다.'"

"그러니까 저들이 자기들의 판결을 받아들이도록 사람들의 정신을 훈련시킨다는 얘기군."

"어떤 체제에든 허점이 있기 마련이야."

"그거 알아, 내 사랑? 복사들이 배우는 게 있어."

"그러니까 그들이 복사인 거지."

"내 말은 우리가 서로 이런저런 얘기를 한다는 거야."

"우리? 당신이 복사라고? 당신은 개종자야!"

"내가 무엇이든, 하여튼 들은 얘기가 있어. 당신의 테그가 어쩌면 겉으로 드러난 것과는 다른 사람인지도 몰라."

"복사들 사이의 소문이야."

"가무에서 나온 얘기가 있다고, 던컨."

그는 그녀를 뚫어지게 바라보았다. '가무?' 그는 그곳을 원래 이름이 아닌 다른 이름으로는 도저히 생각할 수 없었다. 지에디 프라임. 하코넨의 지옥.

그녀는 그의 침묵을 얘기를 계속하라는 권유로 받아들였다. "사람들 말로는 테그가 눈에 보이지도 않을 만큼 빠르게 움직였고, 그가……."

"아마 그가 직접 그런 얘기들을 만들어냈을걸."

"자매들 중에도 그런 얘기를 그냥 무시해 버리지 않는 사람들이 있어. 한번 두고 보자는 식이지. 신중을 기하고 싶다는 거야."

"당신의 그 잘난 '역사' 수업에서 테그에 대해 아무것도 배우지 못한 건가? 그런 소문을 스스로 만들어내는 건 그의 전형적인 행동이야. 사람들을 조심스럽게 만들려는 거야."

"하지만 내가 그때 가무에 있었다는 걸 잊지 마. 명예의 어머니들은 굉장히 흥분해 있었어. 격분하고 있었다고. 뭔가가 잘못됐던 거야."

"물론이지. 테그가 뜻밖의 일을 했거든. 그들을 놀라게 했지. 그들의 비우주선을 한 대 훔쳤으니까." 그는 자기 옆의 벽을 툭툭 치며 말을 이었다. "바로 이놈이야."

"교단은 금단의 영역을 갖고 있어, 던컨. 나더러 항상 스파이스의 고통을 기다리라고 하지. 모든 게 다 선명해질 거라고! 젠장!"

"그들이 당신한테 선교단 가르침을 주려고 준비시키는 것 같군. 특정한 목적을 위해 선별된 인구 집단에 맞게 종교를 조작하는 것."

"그게 전혀 잘못이 아니라고 생각하는 거야?"

"그건 도덕에 관한 문제야. 난 대모들과 그런 문제를 갖고 언쟁하지 않아."

"왜 안 하는 건데?"

"종교는 바로 그 기반 위에서 비틀거리지. 베네 게세리트는 비틀거리지 않아."

'던컨, 당신이 그들의 도덕에 대해 알기만 한다면!'

"당신이 그들에 대해 그토록 많은 것을 알고 있다는 사실이 그들을 불쾌하게 만드는 거야."

"바로 그 때문에 벨은 오로지 나를 죽이려고만 했지."

"오드레이드도 그에 못지않게 나쁜 사람이라고는 생각하지 않는 거야?"

"굉장한 질문이군!"

'오드레이드? 그녀가 가진 능력을 곰곰이 생각해 본다면 정말 무서운 여자지. 그런데도 아트레이데스야. 난 수많은 아트레이데스 사람들을 겪었어. 이 여자는 아트레이데스이기 전에 먼저 베네 게세리트야. 테그는 아트레이데스의 이상이고.'

"오드레이드는 아트레이데스에 대한 당신의 충성심을 믿는다고 하더군.”

“난 아트레이데스의 명예에 충성하는 거야, 무르벨라.”

‘그리고 도덕적인 결정은 내가 직접 내리지. 교단에 대해, 그들이 내게 맡긴 이 아이에 대해, 시이나에 대해, 그리고…… 그리고 내 사랑하는 사람에 대해.’

무르벨라가 그의 팔에 가슴이 스칠 정도로 그에게 가까이 몸을 기울이고 그의 귓가에 속삭였다. “때로는 내 손이 닿는 곳 안에 있는 그들을 모두 죽여버릴 수 있을 것 같아!”

‘저들이 이 말을 들을 수 없다고 생각하는 건가?’ 그는 등을 똑바로 펴면서 그녀를 끌어당겼다. “무엇 때문에 그렇게 열을 내는 거지?”

“그녀가 나더러 사이테일을 상대로 작업을 하라고 했어.”

‘작업이라.’ 이건 명예의 어머니들이 쓰는 완곡한 표현이었다. ‘뭐, 안 될 것도 없지. 무르벨라는 나와 충돌하기 전에 수많은 남자들을 상대로 ‘작업’을 했으니까.’ 그러나 그는 구식 남편 같은 반응을 보이고 있었다. 그뿐만이 아니었다…… 사이테일이라니? 저 저주받을 틀레이랙스 인?

“최고 대모가?” 확인하지 않을 수 없었다.

“그 사람. 그 유일한 사람.” 속내를 털어놓고 나니 걱정이 거의 다 사라진 것 같았다.

“당신은 어떤 반응을 보였지?”

“그녀는 그게 당신 생각이라고 했어.”

“내…… 말도 안 돼! 그에게서 정보를 캐내볼 수 있을 거라는 얘기는 했지만…….”

“그녀는 명예의 어머니와 마찬가지로 베네 게세리트에게도 그게 보통 있는 일이라고 했어. 가서 이 사람과 교배해라. 저 사람을 유혹해라. 모두 아주 일상적인 일이라고."

"난 당신이 어떤 반응을 보였느냐고 물었어."

"혐오감을 느꼈지."

"왜?"

'당신의 과거를 아는데……'

"내가 사랑하는 건 당신이야, 던컨. 그리고…… 그리고 내 몸은…… 당신에게 즐거움을 주기 위한 거야…… 바로 당신처럼……."

"우린 이미 늙은 부부 같은데 마녀들은 우리를 억지로 떼어놓으려 하는군."

이 말이 그의 머릿속에서 레이디 제시카에 대한 선명한 영상에 불을 붙였다. 오래전에 죽은 공작님의 연인이자 무앗딥의 어머니. '난 그녀를 사랑했다. 그녀는 날 사랑하지 않았지만……' 지금 무르벨라의 눈에 나타난 표정. 그는 과거에 제시카가 그런 눈으로 공작을 바라보는 걸 본 적이 있었다. 맹목적이고 흔들리지 않는 사랑. 베네 게세리트가 불신하는 것. 제시카는 무르벨라보다 더 부드러웠다. 그러나 내면은 냉혹했다. 그리고 오드레이드는…… 그녀는 처음부터 냉혹했다. 온통 플래스틸로 이루어진 사람처럼.

그렇다면 그녀에게도 인간의 감정이 있을 거라고 그가 짐작했던 건 어떻게 되는 거지? 바샤르가 듄에서 죽었다는 소식이 알려졌을 때, 그녀가 그 노인에 대해 얘기하면서 보여준 태도는?

"그는 내 아버지였습니다."

무르벨라가 그를 상념에서 끌어냈다. "당신은 어쩌면 그들과 같은 꿈을 갖고 있는지도 모르지. 그 꿈이 무엇이든. 하지만……."

"성장해라, 인간들이여!"

"뭐?"

"그게 그들의 꿈이야. 학교 운동장의 성난 아이들처럼 굴지 말고 어른처럼 굴라는 거지."

"엄마는 모든 걸 알고 계신다?"

"그래…… 난 그녀가 정말 그럴 거라고 생각해."

"당신 정말로 그런 식으로 그들을 보는 거야? 그들을 마녀라고 부르면서도?"

"그건 좋은 말이야. 마녀들은 신비로운 일들을 하지."

"그게 오랫동안 혹독한 훈련을 한 데다 스파이스와 스파이스의 고통이 덧붙여진 때문이라고 믿지 않는다고?"

"믿는 게 그거랑 무슨 상관이지? 미지의 것들은 나름의 신비를 만들어내는 법이야."

"하지만 저들이 사람을 속여서 자기들이 원하는 대로 움직이게 만든다고 생각하지 않는단 말이야?"

"물론 믿고말고!"

"무기로서의 말, '목소리', 각인사……."

"그들 중 어느 누구도 당신만큼 아름답지 않아."

"아름다운 게 뭔데, 던컨?"

"아름다움에는 스타일이 있지, 틀림없어."

"그녀가 말한 그대로군. '생식이라는 뿌리를 기반으로 한 스타일이 우리의 종족적 영혼 속에 너무나 깊이 파묻혀 있어서 우리는 감히 그것을 제거할 수 없다'더군. 그래서 저들은 그걸 주물러볼 생각을 한 거야, 던컨."

"그래서 저들이 어쩌면 감히 저지르지 못할 일이 없다는 건가?"

"그녀 말로는 '우리가 우리 후손을 비인간이라고 판단되는 모습으로 왜곡시키지는 않을 것'이라고 했어. 자기들이 판단하고, 자기들이 운명을 결정한다는 거지."

그는 자신의 환영 속에 나타났던 이질적인 존재들을 생각해 보았다. 얼굴의 춤꾼들. 그가 물었다. "저 비도덕적인 틀레이랙스 인들처럼 말인가? 비도덕적, 비인간적이라."

"오드레이드의 머릿속에서 기계가 정신없이 횡횡 돌아가는 소리가 들리는 것 같아. 그녀와 그녀의 자매들. 그들은 관찰하고, 귀 기울여 듣고, 모든 반응들을 재단하지. 모든 것이 계산된 움직임이야."

'당신도 그런 걸 원하는 건가, 내 사랑?' 그는 함정에 빠진 기분이었다. 그녀의 말은 옳기도 하고 틀리기도 했다. 목적이 수단을 정당화한다? 무르벨라를 잃는 것을 그가 어떻게 정당화할 수 있단 말인가?

"저들이 비도덕적이라고 생각하는 건가?" 그가 물었다.

그녀는 마치 그의 말을 듣지 않은 것처럼 말을 이었다. "저들은 자기들이 원하는 반응을 이끌어내기 위해 다음에 무슨 말을 해야 하는지 항상 스스로에게 묻고 있어."

"어떤 반응?" 그녀는 그의 고통스러운 목소리를 듣지 못하는 걸까?

"그게 뭔지는 때가 너무 늦을 때까지 결코 알 수 없어!" 그녀가 고개를 돌려 그를 바라보며 말을 이었다. "명예의 어머니들과 똑같아. 명예의 어머니들이 나를 어떻게 함정에 빠뜨렸는지 알아?"

그는 감시견들이 무르벨라의 다음 말에 얼마나 탐욕스럽게 매달릴지 의식하지 않을 수 없었다.

"난 명예의 어머니들의 청소가 있은 후 거리에서 붙잡혔어. 아마 그 청소 전체가 나 때문일 거야. 우리 어머니는 대단한 미인이었지만 그들이 이용하기에는 너무 나이가 많았거든."

"청소?"

'감시견들은 내가 이걸 물어봐 주었으면 하겠지.'

"그들이 어떤 지역을 지나가면 사람들이 사라져. 시체도 없고, 아무것도 없어. 사람들이 모두 사라지는 거야. 그들은 이게 벌이라고 설명하지. 사람들이 자기들에게 대항하는 음모를 꾸몄기 때문이라고 말이야."

"그때 당신은 몇 살이었지?"

"세 살…… 네 살이었나. 사방이 트인 나무 밑에서 친구들과 놀고 있었는데, 갑자기 엄청나게 시끄러운 소리와 고함 소리가 들려와서 친구들이랑 어떤 바위 뒤에 있는 구멍 속에 숨었어."

그는 이 광경을 상상하며 그 상상 속에 붙들려 있었다.

"땅이 흔들렸어." 기억을 더듬듯이 그녀의 시선이 내면을 향했다. "폭탄이 터진 것처럼. 얼마 뒤에 다시 조용해져서 다 같이 살짝 밖을 내다보았는데, 우리 집이 있던 구역 전체가 커다란 구멍으로 변해 버린 거야."

"고아가 된 건가?"

"난 부모를 기억해. 아버지는 몸집이 크고 튼튼한 사람이었어. 어머니는 어딘가에서 하녀로 일하고 있었던 것 같아. 그런 일을 하는 사람들은 제복을 입었거든. 어머니도 그런 제복을 입은 모습이 기억나."

"당신 부모가 죽었다고 어떻게 확신할 수 있지?"

"내가 확실히 아는 건 청소가 있었다는 것뿐이야. 하지만 그들은 언제나 똑같아. 비명 소리가 들리고 사람들이 이리저리 정신없이 도망치지. 우린 무서워서 죽을 것 같았어."

"그 청소가 당신 때문이라고 생각하는 이유는?"

"그들이 원래 하는 짓이니까."

'그들이라.' 이 한마디 말 속에서 감시자들이 얼마나 승리감을 느끼게 될지.

무르벨라는 여전히 기억 속에 깊이 잠겨 있었다. "아버지는 명예의 어머니에게 굴복하는 걸 거부했던 것 같아. 그때도 그건 항상 위험한 일이었는데. 몸집이 크고 잘생긴 남자…… 강한 사람."

"그래서 그들을 증오해?"

"왜?" 그녀는 그의 질문에 진심으로 놀란 기색이었다. "그 일이 없었다면 난 결코 명예의 어머니가 되지 못했을 거야."

그녀의 무정함이 그에게는 충격적이었다. "그러니까 그게 무슨 대가든 치를 가치가 있다는 얘기군!"

"내 사랑, 뭐가 됐든 날 당신 곁으로 데려다준 일에 분개하고 있는 거야?"

'정곡을 찔렀군!'

"하지만 그게 다른 식으로 이루어졌더라면 좋았을 거라는 생각은 없어?"

"이미 일어난 일이야."

이 얼마나 철저한 체념인가. 그는 그녀에게 이런 면이 있을 거라고는 전혀 짐작하지 못했다. 명예의 어머니들의 정신 훈련인가, 아니면 베네 게세리트의 영향인가?

"당신은 그들의 마구간에 새로 덧붙여진 소중한 도구였을 뿐이야."

"맞아. 유혹자. 그들은 우리를 그렇게 불렀지. 우린 가치 있는 남자들을 우리 편으로 끌어들이는 역할을 했어."

"당신도 그랬지."

"난 그들이 내게 투자한 걸 몇 배로 갚아주었어."

"자매들이 이 말을 어떻게 해석할지 알고 있어?"

"이걸 괜히 큰일로 부풀리지 마."

"그래서 사이테일에게 '작업'을 할 준비가 된 건가?"

"난 그런 말은 하지 않았어. 명예의 어머니들은 내 동의 없이 나를 조종했어. 자매들도 나를 필요로 하고, 같은 방식으로 날 이용하고 싶어 해. 그런데 나를 부리는 값이 너무 비쌀 수도 있어."

그는 잠시 시간이 흐른 후에야 바싹 마른 목구멍을 뚫고 말을 할 수 있었다. "값이라고?"

그녀가 눈을 부릅뜨고 그를 노려보았다. "당신, 당신은 그 값의 일부일 뿐이야. 사이테일을 상대로 작업을 하지는 않을 거야. 그러면 그들은 왜 내가 필요한지에 대해 그 유명한 솔직함을 좀더 보여주겠지!"

"조심해, 내 사랑. 그들이 정말로 솔직하게 말해 줄지도 몰라."

그녀는 거의 베네 게세리트와 흡사한 시선으로 그를 바라보았다. "당신이 어떻게 고통 없이 테그의 기억을 복원시킬 수 있다는 거야?"

'젠장!' 그것도 자기들이 그 사슬에서 자유로워졌다고 그가 생각하던 때에. 빠져나갈 길이 없었다. 그는 그녀가 이미 짐작하고 있다는 것을 그녀의 눈을 통해 알 수 있었다.

무르벨라가 그의 생각을 확인해 주었다. "난 동의하지 않을 거니까, 당신은 틀림없이 시이나와 그 문제를 의논했겠지."

그는 고개를 끄덕일 수밖에 없었다. 그의 무르벨라는 그가 생각했던 것보다 더 교단 사람이 되어 있었다. 그리고 그녀는 여러 생애에 걸친 그의 골라 기억들이 자신의 '각인'으로 인해 어떻게 복원되었는지 알고 있었다. 갑자기 그녀가 대모로 보여서 그는 아니라고 소리를 지르고 싶어졌다.

"그런다고 당신이 오드레이드와 달라지는 게 뭐지?" 그녀가 물었다.

"시이나는 각인사 훈련을 받았어." 그는 말을 하면서도 자신의 말이 공허하다는 것을 느꼈다.

"내가 받은 훈련과 다른 거야?" 비난하는 목소리.

분노가 그의 내면에 이글거렸다. "당신은 고통을 주는 편이 더 좋은가? 벨처럼?"

"그럼 당신은 베네 게세리트가 패배하는 게 더 좋아?" 우유처럼 부드러운 목소리였다.

그는 그녀의 어조에서 거리감을 느꼈다. 마치 그녀가 이미 차갑게 상대를 관찰하는 교단의 태도 속으로 물러나 버린 것 같았다. 그들이 그의 사랑스러운 무르벨라를 얼음처럼 차갑게 얼려버리고 있었다! 그러나 그녀에게는 아직 생기가 있었다. 그것이 그의 마음을 쥐어뜯었다. 그녀는 건강한 아우라를 뿜어냈다. 특히 임신했을 때에는 더. 활기와 삶에 대한 한없는 기쁨. 그것이 그녀에게서 빛을 내고 있었다. 자매들은 그것을 빼앗아 가 기를 꺾어놓을 것이다.

그의 주의 깊은 시선을 받으며 그녀가 조용해졌다.

그는 필사적인 심정으로 자신이 할 수 있는 일이 무엇인지 생각했다.

"난 최근 우리가 서로에게 더 마음을 털어놓게 되었다고 생각했어." 그녀가 말했다. 이것도 베네 게세리트의 탐색 방법이었다.

"난 그들의 행동 중 많은 것에 동의하지 않지만 그들의 의도를 불신하지는 않아." 그가 말했다.

"만약 스파이스의 고통을 이기고 살아남는다면 내가 그들의 의도를 알게 될 거야."

어쩌면 그녀가 살아남지 못할지도 모른다는 깨달음에 놀란 그의 몸이 뻣뻣하게 굳었다. 무르벨라가 없는 삶이라니? 그가 일찍이 상상했던 그 어떤 것보다 더 깊게 입을 벌린 공허함이었다. 그의 많은 생애 속의 어떤 것도 그것과 비교가 되지 않았다. 그는 저도 모르게 손을 뻗어 그녀의 등을 어루만졌다. 너무나 부드러우면서도 탄력적인 피부.

"난 당신을 너무나 사랑해, 무르벨라. 그게 나의 고통이야."

그의 손길을 받으며 그녀가 몸을 떨었다.

그는 자신이 감상에 빠져서 슬픔의 이미지를 구축하고 있음을 깨달았다. '감정적 탐닉'에 대한 멘타트 스승의 말이 떠오를 때까지는.

"감정과 감상의 차이를 알아보기는 쉽다. 반들반들한 길 위에 있는 누군가의 애완동물을 죽이지 않으려 하는 건 감정이다. 그 동물을 피하기 위해 방향을 급하게 꺾다가 보행자를 죽이게 된다면, 바로 그게 감상이지."

그녀가 자신을 쓰다듬는 그의 손을 잡아 입술에 댔다.

"말과 몸이 합쳐지면, 그 둘보다 더 큰 것이 돼." 그가 속삭였다.

그의 말이 그녀를 곧장 악몽 속으로 다시 몰아넣었지만, 이번에는 그녀가 도구로서의 말을 인식하고 맹렬하게 달려들었다. 그녀는 지금 이 경험에 대한 특별한 흥미, 기꺼이 스스로를 조롱할 수도 있다는 생각으로 가득 차 있었다.

그녀가 악몽을 몰아내고 있을 때, 명예의 어머니가 스스로를 조롱하는 모습을 한 번도 본 적이 없다는 생각이 그녀의 머릿속에 떠올랐다.

던컨의 손을 잡은 채 그녀는 던컨을 물끄러미 내려다보았다. 멘타트에게서 볼 수 있듯이, 그의 눈꺼풀이 빠르게 깜박거리고 있었다. 그녀가 방금 무엇을 경험했는지 그가 알고 있을까? 자유였다! 그녀가 갇혀 있다는 것, 자신의 과거 때문에 피할 수 없는 길로 몰리고 있다는 것은 더 이상 문제가 되지 않았다. 자신이 대모가 될 수 있을지도 모른다는 가능성을 받아들인 이후 처음으로 그녀는 그것이 무엇을 의미하는지 어렴풋이 느낄 수 있었다. 경외감과 충격이 느껴졌다.

'교단보다 더 중요한 것은 없다?'

저들은 서약을 해야 한다고 했다. 그건 복사 입문식에서 감독관이 했던 말보다 더 신비로운 것이었다.

'명예의 어머니들에게 한 서약은 그냥 말뿐이었어. 베네 게세리트에 대한 서약도 그 이상일 리 없어.'

그녀는 외교관의 선발 기준이 거짓말을 할 수 있는 능력이라고 으르렁거리던 벨론다를 떠올렸다. "당신도 외교관이 되겠습니까, 무르벨라?"

그 서약이 깨어지기 위해 만들어졌다는 뜻은 아니었다. 얼마나 유치한가! '네가 맹세를 어기면 나도 맹세를 어기겠다! 냐하하하!'라고 협박하는 어린 학생들과 같았다.

서약에 대해 걱정해 봤자 소용없었다. 자신의 내면에서 자유가 자리잡고 있는 장소를 찾는 것이 훨씬 더 중요했다. 그곳에서는 무엇인가가 항상 귀를 기울이고 있었다.

입술에 댄 던컨의 손을 둥글게 오므리면서 그녀가 속삭였다. "저들이 귀를 기울이고 있어. 아, 저들이 정말로 귀를 기울이고 있어."

광신도들을 진정시킬 수 없다면 절대 그들을 상대로 분쟁에 나서지 말라. 종교에 또 다른 종교로 맞설 수 있는 것은 너희의 증거(기적)가 반박할 수 없는 것이거나 광신도들이 너희를 신의 영감을 받은 자로 받아들일 만큼 너희가 그들 속에 들어갈 수 있을 때뿐이다. 과학이 신의 계시라는 외피를 걸치는 데 오랫동안 장벽이 된 것이 바로 이것이었다. 과학은 누가 보아도 인간에게서 나왔음이 너무나 분명하다. 광신도들(많은 사람들이 이런저런 주제에 대해 각각 광신도 같은 태도를 보인다)은 **너희의 입장을 반드시 알아내려고 한다. 아니, 이보다 더 중요한 것은, 너희의 귓가에서 속삭이는 존재가 반드시 그들도 아는 존재여야 한다는 점이다.**

—보호 선교단 기본적인 가르침

점점 가까워지는 사냥꾼들, 항상 머리에서 떠나지 않는 그들의 존재 못지않게 시간의 흐름도 오드레이드를 괴롭혔다. 한 해 한 해가 너무 빨리 지나가서 하루하루는 눈에 보이지도 않을 정도였다. 시이나를 탐의 후계자로 승인받기 위해 두 달간이나 논쟁을 벌이다니!

오늘처럼 오드레이드가 자리를 비울 때에는 벨론다가 주간 업무를 맡아주게 되었다. 오드레이드는 아직 남아 있는 베네 게세리트들 중에서 새로 대이동을 떠날 사람들을 상대로 브리핑을 하고 있었다. 평의회는 대이동 작업을 지속하고 있었지만 썩 내켜하지는 않았다. 이것이 무익한 전략이라는 아이다호의 의견이 교단 전체에 충격파를 던졌다. 이제 브리핑에는 '떠나는 사람들이 부딪힐지도 모르는 것'에 대비한 방어적인 계획이 새로 포함되어 있었다.

오후 늦게 오드레이드가 작업실에 들어와 보니 벨론다가 책상에 앉아 있었다. 그녀의 뺨은 부은 것처럼 보였고, 눈은 그녀가 피로를 참을 때 나타나는 강렬한 시선을 쏘아 보내고 있었다. 벨이 이곳에 있으니, 일일 요약 보고에 날카로운 비평이 포함될 것이다.

"그들이 시아나를 승인했습니다." 그녀가 작은 크리스털을 오드레이드에게 밀어 보내면서 말을 이었다. "탐의 지지 덕분입니다. 그리고 무르벨라의 새것은 8일 후에 태어날 겁니다. 수크들의 '주장'에 의하면 말입니다."

벨은 수크 의사들을 거의 믿지 않았다.

'새것?' 그녀는 때로 생명에 대해 저주스러울 정도로 비인간적인 태도를 취했다! 오드레이드는 앞으로의 일을 예상하며 자신의 맥박이 빨라지는 것을 느꼈다.

'출산을 하고 나서 무르벨라의 몸이 회복되면 스파이스의 고통이다. 그녀는 이제 준비가 되었어.'

"던컨은 지극히 불안해하고 있습니다." 벨론다가 의자를 비워주며 말했다.

'또 던컨! 저 두 사람이 서로 놀라울 정도로 친해지고 있어.'

벨의 말은 아직 끝난 것이 아니었다. "묻기 전에 말씀드리겠습니다. 도르투즐라에게서는 아무 소식 없습니다."

오드레이드는 책상 뒤에 자리를 잡고 앉아 보고서가 담긴 크리스털을 손바닥 위에 올려놓았다. 도르투즐라가 신뢰하던 복사이며 이제는 대모가 된 핀틸이 그저 최고 대모를 달래려고 비우주선을 타고 위험한 여행을 하거나 그들이 준비해 놓은 다른 연락 방법을 사용하는 일은 없을 터였다. 아무 소식이 없다는 것은 미끼가 아직 내걸려 있거나…… 아니면 허비되었다는 뜻이었다.

"시이나에게 승인받았다는 걸 알려주었습니까?" 오드레이드가 물었다.

"그 일은 당신 몫으로 남겨두었습니다. 시이나의 일일 보고서가 또 늦어지고 있습니다. 평의회에 들어올 사람으로서 올바른 행동이 아닙니다."

벨은 아직도 시이나의 임명에 불만을 갖고 있다는 얘기였다.

시이나의 일일 보고서는 이미 똑같은 내용이 반복되는 메모가 되었다. '벌레의 징조는 없습니다. 스파이스 덩어리는 그대로입니다'라는 내용.

그들이 희망의 축으로 삼고 있는 모든 것이 어중간하게 멈춰 있는 끔찍한 상황이었다. 악몽 속의 사냥꾼들은 슬금슬금 가까이 다가왔다. 긴장이 쌓였다. 폭발할 것처럼.

"던컨과 무르벨라가 나눈 그 대화를 충분히 보셨습니까? 시이나가 숨기고 있던 게 그것일까요? 만약 그렇다면, 이유는?" 벨론다가 말했다.

"테그는 내 아버지였습니다."

"정말 섬세한 사람이군요! 대모가 최고 대모의 아버지로 만든 골라를 각인시키는 것에 양심의 가책을 느낀다니!"

"그녀는 내가 직접 가르친 제자였습니다, 벨. 그녀는 나에 대해 당신으로서는 느낄 수 없는 걱정을 하고 있어요. 게다가 이 아이는 그냥 골라가 아닙니다. 아직 어린 아이예요."

"우린 반드시 그녀의 속내를 확인해야 합니다!"

오드레이드는 벨론다의 입술이 '제시카'라는 이름을 그려내는 것을 보았다. 그러나 벨론다는 그 이름을 입 밖에 내지는 않았다.

'또 결함 있는 대모가 나타난 거냐고?' 벨이 맞았다. 시이나의 속내를 반드시 확인해 보아야 했다. '내가 책임져야 할 일이지.' 시이나가 만든 검은 조각의 모습이 오드레이드의 의식 속에서 깜박거렸다.

"아이다호의 계획이 더 매력적입니다만……." 벨론다가 머뭇거렸다.

오드레이드는 입을 열었다. "이 아이는 아주 어리고, 아직 다 자라지 않았습니다. 평범한 기억 복원의 고통이 스파이스의 고통에 버금가는 것이 될 수도 있어요. 그 때문에 그가 우리와 소원해질 수도 있습니다. 하지만 이건……."

"각인사를 이용해서 그를 통제한다는 부분에는 저도 찬성입니다. 하지만 만약 그 방법으로 기억을 복원시킬 수 없다면요?"

"그래도 원래 계획이 남아 있습니다. 그리고 그 계획은 아이다호에게서 분명히 효과를 보았습니다."

"그의 경우는 달랐지만, 그 결정은 나중으로 미뤄도 될 것 같군요. 사이테일과의 회담에 늦으셨습니다."

오드레이드는 크리스털을 들어 올려 무게를 가늠해 보았다. "일일 요약 보고인가요?"

"모두 이미 질리도록 본 내용입니다." 벨의 이런 말은 거의 걱정이라고 해도 될 만한 것이었다.

"내가 그를 이리 데려오겠어요. 탐을 대기시키고 당신은 뭔가 핑계를 대서 나중에 들어오세요."

사이테일은 우주선 밖에서 이렇게 걷는 것에 거의 익숙해져 있었다. 오드레이드는 '중앙' 남쪽에 있는 자신의 수송기에서 그와 함께 나오면서 그의 무심한 태도를 보고 그 점을 알아차렸다.

이것이 단순한 산책 이상의 것이라는 사실을 두 사람 모두 알고 있었지만, 그녀는 지금까지 정기적으로 그와 함께 이런 외출을 해왔다. 같은 일의 반복을 통해 그를 진정시키려는 의도였다. '일상적인 일. 가끔은 그런 게 아주 유용하지.'

"이렇게 산책을 데리고 나와주시다니 참 친절하십니다." 사이테일이 곁눈질로 그녀를 올려다보면서 말을 이었다. "제 기억보다 공기가 더 건조하군요. 오늘 저녁에는 어디로 갑니까?"

'햇빛 때문에 가늘게 뜬 눈이 정말 작아 보이는군.'

"내 작업실로 갑니다." 그녀는 북쪽으로 약 500미터 거리에 있는 '중앙'의 별채를 고갯짓으로 가리켰다. 구름 한 점 없는 봄 하늘과 따스한 색상의 지붕들 밑의 공기가 차가웠다. 탑처럼 높이 솟은 그녀의 건물에 하나둘씩 켜지는 불빛은 요즘 들어 해가 질 때마다 거의 매번 불어오는 으슬으슬한 바람을 피하게 해주겠다고 약속하는 듯 그들에게 손짓하고 있었다.

오드레이드는 시야의 가장자리를 이용해서 자기 옆에 있는 틀레이랙스 인을 주의 깊게 관찰했다. 저렇게 긴장하고 있다니! 뒤를 따르는 수호 대모들과 복사들에게서도 긴장이 느껴졌다. 모두 벨론다에게서 특별히 경계를 늦추지 말라는 명령을 받은 사람들이었다.

'우리에게는 이 작은 괴물이 필요해. 이자도 그 사실을 알고 있지. 그런데 우리는 틀레이랙스 인들의 능력이 어느 정도인지 아직 모르고 있어! 이자가 지금까지 어떤 재능들을 쌓았을까? 저토록 눈에 띄게 태평한 태도로 자기처럼 갇혀 있는 사람들과의 접촉을 꾀하는 이유가 뭐지?'

아이다호 골라를 만든 것이 틀레이랙스 인들임을 그녀는 스스로에게 일깨웠다. 그들이 그의 몸속에 비밀스러운 것들을 숨겨놓은 걸까?

"저는 당신의 문 앞을 찾아온 거지입니다, 최고 대모님." 그가 칭얼거리는 장난꾸러기 같은 목소리로 말을 이었다. "우리 행성들은 폐허가 되었고, 우리 종족은 죽임을 당했습니다. 우리가 지금 왜 당신의 거처로 가고 있는 겁니까?"

"좀더 쾌적한 곳에서 흥정을 하기 위해서입니다."

"그렇지요, 우주선 안은 너무 답답합니다. 하지만 우리가 타고 온 자동차를 매번 '중앙'에서 왜 그리 멀리 떨어진 곳에 세워두는지 이해를 못하겠습니다. 우리가 이렇게 걷는 이유가 뭡니까?"

"이렇게 걷다 보면 나는 기운이 납니다."

사이테일은 주위에 심어져 있는 나무들을 살짝 둘러보았다. "쾌적하기는 하지만 꽤 춥군요. 그렇지 않습니까?"

오드레이드는 남쪽을 흘깃 바라보았다. 남쪽의 능선들에는 포도가 심어져 있었고, 산마루와 좀더 추운 북쪽 사면은 과수원용이었다. 이곳 포도밭의 포도들은 개량된 품종이었다. 베네 게세리트의 정원사들이 만들어낸 것이다. 옛날 식의 덩굴과 뿌리는 '지옥으로 가버렸다.' (고대의 미신에 따르면) 이 덩굴과 뿌리들은 지옥에서 불타는 영혼들로부터 물을 훔쳐 온다고 했다. 포도주 양조장은 저장실, 숙성 동굴과 마찬가지로 지하에 있었다. 질서정연하게 줄을 맞춰 늘어선, 잘 손질된 덩굴들의 풍경을 훼손하는 것은 하나도 없었다. 덩굴들은 포도를 수확하는 일꾼과 땅을 가는 장비가 돌아다닐 수 있을 만큼 간격을 두고 심어져 있었다.

'이자에게 이게 쾌적하게 보인다고?' 사이테일이 여기서 무엇이든 기분 좋은 느낌을 받을 것 같지는 않았다. 그는 그녀가 원하는 그대로 적당히 불안해하면서 '나를 데리고 이런 전원 풍경 속을 걷기로 한 진짜 이유가 뭘까?'라는 질문을 속으로 되씹고 있을 터였다.

이 자그마한 남자에게 베네 게세리트의 더 강력한 설득 방법을 감히 사용할 수 없다는 게 속이 상했다. 그러나 만약 그런 방법이 실패한다면 다시는 기회를 잡을 수 없을 것이라는 조언에는 오드레이드도 동감이었다. 틀레이랙스 인들은 비밀스러운(그리고 신성한) 지식을 내놓느니 차라리 죽음을 택할 사람들이라는 사실을 이미 보여준 바 있었다.

"내가 도저히 알 수 없는 게 몇 가지 있습니다." 오드레이드는 가지치기를 하면서 잘라낸 덩굴 더미를 우회해 길을 잡으면서 말을 이었다. "우리 요구에 응하기 전에 당신만의 얼굴의 춤꾼을 갖게 해달라고 고집을 부리는 이유가 뭡니까? 던컨 아이다호에게 관심을 보이는 이유는?"

"친애하는 레이디, 저는 동무 하나 없이 고독하게 지내고 있습니다. 이것이 두 질문 모두에 대한 답입니다." 그는 무엔트로피 캡슐이 숨겨져 있는 가슴을 멍하니 손으로 문질렀다.

'저자가 저곳을 왜 저렇게 자주 문지르는 거지?' 그녀와 분석관들은 저 몸짓의 의미를 알아내려고 부심하고 있었다. '흉터가 있는 건 아냐. 피부에 염증이 생긴 것도 아니다. 혹시 그냥 어린 시절의 버릇이 지금까지 남은 것인지도 모르지. 하지만 저 사람의 어린 시절이라는 건 너무 오래전이야! 이번 생애를 살아가는 저 몸에 결함이 있는 걸까?' 답을 아는 사람은 하나도 없었다. 게다가 저 회색 피부에는 탐색 기구에 저항할 수 있는 금속성 염료가 들어 있었다. 그는 강렬한 탐색 광선에 민감해지는 훈련을 틀림없이 받았을 테니 그런 광선을 사용한다면 눈치챌 것이다. 안 되지…… 이제는 모든 것을 외교로 해결해야 했다. '빌어먹을 괴물 같으니!'

사이테일은 의문을 품고 있었다. 이 포윈다 여자에게는 그가 이용할 수 있는 선천적인 동정심이 전혀 없는 걸까? 이 의문에 대해 '전형적인 것들'의 목록은 양면적인 대답을 내놓았다.

"잔돌라의 웨크트는 더 이상 존재하지 않습니다. 우리 동포 수십억이 저 매춘부들에게 살해당했습니다. 야기스트의 모든 영역에서 우리는 파괴되었고 나만이 남았습니다." 그가 말했다.

'야기스트라. 지배당하지 않는 자들의 땅.' 그녀는 생각했다. 베네 틀레이랙스의 언어인 이슬라미야트 어에서 이 단어는 깊은 의미를 품고 있었다.

그녀가 그 언어로 말했다. "우리 신의 마법이 우리의 유일한 다리입니다."

그녀는 자신도 그와 같이 '위대한 믿음'을 지니고 있다고 다시 주장하고 있었다. 베네 틀레이랙스를 낳은 수피-젠수니 초교파주의. 그녀는 그 언어를 완벽하게 구사했으며, 딱 맞는 단어들을 알고 있었지만, 그는 거기서 거짓을 보았다. '저 여자는 신의 전령을 "폭군"이라고 부르고, 가장 기본적인 계율을 지키지 않아!'

이 여자들은 신의 존재를 느끼기 위해 켈의 어디에서 모임을 갖는 걸까? 만약 그들이 정말로 신의 언어를 말하는 거라면, 이 조잡한 흥정을 통해 자기들이 그에게서 얻어내려 하는 것이 무엇인지 이미 알고 있을 터였다.

'중앙'의 포장된 입구를 향해 마지막 경사면을 오르면서 사이테일은 신에게 도움을 청했다. '베네 틀레이랙스가 이 지경이 되었습니다! 왜 이런 시련을 저희에게 주셨습니까? 저희는 샤리아트의 마지막 율법가들이며, 우리 민족 최후의 주인인 저는 반드시 당신에게서 대답을 구해야 합니다, 신이시여. 당신이 더 이상 켈에서 제게 말을 하실 수 없는데도 말입니다.'

오드레이드가 또다시 흠 잡을 데 없는 이슬라미야트 어로 말했다. "당신은 동포들에게 배반당했습니다. 당신들이 대이동에 내보낸 사람들 말입니다. 당신에게는 이제 더 이상 말리크 형제들이 없습니다. 자매들이 있을 뿐이에요."

'그렇다면 네 사그라실(室)은 어디 있는 거지, 포원다 사기꾼아? 오로지 형제들만 들어갈 수 있는, 창문 하나 없는 깊숙한 방이 어디 있는 거야?'

"제게는 낯선 상황이군요. 말리크 자매들이라고요? 이 두 단어는 항상 서로를 부정하는 관계였습니다. 자매들은 말리크가 될 수 없어요."

"세상을 떠난 당신들의 마하이이자 압들인 와프도 그걸 잘 받아들이지 못했습니다. 그런데 당신 민족을 거의 소멸의 지경으로 이끈 게 바로 그였지요."

"거의? 다른 생존자들이 있는 겁니까?" 그는 흥분된 기색을 감출 수 없었다.

"주인들은 하나도 없습니다……. 하지만 몇몇 도멜에 대한 얘기를 들었는데 모두 명예의 어머니들의 손에 있다고 합니다."

그녀는 몇 발짝 더 내디디면 건물 가장자리 때문에 석양의 모습이 잘라져버릴 지점에서 잠시 걸음을 멈췄다. 그리고 여전히 틀레이랙스의 비밀 언어를 사용했다. "태양은 신이 아닙니다."

'여명과 석양은 마하이의 외침이야!'

사이테일은 그녀를 따라 땅딸막한 두 건물 사이의 아치형 통로로 들어가면서 자신의 믿음이 흔들리는 것을 느꼈다. 그녀의 말은 적절했지만, 그런 말을 할 수 있는 사람은 마하이이자 압들인 사람뿐이었다. 어두운 복도에서 호위대의 발소리가 등 뒤로 가깝게 들려오는 가운데 오드레이드의 말이 그를 당혹시켰다. "당신은 왜 적절한 말을 하지 않는 겁니까? 당신이 최후의 주인이 아닙니까? 그러니까 이제 당신이 마하이이자 압들인 것 아닙니까?"

"난 말리크 형제들에 의해 선택된 사람이 아닙니다." 이 말은 그 자신이 듣기에도 설득력이 없었다.

오드레이드는 승강기장(場)을 소환하더니 튜브 입구에서 걸음을 멈췄다. '다른 기억'의 상세한 내용 속에서 켈과 구프란의 권리가 친숙하게 느껴졌다. 오래전에 죽은 여자들의 연인이 밤에 속삭이는 말.

"그리고 나서 우리는……."

"그래서 만약 우리가 이 신성한 단어들을 말한다면……."

'구프란!'

포원다들 가운데로 감히 나아갔다가 돌아와 이방인들의 상상조차 할 수 없는 죄악과 접촉한 것에 대해 용서를 구하는 자를 용서하고 다시 받아들이는 것. '마세이크는 켈에서 만나 신의 존재를 느껴왔다!'

튜브 입구가 열렸다. 오드레이드는 사이테일과 호위대원 두 명에게 앞장서라는 손짓을 했다. 그가 옆을 지나갈 때 그녀는 속으로 생각했다. '틀림없이 곧 뭔가를 포기해야 할 거야. 이런 게임을 그가 원하는 대로 끝까지 하고 있을 수는 없어.'

오드레이드와 사이테일이 작업실에 들어섰을 때 타말란은 문을 등진 채 활처럼 불룩한 창가에 서 있었다. 가파르게 기울어진 석양빛이 지붕들을 가로질렀다. 순간 빛이 사라지고 아주 대조적인 느낌이 뒤에 남았다. 지평선을 따라 반짝이던 그 최후의 빛 때문에 밤이 더 어둡게 느껴졌다.

오드레이드는 희끄무레한 어둠 속에서 호위대원들에게 물러가라는 손짓을 했다. 그들이 자리를 뜨고 싶어 하지 않는다는 것을 알 수 있었다. 벨론다가 그들에게 이 자리를 지키라고 명령했음이 분명했다. 그러나 그들이 최고 대모의 명령을 거스르지는 않을 것이다. 그녀는 건너편의 의자개를 가리켜 보인 다음 그가 자리에 앉을 때까지 기다렸다. 그는 의심스러운 눈으로 타말란을 뒤돌아본 다음 개 위에 털썩 주저앉으면서 '왜 불을 하나도 켜지 않았습니까?'라는 말로 자신의 행동을 감췄다.

"이건 긴장을 풀기 위한 막간극 같은 겁니다." 그녀가 말했다. '어둠이 당신을 불안하게 만든다는 걸 나는 알고 있지!'

그녀는 자신의 책상 뒤에 잠시 서서 어둠 속에서 밝게 빛나는 부분들을 파악했다. 주위에 배치되어 이곳을 그녀의 공간으로 만들어주는 장식품들의 광채였다. 오래전에 죽은 체노에의 흉상은 창가의 벽감에 있었고, 오른쪽 벽에는 우주로 이주한 최초의 인간들이 그린 전원 풍경이 있었다. 책상 위에는 리둘리안 크리스털이 쌓여 있었고, 창을 통해 들어오는 희미한 빛을 한곳에 집중시키고 있는 광선 필기구에서는 은색 빛이 반사되었다.

'이제 저자를 충분히 괴롭힌 것 같군.'

그녀는 콘솔의 판을 건드렸다. 벽과 천장 주위에 전략적으로 배치된 발광구들에 불이 들어왔다. 타말란이 일부러 로브 자락을 소리 나게 펄럭이며 신호를 받은 사람처럼 돌아섰다. 그리고 사이테일 등 뒤로 두 발짝 떨어진 곳에 가서 섰다. 베네 게세리트의 불길한 수수께끼를 그대로 상징하는 듯한 모습이었다.

사이테일은 타말란의 움직임에 살짝 움찔거렸지만, 지금은 조용히 앉아 있었다. 의자개가 그에게 다소 커서 그곳에 앉은 그의 모습이 거의 아이처럼 보였다.

오드레이드가 말했다. "당신을 구출했던 자매들 말이, 명예의 어머니들이 공격해 왔을 때 당신은 환승점에서 첫 우주 주름 도약을 준비 중이던 비우주선을 지휘하고 있었다더군요. 그때 당신은 1인용 쾌속 우주선을 타고 비우주선으로 오다가 폭발이 있기 직전에 방향을 틀었다고 했습니다. 공격자들의 존재를 감지했던 겁니까?"

"예." 내키지 않는 목소리였다.

"그리고 그들이 당신의 항로를 통해 비우주선의 위치를 찾아낼지도 모른다는 사실을 알아챈 거로군요. 그래서 당신은 도망쳤습니다. 죽어가는 형제들을 그냥 내버려둔 채."

그는 비극적인 증인의 진정한 비통함이 담긴 목소리로 입을 열었다. "그전에, 틀레이랙스에서 나오는 길에 우리는 공격이 시작되는 것을 보았습니다. 공격자들에게 가치가 있을 만한 것들을 모두 파괴하기 위해 우리가 일으킨 폭발과 우주에서 날아온 연소기가 대학살을 낳았지요. 그때도 우리는 도망쳤습니다."

"하지만 곧장 환승점으로 가지는 않았죠."

"어디를 찾아봐도 그들이 항상 우리보다 먼저 왔다 간 후였습니다. 그들은 잿더미가 된 폐허를 갖게 되었지만 우리는 비밀을 지켰습니다." '내가 아직 거래할 가치가 있는 물건을 갖고 있다는 걸 저 여자에게 일깨워줘야 해!' 그는 손가락으로 자기 머리를 톡톡 두드렸다.

"당신은 환승점에서 조합이나 초암에게 의탁해 은신처를 찾으려 했습니다. 우리 첩보 우주선이 마침 그 자리에 있어 적들이 반응을 보이기 전에 당신을 태울 수 있었던 게 얼마나 다행인지 모릅니다." 그녀가 말했다.

"자매님……." 이 말을 하기가 정말 얼마나 힘든지! "……당신이 정말로 켈 안에서 내 자매라면, 왜 내게 얼굴의 춤꾼 하인들을 주지 않으려는 겁니까?"

"우리 사이에는 아직 비밀이 너무 많습니다, 사이테일. 예를 들어 공격자들이 왔을 때 당신은 왜 반달롱을 떠났습니까?"

'반달롱!'

그 위대한 틀레이랙스 도시의 이름을 부르는 것만으로도 가슴이 메었다. 무엔트로피 캡슐이 고동치는 게 느껴지는 것 같았다. 마치 그 안에 들어 있는 귀중한 자료를 풀어놓으려 하는 것 같았다. '반달롱은 사라져버렸다. 홍옥 같은 하늘이 있던 그 도시를 다시는 보지 못하겠지. 형제들의 존재도, 참을성 많은 도멜들의 존재도 다시는 느낄 수 없겠지. 그리고……'

"몸이 좋지 않습니까?" 오드레이드가 물었다.

"내가 잃어버린 것들 때문에 아픈 겁니다!" 등 뒤에서 천이 미끄러지는 소리가 나고 타말란이 더 가까이 다가오는 게 느껴졌다. 장소가 장소이니 만큼 중압감이 엄청났다! "저 사람이 왜 내 뒤에 있는 겁니까?"

"난 내 자매들의 종이고, 그녀는 우리 두 사람 모두를 관찰하기 위해 이곳에 있는 겁니다."

"당신들이 내 세포를 조금 가져갔죠, 그렇지 않습니까? 당신들의 탱크 안에서 새로운 사이테일을 기르고 있군요!"

"그거야 물론이지요. 설마하니 최후의 주인이 여기서 그냥 종말을 맞도록 자매들이 그냥 내버려두겠습니까?"

"내가 하지 않을 일이라면 내 골라도 절대 하지 않을 겁니다!"

'그리고 녀석에게는 무엔트로피 튜브가 없을 거야!'

"알고 있습니다."

'하지만 우리가 아직 모르고 있는 게 과연 뭘까?'

"이건 홍정이 아닙니다." 그가 불만을 표시했다.

"날 잘못 판단하고 계시는군요, 사이테일. 당신이 언제 거짓말을 하고, 언제 사실을 숨기는지 우리는 알 수 있습니다. 우리는 다른 사람들이 사용하지 않는 감각을 사용합니다."

그건 사실이었다! 그들은 그의 몸에서 나는 냄새, 근육의 작은 움직임, 그가 억누를 수 없는 표정 등을 통해 이런저런 것들을 감지했다.

'자매라고? 이 인간들은 포원다야! 전부 다!'

"당신은 라쉬카르에 참가하고 있었습니다." 오드레이드가 그를 자극했다.

'라쉬카르!' 그가 '이곳'에서 라쉬카르에 참가하고 있는 거라면 얼마나 좋을까. 얼굴의 춤꾼 전사들, 도멜 조수들과 함께 이 저주스러운 악마들을 제거하고 있는 거라면! 그러나 그는 감히 거짓말을 할 수 없었다. 그의 뒤에 있는 사람은 아마도 진실을 말하는 자일 터였다. 여러 생애에 걸친 경험을 통해 그는 베네 게세리트의 진실을 말하는 자들이 최고라는 것을 알고 있었다.

"난 카사다르 부대를 지휘하고 있었습니다. 우리 스스로를 방어하기 위해 퓨타르 무리를 찾던 중이었습니다."

'무리?' 틀레이랙스 인들이 퓨타르들에 대해 교단이 알지 못하는 뭔가를 알고 있는 건가?

"당신은 그곳에 갔을 때 폭력 사태에 대한 준비를 갖추고 있었습니다. 명예의 어머니들이 당신의 임무를 알아내고 당신을 저지한 겁니까? 그 가능성이 높은 것 같은데요."

"당신은 왜 그들을 명예의 어머니라고 부르는 겁니까?" 그의 목소리가 거의 비명처럼 변했다.

"그들이 스스로를 부르는 이름이 그것이니까요."

'아주 차분하게 대해야 해. 저자가 자기 실수 때문에 스스로 조바심을 치게 해야 해.'

'저 여자의 말이 옳아! 우린 배신을 당했다.' 쓰라린 생각이었다. 그는 이 생각을 꼭 끌어안고 어떻게 대답을 하면 좋을지 궁리했다. '조금 사실을 밝힐까? 이 여자들한테는 '조금' 사실을 밝힌다는 게 성립되지 않아.'

한숨이 그의 가슴을 뒤흔들었다. 무엔트로피 캡슐과 그 안에 들어 있는 것들. 그가 가장 중요하게 생각하는 것. 무엇이든 그 자신의 악솔로틀 탱크에 접근할 길이 있다면.

"우리가 대이동에 내보낸 사람들의 후손이 그들에게 잡혀 있는 퓨타르들과 함께 돌아왔습니다. 당신들도 틀림없이 알고 있겠지만, 인간과 고양잇과 동물이 섞인 녀석들이죠. 하지만 그들은 우리 탱크에서 번식하지 못했습니다. 그리고 우리가 그 이유를 밝혀내기도 전에 우리 손에 들어온 퓨타르들이 죽어버렸습니다."

'그 배신자들은 우리에게 겨우 두 마리만 가져다주었다! 그때 의심을 했어야 했어.'

"그들이 당신들에게 퓨타르를 별로 많이 데려오지 않았군요, 그렇죠? 녀석들이 미끼라는 걸 그때 당신들이 의심했어야 하는 건데."

'봤지? 조금 사실을 밝혔을 때 저들은 저런 짓을 한단 말이다!'

"퓨타르들은 가무에서 왜 명예의 어머니들을 사냥해 죽이지 않은 걸까요?" 이건 던컨이 제기한 의문이었고, 마땅히 답변을 들을 자격이 있는 질문이었다.

"아무런 명령이 내려지지 않았기 때문이라는 얘기를 들었습니다. 명령이 없으면 녀석들은 살생을 하지 않습니다."

'저 여자는 이걸 이미 알고 있다. 지금 날 시험하는 거야.'

"얼굴의 춤꾼들도 명령에 따라 살생을 하죠. 만약 당신이 명령한다면 그들은 당신까지도 죽일 겁니다. 그렇지 않습니까?" 그녀가 말했다.

"그런 명령은 적의 손에서 우리 비밀을 지킬 필요가 있을 때를 위한 겁니다.”

“당신이 얼굴의 춤꾼들을 원하는 게 그 때문입니까? 우리를 적으로 보는 거예요?”

그가 미처 대답할 말을 생각해 내기 전에 벨론다의 영상이 책상 위에 나타났다. 실물 크기의 그 영상은 반투명했고, 벨론다의 뒤쪽에서는 기록 보관소의 크리스털들이 춤추듯 움직이고 있었다. “시이나에게서 급보입니다! 스파이스 개화가 발생했습니다. 모래벌레예요!” 벨론다가 말했다. 그리고 그녀는 시선을 돌려 사이테일을 바라보며 말을 이었다. 기계눈들이 그녀의 동작을 완벽하게 조정해 주었다. “이제 당신이 협상용 카드를 하나 잃어버린 셈이군요, 주인 사이테일! 우리가 마침내 우리만의 스파이스를 갖게 되었으니 말입니다!” 영상이 분명하게 들리는 ‘찰칵’ 소리와 희미한 오존 냄새를 풍기며 사라졌다.

“날 속이려 하는군요!” 그가 불쑥 말했다.

그러나 오드레이드의 왼편에 있는 문이 열리더니 시이나가 2미터를 넘지 않는 작은 반중력 용기를 끌며 안으로 들어왔다. 용기의 투명한 측면에 작업실의 발광구 빛이 반사되어 노란색 빛이 자그맣게 폭발하듯 튀어나왔다. 그 용기 안에서 뭔가가 꿈틀거리고 있었다!

시이나는 아무 말 없이 옆으로 비켜서서 다른 사람들이 용기 안에 들어 있는 것을 분명히 볼 수 있게 해주었다. 너무나 작은 녀석이었다! 벌레의 몸길이는 용기의 절반도 채 되지 않았지만 얄팍하게 깔려 있는 황금색 모래 위에 뻗어 있는 녀석의 모습은 세세한 점까지 모두 완벽했다.

사이테일은 경외감 때문에 참지 못하고 훅 숨을 들이쉬었다. 예언자다!

오드레이드의 반응은 현실적이었다. 그녀는 용기 가까이 몸을 구부리고 녀석의 작은 입속을 들여다보았다. 커다란 모래벌레의 몸속에서 나오는 맹렬한 불꽃이 이렇게 작아졌다고? 쬐그만 모조품 같잖아!

녀석이 앞쪽 체절들을 들어 올리자 크리스털 이빨이 번쩍였다.

벌레는 뭔가를 탐색하듯 입을 좌우로 움직였다. 그 이빨 뒤로 이질적인 화학 작용에 의해 생겨난 자그마한 불꽃이 모두의 눈에 분명히 보였다.

"수천 마리나 됩니다. 녀석들은 언제나 그런 것처럼 스파이스 개화를 찾아왔습니다." 시이나가 말했다.

오드레이드는 침묵을 지켰다. '우리가 해냈다!' 그러나 지금은 시이나가 성공을 만끽해야 할 순간이었다. 그녀가 이 기쁨을 최대한 느끼게 내버려두자. 사이테일이 지금처럼 기가 죽은 모습은 본 적이 없었다.

시이나가 용기를 열고 벌레를 들어 올려 마치 아기를 다루듯 품에 안았다. 녀석은 그녀의 품에서 가만히 있었다.

오드레이드는 만족스럽게 깊이 숨을 들이쉬었다. '시이나가 지금도 녀석들을 통제할 수 있어.'

"사이테일." 오드레이드가 말했다.

그는 벌레에게서 시선을 뗄 수가 없었다.

"당신은 지금도 예언자를 섬깁니까? 여기 예언자가 있습니다." 오드레이드가 말했다.

그는 어떤 반응을 보여야 할지 알 수 없었다. 정말로 예언자가 돌아온 건가? 그는 처음에 자신이 느꼈던 경외감을 부인하고 싶었지만 그의 눈에 보이는 광경은 그것을 허락하지 않았다.

오드레이드가 부드럽게 말했다. "당신이 그 바보스러운 임무, 당신의 그 '이기적인' 임무를 수행하려고 애쓰는 동안 우리는 예언자를 섬겼습니다! 우리는 되돌아온 그를 구출해서 이리로 데려왔어요. 참사회가 또 하나의 듄이 될 겁니다!"

그녀는 뒤로 물러나 앉아 몸 앞에서 양손 끝을 뾰족하게 모았다. 벨이 당연히 기계눈을 통해 이 광경을 보고 있을 터였다. 멘타트로서 그녀는 아주 귀중한 관찰 결과를 내놓을 것이다. 아이다호도 이 광경을 보고 있다면 좋겠다는 생각이 들었다. 그러나 그가 나중에 홀로그램 기록을 보아도 될 것이다. 사이테일이 베네 게세리트를 자신의 소중한 틀레이랙스 문명의 복원을 위한 도구로만 생각했음을 그녀는 분명히 알 수 있었다. 지금의 이 변화가 그로 하여금 탱크에 대한 은밀한 비밀을 털어놓게 만들 것인가? 과연 그가 무엇을 내놓을 것인가?

"생각할 시간이 필요합니다." 그가 떨리는 목소리로 말했다.

"무엇을 생각한단 말입니까?"

그는 대답을 하지 않았지만 시이나에게서 시선을 떼지 않았다. 시이나는 자그마한 벌레를 용기 안에 다시 집어넣고 있었다. 그녀는 녀석을 한 번 쓰다듬어준 다음 뚜껑을 닫았다.

"말해 보십시오, 사이테일. 당신이 다시 생각해 봐야 할 게 어디 있습니까? 이 벌레는 우리의 예언자입니다! 당신은 '위대한 믿음'을 섬긴다고 했습니다. 그럼 그 믿음을 위해 일하십시오!" 오드레이드가 강력하게 말했다.

그녀는 그의 꿈이 산산이 부서지고 있음을 알 수 있었다. '얼굴의 춤꾼들을 달라고 한 건, 그들을 시켜 사람을 죽이고 그 사람의 기억을 인화하게 하려는 속셈이었겠지. 희생자 각각의 외모와 행동을 그대로 흉내 내게 하려고 말이야.' 그가 대모를 속일 수 있을 거라고 생각한 적은 한 번도 없을 것이다……. 그러나 복사들과 참사회의 단순 노동자들은…… 그가 알아내려 했던 모든 비밀들이 사라져버렸다! 틀레이랙스 행성들이 검게 그을린 껍데기가 돼버린 것이 확실한 사실이듯이, 그 비밀들이 사라진 것도 확실한 사실이었다.

'저 여자는 '우리의' 예언자라고 했다.' 그는 오드레이드를 향해 넋이 빠진 시선을 돌렸지만, 오드레이드에게 초점을 맞추지는 않았다. '내가 어떻게 해야 하지? 이 여자들에게는 더 이상 내가 필요 없어. 하지만 내게는 이들이 필요하다!'

"사이테일." 그녀의 목소리가 얼마나 부드러운지. "대협정의 시대는 이제 끝났습니다. 저 바깥에 있는 것은 새로운 우주입니다."

그는 바싹 마른 목구멍으로 침을 삼키려고 애썼다. 폭력이라는 개념 전체가 지금은 새로운 의미를 지니고 있었다. 구제국에서는 누군가가 우주 공간에서 공격을 감행해 행성을 태워버리면 대협정이 그 범인에 대한 보복을 보장해 주었다.

"폭력의 점증입니다, 사이테일. 우린 분노의 덩어리들을 '대이동'으로 내보내고 있습니다." 오드레이드의 목소리는 거의 속삭임에 가까웠다.

그는 그녀에게 시선의 초점을 맞췄다. '저 여자가 지금 무슨 말을 하는 거지?'

"명예의 어머니들에 대한 증오심이 쌓이고 있습니다." 그녀가 말했다. '뭔가를 잃어버린 사람은 당신만이 아닙니다, 사이테일. 옛날에는 우리 문명 안에서 문제가 생겼을 때 사람들이 '대모를 데려와!'라고 외쳤습니다. 지금은 명예의 어머니들이 그런 외침을 막고 있습니다. 그리고 신화가 다시 만들어졌습니다. 우리 과거가 황금빛으로 채색되고 있지요. "베네 게세리트가 우리를 도와 줄 수 있었던 옛날이 더 좋았어. 요즘은 믿을 만한 진실을 말하는 자를 찾을 수가 없어. 중재자도 마찬가지로. 이 명예의 어머니란 것들은 그런 말을 들어본 적도 없을 거야! 옛날 그 사람들은 항상 정중했다고. 그 대모들 말이야. 그 사람들은 정말 그랬어"라고

말입니다.'

사이테일이 대답을 하지 않자 그녀가 말했다. "그 분노가 지하드로 풀려 나왔다면 무슨 일이 벌어졌을지 생각해 보십시오!"

그래도 그가 대답을 하지 않자 그녀는 다시 입을 열었다. "당신도 이미 보았습니다. 틀레이랙스, 베네 게세리트, 분열된 신의 사제들, 모두 야생의 사냥감처럼 사냥당했어요. 그렇게 사냥당한 사람들이 그 밖에도 얼마나 되는지 누가 알겠습니까?"

"그들이 우리 모두를 다 죽일 수는 없습니다!" 고뇌에 찬 외침이었다.

"그럴까요? 대이동을 떠났던 당신의 동포들은 명예의 어머니들과 뜻을 합쳤습니다. 당신은 대이동 속에서 피난처를 찾으려는 겁니까?"

'꿈이 또 하나 사라지는군. 곪은 상처처럼 끈질기게 사이테일의 '위대한 부활'을 기다리고 있는 작은 틀레이랙스 무리들이라는 꿈.'

"사람들은 억압 속에서 강해집니다." 그가 말했다. 그러나 그의 어조에는 힘이 없었다. "라키스의 사제들조차 숨을 구멍을 찾고 있습니다." 그는 필사적이었다.

"누가 그런 말을 하던가요? 대이동에서 돌아온 당신 '친구'."

그는 침묵을 지켰지만 그녀에게는 그것으로 충분했다.

"베네 틀레이랙스는 명예의 어머니를 죽였고, 저들도 그것을 알고 있습니다. 당신들이 완전히 절멸해야만 저들은 만족할 겁니다." 그녀가 그를 말로 공격했다.

"그건 당신들도 마찬가지입니다!"

"우린 공통의 믿음은 아니더라도 필요에 의해서 맺어진 동반자입니다." 그녀는 가장 순수한 이슬라미야트 어로 이 말을 한 후 그의 눈에 희망이 불쑥 나타나는 것을 보았다. '신의 언어로 생각하는 사람들 가운데

에서 퀠과 샤리아트가 언젠가 과거와 같은 의미를 지니게 될지도 몰라.'

"동반자라고요?" 지극히 조심스럽고 가냘픈 목소리였다.

그녀는 새로이 퉁명스러운 태도를 취했다. "어떤 의미에서 그건 공통의 작전을 위해 그 어떤 것보다도 믿을 만한 기초가 됩니다. 우리는 각자 상대가 무엇을 원하는지 알고 있습니다. 그래서 그것을 통해 모든 걸 걸러내다 보면 뭔가 믿을 만한 것이 나타날 거라는 사실이 내재적으로 존재하게 되지요."

"그럼 당신이 내게서 원하는 게 뭡니까?"

"당신도 이미 알고 있습니다."

"최고의 탱크를 만드는 법, 그렇죠." 그는 고개를 저었다. 자신 없는 기색이 역력했다. 그녀의 요구가 암시하는 변화들이라니!

오드레이드는 분노를 노골적으로 드러내며 그에게 소리를 쳐도 될지 생각해 보았다. 그가 얼마나 우둔한지! 하지만 그는 거의 공황에 빠지기 직전이었다. 과거의 가치들이 바뀌었다. 혼란을 일으키고 있는 것은 명예의 어머니들뿐만이 아니었다. 사이테일은 대이동에서 돌아온 자기 동포들이 얼마나 변화에 감염되었는지조차 모르고 있었다!

"시대가 변하고 있습니다." 오드레이드가 말했다.

'변화라. 정말 거슬리는 단어로군.' 그는 생각했다.

"난 얼굴의 춤꾼 시종들을 꼭 가져야겠습니다! 그리고 내 탱크도?" 거의 애원에 가까웠다.

"평의회와 함께 고려해 보겠습니다."

"생각할 게 어디 있습니까?" 그는 그녀가 했던 말을 그대로 그녀에게 다시 던졌다.

"당신은 당신 혼자서만 동의하면 되지만 난 다른 사람들의 동의를 얻

어야 합니다." 그녀가 음울한 미소를 지으며 말을 이었다. "그러니 당신
도 생각할 시간을 갖게 되겠군요." 오드레이드가 타말란에게 고개를 끄
덕이자 타말란이 호위대원들을 불렀다.

"비우주선으로 돌아가는 겁니까?" 그가 문간에 서서 말했다. 커다란
체구의 호위대원들 사이에서 그가 무척 작아 보였다.

"이번에는 비우주선까지 곧장 차를 타고 갈 겁니다."

그는 방을 나가면서 미련이 남은 듯 벌레를 마지막으로 한 번 더 바라
보았다.

사이테일과 호위대원들이 사라진 후 시이나가 말했다. "그에게 너무
압박을 가하지 않길 잘하셨습니다. 그는 금방이라도 공황에 빠질 수 있
는 상태였습니다."

벨론다가 방으로 들어왔다. "어쩌면 그를 그냥 죽여버리는 게 최선인
지도 모릅니다."

"벨! 홀로그램 기록을 가져다가 다시 살펴보십시오. 이번에는 멘타트
로서 보세요!"

이 말이 그녀를 멈춰 세웠다.

타말란이 쿡쿡 웃었다.

"자매가 당황하는 걸 보고 너무 즐거워하시는군요, 탐." 시이나가 말
했다.

타말란은 어깨를 으쓱했지만 오드레이드는 반가웠다. '더 이상 벨을
놀리지 않겠다는 건가?'

"참사회가 또 하나의 듄이 될 거라고 말씀하셨을 때, 그때 그가 공포에
질리기 시작했습니다." 벨론다가 말했다. 거리감이 있는 멘타트의 목소
리였다.

오드레이드도 그의 반응을 보았지만 그 의미를 연결시키지는 못했다. 이런 것이 바로 멘타트의 능력이었다. 패턴과 시스템, 기본 원칙들을 찾아내는 것. 벨은 사이테일의 행동에서 패턴을 감지하고 있었다.

"나는 속으로 자문하고 있습니다. 그것이 다시 한번 현실이 되는 건가 하고요." 벨론다가 말했다.

오드레이드는 그 뜻을 즉시 깨달았다. 이미 사라져버린 장소에는 뭔가 기묘한 것이 있었다. 듄이 사람들에게 알려져 있는 살아 있는 행성인 한, '은하 기록부'에는 그 행성의 존재에 대한 역사적 확실성이 존재했다. 투사된 영상을 가리키며 '저것이 듄이다. 한때는 아라키스라고 불렸고, 나중에는 라키스가 되었지. 듄은 무앗딥 시절에 저 행성 전체가 사막이었다는 특징을 딴 이름이다'라고 말할 수도 있었다.

그러나 그곳을 파괴해 버리면 투사되어 나타난 '현실'의 모습을 향해 신화적 분위기가 비난을 퍼부었다. 시간이 흐르면 그런 장소들은 완전히 신화적인 곳이 되었다. '아서 왕과 원탁의 기사들. 밤에만 비가 내리는 카멜롯 성. 그 당시치고는 꽤 괜찮은 기후 통제 시스템이야!'

하지만 이제 새로운 듄이 나타났다.

"신화의 힘." 타말란이 말했다.

아아, 그래. 탐. 육체를 마지막으로 떠나야 할 순간이 가까웠기 때문에 그녀는 신화의 작용에 더 민감해져 있을 것이다. 수수께끼와 비밀이라는 선교단의 도구들은 무앗딥과 폭군에 의해 듄에서도 사용되었다. 씨앗은 심어져 있었다. 분열된 신의 사제들이 자신들의 지옥에 떨어진 후에도 듄의 신화는 번식을 계속했다.

"멜란지." 타말란이 말했다.

작업실 안의 자매들은 그녀의 말뜻을 즉시 이해했다. 베네 게세리트 대이동에 새로운 희망을 주입할 수 있을 것이다.

벨론다가 말했다. "그들은 왜 우리를 사로잡지 않고 죽이려 하는 걸까요? 난 그 점을 항상 이해할 수 없습니다."

명예의 어머니들은 어쩌면 그 어떤 베네 게세리트도 살아 있는 걸 원하지 않을지도 몰랐다……. 아마도 스파이스에 대한 지식만을 원할 것이다. 그러나 그들은 듄을 파괴했다. 틀레이랙스도 파괴했다. 어떤 형태로든 거미 여왕과의 대결을 생각하는 건 조심스러웠다. 그것도 도르투즐라가 성공해야 가능한 일이긴 하지만.

"인질이 쓸모가 없는 걸까요?" 벨론다가 물었다.

오드레이드는 자매들의 얼굴에 나타난 표정을 보았다. 그들은 마치 한마음이 된 듯 단 하나의 길을 따라가고 있었다. 생존자를 거의 남기지 않는 명예의 어머니들의 행동은 잠재적인 반대 세력을 더욱 신중하게 만들 뿐이었다. 그것이 침묵의 규칙을 만들어냈고, 그 안에서 쓰라린 기억이 쓰라린 신화로 변했다. 명예의 어머니들은 모든 시대의 야만인들과 같았다. 인질 대신 피를 원하는 자들. 닥치는 대로 악의에 차서 공격하는 자들.

"다르가 옳습니다. 우리는 그동안 본거지와 너무 가까운 곳에서 동맹을 찾고 있었습니다." 타말란이 말했다.

"퓨타르는 저절로 생겨난 게 아닙니다." 시이나가 말했다.

"그들을 만든 사람들은 우리를 지배하고 싶어 합니다." 벨론다가 말했다. '최고의 계산 결과'를 말하는 분명한 목소리였다. "도르투즐라가 조련사들에게서 망설임을 느꼈다고 한 건 바로 그 때문입니다."

이제 모든 것이 드러났고, 그들은 그 안에 들어 있는 위험에 직면하고 있었다. 결국 사람의 문제였다(항상 그랬다). 사람, 현재를 사는 사람들. 원래 같은 시대를 사는 사람들과 그들이 과거에서 얻어 온 지식으로부터 가치 있는 것들을 배우게 되는 법이었다. 역사를 전달하는 것은 '다른 기억'만이 아니었다.

오드레이드는 오랫동안 집을 비웠다가 돌아온 기분이었다. 지금 네 사람의 생각에는 뭔가 친숙하게 느껴지는 것이 있었다. 장소를 초월하는 친숙함이었다. 교단 그 자체가 고향이었다. 그들이 임시로 머물고 있는 곳이 아니라 그곳에서 연상되는 것.

벨론다가 그들을 대신해서 그 생각을 입 밖으로 표현했다. "우리가 서로 상치되는 목적을 갖고 일해 온 것 같군요."

"두려움이 그렇게 만드는 겁니다." 시이나가 말했다.

오드레이드는 차마 미소를 지을 수 없었다. 사람들이 미소를 오해할 수도 있었다. 그녀는 그 점에 대해 설명을 늘어놓고 싶지 않았다. '자매가 된 무르벨라와 기억을 회복한 바샤르가 필요해! 그러면 우리는 싸워볼 가능성을 갖게 될지도 몰라!'

그녀 내면에 좋은 감정이 자리잡고 있는 바로 그 순간에 메시지가 들어왔다는 신호가 찰칵찰칵 소리를 냈다. 그녀는 순수한 반사 작용에 의해 영상이 투사된 표면을 흘깃 바라보고 위기가 닥쳤음을 알아차렸다. 그렇게 작은 것(비교적 그렇다는 얘기다)이 위기를 촉발하다니. 클레르비가 오니숍터 추락 사고로 치명적인 부상을 입었다. 다만…… 그녀는 상황을 자세히 살펴본 결과 그가 사이보그가 되지 않는다면 정말로 목숨을 잃을 수도 있다는 것을 알 수 있었다. 방에 같이 있던 그녀의 동료들은 반대편에서 이 메시지를 거꾸로 읽어야 했지만 여기서는 모두들 거울에 비친 것처럼 뒤집힌 정보를 읽어내는 실력을 갖게 마련이었다. 그들도 상황을 알고 있었다.

'어디서 선을 그어야 할까?'

인공 눈이나 그 밖에 수많은 인공 기구들을 이용할 수 있는데도 구식 안경을 쓰고 있는 벨론다는 온몸으로 의사 표시를 하고 있었다. '인간이 된다는 게 바로 이런 것입니다. 젊음에 매달리려 하면 젊음은 전속력으로 달아나면서 사람을 비웃지요. 멜란지만으로 충분합니다……. 어쩌면 그것도 너무 지나친 것인지 모르겠습니다.'

오드레이드는 자신의 감정이 무엇을 말하는지 깨달았다. 하지만 베네 게세리트에게 꼭 필요한 것들은? 벨은 자신의 개인적인 의견을 제출할 수 있고, 모두들 그것을 인정했다. 심지어 존중하기까지 했다. 그러나 최고 대모의 의견에는 교단의 운명이 포함되어 있었다.

'처음에는 악솔로틀 탱크더니 이번에는 이런 일까지.'

꼭 필요한 것을 따진다면, 클레르비처럼 능력 있는 전문가를 잃어버릴 수 없었다. 지금 그들에게는 그런 전문가들이 너무 적었다. '사람이 드물다'는 말로는 충분하지 않았다. 여기저기 구멍이 생기고 있었다. 그러나 클레르비가 사이보그가 된다면 그것이 길을 터주는 실마리가 될 터였다.

수크들은 이미 준비가 되어 있었다. 누군가 다른 사람이 대신할 수 없는 인물을 위해 그런 일이 필요해질 때를 대비한 '예방적 조치'였다. '이를테면 최고 대모 같은 사람을 얘기하는 건가?' 예전에 오드레이드는 여느 때처럼 신중하고 유보적인 태도로 그런 조치를 승인했다. 그런 유보적인 태도가 지금은 어디로 가버린 걸까?

사이보그도 합성어 중의 하나였다. 인간의 몸에 덧붙여진 기계들이 어디서부터 지배적인 위치를 차지하게 되는 걸까? 사이보그가 더 이상 인간이 아니게 되는 순간은 언제일까? '딱 하나만 더 덧붙이자'는 유혹은 점점 강해지게 마련이었다. 그리고 '조정'하기도 너무 쉬워서 그 합성 인간은 결국 무조건적으로 복종하게 되곤 했다.

'하지만…… 클레르비를?'

지금의 극단적인 상황은 '그를 사이보그로 만들라!'고 말하고 있었다. 교단이 그렇게까지 절박한 상태인가? 그녀는 그렇다는 답을 할 수밖에 없었다.

그 순간 생각이 하나 떠올랐다. 결정을 내리는 것이 전적으로 그녀의 손을 벗어난 상태는 아니었지만 손쉽게 써먹을 수 있는 핑계가 바로 앞에 있었다. 꼭 필요한 상황이기 때문에 어쩔 수 없다는 것.

버틀레리안 지하드는 인간들에게 지워지지 않는 흔적을 남겼다. 그들은 싸워서 이겼지만…… 그건 그때뿐이었다. 이제 그 오래전의 분쟁과 관련된 또 한 번의 전투를 치러야 했다.

그러나 지금은 교단의 생존이 걸려 있었다. 참사회에 남아 있는 기술 전문가들이 몇 명이나 될까? 그녀는 자료를 찾아보지 않고도 답을 알고 있었다. 그들의 숫자가 충분하지 않다는 것을.

오드레이드는 몸을 앞으로 기울이고 메시지 전송 단추를 조작했다. "그를 사이보그로 만드세요." 그녀가 말했다.

벨론다가 신음 같은 소리를 냈다. '좋다는 건가 싫다는 건가?' 결코 답을 알 수 없을 터였다. 이건 최고 대모의 영역이었다. 젠장!

'이 전투에서 누가 승리를 거둔 걸까?' 오드레이드는 속으로 질문을 던졌다.

우리는 아트레이데스(시오나)의 유전자가 예지력으로부터 우리를 숨겨주기 때문에 우리 인구 집단 속에서 그 유전자를 영원히 이어가며 위험한 줄타기를 하고 있다. 퀴사츠 해더락이 그 가방 안에 들어 있기 때문이다! 제멋대로의 고집이 무앗딥을 만들었다. 예언자들은 예언을 현실로 만든다! 우리가 또다시 도에 대한 우리의 감각을 감히 무시하고, 우연을 증오하며 예언을 구걸하는 문화의 비위를 맞출 것인가?

—기록 보관소 요약문(아딕스토)

오드레이드가 비우주선에 도착한 것은 동이 튼 직후였지만, 최고 대모가 당당한 걸음으로 연습장에 들어섰을 때 무르벨라는 벌써 일어나 훈련용 기계와 함께 움직이고 있었다.

오드레이드는 우주 공항을 둥글게 둘러싼 과수원을 통과해 마지막 1킬로미터를 걸어온 참이었다. 밤에 나타났던 얼마 안 되는 구름들은 여명이 다가오자 엷어졌다가 흩어지며 별들이 빽빽한 하늘을 드러냈다.

이 지역의 땅에서 어떻게든 한 번 더 농작물을 수확해보기 위한 섬세한 기후 변화가 느껴졌지만 점점 줄어드는 강우량 때문에 과수원과 목초지는 숨통만 간신히 붙어 있는 형국이었다.

걸으면서 오드레이드는 황량함에 압도되었다. 이제 막 끝난 겨울은 폭풍과 폭풍 사이에서 힘겹게 얻은 고요한 시기였다. 삶은 대학살이었다. 열심히 움직이는 곤충들이 꽃가루를 뿌리는 것, 꽃이 핀 다음 열매와 씨앗이 생겨나는 것. 이 과수원들은 급류와도 같은 생명의 흐름 속에 힘을 숨겨둔 비밀스러운 폭풍이었다. 그러나 오오! 그런 파괴라니. 새로운 생명은 변화를 가져왔다. '변화시키는 자'가 다가오고 있었다. 언제나 다른 모습으로. 모래벌레는 고대의 듄과 같은 순수한 사막을 가져올 것이다.

그 변신의 힘이 지닌 황량함이 그녀의 상상 속을 침범했다. 그녀는 지금의 이 풍경이 바람에 씻긴 모래 언덕으로 변해 레토 2세의 후손들을 위한 서식지가 된 모습을 그려볼 수 있었다.

참사회의 문화도 변천을 겪을 것이다. 한 문명의 신화가 다른 문명의 신화로 대체되는 것이다.

이런 생각들이 아우라처럼 연습장까지 오드레이드를 따라와서 무르벨라를 지켜보는 그녀의 기분에 영향을 미쳤다. 무르벨라는 번개처럼 빠르게 한바탕 움직이고 나서 숨을 몰아쉬며 뒤로 물러섰다.

무르벨라가 커다란 훈련용 기계의 움직임을 한 번 놓치는 바람에 그녀의 왼손 손등에 가느다랗게 긁힌 자국이 빨갛게 나 있었다. 훈련용 자동 기계는 황금빛 기둥처럼 방 중앙에 서서 무기를 가볍게 안팎으로 흔들고 있었다. 성난 곤충이 주위를 탐색하려고 커다란 턱을 움직이는 것 같았다.

무르벨라는 몸에 딱 달라붙는 초록색 레오타드를 입고 있었는데, 밖으로 노출된 피부가 땀으로 번들거렸다. 임신 때문에 배가 눈에 띄게 불렀는데도 그녀는 우아하게 보였다. 그녀의 피부는 건강하게 빛났다. 오드레이드는 그 빛이 안에서부터 나오는 것이라는 결론을 내렸다. 임신도 어느 정도 영향을 미쳤겠지만, 뭔가 그보다 더 근본적인 원인도 작용하고 있었다. 이 점은 무르벨라를 처음 만났을 때부터 이미 오드레이드에게 깊게 각인되어 있었다. 루실라도 가무에서 무르벨라를 사로잡고 아이다호를 구출한 후 이 점에 대해 얘기했다. 그녀의 거죽 밑에는 건강함이 살아 있었다. 깊게 흐르는 생기에 시선을 집중시키는 렌즈처럼.

'이 여자를 반드시 우리 편으로 만들어야 해!'

무르벨라는 자신을 찾아온 손님을 보았지만 그 때문에 훈련을 방해받고 싶지는 않았다.

'아직은 아닙니다, 최고 대모님. 내 아이가 곧 나오겠지만, 이 몸이 원하는 것들은 앞으로도 계속 사라지지 않을 겁니다.'

그 순간 오드레이드는 기계가 분노를 흉내 내고 있음을 깨달았다. 녀석의 회로가 느낀 낭패감 때문에 미리 프로그램되어 있던 반응이 나타난 것이다. 이건 지극히 위험한 모드였다!

"안녕하십니까, 최고 대모님."

무르벨라가 거의 눈에 보이지도 않는 속도로 공격을 회피하며 몸을 비틀고 있었기 때문에 평소와는 다른 목소리가 흘러나왔다.

기계가 허공을 베며 그녀의 위치를 탐색했다. 녀석의 탐지기들이 그녀의 움직임을 따라가려고 정신없이 움직이며 윙윙거리고 있었다.

오드레이드는 코웃음을 쳤다. 이런 시기에 기계의 위험이 증폭된 것에 대해 걱정하다니. 이렇게 위험한 게임을 할 때에는 위험하게 정신을 분산시켜서는 안 되었다. '이제 그만!'

기계의 조종 장치는 문 오른쪽 벽에 있는 커다란 초록색 패널에 있었다. 무르벨라가 기계를 어떻게 바꿔놓았는지 회로를 보고 알 수 있었다. 대롱거리는 전선, 기억 크리스털이 제거된 광선장($場$). 오드레이드는 손을 뻗어 기계를 멈췄다.

무르벨라가 그녀를 향해 고개를 돌렸다.

"왜 회로를 바꿨습니까?" 오드레이드가 다그치듯 물었다.

"분노를 위해서입니다."

"명예의 어머니들은 원래 이렇게 합니까?"

"잔가지를 구부리는 것처럼 간단하게 이러는 거냐고요?" 무르벨라는 부상당한 손을 문지르며 말을 이었다. "하지만 그 가지가 자신이 어떻게 구부려지는지 알고 거기에 찬성한다면요?"

오드레이드는 갑작스러운 흥분을 느꼈다. "찬성한다고요? 왜요?"

"거기에 뭔가…… 굉장한 게 있으니까요."

"흥분 상태의 기분을 그대로 따르는 겁니까?"

"그런 게 아니라는 걸 아시지 않습니까!" 무르벨라의 호흡이 정상을 되찾았다. 그녀는 자리에 선 채 오드레이드를 노려보았다.

"그럼 뭐가요?"

"그건…… 불가능할 것 같았던 일을 해보라는 도전입니다. 자기가 이렇게 할 수 있을 거라고는…… 무슨 일을 하든 이렇게 실력 좋고, 이렇게 전문적이고, 이렇게 뛰어날 거라고는 한 번도 생각하지 못했던 사람에게요."

오드레이드는 흥분을 감췄다.

'Mens sana in corpore sano(건전한 신체에 건전한 정신을—옮긴이). 마침내 이 여자가 우리 사람이 됐어!'

오드레이드가 말했다. "하지만 당신이 무슨 대가를 치렀는지 보세요!"

"대가라고요?" 무르벨라는 깜짝 놀란 기색이었다. "그런 능력을 가질 수만 있다면 전 기꺼이 대가를 지불할 겁니다."

"자신이 원하는 것을 갖고 대가를 지불한다는 겁니까?"

"그게 당신들 베네 게세리트의 마법의 뿔이지요. 나의 성취가 점점 높아질수록 대가를 치르는 능력도 높아진다는 것."

"조심하세요, 무르벨라. 당신이 마법의 뿔이라고 부르는 그것이 판도라의 상자가 될 수도 있습니다."

무르벨라는 이 비유를 알고 있었다. 그녀는 최고 대모에게 시선을 고정한 채 꼼짝도 하지 않고 서 있었다. "오?" 간신히 들릴 정도로 작은 소리였다.

"판도라의 상자는 주의를 산만하게 만들어서 생명의 에너지를 낭비시키는 강력한 것들을 방출합니다. 당신은 '급류 속에' 있다면서 대모가 된다는 얘기를 그럴듯하게 늘어놓는군요. 하지만 당신은 그것이 무슨 의미인지, 우리가 당신에게서 무엇을 원하는지 아직도 모르고 있습니다."

"그럼 당신들이 원하는 건 결코 우리의 성적인 능력이 아니었다는 얘기군요."

오드레이드는 당당한 모습으로 일부러 여덟 발짝 앞으로 움직였다. 일단 무르벨라가 그 주제를 꺼낸 이상 평소와 같은 방법, 즉, 최고 대모가 단호한 명령으로 언쟁을 중간에 끝내버리는 방법 외에는 그녀를 막을 길이 없을 것이다.

"시이나는 당신의 능력을 쉽게 자기 것으로 만들었습니다." 오드레이드가 말했다.

"그러니까 그녀를 그 아이의 작업에 이용할 생각이군요!"

오드레이드는 그녀가 불쾌해하고 있음을 느꼈다. 이것은 문화적 잔재였다. 인간의 성이 언제 시작되었을까? 지금 비우주선의 경비실에서 기다리고 있는 시이나는 이 문제와 씨름해야 했다. "제가 왜 이 일을 꺼리는지, 그리고 왜 그토록 비밀스럽게 굴었는지 알아주셨으면 좋겠습니다, 최고 대모님."

"나는 우리가 너를 손에 넣기 전에 프레멘 사회가 네 머릿속에 온갖 금기들을 가득 채워놓았다는 걸 알고 있어!"

이것이 두 사람 사이의 의혹을 일소해 주었다. 그러나 지금 무르벨라와 나누고 있는 대화의 방향을 어떻게 다시 돌려놓아야 할까? '빠져나갈 길을 찾는 동안 이 주제가 흘러가는 대로 내버려두어야겠다.'

같은 말을 반복해야 할 것이다. 해결되지 않은 문제들도 제기될 것이다. 무르벨라가 내뱉는 거의 모든 말을 미리 예상할 수 있다는 사실, 그것이 시련이 될 터였다.

"여러 차례 시험을 거친, 남을 지배하는 이 방법을 왜 피하시는 겁니까? 테그를 상대할 때 그 방법이 필요하다고 하시면서 말입니다." 무르벨라가 물었다.

"당신은 노예를 원하는 겁니까?" 오드레이드가 반격했다.

무르벨라는 눈을 거의 감다시피 하고 이 말을 곰곰이 생각해 보았다. '내가 남자들을 우리 노예로 생각했었나? 어쩌면 그럴지도. 나는 그들이 주기적으로 아무 생각 없이 멋대로 날뛰게 만들었다. 꿈도 꾸지 못했던 엄청난 황홀경에 무릎을 꿇게 한 거지. 나는 그들에게 그런 황홀경을 주어서 그들을 우리의 통제에 종속시키는 훈련을 받았어. 던컨이 나한테 똑같은 행동을 할 때까지는 그랬지.'

오드레이드는 무르벨라가 눈꺼풀로 자신의 눈을 가리고 있는 모습을 보고 이 여자의 영혼 속에 뭔가 뒤틀린 것들이 있으며 그것을 밝혀내기가 어려우리라는 것을 깨달았다. '지금까지 우리가 가보지 않은 곳으로 달려가는 야성.' 마치 무르벨라가 원래 갖고 있던 투명함에 지울 수 없는 얼룩이 묻고, 그 위에 그것을 숨기기 위한 얼룩이 덧씌워지고, 그 위에 또 은폐물이 덧씌워진 것 같았다. 그녀에게는 생각과 행동을 왜곡시키는 냉혹함이 있었다. 층층이 쌓인 얼룩들…….

"당신은 내 능력을 두려워하고 있습니다." 무르벨라가 말했다.

"당신 말에 일리가 있습니다." 오드레이드는 수긍했다.

'정직성과 솔직함. 지금은 신중하게 사용해야 하는 제한적인 도구들이다.'

"던컨." 새로 얻은 베네 게세리트의 능력 덕분에 무르벨라의 목소리가 단조롭게 흘러나왔다.

"난 당신이 그와 무엇을 공유하고 있는지 두렵습니다. 최고 대모가 두려움을 인정하는 게 이상하다고 생각합니까?"

"나도 솔직함과 정직성에 대해 알고 있습니다!" 솔직함과 정직성을 혐오스러운 것으로 만들어버리는 어조였다.

"대모들은 절대로 자아를 포기하지 말라는 가르침을 받습니다. 우리는 다른 사람들을 배려하느라 그런 식으로 스스로를 방해하지 않도록 훈련받지요."

"그게 전부입니까?"

"원래 내용은 그보다 더 깊고, 줄기도 여러 갈래입니다. 베네 게세리트가 된다는 것은 그 나름의 방식으로 그 사람을 만들어내는 겁니다."

"당신이 뭘 요구하는 건지 압니다. 던컨과 교단 중 하나를 선택하라는 거죠. 나도 당신들의 술수를 알고 있습니다."

"그렇지 않을걸요."

"난 당신들이 시킨다고 무슨 일이든 하지는 않을 겁니다!"

"우리들 각자는 과거에 의해 억제되어 있습니다. 내가 선택을 하고, 꼭 해야 하는 일들을 하는 것은 나의 과거가 당신의 과거와 다르기 때문입니다."

"방금 내가 그런 말을 했는데도 날 계속 훈련시킬 겁니까?"

오드레이드는 무르벨라와의 이런 만남에서 꼭 필요한, 무엇이든 전적으로 받아들이는 태도로 이 말을 들었다. 모든 감각들이 입 밖으로 표현되지 않은 것들, 마치 위험한 우주와 접촉하기 위해 몸을 뻗다가 머뭇거리고 있는 섬모처럼 말의 가장자리를 어른거리고 있는 메시지를 포착하려고 긴장하고 있었다.

'베네 게세리트는 반드시 방식을 바꿔야 한다. 우리를 변화 속으로 이끌어줄 수 있는 사람이 바로 여기 있어.'

벨론다라면 이런 얘기를 듣고 경악할 것이다. 많은 자매들도 이것을 거부할 것이다. 그러나 이건 현실이었다.

오드레이드가 침묵을 지키고 있자 무르벨라가 말했다. "훈련을 받았다…… 그게 적절한 표현입니까?"

"세뇌당했다. 아마 그게 당신에게 더 친숙하겠지요."

"당신이 정말로 원하는 것은 우리의 경험을 결합시키고, 나를 당신들과 상당히 비슷하게 만들어서 우리 두 사람 사이에 신뢰가 생겨나게 하는 겁니다. 그것이 항상 교육의 역할입니다."

'나한테 박식한 척하지 마, 애송아!'

"우린 같은 흐름 속에서 흐를 겁니다, 그렇지요, 무르벨라?"

3단계 복사라면 최고 대모의 이런 어조를 듣고 경계심을 다지며 신중해질 것이다. 무르벨라는 아무런 영향도 받지 않은 것 같았다. "내가 그를 포기할 생각이 없다는 점만 빼면 그렇죠."

"그건 당신이 결정할 일입니다."

"당신들이 레이디 제시카에게도 결정권을 주었던가요?"

'마침내 이 막다른 길을 벗어날 방법이 생겼군.'

무르벨라에게 제시카의 생애를 공부해 보라고 부추긴 사람은 던컨이 었다. '우리를 방해하려는 생각이었지!' 홀로그램으로 기록된 그의 그런 행동 때문에 기록에 대한 엄밀한 분석에 불이 붙었다.

"재미있는 사람이지요." 오드레이드가 말했다.

"사랑입니다! 당신들의 온갖 가르침, 당신들의 '세뇌'를 받는데도 말입니다!"

"그녀의 행동이 배신이었다는 생각은 하지 않았습니까?"

"절대로!"

'이제 조심해야 해.'

"하지만 그 결과를 보세요. 퀴사츠 해더락…… 그리고 그 손자는 폭군이었습니다!"

'벨론다가 애지중지하는 주장이지.'

"황금의 길. 인류의 생존." 무르벨라가 말했다.

"기근 시대와 대이동."

'지금 이걸 보고 있어요, 벨? 뭐, 상관없겠죠. 나중에 보게 될 테니까.'

"명예의 어머니!" 무르벨라가 말했다.

"그 모든 게 제시카 때문이라고요? 하지만 제시카는 다시 돌아와서 칼라단에서 여생을 마쳤습니다." 오드레이드가 말했다.

"복사들의 스승!"

"복사들에게 사례가 되기도 하지요. 당신이 우리에게 반항하면 어떻게 될지 아시겠습니까?"

'우리에게 반항해요, 무르벨라! 제시카보다 더 솜씨 있게 해봐요.'

"가끔 당신이 정말 혐오스러워요!" 그녀는 타고난 정직성 때문에 말을 덧붙이지 않을 수 없었다. "하지만 당신은 당신들이 갖고 있는 걸 내가 원한다는 사실을 알고 있어요."

'우리가 가진 것이라.'

오드레이드는 자신이 베네 게세리트의 매력과 처음 부딪혔을 때를 떠올렸다. 몸의 모든 움직임이 비할 데 없이 정확하게 이루어지고, 모든 감각들이 단련되어 지극히 작은 것까지도 감지할 수 있게 되고, 근육은 훈련을 통해 놀라울 정도로 정확한 움직임을 보이게 되는 것. 명예의 어머니가 이런 능력을 갖게 되면 그들의 빠른 몸놀림에 의해 증폭된 새로운 차원이 열릴 것이다.

"당신은 책임을 돌리고 있습니다. 내가 무엇을 선택할지 이미 알면서 내 선택을 강요하고 있어요." 무르벨라가 말했다.

오드레이드는 침묵을 지켰다. 이것은 고대 예수회가 거의 완벽하게 다듬어놓은 논쟁의 형태였다. 동시 흐름이 논쟁의 패턴 위에 포개졌다. 무르벨라가 스스로를 납득시키도록 내버려두자. 지극히 알아보기 어려울 정도로 조금씩 주의를 환기시키기만 하는 거야. 그녀에게 작은 구실들을 던져주고 그것을 바탕으로 그녀가 스스로 생각을 넓혀가게 하자.

'하지만 절대 손에서 놓지 말아야 합니다, 무르벨라. 던컨에 대한 사랑을!'

"당신은 당신네 교단의 이점들을 내 앞에 아주 영리하게 늘어놓고 있습니다." 무르벨라가 말했다.

"우린 카페테리아에 늘어놓은 음식들이 아닙니다!"

아무래도 상관없다는 듯한 미소가 무르벨라의 입술을 가볍게 스치고 지나갔다. "난 여기 이 음식하고 저기 저 음식을 먹겠어요. 저쪽에 있는 저 크림 같은 음식도 좋겠군요."

오드레이드는 이 비유가 마음에 들었지만, 언제 어디에나 존재하는 관찰자들은 나름의 취향을 갖고 있었다. "음식을 그렇게 먹다간 죽을지도 모릅니다."

"하지만 당신들의 음식이 너무나 매력적으로 진열되어 있는걸요. '목소리'! 당신들이 정말 얼마나 굉장한 걸 요리해 놓았는지. 내 목구멍 안에 이런 놀라운 도구가 있는데, 당신들은 그것을 사용하는 최고의 방법을 내게 가르쳐줄 수 있습니다."

"이제는 당신이 연주회의 지휘자입니다."

"난 주위 사람들에게 영향을 미칠 수 있는 당신들의 능력을 원합니다!"

"무엇을 위해서요, 무르벨라? 누구의 목적을 위해서?"

"내가 당신들과 같은 음식을 먹으면, 당신들처럼 강해질 수 있을까요? 겉은 플래스틸 같고 속은 더 단단한 사람으로?"

"당신은 나를 그렇게 보고 있는 겁니까?"

"당신은 내 연회의 주방장이에요! 그리고 나는 무엇이든 당신이 가져다주는 음식을 먹어야 합니다. 나와 당신을 위해서."

그녀는 거의 광적으로 흥분한 것 같았다. 이상한 사람. 때로 우리에 갇힌 짐승처럼 자신의 거처를 서성거리는 그녀는 비참하기 그지없는 여자처럼 보였다. 그녀의 눈에 어린 광적인 표정, 각막에 나타난 오렌지색 반점…… 바로 지금의 모습이 그랬다.

"지금도 사이테일에 대한 '작업'을 거부하겠습니까?"

"시이나더러 하라고 하세요."

"당신이 그녀를 지도해 주겠습니까?"

"그러면 그녀는 내게서 배운 걸 그 아이에게 사용하겠지요!"

두 사람은 서로를 노려보며 서로 비슷한 생각을 하고 있다는 걸 깨달았다. '이건 대결이 아니다. 우리가 서로 상대방을 원하니까.'

"당신이 내게 무엇을 줄 수 있는지 알기 때문에 난 당신에게 복종하고 있습니다." 무르벨라가 낮은 목소리로 말을 이었다. "하지만 내가 혹시라도 그런 복종과 어긋나는 태도를 보일 가능성이 있는지 알고 싶은 겁니까?"

"그럴 수 있습니까?"

"어쩔 수 없는 상황에서 당신이 그럴 수 있는 만큼 이상은 아닙니다."

"언제든 당신의 결정을 후회하게 될 거라고 생각합니까?"

"당연히 후회할 겁니다!" 무슨 이런 젠장 맞게 멍청한 질문이 있나? 사람들은 항상 후회를 했다. 무르벨라는 그렇게 말했다.

"당신이 스스로에게 얼마나 정직한지 확인해 본 것뿐입니다. 당신이 거짓된 겉모습 밑으로 숨어버리지 않는 게 마음에 드는군요."

"당신들은 거짓된 겉모습을 갖고 있습니까?"

"그렇지요."

"그런 거짓 모습들을 뽑아내는 방법을 틀림없이 갖고 있겠군요."

"스파이스의 고통이 우리를 대신해서 그 일을 해줍니다. 거짓은 스파이스를 통과하지 못합니다."

오드레이드는 무르벨라의 고동 소리가 더 빠르게 요동치는 것을 느꼈다.

"그리고 당신은 나더러 던컨을 포기하라고 요구하지 않을 작정이고요?" 가시투성이의 질문이었다.

"그 애정이 문제가 되고 있습니다만 그건 당신의 문제입니다."

"그것도 나더러 그를 포기하라고 요구하는 방법 중의 하나인가요?"

"가능성을 받아들이라는 얘기일 뿐입니다."

"난 받아들일 수 없습니다."

"받아들이지 않겠다고요?"

"내 뜻은 내가 말한 그대로입니다. 난 그럴 수 없어요."

"만약 누군가가 당신에게 방법을 가르쳐준다면?"

무르벨라는 오랫동안 오드레이드의 눈을 들여다보다가 입을 열었다. "그러면 내가 자유로워질 거라고 하마터면 말할 뻔했습니다…… 하지만……."

"하지만?"

"그가 내게 묶여 있는 한 난 자유로워질 수 없을 겁니다."

"명예의 어머니들의 방식을 포기하는 겁니까?"

"포기라고요? 잘못된 표현이군요. 난 그저 과거에 내 자매였던 사람들보다 더 성숙해진 것뿐입니다."

"과거의 자매들?"

"지금도 내 자매들이지요. 하지만 그들은 어린 시절의 자매들입니다. 여전히 정이 가는 사람도 있고, 진저리가 나게 싫은 사람도 있습니다. 더 이상 내 관심을 끌지 못하는 게임의 놀이 친구들입니다."

"그 결정이 만족스럽습니까?"

"당신은 만족하십니까, 최고 대모님?"

오드레이드는 흥분을 억누르지 않고 손뼉을 쳤다. 베네 게세리트의 재치 있는 말대꾸를 무르벨라가 이렇게 빨리 배우다니!

"만족하냐고요? 정말 지독하게 무의미한 말이로군요!"

오드레이드가 말을 하는 동안 무르벨라는 자신이 꿈속에서 심연의 가장자리를 향해 움직이는 것을 느꼈다. 꿈에서 깰 수도, 절벽으로 떨어지는 것을 막을 수도 없었다. 비밀스러운 공허함 때문에 위가 아팠다. 오드레이드의 다음 말이 메아리처럼 멀리서 들려오는 것 같았다.

"대모에게 베네 게세리트는 모든 것입니다. 당신은 그것을 결코 잊을 수 없을 겁니다."

꿈과 같은 감각은 다가올 때처럼 빠르게 사라져버렸다. 최고 대모의 다음 말은 차갑고 현실적이었다.

"더 고급 훈련을 받을 준비를 하세요."

'스파이스의 고통을 만나 살거나 죽을 때까지.'

오드레이드는 천장의 기계눈을 향해 시선을 들어 올렸다. "시이나를 이리로 보내세요. 새로운 교사와 즉시 수업을 시작할 겁니다."

"정말로 그럴 작정이군요! 정말로 그 아이에게 '작업'을 할 작정이에요."

"그를 테그 바샤르로 생각하세요. 그러면 좀 괜찮을 겁니다." 오드레이드가 말했다. '그리고 우린 당신에게 다시 생각해 볼 시간을 주지 않을 거야.'

"난 던컨에게 저항하지 않았고, 지금은 당신에게 이의를 제기할 수도 없습니다."

"당신 자신에 대해서도 이의를 제기하지 마세요, 무르벨라. 무의미한 짓입니다. 테그는 내 아버지였는데도 난 이러는 수밖에 없어요."

그제야 무르벨라는 오드레이드가 조금 전에 했던 말의 힘을 깨달았다. '대모에게 베네 게세리트는 모든 것입니다. 위대한 두르여, 저를 지켜주소서! 나도 저렇게 되는 겁니까?'

우리는 영원 중에서 우리를 스치고 지나가는 하나의 시기를 보고 있습니다. 중요한 일들이 일어나지만 어떤 사람들은 전혀 눈치채지 못합니다. 우연한 일들이 끼어듭니다. 이런 저런 일들이 일어날 때 여러분의 정신은 그곳에 있지 않습니다. 여러분은 보고서에 의존합니다. 그리고 사람들은 마음을 닫아버립니다. 보고서가 무슨 소용입니까? 뉴스 기록 속의 역사라고요? 편집 회의에서 미리 걸러지고 편견에 의해 소화되고 배설된 것이? 여러분에게 필요한 기록이 역사를 만드는 사람들에게서 나오는 경우는 거의 없습니다. 일기, 회고록, 자서전 등은 주관적인 형태의 특별한 변론입니다. 기록 보관소에는 그런 수상쩍은 것들이 빽빽이 들어차 있습니다.

—다르위 오드레이드

사이테일은 자기 쪽 복도의 끝에 있는 장벽에 이르렀을 때 경비병들과 다른 사람들이 흥분하고 있음을 눈치챘다. 처음 그의 주의를 끌어서 이 장벽으로 오게 만든 것은 특히 이렇게 이른 시간에 사람들이 빠르게 움직이고 있다는 점이었다. 수크 의사인 잘란토의 모습이 보였다. 오드레이드가 '당신이 아파 보인다'면서 그녀를 보내준 적이 있었기 때문에 그는 그녀를 알아볼 수 있었다. '저 여자도 나를 염탐하는 대모야! 아아, 무르벨라가 아기를 낳는 모양이군.'

사람들이 이렇게 바삐 돌아다니고 수크의 모습이 보이는 것은 그 때문이었다.

그러나 그 밖의 다른 사람들은 모두 누구인가? 로브를 입은 베네 게세리트들이 이렇게 많이 모여 있는 모습은 이곳에서 한 번도 본 적이 없는 광경이었다. 그냥 복사들만이 아니었다. 바삐 돌아다니는 다른 사람들보다 대모들의 숫자가 더 많았다. 그들은 그에게 죽은 고기를 먹고 사는 커다란 새들을 연상시켰다. 마침내 복사 하나가 어깨에 아이를 태우고 나타났다. 대단히 이해하기 어려운 모습이었다. '우주선 시스템과 연결할 수만 있다면!'

그는 벽에 몸을 기대고 기다렸지만 사람들은 여기저기의 해치와 문 안으로 사라져버렸다. 그들 중 일부의 목적지가 어딘지는 그가 상당히 확실하게 알 수 있었지만, 나머지는 여전히 수수께끼였다.

거룩한 예언자시여! 최고 대모가 직접 나타나다니! 그녀는 지금까지 대부분의 사람들이 사라졌던 널찍한 문 안으로 들어갔다.

다음에 오드레이드를 만났을 때 물어봐도 소용이 없을 것이다. 그는 이제 그녀의 함정 속에 갇혀 있었다.

'예언자가 이곳에 있다. 그것도 포윈다의 손에!'

복도에 사람들이 더 이상 나타나지 않게 되자 사이테일은 자신의 거처로 돌아갔다. 그가 문을 통과하자 문간에 있는 식별 모니터가 깜박였지만, 그는 억지로 그 모습을 보지 않았다. 'ID가 열쇠야.' 그처럼 어느 정도의 지식을 갖고 있는 사람에게 익스 산 우주선 통제 시스템의 이러한 결함은 그를 유혹하는 사이렌과 같았다.

'내가 움직이기 시작하면 시간 여유가 얼마 없을 것이다.'

그것은 우주선과 그 안에 들어 있는 것들을 인질로 삼은 필사적인 행동이 될 터였다. 성공을 위한 시간 여유는 몇 초밖에 없었다. 혹시 가짜 조종판이 설치되어 있지는 않은지, 비밀 해치가 있어서 저 끔찍한 여자들이 그를 향해 달려들지는 않을지 누가 알겠는가. 다른 모든 방법들을 써보기도 전에 감히 도박을 할 수는 없었다. 특히 지금…… 예언자가 다시 소생한 지금은.

'교활한 마녀들. 그들이 이 우주선에서 또 무엇을 바꿔놓았을까?' 이런 생각을 하면 불안했다. '내 지식을 아직도 적용할 수 있을까?'

오드레이드는 장벽 너머에 사이테일이 있다는 사실을 알아챘지만 지금은 신경을 써야 할 다른 일들이 있었다. 무르벨라의 해산(그녀는 이 고대의 용어를 좋아했다)은 시기에 딱 맞았다. 오드레이드는 시이나가 바샤르의 기억을 복원하기 위한 시도를 할 때 아이다호의 정신이 산만해져 있기를 원했다. 아이다호는 무르벨라에 대한 생각 때문에 자주 정신이 흐트러지곤 했다. 게다가 무르벨라가 이곳에 그와 함께 있을 수 없음은 분명했다. 바로 지금만은.

오드레이드는 그의 앞에서 신중하게 경계를 풀지 않았다. 그는 어쨌든 멘타트였으니까.

그녀는 그가 또다시 콘솔 앞에 있는 것을 발견했다. 그녀가 강하로를 빠져나와 그의 거처로 통하는 복도에 들어서자 중계기의 찰칵거리는 소리와 통신장(場) 특유의 윙윙거리는 소리가 들려왔다. 그 덕분에 그녀는 그가 어디에 있는지 금방 알 수 있었다.

그녀가 시이나와 아이를 관찰하게 될 관찰실로 그를 데리고 갔을 때 그는 묘한 기분을 드러냈다.

'무르벨라를 걱정하는 건가? 아니면 곧 보게 될 일을 걱정하는 건가?'

관찰실은 길고 좁았다. 실험이 벌어질 비밀의 방과 맞붙은 전망벽을 향해 의자들이 세 줄로 놓여 있었다. 의자 뒤의 천장 구석에 있는 작은 발광구 두 개가 전부여서 관찰실 전체가 어둑한 회색이었다.

수크 두 명이 와 있었다……. 하지만 오드레이드는 그들이 별로 소용이 없을지도 모른다는 생각이 들었다. 아이다호가 수크들 중 최고로 생각하는 잘란토는 무르벨라의 곁에 있었다.

'우리가 관심을 갖고 있음을 실제로 보여주는 거지. 정말 진짜처럼.'

골격에 천을 씌운 의자들이 전망벽을 따라 놓여 있었다. 비밀 방으로 통하는 응급 해치는 금방 손이 닿는 곳에 있었다.

스트레기가 바깥쪽 통로를 이용해 아이를 데리고 와 방으로 들어갔다. 바깥쪽 통로를 이용한 것은 아이가 이 방의 관찰자들을 보지 못하게 하기 위한 조치였다. 비밀 방은 무르벨라의 지시에 따라 준비되었다. 침실처럼 꾸민 곳에 아이의 물건 몇 개를 아이의 거처에서 가져다 놓았고, 아이다호와 무르벨라가 함께 쓰는 방의 물건도 몇 개 가져왔다.

오드레이드가 보기에 동물의 굴 같았다. 아이다호의 방에서 흔히 볼 수 있는 모습을 흉내 내기 위해 물건들을 일부러 어질러놓았기 때문에 방이 지저분해 보였다. 의자 위에는 옷이 팽개쳐져 있고, 구석에는 샌들이 놓여 있었다. 취침용 매트는 아이다호와 무르벨라가 쓰던 것이었다. 미리 이곳을 시찰하면서 오드레이드는 침 냄새와 비슷한 냄새를 눈치챘었다. 은밀하고 성적인 냄새였다. 그것 역시 테그에게 무의식적인 영향을 미칠 터였다.

'야성의 것들이 생겨나는 게 바로 이런 곳이다. 우리가 억누를 수 없는 것들. 우리가 이것을 통제할 수 있다고 생각하다니 얼마나 무모한 짓인가. 하지만 할 수밖에 없어.'

스트레기가 아이의 옷을 모두 벗긴 후 매트 위에 아이를 놓아두고 나가 버리자 오드레이드는 자신의 맥박이 빨라지는 것을 느꼈다. 그녀는 의자를 앞으로 옮겼다. 베네 게세리트 동료들도 그녀와 똑같이 의자를 잡아끌고 있었다.

'이런 세상에. 우리는 그냥 관음증 환자에 지나지 않는 건가?' 그녀는 생각했다.

이 순간에는 그런 생각을 할 필요가 있었지만, 그런 생각이 자신의 품격을 떨어뜨리는 것처럼 느껴졌다. 이렇게 남의 사생활을 침해하면서 그녀는 뭔가를 잃어버렸다. 지극히 베네 게세리트답지 않은 생각이었지만 매우 인간적이었다!

던컨은 미리 연습한 듯한 무관심한 태도를 취하고 있었다. 가장임을 쉽사리 알 수 있는 모습이었다. 그가 멘타트로서 훌륭하게 기능을 발휘하기에는 그의 생각 속에 주관적인 것들이 너무 많았다. 그것이 바로 지금 그녀가 원하는 그의 모습이었다. '참여의 비결.' 활력을 불어넣는 오르가슴. 벨이 제대로 본 것이다.

강인하다는 이유로 선택되어 표면적으로는 관찰자의 자격으로 이 자리에 참석해 근처에 앉아 있는 세 명의 감독관들 중 한 명에게 오드레이드가 말했다. "저 골라는 자신의 기억이 복원되기를 원하면서 또한 그것을 철저하게 두려워하고 있습니다. 우리가 찢어버려야 하는 가장 중요한 장벽이 그것입니다."

"말도 안 되는 소리! 지금 우리에게 도움이 되는 요소가 뭔지 아십니까? 저 아이의 어머니는 당신들의 일원이었고, 저 아이에게 깊은 가르침을 주었습니다. 그녀의 훈련이 당신들의 각인사로부터 저 아이를 지켜주지 못할 가능성이 얼마나 됩니까?" 아이다호가 말했다.

오드레이드는 날카롭게 그를 돌아보았다. '멘타트로서 하는 얘긴가?'

아니, 그는 바로 직전의 과거로 돌아가 그 순간을 다시 경험하며 비교하고 있었다. 그러나 각인사를 언급한 것은…… 무르벨라와 처음으로 '성적인 충돌'을 했을 때 다른 골라 생애들에 대한 기억이 복원된 것이 그런 식이었던 건가? 각인에 대한 뿌리 깊은 저항?

오드레이드가 말을 걸었던 감독관은 이 주제넘은 방해자를 무시하기로 결정했다. 그녀는 벨론다에게 브리핑을 받을 때 기록 보관소의 자료를 이미 읽었다. 세 사람 모두 자기들이 어쩌면 저 어린 골라를 죽여야 할지도 모른다는 사실을 알고 있었다. 그가 자신들에게 위험한 힘을 갖고 있을까? 시이나가 성공한(또는 성공하지 못한) 후에야 관찰자들은 그 답을 알 수 있을 것이다.

아이다호에게 오드레이드가 말했다. "스트레기가 저 아이에게 이리로 데려온 이유를 말해 주었습니다."

"그녀가 아이에게 정확히 뭐라고 말했습니까?" 최고 대모에게 하는 말치고는 대단히 건방진 어조였다. 감독관들이 그를 노려보았다.

오드레이드는 일부러 온화한 목소리를 유지하며 말했다. "스트레기는 저 아이에게 시이나가 그의 기억을 복원시켜 줄 것이라고 말했습니다."

"아이가 뭐라고 했답니까?"

"왜 던컨 아이다호 님이 하지 않느냐고요."

"그녀가 아이에게 정직하게 답변해 주었습니까?"

'이 사람이 본래의 모습을 조금 되찾고 있군.'

"정직하기는 했지만 아무것도 가르쳐주지는 않았습니다. 스트레기는 시이나에게 더 좋은 방법이 있다고 했습니다. 당신도 그 방법에 찬성했다고요."

"저 아이를 보세요! 꼼짝도 하지 않고 있습니다. 설마 아이에게 약을 먹인 건 아니겠죠?"

아이다호는 감독관들을 노려보았다.

"우리가 감히 그럴 리가 있습니까. 하지만 저 아이는 내면에 집중하고 있습니다. 당신도 그것이 필요하다는 것을 기억하고 있겠죠, 그렇지 않습니까?"

아이다호는 어깨를 늘어뜨리며 의자 속에 몸을 파묻었다. "무르벨라는 '저 애는 너무 어려. 저 애는 너무 어려'라고 계속 말하고 있습니다. 우리가 그 문제로 싸움을 했다는 걸 당신들도 알 겁니다."

"난 그때 당신이 펼친 주장이 적절하다고 생각했습니다. 바샤르는 아이가 아닙니다. 우리가 지금 각성시키려 하는 건 바로 바샤르입니다."

그는 손가락 두 개를 교차시켜(행운을 빈다는 의미의 제스처 ─ 옮긴이) 들어 올리며 말했다. "그러기를 바랍니다."

그녀는 교차시킨 손가락을 바라보며 뒤로 물러났다. "당신이 미신을 믿는 줄은 몰랐습니다, 던컨."

"도움이 될 것 같으면 두르에게라도 기도를 하고 싶은 심정입니다."

'그는 자기가 각성할 때의 고통을 기억하고 있어.'

"연민을 드러내지 마십시오. 그걸 저 아이에게 되돌리세요. 저 아이가 계속 내면에 집중하게 하십시오. 저 아이의 분노가 필요할 테니까." 그가 투덜거리듯이 말했다.

이건 그 자신의 경험에서 나온 말이었다.

그가 느닷없이 말했다. "내가 지금까지 내놓은 제안 중에 이렇게 멍청한 건 아마 없을 겁니다. 난 가서 무르벨라와 함께 있어야겠습니다."

"여기 있는 사람들도 좋은 사람들입니다, 던컨. 그리고 지금으로서는 당신이 무르벨라를 위해 해줄 수 있는 일이 하나도 없습니다. 보세요!" 테그가 매트에서 펄쩍 뛰듯이 일어나 천장의 기계눈을 노려보고 있었다.

"누구든 날 도와줄 사람이 오지 않는 거예요?" 테그가 다그치듯 물었다. 이 단계에서 사람들이 예측했던 것보다 더 커다란 절박함이 그의 목소리에 배어 있었다. "던컨 아이다호 님은 어디 있죠?"

아이다호가 앞으로 홱 몸을 움직이는 순간 오드레이드가 그의 팔을 잡았다. "이대로 계세요, 던컨. 당신도 저 아이를 도와줄 수 없습니다. 아직은 아니에요."

"내가 뭘 해야 하는지 누가 말 좀 해줄래요?" 그 어리고 새된 목소리가 고독하게 들렸다. "도대체 뭘 어쩔 생각이죠?"

이것이 시이나가 기다리던 신호였다. 그녀는 테그 뒤에 숨겨진 해치를 통해 방으로 들어갔다. "내가 왔다." 그녀는 거의 투명해 보일 만큼 얇은 연한 파란색 로브만을 입고 있었다. 그녀가 소년의 정면으로 가기 위해 성큼성큼 걷기 시작하자 옷이 그녀의 몸에 달라붙었다.

그는 멍한 표정이었다. 이 사람이 대모라고? 이런 로브를 입은 대모는 본 적이 없었다. "대모님이 제 기억을 되돌려주실 건가요?" 의혹과 절박함이 들어 있는 목소리.

"난 네가 스스로 기억을 되돌리는 걸 도와줄 거야." 이 말을 하면서 그녀는 로브를 스르르 벗어 한쪽으로 던졌다. 로브가 커다란 파란색 나비처럼 바닥을 향해 떠갔다.

테그는 그녀를 뚫어지게 바라보았다. "뭘 하시는 거예요?"

"내가 뭘 하는 것 같니?" 그녀는 그의 옆에 앉아 그의 성기에 손을 갖다 댔다.

마치 뒤에서 누가 밀기라도 한 것처럼 그의 고개가 앞으로 기울어졌고, 성기가 단단해지기 시작하는 동안 그는 그녀의 손을 뚫어지게 바라보았다.

"왜 이러시는 거예요?"

"모르겠니?"

"몰라요!"

"바샤르라면 알 텐데."

그는 자신의 얼굴과 아주 가까운 곳에 있는 그녀의 얼굴을 올려다보았다. "대모님은 아시잖아요! 왜 저한테 얘기해 주시지 않는 거예요?"

"난 네 기억이 아냐!"

"왜 그런 식으로 콧노래를 부르는 거예요?"

그녀는 그의 목에 입술을 갖다 댔다. 콧노래 소리가 관찰자들의 귀에 분명하게 들렸다. 무르벨라는 그것이 강화 장치라고 했다. 성적인 반응에 맞춰진 피드백이라는 것이다. 그 소리가 점점 커졌다.

"뭘 하시는 거예요?" 그녀가 그의 다리를 벌려 자기 무릎 위에 앉히자 그가 거의 비명을 지르듯이 말했다. 그녀는 그의 허리를 어루만지며 몸을 흔들었다.

"대답 좀 하세요, 젠장!" 이건 틀림없는 비명이었다.

'저 "젠장!"이란 말을 어디서 배웠을까?' 오드레이드는 생각했다.

시이나는 그를 자신의 몸속으로 부드럽게 집어넣었다. "이게 대답이야!"

그의 입술이 소리 없이 '오오오'라고 말하는 듯한 모양을 지었다.

관찰자들은 그녀가 테그의 눈에 집중하고 있는 것을 보았다. 그러나 시이나는 그를 '관찰'하는 데 다른 감각들도 동원하고 있었다.

"그의 허벅지가 긴장하는 것과 미주 신경의 분명한 박동을 느끼고, 특히 그의 젖꼭지가 검게 변하는 것을 잘 살펴보아야 합니다. 그가 그 지점에 도달하면 그의 동공이 확대될 때까지 그 상태를 유지하세요."

"각인사!" 테그의 비명에 관찰자들은 펄쩍 뛸 듯이 놀랐다.

그는 주먹으로 시이나의 어깨를 두드렸다. 전망창을 바라보고 있는 사람들은 앞뒤로 몸을 뒤트는 그의 눈 안쪽에서 뭔가가 명멸하는 것을 보았다. 뭔가 새로운 것이 그의 내면에서 밖을 내다보고 있었다.

오드레이드는 일어서 있었다. "뭐가 잘못된 건가요?"

아이다호는 계속 의자에 앉은 채였다. "내가 예측했던 대로입니다."

시이나는 자신을 할퀴는 테그의 손가락을 피하기 위해 그를 불쑥 밀어버렸다.

그는 바닥에 널브러졌다가 관찰자들이 충격을 느낄 만큼 빠른 속도로 홱 몸을 돌렸다. 시이나와 테그는 심장이 여러 번 뛸 만큼 오랫동안 서로를 노려보았다. 천천히 그가 몸을 똑바로 세우더니 그제야 자신의 몸을 내려다보았다. 이윽고 그는 시선을 들어 앞으로 내밀어진 자신의 왼팔을 바라보았다. 그리고 천장과 사방의 벽을 차례로 바라보았다. 다시 그가 자신의 몸으로 시선을 돌렸다.

"이게 도대체 무슨……." 여전히 아이처럼 새된 소리였지만 묘하게 성숙한 느낌이 났다.

"환영합니다, 바샤르 골라." 시이나가 말했다.

"당신이 날 각인하려고 했어!" 분노에 찬 비난이었다. "내 어머니가 그런 걸 막는 법을 가르쳐주지 않았을 거라고 생각했나?" 뭔가 아련한 표정이 그의 얼굴에 떠올랐다. "골라라고?"

"당신을 클론으로 생각하고 싶어 하는 사람들도 있지요."

"당신은 누구…… 시이나!" 그는 재빨리 몸을 돌려 사방을 둘러보았다. 이 방이 선택된 것은 입구가 감춰져 있어서 해치가 전혀 눈에 보이지 않기 때문이었다. "여기는 어디지?"

"당신이 듄에서 사망하기 직전에 그곳으로 가져갔던 비우주선입니다." 시이나는 여전히 규칙을 따르고 있었다.

"사망……." 그가 다시 자신의 손을 바라보았다. 골라로서 그에게 씌워져 있던 필터가 그의 기억으로부터 떨어져 나가는 것이 관찰자들의 눈에 거의 보이는 듯했다. "내가 죽었다고…… 듄에서?" 거의 애처로운 목소리였다.

"끝까지 영웅적이셨지요." 시이나가 말했다.

"나의…… 내가 가무에서 데려간 사람들…… 그들은……."

"명예의 어머니들이 듄을 일벌백계의 표본으로 만들었습니다. 그곳은 이제 재만 남은, 생명이 없는 곳입니다."

분노가 그의 얼굴을 스쳤다. 그는 책상다리를 하고 앉아 꽉 움켜쥔 주먹을 양 무릎에 놓았다. "그래…… 그걸…… 나의 역사를 공부하면서 배웠지." 다시 그가 시이나를 흘깃 바라보았다. 그녀는 꼼짝도 하지 않고 여전히 매트 위에 앉아 있었다. 이렇게 기억 속으로 내던져지는 걸 이해할 수 있는 사람은 스파이스의 고통을 겪은 사람밖에 없었다. 지금은 꼼짝도 하지 않고 가만히 있어야 했다.

오드레이드가 속삭였다. "끼어들지 마, 시이나. 그냥 일이 진행되는 대로 내버려둬. 그가 스스로 정리하게 해." 그녀는 세 명의 감독관에게 수신호를 보냈다. 그들은 비밀의 방 대신 그녀를 지켜보며 해치로 갔다.

"나 자신을 역사의 대상으로 생각하는 기분이 묘하군." 테그가 말했다. 아이의 목소리였지만 어른의 느낌이 자꾸만 끼어들었다. 그는 눈을 감고 심호흡을 했다.

관찰실에서 오드레이드는 다시 의자에 털썩 주저앉아 질문을 던졌다. "당신은 무엇을 보았습니까, 던컨?"

"시이나가 그를 밀쳤을 때 그는 아주 빠르게 몸을 돌렸습니다. 지금까지 그런 속도를 내는 사람은 무르벨라밖에 없었습니다."

"그녀보다도 더 빨랐지요."

"그럴지도…… 그의 몸이 아직 어리고 우리가 그에게 프라나 빈두 훈련을 시켰기 때문입니다."

"그것뿐만이 아닙니다. 당신이 우리에게 경고했지요, 던컨. 아트레이데스의 표식 세포 안에 미지의 것이 있다고." 그녀는 긴장을 늦추지 않고 있는 감독관들을 흘깃 바라보고는 고개를 저었다. '아냐. 아직은 안 돼.'

"저주받을 테그 어머니 같으니! 각인사를 막으려고 최면 유도를 하고서 우리에게 그걸 숨기다니."

"하지만 그 덕분에 우리가 무엇을 얻게 됐는지 보십시오. 기억을 복원시키는 더 효과적인 방법이 생겼습니다." 아이다호가 말했다.

"우리가 우리 힘으로 그걸 알아냈어야 하는데!" 오드레이드는 스스로에게 분노를 느끼며 말을 이었다. "사이테일은 틀레이랙스 인들이 고통과 대립을 이용한다고 주장하지만 내가 보기엔 수상쩍어요."

"그에게 물어보시지요."

"그렇게 간단한 문제가 아닙니다. 우리의 진실을 말하는 자들도 그에 대해 확신하지 못하고 있어요."

"그에게는 그런 게 통하지 않습니다."

"언제 그를 연구한 겁니까?"

"다르! 나는 기계눈 기록을 볼 수 있습니다."

"압니다. 하지만……."

"젠장! 테그를 좀 보세요. 그를 보란 말입니다! 저게 무슨 일이지?"

오드레이드는 앉아 있는 아이에게 급히 시선을 돌렸다.

테그는 기계눈을 바라보고 있었다. 무서울 정도로 강렬한 표정이었다.

그에게 있어 이번 일은 싸움의 스트레스 속에서 잠이 들었다가 보좌관이 흔들어 깨우는 바람에 잠에서 깨는 것과 같은 경험이었다. 뭔가가 그의 관심을 필요로 하고 있었다! 그는 비우주선의 지휘본부에 앉아 있던 것을 기억했다. 다르가 그의 목에 한 손을 대고 옆에 서 있었다. 그의 목을 긁고 있는 걸까? 뭔가 급히 해야 할 일이 있었다. 뭐지? 그의 몸이 이상하게 느껴졌다. 가무…… 그리고 이제 그들은 듄에 있었다. 그리고…… 그는 다른 것들도 기억했다. 참사회에서 어린 시절을 보냈다고? 다르가…… 다르가…… 더 많은 기억들이 맞물렸다. '저들이 날 각인시키려 했어!'

이 생각을 중심으로 바위를 향해 번져나가는 강물처럼 그의 의식이 흘렀다.

"다르! 거기 있소? 거기 있지!"

오드레이드는 뒤로 등을 기대며 턱에 손을 갖다 댔다. '이번엔 뭐지?'

"어머니!" 저렇게 비난하는 듯한 어조라니!

오드레이드는 의자 옆의 전송판을 눌렀다. "안녕하십니까, 마일즈. 우리 과수원으로 산책이나 갈까요?"

"더 이상의 장난은 사양이오, 다르. 난 당신이 왜 나를 필요로 하는지 알고 있어. 하지만 경고하겠소. 폭력은 그래서는 안 되는 사람들을 권력의 자리로 내던지지. 당신도 이미 알고 있잖아!"

"아직도 교단에 충성하십니까, 마일즈? 우리가 방금 그런 짓을 했는데도?"

그는 긴장을 풀지 않고 있는 시이나를 흘깃 바라보았다. "아직도 당신의 말 잘 듣는 개이지."

오드레이드는 미소를 짓고 있는 아이다호를 비난의 시선으로 쏘아보았다. "당신이 해준 그 저주받을 이야기들 같으니!"

그녀는 테그를 향해 말을 이었다. "좋습니다, 마일즈. 더 이상 장난치지 않겠습니다. 하지만 난 가무에 대해 알아야 합니다. 사람들 말로는 당신이 눈으로 좇을 수 없을 만큼 빠르게 움직였다고 하더군요."

"사실이오." 아무려면 어떠냐는 식의 단조로운 목소리였다.

"그리고 방금……."

"이 몸은 그런 부담을 감당하기에는 너무 어려요."

"하지만 당신은……."

"단 한 번의 움직임으로 기운을 다 써버려서 지금 배가 고파 죽을 지경이오."

오드레이드는 아이다호를 살짝 바라보았다. 그가 고개를 끄덕였다. 사실이라는 뜻이었다.

그녀는 해치에 가 있는 감독관들에게 돌아오라고 손짓을 했다. 그들은 잠시 망설이다가 명령에 따랐다. 벨이 저 사람들에게 뭐라고 한 거지?

테그의 말은 아직 끝난 게 아니었다. "내가 제대로 이해한 거요, 내 따님? 모든 사람은 궁극적으로 자신의 자아에 대해 책임이 있으므로 그 자아의 형성에 최대한의 신중함과 주의가 필요하다는 것 말이오."

'저 저주받을 테그의 어머니가 온갖 것을 다 가르쳤어!'

"사과드리겠습니다, 마일즈. 우린 당신 어머니가 당신을 얼마나 교육시켰는지 몰랐습니다."

"이게 누구 생각이었지?" 그는 말을 하면서 시이나를 바라보았다.

"제 생각이었습니다, 마일즈." 아이다호가 말했다.

"아, 당신도 거기 있었습니까?" 더 많은 기억들이 조금씩 되돌아왔다.

"당신이 내 기억을 복원시키면서 내게 고통을 주었던 것도 기억하고 있습니다." 아이다호가 말했다.

이 말에 그는 정신이 번쩍 든 표정을 지었다. "무슨 말인지 알겠습니다, 던컨. 사과할 필요는 없습니다." 그는 자신들의 목소리를 전달해 주는 확성기를 바라보았다. "꼭대기의 공기는 어떻소, 다르? 당신에게 맞게 정화되어 있소?"

'진짜 멍청한 소리로군! 알면서 하는 소리야. 전혀 정화되어 있지 않다는 걸.' 그녀는 생각했다. 주위 사람들의 호흡 때문에 공기가 탁했다. 그녀의 극적인 존재감을 공유하고 싶어 하는 사람도 있고, 나름의 생각을 가진 사람(때로는 자기들이 오드레이드의 자리에 앉는다면 더 잘 할 수 있을 거라고 생각하는 사람도 있었다)도 있고, 뭔가를 내놓는 사람과 뭔가를 요구하는 사람도 있었다. 정화되다니, 세상에! 그녀는 테그가 그녀에게 뭔가 말하려 하고 있음을 느꼈다. 뭐지?

"때로 나는 독재자가 될 수밖에 없습니다!"

그녀는 그와 과수원을 산책하면서 자신이 이렇게 말했던 것을 기억해 냈다. 그때 그녀는 그에게 '독재자'를 설명하면서 이런 말을 덧붙였다. "난 힘을 갖고 있고 반드시 그걸 사용해야 합니다. 그게 나를 무섭게 끌어대고 있어요."

'당신은 힘을 갖고 있어. 그러니까 그걸 사용해! 나를 죽이든지 아니면 풀어줘요, 다르.' 이 멘타트 바샤르가 그녀에게 하고자 하는 말은 바로 이것이었다.

그런데도 그녀는 시간을 질질 끌었다. 그가 눈치채리라는 것을 알면서도. "마일즈, 부르즈말리가 죽었습니다. 하지만 그는 이곳에 자기가 직접 훈련시킨 예비 병력을 마련해 두었습니다. 최고의……."

"하찮은 얘기로 날 귀찮게 하지 마시오!" 얼마나 위엄 있는 목소리인지! 가늘고 새된 소리였지만, 그 밖에 필요한 모든 것이 다 갖춰져 있었다.

명령이 없었는데도 감독관들은 해치로 되돌아갔다. 오드레이드는 성난 몸짓으로 손을 저어 그들을 쫓아버렸다. 그때서야 그녀는 자신이 이미 결정을 내렸음을 깨달았다.

"그에게 옷을 돌려주고 밖으로 데리고 나오세요. 스트레기더러 이리로 오라고 하십시오." 그녀가 말했다.

밖으로 나온 테그의 첫마디는 오드레이드를 긴장시켜 혹시 자신이 실수를 한 게 아닌지 의심하게 만들었다.

"내가 당신들이 원하는 대로 전투를 하지 않겠다면 어떻게 하겠소?"

"하지만 당신이 말하기를……."

"나는 내…… 생애들 동안 많은 이야기를 했소. 전투는 도덕심을 강화해 주지 않아요, 다르."

그녀(그리고 타라자)는 바샤르가 이 주제에 대해 이야기하는 것을 여러 번 들은 적이 있었다. "전쟁은 '먹고, 마시고, 즐기자'는 의식을 남기는데, 그 의식이 흔히 도덕적 붕괴로 걷잡을 수 없이 이어지곤 합니다."

맞는 말이었지만 그녀는 그가 무슨 생각으로 이 말을 상기시킨 건지 알 수 없었다. "참전 용사들 중에는 운명에 대한 새로운 감각('나는 살아남았다. 그건 신의 의도임이 틀림없다.')을 갖고 돌아오는 사람보다는 원한을 간신히 감춘 채 고향으로 돌아오는 사람이 더 많습니다. 그들은 전쟁이라는 스트레스 속에서 '쉬운 길'을 너무 많이 보았기 때문에 언제든 그런 길을 선택할 수 있는 사람들입니다."

이건 테그의 말이었지만, 그녀의 신념이기도 했다.

스트레기가 서둘러 방으로 들어왔다. 그러나 그녀가 미처 뭐라고 말을 하기도 전에 오드레이드는 그녀에게 옆으로 물러서서 조용히 기다리라고 손짓으로 지시했다.

이번만은 이 복사가 용기를 내어 최고 대모의 명령을 거슬렀다.

"던컨 님이 딸을 하나 더 얻으셨다는 사실을 아셔야 할 것 같습니다. 산모와 아기는 모두 건강합니다." 그리고 그녀는 테그를 바라보며 말했다. "안녕하십니까, 마일즈." 그리고 나서야 스트레기는 뒤쪽 벽으로 물러나 가만히 섰다.

'저 아이는 내가 바라던 것보다 더 낫군.' 오드레이드는 생각했다.

아이다호는 긴장을 풀고 의자에 몸을 묻었다. 지금까지 걱정으로 인한 긴장 때문에 이곳에서 보고 들은 일을 제대로 받아들이지 못하고 있었음을 이제야 알 수 있었다.

테그는 스트레기를 향해 고개를 끄덕이면서 오드레이드에게 말했다. "신의 귀에 속삭일 말이 더 있소?" 사람들의 시선을 조종하면서 오드레이드가 그것을 알아차려 줄 거라고 믿을 필요가 있었다. "그렇지 않다면, 난 정말 배고파 죽을 지경인데."

오드레이드는 손가락을 하나 들어 올려 스트레기에게 신호를 보냈다. 스트레기가 방을 나가는 소리가 들렸다.

그녀는 테그가 자신의 관심을 어느 방향으로 돌리려 하는지 감지했다. 아니나 다를까, 그가 말했다. "이번에는 당신이 정말로 흉터를 만들었는지도 모르겠소."

이것은 '우리는 우리의 과거 위에 흉터가 쌓이게 내버려두지 않는다. 흉터는 흔히 뭔가를 드러내기보다 감추는 경우가 많다'는 교단의 자랑을 겨냥한 가시 돋친 말이었다.

"어떤 흉터는 뭔가를 감추기보다 오히려 드러내곤 하지요." 그가 말했다. 그리고 아이다호를 향해 말을 이었다. "맞습니까, 던컨?"

'멘타트 대 멘타트로 묻는 겁니다.'

"아무래도 내가 오랜 논쟁에 끼게 된 것 같군요." 아이다호가 말했다.

테그는 오드레이드를 바라보았다. "봤소, 내 따님? 멘타트는 그냥 듣기만 해도 어떤 게 오랜 논쟁인지 알아차리지. 당신들은 고비마다 자기가 꼭 해야 하는 일이 무엇인지 안다고 자랑하지만 이번 고비의 괴물은 당신들 자신이 만든 거요!"

"최고 대모님!" 그녀가 이런 식의 대접을 받는 걸 참지 못한 감독관 한 명이 소리쳤다.

오드레이드는 그녀를 무시했다. 어떻게 할 수 없을 만큼 지독히 분하다는 생각이 들었다. 그녀 내면의 타라자는 이 논쟁을 기억하고 있었다. "우리는 베네 게세리트가 연상시키는 관념들에 의해 형성되어 있습니다. 묘하게도 그 관념들이 우리를 무디게 만들죠. 아, 우린 반드시 필요할 때에는 재빨리 깊게 칼을 휘두릅니다. 하지만 그것 또한 우리를 무디게 만드는 방법 중 하나입니다."

"난 당신들을 무디게 만드는 데 참가하지 않겠소." 테그가 말했다. 그가 그 논쟁을 기억하고 있다는 얘기였다.

스트레기가 스튜 한 그릇을 들고 돌아왔다. 고기 조각들이 둥둥 떠 있는 갈색 수프였다. 테그는 바닥에 앉아 숟가락으로 수프를 떠서 급하게 입에 집어넣었다.

오드레이드는 침묵을 지켰다. 그녀의 생각들은 테그가 이끈 방향으로 움직이고 있었다. 대모들이 스스로를 둘러싼 딱딱한 껍질 같은 것이 있었다. 그 껍질에 외부의 모든 것들(감정도 포함해서)이 마치 투사기로 투사된 영상처럼 재생되었다. 무르벨라의 말이 옳았다. 교단은 감정을 다시 배워야 했다. 만약 교단이 관찰자로만 남는다면 파멸을 피할 수 없었다.

그녀가 테그에게 말했다. "당신에게 우리를 무디게 만들어 달라고는 하지 않을 겁니다."

테그와 아이다호 두 사람 모두 그녀의 목소리에서 뭔가 다른 것을 들었다. 테그가 텅 빈 그릇을 옆으로 치웠다. 그러나 먼저 입을 연 것은 아이다호였다. "교육을 통해 훈련된 사람들." 그가 말했다.

테그도 동의했다. 자매들이 충동적인 행동을 하는 경우는 거의 없었다. 위험이 닥쳤을 때에도 그들은 정돈된 반응을 보였다. 그들은 대부분의 사람들이 '교육을 통해 훈련되었다'고 생각하는 차원을 넘어섰다. 그들을 움직이게 만드는 것은 힘에 대한 꿈이라기보다는 그들 자신의 장기적인 시각, 눈앞의 현실에 대한 인식과 거의 무한한 기억이 뒤섞인 그런 시각이었다. 따라서 오드레이드는 신중하게 짜여진 계획을 따르고 있는 셈이었다. 테그는 경계를 풀지 않고 있는 감독관들을 살짝 바라보았다.

"당신들은 날 죽일 준비를 하고 있었군." 그가 말했다.

아무도 대답하지 않았다. 그럴 필요가 없었다. 그들은 모두 멘타트의 계산을 인정했다.

테그는 고개를 돌려 자신이 기억을 되찾은 방을 다시 들여다보았다. 시이나는 사라지고 없었다. 더 많은 기억들이 의식의 가장자리에서 속살거렸다. 때가 되면 그 기억들이 입을 열 것이다. 이 조그만 몸. 그건 어려운 문제였다. 그리고 스트레기…… 그는 오드레이드에게 시선의 초점을 맞췄다. "당신은 당신 자신이 생각했던 것보다 더 영리했소. 하지만 내 어머니는……."

"그분이 이런 일을 예상하셨을 것 같지는 않습니다." 오드레이드가 말했다.

"그래요…… 어머니는 그 정도로 아트레이데스는 아니었소."

지금과 같은 상황에서는 전기 충격처럼 충격적인 말이었다. 이 말이 방 안을 특별한 침묵으로 가득 채웠고, 감독관들이 더 가까이 다가들었다.

'도대체 테그의 어머니라는 사람은!'

테그는 주위에서 어른거리는 감독관들을 무시했다. "당신이 묻지 않은 질문들에 대해 답하자면, 나는 가무에서 내게 일어난 일을 설명해 줄수 없소. 내 몸과 정신의 속도는 설명이 불가능해요. 몸이 어느 정도 크고 에너지가 주어진다면 나는 당신들의 심장이 한 번 뛰는 동안 이 방을 나가 이 우주선의 출구를 향해 한창 움직이고 있을 것이오. 오오……." 그가 한 손을 치켜들며 말을 이었다. "난 지금도 당신들의 말 잘 듣는 개요. 당신들이 요구하는 일을 하겠지. 하지만 어쩌면 당신이 상상하는 방식을 따르지 않을지도 몰라요."

오드레이드는 자매들의 얼굴에서 대경실색한 표정을 보았다. '내가 우리들 속에 뭘 풀어놓은 거지?'

"우린 무엇이든 살아 있는 것이 이 우주선을 떠나는 걸 막을 수 있습니다. 당신이 빨리 움직일 수 있는지는 몰라도, 당신이 우리 허락 없이 이곳을 떠나려 할 경우 당신을 집어삼키게 될 불꽃보다 더 빠르지는 않을 겁니다." 그녀가 말했다.

"난 내가 스스로 때가 됐다는 판단이 들 때 당신의 '허락'을 받아 이곳을 나갈 것이오. 부르즈말리의 특별 부대 병력이 얼마나 되오?"

"거의 200만입니다." 그녀가 화들짝 놀라서 얼떨결에 말했다.

"그렇게 많이!"

"그는 람파다스에서 그보다 두 배나 되는 병력을 거느리고 있었지만 명예의 어머니들이 그들을 전멸시켰습니다."

"우린 가엾은 부르즈말리보다 더 영리하게 굴어야 할 것이오. 이 문제를 나와 던컨에게 맡겨주겠소? 우리를 옆에 두는 이유가 그것일 텐데, 그렇지 않소? 그게 우리의 전문 분야니까." 그는 미소 띤 표정으로 머리 위의 기계눈을 겨냥하며 말을 이었다. "당신들이 우리의 상의 내용을 승인하기 전에 철저하게 검토해 볼 거라고 확신하오."

오드레이드와 그녀의 자매들은 서로 시선을 주고받았다. 그들은 공통적인 생각을 하고 있었다. '달리 우리가 할 수 있는 일이 없잖습니까?'

오드레이드는 자리에서 일어서면서 아이다호를 바라보았다. "진실을 말하는 자이자 멘타트에게 정말로 할 일이 생겼군요!"

여자들이 떠난 후 테그는 의자 위로 올라가 앉더니 전망벽 너머로 보이는 텅 빈 방을 들여다보았다. 그곳에서 벌어진 일은 정말 아슬아슬했다. 그때 힘들게 애를 쓴 것 때문에 지금도 심장이 거세게 뛰는 것이 느껴졌다. "꽤나 볼 만했겠군요." 그가 말했다.

"난 그보다 더한 것도 봤습니다." 지극히 건조한 목소리였다.

"지금 당장 마리네트를 큰 잔으로 하나 마셨으면 좋겠습니다. 하지만 이 몸이 그걸 받아들이지 못할 것 같군요."

"다르가 '중앙'으로 돌아가면 벨이 기다리고 있을 겁니다." 아이다호가 말했다.

"지옥의 가장 아래로 떨어질 여자 같으니! 명예의 어머니들이 우리를 찾아내기 전에 우리가 그들의 뇌관을 제거해야 합니다."

"우리의 바샤르께서 바로 그것을 위한 계획을 갖고 계신 모양이군요."

"그런 호칭은 그만둬요!"

아이다호는 깜짝 놀라서 날카롭게 훅 숨을 들이켰다.

"내 얘길 하나 해드리겠습니다, 던컨." 테그가 강렬한 목소리로 말을 이었다. "언젠가 내가 적이 될 수도 있는 상대와 중요한 회담을 할 장소에 도착했는데, 보좌관 한 명이 '바샤르께서 오셨습니다'라고 고하는 걸 들었습니다. 난 갑자기 넋을 잃고 하마터면 휘청거릴 뻔했습니다."

"의식이 흐릿해지는 멘타트의 현상이군요."

"물론이지요. 하지만 난 그 호칭 때문에 내가 감히 잃어버리면 안 되는 뭔가에서 멀어졌다는 걸 깨달았습니다. 바샤르라고요? 그게 나의 전부는 아닙니다! 나는 마일즈 테그였습니다. 그 이름은 내 부모님이 지어주신 거예요."

"그때 이름의 사슬에 빠졌던 거로군요!"

"그렇고말고요. 난 내 이름이 뭔가 더 근본적인 것으로부터 거리를 두고 서 있다는 걸 깨달았습니다. 마일즈 테그? 아뇨, 내 실체는 그것보다 더 근본적인 것이었습니다. 어머니가 하시던 말씀이 들리는 것 같았어요. '아, 정말 아름다운 아기야'라고요. 그러니까 그때는 내게 다른 이름이 있었던 겁니다. '아름다운 아기'라는 이름이."

"그때 더 깊이 들어갔습니까?" 아이다호는 자신이 이 이야기에 홀린 듯이 빠져 있음을 깨달았다.

"난 거기 붙들려 있었습니다. 이름이 이름으로 이어지고, 이름들로 이어지고, 이름이 없는 상태로 이어졌습니다. 그 중요한 방에 들어섰을 때 내겐 이름이 없었습니다. 당신은 그런 일을 감행해 본 적이 있습니까?"

"한 번 있었습니다." 아이다호가 내키지 않는 듯 고백했다.

"사람들은 모두 적어도 한 번씩 그런 경험을 합니다. 하지만 그때 나는, 난 미리 브리핑을 받았기 때문에 탁자에 앉은 사람들을 모두 알아볼 수 있었어요. 얼굴, 이름, 직함, 그때까지의 생애까지."

"하지만 당신은 정말로 거기 존재하는 게 아니었죠."

"아, 나는 기대에 찬 얼굴들이 나를 평가하듯 바라보는 모습, 의아함과 걱정을 품은 모습들을 볼 수 있었습니다. 하지만 그들은 나를 모르고 있었어요!"

"그 때문에 커다란 힘을 가진 듯한 느낌을 받았습니까?"

"멘타트 학교에서 경고했던 그대로였습니다. 난 나 자신에게 물었습니다. '이것이 움트는 정신인가?'라고요. 웃지 마십시오. 그건 감질나게 애를 태우는 의문입니다."

"그래서 더 깊이 들어갔습니까?" 아이다호는 테그의 이야기에 사로잡혀서 의식 가장자리에서 자신을 잡아당기는 경고를 무시했다.

"아, 그럼요. 그리고 나는 내가 저 유명한 '거울의 홀'에 들어가 있다는 걸 알게 되었습니다. 학교에서 우리더러 도망치라고 경고했던 그곳 말입니다."

"그럼 당신은 거기서 나오는 방법을 기억해 내고……."

"기억해 내요? 당신도 거기 들어갔던 경험이 있는 모양이군요. 기억이 당신을 거기서 꺼내주던가요?"

"도움이 되기는 했습니다."

"학교에서 그런 경고를 들었는데도 나는 그곳에서 꾸물대면서 나의 '자아들 중의 자아'와 무한한 대열을 보았습니다. 거울에 비친 모습이 또 반사되고, 또 반사되어서 무한히 늘어서 있었습니다."

"'자아 핵심'의 매혹이지요. 그렇게 깊은 곳에서 도망친 사람은 지독히 적습니다. 당신은 운이 좋았어요."

"그걸 운이라고 불러야 하는 건지 모르겠습니다. 난 틀림없이 '최초의 의식'이 존재한다는 걸 알고 있었습니다. 각성이……."

"그러면 그게 최초가 아니라는 걸 알게 되죠."

"하지만 나는 자아의 뿌리에 있는 자아를 원했습니다!"

"그 회담장의 사람들이 당신에게서 이상한 점을 느끼지 못했습니까?"

"내가 이런 정신적 곡예를 감추는 무표정한 얼굴로 자리에 앉았다는 걸 나중에 알았습니다."

"말은 하지 않았나요?"

"나는 말을 할 수 없는 상태였습니다. 사람들은 이걸 '미리 예상했던 바샤르의 과묵함'으로 해석했죠. 명성이란 그런 겁니다."

아이다호는 미소를 지으려다가 기계눈의 존재를 기억해 냈다. 그는 감시견들이 이런 뜻밖의 사실을 어떻게 해석할지 즉시 알아차렸다. 아트레이데스의 위험한 후손이 지닌 터무니없는 재능! 자매들도 거울에 대해 알고 있었다. 누구든 그곳에서 도망친 사람은 반드시 의심의 대상이었다. 그 거울들이 그에게 무엇을 보여줬을까?

마치 이 위험한 질문을 실제로 듣기라도 한 것처럼 테그가 말했다. "나는 그곳에 사로잡혀 있었고, 그 사실을 알고 있었습니다. 내가 침대를 떠날 수 없는 식물인간이 된 모습을 눈앞에 그려볼 수 있었지만, 개의치 않았습니다. 거울이 전부였습니다. 마치 뭔가가 물 위로 떠오르듯이 내 어머니의 모습을 보게 될 때까지는. 어머니는 돌아가시기 직전의 모습과 다소 흡사했습니다."

아이다호는 떨리는 숨을 들이쉬었다. 테그는 기계눈이 대화를 기록하는 상황에서 자신이 방금 무슨 말을 한 건지 모르는 걸까?

"자매들은 이제 내가 최소한 잠재적인 퀴사츠 해더락 정도는 된다고 생각할 겁니다. 무앗딥 같은 사람이 또 나올지도 모른다고 말입니다. 말도 안 되는 소리! 이건 당신이 즐겨 쓰는 말이지요, 던컨. 우리 둘 다 그런 위험을 무릅쓰지는 않을 겁니다. 우린 그가 무엇을 만들어냈는지 알고 있어요. 우린 멍청이가 아닙니다!" 테그가 말했다.

아이다호는 침조차 삼킬 수 없었다. 저들이 테그의 말을 받아들일까? 그는 진실을 말했지만, 그래도…….

"어머니가 내 손을 잡았습니다. 그게 느껴졌어요! 그리고 어머니가 나를 곧장 홀 바깥으로 이끌었습니다. 내가 탁자에 앉아 있다는 사실을 의식하게 되었을 때, 나는 어머니가 내 옆에 계신 줄 알았어요. 내 손은 어머니의 손길 때문에 여전히 설레고 있었는데 어머니는 계시지 않았습니다. 난 그걸 알 수 있었어요. 난 그냥 정신을 차리고 주도권을 쥐었습니다. 교단이 그곳에서 얻어내야 하는 중요한 이점들을 내가 얻어냈지요."

"뭔가 당신 어머니가 심어놓은……."

"아닙니다! 난 대모들이 '다른 기억'을 바라보는 것처럼 어머니를 바라보았습니다. 그건 '할 일이 있는데 도대체 왜 여기서 시간을 낭비하고 있는 거냐?'라는 뜻을 전달하는 어머니 나름의 방식이었어요. 어머니는 지금까지 한번도 내 곁을 떠나지 않았습니다, 던컨. 과거는 결코 사람들의 곁을 떠나지 않습니다."

아이다호는 테그의 이야기에 숨어 있는 목적을 갑작스레 깨달았다. '정직성과 솔직함, 그래!'

"당신은 '다른 기억'을 갖고 있군요!"

"아닙니다! 누구든 급박한 상황에서 갖게 되는 것뿐이에요. '거울의 홀'에 들어간 건 급박한 상황이었고, 내가 도움의 원천을 보고 느끼게 해주기도 했습니다. 하지만 난 그곳으로 다시 돌아갈 생각은 없어요!"

아이다호는 이 말을 받아들였다. 대부분의 멘타트들은 위험을 무릅쓰고 한 번 '무한'에 살짝 발을 담갔다가 이름과 호칭의 덧없음을 배웠다.

그러나 테그의 이야기는 흐름과 정지된 것으로서 '시간'에 대한 진술을 훨씬 뛰어넘는 것이었다.

"난 우리가 베네 게세리트에 우리 자신을 완전히 소개할 때가 되었다고 생각했습니다. 그들은 우리를 어디까지 믿을 수 있는지 알아야 합니다. 이제 일을 해야지요. 멍청한 얘기에 시간을 낭비하는 건 이걸로 충분합니다." 테그가 말했다.

너를 강하게 만들어주는 사람들에게 에너지를 쏟아라. 나약한 사람들에게 에너지를 쏟으면 파멸을 향해 끌려가게 된다. (명예의 어머니 규칙) 베네 게세리트 주석: 판단을 내리는 사람이 누구인가?

— 도르투즐라 기록

도르투즐라가 돌아온 날이 오드레이드에게는 일이 잘 풀리는 날이 아니었다. 테그, 아이다호와 함께 한 무기 관련 회의는 아무런 결론 없이 끝났다. 그녀는 회의를 하는 동안 내내 사냥꾼의 도끼를 느끼고 있었고, 이것이 자신의 반응에 영향을 미쳤다는 걸 알고 있었다.

그리고 오후에는 무르벨라와의 수업이 있었다. 말, 말, 말. 무르벨라는 철학의 질문들 속에서 혼란에 빠져 있었다. 오드레이드로서도 그런 혼란에 부딪혔다면 막다른 길이라고 생각했을 터였다.

초저녁이 된 지금 그녀는 바닥이 포장된 '중앙'의 영역 중에서 서쪽 끝 가장자리에 서 있었다. 이곳은 그녀가 좋아하는 장소 중의 하나였지만, 옆에 있는 벨론다 때문에 오드레이드는 기대하던 것처럼 조용히 즐거움을 누릴 수 없었다.

시이나가 그곳으로 그들을 찾아와서 물었다. "대모님이 무르벨라에게 비우주선을 자유롭게 출입할 수 있는 권리를 주었다는 게 사실입니까?"

"세상에!" 이건 벨론다가 가장 두려워하던 일 중의 하나였다.

"벨." 오드레이드가 그녀의 말을 끊으며 고리처럼 둥글게 늘어선 과수원을 가리켰다. "저기 조금 두둑한 곳, 우리가 나무를 전혀 심지 않은 곳 말입니다. 그곳에 폴리(Folly, 막대한 돈을 들여 어처구니없이 크게 지은 건물을 가리키는 말. '어리석음'이라는 뜻도 있음—옮긴이)를 하나 지으라고 명령하세요. 내 요구에 맞춰 지으라고요. 전망을 위해 격자형으로 틀을 짠 전망대 말입니다."

이제 벨론다를 막을 수 있는 것은 하나도 없었다. 오드레이드는 그녀가 이렇게 격노한 모습을 거의 본 적이 없었다. 벨론다가 고함을 지르면 지를수록 오드레이드는 더 단호해졌다.

"폴리…… 를 지으라고요? 저 과수원에? 또 어디에다가 우리의 자산을 낭비할 겁니까? 폴리라니! 당신이 벌인 또 다른 일에 아주 적절한 이름…….."

이건 어리석은 언쟁이었다. 스무 마디쯤 말을 주고받았을 때 두 사람 모두 그것을 알 수 있었다. 최고 대모가 먼저 굽힐 수는 없었다. 그런데 벨은 어떤 일에든 좀처럼 굽히지 않는 사람이었다. 오드레이드가 더 이상 말을 하지 않는데도 벨론다는 텅 빈 벽을 향해 돌진했다. 결국 벨론다의 기운이 다했을 때 오드레이드가 말했다. "나한테 훌륭한 저녁 식사 한 끼를 빚진 겁니다, 벨. 최고의 식사를 마련하세요."

"빚을 지다니……." 벨론다가 흥분해서 말을 더듬기 시작했다.

"평화를 위한 공물입니다. 내 전망대에서 그 식사를 했으면 좋겠군요…… 내 화려한 폴리 말입니다."

시이나가 소리 내어 웃음을 터뜨리자 벨론다도 함께 웃을 수밖에 없었다. 그러나 얼음처럼 날이 선 웃음이었다. 그녀는 자신이 무시당했다는 것쯤은 눈치챌 수 있는 사람이었다.

"모두들 그 건물을 보며 말할 겁니다. '최고 대모님이 얼마나 자신만만한지 봐'라고요." 시이나가 말했다.

"그러니까 사기(士氣)를 위해 그 건물을 지으라는 거군요!" 지금 상황에서는 벨론다도 거의 어떤 핑계든 그냥 받아들일 태세였다.

오드레이드는 시이나를 향해 얼굴을 빛냈다. '영리하고 귀여운 것!' 시이나는 벨론다를 더 이상 놀리지 않을 뿐만 아니라 가능할 때마다 벨론다의 자부심을 강화해 주는 임무를 떠맡기까지 했다. 벨도 물론 그것을 알고 있었다. 그래서 베네 게세리트로서 피할 수 없는 의문이 남았다. '왜?'라는 의문.

이런 의혹을 알아차린 시이나가 말했다. "우린 사실 마일즈와 던컨에 대해 논쟁을 벌이고 있습니다. 그런데 나로 말하면 이제 그 논쟁에 신물이 납니다."

"당신이 정말로 무슨 일을 벌이고 있는 건지 알 수만 있다면, 다르!" 벨론다가 말했다.

"에너지에는 나름의 패턴이 있습니다, 벨!"

"무슨 뜻입니까?" 꽤나 깜짝 놀란 목소리였다.

"그들은 우리를 찾아낼 겁니다, 벨. 난 그 방법도 알고 있어요."

벨론다의 입이 정말로 딱 벌어졌다.

"우린 우리 습관의 노예입니다. 우리가 만들어낸 에너지의 노예. 노예들이 자유를 찾아 도망칠 수 있습니까? 벨, 당신도 그 문제를 나 못지않게 잘 알고 있습니다." 오드레이드가 말했다.

이번만은 벨론다도 어쩔 줄을 몰랐다.

오드레이드는 그녀를 뚫어지게 바라보았다.

자긍심. 오드레이드가 자매들과 그들이 있는 장소에서 보는 것이 바로 그것이었다. 위엄은 가면에 불과했다. 진정한 겸손은 존재하지 않았다. 대신 눈에 띄게 드러나 있는 이 단일성, 진정한 베네 게세리트 패턴이 있었다. 패턴의 위험을 아는 사회에서 이 패턴은 경고의 경적을 울려 대고 있었다.

시이나는 이해하지 못한 모양이었다. "습관이라고요?"

"네 습관이 항상 너를 사냥하러 쫓아오지. 네가 만들어낸 자아가 너를 따라다니며 괴롭힐 거다. 네 몸을 차지하겠다는 열망을 안고 네 몸을 찾아 떠돌아다니는 유령. 우린 우리가 만들어낸 자아에 중독되어 있다. 우리가 만들어놓은 것에 노예가 되어 있어. 우린 명예의 어머니들에게 중독되어 있고, 그들은 우리에게 중독되어 있어!"

"또 그 망할 놈의 낭만주의로군요!" 벨론다가 말했다.

"그래요, 난 낭만적입니다…… 폭군이 그랬던 것처럼. 그는 자신이 창조한 것의 고정된 형태에 민감해지도록 스스로를 단련했습니다. 난 그의 예지의 함정에 민감해져 있어요."

'하지만…… 사냥꾼이 얼마나 가까이 있고…… 구덩이가 얼마나 깊은지.'

벨론다는 여전히 흥분한 상태였다. "당신은 그들이 우리를 어떻게 찾아낼지 그 방법을 알고 있다고 했습니다."

"그들이 자기들 자신의 습관을 깨닫기만 하면…… 뭐지?" 이건 벨론다 뒤의 지붕이 덮인 통로에서 모습을 드러낸 복사 전령에게 한 말이었다.

"최고 대모님, 도르투즐라 대모님의 일입니다. 핀틸 대모님이 그분을 착륙장으로 모셔 오셔서, 한 시간 안에 두 분이 여기 도착하실 겁니다."

"그녀를 내 작업실로 데려와라!" 오드레이드는 거의 야생 동물 같은 눈으로 벨론다를 노려보며 말을 이었다. "그녀가 뭔가 얘기를 했나?"

"도르투즐라 대모님은 편찮으십니다." 복사가 말했다.

'아프다고? 대모가 아프다니 그런 희한한 일이.'

"판단을 유보하세요." 이건 멘타트로서 벨론다가 한 말이었다. 낭만주의와 엉뚱한 상상의 적인 벨론다.

"탐을 관찰자로서 이리로 데려오너라." 오드레이드가 말했다.

도르투즐라는 핀틸과 스트레기의 부축을 받으며 지팡이를 짚고 절름거리는 걸음으로 방에 들어섰다. 그러나 도르투즐라의 눈에는 단호함이 있었고, 그녀가 주위를 둘러보며 시선의 초점을 맞출 때마다 상황을 판단하고 가늠하는 듯한 분위기가 있었다. 그녀의 두건이 뒤로 젖혀져서 오래된 상아 같은 갈색에 검은 점이 얼룩덜룩하게 찍혀 있는 머리카락이 드러나 있었다. 그녀가 입을 열자 피곤한 목소리가 흘러나왔다.

"명령대로 시행했습니다, 최고 대모님." 핀틸과 스트레기가 방을 나가자 도르투즐라는 앉으라는 말이 없었는데도 벨론다 옆의 의자에 앉았다. 그리고 왼쪽에 있는 시이나와 타말란을 흘긋 바라본 후 강렬한 시선으로 오드레이드를 뚫어지게 바라보았다. "그들이 환승점에서 대모님을 만나겠답니다. 그들은 그곳을 고른 게 자기들이라고 생각하고 있습니다. 그리고 대모님이 거미 여왕이라고 부르는 자도 그곳에 있습니다!"

"언제입니까?" 시이나가 물었다.

"그들은 바로 지금부터 표준력으로 100일의 말미를 원하고 있습니다. 원하신다면 더 정확히 말씀드릴 수도 있습니다."

"왜 그렇게 오래?" 오드레이드가 물었다.

"제 의견을 원하십니까? 그들은 그동안 환승점의 방어 체제를 강화할 겁니다."

"보장은 무엇?" 이건 탐의 여느 때처럼 간결한 질문이었다.

"도르투즐라, 도대체 무슨 일을 겪은 겁니까?" 너무 약해져서 몸을 덜덜 떨고 있는 도르투즐라의 모습이 오드레이드에게는 충격적이었다.

"그들이 저를 상대로 실험을 했습니다. 하지만 그건 중요하지 않습니다. 중요한 건 회담이지요. 얼마나 가치를 둬야 할지는 모르겠지만, 그들은 대모님이 환승점에 들어왔다 나갈 때 안전을 약속해 주었습니다. 그 약속을 믿지는 마십시오. 대모님은 하인들로 이루어진 소규모의 수행원을 데려갈 수 있습니다. 다섯을 넘으면 안 됩니다. 하지만 그들이 대모님과 동행한 사람들을 모두 죽일 거라고 가정하세요…… 어쩌면 그게 실수라는 사실을 제가 그들에게 가르쳐준 것 같기도 하지만 말입니다."

"그들은 내가 베네 게세리트의 항복 의사를 가져올 거라고 기대하고 있습니까?" 오드레이드의 목소리가 이렇게 차갑게 들린 적은 없었다. 도르투즐라의 얘기가 비극의 망령을 다시 깨웠던 것이다.

"그것이 그들을 낚은 미끼였습니다."

"당신과 함께 갔던 자매들은요?" 시이나가 물었다.

도르투즐라는 자신의 이마를 톡톡 두드렸다. 교단에서 흔히 볼 수 있는 몸짓이었다. "그들은 제 안에 있습니다. 우리는 명예의 어머니들이 반드시 벌을 받아야 한다는 데 의견을 같이하고 있습니다."

"죽은 겁니까?" 오드레이드가 굳은 입술 사이로 억지로 말을 짜냈다.

"그들이 저를 억지로 자기네 일원으로 만들려고 하는 과정에서요. 그들은 '봤나? 네가 동의하지 않으면 또 한 명을 죽이겠다'고 하더군요. 저는 그들에게 우리를 모두 죽여버리고 손을 털어버리라고, 최고 대모님과 만나는 것 따위 잊어버리라고 말했습니다. 그들은 인질이 다 없어질 때까지 이 말을 받아들이지 않았습니다."

"당신이 그들 모두와 나눔의 의식을 한 겁니까?" 타말란이 물었다. 죽음에 가까워지고 있는 탐으로서는 관심을 가질 만한 문제였다.

"그들이 죽었다고 제 마음을 다지는 척하면서 그리했습니다. 여러분도 전모를 알아두는 편이 좋을 겁니다. 그 여자들은 괴물입니다! 그들은 퓨타르들을 우리에 가둬 소유하고 있어요. 제 자매들의 시신을 우리에 던져 넣어 놈들에게 먹였습니다. 거미 여왕, 정말 적절한 이름입니다, 하여튼 그 여자는 그 광경을 제게 전부 보여주었습니다."

"구역질 나는 짓이군!" 벨론다가 말했다.

도르투즐라는 한숨을 쉬었다. "그들은 당연히 모르고 있었습니다. 제 '다른 기억' 속에 그보다 더한 광경들이 있다는 것을요."

"그들은 당신의 감각을 압도해 버리려 한 겁니다. 멍청한 짓이죠. 당신이 자기들 생각대로 반응하지 않으니까 그들이 깜짝 놀라던가요?" 오드레이드가 말했다.

"분하게 생각하는 것 같았습니다. 저처럼 반응하는 사람들을 전에도 본 것 같았어요. 저는 그들에게 이것이 비료를 얻기 위한 다른 방법들과 똑같다고 했습니다. 그 말이 그들의 화를 부추겼던 것 같습니다."

"식인 풍습이라." 타말란이 중얼거렸다.

"겉으로 보기에만 그런 겁니다. 퓨타르들은 틀림없이 사람이 아닙니다. 거의 길들여지지 않은 야생 동물이에요." 도르투즐라가 말했다.

"조련사는 없었습니까?" 오드레이드가 물었다.

"한 명도 보지 못했습니다. 퓨타르들이 말을 하기는 했습니다. 먹이를 먹기 전에 '먹는다!'고 했고, 주위에 있는 명예의 어머니들을 조롱하기도 했습니다. '너 배고파?' 뭐 그런 식으로요. 하지만 그들이 먹이를 먹은 후 일어난 일이 더 중요합니다."

도르투즐라가 발작처럼 기침을 터뜨렸다. "그들이 독을 시험했어요. 멍청한 여자들 같으니!" 그녀가 말했다.

그녀는 다시 호흡을 할 수 있게 되자 말을 이었다. "퓨타르 한 마리가 그…… 그들의 연회라고 해야 하나요? 그게 끝난 다음 우리의 창살로 다가왔습니다. 녀석은 거미 여왕을 바라보면서 비명을 질렀죠. 그런 소리는 정말 한 번도 들어본 적이 없습니다. 몸이 오싹했어요! 그 방에 있던 모든 명예의 어머니들이 얼어붙었습니다. 맹세컨대 그들은 틀림없이 겁에 질려 있었습니다."

시이나가 도르투즐라의 팔을 잡았다. "육식 동물이 사냥감을 꼼짝 못하게 하는 것과 같은가요?"

"틀림없습니다. '목소리'와 같은 특징이 있었어요. 퓨타르들은 내가 얼어붙지 않은 것을 보고 깜짝 놀란 기색이었습니다."

"명예의 어머니들의 반응은?" 벨론다가 물었다. 그래, 멘타트라면 그 자료가 필요할 터였다.

"그들은 다시 말을 할 수 있게 되자 모두들 시끄럽게 아우성을 쳤습니다. 많은 사람들이 위대한 명예의 어머니에게 퓨타르들을 죽여버리라고 소리쳤지요. 하지만 그녀는 더 차분했습니다. '살아 있을 때의 가치가 너무 크다'고 말하더군요."

"희망적인 징조로군." 타말란이 말했다.

오드레이드는 벨론다를 바라보았다. "스트레기를 시켜 바샤르를 이리로 부르겠습니다. 반대 의견 있습니까?"

벨론다가 짧게 한 번 고개를 끄덕했다. 그들은 테그의 의도에 대한 의문이 있음에도 불구하고 도박을 할 수밖에 없다는 것을 알고 있었다.

오드레이드가 도르투즐라에게 말했다. "당신이 내 손님용 숙소에 머물 러줬으면 좋겠습니다. 우리가 수크들을 부르겠습니다. 필요한 게 있으면 말씀하시고, 평의회 총회를 대비해 주세요. 당신은 특별 자문입니다."

도르투즐라가 힘겹게 자리에서 일어나면서 말했다. "거의 보름 동안 잠을 자지 못했습니다. 그리고 특별한 식사가 필요합니다."

"시이나, 그 일을 처리하도록 하고 수크들을 이리로 데려오세요. 탐, 바샤르, 스트레기와 함께 계십시오. 정기적인 보고를 받으세요. 그는 병 영에 가서 직접 부대를 장악하려 할 겁니다. 던컨과 그의 통신선을 연결 해 주세요. 어느 것도 그 두 사람에게 방해가 돼서는 안 됩니다."

"내가 그와 함께 이리로 와야 합니까?" 타말란이 물었다.

"당신은 거머리처럼 그에게서 떨어지지 말아야 합니다. 스트레기가 당신에게 알리지 않고서는 그를 아무 데도 데려가지 못하게 하세요. 그 는 무기 전문가로 던컨을 원합니다. 그가 비우주선에 갇혀 있는 던컨의 입장을 받아들이게 하세요. 벨, 던컨이 무기에 대한 자료를 요구하거든 무조건 최우선으로 처리하세요. 할 말 있습니까?"

아무도 말을 하지 않았다. 이 일이 낳을 결과에 대해 생각하고는 있었지 만, 오드레이드가 행동으로 보여준 단호함이 그들에게도 영향을 미쳤다.

뒤로 등을 기대고 앉으면서 오드레이드는 눈을 감고 자신이 혼자 남 았다는 것을 주위의 정적이 알려줄 때까지 기다렸다. 기계눈들은 물론 여전히 그녀를 지켜보고 있었다.

'저들은 내가 지쳤다는 것을 알고 있다. 이런 상황에서 누가 지치지 않 겠나? 저 괴물들에게 자매들 세 명이 또 목숨을 잃었어! 바샤르! 그들이 반드시 우리의 채찍을 통해 뜨거운 맛을 봐야 합니다!'

스트레기가 테그와 함께 방으로 들어오는 소리가 들리자 오드레이드는 눈을 떴다. 스트레기가 테그의 손을 잡고 그를 이끌고 있었지만, 어른이 아이를 앞에서 이끄는 분위기가 아니었다. 테그의 움직임을 보아하니, 스트레기가 자신을 이런 식으로 대하는 것을 그가 허용한 듯했다. 그녀에게 경고를 해두어야 할 것 같았다.

탐이 뒤따라 들어와서 체노에의 흉상 바로 아래에 있는 창가 근처의 의자로 갔다. 저 자리를 택한 것에 뭔가 의미가 있는 걸까? 최근 탐은 이상한 행동들을 하곤 했다.

"제가 여기 있을까요, 최고 대모님?" 스트레기는 테그의 손을 놓고 문 근처에 서 있었다.

"저기 탐 옆에 앉아라. 잘 듣되 끼어들지는 마. 네가 무슨 일을 해야 하는지 반드시 알아야 한다."

테그는 조금 전 도르투즐라가 앉았던 의자에 재빨리 앉았다. "전쟁 회의인 것 같군."

'저 어린 목소리 뒤에는 어른이 있다.'

"아직은 당신에게 계획을 요구하지 않겠습니다." 오드레이드가 말했다.

"좋소. 뜻밖의 일을 하려면 시간이 더 걸리지. 어쩌면 행동에 나서는 순간까지도 내가 뭘 할 건지 당신에게 말해 줄 수 없을지도 모르오."

"우린 당신이 던컨과 함께 있는 것을 관찰해 왔습니다. 대이동에서 돌아온 우주선들에 관심을 갖는 이유가 뭡니까?"

"장거리 우주선에는 뚜렷한 특징이 있소. 난 가무의 착륙장에서 그런 우주선들을 본 적이 있어요."

테그는 뒤로 기대어 앉으며 상대방이 이 말의 의미를 제대로 이해하기를 기다렸다. 오드레이드의 태도에서 느껴지는 활기가 반가웠다. 결단력! 오랜 심사숙고 없이. 그편이 지금 그가 원하는 것과 잘 맞았다. '저

들이 내 능력을 모두 알게 해서는 안 된다. 아직은.'

"공격 부대를 위장시킬 겁니까?"

오드레이드가 이 말을 하는 동안 벨론다가 문으로 들어와서 자리에 앉으며 으르렁거리는 듯한 목소리로 반대 의사를 밝혔다. "불가능합니다! 저들은 인식 코드와 비밀 신호를……."

"그걸 결정하는 사람은 나입니다, 벨. 그게 싫으면 날 지휘자의 자리에서 해임하세요."

"이건 평의회입니다! 당신이……." 벨론다가 말했다.

"멘타트?" 그가 그녀에게 시선을 완전히 집중했다. 그의 시선에서 바샤르의 모습이 역력하게 드러났다.

그녀가 입을 다물자 그가 말했다. "내 충성심을 의심하지 마시오! 날 약화시킬 생각이라면 다른 사람을 내 자리에 앉혀요!"

"그에게 발언권을 주십시오. 바샤르가 평의회에서 우리와 동등한 자리를 차지한 게 이번이 처음은 아닙니다." 이건 탐이었다.

벨론다는 눈에 보이지도 않을 만큼 약간 턱을 내렸다.

오드레이드에게 테그가 말했다. "전쟁을 피하는 것은 첩보의 문제요. 한데 모인 다양한 정보와 지적인 능력의 문제."

'우리가 쓰는 말을 우리에게 그대로 사용하다니!' 그녀는 그의 목소리에서 멘타트의 기운을 읽었다. 벨론다도 그것을 눈치챈 모양이었다. 첩보와 지성(첩보와 지성이 모두 intelligence — 옮긴이). 이중의 시야. 그것이 없으면 대개 우연한 사고처럼 전쟁이 일어났다.

바샤르는 그들이 스스로의 역사적 관찰 결과 속에서 조바심을 치도록 내버려둔 채 말없이 앉아 있었다. 분쟁을 일으키고 싶다는 충동은 의식보다 훨씬 더 깊은 곳에 있었다. 폭군이 옳았다. 인류는 '하나의 짐승'처럼 행동했다. 하나의 집단으로서 거대한 짐승이 된 인류를 몰아붙이는 힘은 부족들의 시대와 그 이전까지 거슬러 올라가는 것이었다. 인간들이 미처 생각도 하기 전에 반응을 보이는 다른 많은 힘들이 그러하듯이.

유전자를 뒤섞어라.

번식을 위해 생활권을 넓혀라.

다른 사람들의 에너지를 모아라. 노예, 심부름꾼, 종, 농노, 시장, 노동자들을 모으는 거다……. 이 호칭들은 대개 비슷비슷한 뜻이다.

오드레이드는 그가 뭘 하려고 하는지 깨달았다. 교단으로부터 흡수한 지식 덕분에 그는 누구와도 비할 수 없는 멘타트 바샤르가 되었다. 그는 이런 것들을 본능처럼 가지고 있었다. 에너지를 먹어치우는 습관이 전쟁의 폭력을 일으켰다. 쓸모없는 분석에서는 이것이 '탐욕, (내가 감춰둔 재산을 다른 사람들이 빼앗아 갈 것이라는) 두려움, 권력에 대한 굶주림' 등으로 묘사되었다. 오드레이드는 심지어 벨론다에게서도 이런 말을 들은 적이 있다. '하급자'가 상급자들에게 이미 알고 있는 것을 다시 일깨워줘야 한다는 말을 벨론다가 잘 받아들이지 못하고 있음이 분명한데도 말이다.

"폭군은 알고 있었습니다. 던컨은 그의 말을 인용하곤 하지요. '전쟁은 원시의 바다에서 생긴 단 하나의 세포에 뿌리를 둔 행동이다. 무엇이든 손에 닿는 대로 먹어치워라. 그렇지 않으면 그것이 너를 먹어치울 것이다.'" 테그가 말했다.

"무슨 제안을 하고 싶은 겁니까?" 벨론다가 비할 데 없이 딱딱거리는 목소리로 말했다.

"가무를 공격하는 척 속임수를 쓴 다음 환승점에 있는 그들의 기지를 치는 겁니다. 그러기 위해서는 그곳을 직접 본 사람의 정보가 필요합니다." 그는 흔들림 없는 시선으로 오드레이드를 바라보았다.

'그가 알고 있어!' 이 생각이 오드레이드의 머릿속에 갑자기 떠올랐다.

"환승점이 조합의 기지일 때 당신이 그곳을 연구했던 자료가 지금도 정확하다고 생각합니까?" 벨론다가 다그치듯 물었다.

"그들은 내가 여기 저장해 둔 모습을 많이 바꿀 시간이 없었습니다." 테그가 교단의 몸짓을 흉내 내듯 묘하게 자기 이마를 톡톡 두드리며 말했다.

"그곳을 둘러싸도록 합시다." 오드레이드가 말했다.

벨론다가 날카로운 시선으로 그녀를 바라보았다. "비용을 생각하세요!"

"비용을 따진다면 모든 걸 잃는 게 더합니다." 테그가 말했다.

"우주 주름 탐지기가 커야 할 필요는 없습니다. 던컨이 상대와 부딪혔을 때 홀츠먼 폭발이 일어나도록 탐지기를 조정할 겁니까?" 오드레이드가 말했다.

"폭발이 눈에 띄기 때문에 우리에게 항로를 알려줄 겁니다." 그는 뒤로 등을 기대고 앉아 오드레이드 뒤쪽의 벽을 멍하니 바라보았다. 저들이 그것을 받아들일 것인가? 그는 터무니없는 재능을 또다시 과시해서 저들에게 겁을 줄 수 없었다. 그가 비우주선의 위치를 감지할 수 있다는 걸 벨이 아는 날에는!

"그렇게 하도록 하세요! 당신이 사령관입니다. 그 권한을 이용하세요." 오드레이드가 말했다.

'다른 기억' 속에 있는 타라자가 쿡쿡 웃어대는 듯한 느낌이 분명하게 전해져왔다. '그에게 머리의 자리를 주세요! 나도 그 방법으로 그토록 커다란 명성을 얻었습니다!'

"잠깐만요." 벨론다가 오드레이드를 바라보며 말을 이었다. "당신이 그의 첩자가 되는 겁니까?"

"나 말고 누가 그 안에 들어가서 관찰 결과를 전송할 수 있겠습니까?"

"그들은 모든 전송 수단을 감시할 겁니다!"

"기다리고 있는 우리 비우주선에게 그들이 우리를 속인 게 아니라는 사실을 전송하는 메시지까지도요?" 오드레이드가 물었다.

"그 통신 내용 속에 암호 메시지를 숨기는 겁니다. 던컨이 해독하는 데 몇 달이 걸릴 암호를 개발했습니다. 하지만 저들은 아마 암호의 존재를 감지하지 못할 겁니다." 테그가 말했다.

"미친 짓이야." 벨론다가 중얼거렸다.

"난 가무에서 명예의 어머니들의 군사 지휘관을 만난 적이 있습니다. 꼭 필요한 세부 사항에 이르면 느슨해지더군요. 그들이 자만하고 있는 것 같습니다." 테그가 말했다.

벨론다는 그를 노려보았다. 어린아이의 순진무구한 눈 속에서 바샤르도 그녀를 마주 노려보았다. "이곳에 들어오는 자는 제정신을 모두 포기해야 합니다." 그가 말했다.

"이제 나가보세요, 모두 다!" 오드레이드가 명령했다. "다들 할 일이 있잖습니까. 그리고 마일즈……."

그는 이미 의자에서 내려와 있었지만, '어머니'에게서 뭔가 중요한 얘기를 기다릴 때 항상 그랬던 것 같은 모습으로 그 자리에 서 있었다.

"항상 전쟁에 의해 증폭되는 극적인 사건들의 광기를 얘기한 겁니까?"

"달리 뭐가 있겠소? 설마 내가 당신들의 교단을 얘기했겠소!"

"던컨도 가끔 이런 장난을 칩니다."

"난 우리가 명예의 어머니들처럼 광기에 물드는 걸 바라지 않아요. 알다시피, 그 광기에는 전염력이 있소." 테그가 말했다.

"그들은 성적인 충동을 통제하려고 노력해 왔습니다. 항상 사람들을 피해 달아나는 그것 말입니다." 오드레이드가 말했다.

"도망자의 광기지." 그가 동의했다. 그는 책상에 몸을 기대며 말을 이었다. 그의 턱이 책상 표면 바로 위에 있었다. "뭔가가 그 여자들을 이리로 다시 내몰았소. 던컨이 옳아요. 그들은 뭔가를 찾아 헤매면서 동시에 그것으로부터 도망치고 있소."

"표준력으로 90일을 준비 기간으로 드리겠습니다. 하루도 초과하면 안 됩니다." 그녀가 말했다.

⊞⊞⊞

이시 야라 알 - 아흐답 하드바투(꼽추는 자기 등의 혹을 보지 못한다 — 속담). 베네 게세
리트 주석: 거울을 이용하면 혹을 볼 수도 있겠지만, 거울은 아마 몸 전체를 보여줄
것이다.

—테그 바샤르

오드레이드는 교단 전체가 베네 게세리트의 이 약점을 틀림없이 곧 깨닫게 되리라는 것을 알고 있었다. 자신이 그것을 먼저 깨달았다는 사실은 조금도 위안이 되지 않았다. '우리의 가장 심오한 자원을 부정하다니. 그것이 가장 필요한 때에!' 대이동은 갖가지 경험들을 관리할 수 있는 형태로 조합할 수 있는 인간의 능력을 넘어섰다. '우린 본질적인 것만을 추출할 수 있을 뿐이다. 그건 판단의 문제야.' 크고 작은 사건들 속에 필수적인 데이터가 계속 잠들어 있었다. 그런 것들이 쌓인 것을 사람들은 본능이라고 불렀다. 그래서 결국은 이렇게 되는 것이다. 말로 표현되지 않은 지식에 의지할 수밖에 없다는 것.

지금 시대에 '난민'이라는 단어는 우주 시대 이전의 의미와 같은 색깔을 띠었다. 교단이 작은 무리들로 나누어 내보낸 대모들은 천 조각으로

하잘것없는 소지품들을 묶어 낡아빠진 수레와 장난감 같은 짐마차에 싣거나 기울어진 차량 꼭대기에 쌓아놓고서 잊힌 길을 터벅터벅 걷는 과거의 패잔병들과 공통점이 있었다. 모두들 절망감 때문에 공허한 표정을 짓거나 절박함 때문에 열기를 띤 표정을 지은 채 차량 안을 빽빽이 채우고 바깥에까지 매달린 인류의 잔해.

'그래, 우리는 역사를 계속 반복하고 있어.'

점심 시간 직전에 튜브 입구에 들어서면서 오드레이드는 대이동을 떠난 자매들에 대한 생각에 매달렸다. 정치적 난민, 경제적 난민, 전투가 벌어지기 전에 고향을 떠난 난민.

'이것이 당신의 황금의 길입니까, 폭군?'

그녀가 대이동으로 떠나보낸 사람들의 모습이 '중앙'의 특별 식당으로 들어서는 그녀를 괴롭혔다. 대모들만이 들어올 수 있는 이 식당에서 대모들은 카페테리아에서처럼 줄을 서서 스스로 음식을 가져다 먹었다.

그녀가 테그를 풀어줘서 병영으로 보낸 것이 20일 전이었다. '중앙'에서는 온갖 소문이 횡행하고 있었는데, 특히 감독관들이 소문에 관심이 많았다. 그러나 그들이 또다시 투표를 할 것 같은 분위기는 아직 없었다. 오늘 반드시 새로운 발표를 해야 했다. 그녀와 함께 환승점으로 갈 사람들을 지목하는 것 이상의 의미를 지니게 될 발표였다.

그녀는 식당 안을 둘러보았다. 노란색 벽에 천장이 낮은 금욕적인 방. 서로 연결해서 크게 만들 수 있는 작은 사각형 식탁들. 한쪽 측면을 따라 나 있는 창문들을 통해 반투명한 지붕으로 덮인 정원이 보였다. 초록색 열매가 달린 작은 살구나무들, 잔디밭, 벤치, 작은 탁자들이 있는 정원이었다. 사방이 막힌 이 뜰로 햇빛이 쏟아져 들어올 때면 자매들은 밖에서 식사를 했다. 오늘은 햇빛이 없었다.

그녀는 줄을 서 있던 사람들이 자신을 위해 자리를 만들어주는데도 그 줄을 무시했다. '나중에요, 자매님들.'

그녀를 위해 마련된 창문 근처의 구석진 탁자에서 그녀는 일부러 의자를 움직였다. 벨의 갈색 의자개가 이 익숙하지 않은 소란에 희미하게 꿈틀거렸다. 오드레이드는 방을 등지고 앉았다. 자신의 이런 모습을 사람들이 제대로 해석할 것임을 알고 한 행동이었다. '나 혼자 생각할 게 있으니 내버려두시오'라는 뜻으로.

그녀는 기다리는 동안 뜰을 물끄러미 바라보았다. 이국적인 자주색 이파리가 달린 관목들의 울타리가 붉은 꽃에 파묻혀 있었다. 짙은 노란색의 섬세한 수술이 달린 거대한 꽃이었다.

벨론다가 가장 먼저 도착해서 자신의 의자개가 옮겨진 것에 대해 아무 말도 하지 않고 털썩 주저앉았다. 허리띠가 느슨하게 풀어지고, 로브는 주름투성이에 가슴에는 음식 찌꺼기가 묻어 있는 흐트러진 모습이 벨에게는 흔한 것이었다. 그러나 오늘 그녀는 단정하고 깨끗했다.

'이런, 이유가 뭐지?'

벨론다가 말했다. "탐과 시이나는 조금 늦을 겁니다."

오드레이드는 달라진 모습의 벨론다를 계속 유심히 살피면서 이 말을 받아들였다. 벨이 조금 날씬해진 건가? 최고 대모의 감각이 미치는 관심의 영역 안에서 벌어지는 일들로부터 최고 대모를 완전히 차단시킬 수 있는 방법은 없었다. 그러나 일의 압박 때문에 작은 변화들을 눈치채지 못할 때가 가끔 있었다. 그래도 관찰은 대모들의 선천적인 습관이었고, 부정적인 증거들도 확실한 증거 만큼이나 사실을 밝혀주었다. 지난 일들을 돌이켜 보면서 오드레이드는 벨론다가 이렇게 새로워진 것이 여러 주 전이라는 것을 깨달았다.

벨론다에게 뭔가 일이 있었음이 틀림없었다. 대모라면 누구든 체중과 몸매에 상당한 통제력을 발휘할 수 있었다. 내적인 화학작용의 문제, 즉 몸속의 에너지를 그냥 묻어두거나 아니면 세게 타오르도록 하면 되는 일이었다. 반항적인 벨론다는 오래전부터 뚱뚱한 몸을 의기양양하게 과시했다.

"살이 빠졌군요." 오드레이드가 말했다.

"지방 때문에 몸이 너무 느려지기 시작해서요."

벨이 이런 이유만으로 자신의 방식을 바꾼 적은 없었다. 그녀는 언제나 정신을 빠르게 움직이고, 미래를 전망하고, 더 빠른 운송 수단을 이용함으로써 그 단점을 보완해 왔다.

"던컨이 당신에게 정말로 영향을 미쳤군, 그렇죠?"

"난 위선자도 아니고 범죄자도 아닙니다!"

"당신을 처벌용 성으로 보낼 때가 된 것 같군요."

이 농담을 불쑥 던지면 벨론다는 대개 화를 내곤 했다. 그런데 오늘은 그녀가 흥분하지 않았다. 그러나 오드레이드가 시선으로 압력을 가하자 그녀가 말했다. "꼭 아셔야겠다면, 시이나 때문입니다. 그녀가 내 외모를 개선시키고 교제 범위를 넓히려고 내 뒤를 쫓아다니고 있어요. 정말 짜증스럽습니다! 내가 이렇게 하는 건 그녀의 입을 닥치게 하기 위해서입니다."

"탐과 시이나가 왜 늦는 거지요?"

"당신과 던컨의 지난번 만남을 다시 검토하고 있습니다. 나는 그 자료에 대한 접근권을 크게 제한해 놓았습니다. 그 일이 널리 알려졌을 때 무슨 일이 일어날지 아무도 모르니까요."

"그래도 그 일은 알려질 겁니다."

"불가피한 일이지요. 난 그저 준비할 시간을 벌고 있는 것뿐입니다."

"난 그 정보가 통제되는 걸 원치 않아요, 벨."

"다르, 도대체 뭘 꾸미고 있는 겁니까?"

"대회의에서 밝힐 겁니다."

벨론다는 아무 말도 없었지만 눈을 부릅뜨며 놀란 기색을 드러냈다.

"대회의는 나의 권리입니다." 오드레이드가 말했다.

벨론다는 뒤로 등을 기대고 오드레이드를 뚫어지게 바라보며 그녀를 평가하고 질문을 던졌…… 한마디 말도 없이. 베네 게세리트의 마지막 대회의가 열린 것은 폭군이 죽었을 때였다. 그리고 그 전의 대회의는 폭군이 권력을 잡았을 때였다. 명예의 어머니들의 공격이 시작된 이래로 대회의를 여는 것은 불가능하게 생각되었다. 절박하게 노력해야 하는 시기에 시간을 너무 많이 빼앗기기 때문이었다.

이윽고 벨론다가 물었다. "아직 살아 있는 성에서 위험을 무릅쓰고 자매들을 데려올 겁니까?"

"아뇨. 도르투즐라가 그들을 대표할 겁니다. 선례가 있어요, 당신도 알겠지만."

"당신은 무르벨라를 자유롭게 해주었습니다. 그리고 이제는 대회의를 연다고 하는군요."

"자유롭게 해줘요? 무르벨라는 황금 사슬에 묶여 있습니다. 던컨 없이 그녀가 어디로 가겠습니까?"

"하지만 당신은 던컨에게도 우주선을 떠날 자유를 주었습니다!"

"그가 떠났나요?"

"그가 가져갈 것이 우주선의 병기고에서 나온 정보뿐이라고 생각하십니까?"

"나도 압니다."

"제시카가 자신을 죽이려 했던 멘타트에게 등을 돌린 일이 생각나는 군요."

"그 멘타트는 자신의 신념 때문에 움직일 수 없었습니다."

"때로는 황소가 투우사를 받아버리기도 합니다, 다르."

"그러지 않는 경우가 더 많지요."

"생사가 걸린 문제를 통계만으로 결정할 수는 없습니다!"

"동감입니다. 그래서 내가 대회의를 소집하는 겁니다."

"복사들도 포함됩니까?"

"모두 다 포함됩니다."

"무르벨라도요? 그녀가 복사로서 투표권을 얻는 겁니까?"

"그때쯤이면 그녀가 대모가 되어 있을지도 모릅니다."

벨론다는 놀라서 숨을 집어삼켰다가 입을 열었다. "당신은 너무 빠르게 움직이고 있습니다, 다르!"

"지금 같은 시대에는 그럴 필요가 있습니다."

벨론다는 식당의 문 쪽을 살짝 바라보았다. "탐이 오는군요. 제 생각보다 늦었어요. 두 사람이 무르벨라와 상의하느라고 지체한 게 아닌지 모르겠습니다."

타말란이 서둘러 오느라고 숨을 몰아쉬면서 나타났다. 그녀는 자신의 파란색 의자개에 털썩 주저앉으면서 위치가 바뀐 것을 알아차리더니, 입을 열었다. "시이나가 곧 올 겁니다. 지금 무르벨라에게 기록을 보여주고 있습니다."

벨론다가 타말란에게 말했다. "최고 대모께서 무르벨라에게 스파이스의 고통을 겪게 하고 대회의를 소집하겠답니다."

"놀랄 일은 아니군요." 타말란은 예전처럼 정확한 어조로 말을 이었다. "그 명예의 어머니의 위치를 가능한 한 빨리 결정해야 합니다."

시이나가 곧 도착해서 오드레이드의 왼쪽에 있는 의자에 앉으며 입을 열었다. "무르벨라가 걷는 걸 보신 적 있습니까?"

오드레이드는 거두절미하고 불쑥 내던져진 이 질문이 사람들의 관심을 붙드는 것을 보고 깜짝 놀랐다. '우주선 안에서 걷고 있는 무르벨라라.' 바로 그날 아침에 지켜본 모습이었다. 무르벨라에게는 아름다움이 있었고, 눈은 그걸 피할 수 없었다. 다른 대모든 복사든 베네 게세리트들에게 그녀는 뭔가 이국적인 존재였다. 그녀는 위험한 '바깥'에서 완전히 성숙한 상태로 이곳에 들어왔다. '바깥에 있는 "그들" 중의 하나였지.' 그러나 사람들의 시선을 붙잡은 것은 그녀의 움직임이었다. 정상적인 범주를 넘어서는 그녀의 항상성.

시이나의 질문은 관찰자로서 그녀가 가진 생각의 방향을 바꿔놓았다. 별다른 문제가 없어 보였던 무르벨라의 움직임 중 뭔가 새로이 조사해 볼 것이 생긴 것이다. 그게 뭘까?

무르벨라의 움직임은 항상 신중하게 선택된 것이었다. 그녀는 한 장소에서 다른 장소로 가기 위해 필요하지 않은 것을 모두 배제했다. '가장 저항이 적은 길인가?' 무르벨라를 보며 오드레이드는 커다란 고통이 몸을 꿰뚫고 지나가는 것을 느꼈다. 물론 시이나도 그 광경을 보았다. 무르벨라는 매번 편안한 길을 선택하는 그런 사람들 중의 하나인가? 오드레이드는 함께 앉아 있는 사람들의 얼굴에서도 같은 의문을 볼 수 있었다.

"스파이스의 고통이 그걸 정리해 줄 겁니다." 타말란이 말했다.

오드레이드는 시이나를 정면으로 바라보았다. "어떻습니까?" 어쨌든 그 질문을 던진 사람이 시이나인 까닭이었다.

"어쩌면 그녀는 단순히 에너지를 낭비하지 않는 것뿐인지도 모릅니다. 하지만 저도 탐과 같은 의견입니다. 스파이스의 고통이 정리해 줄 거라고요."

"우리가 끔찍한 실수를 저지르고 있는 걸까요?" 벨론다가 물었다.

이 질문을 던지는 벨론다의 태도를 보고 오드레이드는 벨이 멘타트로서 계산을 했음을 알아차렸다. '벨이 내 의도를 알아냈어!'

"더 좋은 길을 알고 있다면 지금 말씀하십시오." 오드레이드가 말했다. '아니면 그냥 침묵을 지키세요.'

침묵이 그들을 사로잡았다. 오드레이드는 함께 앉아 있는 사람들을 차례로 바라보며 벨에게 길게 시선을 주었다.

'누구든 신이 있다면 우리를 도와주소서! 나는 베네 게세리트이기 때문에 불가지론자의 성향이 너무 강해서 이런 애원을 할 때 모든 가능성을 다 시도해 볼 수 있을지도 모른다는 희망밖에 갖지 못합니다. 그걸 밝히지 마세요, 벨. 내가 뭘 할지 알고 있다면 그것이 반드시 적당한 시기에 밝혀져야 한다는 것도 알아줘요.'

벨론다의 기침 소리가 오드레이드를 상념에서 끌어냈다. "지금 밥을 먹을 겁니까, 얘기를 할 겁니까? 사람들이 우리를 보고 있습니다."

"사이테일에게 한 번 더 시도를 해야 할까요?" 시이나가 물었다.

'저건 내 주의를 다른 곳으로 돌리려는 시도인가?'

벨론다가 말했다. "그에게 아무것도 주지 마세요! 그는 예비책입니다. 식은땀을 좀 흘려보라고 내버려둬요."

오드레이드는 조심스럽게 벨론다를 바라보았다. 그녀는 오드레이드가 비밀리에 내린 결정 때문에 자신이 침묵을 강요당했다는 사실에 분노하고 있었다. 그리고 시이나와 눈이 마주치는 것을 피하고 있었다. '질

투야! 벨이 시이나를 질투하고 있어!'

타말란이 말했다. "난 지금 자문에 지나지 않지만……."

"그만하세요, 탐!" 오드레이드가 날카롭게 소리쳤다.

"탐과 나는 그 골라에 대해 얘기를 나눴습니다." 벨론다가 말했다. (벨론다는 뭔가 험담을 할 때면 아이다호를 '그 골라'라고 불렀다.) "그가 시이나와 비밀스럽게 대화를 나눠야 한다고 생각한 이유가 뭘까요?" 벨론다는 시이나를 무섭게 쏘아보았다.

오드레이드는 사람들이 공통적으로 의혹을 품고 있다는 걸 알 수 있었다. '그녀는 그 설명을 받아들이지 않았어. 던컨의 감정적 성향을 부인하는 건가?'

시이나가 재빨리 말했다. "최고 대모께서 이미 설명하셨습니다!"

"감정이라니." 벨론다가 코웃음을 쳤다.

오드레이드는 목소리를 높이면서 자신이 이러한 반응을 보이는 것에 깜짝 놀랐다. "감정을 억압하는 것은 약점입니다!"

타말란의 텁수룩한 눈썹이 올라갔다.

시이나가 끼어들었다. "굽히지 않으면 우리는 부러질지도 모릅니다."

벨론다가 반응을 보이기 전에 오드레이드가 말했다. "얼음은 조각 나거나 녹아버릴 수 있습니다. 얼음 아가씨는 한 가지 형태의 공격에 취약합니다."

"저는 배가 고픕니다." 시이나가 말했다.

'화해를 시키려는 건가?' '생쥐'에게 기대했던 역할은 아니었다.

타말란이 일어섰다. "부야베스(생선, 조개류에 향료를 넣어 전 마르세유의 명물 요리 ─옮긴이). 바다가 다 사라지기 전에 생선을 먹어야 합니다. 무엔트로피 저장고가 충분하지 않아요."

부드럽기 그지없는 동시 흐름 속에서 오드레이드는 함께 앉아 있던 사람들이 줄을 서러 가는 것을 인식했다. 타말란의 비난 섞인 말을 들으니 대해를 단계적으로 없애겠다는 결정을 내린 후 시이나와 함께 보낸 두 번째 날이 생각났다. 오드레이드는 그날 이른 아침에 시이나의 방 창가에 서서 바닷새 한 마리가 사막을 배경으로 움직이는 것을 지켜보았다. 날개를 펄럭이며 북쪽으로 날아가는 녀석의 모습은 배경과 전혀 어울리지 않았지만 바로 그 때문에 진한 향수를 불러일으키는 아름다움을 갖고 있었다.

이른 아침의 햇빛 속에서 하얀 날개가 반짝였다. 녀석의 눈 아래와 눈 앞은 검은색으로 살짝 물들어 있었다. 녀석이 갑자기 날개를 정지시킨 채 공중에서 멈췄다. 그러다가 공기의 흐름을 타고 위로 올라가면서 매처럼 날개를 접더니 저 멀리 있는 건물 뒤로 곧장 떨어져 시야에서 사라져버렸다. 다시 나타난 녀석은 부리에 뭔가를 물고 있었는데, 날갯짓을 하면서 그 조각을 꿀꺽 삼켰다.

바닷새가 혼자서 환경에 적응하고 있었던 것이다.

'우리도 적응을 하지. 정말로 적응해.'

이건 평화로운 생각이 아니었다. 편안함을 안겨주는 것이 하나도 없었다. 오히려 충격적이었다. 오드레이드는 위험스럽게 표류하는 길에서 마구 흔들리며 빠져나온 듯한 기분이었다. 그녀가 사랑하는 참사회뿐만 아니라 인간이 살고 있는 우주 전체가 과거의 모습을 떨치고 나와 새로운 형태를 취하고 있었다. 이 새로운 우주에서는 시이나가 최고 대모에게 계속해서 뭔가를 숨기는 게 맞는 일인지도 몰랐다. '그 아이는 정말로 뭔가를 숨기고 있어.'

또다시 벨론다의 신랄한 말투가 오드레이드를 상념에서 끌어내 주위 환경을 완전히 인식하게 만들었다. "당신이 스스로 음식을 가져다 먹을 생각이 아니라면 우리가 당신을 챙겨줘야 하는 모양이군요." 벨론다가 향기로운 생선 스튜 그릇을 오드레이드 앞에 놓았다. 그 옆에는 커다란 마늘빵 한 덩이가 놓여 있었다.

각자 부야베스를 시식하고 난 후 벨론다가 숟가락을 놓고 오드레이드를 무섭게 쏘아보았다. "우리가 '서로를 사랑한다'거나, 아니면 뭐 비슷하게 우리를 망가뜨리는 다른 헛소리를 늘어놓지는 않을 거죠?"

"음식을 가져다줘서 고맙습니다." 오드레이드가 말했다.

시이나가 음식을 삼키고는 활짝 미소를 지었다. "맛있어요."

벨론다는 다시 식사를 시작했다. "괜찮군요." 그러나 그녀는 말로 표현되지 않은 얘기를 이미 들은 다음이었다.

타말란은 꾸준하게 식사를 하면서 시이나에게서 벨론다에게로, 다시 오드레이드에게로 시선을 옮겼다. 탐은 감정에 대한 구속을 완화해야 한다는 제안에 동의하는 것 같았다. 최소한 그녀는 반대 의견을 말하지 않았다. 나이 든 자매들은 반대할 가능성이 대단히 높은데도 말이다.

베네 게세리트가 부정하려 하는 사랑이 도처에 있다고 오드레이드는 생각했다. 크고 작은 일들에 모두. 오래되었거나 새로 생겨난 사랑을 정말로 구현하는 조리법, 생명을 유지해 주는 맛있는 음식을 만드는 방법이 얼마나 많은지. 이 부야베스는 그녀의 혀에 닿은 순간 너무나 부드럽게 기운을 회복시켜 주었다. 이 음식의 기원은 사랑과 깊이 연관되어 있었다. 집에 있는 아내가 그날 남편이 잡은 생선 중에서 내다 팔 수 없는 것을 이용해 만든 음식.

베네 게세리트의 정수 그 자체도 사랑 속에 숨겨져 있었다. 그렇지 않고서야 무엇 때문에 인류가 항상 지니고 있는 저 말로 표현되지 않은 욕구들에 봉사하겠는가? 그렇지 않고서야 무엇 때문에 인류를 완벽하게 만들 수 있는 가능성을 위해 일하겠는가?

벨론다는 그릇을 다 비운 후 숟가락을 내려놓고 마지막 남은 빵 조각으로 그릇을 훑었다. 그리고 곰곰이 생각에 잠긴 표정으로 빵을 삼켰다. "사랑은 우리를 약화시킵니다." 그녀가 말했다. 힘이 하나도 없는 목소리였다.

복사가 말을 했어도 똑같았을 것이다. 바로 코다에서 나온 말이었으니까. 오드레이드는 재미있어하는 기색을 숨기고 코다에서 디딤돌로 사용되는 또 다른 구절로 반격했다. "전문적인 용어를 주의하세요. 그런 용어들은 대개 무지를 숨기는 역할을 하며 지식을 거의 포함하고 있지 않습니다."

예의 바른 신중함이 벨론다의 눈에 떠올랐다.

시이나는 탁자에서 몸을 뒤로 밀며 냅킨으로 입을 닦았다. 타말란도 똑같이 했다. 그녀가 눈을 빛내며 재미있다는 표정으로 뒤로 등을 기대자 그녀의 의자개가 거기에 맞춰 모양을 바꿨다.

'탐은 알고 있어! 저 약삭빠른 늙은 마녀는 지금도 내 방식을 잘 알고 있다. 하지만 시이나는…… 시이나가 무슨 게임을 벌이고 있는 거지? 그녀가 내 주의를 흐트러뜨려서 자신에게 주의를 돌리지 못하게 하려는 것 같지 않은가. 저 아이는 그걸 아주 잘 하지. 내 밑에서 그걸 배웠으니까. 뭐…… 두 사람이 게임을 할 테면 하라지. 난 벨론다에게 압박을 가하면서도 저 듄의 집 없는 아이를 주시해야 해.'

"훌륭한 행동의 대가가 무엇입니까?" 오드레이드가 물었다.

벨론다는 이 날카로운 공격을 침묵 속에서 받아들였다. 베네 게세리트의 전문 용어 속에는 훌륭한 행동의 정의가 숨어 있었다. 이건 그들 모두가 아는 사실이었다.

"우리가 레이디 제시카에게 명예를 주어야 할까요? 그녀가 인간성을 지켰다는 이유로?" 오드레이드가 물었다. '시이나가 깜짝 놀랐어!'

"제시카는 교단을 위험에 처하게 했습니다!"

'벨론다는 비난하는군.'

"그대의 자매들에게 진실하라." 타말란이 중얼거렸다.

"훌륭한 행동에 대한 우리의 구식 정의 덕분에 우리는 계속 인간으로 있을 수 있습니다." 오드레이드가 말했다. '내 말 잘 들어라, 시이나.'

거의 속삭임과 흡사한 목소리로 시이나가 말했다. "만약 우리가 그걸 잃어버리면, 모든 걸 잃게 돼요."

오드레이드는 한숨을 참았다. '그래, 그것이로군!'

시이나가 그녀와 시선을 마주쳤다. "물론 대모님께서는 지금 우리에게 가르침을 주고 계시는 거겠죠."

"어림짐작이지. 그런 생각은 피하는 게 최선입니다." 벨론다가 투덜거리듯 말했다.

"타라자 님은 우리를 '마지막 날의 베네 게세리트'라고 불렀습니다." 시이나가 말했다.

오드레이드의 기분이 자기비판적인 것으로 바뀌었다.

'지금의 우리 상황이 독이다. 우울한 상상이 우리를 파멸시킬 수도 있어.'

미래가 광기에 물든 명예의 어머니의 번들거리는 오렌지색 눈으로 베네 게세리트를 바라보는 모습이 얼마나 쉽게 머리에 떠오르는지. 수많은 과거들에서 나온 두려움이 오드레이드 안에 웅크리고 있었다. 그런 눈을 가진 생물들이 함께 갖고 있기 마련인 송곳니에 온 신경이 집중되면 숨을 쉴 수도 없었다.

오드레이드는 억지로 당면한 문제에 주의를 돌렸다. "누가 나와 함께 환승점으로 갈 겁니까?"

사람들은 도르투즐라의 처참한 경험을 알고 있었고, 그 일에 대한 소문이 이미 참사회 전체에 퍼져 있었다.

'누구든 최고 대모와 함께 가는 사람은 퓨타르들의 먹이가 될 가능성이 높아.'

"탐." 오드레이드가 말했다. "당신과 도르투즐라."

'이게 어쩌면 사형 선고가 될 수도 있겠지. 다음 수순은 분명해.'

"시이나, 탐과 나눔의 의식을 행하세요. 도르투즐라와 나는 벨과 나눔의 의식을 하겠습니다. 그리고 나는 떠나기 전에 '당신'하고도 나눔의 의식을 할 겁니다."

벨론다는 대경실색한 표정이었다. "최고 대모님! 난 당신의 자리에 앉을 수 있을 만한 사람이 아닙니다."

오드레이드는 시이나에게서 시선을 떼지 않았다. "그런 뜻이 아닙니다. 당신은 내 생애들의 저장소가 되는 것뿐입니다." 시이나의 얼굴에 공포가 분명하게 드러났지만 그녀는 감히 직접적인 명령을 거부하지 못했다. 오드레이드가 타말란에게 고개를 끄덕하며 말했다. "나는 나중에 나눔의 의식을 하겠습니다. 당신과 시이나는 지금 하세요."

타말란이 시이나를 향해 몸을 기울였다. 나이가 많고 죽음이 임박했다는 사실 때문에 그녀는 이 일을 환영했지만 시이나는 저도 모르게 몸을 뒤로 빼버렸다.

"지금 하세요!" 오드레이드가 말했다. '네가 숨기고 있는 게 무엇이든 탐이 판단할 거다.'

도망칠 길은 없었다. 시이나는 고개를 숙여 타말란의 머리에 대었다.

의식이 교환되면서 번개가 번쩍이는 것 같은 충격이 있었고, 온 식당 안의 사람들이 그것을 느꼈다. 모두들 대화를 멈추고 창가의 탁자를 향해 시선을 돌렸다.

뒤로 물러나는 시이나의 눈에는 눈물이 고여 있었다.

타말란은 미소를 지으며 시이나의 양 뺨을 두 손으로 부드럽게 어루만졌다. "괜찮습니다. 우리 모두 이런 두려움을 갖고 있어서 때로 바보 같은 짓을 하곤 하지요. 하지만 난 당신을 자매라고 부를 수 있어서 기쁩니다."

'말해 주세요, 탐! 당장!'

타말란은 말하지 않는 편을 택했다. 그녀는 오드레이드를 마주 보며 말했다. "무슨 대가를 치르더라도 우리는 반드시 우리의 인간성에 매달려야 합니다. 당신의 교훈은 잘 받아들여졌습니다. 시이나를 아주 잘 가르치셨군요."

"시이나가 당신과 나눔의 의식을 할 때 다르, 아이다호에 대한 그녀의 영향력을 낮춰줄 수 있습니까?" 벨론다가 말했다.

"난 최고 대모가 될지도 모르는 사람을 약화시키지 않을 겁니다. 고맙습니다, 탐. 환승점으로 갈 때에는 지나치게 많은 짐을 꾸릴 필요가 없을 것 같습니다. 자! 테그의 일이 어떻게 진행되고 있는지 오늘 밤까지 보고서를 가져오세요. 그에게 거머리처럼 붙어 있어야 하는 사람이 너무 오래 그와 떨어져 있었군요." 오드레이드가 말했다.

"그에게 이제 거머리가 둘이나 붙게 되었다는 걸 그가 알까요?" 시이나가 물었다.

'저렇게 즐거워하는 기색이라니!'

오드레이드는 자리에서 일어섰다.

'만약 탐이 그녀를 받아들인다면, 나도 그래야 한다. 탐은 절대 우리 교단을 배신할 사람이 아냐. 그리고 시이나는, 우리들 전부 중에서도 시이나는 우리가 가진 인간적인 뿌리의 자연스러운 특징들을 가장 많이 드러내고 있다. 하지만…… 저 아이가 '허공'이라는 그 조각을 만들지 않았다면 좋으련만.'

종교는 반드시 에너지의 원천으로 받아들여져야 한다. 우리 목적을 위해 종교의 방향을 조종할 수 있지만, 그것은 경험이 드러내주는 한계 안에서만 가능하다. 여기에 바로 '자유 의지'의 비밀스러운 의미가 있다.

—보호 선교단 근본적인 가르침

오늘 아침에 '중앙'의 건물 위로 두꺼운 구름이 움직이더니 오드레이드의 작업실이 회색 침묵에 잠겼다. 오드레이드는 자신의 움직임이 위험한 힘들을 휘저어놓을까 봐 감히 움직이지 못하는 사람처럼 자신이 그 침묵에 내면의 정적으로 대응하고 있음을 느꼈다.

'무르벨라가 스파이스의 고통을 겪는 날이다. 불길한 생각을 해선 안 돼.' 그녀는 생각했다.

기후 통제소가 구름에 대해 미리 분명히 언질을 준 바 있었다. 그 구름들은 '우연히 자리를 벗어난 것'이라고 했다. 그 상황을 바로잡기 위한 조치들이 취해지고 있었지만 시간이 좀 걸릴 터였다. 그동안에는 세찬 바람이 예상되었고, 비가 내릴 가능성도 있었다.

시이나와 타말란은 창가에 서서 제대로 조절되지 않고 있는 날씨를 지켜보았다. 그들의 어깨가 맞닿아 있었다.

오드레이드는 책상 뒤의 의자에서 그들을 지켜보았다. 어제 나눔의 의식이 있은 후 두 사람은 마치 한 사람 같았다. 예상치 못했던 일은 아니었다. 많지는 않지만 그런 선례들이 알려져 있었다. 독성이 있는 스파이스 추출물을 먹은 상태에서, 혹은 실제로 죽음의 순간이 되었을 때 의식을 교환한 사람들이 계속 살아서 서로 접촉할 수 있는 경우는 흔치 않았다. 그건 흥미로운 관찰 대상이었다. 두 사람의 등이 딱딱하게 굳어 있는 모습이 묘하게 똑같아 보였다.

나눔의 의식을 가능하게 만든 극단적인 힘은 성격의 강력한 변화를 가져왔고, 오드레이드는 이런 현상을 익히 알고 있었기 때문에 묵인하는 수밖에 없었다. 시이나가 숨기고 있는 것이 무엇인지 몰라도, 탐 역시 그것을 숨기고 있었다. '뭔가 시이나의 기본적인 인간성과 연결된 것이야.' 탐은 믿을 수 있는 사람이었다. 또 다른 자매가 두 사람 중 하나와 나눔의 의식을 가질 때까지는 탐의 판단을 받아들이는 수밖에 없었다. 그렇다고 해서 감시견들이 사소한 것들에 대한 관찰과 탐색을 그만두지는 않겠지만 지금 새로 위기를 만들어낼 필요는 없었다.

"오늘은 무르벨라의 날입니다." 오드레이드가 말했다.

"그녀는 십중팔구 살아남지 못할 겁니다." 벨론다가 의자개에 앉아 앞으로 몸을 웅크린 채 말을 이었다. "그러면 우리의 그 소중한 계획이 어떻게 되는 겁니까?"

'우리의 계획이라니!'

"극단적인 상황이 되는 거지요." 오드레이드가 말했다.

이런 상황에서 이 말에는 여러 가지 의미가 있었다. 벨론다는 이것을 죽음의 순간에 무르벨라의 인격과 기억을 얻을 수 있는 가능성으로 해석했다. "그럼 아이다호에게 참관을 허락하지 말아야 합니다!"

"내 명령은 지금도 유효합니다. 무르벨라가 그것을 원했고, 나는 그렇게 해주겠다고 약속했습니다." 오드레이드가 말했다.

"실수야…… 실수……." 벨론다가 중얼거렸다.

오드레이드는 벨론다가 왜 의혹을 갖는지 알고 있었다. 다른 사람들의 눈에도 그 이유가 분명했다. 무르벨라의 내면 어딘가에 뭔가 지극히 고통스러운 것이 있다는 것. 그 때문에 그녀는 마치 육식 동물 앞에 선 짐승처럼 특정한 질문들 앞에서 꽁무니를 뺐다. 그것이 무엇이든 아주 깊숙한 곳에 자리 잡고 있었다. 최면 황홀경의 유도도 그것을 설명해 줄 수 없을지 몰랐다.

"좋습니다!" 오드레이드가 모든 사람들에게 들으라는 듯 큰 소리로 말했다. "이건 우리가 전에 한 번도 해보지 않은 방식입니다. 하지만 던컨을 우주선에서 데리고 나올 수 없으니 우리가 그에게로 가야 합니다. 그는 그 자리에 참석할 겁니다."

벨론다는 여전히 정말로 충격을 받은 상태였다. 그 어떤 남자도, 저 저주받을 퀴사츠 해더락 자신과 그의 아들 폭군을 제외하고는 베네 게세리트의 이 비밀을 자세히 알지 못했다. 두 '괴물'은 모두 스파이스의 고통을 직접 경험했다. 두 번의 재앙! 폭군이 겪은 스파이스의 고통이 어떤 시기에 세포의 내면으로 파고들어 가 그를 모래벌레 공생체로(더 이상 벌레 본연의 모습도 아니고 더 이상 인간 본연의 모습도 아닌 존재로) 변신시켰다는 건 중요하지 않았다. 게다가 무앗딥! 그가 감히 스파이스의 고통을 겪은 결과 무슨 일이 일어났는가!

시아나가 창문에서 시선을 돌려 책상을 향해 한 발짝 걸음을 내디뎠다. 오드레이드는 그곳에 서 있는 두 여자가 야누스가 된 듯한 신기한 느낌을 받았다. 서로 등을 맞대고 있지만 인격은 하나뿐인 존재.

"벨은 대모님의 약속 때문에 혼란스러워하고 있습니다." 시이나가 말했다. 얼마나 부드러운 목소리인지.

"그가 무르벨라를 이끌어 고통을 통과하게 해주는 촉매가 될 수도 있습니다. 당신은 사랑의 힘을 과소평가하는 경향이 있어요." 오드레이드가 말했다.

"아닙니다! 우린 그 힘을 두려워하고 있는 겁니다." 타말란이 자기 앞의 창문을 향해 말했다.

"그럴 수도 있겠지요!" 벨은 여전히 비웃음으로 가득 차 있었지만 그건 그녀에게 자연스러운 일이었다. 그녀의 표정은 그녀가 아직도 완강하게 고집을 부리고 있음을 보여주었다.

"자만." 시이나가 중얼거렸다.

"뭐라고요?" 벨론다가 의자개에 앉은 채 몸을 홱 돌렸다. 그 때문에 의자개가 화를 내며 끽끽 소리를 냈다.

"우린 사이테일과 똑같은 결점을 갖고 있습니다." 시이나가 말했다.

"그래요?" 벨론다는 시이나의 비밀을 좀먹듯이 야금야금 갉아대고 있었다.

"우린 우리가 역사를 만든다고 생각하죠." 시이나가 말했다. 그녀는 다시 타말란 옆자리로 돌아갔고, 두 사람은 함께 창밖을 물끄러미 내다보았다.

벨론다는 다시 오드레이드에게 시선을 돌렸다. "저 말이 무슨 소린지 아십니까?"

오드레이드는 그녀를 무시했다. 그녀가 멘타트로서 혼자 해결해 보라지. 작업용 책상 위의 투사기가 찰칵거리더니 메시지가 떴다. 오드레이드는 그 내용을 같이 있는 사람들에게 알려주었다. "우주선 쪽의 준비가 아직 안 됐답니다." 그녀는 창문 앞에 뻣뻣하게 서 있는 두 사람의 등을 바라보았다.

'역사?'

명예의 어머니들이 나타나기 전에 참사회에서 오드레이드가 역사적인 일로 생각할 만한 것은 거의 없었다. 스파이스의 고통을 통과한 대모들이 꾸준히 배출되고 있을 뿐이었다.

'마치 강물처럼 말이지.'

그 강물은 어디론가 흘러갔다. 강둑에 서 있을 수도 있었고(오드레이드는 때로 자기들이 여기 있는 게 강둑에 서 있는 것과 같다고 생각했다) 강물의 흐름을 관찰할 수도 있었다. 지도를 보면 그 강물이 어디로 흐르는지 알 수도 있겠지만 그보다 더 본질적인 것을 알려주는 지도는 어디에도 없었다. 지도는 그 강으로 운반되는 화물의 더 내밀한 움직임을 결코 보여주지 못했다. 그 화물들이 어디로 가는 걸까? 지금 시대에 지도의 가치는 한정되어 있었다. 기록 보관소에서 출력되거나 투사된 지도. 그건 그들에게 필요한 지도가 아니었다. 어딘가 더 좋은 지도가 반드시 있을 터였다. 그 모든 생명들과 연결된 지도. 바로 그 지도를 기억 속에 넣고 다니다가 가끔 꺼내서 자세히 살펴볼 수도 있을 것이다.

'작년에 우리가 내보낸 페린테 대모에게 무슨 일이 일어난 거지?'라고 생각하면 '기억 속의 그 지도'가 앞으로 나서서 '페린테 시나리오'를 만들어낼 것이다. 물론 강 위에 떠 있는 건 사실 자기 자신이었지만, 그렇다고 달라지는 건 거의 없었다. 그들에게는 여전히 그 지도가 필요했다.

'우린 누군가 다른 사람의 흐름 속에 붙들려 있는 것, 다음번에 강이 구부러지는 지점에서 무엇이 나타날지 모른다는 것을 마음에 들어 하지 않는다. 우리는 항상 공중을 비행하는 걸 더 좋아하지. 지휘관의 자리에 있는 사람들은 반드시 다른 흐름들의 일부로 남아 있어야 하는데도 말이야. 모든 흐름에는 예측할 수 없는 것들이 들어 있거든.'

오드레이드가 시선을 들자 그녀와 함께 있는 세 사람이 그녀를 지켜보고 있었다. 타말란과 시이나는 창문을 등진 자세였다.

"명예의 어머니들은 어떤 형태든 보수주의에 매달리는 것이 위험스러울 수 있다는 점을 잊었습니다. 우리도 그걸 잊어버린 겁니까?" 오드레이드가 말했다.

세 사람은 계속 그녀를 뚫어지게 바라보았지만 질문을 분명히 들었다. 지나치게 보수적인 사람이 된다는 건 뜻밖의 일에 전혀 준비가 되어 있지 않다는 뜻이었다. 무앗딥이 그들에게 가르쳐준 것이 바로 그것이었고, 그의 아들인 폭군은 이 교훈을 영원히 잊을 수 없는 것으로 만들었다.

벨론다의 무뚝뚝한 표정은 그대로였다.

오드레이드의 의식 속 깊은 곳에서 타라자가 속삭였다. "조심하세요, 다르. 나는 운이 좋았습니다. 이로운 점을 빨리 움켜쥐었죠. 바로 당신처럼. 하지만 당신은 운에 의존할 수 없고, 저들이 걱정하는 건 바로 그 때문입니다. 행운 따위는 아예 기대도 하지 마세요. 당신의 바다 영상들을 신뢰하는 편이 훨씬 낫습니다. 벨이 하고 싶은 말을 하게 내버려두세요."

"벨, 당신이 던컨을 받아들인 줄 알았습니다." 오드레이드가 말했다.

"어느 한계 안에서는 그렇죠." 분명히 비난하는 어조였다.

"우리가 우주선으로 가야 할 것 같습니다. 여긴 기다릴 만한 장소가 아닙니다. 그녀가 어떤 존재가 될지 두려워하는 겁니까?" 시이나가 강하게 다그치는 듯한 어조로 말했다.

탐과 시이나는 마치 한 사람의 주인에게 조종되는 인형들처럼 동시에

문을 향해 돌아섰다.

오드레이드는 그녀가 이렇게 끼어들어 준 것이 반가웠다. 시이나의 질문은 그들에게 경계심을 불러일으켰다. '무르벨라가 무엇이 될 수 있을까? 촉매입니다, 자매님들. 촉매.'

그들이 '중앙'을 나섰을 때 바람이 그들을 뒤흔들었다. 이번만은 오드레이드도 튜브를 타고 움직일 수 있어서 다행이라고 생각했다. 도보로 움직이는 것은 좀더 날씨가 따뜻해지고 이렇게 거센 미니 폭풍이 로브 자락을 잡아당기지 않게 될 때까지 미뤄도 될 것이다.

일행이 개인 차량에 자리를 잡았을 때, 벨론다가 또다시 비난하는 듯한 어조로 항상 하던 말을 꺼냈다. "그의 모든 행동이 위장 술책일 수 있습니다."

오드레이드는 멘타트에 대한 의존성을 제한하기 위해 베네 게세리트들이 자주 되풀이하는 경고를 다시 입에 담았다. "논리는 맹목적이고, 자신의 과거밖에 모르는 경우가 많습니다."

타말란이 뜻하지 않게 맞장구를 치며 그녀를 지원했다. "당신은 점점 편집증 환자처럼 변해 가고 있습니다, 벨!"

시이나의 어조는 좀더 부드러웠다. "피라미드 체스를 둘 때는 논리가 유용하지만 생존을 위한 요구들에는 너무 느리게 반응하는 경우가 많다고 당신도 말하지 않았습니까, 벨."

벨론다는 인상을 찡그린 채 말없이 앉아 있었다. 그들 사이의 정적을 방해하는 것은 튜브가 울리면서 나는 희미한 쉭쉭 소리뿐이었다.

'상처를 우주선까지 끌고 가서는 안 된다.'

오드레이드는 시이나의 어조와 똑같이 자신의 목소리를 조절했다. "벨, 친애하는 벨. 우리에겐 우리가 처한 곤경의 모든 파생적인 결과들을 고려해 볼 시간이 없습니다. '만약 이런 일이 일어난다면 틀림없이 저런 일이 뒤를 따를 것이고, 그런 경우에는 우리가 이렇게 저렇게 움직여야 한다……'고 얘기할 시간이 더 이상 없단 말입니다."

벨론다가 놀랍게도 쿡쿡 웃음을 터뜨렸다. "아, 이런! 평범한 정신이란 정말 혼란스럽군요. 우리 모두에게 필요하지만 가질 수 없는 것, 그러니까 모든 계획을 살펴볼 충분한 시간을 내가 요구해서는 안 되겠지요."

이것은 멘타트로서의 벨론다였다. 자신이 스스로의 평범한 정신에 대해 자부심을 갖는 것이 결점임을 알고 있다고 그들에게 말하고 있는 것이다. 평범한 정신이란 정말이지 얼마나 어수선하고 어질러진 곳인지. '멘타트가 아닌 사람들이 그렇게 정돈되지 않은 상태에서 어떤 걸 견디며 사는지 생각해 봐.' 그녀는 통로 건너편으로 손을 뻗어 오드레이드의 어깨를 툭툭 두드렸다.

"괜찮습니다, 다르. 얌전히 행동할게요."

오드레이드는 이런 대화가 오가는 걸 외부 사람이 보면 무슨 생각을 할지 궁금하다고 생각했다. 네 사람이 모두 자매 한 사람의 요구에 맞춰 똑같이 행동하다니.

'무르벨라가 겪을 스파이스의 고통을 위한 것이기도 하지.'

사람들은 그들이 쓰고 있는 이 대모 가면의 겉면만을 보았다.

'꼭 그래야 할 때면(요즘은 거의 대부분이 그렇지만) 우리는 놀라울 정도로 능력을 발휘한다. 그걸 자랑스럽게 생각하는 게 아냐. 그냥 단순한 사실이다. 하지만 긴장을 풀 수 있는 상황이 되면 평범한 사람들처럼 우리도 횡설수설 종잡을 수 없는 얘기에 신경을 쓰게 되지. 우리의 횡설수설이 조금 더 많을 뿐이다. 우리도 다른 사람처럼 작은 무리를 이뤄 살고 있어. 정신의 여유가 몸의 여유다.'

벨론다는 무릎 위에서 양손을 모아 쥐고 스스로를 침착하게 가라앉혔다. 그녀는 오드레이드의 계획을 알면서도 비밀을 지켰다. 그것은 멘타트의 예측을 넘어 뭔가 보다 근본적인 인간다움에까지 이어진 신뢰였다. 예측은 놀라울 정도로 융통성 있는 도구였지만, 그래도 도구임에는 변함없었다. 궁극적으로 모든 도구는 도구를 사용하는 사람에 따라 달라진다. 오드레이드는 신뢰를 감소시키지 않고서 감사를 표하는 방법이 무엇인지 몰라 쩔쩔매고 있었다.

'난 반드시 침묵 속에서 줄타기를 해야 한다.'

그녀는 자기 발밑의 구렁을 느꼈다. 이런 생각들이 악몽 속의 영상을 불러낸 것이다. 도끼를 든 눈에 보이지 않는 사냥꾼이 더 가까이 다가와 있었다. 오드레이드는 고개를 돌려 살금살금 자신의 뒤를 밟는 자의 신원을 확인하고 싶었지만 그 유혹에 저항했다. '무앗딥과 같은 실수는 하지 않겠어!' 그녀가 듄의 타브르 시에치 폐허에서 처음 느꼈던 예지력의 경고. 그녀가 종말을 맞거나 교단이 종말을 맞을 때까지 그 경고를 쫓아낼 수 없을 것이다. '이 무시무시한 위협이 내 두려움 때문에 생겨난 걸까? 그럴 리가 없어!' 그래도 그 고대 프레멘의 본거지에서 자신이 '시간'을 똑바로 바라본 것 같았다. 마치 모든 과거와 모든 미래가 그대로 얼어붙어서 변하지 않는 그림이 된 것 같았다. '난 반드시 당신의 속박을 완전히 떨쳐야 해, 무앗딥!'

착륙장에 도착한 덕분에 오드레이드는 이 무서운 상념에서 벗어날 수 있었다.

무르벨라는 감독관들이 준비해 둔 방에서 기다리고 있었다. 중앙에는 뒤쪽 벽의 길이가 약 7미터인 작은 계단식 관람석이 있었다. 쿠션을 넣은 긴 의자들이 날카로운 각도의 계단에 차례로 놓여 있었는데, 그곳에 앉을 수 있는 관찰자의 숫자는 20명을 넘지 않았다. 감독관들은 가장 아래쪽의 긴 의자에서 반중력 부표가 달린 탁자를 뚫어지게 바라보는 그녀를 그대로 내버려둔 채 아무런 설명도 없이 가버렸다. 누구든 탁자 위에 눕는 사람을 묶기 위한 끈들이 탁자 옆에 늘어져 있었다.

'바로 나를 묶는 거지.'

이곳에 연달아 늘어선 방들은 정말 놀라운 곳이라고 그녀는 생각했다. 그녀가 우주선의 이 구역으로 들어오는 것은 지금까지 한 번도 허용된 적이 없었다. 그녀는 이곳에서 자신이 완전히 노출된 듯한 기분을 느꼈다. 탁 트인 하늘 밑에 서 있을 때보다도 더했다. 그들이 그녀를 이 계단식 방으로 데려올 때 통과했던 작은 방들은 틀림없이 응급 환자 진료를 위해 설계된 곳이었다. 소생 장치들이 있었고, 소독약 냄새와 방부제 냄새가 났다.

그녀는 이곳으로 강제로 끌려왔다. 그녀가 뭘 물어보아도 아무도 대답해 주지 않았다. 감독관들이 그녀를 데리러 온 것은 그녀가 복사들을 위한 프라나 빈두 고급 훈련 수업을 받고 있을 때였다. 그들이 한 말은 한 마디뿐이었다. "최고 대모님의 명령이다."

그녀는 자신의 수호 감독관들의 성격을 통해 많은 것을 알 수 있었다. '부드럽지만 단호한 사람들.' 그들이 이곳에 있는 것은 그녀가 도망치는 것을 막고 그녀가 반드시 명령에 따라 움직이게 하기 위해서였다. '난 도망칠 생각 없어!'

던컨은 어디 있을까?

오드레이드는 그녀가 스파이스의 고통을 겪는 동안 그가 곁에 있게 해주겠다고 약속했었다. 그가 여기 없다는 건 이게 궁극의 시련이 아니라는 뜻인가? 아니면 그들이 그를 무슨 비밀의 벽 뒤에 숨겨서 그녀의 눈에 띄지 않은 채 그녀를 관찰할 수 있게 만든 걸까?

'그가 내 옆에 있게 해 달란 말이야!'

저들은 그녀를 어떻게 다스려야 하는지 모른단 말인가? 아니, 틀림없이 알고 있었다!

'내게서 이 남자를 빼앗아버리겠다고 위협했지. 나를 붙들어두고 만족시키는 데 필요한 건 그것뿐이다. 만족이라니! 얼마나 쓸모없는 단어인지. 나를 완전하게 한다. 이게 더 낫군. 우리가 떨어져 있을 때의 나는 완전하지 않아. 그도 그것을 알고 있어, 젠장.'

무르벨라는 미소를 지었다. '그가 그걸 어떻게 아는 거지? 그도 같은 방법을 통해 완전해지기 때문이야.'

이것이 어떻게 사랑일 수 있을까? 욕망 때문에 그녀 자신이 약해진다는 느낌은 없었다. 베네 게세리트와 명예의 어머니들은 한결같이 사랑이 사람을 약하게 한다고 말했다. 그녀는 던컨에 의해 자신이 강해진다고 느꼈다. 그가 조금만 신경을 써줘도 기운이 났다. 그가 아침에 김이 모락모락 오르는 각성차를 가져다줄 때, 그의 손에서 그 차를 건네받는 것이 더 기분 좋았다. '어쩌면 우리가 사랑보다 더 큰 뭔가를 갖고 있는지도 몰라.'

오드레이드 일행은 계단식 관람석의 맨 꼭대기 층으로 들어와 잠시 그대로 서서 아래쪽에 앉아 있는 사람을 내려다보았다. 무르벨라는 가장자리가 하얀색으로 장식된 상급 복사용 긴 로브를 입고 있었다. 그녀는 무릎에 팔꿈치를 고이고, 주먹 위에 턱을 올린 채 탁자에 시선을 집중하고 있었다.

'그녀는 알고 있어.'

"던컨은 어디 있습니까?" 오드레이드가 물었다.

그녀의 말을 듣고 무르벨라가 자리에서 일어나 몸을 돌렸다. 이 질문이 그녀의 의심을 확인해 주었다.

"제가 알아보겠습니다." 시이나가 이렇게 말하고 자리를 떴다.

무르벨라는 오드레이드의 시선을 맞받으며 말없이 기다렸다.

'우린 반드시 무르벨라를 우리 편으로 만들어야 해.' 오드레이드는 생각했다. 베네 게세리트가 지금만큼 궁했던 적은 없었다. 저 아래에서 그토록 많은 것을 짊어지고 있는 무르벨라가 얼마나 하찮게 보이는 모습인지. 거의 달걀형이지만 눈썹 부분이 넓은 얼굴에는 베네 게세리트의 침착함이 새로이 드러나 있었다. 미간이 넓은 초록색 눈, 아치형 눈썹. 찡그린 표정도, 오렌지색 반점도 더 이상 눈에 띄지 않았다. 작은 입술도 이제 더 이상 삐죽 내밀어져 있지 않았다.

'그녀는 준비가 되었어.'

시이나가 던컨을 데리고 돌아왔다.

오드레이드는 그를 잠깐 흘깃 바라보았다. '불안해하고 있군.' 시이나가 그에게 사정을 얘기했다는 뜻이었다. '잘됐어.' 그건 우정에서 우러난 행동이었다. 이곳에서 그에게는 아마도 친구가 필요할 터였다.

"여기 위에 앉아서 내가 부를 때까지 움직이지 마세요. 그와 함께 있어요, 시이나." 오드레이드가 말했다.

아무런 지시가 없었는데도, 타말란이 던컨의 옆으로 갔다. 두 사람이 각각 그의 양옆에 선 것이다. 시이나의 부드러운 손짓에 따라 세 사람이 자리에 앉았다.

오드레이드는 벨론다와 나란히 무르벨라가 있는 곳으로 내려가 탁자로 다가갔다. 건너편의 구강 주입기는 언제라도 제자리에 놓일 수 있도록 준비되어 있었지만, 그 안은 여전히 텅 비어 있었다. 오드레이드는 주입기를 가리키며 벨론다에게 고갯짓을 했다. 벨론다는 스파이스 추출액을 담당한 수크 대모를 찾으러 옆문으로 나갔다.

뒤쪽 벽에서부터 탁자를 옮겨 오면서 오드레이드는 끈을 늘어놓고 패드를 조정하기 시작했다. 그녀는 탁자 아래쪽의 작은 선반에 모든 것이 갖춰져 있는지 확인하면서 규칙대로 움직였다. 입에 대는 패드는 고통을 겪는 사람이 혀를 깨무는 걸 막기 위한 장치였다. 오드레이드는 패드가 튼튼한지 확인해 보았다. 무르벨라의 턱은 근육질이었다.

무르벨라는 침묵을 지키고 방해가 될 만한 소리를 내지 않으려고 애쓰면서 오드레이드가 움직이는 것을 지켜보았다.

벨론다가 스파이스 추출액을 가지고 돌아와 주입기를 채우기 시작했다. 유독성 추출액에서는 찌르는 듯한 냄새가 났다. 독한 계피 냄새였다.

오드레이드와 시선이 마주친 무르벨라가 말했다. "대모님이 이걸 직접 감독해 주셔서 감사합니다."

"감사하답니다!" 벨론다가 고개를 들지 않고 작업을 계속하며 이죽거렸다.

"끼어들지 마세요, 벨." 오드레이드는 무르벨라에게서 시선을 떼지 않았다.

벨론다는 동작을 멈추지 않았지만, 뭔가 안으로 움츠러든 듯한 기색이었다. 벨론다가 눈에 띄지 않게 스스로를 죽이다니? 복사들이 최고 대모의 면전에서 스스로를 드러내지 않으려 애쓰는 걸 보며 무르벨라는 항상 놀라움을 금치 못했다. 그들은 그곳에 있으면서도 또한 그곳에 존재하지 않았다. 무르벨라는 견습 기간을 벗어나 더 위의 지위로 올라섰을 때에도 이런 재주를 그다지 터득하지 못했다. '그런데 벨론다까지도?'

오드레이드가 무르벨라를 강렬하게 쏘아보며 말했다. "당신이 가슴속에 갖고 있는 의혹 때문에 우리에게 헌신하는 것에 제한을 두고 있다는 걸 알고 있습니다. 괜찮습니다. 난 그 점에 대해 전혀 이견이 없습니다. 대체적으로 당신의 의혹은 우리들 모두가 품고 있는 의혹과 거의 다르지 않기 때문입니다."

'솔직함.'

"차이가 있다면, 책임감과 관련된 부분입니다. 난 내 교단에 대해 책임이 있습니다……. 아직 살아남아 있는 부분에 대해서 말입니다. 이 책임감은 아주 깊은 것이어서 나는 때로 노래진 눈으로 그것을 바라보곤 합니다."

벨론다가 코웃음을 쳤다.

오드레이드는 그것을 눈치채지 못한 듯이 말을 계속했다. "베네 게세리트 교단은 폭군 시대 이후 다소 변질되었습니다. 당신들 명예의 어머니들과의 접촉이 상황을 개선시켰다고는 할 수 없지요. 명예의 어머니들은 죽음과 타락의 악취를 풍기면서 저 거대한 침묵을 향해 내리막길을 걷고 있습니다."

"왜 지금 그런 얘기를 하는 겁니까?" 무르벨라의 목소리에 공포가 배어 있었다.

"왜냐하면 무슨 이유에서인지, 당신은 명예의 어머니들의 타락 중 최악의 부분에 감염되지 않았기 때문입니다. 어쩌면 당신의 거침없는 천성 때문인지도 모르지요. 비록 가무에서의 일 이후 그 천성이 어느 정도 꺾이긴 했지만 말입니다."

"당신들이 한 짓입니다!"

"우린 당신에게서 약간의 야성을 빼낸 것뿐입니다. 당신이 좀더 균형을 잡을 수 있게 한 거죠. 그 덕분에 당신은 더 오랫동안 더 건강하게 살 수 있습니다."

"내가 여기서 살아남는다면 그렇겠죠!" 그녀가 고개를 홱 돌려 뒤쪽의 탁자를 가리켰다.

"당신이 균형을 기억해 주기 바랍니다, 무르벨라. 항상성 말입니다. 어떤 집단이든 다른 대안이 있는데도 자살을 선택한다면 그건 광기 때문입니다. 항상성이 헝클어져버린 거지요."

무르벨라가 바닥으로 시선을 돌리자 벨론다가 날카롭게 소리쳤다. "대모님 말씀 잘 들어, 이 멍청이! 대모님은 당신을 돕기 위해 최선을 다하고 있는 거야."

"괜찮아요, 벨. 이건 우리 두 사람 사이의 얘깁니다."

무르벨라가 계속 바닥만 바라보고 있자 오드레이드가 말했다. "최고 대모로서 당신에게 명령합니다. 날 보세요!"

무르벨라가 재빨리 고개를 들고 오드레이드의 눈을 마주 보았다.

오드레이드는 이 방법을 별로 자주 사용하지 않았지만 이 방법은 항상 뛰어난 효과를 발휘했다. 이 방법을 통해 복사들을 히스테리 상태로 몰아넣은 다음 감정에 대한 과잉 반응에 어떻게 대처해야 하는지 가르쳐줄 수도 있었다. 무르벨라는 겁을 먹었다기보다는 화를 내고 있는 것 같았다. 훌륭해! 하지만 이제 신중을 기해야 했다.

"당신은 당신이 받는 교육의 속도가 느리다고 불평했습니다. 우리는 당신에게 필요한 것들을 가장 염두에 두고 교육을 실시했습니다. 당신에게 가장 핵심적인 것을 가르친 교사들은 모두 착실하다는 점 때문에 선택된 사람들이었어요. 충동적인 사람은 하나도 없었습니다. 난 분명한 지시를 내렸습니다. '당신에게 너무 많은 능력을 너무 빨리 주지 말라. 그녀가 감당할 수 없을 정도로 능력의 수문을 열지 말라'고요." 오드레이드가 말했다.

"내가 감당할 수 있는 게 뭔지 당신이 어떻게 안단 말입니까?" 여전히 성난 목소리였다.

오드레이드는 그저 미소를 지을 뿐이었다.

오드레이드가 계속 침묵을 지키자 무르벨라는 당황한 것 같았다. 최고 대모 앞에서, 던컨과 다른 사람들 앞에서 그녀가 바보짓을 한 걸까? 이렇게 굴욕적일 수가.

오드레이드는 무르벨라에게 그녀 자신의 취약성을 너무 의식하게 하는 건 좋지 않다는 점을 되새겼다. 그건 지금 사용하기에는 나쁜 전술이었다. 그녀를 자극할 필요가 없었다. 그녀는 적절한 것에 대한 날카로운 감각을 갖고 있어서 그 순간의 요구에 스스로를 맞췄다. 그들이 두려워하는 것이 바로 그 점이었다. 그녀가 항상 가장 저항이 적은 길을 선택하려 하는 것이 그 때문인지도 모른다고. '그렇게 내버려둘 수 없어.' 이제 완전히 정직해져야 했다! 베네 게세리트 교육의 궁극적인 도구. 복사와 스승을 묶어주는 고전적인 기법.

"당신이 고통을 겪는 동안 내내 난 당신 옆에 있을 겁니다. 만약 당신이 실패한다면 난 몹시 슬플 겁니다."

"던컨은요?" 그녀의 눈에 눈물이 고여 있었다.

"무엇이든 그가 도울 일이 있다면 허락하겠습니다."

무르벨라는 줄지어 늘어선 좌석들 위를 올려다보았다. 짧은 한순간 그녀의 시선이 아이다호의 시선과 얽혔다. 그가 조금 몸을 들어 올렸지만 타말란이 그의 어깨에 손을 얹고 움직이지 못하게 했다.

'저들이 내 사랑을 죽일지도 몰라! 내가 여기 앉아서 그런 일이 벌어지는 걸 그냥 지켜보기만 해야 하는 건가?' 아이다호는 생각했다. 하지만 오드레이드는 그가 그녀를 도울 수 있게 허락하겠다고 말했다. '이젠 이 걸 막을 길이 없어. 다르를 믿는 수밖에. 하지만, 지상의 신들이시여! 그녀는 내 슬픔이 얼마나 깊은지 몰라. 만약…… 만약……' 그는 눈을 감았다.

"벨." 오드레이드의 목소리에는 묶어두었던 것을 풀어버리는 듯한 느낌이 있었다. 금방이라도 깨질 것 같다는 점에서 칼날 같은 목소리였다.

벨론다는 무르벨라의 팔을 잡고 그녀를 부축해 탁자 위로 오르게 했다. 그녀의 무게에 적응하며 탁자가 조금 동요했다.

'이건 진짜 급류야.' 무르벨라는 생각했다.

자신의 몸을 고정시키는 끈의 감각과 옆에서 의미심장하게 움직이는 사람들의 기척이 멀게 느껴졌다.

"이건 일상적인 절차입니다." 오드레이드가 말했다.

'일상적인 절차라고?' 무르벨라는 베네 게세리트가 되기 위한 일상적인 절차들을 증오했다. 감독관들의 말에 귀를 기울이고 반응해야 하는 그 온갖 공부라니. 그녀는 특히 자신은 적절하다고 생각한 반응들을 더 다듬어야 한다는 사실을 증오했다. 그러나 경계를 늦추지 않는 그 사람들의 눈길 속에서 그것을 허물 벗듯 벗어버릴 길은 없었다.

'적절하다니! 얼마나 위험한 단어인가.'

이런 인식이야말로 바로 그들이 원하는 것이었다. 그들의 복사에게 필요한 바로 그 힘이었다.

'그게 싫으면 더 잘 하면 된다. 너의 증오를 지침으로 삼아라. 네게 필요한 것을 향해 정확히 나아가도록 해.'

그녀를 가르친 교사들이 그녀의 행동을 그토록 정확하게 꿰뚫어 보았다는 사실, 얼마나 놀라운 일인가! 그녀는 그런 능력을 원했다. 아, 정말

간절히 원했다!

'난 여기서 빼어난 능력을 보여야 해.'

이건 모든 명예의 어머니가 부러워할 만한 일이었다. 갑자기 일종의 이중 시각을 통해 그녀 자신의 모습이 보이기 시작했다. 베네 게세리트의 시각과 명예의 어머니의 시각. 엄청난 감각이었다.

누군가의 손이 그녀 뺨에 닿더니 머리 위치를 옮겨주고는 사라졌다.

'책임이라. 난 이제부터 저들이 말하는 '새로운 역사 감각'의 의미를 배우려는 거다.'

역사에 대한 베네 게세리트의 시각은 그녀에게 매혹적이었다. 저들은 여러 개의 과거들을 어떻게 보고 있는가? 뭔가 더 웅장한 계획 속에 잠겨 있는 것일까? 그들과 같은 사람이 되고 싶다는 유혹이 그동안 그녀를 압도해 왔다.

'이제 내가 알 수 있는 순간이 왔어.'

구강 주입기가 그녀의 입 위쪽의 자리로 올라오는 것이 보였다. 벨론다의 손이 그것을 움직이고 있었다.

"우리는 머릿속에 잔을 갖고 있습니다. 그 잔을 갖게 되거든 부드럽게 간수하세요." 오드레이드가 이렇게 말한 적이 있었다.

주입기가 그녀의 입술에 닿았다. 무르벨라는 눈을 감았지만 자신의 입술을 벌리는 손가락들이 느껴졌다. 차가운 금속이 그녀의 이를 건드렸다. 기억 속에 들어 있는 오드레이드의 목소리가 그녀와 함께 있었다.

'지나친 걸 피하세요. 지나치게 잘못을 교정하려 들면 항상 당신 앞에 혼란이 펼쳐질 겁니다. 점점 더 큰 걸 교정해야 하니까요. 동요. 광신도들은 동요를 만들어내는 데 놀라운 능력을 갖고 있습니다.

우리의 잔. 그것은 선형성입니다. 각각의 대모가 똑같은 결심을 품고

있기 때문입니다. 우리는 서로 힘을 합쳐서 이것을 영원히 이어나갈 것입니다.'

쓴 액체가 그녀의 입속으로 콸콸 쏟아져 들어왔다. 무르벨라는 경련하듯 그것을 삼켰다. 불길이 그녀의 목구멍을 지나 배 속으로 흘러가는 것이 느껴졌다. 타는 듯한 느낌 외에 고통은 전혀 없었다. 고통이라는 게 이 정도에 지나지 않는 건지 궁금했다. 지금 그녀의 배 속에는 그저 따뜻한 느낌뿐이었다.

천천히, 심장이 여러 번 뛰고 난 후에야 알아차릴 수 있을 정도로 천천히, 그 따뜻한 느낌이 밖을 향해 흘렀다. 그것이 손가락 끝에 도달했을 때 그녀는 자신의 몸이 경련하는 것을 느꼈다. 쿠션이 들어 있는 탁자 위에서 그녀의 등이 아치처럼 휘어졌다. 뭔가 부드러우면서도 단단한 것이 주입기 대신 그녀의 입속에 들어왔다.

목소리들. 그녀는 그 목소리들을 듣고 사람들이 뭔가 말하고 있다는 걸 알았지만, 무슨 말인지 알아들을 수가 없었다.

목소리에 의식을 집중하다가 그녀는 몸의 감각이 느껴지지 않는다는 사실을 인식하게 되었다. 어딘가에서 육체가 몸부림치고 있었고 거기에는 고통도 있었지만 그녀는 그것과 떨어져 있었다.

누군가의 손이 그녀의 손을 잡고는 세게 움켜쥐었다. 그녀는 그것이 던컨의 손길임을 깨달았다. 갑자기 자신의 몸과 고통이 느껴졌다. 숨을 내쉴 때면 허파가 아팠다. 숨을 들이쉴 때는 그렇지 않았다. 그런데 다음 순간 허파가 납작해져서는 다시는 완전히 부풀지 않는 것처럼 느껴졌다. 자신이 살아 있는 육체 속에 들어 있다는 느낌이 수많은 존재들 사이로 구불구불 이어진 가느다란 실처럼 느껴졌다. 그녀의 주위를 가득 채운 사람들이 느껴졌다. 이 작은 계단식 방에 사람들이 너무 많았다.

또 다른 인간 하나가 표류하듯 그녀의 시야 속으로 들어왔다. 무르벨라는 자신이 공장으로 쓰이는 우주선에 있음을 느꼈다…… 우주였다. 우주선은 원시적이었다. 수동으로 조작해야 하는 것이 너무 많았다. 깜박거리는 불빛도 너무 많았다. 조종대에 한 여자가 앉아 있었는데 일하면서 흘린 땀 때문에 지저분했고 몸집이 작았다. 그녀의 긴 갈색 머리는 뒤통수에 쪽을 찐 것처럼 묶여 있었다. 거기서 더 엷은 색깔의 머리카락들이 삐져나와 갸름한 뺨 옆에서 대롱거렸다. 한 벌로 된 그녀의 옷은 눈부신 빨간색, 파란색, 초록색으로 된 짧은 원피스였다.

'기계.'

눈앞에 보이는 이 공간 바로 너머에서 엄청난 기계들의 존재가 느껴졌다. 여자의 옷은 단조롭고 느린 기계의 느낌과 심한 대조를 이루었다. 그녀는 뭔가 말을 하고 있었지만, 그녀의 입술은 움직이지 않았다. "잘 들어둬, 너! 네가 이 조종대를 맡을 때가 되었을 때, 파괴자가 되지 마. 난 네가 파괴자들을 피할 수 있게 도우려고 여기 있는 거야. 그거 알아?"

무르벨라는 뭐라 말을 하려 했지만 목소리가 나오지 않았다.

"그렇게 너무 애쓰지 마! 네 말이 들리니까." 여자가 말했다.

무르벨라는 여자에게서 시선을 돌리려 했다.

'여기가 어디지?'

기계를 작동시키는 사람이 한 명, 거대한 창고…… 공장…… 모든 것이 자동화되어 있고…… 거미줄처럼 얽힌 피드백 선들이 복잡한 조종 장치들이 있는 이 자그마한 공간에 집중되어 있었다.

무르벨라는 작은 목소리로 말할 생각으로 '당신은 누구지?'라고 물었다. 그런데 자기 자신의 목소리가 천둥 소리처럼 들렸다. 귀가 아팠다!

"그렇게 크게 말하지 마! 난 너의 모할라타 안내자야. 네가 파괴자들과 만나지 않게 이끌어주는 사람이라고."

'두르여, 저를 지켜주소서! 여긴 장소가 아니야. 바로 나야!' 무르벨라는 생각했다.

이 생각과 함께 조종실이 사라졌다. 그녀는 허공 속에서 어딘가로 옮겨 가고 있었다. 결코 조용히 있을 수도 없고, 결코 안식의 순간을 찾을 수도 없는 저주를 받은 채. 스치듯 지나가는 그녀의 생각들을 제외한 모든 것이 실체가 없는 것이 되었다. 그녀에게도 실체가 없었다. 의식이라고 인식되는 것이 가냘프게 그녀를 붙들어두고 있을 뿐이었다.

'내가 안개를 가지고 나 자신을 만들었다.'

'다른 기억'이 다가왔다. 그녀 자신의 것이 아니라는 것을 그녀가 확실히 알고 있는 경험의 조각들. 사람들의 얼굴이 그녀에게 추파를 던지며 그녀의 관심을 요구했지만, 우주선 조종대에 있던 여자가 그녀를 멀리 끌어당겼다. 무르벨라는 필요한 일이 무엇인지 인식했지만, 그것들을 조리 있게 정리할 수가 없었다.

"이건 네 과거의 생애들이야." 우주선 조종대에 있던 여자의 말이었지만, 그녀의 목소리에는 실체가 없는 것 같았고 어디서 오는지도 알 수 없었다.

"우린 고약한 일들을 했던 사람들의 후손이야. 우리 조상 중에 야만인들이 있었다는 걸 우리는 인정하기 싫어하지. 대모라면 반드시 그걸 인정해야 해. 선택의 여지가 없어." 여자가 말했다.

무르벨라는 이제 자기가 질문들을 생각하기만 하면 된다는 요령을 터득했다. '왜 내가 꼭……'

"승리자들이 자손을 낳았어. 우린 그들의 후손이야. 승리를 얻기 위해서는 커다란 도덕적 대가를 치러야 하는 경우가 많지. 우리 조상들이 했던 일 중에는 심지어 야만이라는 말로도 모자라는 것들이 있어."

무르벨라는 뺨에서 익숙한 손길을 느꼈다. '던컨!' 그 손길이 고통을 다시 불러왔다. '오, 던컨! 당신이 날 아프게 하고 있어.'

고통을 통해서 그녀는 생애들 속의 틈새가 드러나고 있음을 느꼈다. 그녀에게 밝혀지지 않고 보류된 것들이 있었다.

"지금 네가 받아들일 수 있는 만큼만이야. 다른 것들은 나중에 네가 더 강해졌을 때 나타날 거다……. 네가 살아남는다면." 실체가 없는 그 목소리가 말했다.

'선택적인 필터. 꼭 필요할 때에 문이 열릴 겁니다.' 오드레이드의 말이었다.

다른 존재들로부터 울부짖는 소리가 끈질기게 들려왔다. '봤지? 네가 상식을 무시하면 어떻게 되는지 봤지?'라는 탄식.

고통이 더 커졌다. 도망칠 길이 없었다. 모든 신경이 불꽃에 닿은 것 같았다. 소리를 지르고, 비명처럼 협박을 해대고, 도와달라고 간청하고 싶었다. 고통과 함께 감정들이 제멋대로 곤두박질쳤지만 그녀는 그것을 무시했다. 모든 일이 가느다란 존재의 실을 따라 벌어지고 있었다. 저 실이 툭 끊길지도 몰라!

'난 죽어가고 있어.'

실이 팽팽하게 늘어나고 있었다. 저러다 끊어질 거야! 저항할 방법이 없었다. 근육들이 말을 듣지 않으려 했다. 아무래도 그녀에게 근육이 전혀 남아 있지 않은 것 같았다. 그녀가 근육을 바라는 것도 아니었다. 근육은 고통이었다. 그것은 지옥이었으며 결코 끝나지 않을 터였다……. 저 실이 끊어지더라도. 그 실을 따라 불길이 타오르며 그녀의 의식을 향해 혀를 날름거렸다.

누군가의 손이 그녀의 어깨를 흔들었다. '던컨…… 그러지 마.' 몸이 움직일 때마다 도저히 상상할 수도 없었던 고통이 느껴졌다. 이건 정말 '고통'이라고 불릴 만했다.

실은 이제 늘어나지 않았다. 다시 줄어들고 있었다. 그리고 뭔가 작은 것이 되었다. 다른 것은 전혀 존재하지 않고 더할 나위 없는 고통만이 존재하는 소시지. '존재한다'는 느낌이 모호하고, 반투명해지더니…… 투명해졌다.

"보여?" 모할라타 안내인의 목소리가 멀리서 들려왔다.

'여러 가지 것들이 보여.'

정확히 말해서 보이는 것은 아니었다. 다른 것들에 대한 막연한 의식일 뿐이었다. 다른 소시지들. 잃어버린 생애들의 외피로 감싸인 '다른 기억'. 그것들이 그녀로서는 길이를 알 수 없을 만큼 길게 늘어서 그녀의 뒤까지 이어졌다. 반투명한 안개. 때로 그 안개가 찢어지면 여러 가지 사건들이 얼핏 보였다. 아니…… 사건 그 자체는 아니었다. 기억이었다.

"함께 목격자가 되는 거야. 넌 우리 조상들이 한 일을 보고 있어. 그들은 네가 생각해 낼 수 있는 최악의 욕보다 더한 사람들이야. 그 시대에 꼭 필요한 일이었다는 변명은 하지 마! 그냥 기억해. 무고한 사람은 하나도 없어!" 안내인이 말했다.

'추악해! 추악해!'

그녀는 그 어느 것에도 매달릴 수가 없었다. 모든 것이 반사된 영상이 되었고, 찢어지는 안개가 되었다. 어딘가에 찬란함이 있었다. 그녀는 자신이 그 찬란함을 얻을 수 있을지도 모른다는 것을 알고 있었다.

'이 '고통'이 없는 곳.'

그것이었다. 그러면 얼마나 찬란할까!

'그 찬란한 곳이 어디지?'

누군가의 입술이 그녀의 이마와 입술에 닿았다. '던컨!' 그녀는 손을 위로 뻗었다. '내 손이 자유롭게 움직여.' 그녀의 손가락이 기억에 남아 있는 머리카락 속으로 미끄러지듯 들어갔다. '이건 진짜야!'

'고통'이 물러가기 시작했다. 그때서야 그녀는 자신이 말로는 표현할 수 없을 만큼 끔찍한 고통을 통과했다는 사실을 깨달았다. 고통이라고? 그것은 영혼을 태워서 그녀를 개조해 놓았다. 그곳에서 나올 때에는 사람이 달라져 있었다.

'던컨!' 그녀는 눈을 떴다. 그녀의 바로 위에 그의 얼굴이 있었다. '내가 아직도 이 사람을 사랑하는 건가? 그는 여기 있어. 그는 내가 최악의 순간에 매달릴 수 있는 닻이야. 하지만 내가 그를 사랑하나? 내가 아직도 균형을 유지하고 있는 건가?'

답을 찾을 수 없었다.

시야에 들어오지 않는 어딘가에서 오드레이드가 말했다. "그녀의 옷을 벗기세요. 수건을 가져와요. 그녀가 땀에 흠뻑 젖었습니다. 그리고 그녀가 입을 제대로 된 로브를 가져오세요!"

사람들이 허둥지둥 움직이는 소리가 나더니 다시 오드레이드의 목소리가 들려왔다. "무르벨라, 당신이 어려운 방식으로 그걸 해냈다는 말을 하게 되어 기쁩니다."

저렇게 흥분된 목소리라니. 왜 기쁘다는 거지?

'책임감은 어디 있는 거야? 내가 머릿속에서 느껴야 한다던 그 잔은 어디 있는 거지? 누가 대답 좀 해줘!'

그러나 우주선 조종대에 있던 여자는 사라지고 없었다.

'나만 남아 있어. 그리고 나는 명예의 어머니조차 움찔거리게 만들 수 있는 잔혹한 일들을 기억하고 있다.' 그때 그녀는 그 잔을 언뜻 보았다. 그것은 어떤 '물건'이 아니라 의문이었다. 어떻게 저 균형을 바르게 만들 것인가?

우리 집의 수호신은 바로 우리가 한 세대에서 다음 세대로 계속 물려주는 이것, 즉 인류가 성숙했을 때를 위한 메시지이다. 우리가 가진 것 중에서 집을 지켜주는 수호 여신에 가장 가까운 것은 실패한 대모, 벽감 속에 놓여 있는 체노에이다.

—다르위 오드레이드

아이다호는 이제 자신의 멘타트 능력을 피난처로 생각했다. 무르벨라 는 서로의 임무가 허락하는 한 그와 함께 시간을 보냈다. 그는 무기 개발 의 임무를 맡고 있었고, 그녀는 자신의 새로운 지위에 적응하면서 기운 을 회복하고 있었다.

그녀는 그에게 거짓말을 하지 않았다. 두 사람 사이가 조금도 달라지 지 않았다는 말을 하려 하지 않았다. 그러나 그는 고무줄이 한계까지 늘 어나듯 그녀가 멀어져가는 것을 느꼈다.

"우리 자매들은 가슴속의 비밀을 누설하지 말라고 배웠어. 그들이 사 랑에서 위험을 감지하는 게 바로 그 때문이지. 친밀한 관계는 위험해. 가 장 깊은 곳의 감각들이 무뎌지니까. 누군가 다른 사람에게 날 때릴 수 있 는 막대기를 줘서는 안 돼."

그녀는 자신의 말이 그를 안심시켜 주고 있다고 생각했지만, 그는 거기서 내면의 논쟁을 눈치챘다. '자유를 찾아! 너를 얽어놓은 인연을 끊어 버려!'

그는 요즘 들어 그녀가 한창 '다른 기억' 속에 빠져 있는 모습을 자주 보았다. 밤중에 그녀의 입에서 단어들이 흘러나오곤 했다.

"의존성…… 집단 영혼…… 살아 있는 의식의 교차점…… 물고기 웅변대……."

그녀는 주저 없이 이 중 일부를 그에게 얘기해 주었다. "교차점? 누구든 삶의 자연스러운 굴곡에서 연결 지점을 감지할 수 있어. 죽음, 기분 전환, 강렬한 사건들 사이의 우연한 휴지기, 탄생……."

"탄생이 굴곡이라고?"

두 사람은 심지어 시간 표시기까지 어둡게 꺼놓은 채 그의 침대에 누워 있었다……. 그러나 그렇다고 해서 기계눈으로부터 숨을 수 있는 것은 아니었다. 교단의 호기심을 충족시켜 주는 에너지원이 더 있었다.

"탄생을 단 한 번도 굴곡으로 생각하지 않았단 말야? 이거 대모로서 재미있는걸."

'재미있다니! 멀어지고 있어…… 멀어지고…….'

물고기 웅변대. 베네 게세리트는 이 뜻밖의 이름을 홀린 듯이 받아들였다. 그들도 짐작은 하고 있었지만 무르벨라가 확인을 해준 것이다. 물고기 웅변대 민주주의가 명예의 어머니의 독재로 변했다는 것을. 더 이상 의심의 여지가 없었다.

"다수의 가면을 쓴 소수의 폭정." 오드레이드는 그것을 이렇게 표현했다. 그녀가 의기양양한 목소리로 말을 이었다. "민주주의의 몰락. 스스로의 방종 때문에 전복되거나 관료주의에 야금야금 먹힌 겁니다."

아이다호는 이 말속에서 폭군의 존재를 느낄 수 있었다. 만약 역사에 반복적인 패턴이라는 것이 있다면 이것이 바로 그중 하나였다. 북소리처럼 되풀이되는 패턴. 첫째, 선동가들의 무절제와 엽관제(정권을 잡은 정당이 승리의 대가로 당원들에게 관직 등 이권을 배분하는 것―옮긴이)를 바로잡을 유일한 방법이라는 거짓말로 정체를 감춘 공무원 법. 그다음에는 유권자들의 손이 닿지 않는 곳에 권력이 쌓인다. 그리고 마지막으로 귀족정치가 등장한다.

"어쩌면 전능한 배심원단을 만들어낼 수 있는 건 베네 게세리트뿐인지도 몰라. 배심원들은 법률가들 사이에서 인기가 없지. 배심원들은 법에 반대해. 그들은 판사를 무시할 수 있어." 무르벨라가 말했다.

어둠 속에서 웃음소리와 함께 그녀의 말이 이어졌다. "증거라니! 우리에게 인식이 허락된 것들을 제외하면 증거라는 게 뭐지? 법이 통제하려하는 게 바로 그거야. 조심스럽게 관리된 현실."

그의 주의를 다른 곳으로 돌리기 위한 말, 그녀가 새로 얻은 베네 게세리트의 능력을 보여주기 위한 말. 그녀가 말하는 사랑의 말은 아무런 효과도 발휘하지 못했다.

'그녀는 그냥 기억 속에 있는 사랑의 말을 하는 것뿐이야.'

그는 자신이 이것을 곤혹스러워하는 만큼, 오드레이드도 마땅찮아 하고 있다는 것을 깨달았다. 무르벨라는 두 사람의 반응을 모두 알아차리지 못했다.

오드레이드는 그를 안심시키려 했다. "새로 대모가 된 사람들은 모두 적응기를 거칩니다. 가끔은 광적으로 들뜬 모습을 보이기도 하지요. 그녀가 새로운 땅을 딛고 있다는 걸 생각하세요, 던컨!"

'내가 그걸 어찌 생각하지 않을 수 있나?'

"관료주의의 첫 번째 법칙." 무르벨라가 어둠을 향해 말했다.

'당신이 그래도 내 주의는 흐트러지지 않아, 내 사랑.'

"사용할 수 있는 에너지를 한계까지 잡아먹을 만큼 성장한다!" 그녀의 목소리는 정말로 광적으로 들떠 있었다. "세금이 모든 문제를 해결해 준다는 거짓말을 이용한다." 그녀는 침대에서 그를 향해 돌아누웠지만 그건 사랑을 위한 몸짓이 아니었다. "명예의 어머니들은 모든 절차를 실행했어! 심지어 대중을 잠잠하게 만들기 위한 사회 보장 시스템까지도. 하지만 모든 것이 그들 자신의 에너지 저장고로 들어갔지."

"무르벨라!"

"응?" 그의 날카로운 어조에 놀란 기색이었다. '저 사람은 지금 자기가 말하는 상대가 대모라는 걸 모르는 건가?'

"나도 다 아는 얘기야, 무르벨라. 멘타트들은 모두 안다고."

"나더러 입 닥치라는 거야?" 성난 목소리.

"우리 임무는 적과 같은 방식으로 생각하는 거야. 우리가 공통의 적을 갖고 있는 것 맞지?" 그가 말했다.

"날 비웃는 거지, 던컨."

"당신 눈이 지금 오렌지색인가?"

"멜란지를 먹으면 그렇게 되지 않아. 당신도 알잖아…… 오."

"베네 게세리트는 당신의 지식을 필요로 해. 하지만 당신이 그 지식을 '연마해야' 한다고!" 그가 발광구를 켜자 이글거리는 눈으로 그를 노려보고 있는 그녀의 모습이 드러났다. 예상하지 못했던 것은 아니었지만 딱히 베네 게세리트다운 모습은 아니었다.

'잡종.'

이 말이 그의 머릿속에 불쑥 떠올랐다. 이건 잡종의 활기인가? 교단이 무르벨라에게서 이걸 기대한 건가? 베네 게세리트는 때로 사람들을 놀라게 하곤 했다. 그들은 예상 밖의 길목에서 그들 특유의 가면 같은 얼굴을 하고 흔들림 없는 시선으로 사람들을 마주 보곤 했다. 그 가면 뒤에는 평범하지 않은 반응들이 들끓고 있었다. 테그는 바로 그런 곳에서 뜻밖의 일을 하는 법을 배웠다. 하지만 이건? 아이다호는 어쩌면 이렇게 달라진 무르벨라가 싫어질지도 모르겠다고 생각했다.

그녀는 당연히 그의 이런 생각을 눈치챘다. 그는 다른 사람들과 달리 그녀에게는 여전히 마음을 열어놓고 있었다.

"날 미워하지 마, 던컨." 애원은 아니었지만 뭔가 깊은 상처가 말 뒤에 숨어 있었다.

"내가 당신을 미워하는 일은 결코 없을 거야." 그러나 그는 불을 껐다.

그녀가 그의 품으로 파고들었다. 스파이스의 고통을 겪기 전과 거의 비슷한 몸짓이었다. '거의.' 이 차이가 그의 마음을 쥐어뜯었다.

"명예의 어머니들은 베네 게세리트를 권력을 노리는 경쟁자로 보고 있어. 내 예전 자매들을 추종하는 남자들이 광신도인 건 아냐. 하지만 그들은 중독 때문에 스스로 결정을 내릴 수 없게 되었어." 무르벨라가 말했다.

"우리도 그런 건가?"

"이런, 던컨."

"내가 이 상품을 또 다른 가게에서 살 수도 있다는 뜻이야?"

그녀는 그가 명예의 어머니들의 공포에 대해 이야기하고 있다는 결론을 내렸다. "그럴 수만 있다면 그들 중 많은 사람들이 명예의 어머니들을 버릴 거야." 그녀는 격렬한 몸짓으로 그에게 다가가며 성적인 반응을 요구했다. 그녀의 분방한 모습에 그는 충격을 받았다. 마치 그녀가 이런 황홀경을 경험할 수 있는 게 이번이 마지막이라도 되는 것 같았다.

일이 끝난 후 그는 기진맥진해서 누워 있었다.

"다시 임신했으면 좋겠어. 우리에게는 여전히 우리 아이들이 필요해." 그녀가 속삭였다.

'우리에게 필요하다……. 베네 게세리트에게 필요하다는 뜻이지. 더 이상 '그들'이라고 하지 않는군.'

그는 스르르 잠이 들어서 우주선의 무기고에 대한 꿈을 꾸었다. 그건 현실의 손길이 닿은 꿈이었다. 꿈속의 우주선은 실제로도 그렇듯이 무기 공장이었다. 오드레이드가 꿈속의 무기고에서 그에게 말했다. "나는 반드시 필요한 결정을 내립니다, 던컨. 당신이 그걸 뚫고 나가 난폭하게 날뛸 수 있는 가능성이 거의 없어요."

"그런 짓을 하기에는 내가 너무 완벽한 멘타트입니다!" 꿈속에서 들려오는 그의 목소리가 얼마나 자만심으로 가득 차 있는지! '나는 꿈을 꾸면서 이것이 꿈이라는 걸 알고 있다. 내가 왜 오드레이드와 함께 무기고에 있는 거지?'

무기 목록이 그의 눈앞을 차르륵 지나갔다.

핵무기. (커다란 총과 무시무시한 화약 가루가 보였다.)

레이저총. (다양한 모델들의 숫자를 셀 수도 없었다.)

세균무기.

오드레이드의 목소리가 목록의 흐름을 방해했다. "밀수꾼들이 여느 때처럼 커다란 이득을 가져다주는 작은 물건들에 전념할 거라고 생각해도 될 겁니다."

"물론 수스톤이겠지요." 여전히 자만심이 가득한 목소리였다.

'난 이렇지 않아!'

"암살용 무기. 새로운 장치들의 도면과 사양." 오드레이드가 말했다.

"상거래의 비밀을 훔치는 것이 밀수꾼들에게 커다란 상품입니다."

'나 자신이 밉살스럽기 그지없군!'

"약품과 그 약품이 필요한 질병들도 있습니다." 그녀가 말했다.

'오드레이드가 어디 있는 거지? 목소리는 들리는데 모습이 보이지 않아.'

"우리 우주가 문제의 씨앗을 먼저 뿌리고서 해결책을 제공해 주는 짓을 꺼리지 않는 불량배들을 품고 있다는 걸 명예의 어머니들이 알고 있습니까?"

'불량배? 난 절대 저런 말을 쓰는 사람이 아냐.'

"모든 건 상대적입니다, 던컨. 그들은 람파다스를 불태우고 우리가 보유한 최고의 인재 400만 명을 학살했어요."

그는 잠에서 깨어 벌떡 일어나 앉았다. '새로운 장치들의 사양!' 섬세하고 세부적인 사항들 속에 바로 그것이 있었다. 홀츠먼 발생기를 소형화하는 방법. 2센티미터를 넘지 않는 크기에 값도 훨씬 쌀 것이다! '그런 생각이 어떻게 내 머릿속으로 몰래 들어온 거지?'

그는 무르벨라를 깨우지 않기 위해 살짝 침대를 빠져나와 더듬더듬 로브를 찾았다. 그가 작업실로 들어갈 때 그녀가 코를 쿵쿵거리는 소리가 들렸다.

그는 콘솔에 앉아 머릿속의 설계도를 그대로 그린 다음 유심히 살펴보았다. 완벽했다. 확실히 행성을 둘러쌀 수 있을 것이다. 그는 오드레이드와 벨론다가 알아볼 수 있는 표식을 달아 그것을 기록 보관소로 전송했다.

한숨을 내쉬며 그는 뒤로 등을 기대고 앉아 자신의 설계도를 다시 살펴보았다. 설계도가 사라지고 꿈속의 목록이 다시 나타났다. '내가 지금도 꿈을 꾸고 있는 건가? 아냐!' 의자의 감촉이 느껴졌고, 손을 뻗어 콘솔

을 만질 수도 있었으며, 장(場)에서 윙윙거리는 소리도 들렸다. '꿈에서도 이렇지.'

무기 목록에 베고 찌르는 무기들이 나타났다. 적의 몸속에 독이나 세균을 집어넣도록 설계된 무기들도 포함되어 있었다.

발사용 무기들.

그는 이 목록의 움직임을 멈추고 자세히 살펴볼 수 있는 방법이 없는지 생각해 보았다.

'이건 모두 네 생각에 달린 거야!'

공격용으로 교배된 인간과 여러 동물이 그의 눈앞을 지나가며 콘솔과 거기서 투사된 영상을 감춰버렸다. '퓨타르인가? 퓨타르들이 어떻게 여기 포함된 거지? 내가 퓨타르에 대해 얼마나 알고 있지?'

동물들이 사라지고 교란총들이 나타났다. 정신의 활동을 둔화시키거나 생명 그 자체를 손상시키는 무기였다. '교란총이라고? 난 그런 이름을 한 번도 들어본 적이 없어.'

교란총의 뒤를 이은 것은 특정 목표를 사냥하도록 설계된 무중력 '탐색기'였다. '이건 내가 아는 것이로군.'

그다음에 나타난 것은 폭탄이었다. 독과 세균을 퍼뜨리는 폭탄들도 포함되어 있었다.

거짓 목표물의 영상을 투사하는 기만 장치들. 예전에 테그가 이런 것을 사용한 적이 있었다.

에너지 공급기가 그다음으로 나타났다. 그도 개인적으로 이것들을 갖고 있었다. 자기 부대의 능력을 증진시키는 도구들.

갑자기 무기 목록이 사라지고 예전에 그의 환영 속에서 희미하게 반짝이던 그물이 나타났다. 정원에 서 있는 노부부의 모습이 보였다. 그들이 그를 노려보았다. 남자의 목소리가 들을 수 있을 만큼 커졌다. "우리를 염탐하는 짓은 그만둬!"

아이다호는 의자의 팔걸이를 움켜쥐고 급히 앞으로 다가들었다. 그러나 그가 자세히 살펴보기도 전에 환영이 사라져버렸다.

'염탐이라고?'

머릿속에 목록의 잔재가 남아 있는 것이 느껴졌다. 더 이상 눈으로 볼 수는 없었지만 생각에 잠긴 듯한 목소리…… 남자 목소리였다.

"방어 장치는 대개 공격 무기의 성격을 띠어야 한다. 그러나 때로는 단순한 장치들이 가장 파괴적인 무기들을 교란시킬 수 있다."

'단순한 장치!' 그는 큰 소리로 웃음을 터뜨렸다. "마일즈! 도대체 어디 있는 겁니까, 테그? 난 당신이 쓸 공격용 위장 우주선을 찾아냈습니다! 과장된 미끼도! 소형 홀츠먼 발생기와 레이저총만 갖추고 있군요." 그는 기록 보관소에 전송한 문서에 이것을 덧붙였다.

작업을 끝낸 후 그는 환영에 대해 다시 한번 자문해 보았다. '내 꿈에 영향을 미치는 건가? 내가 뭘 건드린 거지?'

테그의 무기 전문가가 된 후 여유가 생길 때마다 그는 기록 보관소의 기록들을 불러냈다. 엄청나게 쌓여 있는 그 자료들 중에 틀림없이 뭔가 단서가 있을 터였다.

공명과 타키온(광속보다 빠르게 움직인다고 여겨지는 가설 속의 소립자 — 옮긴이) 이론이 한동안 그의 관심을 끌었다. 타키온 이론은 홀츠먼의 원래 설계 속에 포함되어 있었다. 홀츠먼은 자신이 에너지원으로 사용한 이것을 '테키'라고 불렀다.

광속의 한계를 무시하는 '파동 시스템'. 광속은 분명히 우주 주름을 통과하는 우주선의 움직임을 제한하지 않았다. 테키라고?

"그게 효과를 발휘하는 건 그렇게 되어 있기 때문이다. 믿음을 가져야 해. 다른 종교들이 모두 그런 것처럼." 아이다호는 중얼거렸다.

멘타트들은 이치에 맞지 않아 보이는 많은 자료들을 저장해 두곤 했다. 그는 '테키'라고 표시된 저장 목록을 갖고 있었으므로 그것을 훑어보았지만 만족스러운 결과를 얻지 못했다.

조합 항법사들조차 자기들이 우주 주름을 통과하는 우주선을 어떻게 유도하는지 밝히지 않았다. 익스의 과학자들은 항법사들의 능력을 그대로 흉내 내는 기계를 만들었지만 그 능력의 정체는 아직도 정확히 규명하지 못하고 있었다.

"홀츠먼의 공식은 믿어도 돼."

아무도 홀츠먼의 이론을 이해한다고 주장하지 못했다. 그의 공식이 효과를 발휘하기 때문에 그냥 사용하고 있을 뿐이었다. 그 공식이 우주 여행의 '매개체'였다. 그 덕분에 우주를 '접어' 주름을 만들 수 있었다. 그래서 이곳에 있던 사람이 순식간에 헤아릴 수 없이 먼 곳으로 이동할 수 있었다.

"'저 바깥'의 누군가가 홀츠먼 이론을 이용하는 또 다른 방법을 찾아낸 거야!' 이것은 완전한 멘타트의 계산 결과였다. 그는 이것이 새로이 제기하는 의문들을 통해 이것이 정확한 계산 결과임을 알 수 있었다.

무르벨라가 '다른 기억들' 사이를 어슬렁거리는 것이 그를 괴롭혔다. 그 안에 베네 게세리트의 기본적인 가르침이 들어 있다는 사실을 그가 인정하고 있는데도 말이다.

'권력은 부패의 가능성이 있는 자들을 끌어당긴다. 절대 권력은 절대적으로 부패할 수 있는 자들을 끌어당기지. 참호 속에 틀어박힌 관료주의가 거기에 종속된 국민들에게 위험한 건 바로 이 때문이야. 차라리 엽

관제가 낫지. 묵인되는 부패의 수준이 낮고, 부패한 자들을 주기적으로 몰아낼 수 있으니까. 참호 속에 틀어박힌 관료주의는 폭력을 동원하지 않고서는 좀처럼 건드릴 수가 없다. 공무원들과 군부가 손을 잡으면 조심해야 해!'

명예의 어머니들이 해낸 것이 이것이었다.

권력 그 자체를 위한 권력…… 균형이 잡히지 않은 근원에서 자라난 귀족정치.

그가 본 그 사람들이 누구일까? 그들은 명예의 어머니들을 쫓아낼 수 있을 만큼 강했다. 그는 계산의 자료로서 그 사실을 분명히 알고 있었다.

아이다호는 이 깨달음 때문에 자신이 크게 혼란스러워하고 있음을 깨달았다. 명예의 어머니들이 도망자라니! 그들은 야만적이었지만 무지했다. 반달 족(5세기에 서유럽에 침입해 로마를 약탈한 게르만의 한 종족―옮긴이) 이전에도 침략자들은 그런 사람들이었다. 충동적인 탐욕은 다른 요인들 못지않게 그들을 움직이는 힘이었다. 그들은 '로마의 황금을 빼앗자!'고 외치며 주의를 흐트러뜨리는 모든 요소들을 의식 밖으로 걸러냈다. 모든 것을 마비시키는 그 무지가 주춤하는 것은 더 세련된 문화가 스며들 때뿐…….

그는 오드레이드의 의도를 갑작스레 깨달았다.

'지상의 신들이시여! 그 계획은 너무 깨지기 쉬워!'

그는 손바닥으로 눈을 누르며 고통스럽게 울부짖고 싶은 것을 억눌렀다. '그냥 내가 피곤해서 이런다고 생각하게 하자.' 그러나 오드레이드의 계획을 깨달은 그는 무르벨라를 잃게 되리라는 것도 알 수 있었다…… 어떤 식으로든.

어떤 때에 마녀들을 믿을 수 있느냐고? 그런 경우는 결코 없다! 마법 우주의 어두운 면이 베네 게세리트의 것이다. 우리는 반드시 그들을 거부해야 한다.

—틸위트 와프, 주인들의 주인

계단식 좌석과 방 한쪽 끝에 연단이 있는 비우주선의 커다란 휴게실에는 베네 게세리트 자매들이 빽빽이 들어차 있었다. 이렇게 많은 자매들이 한자리에 모인 적은 없었다. 오늘 오후에 참사회는 거의 정적에 잠겨 있었다. 이 모임에 대리인을 보내고 싶어 하는 사람이 거의 없었기 때문이다. 중요한 결정을 핵심 인물들에게만 맡길 수는 없는 노릇이었다. 무대 근처에 냉담한 얼굴로 모여 있는 검은 로브의 대모들이 모임의 분위기를 압도하고 있었지만 방 안은 가장자리가 하얀색으로 장식된 로브의 복사들로 소용돌이쳤다. 심지어 새로 이름을 올린 복사들도 와 있었다. 가장 어린 복사들이 입는 하얀 로브들이 서로에게서 힘을 얻으려는 듯 단단한 작은 그룹으로 뭉쳐 여기저기에 흩어져 있었다. 다른 사람들은 모두 대회의 감독관들에게 막혀 이곳으로 들어오지 못했다.

멜란지 냄새가 나는 입 냄새가 진하게 섞인 공기에서는 조절 장치에 과부하가 걸렸을 때처럼 탁하고 습기 찬 느낌이 났다. 방금 점심으로 먹은 음식 냄새, 마늘 냄새가 강하게 풍기는 그 냄새가 초대받지 못한 난입자처럼 이 공기 속에 실려 있었다. 이 냄새와 방 전체로 퍼져나가는 소문에 대한 얘기들이 긴장을 고조시켰다.

대부분의 사람들은 최고 대모가 들어올 옆문과 연단에 시선을 집중하고 있었다. 옆 사람과 얘기를 하거나 이리저리 돌아다닐 때에도 그들은 그곳에서 시선을 떼지 않았다. 곧 누군가가 그리로 들어와서 그들의 삶을 크게 변화시킬 것임을 알기 때문이었다. 베네 게세리트의 기초를 뒤흔들 만한 일이 임박하지 않은 이상 최고 대모가 중요한 발표가 있다며 커다란 휴게실로 사람들을 모두 모으는 일은 없었다.

벨론다가 오드레이드보다 앞서 방으로 들어와서 멀리서도 그녀의 모습을 알아볼 수 있게 해주는 그 특유의 호전적인 뒤뚱 걸음으로 연단에 올랐다. 오드레이드가 다섯 걸음 정도 거리를 두고 벨론다의 뒤를 따랐다. 그 뒤를 이어 고위 평의회 의원들과 보좌관들이 들어왔다. 검은 로브를 입은 무르벨라(스파이스의 고통을 겨우 2주 전에 치렀기 때문에 아직도 조금 명해 보였다)가 그들 중에 있었다. 도르투즐라가 절룩거리는 걸음으로 무르벨라의 뒤를 바짝 따랐고 그녀의 양옆에는 탐과 시이나가 있었다. 이 행렬의 끝에는 테그를 어깨에 태운 스트레기가 있었다. 그가 나타나자 사람들이 흥분된 목소리로 웅성거렸다. 남자들이 이런 집회에 참석하는 경우는 거의 없었지만, 참사회의 사람들은 모두 이 아이가 멘타트 바샤르의 골라이며 지금은 아직 남아 있는 베네 게세리트 병사들 모두와 함께 병영에서 살고 있다는 걸 알고 있었다.

교단 사람들이 이렇게 모여 있는 것을 보며 오드레이드는 공허한 감정을 느꼈다. 고대의 누군가가 한 말이 정말 딱 맞는다고 그녀는 생각했다. '다른 말보다 빨리 달릴 수 있는 말이 항상 있다는 건 아무리 지독한 바보라도 다 알고 있다'는 말. 운동 경기장을 본뜬 이 방에서 소규모 집회가 열릴 때 이 말을 인용하고 싶었던 적이 많았지만 그녀는 이런 의식의 목적 중에는 그보다 더 나은 것도 있다는 걸 알고 있었다. 모임을 통해 사람들이 서로의 모습을 볼 수 있다는 것.

'우리가 여기 함께 모여 있다. 우리 교단의 사람들이.'

최고 대모와 수행원들은 기묘한 에너지 덩어리처럼 군중들을 뚫고 연단을 향해 움직였다. 방 한쪽 끝에 눈에 띄게 솟아 있는 그녀의 자리로.

최고 대모가 사람들이 북적거리는 모임 한가운데에 들어온 적은 한 번도 없었다. 사람들 사이에서 이리저리 밀리면서 누군가의 팔꿈치에 갈비뼈를 얻어맞거나 누군가에게 발을 밟힌 적은 한 번도 없었다. 어쩔 수 없이 바짝 달라붙어서 한 덩어리가 되어 자벌레처럼 떠밀려 다니는 다른 사람들처럼 움직여야 했던 적은 한 번도 없었다.

'카이사르도 이렇게 나타났지. 모든 게 다 싫어!'

그녀는 벨론다에게 말했다. "시작합시다."

모임이 끝난 후, 그녀는 틀림없이 자신이 의식을 위해 이 모임에 나타나서 불길한 말을 하는 임무를 왜 누군가 다른 사람에게 맡기지 않았는지 모르겠다는 생각을 할 것이다. 벨론다는 남에 눈에 띄는 자리를 좋아할 사람이므로 그녀에게 절대 그런 자리를 주어서는 안 되었다. 그러나 낮은 계급의 자매들 중에는 남들보다 높은 자리에 서는 것을 어색해하면서도 오로지 충성심 때문에, 최고 대모의 명령을 수행해야 한다는 기본적인 생각 때문에 명령에 복종할 만한 사람이 있을 것도 같았다.

'신들이시여! 만약 당신들 중 누구라도 이 근처에 와 있다면 우리가 이

런 양 떼가 되는 걸 왜 그냥 내버려두는 겁니까?'

벨론다가 오드레이드를 위해 장내의 분위기를 정리했다.

'베네 게세리트의 대부대로군.'

그들이 딱히 군대는 아니었지만, 오드레이드는 흔히 자매들에게 군대처럼 계급을 부여하고 기능에 따라 그들을 분류하곤 했다. '저 사람은 분대장이군. 저 사람은 총사령관이야. 이 사람은 하급 부사관이고 저 사람은 전령이로군.'

그녀에게 이런 버릇이 있다는 걸 알면 자매들은 격분할 것이다. 그녀는 '평범하게 임무를 부여한다'고 말하는 듯한 태도 뒤에 이 버릇을 잘 감춰두었다. 장교들을 장교라 부르지 않고도 임무를 맡기는 것은 가능했다. 과거에 타라자도 똑같은 행동을 했다.

벨이 사람들에게 교단이 포로로 잡고 있는 틀레이랙스 인과 새로이 화해를 해야 할지도 모른다는 얘기를 하고 있었다. 벨의 입장에서는 씁쓸한 얘기였다. "우리는 가혹한 시련을 겪었습니다. 틀레이랙스와 베네 게세리트가 모두 똑같이. 그 시련을 통해 우리는 변화되었습니다. 어떤 의미에서 보면 우리가 서로를 변화시킨 셈입니다."

'그래, 우리는 아주 오랫동안 서로에게 몸을 부대낀 돌멩이들과 같다. 그래서 각자 상대방의 요구에 맞춘 모습을 일부 갖추게 되었지. 하지만 핵심에는 원래의 돌멩이가 아직도 존재하고 있어!'

청중들을 다루기가 점점 힘들어지고 있었다. 틀레이랙스 인에 대한 이 암시 속에 감춰진 메시지가 무엇이든, 이것이 서론에 불과하다는 것을 그들은 알고 있었다. 서론인 동시에 그 중요성 또한 상대적인 얘기. 오드레이드가 벨론다의 옆으로 나서며 그만 얘기를 끝내라는 신호를 보냈다.

"최고 대모님이 나오셨습니다."

'오래된 패턴들은 정말 좀처럼 없어지지 않는군. 벨은 저 사람들이 날 알아보지 못할 거라고 생각하는 건가?'

오드레이드는 사람들을 압도하는 어조로 입을 열었다. '목소리'와 거의 흡사한 어조였다.

"제가 환승점에서 명예의 어머니 지도자와 만나는 데 필요한 조치들이 취해졌습니다. 그 회담에서 제가 살아 나올 수 없을지도 모릅니다. 저는 '십중팔구' 살아남지 못할 겁니다. 그 회담은 교란 작전이기도 합니다. 이제 우리가 그들을 벌할 겁니다."

오드레이드는 웅성거림이 가라앉을 때까지 기다렸다. 그녀의 말에 동의하는 목소리도 있고 반대하는 목소리도 있었다. 흥미로웠다. 그녀에게 동의하는 사람들은 연단에 가까이 있는 사람들과 저 뒤의 신참 복사들이었다. 그럼 상급 복사들이 반대하는 건가? 그랬다. 그들은 이 말속에 포함된 경고를 알고 있었다. '감히 불길에 부채질할 수는 없다'는 것.

그녀는 목소리의 음색을 낮춰 방송 시스템을 통해 계단 위 높은 곳에 앉아 있는 사람들에게까지 자신의 말이 전달되게 했다. "떠나기 전에 저는 한 명 이상의 자매들과 나눔의 의식을 가질 것입니다. 지금 같은 시대에는 신중함이 필요하니까요."

"대모님의 계획이 뭡니까?"

"어떻게 하시려고요?"

여러 곳에서 그녀를 향해 질문이 터져 나왔다.

"우리는 가무를 공격하는 척 위장할 겁니다. 그러면 명예의 어머니들과 손잡은 자들이 환승점으로 몰려들겠죠. 그다음에 우리가 환승점을 점령하는 겁니다. 거미 여왕도 붙잡을 수 있다면 좋고요."

"대모님이 환승점에 계시는 동안 공격이 이루어지는 겁니까?" 이건 오드레이드 바로 아래쪽에 있는 감독관 가리미가 침착한 표정으로 던진 질문이었다.

"그것이 우리 계획입니다. 나는 공격자들에게 내가 관찰한 것들을 전송할 겁니다." 오드레이드는 스트레기의 어깨 위에 앉아 있는 테그를 가리키며 말을 이었다. "바샤르가 직접 공격을 지휘할 겁니다."

"대모님과 함께 가는 사람이 누굽니까?"

"그래요. 누굴 데려가실 겁니까?"

그 외침들에는 걱정하는 기색이 역력했다. 아직 소문이 참사회 전체로 퍼지지 않은 모양이었다.

"탐과 도르투즐라가 갈 겁니다." 오드레이드가 말했다.

"누구와 나눔의 의식을 하실 겁니까?" 또다시 가리미가 질문을 던졌다.

'과연! 사람들이 가장 관심을 갖는 정치적 질문이군. 누가 최고 대모의 뒤를 이을 것이냐는 얘기지.' 오드레이드의 뒤에서 누군가가 불안한 듯 몸을 움직이는 소리가 들렸다. '벨론다가 흥분한 건가? 당신은 아닙니다, 벨. 당신도 이미 알고 있잖아요.'

"무르벨라와 시아나입니다. 그리고 만약 감독관들이 후보를 지정해주신다면, 한 사람이 더 여기에 포함될 겁니다." 오드레이드가 말했다.

감독관들이 삼삼오오 모여서 서로 의견을 나누며 다른 무리의 감독관들에게 커다란 소리로 제안들을 내놓았다. 그러나 그녀에게 제출된 이름은 하나도 없었다. 하지만 의문을 가진 사람은 하나 있었다. "왜 무르벨라입니까?"

"명예의 어머니들에 대해 그녀보다 더 잘 아는 사람이 누구겠습니까?" 오드레이드가 물었다.

이것이 사람들을 침묵시켰다.

가리미가 연단으로 더 가까이 다가와서 상대를 꿰뚫는 듯한 시선으로 오드레이드를 올려다보았다. 그 시선은 '대모를 속이려 하지 마십시오, 다르위 오드레이드!'라고 말하고 있었다. "우리가 가무에서 속임수를 쓴 후에 그들은 훨씬 더 경계심을 품고 환승점에서 세력을 강화할 겁니다. 우리가 그들을 제압할 수 있다고 생각하시는 이유가 뭡니까?"

오드레이드는 옆으로 물러나 스트레기에게 테그와 함께 앞으로 나오라고 손짓했다.

테그는 그동안 오드레이드의 솜씨를 홀린 듯이 지켜보고 있었다. 이제는 가리미를 내려다보는 위치였다. 그녀는 현재 인사 담당 수석 감독관이었다. 여러 자매들이 그녀를 대변인으로 선택했음이 분명했다. 그 순간 오드레이드가 아직 밝히지 않은 어떤 이유로 복사의 어깨에 앉아 있는 이 우스꽝스러운 모습을 미리 계획했다는 생각이 테그의 머릿속에 떠올랐다.

'내가 주위에 있는 어른들의 눈높이와 가까워지게 하기 위해서…… 하지만 그들에게 내가 아직 어리다는 사실을 일깨워주려는 목적도 있었겠지. 베네 게세리트가(설사 복사일지라도) 아직 내 행동을 통제할 수 있다고 그들을 안심시키려고 말이야.'

"지금 여기서 무기에 대해 자세한 얘기를 늘어놓지는 않겠습니다." 그가 말했다. '젠장, 이렇게 새된 목소리라니!' 그러나 사람들은 그에게 주목하고 있었다. "우리는 기동력을 선택할 겁니다. 레이저총의 광선이 닿으면 주위의 넓은 지역을 파괴해 버릴 미끼를 이용하는 겁니다……. 그리고 그들 비우주선의 움직임을 드러낼 장치들로 환승점을 에워쌀 겁니다."

사람들이 계속해서 그를 뚫어지게 바라보기만 하자 그가 말을 이었다. "만약 최고 대모님의 관찰 결과가 제가 예전에 환승점에 대해 알고 있던 것과 일치한다면, 우리는 적의 위치를 자세하게 알 수 있을 겁니다. 틀림없이 환승점이 크게 변하지는 않았을 겁니다. 시간이 그리 많이 지난 게 아니니까요."

'기습과 뜻밖의 행동. 저 사람들은 이 멘타트 바샤르에게서 그것 말고 뭘 기대한 거지?' 그는 자신의 군사적 능력에 대해 더 의심나는 게 있으면 말해 보라고 도전하는 듯이 가리미를 마주 쏘아보았다.

그녀가 또다시 질문을 던졌다. "던컨 아이다호가 무기에 대해 당신에게 조언하고 있다고 생각해도 되겠습니까?"

"최고의 인재가 있는데 그 사람을 이용하지 않는 건 바보짓입니다." 그가 말했다.

"그럼 그가 무기 전문가로서 당신과 동행하는 겁니까?"

"그는 비우주선을 떠나지 않기로 했습니다. 그 이유가 무엇인지는 여러분도 모두 알고 있을 겁니다. 무슨 뜻으로 그런 질문을 한 겁니까?"

그는 그녀의 질문을 비껴서 흘려버리고 그녀의 입을 막아버렸다. 그녀로서는 마음에 들지 않는 일이었다. 남자가 대모를 그런 식으로 교묘하게 조종하는 건 안 될 일이었다!

오드레이드가 앞으로 나서서 테그의 팔에 손을 얹었다. "이 골라가 우리의 충성스러운 친구 마일즈 테그라는 걸 모두 잊어버린 겁니까?" 그녀는 군중 속 특정 인물들을 똑바로 바라보았다. 테그가 그녀의 아버지임을 알고 있으며, 기계눈을 감시했을 거라고 그녀가 확신하는 인물들이었다. 그녀는 일부러 천천히 차례로 사람들의 얼굴을 바라보았다. 오해의 여지가 없는 행동이었다.

'당신들 중에 '족벌주의'라며 감히 나설 사람이 있습니까? 그럼 그가 우리를 위해 복무했던 기록을 다시 살펴보세요!'

소란스럽던 대회의장의 분위기가 집회에서 기대할 수 있는 점잖은 분위기로 다시 바뀌었다. 서로 자신의 말을 들어달라며 다그치듯 외쳐대는 목소리들이 천박하게 부딪히는 일은 더 이상 없었다. 이제 그들은 말을 할 때 성가를 부를 때처럼은 아니지만 단조로운 선율의 노래와 아주 흡사한 패턴으로 목소리를 조정했다. 목소리들이 움직이며 함께 흘렀다. 이럴 때면 오드레이드는 항상 놀라움을 느꼈다. 화음을 지휘하는 사람은 아무도 없었다. 이건 그들이 베네 게세리트이기 때문에 벌어지는 현상이었다. 아주 자연스럽게. 그들에게는 이런 설명만으로 충분했다. 이런 현상이 벌어지는 건 그들이 서로에게 자신을 맞춰 조정하는 연습을 했기 때문이었다. 그들의 일상적인 움직임이 마치 춤을 추듯 목소리 속에서도 계속 이어지는 것이다. 일시적으로 의견이 어긋나더라도 그들은 서로의 동반자였다.

'이게 그리워질 거야.'

"괴로운 일들에 대해 정확한 예언을 하는 것만으로는 결코 충분하지 않습니다. 그걸 우리만큼 잘 아는 사람이 어디 있습니까? 우리 중에 퀴사츠 해더락의 교훈을 아직 배우지 못한 사람이 있습니까?" 그녀가 말했다.

자세히 설명할 필요는 없었다. 불길한 예언 때문에 그들의 행로가 바뀌어서는 안 되었다. 벨론다도 그 때문에 침묵을 지키고 있었다. 베네 게세리트는 계몽된 사람들이었다. 나쁜 소식을 가져온 사람을 공격하는 멍청이들이 아니었다. 전령의 말을 무시한다고? (그런 사람들에게서 쓸모 있는 행동을 어찌 기대할 수 있을까?) 무슨 대가를 치르더라도 그런 패턴을 피해야 했다. '반갑지 않은 전령의 입을 막아버릴 것인가? 죽음이라는 깊은 침묵이 전령의 메시지를 지워버릴 거라고 생각하면서?' 베네 게세리트는 그렇게 멍청하지 않았다! '죽음은 예언자의 목소리가 더 커지게 만들지.

순교자들은 정말로 위험한 존재야.'

오드레이드는 자기성찰의 분위기가 방 전체로 퍼져나가는 것을, 심지어 계단식 좌석의 가장 꼭대기 층까지 퍼져나가는 것을 지켜보았다.

'우린 힘든 시절을 맞이하고 있습니다, 자매님들. 그 점을 반드시 받아들여야 합니다. 심지어 무르벨라도 그걸 알고 있어요. 그리고 내가 자신을 자매로 만들려고 그토록 안달한 이유 또한 알고 있지요. 우리 모두 어떤 식으로든 그걸 알고 있습니다.'

오드레이드는 시선을 돌려 벨론다를 살짝 바라보았다. 실망한 기색은 전혀 없었다. 벨은 자신이 왜 선택받지 못했는지 알고 있었다. '이것이 우리에게 최선의 방법입니다, 벨. 적에게 침투해서 그들이 우리 행동을 짐작하기도 전에 그들을 잡는 겁니다.'

시선을 무르벨라에게 옮긴 오드레이드는 그녀가 자신에게 경의를 표하고 있음을 알 수 있었다. 무르벨라는 이제 '다른 기억'으로부터 처음으로 훌륭한 조언들을 얻기 시작하고 있었다. 광적으로 들뜬 행동을 보이던 시기가 지나갔고, 심지어는 던컨을 '아끼는 마음'까지 되찾는 중이었다. 시간이 흐르면 아마도…… 베네 게세리트의 훈련을 받았으니 그녀는 틀림없이 '다른 기억'에 대해 나름의 판단을 내릴 터였다. 무르벨라의 모습 속에 '나한테 형편없는 조언 따위 늘어놓지 마!'라고 말하는 듯한 기색은 없었다. 그녀는 역사적으로 비교할 수 있는 사례들을 알고 있었으므로 그들의 분명한 메시지를 피할 수 없었다.

'당신과 같은 편견을 지닌 사람들과 함께 거리를 활보하지 마세요. 커다란 외침은 흔히 가장 쉽게 무시할 수 있는 대상입니다. "내 말은, 저 바깥에서 머리가 터지도록 고함을 지르는 저 멍청이들을 한번 보세요! 저들과 한편이 되고 싶습니까?"

내가 말했지요, 무르벨라. 이제 당신이 직접 판단하세요. "변화를 일으키려면 지렛대가 될 수 있는 지점을 찾아 옮겨야 합니다. 막다른 길을 조심하세요. 높은 지위를 주겠다는 제안은 진군하는 사람들의 주의를 흐트러뜨리려고 흔히 제시되는 겁니다. 지렛대가 될 수 있는 지점이 모두 높은 지위에만 있는 것은 아닙니다. 경제 중심지나 통신 중심지에 있는 경우가 많지요. 이걸 모른다면 높은 지위는 아무런 쓸모도 없습니다. 심지어 부하들조차 우리의 행로를 바꿀 수 있지요. 보고서를 변조하는 게 아니라 내키지 않는 명령을 묻어버리는 방법으로 말입니다. 벨은 어떤 명령이 효과를 잃어버릴 때까지 그 명령을 깔고 앉아버립니다. 나는 가끔 그런 목적으로 그녀에게 명령을 내리곤 하지요. 그녀가 일을 지연시키는 장난을 칠 수 있도록 말입니다. 그녀는 이걸 알면서도 장난을 칩니다. 이걸 알아두세요, 무르벨라! 그리고 우리가 나눔의 의식을 한 후에 나의 업무 방식을 아주 신중하게 살펴보세요."'

조화가 이루어졌지만 거기에는 대가가 있었다. 오드레이드는 모든 의문에 대해 답이 주어지지 않았을 뿐만 아니라 심지어 의문이 겉으로 표현되지도 않았다는 것을 알면서도 대회의가 끝났다는 신호를 보냈다. 그러나 겉으로 표현되지 않은 의문들은 벨을 통해 걸러져 그녀에게 전달될 터였다. 그리고 벨은 그 의문들을 더할 나위 없이 적절하게 처리할 것이다.

자매들 중에서도 기민한 사람들은 의문을 입 밖에 내지 않을 터였다. 그들은 이미 그녀의 계획을 간파하고 있었으니까.

오드레이드는 커다란 휴게실을 떠나면서 스스로 내린 결정에 대한 완전한 책임을 받아들였다. 그리고 그때서야 처음으로 자신이 지금까지 주저하고 있었음을 깨달았다. 후회는 있었지만, 그걸 알 수 있는 사람은 무르벨라와 시이나뿐일 터였다.

벨론다의 뒤를 따라 걸으면서 오드레이드는 '내가 결코 가지 못할 곳, 다른 사람의 삶에 비친 모습으로밖에 볼 수 없는 것들'에 대해 생각했다.

그것은 대이동에 중심을 둔 일종의 향수(鄕愁)였으며, 이것이 그녀의 고통을 덜어주었다. 저 바깥에는 있는 것이 너무 많아서 혼자서는 도저히 다 볼 수 없을 정도였다. 축적된 기억들을 가진 베네 게세리트조차 그 모든 것을 흥미로운 세부 사항 하나하나에 이르기까지 다 따라잡을 수 있을 거라는 희망을 감히 품을 수 없었다. 그래서 이것은 다시 전체적인 설계도를 파악하는 문제가 되었다. 전체적인 그림. 대세. '그건 우리 교단의 전문 분야지.' 멘타트들이 사용하는 필수적인 요소들이 여기에 있었다. 패턴, 세상의 흐름과 그 흐름 속에서 같이 흘러가는 것들, 그들이 향해 가는 목적지. 결과들. 지도가 아니라 흐름이었다.

'적어도 나는 배심원들이 감시하는 우리 민주주의의 핵심적인 요소들을 원래 형태대로 보존해 놓았다. 언젠가 저들이 그 점에 대해 내게 감사하게 될지도 모르지.'

자유를 추구하면 네 욕망의 포로가 된다. 기율을 추구하면 자유를 찾는다.

—코다

"공기 조절기가 고장 날 줄 누가 알았나?"

랍비가 딱히 누구에게 이 질문을 던진 것은 아니었다. 그는 두루마리 하나를 가슴에 꼭 끌어안고 나지막한 긴 의자에 앉아 있었다. 두루마리는 현대적인 기술로 강화되었는데도 여전히 낡고 상태가 나빴다. 그는 지금 시간을 확실히 알 수 없었다. 아마도 오전 중반쯤일 것이다. 그들이 아침이라고 생각되는 음식을 먹은 게 얼마 전이었으니까.

"난 그럴 줄 알았지."

그는 두루마리를 향해 말을 걸고 있는 것 같았다. "유월절이 지난 후 출입문이 잠겨버렸어."

레베카가 그에게 다가와 서서 그를 내려다보았다. "이러지 마세요, 랍비 님. 열심히 일하고 있는 조슈아에게 이게 무슨 도움이 되겠습니까?"

"우린 버림받은 게 아냐." 랍비는 두루마리를 향해 계속 말을 이었다.

"우리가 스스로 숨은 거야. 이방인들이 우리를 찾을 수 없는데, 누구든 혹시 우리를 도와줄지도 모르는 사람들이 어디를 찾아볼 수 있겠어?"

그는 갑자기 레베카를 올려다보았다. 안경 뒤의 눈이 올빼미처럼 커다랗게 보였다. "당신이 우리에게 악마를 데려온 거요, 레베카?"

그녀는 그의 말이 무슨 뜻인지 알고 있었다. "외부인들은 항상 베네 게세리트에게 뭔가 사악한 데가 있다고 생각하지요." 그녀가 말했다.

"그러니까 이젠 당신의 랍비인 나도 외부인이 된 거로군!"

"랍비 님이 스스로 멀어지고 계시는 겁니다. 저는 랍비 님의 명령으로 제가 도왔던 교단의 입장에서 말하고 있습니다. 그들이 하는 일은 대개 지루하지요. 반복적입니다. 하지만 사악하지는 않아요."

"내가 당신에게 도우라고 '명령'했다고? 내가 그랬지. 용서하시오, 레베카. 만약 악마가 우리들 사이에 들어온다면 그건 내 탓이야."

"랍비 님! 그만하세요. 그들은 확대된 일족입니다. 하지만 그들은 아주 까다로운 개인주의를 지키고 있어요. 확대된 일족이라는 말이 랍비 님께는 아무 의미도 없는 겁니까? 제 긍지가 랍비 님을 불쾌하게 만드는 거예요?"

"날 불쾌하게 만드는 게 뭔지 말해 주겠소, 레베카. 당신은 바로 내 손에 이끌려서 이것이 아닌 다른 책들을 따르는 법을 배웠소……." 그는 마치 곤봉이나 되는 것처럼 두루마리를 들어 올렸다.

"그들에게는 아무 책도 없습니다, 랍비 님. 아, 코다가 있기는 하지요. 하지만 그건 그냥 생각을 일깨우기 위한 메모들을 모아놓은 것에 불과합니다. 때로는 유용하고, 때로는 무시해 버려야 하는 책이란 말입니다. 그들은 당대의 요건에 맞게 코다를 항상 조정하고 있습니다."

"절대 조정될 수 없는 책들도 있소, 레베카!"

그녀는 곤혹스러움을 제대로 감추지 못한 채 그를 내려다보았다. 이것이 교단에 대한 그의 시각을 나타내는 걸까? 아니면 그가 두려움 때문에 이런 말을 하고 있는 걸까?

조슈아가 기름투성이 손에 이마와 뺨에는 검댕을 묻힌 채 그녀 옆으로 와서 섰다. "레베카 님의 말이 옳았습니다. 기계가 다시 돌아가고 있어요. 앞으로 얼마나 버틸지는 모르겠지만요. 문제는……."

"넌 문제를 모른다." 랍비가 끼어들었다.

"기계의 문제입니다, 랍비 님. 이 비공간의 장을 왜곡시키는 기계 말입니다." 레베카가 말했다.

"우린 마찰력이 없는 기계를 가지고 들어올 수가 없었습니다. 너무 눈에 띄거든요. 비용은 말할 것도 없고요." 조슈아가 말했다.

"왜곡된 건 네 기계만이 아냐."

조슈아는 눈썹을 치켜 올리며 레베카를 바라보았다. '랍비 님이 왜 저러시는 거예요?' 그렇다면 조슈아 역시 베네 게세리트의 통찰력을 믿는다는 얘기였다. 이것이 랍비의 화를 돋웠다. 그의 양 떼가 다른 곳에서 지침을 구하다니.

그 순간 랍비가 그녀를 깜짝 놀라게 하는 말을 했다. "내가 질투한다고 생각하지, 레베카?"

그녀는 고개를 좌우로 가로저었다.

"당신은 재능을 과시하고 있고, 다른 사람들은 그 재능을 재빨리 이용하고 있소. 당신의 제안으로 기계를 고칠 수 있었다고? 이…… 이 '다른 사람들'이 방법을 가르쳐준 거요?" 랍비가 말했다.

레베카는 어깨를 으쓱했다. 이 사람은 구식 랍비였다. 그의 영역 안에서 그에게 도전할 수는 없었다.

"내가 당신에게 찬사를 보내야 하나? 당신에게 권능이 있소? 이제 당신이 우리를 다스릴 거요?" 랍비가 물었다.

"아무도, 특히 저는 그런 얘기를 한 적이 없습니다, 랍비 님." 그녀는 화가 나 있었고, 그 분노를 드러내는 걸 개의치 않았다.

"용서해 주시게, 딸이여. 이건 당신들 말로 '정신이 홱 돈 것'이니까."

"랍비 님이 제게 찬사를 보내실 필요는 없습니다. 그리고 물론 저는 랍비 님을 용서해 드릴 겁니다."

"당신의 '다른 사람들'이 이 일에 대해 뭔가 말을 하고 있소?"

"베네 게세리트는 찬사를 두려워하는 감정이 고대까지 거슬러 올라간다고 말합니다. 신들의 분노를 살까 봐 사람들이 자식을 칭찬하는 걸 금기시했던 시대 말입니다."

그는 고개를 숙이며 말했다. "때로는 약간의 지혜가 있군."

조슈아는 무슨 소린지 몰라 당황한 것 같았다. "전 가서 좀 자야겠습니다. 휴식이 필요해요." 그는 기계들이 힘겹게 삐걱거리는 쪽을 향해 의미 있는 시선을 던졌다.

그는 그들의 곁을 떠나 어두운 방의 끝으로 갔다. 가는 도중에 아이들이 갖고 노는 장난감에 발이 걸려 휘청거렸다.

랍비가 자기 옆의 의자를 툭툭 쳤다. "앉으시오, 레베카."

그녀가 앉았다.

"난 당신을, 우리를 그리고 우리가 상징하는 모든 것을 걱정하고 있소." 그가 두루마리를 쓰다듬으며 말을 이었다. "우리는 아주 오랜 세월 동안 진실했소." 그가 방 안을 획 둘러보았다. "그런데 여기에는 민얀(minyan, 유대교의 정회원 — 옮긴이)도 없어."

레베카는 눈에서 눈물을 훔쳤다. "랍비 님은 교단을 잘못 판단하고 계십니다. 그들이 원하는 건 인간과 인간들의 정부를 완벽하게 다듬는 것뿐입니다."

"그건 그들이 하는 말이지."

"제가 하는 말이기도 합니다. 그들에게 있어 정부란 예술의 한 형태입니다. 그걸 재미있어하시는 겁니까?"

"당신이 내 호기심을 부추기는군. 이 여자들은 자기들이 중요한 존재라는 꿈 때문에 자기기만에 빠진 거요?"

"그들은 스스로를 감시견으로 생각합니다."

"개?"

"감시견입니다. 그들은 교훈을 얻을 수 있을지도 모른다는 가능성이 생겼을 때 바짝 정신을 차리지요. 그들이 추구하는 것이 바로 그겁니다. 누군가에게 그 사람이 받아들일 수 없는 교훈을 가르치려 하는 법은 없어요."

"항상 이런 식으로 지혜의 말을 하는군. 그럼 그들은 스스로를 '예술적으로' 다스리는 거요?" 그의 목소리가 슬프게 들렸다.

"그들은 스스로를 그 어떤 법도 거부할 수 없는 절대적 힘을 가진 배심원으로 생각합니다."

그는 그녀의 코앞에서 두루마리를 흔들며 말했다. "내 그럴 줄 알았어!"

"저는 '인간의' 법을 말한 겁니다, 랍비 님."

"자기들에게 맞는 종교를 만들어내는 이 여자들이…… 자기들보다 더 위대한 힘을 믿는다는 거요?"

"그들의 믿음이 우리 신앙과 일치하지는 않을 겁니다, 랍비 님. 하지만 저는 그들의 믿음이 사악하다고는 생각하지 않습니다."

"이…… 이 믿음이라는 게 뭐요?"

"그들은 그걸 '평평하게 땅을 고르기 위한 흐름'이라고 부릅니다. 그들은 그것을 유전적인 시각에서 본능으로 보고 있습니다. 예를 들어 뛰어난 부모들은 평균에 더 가까운 자식들을 낳을 가능성이 크다는 겁니다."

"흐름이라. 그게 믿음이라고?"

"그들이 겉으로 두드러지게 나서는 걸 피하는 건 그 때문입니다. 그들은 자문들입니다. 때로는 심지어 왕을 옹립하는 실력자가 되기도 하지요. 하지만 그들은 전면에 나선 과녁이 되기를 원치 않습니다."

"이 흐름이라는 게…… 그들은 '흐름의 창조자'가 있다고 믿소?"

"그들은 그런 게 있다고는 생각하지 않습니다. 관찰이 가능한 움직임이 있다고 생각할 뿐이지요."

"그럼 그 흐름 속에서 그들이 뭘 하는 거요?"

"그들은 예방책을 강구합니다."

"사탄이 앞에 있다면 나도 그렇게 생각할 거야!"

"그들은 흐름을 거스르지 않고 그저 그 흐름을 가로질러 움직이며 그 흐름이 자기들에게 이롭게 움직이게 하고, 소용돌이처럼 돌아 나오는 흐름을 이용하기만 하는 것 같습니다."

"무슨!"

"고대의 항해 전문가들은 이걸 아주 잘 알고 있었습니다, 랍비 님. 교단은 피해야 하는 곳과 가장 노력을 기울여야 하는 곳을 알려주는 흐름의 지도라고 할 만한 것을 갖고 있습니다."

그가 또다시 두루마리를 흔들었다. "이건 흐름의 지도가 아니야."

"제 말을 오해하셨군요, 랍비 님. 그들은 기계를 압도하려 하는 것이 오류임을 알고 있습니다." 그녀는 힘겹게 움직이고 있는 기계들을 살짝 바라보며 말을 이었다. "그들은 기계가 헤쳐나갈 수 없는 흐름 속에 우리가 있다고 봅니다."

"그런 작은 지혜의 말들이라니. 난 모르겠소, 딸이여. 정치에 간섭하는
건 나도 받아들일 수 있소. 하지만 신성한 문제들에서는……."

"평평하게 땅을 고르기 위한 흐름입니다, 랍비 님. 무리에서 떨어져 나
와 새로운 것들을 만들어내는 뛰어난 혁신가들에게 대중이 영향을 미치
는 겁니다. 새로운 것이 우리에게 도움이 될 때조차 그 흐름은 혁신가를
포획합니다."

"뭐가 도움이 되는지 누가 알 수 있단 말이오, 레베카?"

"저는 그저 그들이 믿는 걸 말씀드릴 뿐입니다. 그들은 세금 제도를 그
흐름의 증거로 봅니다. 새로운 것들을 더 많이 만들어낼지도 모르는 자
유로운 에너지를 빼앗아 가는 것이니까요. 그들의 말로는 감각을 예민
하게 다듬은 사람은 그걸 감지할 수 있다고 합니다."

"그럼 이…… 이 명예의 어머니들은?"

"그들도 패턴에 들어맞습니다. 모든 잠재적인 도전자들을 무력화시키
는 데 전념하는, 권력에 의해 폐쇄된 통치 체제. 그들은 똑똑한 사람들을
걸러내서 배제시키고, 지성을 무디게 만듭니다."

기계들이 있는 곳에서 자그맣게 삑삑 소리가 들려왔다. 그들이 자리에
서 일어서기도 전에 조슈아가 먼저 그들의 옆을 지나 움직였다. 그는 지
상의 움직임을 보여주는 화면을 향해 몸을 숙였다.

"그들이 돌아왔습니다. 보세요! 그들이 우리들 바로 위의 잿더미를 파
헤치고 있어요." 그가 말했다.

"그들이 우리를 찾아낸 건가?" 랍비가 거의 안도한 것 같은 목소리로
말했다.

조슈아가 화면을 지켜보았다.

레베카는 그의 머리 옆에 자신의 머리를 갖다 대고 잿더미를 파헤치는 사람들을 자세히 살펴보았다. 그 열 명의 남자들은 명예의 어머니들에게 구속된 자 특유의 몽롱한 눈을 하고 있었다.

"저들은 아무렇게나 파헤치고 있는 것뿐입니다." 레베카가 몸을 똑바로 펴며 말했다.

"확실한 겁니까?" 조슈아가 몸을 펴고 비밀스러운 확인을 구하듯 그녀의 얼굴을 들여다보았다.

베네 게세리트라면 누구든 그 표정의 의미를 모를 리가 없었다.

"당신이 직접 보세요." 그녀가 화면을 가리키며 말을 이었다. "저들이 떠나고 있습니다. 이제 슬리그들의 우리로 가는군요."

"저놈들에게 딱 맞는 곳이지." 랍비가 중얼거렸다.

효과를 발휘할 만한 결정이 내려지는 것은 유익한 실수들을 저질러 호된 시련을 겪는 과정에서이다. 따라서 정보 기관은 오류성을 받아들인다. 그리고 절대적인(오류가 없는) 선택을 발견할 수 없을 때 정보 기관은 실수가 발생할 가능성이 있을 뿐만 아니라 필요하기까지 한 영역에서 제한된 자료를 가지고 모험을 건다.

—다르위 오드레이드

최고 대모는 그냥 외부로 나가는 소형 우주선에 올라 무조건 갈아타기 편한 비우주선으로 갈아탄 게 아니었다. 계획이 있고, 안배가 있고, 전략이 있었다. 비상시를 대비한 예비 계획의 예비 계획을 또 세워두는 식이었다.

여드레 동안 바쁘게 움직이고서야 준비가 끝났다. 테그와의 타이밍을 반드시 정확하게 맞춰야 했다. 무르벨라와의 의논이 여러 시간을 잡아먹었다. 무르벨라도 상황을 알아야 했다.

'그들의 아킬레스건을 찾아내세요, 무르벨라. 그럼 모든 걸 손에 쥐는 셈입니다. 테그가 공격할 때 관찰용 우주선에 그냥 머물러 있어요. 하지만 주의 깊게 상황을 지켜봐야 합니다.'

오드레이드는 도움이 될 수 있는 모든 사람에게서 자세한 조언을 얻었다. 그다음으로 해야 할 일은 그녀가 몰래 관찰한 것들을 전송하기 위해 암호화 장치가 부착된 생명 징후(vital signs, 맥박, 호흡, 체온, 혈압―옮긴이) 전송기를 이식하는 것이었다. 또한 장거리 소형 비우주선을 목적에 맞게 뜯어고치고, 테그가 고른 승무원들을 배치해야 했다.

벨론다가 계속 투덜대면서 궁시렁거리는 바람에 결국 오드레이드가 끼어들었다.

"당신 때문에 정신이 사납습니다! 그게 당신 의도입니까? 날 약화시키는 게?" 출발하기 나흘 전 늦은 오전에 잠깐 동안 작업실에 두 사람만 남았을 때의 일이었다. 날씨는 맑았지만 계절에 맞지 않게 추웠고, 밤에 '중앙'을 휩쓸고 지나간 흙먼지 폭풍 때문에 공기가 엷은 황토빛으로 물들어 있었다.

"대회의를 여는 게 아니었습니다!" 아무래도 벨론다는 헤어지기 전에 공격을 한 번 해야 직성이 풀릴 모양이었다.

오드레이드는 자기도 모르게 벨론다에게 날카로운 소리로 대꾸했다. 벨론다가 조금 지나치게 빈정대고 있기 때문이었다. "그건 꼭 필요한 일이었습니다!"

"아마 당신에겐 그랬겠지요! 당신 '가족들'에게 작별 인사를 하는 게. 이제 당신은 여길 떠날 거고 우리는 서로 빨래나 해주게 되겠지요."

"대회의에 대해 불평이나 하려고 이리로 올라온 겁니까?"

"최근 당신이 명예의 어머니들에 대해 한 말이 마음에 들지 않습니다! 먼저 우리와 의논을 했어야……."

"그들은 기생충입니다, 벨! 이제 우리가 그걸 분명히 할 때가 됐어요. 그게 이미 잘 알려진 약점이라는 것 말입니다. 몸이 기생충에 감염되면 어떤 반응을 보이지요?" 오드레이드는 이 말을 하면서 입을 크게 벌리고 씨익 웃었다.

"다르, 당신이 이렇게…… 이렇게 짐짓 익살스러운 태도를 취할 때면 난 당신의 목을 졸라버리고 싶어요!"

"그럼 옛날처럼 미소를 지을 겁니까, 벨?"

"젠장, 다르! 가까운 시일 안에 언젠가……."

"우리가 함께 지낼 수 있는 날이 많지 않습니다, 벨. 그래서 당신이 초조해하는 거예요. 내 질문에 대답하십시오."

"당신이 스스로 대답해 봐요!"

"몸은 주기적으로 벌레를 제거하는 걸 좋아합니다. 심지어 중독자들도 자유를 꿈꾸죠."

"아아." 벨론다의 눈 속에서 멘타트의 시선이 밖을 내다보았다. "명예의 어머니들에게 중독되는 걸 고통스러운 일로 만들 수 있다는 겁니까?"

"당신은 우스갯소리에는 정말 지독하게 재주가 없지만, 그래도 제대로 기능을 발휘하는군요."

벨론다가 입을 씰룩거리며 잔인한 미소를 지었다.

"내가 그럭저럭 당신을 즐겁게 해준 모양입니다." 오드레이드가 말했다.

"이 문제를 탐과 의논해 보겠습니다. 전략적인 면에서는 그녀의 머리가 나아요. 비록…… 나눔의 의식 때문에 그녀가 말랑말랑해지기는 했지만."

벨론다가 가버린 후 오드레이드는 뒤로 등을 기대고 조용히 웃었다. '말랑말랑해졌다니! "내일 나눔의 의식을 할 때 말랑말랑해지지 마십시오, 다르"라는 뜻이겠지. 멘타트의 기질이 우연히 논리를 만나 감정을 그리워하고 있어. 벨론다는 일의 진행 과정을 보고 실패를 걱정하고 있다.

어떻게 해야 할까. 만약…… 우리는 창문을 열고 상식이 안으로 들어오게 하는 겁니다, 벨. 심지어 아주 유쾌한 기분까지도요. 그러면 더 심각한 문제들을 넓은 시야에서 바라볼 수 있습니다. 가엾은 벨, 결함 있는 내 자매. 당신은 불안을 잊게 해줄 것이 항상 필요하지요.'

출발하는 날 아침 '중앙'을 떠날 때 오드레이드의 머릿속은 이런저런 생각들로 헝클어져 있었다. 그녀는 무르벨라, 시이나와 나눔의 의식을 하면서 알게 된 것들 때문에 걱정을 하면서 자신의 내면을 들여다보고 있었다.

'내가 제멋대로 굴고 있군.'

그래도 안도감이 느껴지지 않았다. '다른 기억'과 거의 냉소적인 숙명론이 그녀의 생각들을 둘러싸고 있었다.

'여왕벌들이 모여 있는 건가?'

명예의 어머니들에 대해 이런 의견이 제시된 적이 있었다.

'하지만 시이나는? 그리고 탐이 그것을 승인하는 건?'

여기에는 대이동보다 더 커다란 의미가 들어 있었다.

'난 네가 갖고 있는 그 야생의 장소까지 널 따라갈 수 없다, 시이나. 내 임무는 질서를 만들어내는 거야. 나는 네가 감히 시도한 것에 모험을 걸 수가 없어. 예술에는 여러 종류가 있지. 네 예술이 내게는 혐오스럽게 느껴지는구나.'

무르벨라의 '다른 기억' 속에 있는 생애들을 흡수한 것이 도움이 되었다. 무르벨라의 지식은 명예의 어머니들에게 사용할 수 있는 강력한 도구였지만 마음을 어지럽히는 미묘한 의미들이 가득했다.

'최면 무아지경은 아냐. 그들은 세포 유도를 사용하지. 그들이 갖고 있는 저 저주스러운 T 탐침의 부산물! 무의식적인 강박! 우리도 그걸 사용하고 싶다는 유혹이 얼마나 강한지. 하지만 명예의 어머니들이 가장 취약한 게 바로 이 부분이다. 무의식 속의 엄청난 내용물이 그들 자신의 결정에 의해 갇혀 있다는 것. 무르벨라의 열쇠는 그것이 우리에게 위험하다는 사실을 강조해 줄 뿐이야.'

그들은 폭풍이 한창 불고 있을 때 착륙장에 도착했다. 차에서 내린 그들을 폭풍이 강타했다. 오드레이드는 아직 남아 있는 과수원과 포도원을 지나 이곳까지 걷겠다는 생각을 이미 전에 접어버린 참이었다.

이게 마지막인가? 작별 인사를 하는 벨론다의 눈이 이렇게 물었다. 걱정스러운 듯 미간을 찌푸린 시이나의 표정도 마찬가지였다.

'최고 대모님이 내 결정을 받아들이신 건가?'

'임시로 받아들인 거다, 시이나. 임시로. 하지만 난 아직 무르벨라에게 경고해 주지 않았어. 그러니까…… 어쩌면 나도 탐과 같은 판단을 내린 건지 모르겠구나.'

오드레이드 일행의 밴에 타고 있는 도르투즐라는 안으로 움츠러든 모습이었다.

'그럴 만도 하지. 그녀는 그곳에 간 적이 있으니…… 게다가 자매들이 잡아먹히는 걸 지켜보았어. 용기를 내세요, 자매님! 우린 아직 패배하지 않았습니다.'

무르벨라만이 이 일을 무난하게 받아들이고 있는 것 같았다. 하지만 그녀는 거미 여왕과 오드레이드의 만남을 미리 생각하고 있었다.

'내가 최고 대모님을 충분히 무장시킨 건가? 이 일이 얼마나 위험한지 정말로 알고 있는 걸까?'

오드레이드는 이런 생각들을 한쪽으로 밀어버렸다. 그곳까지 가는 도중에 해야 할 일들이 있었다. 그리고 그중에 그녀가 힘을 모으는 것만큼 중요한 일은 없었다. 명예의 어머니들을 거의 비현실적으로 느껴질 만큼 분석할 수는 있지만, 실제 대결은 그때 상황에 따라 펼쳐질 것이다. 마치 재즈 공연처럼. 음악에는 고대의 운치와 약간 야성적인 면이 있어서 그녀의 정신을 산만하게 만들었지만 이 일을 재즈로 생각하는 건 마음에 들었다. 그러나 재즈는 살아 있는 음악이었다. 정확히 똑같은 공연이 두 번 이뤄지는 일은 없었다. 연주자들이 상대의 반응에 다시 반응하는 것, 그것이 재즈였다.

'우리를 재즈로 채워줘.'

항공 여행과 우주 여행에 날씨가 문제가 되는 경우는 흔치 않았다. 일시적으로 여행을 방해하는 것들을 막무가내로 뚫고 나가면 되는 것이다. 중요한 건 기후 통제소가 폭풍과 구름층을 뚫고 발사 공간을 만들어주는 것이었다. 그러나 사막 행성들은 예외였으므로 오래지 않아 참사회에서도 그 점을 고려해야 할 터였다. 프레멘의 장례 관습으로 되돌아가는 것을 포함해 많은 변화들이 있을 것이다. 시체를 물과 수산화칼륨으로 분해하는 관습.

일행을 우주선으로 데려다줄 수송선을 기다리는 동안 오드레이드는 이 점에 대해 얘기했다. 이 행성의 적도 주위에서 넓은 띠 모양으로 점점 커져가는 뜨겁고 건조한 땅에서 오래지 않아 위험한 바람이 생겨날 것이다. 그리고 언젠가 코리올리 폭풍이 불 것이다. 사막 깊숙한 곳에서 시작되어 시속 수백 킬로미터의 속도로 움직이는 용광로 같은 바람 말이다. 듄에서는 시속 700킬로미터 이상의 바람이 분 적도 있었다. 그 정도의 힘이라면 소형 우주선조차 신경을 써야 했다. 항공 여행은 끊임없이 변덕을 부리는 지상의 상황에 따라 좌우될 것이다. 그리고 연약한 인간의 육체는 무엇이든 피난처가 될 만한 것을 찾아야 할 것이다.

'지금까지 우리가 항상 그랬던 것처럼.'

착륙장의 휴게실은 오래된 곳이었다. 이 건물의 안팎은 그들이 이곳에서 처음으로 구한 건축재였던 돌로 만들어져 있었다. 골격에 천을 씌운 스파르타 식 의자와 거푸집을 이용해 형태를 만든 나지막한 플라즈 탁자들은 건물보다 좀더 최근의 것이었다. 아무리 최고 대모를 대접하는 것이라 해도 경제적인 측면을 무시할 수는 없었다.

먼지의 회오리바람 속에서 소형 우주선이 도착했다. 쿠션 역할을 하는 반중력 장치 같은 쓸데없는 장치는 하나도 없었다. 우주선이 상승할 때 승객들이 불편해질 만큼 엄청난 가속도를 내겠지만, 몸이 손상될 정도로 속도를 높이지는 않을 것이다.

마지막 작별 인사를 하고 시이나, 무르벨라, 벨론다 세 명에게 참사회를 넘겨주면서 오드레이드는 마치 자신의 몸과 머리가 따로 놀고 있는 듯한 느낌이었다. 그녀는 마지막으로 한마디 덧붙였다. "테그가 하는 일에 간섭하지 마세요. 던컨에게 뭐든 고약한 일이 일어나는 것도 원하지 않습니다. 내 말 듣고 있습니까, 벨?"

지금까지 이룩한 온갖 놀라운 기술적 업적들에도 불구하고 이륙하는 그들의 시야를 거의 막아버리다시피 한 짙은 모래 폭풍에는 대책이 없었다. 오드레이드는 눈을 감고 아직 고도가 낮을 때 자신이 사랑하는 행성을 마지막으로 한 번 보는 것조차 불가능하다는 현실을 받아들였다. 우주선이 도킹을 하며 쿵 하는 소리를 내는 바람에 그녀는 잠에서 깼다. 연결 통로 바로 뒤의 복도에서 붕붕 차(車)가 기다리고 있었다. 차가 윙윙거리며 일행의 숙소로 향했다. 타말란, 도르투즐라, 그리고 복사 하인은 혼자 생각하고 싶어 하는 최고 대모를 존중해 침묵을 지켰다.

적어도 이 숙소만은 베네 게세리트 우주선의 표준을 따른 친숙한 모

THE DUNE CHRONICLES

616 듄의 신전

습이었다. 한결같은 엷은 녹색의 기본 플라즈로 된 작은 거실 겸 식당, 같은 색의 벽과 딱딱한 침상이 하나 있고 크기가 좀더 작은 침실. 사람들은 최고 대모가 어떤 것을 좋아하는지 알고 있었다. 오드레이드는 유지폼으로 된 욕실과 화장실을 살짝 들여다보았다. 표준을 따른 설비였다. 그녀의 숙소와 붙어 있는 탐과 도르투즐라의 숙소도 비슷했다. 우주선이 어떻게 개조되었는지 살펴보는 건 나중 일이었다.

필요한 것들은 모두 갖춰져 있었다. 눈에 잘 띄지 않게 심리적으로 안정감을 주는 요소들도 포함되어 있었다. 부드러운 색조, 익숙한 가구들, 그녀의 사고 과정을 전혀 방해하지 않도록 마련된 환경. 그녀는 출발 명령을 내린 후 거실 겸 식당으로 다시 돌아갔다.

나지막한 탁자 위에 음식이 놓여 있었다. 서양 자두처럼 생긴 달콤한 파란색 과일이 있었고, 빵에 발라 먹는 노란색의 맛 좋은 소스는 그녀에게 필요한 에너지를 공급해 줄 수 있도록 만들어져 있었다. 아주 훌륭했다. 그녀는 자신에게 배정된 복사가 조심스럽게 최고 대모의 물건들을 정리하는 걸 지켜보았다. 오드레이드는 잠깐 동안 그 복사의 이름을 기억해 낼 수 없었지만, 곧 수이폴이라는 이름이 떠올랐다. 둥글고 차분한 얼굴에 몸가짐도 차분한 작고 까무잡잡한 여자였다. '우리들 중에서 제일 똑똑한 사람은 아니지만 유능한 건 확실하지.'

냉혹한 인원 배정이라는 생각이 갑자기 들었다. '수행원의 규모를 작게. 명예의 어머니들의 화를 돋우지 않기 위해서. 그리고 우리의 손실을 최소화하기 위해서.'

"내 짐을 모두 풀었느냐, 수이폴?"

"예, 최고 대모님." 이렇게 중요한 임무에 선발된 것을 매우 자랑스러워하는 목소리였다. 방을 나가는 그녀의 걸음걸이에서도 그런 기색이

드러났다.

'네가 나 대신 풀 수 없는 짐도 있단다, 수이폴. 난 그 짐을 내 머릿속에 넣고 다니지.'

참사회 출신의 베네 게세리트들은 이 행성을 떠날 때면 항상 고향에 대해 어느 정도의 맹목적인 애정을 함께 가지고 갔다. 이곳만큼 아름답고, 이곳만큼 평화스럽고, 이곳만큼 쾌적한 곳은 결코 없다는 식이었다.

'하지만 그건 과거의 참사회지.'

사막으로의 변화를 그녀가 이런 측면에서 이런 식으로 바라본 적은 지금까지 한 번도 없었다. 참사회는 스스로를 없애고 있었다. 참사회는 점점 멀어져 다시는 돌아오지 않을 것이다. 적어도 지금 참사회의 모습을 알고 있는 사람들이 살아 있는 동안에는. 마치 사랑하는 부모에게서 버림받는 기분이었다. 그것도 경멸과 악의 속에서. '넌 이제 나한테 중요하지 않아, 이 자식아'라고 말하는 것처럼.

대모가 되는 과정에서 베네 게세리트들은 여행이 휴식을 할 수 있는 평화로운 기회를 제공해 줄 수 있다는 걸 일찌감치 배웠다. 오드레이드는 이 점을 최대한 이용할 생각이었기 때문에 식사를 마친 직후 일행에게 이렇게 말했다. "세부적인 논의에서 나는 빼주세요."

그녀는 수이폴을 보내 타말란을 불러오게 했다. 그리고 탐처럼 간결하게 말했다. "우주선 개조 현황을 조사해 보고 내가 반드시 살펴봐야 하는 게 뭔지 알려주세요. 도르투즐라를 데려가십시오."

"그녀는 머리가 좋더군요." 탐에게 이것은 상당한 찬사였다.

"일이 다 끝나면 가능한 한 날 내버려두세요."

항해 도중 오드레이드는 침상의 끈으로 자신의 몸을 묶고 최후의 유언장이라고 할 만한 것을 작성하는 데 힘을 쏟았다.

'유언장 집행인을 누구로 할까?'

그녀가 개인적으로 선택하고 싶은 사람은 무르벨라였다. 시이나와 나눔의 의식을 한 후로는 특히 더 그러했다. 하지만…… 만약 환승점에서 모험이 실패하는 경우, 듄의 집 없는 아이였던 시이나도 강력한 후보 중 한 사람이었다.

어떤 사람들은 대모들이 책임을 맡으면 모두 다 해낼 수 있을 거라고 생각하곤 했다. 그러나 지금은 그렇지 않았다. 이렇게 함정이 마련되어 있는 상황에서는. 명예의 어머니들이 이 함정을 피할 것 같지는 않았다.

'만약 그들에 대한 우리 판단이 옳다면 말이지. 무르벨라의 자료에 따르면 우리는 최선을 다했다. 명예의 어머니들이 들어갈 수 있는 틈이 존재하고 있고, 아 그 틈이 얼마나 유혹적으로 보일까. 그들은 그 안으로 한참 들어갈 때까지 그것이 막다른 길임을 깨닫지 못할 거다. 때가 너무 늦을 때까지! 하지만 만약 우리가 실패한다면?'

(혹시라도) 누군가 살아남는다면 오드레이드를 모욕하고 경멸할 터였다.

'내가 왜소해진 것 같은 기분을 느낀 적은 많지만 경멸의 대상이 된 적은 한 번도 없었다. 하지만 내 자매들이 내가 내린 결정을 절대 받아들이지 않을지도 몰라. 적어도 나는 변명은 하지 않는다……. 내가 나눔의 의식을 가진 사람들에게조차. 그들은 내 반응의 근원이 인간 역사의 동이 트기도 전 어둠 속에 있다는 걸 알고 있지. 우리들 중 누구라도 쓸데없는 짓을 할 수 있어. 심지어 멍청한 짓까지도. 하지만 내 계획은 우리에게 승리를 가져다줄 수 있어. 우린 '그냥 목숨만' 부지하지는 않을 거다. 우리의 잔은 우리에게 함께 계속 살아남으라고 요구하고 있어. 인간들에게는 우리가 필요해! 때로는 종교가 필요하다. 때로는 자기들의 믿음이 고결해지고 싶다는 자신들의 희망만큼 공허하다는 걸 그냥 알아야 할 필요도 있고. 우리가 그들의 원천이다. 가면이 벗겨진 후에도 그것은 그대로 남을 거야. 우리의 전문 분야는.'

그 순간 이 우주선이 자신을 구덩이 속으로 데려가고 있는 것 같은 기분이 들었다. 그 끔찍한 위협이 점점 가까워지고 있었다.

'내가 도끼를 향해 가는 거다. 도끼가 나를 향해 오는 게 아냐.'

이 적을 완전히 말살해 버릴 생각은 없었다. 그게 가능했다면 대이동으로 인구가 이렇게 늘어나지 않았을 것이다. 그것이 명예의 어머니들의 계획에 포함된 결점이었다.

도착을 알리는 고음의 경적 소리와 번쩍이는 오렌지색 불빛이 휴식하고 있던 오드레이드를 깨웠다. 그녀는 자신의 몸을 묶은 끈을 힘겹게 벗어버리고 안내인을 따라 수송선 연결 통로로 갔다. 탐, 도르투즐라, 수이폴이 그녀를 바짝 뒤따랐다. 연결 통로에는 장거리 여행용 소형 우주선이 젖꼭지에 매달린 아이처럼 매달려 있었다. 오드레이드는 우주선 벽의 탐색기에 나타난 소형 우주선을 바라보았다. 믿을 수 없을 정도로 작은 우주선이었다!

"겨우 열아홉 시간밖에 걸리지 않을 겁니다. 우리가 비우주선을 최대한 가깝게 가져갈 수 있는 지점이 그곳입니다. 환승점 주위에 반드시 우주 주름 탐지기가 배치되어 있을 테니까요." 던컨은 이렇게 말했다.

이 말에는 모처럼 벨도 동의했다. "우주선을 위험에 빠뜨리지 마세요. 우주선의 목적은 단순히 최고 대모를 실어다 주는 것뿐만이 아니라 외곽 방어를 도모하고 대모님의 연락을 받는 것이기도 합니다." 소형 우주선은 비우주선의 전방 탐지기로서 앞에 무엇이 있는지 신호해 주는 역할을 했다.

'그리고 나야말로 최전방 탐지기지. 연약한 몸에 섬세한 장비를 갖춘.'

연결 통로에는 방향을 알려주는 화살표들이 있었다. 오드레이드가 앞장섰다. 일행이 자유 낙하로 작은 튜브를 통과하자 놀라울 정도로 화려한 선실이 나왔다. 오드레이드는 뒤에서 튜브 밖으로 굴러떨어진 수이폴이 이 방의 정체를 알아차리는 것을 보고 그녀에 대한 평가를 한 단계 더 높였다.

"이건 밀수선이었군요."

한 사람이 그들을 기다리고 있었다. 냄새로 봐서 남자였지만 각종 접속 장치들이 빽빽하게 달려 있는 조종사용 머리 덮개가 불투명해서 그의 얼굴이 보이지 않았다.

"모두 안전띠를 매십시오."

그 기계 장치 속에서 남자의 목소리가 흘러나왔다.

'테그가 선택한 사람이다. 그러니 최고일 거야.'

오드레이드가 문 뒤의 의자에 앉자 울퉁불퉁하게 튀어나와 있던 물체들이 풀리면서 거미줄 모양의 안전띠가 되었다. 다른 사람들도 조종사의 지시에 따르는 소리가 들렸다.

"모두 되었습니까? 제가 얘기할 때까지 계속 안전띠를 매고 계십시오."

조종판 앞 의자 뒤에 떠 있는 확성기에서 그의 목소리가 흘러나왔다.

우주선을 연결하고 있던 선이 '픽!' 소리를 냈고, 오드레이드는 우주선이 부드럽게 움직이는 것을 느낄 수 있었다. 그러나 그녀 옆의 중계기에는 비우주선이 놀라운 속도로 뒤로 물러나는 모습이 비쳤다. 비우주선이 순식간에 사라져버렸다.

'누가 조사하러 나오기 전에 재빨리 일을 보러 가는 거로군.'

소형 우주선의 속도는 놀라울 정도였다. 탐색기들이 약 18시간 거리에 행성 기지와 전이 장벽이 있음을 보고했다. 화면을 확대하지 않으면 그것들의 위치를 표시하며 깜박거리는 점들이 눈에 보이지도 않을 만큼 먼 거리였다. 탐색기의 다른 창에는 12시간이 조금 넘으면 행성 기지들을 육안으로 볼 수 있게 될 거라는 메시지가 나타나 있었다.

우주선이 움직인다는 느낌이 갑자기 사라졌다. 눈으로는 우주선이 가속하고 있다는 걸 알 수 있었지만, 몸으로는 아무것도 느낄 수 없었다. '반중력 선실이군. 이렇게 작은 진공장(場)에 익스의 기술이라니.' 테그는 이런 걸 어디서 구한 걸까?

'반드시 내가 알아야 할 필요는 없지. 떡갈나무 농원들의 위치를 일일이 최고 대모에게 얘기할 필요가 없는 것처럼 말이야.'

그녀는 한 시간도 되지 않아 탐지기의 교신이 시작되는 것을 지켜보면서 아이다호의 빈틈없는 준비에 말없이 감사를 보냈다.

'우리는 이제 이 명예의 어머니들이 어떠한 사람들인지 이해하기 시작했어.'

탐색기의 분석 결과가 없어도 환승점의 방어 체제를 분명히 알 수 있었다. 서로 겹쳐진 평면들! 테그가 예측했던 그대로였다. 장벽들의 간격에 대한 지식이 있으면 테그의 부하들이 행성을 완전히 감싸는 구를 만들어낼 수 있을 것이다.

'틀림없이 그렇게 간단한 일은 아닐 거야.'

명예의 어머니들이 기초적인 예방 조치를 무시할 만큼 자신들의 압도적인 힘에 대해 자신감을 갖고 있을까?

그들이 출발한 지 세 시간이 조금 못되었을 때 제4행성 기지가 통신을 보내기 시작했다. "정체를 밝혀라!"

오드레이드는 이 명령에 '밝히지 않으면 가만두지 않겠다'는 뜻이 포함되어 있음을 알 수 있었다.

행성 기지의 감시자들은 조종사의 답변에 깜짝 놀란 것 같았다. "작은 밀수선을 타고 왔단 말인가?"

'저들도 이 우주선을 알아본다는 얘기군. 이번에도 테그가 옳았어.'

"이제 구동 장치 안의 탐지 장비를 점화시킬 겁니다. 그러면 추진력을 더 얻을 수 있습니다. 모두 안전띠를 단단히 맸는지 확인하세요." 조종사가 말했다.

제4행성 기지도 이 움직임을 눈치챈 모양이었다. "왜 속도를 올리는 것인가?"

오드레이드가 앞으로 몸을 기울이며 말했다. "응답 신호를 다시 보내고 우리 일행이 좁은 공간에 너무 오래 있어서 지쳐 있다고 말씀하세요. 그리고 만약 내가 죽는 경우 우리 측 사람들에게 경보를 보낼 수 있는 생명 징후 전송기를 갖고 있다고 덧붙이세요."

'저들은 그 메시지 안에 들어 있는 암호를 발견하지 못할 거다. 던컨은 정말 영리해. 그가 우주선 시스템 안에 뭘 숨겨놓았는지 알고 벨도 깜짝 놀라지 않았던가. '낭만주의자가 또 있었군!'이라면서.'

조종사가 그녀의 말을 전달하자 저쪽에서 명령이 날아왔다. "속도를 줄이고 그 좌표에서 착륙하라. 우리가 지금부터 너희 우주선의 조종간을 장악할 것이다."

조종사가 조종판의 노란색 판을 누르면서 말했다. "바샤르 님이 말씀하신 그대로구면." 고소해하는 목소리였다. 그가 머리에서 덮개를 올리고 몸을 돌렸다.

오드레이드는 충격을 받았다.

'사이보그잖아!'

그의 얼굴은 금속이었으며, 반짝이는 은빛 공 두 개가 눈 대신 자리 잡고 있었다.

'위험한 곳에 발을 들여놓았어.'

"그 사람들이 대모님께 말해 주지 않았습니까? 쓸데없이 저를 동정하지는 마십시오. 저는 이미 죽었는데 이것이 제게 생명을 주었습니다. 저 클레르비입니다, 최고 대모님. 그리고 이번에 제가 죽으면 골라로서 다시 생명을 얻게 될 겁니다." 그가 말했다.

'젠장! 우린 우리에게 허락된 것이 아닐지도 모르는 카드를 사용하고 있군. 이제 뭔가를 바꾸기에는 너무 늦었다. 테그가 계획한 게 바로 그거야. 하지만…… 클레르비라니?'

소형 우주선이 부드럽게 착륙했다. 제4기지의 조종 능력이 대단히 뛰어나다는 것을 보여주는 움직임이었다. 오드레이드가 착륙 순간을 알수 있었던 것은 가지런히 관리된 탐색기 속의 풍경이 더 이상 움직이지 않았기 때문이었다. 진공장이 꺼지자 중력이 느껴졌다. 그녀의 바로 앞에 있는 해치가 열렸다. 기온은 기분이 좋을 만큼 따스했고, 바깥에서 소음이 들려왔다. 아이들이 무슨 게임을 하고 있는 건가?

짐가방이 둥둥 떠서 뒤를 따라오는 가운데 그녀는 짧은 계단에 발을 내디뎠다. 소음을 내고 있는 것이 정말로 근처 운동장에 모여 있는 많은 아이들이라는 사실을 알 수 있었다. 십대 후반의 여자아이들이었다. 그들은 고함과 비명을 질러대며 반중력 장치가 부착된 공중 볼을 앞뒤로 밀어대고 있었다.

'우리더러 보라고 일부러 꾸민 일인가?'

오드레이드는 그럴 가능성이 크다고 생각했다. 운동장에 있는 어린 여자아이들의 숫자가 아마 2000명은 되는 것 같았다.

'자기들을 찾아와 새로 가입하는 사람들이 얼마나 많은지 보라는 뜻이

로군.'

아무도 그녀를 맞이하지 않았지만, 오드레이드는 왼쪽의 포장된 길 아래쪽에서 친숙한 구조물을 볼 수 있었다. 최근에 탑을 새로 지어 덧붙인 우주 조합의 물건임이 분명했다. 그녀는 주위를 둘러보며 몸속에 이식된 전송기를 향해 이 탑의 이야기를 했다. 테그가 갖고 있는 지도에서 달라진 부분이 있음을 알리기 위해서였다. 그러나 조합의 건물을 한 번이라도 본 사람이라면 이 건물을 알아보지 못할 리가 없었다.

다른 환승점 행성들도 이런 모습일 터였다. 조합의 기록 어딘가에 틀림없이 일련번호와 암호가 있을 것이다. 명예의 어머니들이 오기 전에 조합이 너무나 오랫동안 이 행성들을 장악하고 있었기 때문에 우주선에서 내려 땅에 발을 디디자마자 주위 모든 것에서 조합 특유의 분위기가 느껴졌다. 심지어 저 운동장조차도 거대한 멜란지 가스통 속에 들어 있는 항법사들의 야외 회합을 위해 설계된 곳이었다.

조합의 분위기를 구성하는 것은 익스의 기술과 항법사들의 설계였다. 건물들은 가장 에너지를 절약할 수 있는 방식으로 공간을 둘러싸고 있었고, 통로들은 똑바로 뻗어 있었으며, 미끄럼길은 거의 없었다. 미끄럼길은 중력에 묶여 있는 사람들에게나 필요한 쓸데없는 것이었다. 착륙장 근처에 꽃은 전혀 심어져 있지 않았다. 꽃밭은 우연한 사고로 파괴되기 쉬웠다. 그래서 모든 건물들이 언제나 회색을 띠었다. 은빛이 아니라 틀레이랙스 인들의 피부색처럼 흐릿한 색이었다.

그녀 왼쪽의 건물은 돌기들 때문에 크게 부풀어 있는 모양이었는데, 돌기들 중 어떤 것은 둥글었고 어떤 것은 각진 모양이었다. 이건 결코 사치스러운 여관이 아니었다. 물론 화려하고 편안한 작은 방들이 있기는 했지만 숫자가 얼마 되지 않았으며, 주로 조합의 감사관들인 귀빈 중의 귀빈을 위해 만들어진 것이었다.

'이번에도 또 테그가 옳았어. 명예의 어머니들은 기존의 건물을 그대로 놔두고 최소한의 개조만 했다. 탑이라니!'

그 순간 오드레이드는 스스로를 일깨웠다. '이건 완전히 다른 세상일 뿐만 아니라 나름대로의 사회적 원칙에 의해 결합되어 있는 다른 사회다.' 그녀는 무르벨라와의 나눔의 의식 덕분에 이 사실을 확실히 알고 있었지만, 명예의 어머니들을 한데 묶어주는 게 무엇인지는 아직 제대로 이해하지 못한 것 같았다. 틀림없이 권력에 대한 욕구만이 그들을 묶어주는 것은 아닐 터였다.

"걸어가기로 하지요." 그녀가 말을 하고 나서 거대한 건물을 향해 포장된 길을 앞장서 내려가기 시작했다.

'안녕히, 클레르비. 가능한 한 빨리 당신 우주선을 폭파시켜. 그것이 우리가 명예의 어머니들에게 주는 최초의 놀라운 일이 되도록.'

일행이 가까이 다가갈수록 조합의 건물이 더 높이 그림자를 드리웠다.

이런 기능적인 건물을 볼 때마다 오드레이드가 가장 놀랍게 생각하는 것은 누군가가 그 건물을 설계하기 위해 대단히 애를 썼다는 사실이었다. 모든 것에 의도적으로 마련해 놓은 자세한 특징들이 있었다. 그러나 개중에는 일부러 찾아야만 보이는 특징들도 있었다. 예산 때문에 원래 계획보다 질을 낮춰야 하는 부분이 많았으며, 사치스러움이나 매력적인 모습보다 내구성이 더 선호되었다. 그래서 나온 절충안은 대부분의 절충안이 그렇듯이 어느 누구도 만족시키지 못했다. 조합의 회계 감사관들은 틀림없이 비용을 두고 불평을 했을 것이고, 현재 이곳을 차지한 사람들은 여러 가지 결함들에 대해 여전히 짜증을 내고 있는지도 몰랐다. 그래도 상관없었다. 이 건물은 분명한 형체를 지닌 실체였다. 이 건물은 지금 사용되기 위해 이곳에 존재했다. 또 다른 타협의 결과인 셈이었다.

로비는 예상보다 작았다. 내부 장식도 일부 바뀌어 있었다. 길이는 겨우 약 6미터 정도였고, 너비는 아마 4미터쯤 되는 것 같았다. 일행이 들어가자 오른쪽에 접객기가 있었다. 오드레이드는 수이폴에게 일행을 등록하라고 손짓으로 이르고 나서 나머지 사람들에게는 사방이 트인 곳에서 서로 가까운 거리를 유지하며 기다리라고 했다. 그녀는 배신의 가능성을 배제하지 않았다.

도르투즐라도 그런 생각을 한 모양이었다. 그녀는 체념한 것처럼 보였다.

오드레이드는 주위를 신중하게 살펴보고 그 결과를 말했다. 기계눈이 아주 많이 있었지만 나머지는……

이런 장소에 들어올 때마다 그녀는 마치 박물관에 들어온 것 같은 기분을 느꼈다. '다른 기억'의 말로는 이런 종류의 여관들이 억겁의 세월 동안 그리 크게 변하지 않았다고 했다. 심지어 고대 역사에서도 이런 여관의 원형을 찾을 수 있었다. 샹들리에에서 과거가 살짝 엿보였다. 전기장치를 흉내 냈지만 발광구들이 끼워져 있는, 반짝거리는 거대한 물건. 샹들리에 두 개가 허공으로부터 화려하게 하강하는 우주선처럼 천장을 가득 채우고 있었다.

이 시대에 일시적으로 머물다 가는 사람들은 거의 알아차릴 수 없는 과거의 흔적들이 더 있었다. 격자형 창살이 있는 접객 창구 뒤의 공간 배치, 의자들과 빈약한 조명이 뒤섞여 있는 대기 공간, 여러 가지 서비스 시설(식당, 마약 가게, 모임 장소로 이용되는 바, 수영장을 비롯한 운동 시설들, 자동 마사지 실 등)의 위치를 가르쳐주는 표지판들. 고대와 달라진 것은 언어와 문자밖에 없었다. 언어를 이해할 수만 있다면 우주 시대 이전의 원시인들도 저

표지판들을 알아볼 수 있을 것이다. 이곳은 일시적인 정거장이었다.

보안 설비들이 많이 있었다. 그리고 그중에는 대이동에서 돌아온 사람들이 가져온 물건처럼 보이는 것도 일부 있었다. 익스 인들과 조합은 기계눈과 탐지기에 돈을 낭비할 사람들이 아니었다.

접객용 공간 안의 로봇 하인들이 이리저리 정신없이 뛰어다니며 청소를 하고, 쓰레기를 줍고, 새로 온 사람들을 안내하고 있었다. 익스 인 네 명으로 구성된 일행이 오드레이드 일행보다 앞서 들어와 있었다. 그녀는 그들을 면밀하게 살펴보았다. 얼마나 자부심에 차 있으면서도 또한 겁을 먹은 모습인지.

베네 게세리트인 그녀는 익스 사람들이 어떤 위장을 하더라도 항상 알아볼 수 있었다. 그들 사회의 기본 구조가 개인들을 물들였다. 익스 인들은 자기들의 과학에 대해 호그벤(과학 계몽서의 저자로 유명한 영국의 생리학자─옮긴이) 식 태도를 갖고 있었다. 어떤 연구가 허용될 수 있는지 결정하는 것은 정치적 요건과 경제적 요건이라는 것이다. 이는 순진하고 단순한 익스 인들의 사회적 꿈이 현실 속에서 관료적 중앙집권주의, 즉 새로운 귀족 체제로 변했음을 알려주었다. 따라서 이 익스 일행이 명예의 어머니들과 무슨 논의를 한다 해도 그들은 멈출 수 없는 몰락을 향해 가고 있었다.

'우리 대결의 결과가 어떻게 나오든 익스는 죽어가고 있다. 수백 년 동안 익스에서 위대한 혁신이 이루어지지 않았다는 게 증거야.'

수이폴이 돌아왔다. "사람이 올 때까지 기다립니다."

오드레이드는 수이폴과 기계눈, 그리고 그녀의 비우주선에서 귀를 기울이고 있는 사람들을 위해 가벼운 대화로 즉시 협상을 시작하기로 했다.

"수이폴, 우리 앞의 저 익스 인들을 보았느냐?"

"예, 최고 대모님."

"그들을 잘 보아두어라. 그들은 죽어가는 사회의 산물이다. 관료 체제가 뛰어난 혁신을 받아들여 훌륭하게 사용할 거라고 기대하는 건 순진한 짓이지. 관료 체제가 알고 싶어 하는 건 다르다. 그게 무엇인지 아느냐?"

"아뇨, 최고 대모님." 주위를 탐색하듯 살펴본 후에 나온 말이었다.

'저 아이는 답을 알고 있어! 하지만 내가 뭘 하려는지 알아챈 거다. 이 아이는 인재야. 내가 이 아이를 잘못 판단했구나.'

"그들이 알고 싶어 하는 건 전형적인 것들이다, 수이폴. 누구에게 공이 돌아가는가? 만약 문제가 생긴다면 누가 비난을 받게 될까? 그것이 권력 구조를 변화시켜 우리가 자리를 잃게 되는 것은 아닐까? 아니면 이 일 때문에 보조적인 부서가 더 중요해질까?"

수이폴은 신호를 알아차리고 고개를 끄덕였지만, 기계눈을 살짝 바라보는 그녀의 모습이 약간 눈에 띌 것 같기도 했다. 상관없었다.

"이건 정치적인 의문들이다. 이 질문들은 관료 체제의 동인이 변화에 적응해야 하는 현실과 완전히 대립 관계임을 실증해 주지. 적응성은 생명이 살아남는 데 가장 중요한 요건이다." 오드레이드가 말했다.

'이제 이곳의 주인들에게 직접 얘기할 때가 되었어.'

오드레이드는 위로 시선을 돌려 샹들리에 속에서 유난히 눈에 띄는 기계눈을 하나 골랐다. "저 익스 인들을 잘 살펴보아라. 그들이 갖고 있던 '결정론적인 우주 속의 정신'은 '무한한 우주 속의 정신'에 자리를 내줬지. 무한한 우주에서는 무슨 일이든 일어날 수 있다. 이 우주에서는 창조적인 무질서가 살아남는 길이야."

"가르침을 주셔서 감사합니다, 최고 대모님."

'잘했다, 수이폴.'

"우리와 온갖 경험을 했으니 저들도 우리가 서로 의리를 지킨다는 점을 틀림없이 더 이상 의심하지 않을 겁니다." 수이폴이 말했다.

'운명의 여신이여, 이 아이를 지켜주소서! 이 아이는 스파이스의 고통을 겪을 준비가 되었는데, 어쩌면 결코 그 고통을 겪지 못할지도 모릅니다.'

오드레이드는 수이폴의 결론에 동의할 수밖에 없었다. 베네 게세리트 방식에 순응하는 것은 속에서부터 우러나는 행동이었다. 베네 게세리트 교단 자체의 질서를 유지해 주는, 끊임없는 감독을 받는 그 세부적인 것들로부터 우러나는 행동인 것이다. 그것은 자유의지를 철학적인 시각이 아니라 실용적인 시각에서 바라보았다. 교단이 적대적인 우주에서 자기들만의 길을 만들어내는 것과 관련해 혹시 내놓을 수 있는 주장이 있다면, 서로 간의 의리, 즉 스파이스의 고통 속에서 벼려진 합의를 성실하게 지키는 것이 요체였다. 이제 몇 개 남지 않은 부속 행성들과 참사회는 나눔과 나눔의 의식 속에서 만들어진 질서를 키워내는 곳이었다. 그 바탕은 순진무구함이 아니었다. 그런 것은 이미 오래전에 사라져버렸다. 다른 법이나 관습에 구애받지 않고 역사를 바라보는 시각과 정치적 의식이 탄탄한 기반이었다.

"우리는 기계가 아니다." 오드레이드는 주위의 자동인형들을 힐끔거리며 말을 이었다. "우리는 항상 개인적인 관계에 의존하지. 그것이 우리를 어디로 이끌어줄지 결코 알지 못하는 상태에서."

타말란이 오드레이드의 옆으로 나섰다. "저들이 지금쯤 우리에게 최소한 메시지라도 보내야 한다고 생각하지 않습니까?"

"저들은 이미 메시지를 보냈습니다, 탐. 우리를 2급 여관에 투숙시킨 게 바로 그것이지요. 나도 이미 응답을 보냈습니다."

결국은 모든 것들이 '알려져' 있다. 사람들이 알고 있다고 믿고 싶어 하니까.

—젠수니 공안(公案)

테그는 깊이 숨을 들이쉬었다. 가무가 바로 앞에 있었다. 그들이 우주 주름에서 나왔을 때 항법사들이 말한 바로 그 위치에. 그는 신중한 스트레기와 나란히 서서 기함의 사령실 화면으로 가무를 보았다.

스트레기는 그가 자기 어깨에 올라타는 대신 두 발로 서 있는 것을 좋아하지 않았다. 군사 장비들 한가운데에서 자신이 필요 없는 존재가 된 것 같아서였다. 그녀의 시선은 계속 사령실 중앙에 있는 다중 투사장(場)으로 향했다. 정체를 알 수 없는 장비들을 몸에 걸치고 포드와 장(場)들을 민첩하게 드나드는 보좌관들은 모두 유능했다. 그녀는 그들의 일에 대해 지극히 막연하게 알고 있을 뿐이었다.

테그의 명령을 전달하는 통신판이 반중력 장치에 실려 그의 손바닥 바로 밑에 있었다. 통신판의 지휘장(場)이 그의 손 주위에서 희미하게 파란색으로 빛났다. 그를 공격 부대와 연결해 주는 편자 모양의 은빛 물체

CHAPTERHOUSE:DUNE

631

는 그의 어깨 위에 가볍게 얹혀 있었다. 그의 몸 크기를 생각했을 때, 그가 전생에서 사용했던 통신기보다 상대적으로 훨씬 더 큰데도 어깨 위에 올려놓은 그 물체가 친숙하게 느껴졌다.

주위의 어느 누구도 그가 어린아이의 몸속에 들어 있는 저 유명한 바샤르라는 사실에 더 이상 의문을 품지 않았다. 그들은 활기 있는 태도로 그의 명령을 받아들였다.

그들의 과녁이 될 항성계는 이 거리에서 보니 평범하게 보였다. 태양과 그 태양의 중력에 붙들린 행성들이 있는 모습. 그러나 선명하게 초점이 맞춰진 가무는 평범하지 않았다. 아이다호가 그곳에서 태어났고, 그의 골라가 그곳에서 훈련을 받았으며, 그의 원래 기억이 그곳에서 복원되었다.

'그리고 나도 그곳에서 변화를 겪었지.'

테그는 가무에서 생존해야 한다는 압박에 시달릴 때 자신이 발견한 새로운 능력을 도저히 설명할 수 없었다. 육체를 고갈시키는 물리적 속도와 비우주선을 '감지'하는 능력이라니. 그는 머릿속에 이미지로 재현된 우주 공간에서 비우주선의 위치를 찾아낼 수 있었다.

그는 아트레이데스 유전자에서 뭔가가 엉뚱하게 돌출된 것이 아닐까 짐작하고 있었다. 그의 몸에서 표지가 되는 세포들을 찾아낼 수는 있었지만 그 세포들의 목적은 알아내지 못했다. 그것은 베네 게세리트 교배 감독관들이 억겁의 세월 동안 만지작거렸던 유산이었다. 그들이 이 능력을 자신들에 대한 잠재적 위험 요소로 보리라는 데에는 거의 의심의 여지가 없었다. 그들이 이 능력을 이용하려 들 수도 있겠지만, 그는 틀림없이 자유를 잃어버릴 것이다.

그는 이런 상념들을 머릿속에서 밀어냈다.

"미끼를 보내라."

'작전 시작이다!'

테그는 자신이 익숙한 자세를 취하는 것을 느꼈다. 계획 단계가 끝나면 기운을 북돋워주는 높은 곳으로 올라가는 듯한 느낌이 들었다. 여러 가설들이 선명하게 다듬어졌고, 대안들이 신중하게 마련되었으며, 철저한 브리핑을 마친 부하들이 제 위치에 배치되었다. 핵심 분대장들은 가무의 자료를 암기하고 있었다. 유격대의 도움을 얻을 수 있는 곳, 도피 장소, 이미 알려진 방어 거점, 가장 취약한 접근로 등에 대한 정보가 그들의 머릿속에 있었다. 그는 그들에게 특히 퓨타르를 주의하라고 경고했다. 이 인간형 짐승들이 동맹이 되어줄 가능성을 간과할 수는 없었다. 골라 아이다호가 가무에서 탈출하는 것을 도왔던 반란군은 퓨타르가 명예의 어머니들을 사냥해서 죽이기 위해 만들어진 생물이라고 강력히 주장했다. 도르투즐라를 비롯한 여러 사람들의 보고서 내용을 알고 있으므로, 만약 반란군의 주장이 사실이라면 명예의 어머니들이 거의 불쌍하게 여겨질 지경이었다. 남에게 연민을 보인 적이 없는 사람들을 불쌍히 여길 수는 없다는 점만 제외하면.

공격은 계획대로 이루어지고 있었다. 정찰 우주선들이 미끼를 일제히 풀어놓으면 무거운 모함들이 공격 위치로 움직인다는 계획. 테그는 이제 스스로를 '내 도구들의 도구'라고 생각하는 상태로 변해 있었다. 명령을 내리는 것이 누구고, 그 명령에 반응하는 것이 누구인지 구분하기가 어려웠다.

'이제 신중해져야 하는 부분이야.'

미지의 것들은 마땅히 두려움의 대상이 되어야 했다. 훌륭한 지휘관들은 그것을 항상 마음속에 깊이 새겨두었다. 미지의 것들은 항상 존재했다.

미끼들이 방어 체제의 경계선에 접근하고 있었다. 그는 적의 비우주선과 우주 주름 탐지기들을 '감지'했다. 그의 의식 속에서 그들의 위치가 밝은 점으로 표시되었다. 테그는 이것을 아군 부대의 위치에 겹쳐보았다. 그가 내리는 모든 명령은 반드시 모두들 알고 있는 전투 계획에서 나오는 것처럼 보여야 했다.

무르벨라가 여기 합류하지 않은 것이 다행이라는 생각이 들었다. 대모라면 누구든 그의 속임수를 꿰뚫어 볼 가능성이 있었다. 그러나 무르벨라가 일행과 함께 안전한 거리에서 기다려야 한다는 오드레이드의 명령에 의문을 제기한 사람은 하나도 없었다.

"어쩌면 최고 대모가 될지도 모르는 사람입니다. 이 사람을 잘 지키세요."

행성 주위에 눈부신 섬광들이 제멋대로 나타나면서 미끼들의 폭발이 시작되었다. 그는 앞으로 몸을 기울이고 투사된 영상들을 뚫어지게 바라보았다.

"패턴을 찾았어!"

패턴 같은 건 없었지만 그의 말이 사람들에게 믿음을 주었고 사람들의 심장이 빠르게 뛰기 시작했다. 바샤르가 방어 체제 속에서 약점을 발견했다는 사실에 의문을 품는 사람은 하나도 없었다. 그의 손이 통신판 위에서 번개처럼 움직이며 불타오르는 화면 속에서 우주선들을 전진시켰다. 화면 속에서는 그들 뒤의 우주 공간에 부서진 적의 장비 조각들이 어지럽게 흩어져 있었다.

"좋아! 시작하자!"

그는 기함의 항로를 항법 장치에 직접 입력하고 난 뒤 화력 통제 장치에 신경을 집중했다. 기함이 가무의 변방 수호 장치들 중 살아남은 것들을 소탕하기 시작하자 그들 주위의 공간에서 점점이 소리 없는 폭발이 일었다.

"미끼를 더 보내!" 그가 명령했다.

하얀 빛 덩어리들이 투사된 화면 속에서 명멸했다.

사령실 사람들은 바샤르가 아니라 그 영상에 시선을 집중했다. '뜻밖의 행동!' 그런 행동을 하기로 유명한 테그가 자신의 명성을 다시 확인해 주고 있었다.

"왠지 낭만적으로 느껴지는군요." 스트레기가 말했다.

'낭만적?' 이런 일에 낭만은 없었다! 낭만을 얘기할 시간은 이미 지나가 버렸고, 아직 다시 찾아오지 않았다. 폭력을 위한 '계획'의 주위를 어떤 아우라가 둘러싸고 있을 수는 있었다. 그 점은 그도 인정했다. 역사가들은 자기들 나름의 낭만이 들어간 드라마를 만들어냈다. 하지만 지금? 지금은 아드레날린이 활동하는 시기였다! 낭만은 반드시 해야 하는 일로부터 주의를 분산시켰다. 지금은 차가운 내면을 유지해야 하고, 정신과 몸 사이에 분명하고 완전한 선을 그어 두어야 했다.

통신판 장(場) 속에서 손을 움직이면서 테그는 스트레기가 무엇 때문에 그런 말을 했는지 깨달았다. 여기서 벌어지고 있는 죽음과 파괴에서 원시적인 요소가 느껴졌다. 지금은 정상적인 질서에서 잘라져 나온 시간이었다. 그들은 고대 부족들의 불편한 패턴으로 회귀한 상태였다.

그녀는 가슴속에서 북소리가 울리는 것을 들었다. 사람들의 목소리가 주문을 외듯이 '죽여! 죽여! 죽여!'라고 소리쳤다.

테그 혼자만이 볼 수 있는 방어용 비우주선에서는 생존자들이 공포에 질려 도망치고 있었다.

'좋았어! 공포는 점점 번져나가서 적들을 약화시키는 법이지.'

"저기 바로니가 있군."

아이다호의 영향으로 그는 거대한 검은색 플래스틸 구조물이 중앙에 솟아 있는 이 커다란 도시를 과거 하코넨의 이름으로 부르고 있었다.

"북쪽 착륙장에 착륙한다."

그는 입으로 말을 했지만 명령을 내린 것은 그의 손이었다.

'이제 서둘러야 해!'

그들이 병사들을 토해 내는 짧은 한순간 동안 비우주선이 적에게 감지되어 공격을 받을 수 있었다. 그는 모든 부대가 통신판을 통한 자신의 명령에 반응하도록 만들어놓았기 때문에 책임이 아주 무거웠다.

"이건 속임수에 불과합니다. 거기 들어가서 심각한 피해를 입힌 후 나오는 겁니다. 우리의 진짜 목표는 환승점이에요."

헤어지면서 오드레이드가 한 말이 기억 속에 들어 있었다. "명예의 어머니들에게 그들이 한 번도 배워보지 못한 교훈을 가르쳐야 합니다. 우리를 공격하면 심하게 다칠 거라는 것. 우리를 압박하면 엄청난 고통이 뒤따른다는 것. 그들도 베네 게세리트의 처벌에 대해 들어본 적이 있습니다. 우리는 악명이 높아요. 거미 여왕은 틀림없이 조금 키득거렸겠죠. 그 키득거리는 웃음소리를 당신이 그녀의 목구멍 속으로 처박아버려야 합니다!"

"하선!"

지금이 취약한 순간이었다. 그들 머리 위의 허공에는 아직 위협적인 것이 하나도 없었지만, 동쪽에서 불꽃들이 호선을 그리며 창날처럼 쏟아져 들어왔다. 이건 아군 사수들이 처리할 수 있었다. 그는 적의 비우주선들이 자살 공격을 하러 돌아올지도 모른다는 가능성에 정신을 집중했다. 사령실의 영상들은 아군 공격선과 병사 수송선들이 격납고에서 쏟아져 나오는 모습을 보여주었다. 기습 부대, 반중력 장치와 장갑을 단 그 엘리트 병사들이 벌써 주위를 확보해 놓고 있었다.

그의 관찰 영역을 넓혀서 폭력이 저질러지는 광경을 바로 눈앞에서 보는 것처럼 자세히 중계해 줄 휴대용 기계눈들이 나타났다. 통신은 명령 전달을 위해 반드시 필요했지만, 통신 장비들은 피투성이의 파괴극 또한 보여주었다.

"하선 완료!"

이 신호가 사령실 전체에 울려 퍼졌다.

그는 착륙장에서 이륙해 비우주선이 전혀 감지되지 않도록 위치를 바꿨다. 이제 이곳을 방어하는 자들에게 그의 위치에 대한 단서가 되어주는 것은 통신선밖에 없었지만, 그것도 미끼용 중계기들로 위장되어 있었다.

고대 하코넨의 중심이었던 거대한 직사각형 건물이 화면에 나타났다. 노예들을 가둬두기 위해 빛을 흡수하는 금속 덩어리로 지어진 건물이었다. 엘리트들은 정원이 딸린 꼭대기의 저택에서 살았다. 그리고 명예의 어머니들은 이곳을 과거처럼 억압적인 곳으로 돌려놓았다.

아군의 거대한 공격선 세 척이 시야에 들어왔다.

"저 물건의 지붕을 깨끗이 치워버려! 깨끗이 쓸어버리되 구조물에는 가능한 한 피해를 주지 마라."

그가 이런 말을 하지 않아도 된다는 것을 알면서도 굳이 한 것은 감정을 분출하기 위해서였다. 공격 부대에 속한 모든 사람들은 그가 무엇을 원하는지 알고 있었다.

"보고하라!" 그가 명령했다.

어깨에 있는 편자 모양의 물체에서 정보가 흘러나오기 시작했다. 그는 그 정보를 보조 화면에 올렸다. 기계눈들이 주변의 적을 소탕하는 아군의 모습을 보여주었다. 공중과 지상의 전투는 적어도 50킬로미터 떨어진 곳까지 아군의 통제 아래에 있었다. 그의 예상보다 훨씬 더 훌륭했다. 명예의 어머니들이 대담한 공격을 전혀 예상하지 못하고 무거운 군사 장비들을 행성 밖에 배치해 두었다는 얘기였다. 그는 이런 태도를 이미 잘 알고 있었다. 명예의 어머니들이 이런 태도를 보일 거라고 예측한 아이다호에게 고맙다는 말을 해야 할 것 같았다.

"그들은 권력에 눈이 멀었습니다. 그들은 우주에서는 무거운 보호 장비를 써야 하고, 지상전에서는 가벼운 장비만을 사용해야 한다고 생각합니다. 필요한 경우에는 무거운 무기들을 지상으로 가져오지요. 그 무기들을 지상에 보관할 필요가 없다는 겁니다. 에너지를 너무 많이 잡아먹으니까요. 게다가 저 위에 온갖 무거운 무기들이 있다는 인식은 이곳에서 움직일 수 없는 백성들을 조용하게 만드는 효과를 발휘합니다."

무기에 대한 아이다호의 생각은 파괴적이었다.

"우리는 우리가 알고 있다고 생각하는 것에 생각을 고정시키는 경향이 있습니다. 발사 무기를 소형화해서 독이나 세균 등을 집어넣더라도, 발사 무기는 여전히 발사 무기입니다."

보호 장비의 혁신은 기동성을 향상시켰다. 보호 장비를 가능하면 군복에 내장시키게 된 것이다. 아이다호는 레이저총의 광선과 부딪혔을 때 엄청난 파괴력을 발휘하는 방어막을 부활시켰다. 병사들로 보이는 것(그러나 사실은 군복을 부풀린 것)에 숨겨진 반중력 장치에 실린 방어막들이 병사들보다 앞서 주위로 퍼져나갔다. 그것들을 향해 레이저총을 발사하자 순수한 핵무기 효과가 발생해 넓은 지역을 쓸어버렸다.

'환승점도 이렇게 쉬울까?'

그렇지 않을 것 같았다. 어쩔 수 없는 상황이 되면 새로운 공격 방식에 재빨리 적응할 수밖에 없을 테니까.

'그들이 이틀 만에 환승점에 방어막을 설치할 수도 있어.'

게다가 방어막의 사용을 금지하는 규칙도 전혀 없었다.

묘하게 중요시되었던 '대협정' 때문에 방어막이 구제국을 지배했다는 걸 테그는 알고 있었다. 명예를 아는 사람들은 그 봉건적인 사회의 무기들을 함부로 사용하지 않았다. 누군가가 대협정을 무시하면 그 동료들이 힘을 합쳐 그 사람에게 폭력을 행사했다. 그뿐만 아니라 어떤 사람들은 '금지'라고도 부르는, 무형의 '체면'이라는 것도 있었다.

'체면! 같은 무리 내에서 나의 위치.'

어떤 사람들은 그것을 목숨보다도 더 중요하게 여겼다.

"우리 편 피해는 거의 없군요." 스트레기가 말했다.

그녀는 나름대로 전투를 분석하고 있었지만 그 분석 결과가 너무 평범해서 테그의 마음에는 들지 않았다. 스트레기의 말은 아군의 인명 피해가 거의 없다는 뜻이었다. 그러나 다른 면에서도 자신의 말이 얼마나 진실에 가까운지는 아마 그녀 자신도 잘 모를 터였다.

"일을 제대로 해내면서 값도 싼 장비를 생각해 내기는 어렵습니다. 하지만 그런 장비는 강력한 무기가 되죠." 아이다호는 이렇게 말했다.

아군의 무기가 소비하는 에너지가 적에 비해 극히 일부밖에 되지 않는다면 거의 승산이 없어 보이는 상황에서 승기를 잡을 수 있는 강력한 수단을 갖고 있는 셈이었다. 싸움을 질질 끈다면 적(敵)은 자원을 허망하게 소비하게 될 것이다. 그리고 적은 생산과 노동자들에 대한 통제권을 잃고 쓰러지게 되는 것이다.

"이제 물러나도 되겠다." 그는 영상에서 시선을 돌리면서 말과 함께 손으로 명령을 반복했다. "가능한 한 빨리 사상자 보고를……." 갑작스러운 동요가 느껴져서 그는 말을 끊고 시선을 돌렸다.

'무르벨라?'

사령실의 모든 화면에 그녀의 모습이 나타나 있었다. 그 이미지들로부터 그녀의 목소리가 커다랗게 울려 나왔다. "주변부에서 오는 보고들을 왜 무시하는 겁니까?" 그녀가 통신판을 장악하는 바람에 화면에는 뭔가 말을 하고 있는 현장 지휘관의 모습이 나타났다. "……명령이 없으므로, 저는 그들의 요청을 거부해야 합니다."

"다시 말하세요." 무르벨라가 말했다.

현장 지휘관의 땀투성이 얼굴이 자신의 휴대용 기계눈을 향했다. 통신 시스템의 조정 덕분에 그가 테그의 눈을 직접 바라보는 것 같았다.

"반복합니다. 난민이라고 자칭하는 사람들이 보호를 요청하고 있습니다. 그들의 지도자 말로는 교단과 맺은 협정 때문에 교단이 자신의 요청을 존중해야 한다고 합니다. 하지만 명령이 없으므로……."

"그 사람이 누군가?" 테그가 다그치듯 물었다.

"랍비랍니다."

테그는 통신판을 다시 장악하기 위해 움직였다. "난 그런 사람 모르……."

"잠깐!" 무르벨라가 다시 그의 통신판을 장악했다.

'저 여자가 어떻게 이런 짓을 할 수 있는 거지?'

그녀의 목소리가 또다시 사령실을 가득 채웠다. "그와 그의 일행을 기함으로 데려오세요. 서둘러요." 그녀가 현장 지휘관의 통신을 끊었다.

테그는 격분했지만 불리한 입장이었다. 그는 무르벨라의 모습이 나타나 있는 수많은 영상 중 하나를 골라 노려보았다. "당신이 어찌 감히 끼어드는 겁니까?"

"당신이 올바른 자료를 갖고 있지 않기 때문입니다. 저 랍비에게는 권리가 있습니다. 정중하게 그를 맞이할 준비를 하세요."

"자세히 설명하세요."

"안 됩니다! 당신이 알 필요는 없는 일이에요. 하지만 당신이 응답하지 않는 걸 보고 내가 이 결정을 내린 건 적절한 조치였습니다."

"저 지휘관은 양동 작전을 펼치는 지역에 있었습니다! 중요하지 않은……."

"하지만 랍비의 요청이 우선입니다."

"당신도 최고 대모 못지않은 사람이군!"

"더 심할지도 모르죠. 이제 내 말 잘 들으세요! 저 난민들을 기함에 태우십시오. 내가 그리로 가겠습니다."

"절대 안 될 일입니다! 지금 그곳에서 움직이지 마세요!"

"바샤르! 이번 요청에는 반드시 대모가 신경을 써야 하는 부분이 있습니다. 그의 말로는 자기들이 루실라 대모에게 임시 피난처를 제공해 주었기 때문에 위험에 빠지게 됐다고 합니다. 이 설명을 받아들이든지 아니면 물러서세요."

"그럼 먼저 내 부하들을 태우고 철수하게 해주십시오. 우리 병력이 모두 철수했을 때 만나기로 하지요."

"좋습니다. 하지만 저 난민들을 정중하게 대하도록 하세요."

"자, 내 화면에서 그만 사라지세요. 당신이 내 눈을 막아버린 건 어리석은 짓입니다!"

"당신은 모든 걸 다 잘 진행하고 있습니다, 바샤르. 이렇게 통신이 중단된 사이에 우리 우주선 중 하나가 퓨타르 넷을 받아들였습니다. 그들은 우리더러 조련사들에게 데려다 달라고 부탁했지만, 난 그들을 가둬 두라고 명령했습니다. 그들을 대할 때는 극도로 신중을 기해야 합니다."

사령실의 화면에 다시 전투 상황이 나타났다. 테그는 병력을 불러들이는 명령을 다시 내렸다. 속이 끓어오르고 있었기 때문에 그가 사령관으로서 감각을 회복하는 데 몇 분이 걸렸다. 무르벨라는 자기가 그의 권위를 얼마나 무너뜨렸는지 알고 있는 걸까? 아니면 그녀가 저 난민들을 이만큼 중요하게 생각한다는 뜻으로 받아들여야 할까?

상황이 정리되자 그는 보좌관에게 사령실을 넘기고 스트레기의 어깨에 올라 이 '중요한' 난민들을 만나러 갔다. 저들의 무엇이 그토록 중요해서 무르벨라가 위험을 무릅쓰고 통신에 끼어든 걸까?

그들 일행은 생기 없는 모습으로 병사 수송선의 칸막이 안에 있었다. 한 신중한 지휘관의 조치였다.

'이 미지의 인물들 속에 무엇이 숨겨져 있는지 누가 알겠나?'

현장 지휘관이 예의 바른 태도를 보이는 것으로 보아 랍비라는 걸 알 수 있는 인물이 그의 부하들과 가까운 쪽에 갈색 로브를 입은 여자와 함께 서 있었다. 그는 작은 몸집에 수염을 기르고 있었으며, 사발을 엎어 놓은 모양의 하얀 모자를 쓰고 있었다. 차가운 조명 때문에 그가 아주 늙어 보였다. 여자는 손으로 차양을 만들어 눈을 가리고 있었다. 랍비가 뭔가 말을 하고 있었는데, 테그는 그들 일행과 점점 가까워짐에 따라 그의 말을 들을 수 있었다.

여자가 말로 공격을 당하고 있었다.

"교만한 자들은 낮아질 것이오!"

여자가 스스로를 방어하는 듯한 자세로 놓인 손을 내리지 않은 채 말했다. "저는 제가 지니고 있는 것에 대해 교만하지 않습니다."

"이 지식이 당신에게 가져다줄 수도 있는 권능에 대해서도?"

테그는 무릎에 힘을 줘서 스트레기에게 약 열 발짝 떨어진 곳에 멈추라고 명령했다. 현장 지휘관은 테그를 살짝 바라본 뒤 자리를 지켰다. 그는 만약 이 일행이 양동 작전의 일부라고 판명될 경우 방어에 나설 태세였다.

'훌륭하군.'

여자가 고개를 더욱 깊숙이 숙이고는 손으로 눈을 누르면서 말했다. "우리가 신성한 임무에서 사용할지도 모르는 지식을 얻게 되는 게 아닙니까?"

"이보시오!" 랍비가 몸을 뻣뻣하게 곧추세우며 말을 이었다. "우리가 무엇을 배우든 그것이 우리로 하여금 신을 더 잘 섬길 수 있게 해주는 것일지라도, 그건 결코 위대한 것이 될 수 없소. 우리가 지식이라고 부르는 모든 것, 만약 그것이 겸손한 마음으로 품을 수 있는 모든 것을 품고 있다면 그 모든 것이 고랑에 뿌려진 씨앗에 지나지 않을 것이오."

테그는 이런 대화에 끼어드는 것이 별로 내키지 않았다. '저렇게 고색창연한 어법이라니.' 그는 두 사람에게 강렬한 흥미를 느꼈다. 다른 난민들도 두 사람의 대화에 홀린 듯이 귀를 기울이고 있었다. 오로지 테그의 현장 지휘관만이 초연해 보였다. 그는 이방인들에게서 시선을 떼지 않은 채 가끔 보좌관들에게 수신호를 보냈다.

여자는 상대에게 경의를 표하듯 계속 고개를 수그린 채 차양처럼 눈을 가린 손 또한 움직이지 않았지만, 자신을 변호하는 말은 멈추지 않았다. "고랑 속으로 사라져버린 씨앗이라도 생명을 일궈낼 수 있습니다."

랍비는 입술을 꾹 다물고 냉혹한 표정을 짓더니 다시 입을 열었다. "물과 보살핌이 없으면, 그러니까 축복과 말씀이 없으면, 생명은 없소."

커다란 한숨이 여자의 어깨를 뒤흔들었지만 그녀는 묘하게 순종적인 그 자세를 계속 유지한 채 랍비에게 대답했다. "랍비 님, 저는 들은 대로 복종할 뿐입니다. 하지만, 저는 제게 불쑥 주어진 이 지식을 존중해야 합니다. 그 안에 랍비 님이 방금 말씀하신 바로 그 설교가 들어 있으니까요."

랍비가 그녀의 어깨에 손을 올려놓았다. "그럼 그것을 원하는 사람들에게 전달하시오. 당신이 가는 곳에 악마가 들어가지 않기를."

그 뒤로 이어진 침묵을 통해 테그는 언쟁이 끝났음을 알 수 있었다. 그는 스트레기에게 앞으로 나아가라고 명령했다. 그런데 그녀가 미처 움직이기 전에 무르벨라가 성큼성큼 두 사람 옆을 지나가 여자에게 시선을 고정시킨 채 랍비에게 묵례를 했다.

"베네 게세리트와 우리가 당신에게 진 신세의 이름으로 여러분을 환영하며 여러분께 은신처를 제공해 드리겠습니다." 무르벨라가 말했다.

갈색 로브를 입은 여자가 손을 내렸다. 테그는 그녀의 손바닥에서 콘택트렌즈가 반짝이는 것을 보았다. 그녀가 고개를 들자 주위 모든 사람들이 놀라서 숨을 집어삼켰다. 여자의 눈은 스파이스에 중독된 사람들과 같은 완전한 파란색이었다. 그리고 스파이스의 고통을 겪고 살아남은 사람들의 표식인 내면의 힘도 거기 담겨 있었다.

무르벨라도 이것을 즉시 알아보았다. '길들지 않은 대모야!' 듄의 프레멘 시절 이후 이런 대모의 존재가 알려진 것은 처음이었다.

여자가 무르벨라에게 예를 표했다. "제 이름은 레베카입니다. 당신을 만나게 된 기쁨이 저를 가득 채우고 있습니다. 랍비께서는 저를 멍청한 거위 같다고 생각하시지만 저는 황금 알을 갖고 있습니다. 제가 람파다스를 가지고 있으니까요. 762만 2014명의 대모들입니다. 이들은 모두 당연히 당신들의 것입니다."

대답은 우주에 대한 위험한 이해이다. 대답이 일리 있는 것처럼 보이는데도 아무것
도 설명하지 못하는 경우가 있다.

─ 젠수니 총무

일행을 데리러 오겠다던 안내인을 기다리는 시간이 길어짐에 따라 오
드레이드는 처음에는 화를 내다가 점점 재미있다는 생각을 하게 되었
다. 마침내 그녀는 로비에 있는 로봇들의 뒤를 따라다니며 그들의 움직
임을 방해하기 시작했다. 대부분의 로봇들은 크기가 작았고, 인간형은
하나도 없었다.

'기능적이군. 익스 산 서보의 특징이야. 이곳 환승점이나 아니면 그 비
슷한 곳에서 머무르는 사람들에게 따라다니는, 분주하고, 분주하고, 분
주한 작은 것들.'

로봇들이 하도 흔해서 그 존재를 눈치채는 사람이 거의 없을 정도였
다. 로봇들은 고의로 방해하는 사람을 처리할 능력이 없었기 때문에 아
무런 움직임 없이 윙윙거리는 소리만 내기 시작했다.

'명예의 어머니들은 유머 감각을 거의 또는 전혀 갖고 있지 않다고 했지요? 나도 압니다, 무르벨라. 나도 알아요. 하지만 저들이 내 메시지를 이해한 걸까요?'

도르투즐라는 분명히 이해한 것 같았다. 그녀는 움츠리고 있던 자세를 풀고 입을 크게 벌려 싱긋 웃으며 이 익살맞은 물건들을 지켜보았다. 탐은 이런 모습이 마음에 들지 않는 모양이었지만 그냥 묵인하고 있었다. 수이폴은 대단히 기뻐했다. 오드레이드는 로봇들의 움직임을 방해하는 걸 도우려는 그녀를 말려야 했다.

'적의 반감을 사는 짓은 내가 하겠다, 아이야. 앞으로 내게 어떤 일이 닥칠지 나는 알고 있으니까.'

오드레이드는 자신의 뜻을 분명히 전달했다는 확신이 들자 샹들리에 밑에 자리를 잡았다.

"내 옆에 있어주세요, 탐." 그녀가 말했다.

탐은 주의 깊은 표정으로 고분고분하게 오드레이드 앞에 와서 섰다.

"당신도 눈치챘습니까, 탐? 현대의 로비들이 상당히 작은 편이라는 걸?"

타말란은 주위를 살짝 둘러보았다.

"옛날 로비들은 컸습니다. 세력가들에게 이렇게 넓은 공간을 차지하고 있다는 특권 의식을 주기 위해서였죠. 물론 자기가 중요한 인물이라는 사실을 남들에게 깊이 각인시키려는 의도도 있었습니다." 오드레이드가 말했다.

타말란은 오드레이드가 펼치고 있는 작은 연극이 무엇인지 감을 잡고 입을 열었다. "요즘은 조금이라도 여행을 하는 사람이 바로 중요한 인물이지요."

오드레이드는 로비 바닥 여기저기에 흩어져 움직이지 못하고 있는 로봇들을 바라보았다. 어떤 녀석들은 윙윙거리면서 안절부절못했고, 어떤 녀석들은 사람이나 기계가 와서 질서를 회복해 주기를 조용히 기다리고 있었다.

번쩍이는 기계눈이 하나 박혀 있는 남근 모양의 검은 플라즈 튜브 형태를 한 자동 접객원이 창살 뒤에서 나와 오도 가도 못 하고 있는 로봇들 사이를 뚫고 오드레이드 앞에 섰다.

"오늘은 날씨가 너무 습하군요. 기후 통제소가 무슨 생각을 하고 있는 건지 모르겠습니다." 감상적인 여자 목소리였다.

오드레이드는 기계를 무시하고 그 뒤편의 타말란에게 말을 걸었다. "이런 기계들이 우호적인 인간 흉내를 내도록 프로그램하는 이유가 뭘까요?"

"제가 보기에도 역겹군요." 타말란이 동의했다. 그녀가 자동 접객원을 어깨로 억지로 밀어버리자 기계는 휙 몸을 돌려 자신을 방해한 사람을 유심히 살펴보았지만 어떤 동작을 취하지는 않았다.

오드레이드는 자신이 버틀레리안 지하드의 동력이 되었던 힘, 즉 군중을 자극하는 힘을 건드렸다는 걸 갑자기 깨달았다.

'나 자신의 편견 때문이야!'

그녀는 자기들 앞에 버티고 선 기계를 유심히 살펴보았다. 녀석은 어떤 지시를 기다리고 있는 걸까? 아니면 그녀가 저 물건에게 직접 말을 걸어야 하는 걸까?

로봇 네 대가 더 로비로 들어왔다. 오드레이드 일행의 짐가방이 그 위에 쌓여 있었다.

'우리 물건들을 모두 신중하게 조사했겠지, 틀림없어. 수색하고 싶으면 해. 우리에게는 우리 군대에 대해 힌트가 될 만한 것이 하나도 없으니까.' 오드레이드는 속으로 생각했다.

네 대의 로봇은 방의 가장자리를 따라 재빨리 움직이다가 꼼짝 못 하고 있는 로봇들 때문에 길이 막힌 것을 알아차렸다. 짐을 실은 로봇들은 움직임을 멈추고 이 진기한 상황이 정리되기를 기다렸다. 오드레이드는 녀석들을 향해 미소를 지었다. "우리의 비밀스러운 자아를 일시적으로 은폐하고 있다는 징후가 저기 있군요."

은폐와 비밀.

감시자들의 화를 돋울 만한 말이었다.

'어서요, 탐! 계획을 알고 있잖습니까. 무의식 속에 들어 있는 저 엄청난 내용물들을 혼란시키고, 죄책감을 불러일으키세요. 저들은 그 감정이 무엇인지 알아보지 못할 겁니다. 내가 로봇들에게 했던 것처럼 저들에게 불안감을 주세요. 저들이 경계하게 만들어요. 베네 게세리트 마녀들의 진정한 힘이 뭡니까?'

타말란은 그녀의 신호를 받아들였다. '일시적이고 비밀스러운 자아'라는 말. 그녀는 아이들을 상대하는 듯한 어조로 기계눈더러 들으라는 듯 설명하기 시작했다. "사람들이 둥지를 떠날 때 가지고 가는 것이 무엇입니까? 당신은 모든 걸 싸 들고 가는 편입니까? 아니면 꼭 필요한 것만 간단하게 챙기는 편입니까?"

'감시자들이 꼭 필요한 것으로 분류하는 게 무엇일까? 위생을 위한 도구들과 빨거나 교체할 수 있는 옷? 무기? 저들은 우리 짐 속에 그런 것들이 있는지 찾아보았겠지. 하지만 대모들은 눈에 띄는 무기를 들고 다니지 않는 편이야.'

"여긴 정말 꼴사나운 곳이군요. 거의 고의로 이렇게 꾸몄다는 생각이 들 정도예요." 도르투즐라가 오드레이드 앞에 서 있는 타말란과 합류하여 연극을 이어받으며 말했다.

'아아, 고약한 감시자들 같으니. 도르투즐라를 봐. 누군지 알겠나? 당신들이 무슨 짓을 할지 분명히 알면서 그녀가 다시 돌아온 이유가 뭘까? 퓨타르의 먹이? 그녀가 그런 것에 얼마나 신경을 쓰지 않는지 알겠어?'

"여긴 일시적으로 머무르는 곳입니다, 도르투즐라. 대부분의 사람들은 이런 곳이 자기들의 목적지가 되는 걸 절대 원하지 않을 거예요. 불편하니까요. 작은 불편들은 그 사실을 다시 일깨워줄 뿐이죠." 오드레이드가 말했다.

"길가의 정류장이죠. 저들이 이곳을 완전히 개축하지 않는 이상 결코 그 이상의 장소가 되지 못할 겁니다." 도르투즐라가 말했다.

저들이 이 말을 들으려 할까? 오드레이드는 자신이 선택한 기계눈을 향해 철저하게 침착한 시선을 보냈다.

'이 꼴사나운 모습에는 의도가 드러나 있다. '배를 채울 것과 침대, 오줌보와 창자를 비울 수 있는 장소, 육체가 필요로 하는 일상적인 가벼운 관리 작업을 수행할 장소를 제공해 주겠다. 하지만 당신들은 이곳에서 금방 사라져버릴 거야. 우리가 원하는 건 당신들이 남기고 간 에너지뿐이니까'라는 뜻이지.'

자동 접객원이 타말란과 도르투즐라의 뒤를 돌아 다시 오드레이드와 접촉을 시도했다.

"우릴 즉시 숙소로 안내해!" 오드레이드가 하나밖에 없는 눈을 쏘아보며 말했다.

"이런! 저희가 생각이 모자랐군요."

저런 감상적인 목소리를 어디서 찾아낸 걸까? 혐오스러웠다. 그러나 오드레이드는 1분도 채 되지 않아 로비를 벗어나고 있었다. 짐을 실은 로봇들이 일행의 앞에서 움직이고 있었고, 수이폴은 오드레이드의 뒤에 바짝 붙어 있었으며, 타말란과 도르투즐라가 그 뒤를 따랐다.

그들이 지나가는 길에서 분명히 볼 수 있는 한쪽 건물은 버려진 듯한 분위기를 풍겼다. 환승점의 교통량이 줄어들었다는 뜻인가? 흥미로웠다. 복도 전체의 덧문들은 모두 닫혀 있었다. 뭔가를 숨기고 있는 건가? 그 때문에 생긴 어둠 속에서 그녀는 바닥과 선반에 먼지가 쌓여 있으며, 이곳을 관리하는 기계들이 오간 자국만 몇 개 나 있을 뿐이라는 것을 알아볼 수 있었다. 저 창밖에 있는 걸 감추려는 건가? 그런 것 같지는 않았다. 이곳은 한동안 이렇게 폐쇄되어 있었던 것 같았다.

그녀는 관리 작업이 이루어지고 있는 물건들에서 하나의 패턴을 감지했다. 이곳의 교통량이 거의 없다는 것. 명예의 어머니 효과였다. 그저 땅속으로 기어 들어가서 저 위험한 도둑들의 눈에 띄지 않기를 기도하는 편이 더 안전하게 느껴지는 마당에 감히 여기저기 돌아다닐 사람이 어디 있겠는가? 엘리트들의 개인 숙소로 통하는 길은 훌륭하게 관리되고 있었다. 최고 상태로 관리되는 것은 최고들밖에 없다는 얘기였다.

'가무의 난민들이 도착했을 때 그들에게 방을 내줄 수 있겠군.'

아까 로비에 있을 때 로봇 한 대가 수이폴에게 안내용 박동기를 건네주었다. "나중에 길을 찾을 때 쓰십시오." 둥근 파란색 공 안에 노란색 화살표들이 둥둥 떠서 길을 가르쳐주는 장치였다. "목적지에 도착하면 작은 종소리가 울릴 겁니다."

박동기가 작은 종소리를 냈다.

'우리가 어디에 도착한 거지?'

로비와 마찬가지로, 이곳의 주인들이 '온갖 사치스러운 것들'을 제공해 주면서도 혐오감이 느껴지도록 꾸며놓은 곳이었다. 방의 바닥은 부드러운 노란색, 벽은 연한 자주색, 천장은 하얀색이었다. 의자개는 없었다. 의자개가 없다는 건 손님들의 취향보다 경제적인 면이 중시된다는 걸 알려주었지만, 그래도 다행인 줄 알라는 듯한 분위기. 의자개를 유지하려면 먹이와 값비싼 인력이 필요했다. 영구 플록스 천으로 된 가구들이 보였다. 그 천 뒤에서는 탄력적인 플라스틱이 느껴졌다. 모든 것이 방처럼 여러 색깔이었다.

침대의 모습은 조금 충격적이었다. 딱딱한 매트리스를 달라는 요청을 누군가가 너무 문자 그대로 받아들인 모양이었다. 침대에는 쿠션도 없이 평평한 검은 플라즈뿐이었다. 침구도 없었다.

수이폴이 이걸 보고 반발했지만 오드레이드가 그녀의 입을 막아버렸다. 베네 게세리트의 수단을 동원해도 때로 편안함을 단념해야 하는 경우가 있었다. 임무를 완수하라! 그것이 가장 중요한 명령이었다. 만약 최고 대모가 가끔 이불도 없이 딱딱한 곳에서 잠을 자야 한다 해도 임무의 이름으로 그냥 넘겨버릴 수 있었다. 게다가 베네 게세리트들은 이런 대수롭지 않은 일에 적응하는 방법을 알고 있었다. 오드레이드는 만약 자기가 여기서 반발한다면 저들이 또다시 고의로 모욕을 가해 올 가능성이 있음을 알고 불편함을 각오하며 마음을 다잡았다.

'저들이 자기들 무의식 속에 이걸 덧붙이고 걱정하게 하자.'

그녀가 숙소의 다른 부분들을 조사하며 약간의 우려와 노골적으로 재미있어하는 기색을 드러내고 있을 때 그녀에게 호출이 왔다. 오드레이드와 다른 일행이 공통의 거실로 들어섰을 때 천장 환기구를 통해 침입한 목소리를 통해서였다. "로비로 돌아가시오. 그곳에서 당신을 위대한 명예의 어머니에게 데려다줄 안내인을 만나게 될 겁니다."

"나 혼자 가겠습니다." 오드레이드가 반대의 목소리들을 잠재우며 말했다.

초록색 로브를 입은 명예의 어머니가 복도와 로비가 이어지는 곳에서 약해 빠진 의자에 앉아 기다리고 있었다. 그녀의 얼굴은 마치 돌 위에 또 돌을 얹어놓은 성벽 같았다. 그녀가 수문 같은 입에 투명한 빨대를 물고 어떤 액체를 들이마셨다. 자주색 액체가 빨대를 따라 올라갔다. 그 액체에서는 당분 냄새가 났다. 눈은 성벽에서 바깥을 살짝 내다보는 무기였다. 코는 눈에서 시작된 증오심이 흘러내리는 비탈길이었다. 턱은 약했다. 반드시 필요하기보다는 나중에야 뒤늦게 생각이 미쳐서 만들어진 것 같았다. 성을 축조하던 초창기의 흔적도 보였다. 아기 적의 모습. 머리카락은 원래 색깔보다 어두운 충충한 갈색으로 염색되어 있었다. 그건 중요하지 않았다. 눈, 코, 입, 이것들이 중요했다.

여자가 거만한 자세로 천천히 일어섰다. 오드레이드의 존재를 눈치채 주는 것만으로도 자신이 엄청난 은혜를 베풀고 있음을 강조하는 몸짓이었다.

"위대한 명예의 어머니께서 당신을 만나겠다고 하셨습니다."

묵직해서 거의 남자 같은 목소리였다. 자부심이 벽처럼 하도 높이 솟아 있어서 그녀가 무슨 행동을 하든 그 자부심이 드러났다. 꿈쩍도 하지 않는 편견으로 단단하게 뭉친 사람이었다. 자신이 '안다'고 생각하는 게 너무 많아서 그녀는 무지와 두려움의 걸어 다니는 진열장이었다. 오드레이드가 보기에 그녀는 명예의 어머니들의 약점을 완벽하게 실증해 주는 표본이었다.

여러 번 방향을 꺾고 밝고 깨끗한 복도들을 여러 번 통과한 끝에 두 사람은 길쭉한 방에 도착했다. 일렬로 늘어선 창문들을 통해 햇빛이 쏟아져 들어오고, 한쪽 끝에는 정교한 군사 장비 조종판이 있었다. 그리고 그곳에 우주 지도와 지형도가 투사되어 있었다. 거미 여왕의 거미줄 중심부인가? 그런 것 같지는 않았다. 조종판이 너무 눈에 띄었다. 대이동에서 돌아온 사람들이 쓰는 것과는 다르게 설계된 조종판이었지만, 그 기계의 목적을 알아보지 못할 정도는 아니었다. 인간들이 손댈 수 있는 영역에는 물리적 한계가 있었으므로, 사람의 정신과 기계를 연결하는 인터페이스 덮개가 탑처럼 높이 솟은 달걀형에 독특하게도 지저분한 노란색을 띠고 있다 해도 그것이 인터페이스가 아닌 다른 물건일 리 없었다.

그녀는 방 안을 한 바퀴 둘러보았다. 가구가 별로 없었다. 골격에 천을 씌운 의자 몇 개와 작은 탁자들이 있었고, 넓게 탁 트인 부분은 (아마도) 사람들이 명령을 기다리며 대기하는 곳인 것 같았다. 지저분하게 어질러진 것은 하나도 없었다. 이곳은 작전 센터인 듯했다.

'마녀들의 머릿속에 이 모습을 각인시키자는 거로군!'

한쪽의 기다란 벽을 따라 나 있는 창문들을 통해 창 너머의 포석과 정원이 보였다. 이 모든 것이 미리 마련된 무대였다!

'거미 여왕은 어디 있는 거지? 그녀는 어디서 잠을 잘까? 그녀의 굴은 어떤 모습을 하고 있을까?'

포석이 깔린 바깥에서 아치형 문을 통해 두 여자가 들어왔다. 두 사람 모두 반짝이는 아라베스크 무늬와 드래곤 형상이 그려진 빨간 로브를 입고 있었다. 수스톤을 부숴서 그려 넣은 장식이었다.

오드레이드는 안내인이 소개를 해줄 때까지 신중을 기하며 침묵을 지켰다. 안내인은 최소한의 말만 하고서는 서둘러 방을 나가버렸다.

무르벨라의 힌트가 없었다면, 오드레이드는 거미 여왕 옆에 서 있는 키 큰 여자가 이곳 지도자인 줄 알았을 것이다. 그러나 지도자는 키가 작은 쪽이었다. 강렬한 흥미가 일었다.

'이 사람은 그냥 권좌를 향해 올라간 게 아니다. 틈새들 사이로 살금살금 움직인 거야. 그리고 어느 날 그녀의 자매들이 정신을 차리고 보니 이것이 이미 기정사실이 되어 있었던 거지. 그녀가 중앙의 자리에 단단하게 자리 잡고 있었던 거다. 누가 반대할 수 있었을까? 저 여자의 면전에서 물러나고 10분 후면 자기가 누굴 반대했던 건지 기억도 잘 안 날 텐데.'

두 여자도 오드레이드 못지않게 강렬한 시선으로 그녀를 살펴보았다.

'좋아. 이 순간에는 저런 것이 필요하지.'

거미 여왕의 외모는 단순히 놀라운 수준을 뛰어넘었다. 이 순간까지 베네 게세리트는 그녀의 외모에 대한 정보를 전혀 얻지 못했다. 조각조각 흩어진 증거들을 바탕으로 상상력을 동원해 임시로 만들어낸 모습뿐이었다. 그런데 마침내 그녀가 모습을 드러낸 것이다. 그녀는 몸집이 작았다. 로브 아래에 받쳐 입은 빨간 레오타드 밑에는 예상했던 대로 힘줄이 드러난 근육이 있었다. 덤덤한 갈색 눈이 있는 달걀형 얼굴은 잊어버리기 쉬운 모습이었다. 그녀의 눈 속에서 오렌지색 반점들이 춤추고 있었다.

'두려움을 느끼면서 그 때문에 분노하고 있지만, 자기가 뭘 두려워하는지 정확히 파악하지 못하는군. 그녀가 갖고 있는 거라고는 과녁이 되어줄 나뿐이다. 저 여자는 나한테서 뭘 얻어낼 생각일까?'

보좌관은 조금 달랐다. 외모상으로는 그녀가 훨씬 더 위험했다. 황금색 머리는 너무나 세심하게 손질되어 있었고, 코는 갈고리처럼 약간 휘어 있었으며, 입술은 얇고, 피부는 높이 솟은 광대뼈 위에 팽팽하게 걸쳐져 있었다. 게다가 저 독기 품은 시선이라니.

오드레이드는 다시 거미 여왕의 얼굴로 시선을 돌렸다. 그녀의 코는 그녀와 방금 전까지 함께 있다 나온 사람들도 때로는 제대로 설명하기 어려울 것 같은 모습을 하고 있었다.

'곧게 뻗은 건가? 조금 그런 것도 같군.'

눈썹은 지푸라기 색깔의 머리카락과 같은 색이었다. 그녀가 입을 열면 분홍색 입 모양이 드러났지만, 입을 다물면 거의 보이지 않았다. 그녀의 얼굴에서는 핵심적인 초점이 되는 부분을 찾기가 어려웠기 때문에 얼굴 전체가 흐릿해져버렸다.

"그래, 당신이 베네 게세리트의 지도자로군."

역시 특징이 없는 목소리였다. 기묘한 억양의 갈락 어. 자기들만의 특수한 용어를 쓰지 않는데도, 그녀의 혓바닥 바로 뒤에서 그 존재를 느낄 수 있었다. 언어를 이용한 술수가 그곳에 있었다. 무르벨라에게서 들은 얘기들이 그 점을 강조해 주었다.

"그들은 '목소리'와 비슷한 것을 갖고 있습니다. 당신들이 내게 가르쳐 준 것과 같지는 않지만, 그들에게도 다른 방법들이 있습니다. 일종의 말장난이지요."

'말장난이라.'

"내가 당신을 어떻게 불러야 합니까?" 오드레이드가 물었다.

"당신이 나를 거미 여왕이라고 부른다는 얘기를 들었소." 그녀의 눈에서 오렌지색 반점들이 맹렬하게 춤을 췄다.

"지금 나는 당신 거미줄의 중심에 와 있는 데다가 당신이 가진 엄청난 힘을 생각하니 그게 사실이라고 실토하지 않을 수 없겠군요."

"그래, 당신이 알아차린 게 그거란 말이지. 내 힘." 저렇게 우쭐대다니!

사실 오드레이드가 가장 먼저 주목한 것은 그녀의 냄새였다. 뭔가 말도 안 되는 향수 냄새가 진동했다.

'페로몬 냄새를 숨기려는 건가?'

감각 기관을 통해 전달되는 지극히 사소한 자료들을 근거로 판단을 내리는 베네 게세리트의 능력에 대해 미리 주의를 들은 걸까? 어쩌면 그럴지도. 하지만 그냥 단순히 그녀가 이 향수를 좋아하는 것일 수도 있었다. 여러 가지 냄새가 조합된 이 향수 냄새 속에서 이국적인 꽃 냄새가 살짝 느껴졌다. 그녀의 고향에서 나는 물건인가?

거미 여왕이 특징 없는 턱에 손을 갖다 댔다. "날 다마라고 불러도 좋소."

그녀의 일행이 반발했다. "이 사람은 '100만 행성들' 중 최후의 적입니다!"

'저들은 구제국을 저렇게 생각하는 모양이군.'

다마가 조용히 하라는 듯 한 손을 들어 올렸다. 얼마나 무심하고, 얼마나 많은 것을 드러내는 몸짓인지. 오드레이드는 보좌관의 눈에서 벨론다를 연상시키는 광채를 보았다. 그 안에서 경계를 늦추지 않는 악의가 공격할 곳을 찾고 있었다.

"대부분의 사람들은 나를 위대한 명예의 어머니로 불러야 하지. 나는 당신에게 영예를 베푼 거요." 다마가 자기 뒤쪽의 아치형 문을 가리키면서 말을 이었다. "밖에서 좀 걸으면서 얘기합시다. 우리 둘이서만."

이건 권유가 아니라 명령이었다.

오드레이드는 문 옆에서 잠시 걸음을 멈추고 거기 화면에 나타나 있는 지도를 보았다. 흑백의 작은 선들이 그려내는 불규칙한 윤곽과 길에 갈락 어로 된 꼬리표가 붙어 있었다. 포석 뒤에 있는 정원의 식물들을 표시한 것이었다. 오드레이드가 몸을 가까이 구부리고 지도를 자세히 살펴보는 동안 다마는 재미있어서 아량을 베푼다는 듯한 태도로 기다려 주었다. 비전(秘傳)의 나무와 덤불이 틀림없었다. 먹을 수 있는 열매를 맺는 것은 거의 없었다. 저들은 이 식물들을 자랑으로 여겼고 이 지도가 여기 있는 것은 그 점을 강조하기 위해서였다.

두 사람이 뜰로 나갔을 때 오드레이드가 말했다. "당신의 향수 냄새가 두드러지게 느껴졌습니다."

다마가 기억 속으로 거슬러 올라갔는지 대답하는 목소리에 미묘한 감정이 배어 있었다.

'그녀만의 불꽃 관목을 식별하기 위한 식물 표식이군. 세상에! 하지만 이 여자는 그걸 생각하면서 분노와 슬픔을 동시에 느끼고 있다. 그리고 내가 왜 이 얘기를 꺼냈는지 궁금해하고 있어.'

"그것이 없으면, 저 관목이 나를 받아들이지 않았을 거요." 다마가 말했다.

'동사의 시제가 흥미로운걸.'

사투리 억양이 섞인 갈락 어를 이해하기는 어렵지 않았다. 그녀는 듣는 사람을 위해 무의식적으로 말을 조절하는 것 같았다.

'귀가 좋아. 몇 초 동안 상대를 지켜보고 상대의 말에 귀를 기울인 다음 상대가 자기를 이해할 수 있게 억양을 조절하고 있어. 대부분의 인간들이 금방 받아들이는 아주 오래된 기술이지.'

오드레이드는 이것의 기원이 보호색과 같다고 보았다.

'이방인 취급을 받고 싶지 않다는 거지.'

유전자 안에 내장된, 조절이 가능한 특징. 명예의 어머니들은 그 특징을 잃어버리지 않았지만 이것도 약점 중 하나였다. 목소리의 무의식적인 음조를 완전히 숨길 수 없기 때문에 거기서 많은 사실들이 드러나는 것이다.

비록 노골적인 자만심을 갖고 있었지만, 다마는 지적이고 자제심이 강했다. 이런 결론에 이르게 된 것이 기뻤다. 어떤 경우에는 에둘러 말할 필요가 없을 테니까.

다마가 뜰의 가장자리에서 걸음을 멈추자 오드레이드도 멈춰 섰다. 두 사람은 거의 어깨를 나란히 하고 서 있었는데, 정원을 응시하던 오드레이드는 거의 베네 게세리트와 흡사한 그 모습에 충격을 받았다.

"당신이 준비한 말을 하시오." 다마가 말했다.

"내가 인질로서 어떤 가치가 있습니까?" 오드레이드가 물었다.

이글거리는 오렌지색 시선!

"당신도 그 생각을 해본 모양이군요." 오드레이드가 말했다.

"계속하시오." 오렌지색이 가라앉고 있었다.

"교단에는 나를 대신할 사람이 세 명 있습니다." 오드레이드는 상대를 꿰뚫어 보는 듯한 시선을 최대한 끌어내면서 말을 이었다. "우리가 서로를 약화시켜서 우리 둘 다 파멸에 이를 수도 있습니다."

"우린 벌레를 잡듯이 당신들을 박살 낼 수 있어!"

'오렌지색을 조심해야 합니다!'

오드레이드는 이 내면의 경고에 개의치 않았다. "하지만 우리를 후려친 손이 곪아서 결국 당신들은 질병에 잡아먹힐 겁니다."

'구체적으로 자세한 얘기를 하지 않고 이보다 더 분명하게 표현할 수는 없을걸.'

"있을 수 없는 일이야!" 오렌지색 시선이 오드레이드를 노려보았다.

"당신이 적들에게 밀려 여기까지 왔다는 사실을 우리가 모르는 줄 아십니까?"

'내가 가진 가장 위험한 수를 던지는 거야.'

오드레이드는 이 말이 효과를 발휘하는 것을 지켜보았다. 다마는 음산하게 표정을 구기는 것으로 그치지 않았다. 오렌지색이 사라져서 묘하게 담담해진 눈이 무서운 표정의 얼굴과 모순되게 느껴졌다.

오드레이드는 마치 다마가 대답을 하기라도 한 것처럼 고개를 끄덕였다. "우린 당신들을 공격하는 사람들에게 취약한 상태로 당신들을 그냥 내버려둘 수도 있었습니다. 당신들을 이 막다른 길로 몰아넣은 사람들 말입니다."

"우리가……."

"우린 알고 있습니다."

'적어도 나는 이제 확실히 알게 되었지.'

그 때문에 의기양양한 기분과 두려움이 동시에 생겨났다.

'저 바깥에 무엇이 있기에 이 여자들이 제압당한 걸까?'

"우리가 우리 병력을 모으기만 하면……."

"당신들이 박살 날 것이 틀림없는 전장으로…… 당신들이 압도적인 수적 우위에 의존할 수 없는 곳으로 돌아가겠죠."

다마가 원래 습관대로 발음이 불분명한 갈락 어를 다시 쓰는 바람에 오드레이드는 그녀의 말을 잘 이해할 수 없었다. "그러니까 그들이 당신들에게 갔군……. 가서 제안을 했어. 그걸 믿다니 이런 멍청이……."

"난 우리가 믿는다고는 하지 않았습니다."

"저 뒤의 로그노가……." 그녀는 방 안에 있는 보좌관을 고갯짓으로 가리키면서 말을 이었다. "……당신이 내게 이런 식으로 말하는 걸 들었다면 당신은 내가 경고해 주기도 전에 죽었을 거요."

"우리 둘만 있는 게 다행이군요."

"그 덕분에 당신이 더 많은 성과를 올릴 거라고는 생각하지 마시오."

오드레이드는 어깨 너머로 건물을 살짝 바라보았다. 조합의 설계를 개조한 흔적이 보였다. 창문이 나 있는 기다란 전면, 대단히 이국적인 목재와 보석을 박아 넣은 돌들.

'부(富).'

그녀는 어떤 사람들은 상상조차 하지 못할 극단적인 부를 상대하고 있었다. 다마가 원하는 것이라면 무엇이든, 그녀를 추종하는 사회들이 제공할 수 있는 것이라면 무엇이든 다 구할 수 있을 것이다. 대이동 속으로 다시 돌아갈 수 있는 자유만 빼고.

다마는 자신의 망명 생활이 언젠가 끝날지도 모른다는 환상에 얼마나 단단히 매달리고 있는 걸까? 그리고 이처럼 강력한 집단을 구제국으로 몰아낸 세력은 무엇일까? 왜 이곳으로 몰아낸 걸까? 오드레이드는 감히 물어볼 수 없었다.

"내 숙소에서 얘기를 계속하도록 하지." 다마가 말했다.

'마침내 거미 여왕의 굴 속으로 들어가는 거야!'

다마의 숙소는 조금 어리둥절한 곳이었다. 바닥에는 화려한 카펫이 깔려 있었는데, 다마는 방에 들어서자마자 샌들을 아무렇게나 벗어 팽개치고는 맨발이 되었다. 오드레이드도 그녀의 본보기를 따랐다.

'저 여자의 발 바깥쪽에 굳은살이 박인 걸 좀 봐! 위험한 무기를 잘 손질해 두었군.'

오드레이드를 어리둥절하게 만든 것은 부드러운 바닥이 아니라 방 그 자체였다. 작은 창문 하나가 세심하게 손질된 정원을 굽어보고 있었다. 벽에는 벽걸이도, 그림도 없었다. 장식품도 전혀 없었다. 격자형 환기구가 두 사람이 들어온 문 위에 어두운 줄무늬를 드리웠다. 오른쪽에는 문이 하나 더 있었고, 환기구도 있었다. 그리고 차분한 회색의 긴 소파와 윤기 나는 검은색의 작은 사이드테이블 두 개. 그보다 더 큰 황금색 탁자 위에는 초록색으로 희미하게 빛나는 부분이 있어서 그곳이 조종장(場)임을 알 수 있었다. 오드레이드는 황금색 탁자 안에 삽입된 투사기의 섬세한 직사각형 윤곽선을 알아보았다.

'아아, 여기는 저 여자의 작업실이군. 여기 일하러 온 건가?'

이곳에는 뭔가에 집중하는 듯한 정제된 분위기가 있었다. 일부러 신경을 써서 정신을 산만하게 만드는 것들을 치운 듯했다. 정신을 산만하게 만드는 물건들 중 다마가 받아들일 만한 것이 무엇일까?

'장식품들은 어떤 방에 있는 거지? 저 여자도 나름대로 주위 환경을 견디며 살아야 할 텐데. 주위에서 자기 마음에 들지 않는 것들을 거부하기 위해 항상 정신적인 장벽을 쌓을 수는 없는 법이야. 정말로 편안해지고 싶다면 집에는 자신을 공격할 만한 것이 없어야 하지. 특히 무의식을 공격하는 것이 없어야 해. 저 여자는 무의식적인 약점을 인식하고 있어! 이게 정말로 위험한데도 저 여자는 '좋다'고 대답할 수 있는 힘을 갖고 있다.'

이것은 오래전부터 베네 게세리트들에게 내려오는 통찰력이었다. '좋다'고 말할 수 있는 사람을 찾아야 한다는 것. '안 됩니다'라는 말밖에 할 수 없는 하급자들에게 신경을 쓸 필요는 없었다. 협정을 체결하고, 계약서에 서명을 하고, 약속에 대해 성과를 내놓을 수 있는 사람을 찾아야 했다. 거미 여왕은 자주 '좋다'고 말하는 편이 아니었지만 그녀는 그럴 힘을 갖고 있었고, 그녀 자신도 그걸 알았다.

'저 여자가 나를 따로 데리고 나왔을 때 깨달았어야 했어. 나더러 자기를 다마라고 불러도 좋다고 했을 때 첫 번째 신호를 보낸 거다. 내가 나자신도 멈출 수 없도록 테그의 공격을 도와야 한다는 생각 때문에 너무 조급하게 군 걸까? 다시 생각해 보기에는 이미 너무 늦었다. 그의 속박을 풀어주었을 때 난 이미 그걸 알고 있었어. 하지만 우리가 혹시 끌어들

이게 될지도 모르는 다른 세력들은 뭐지?'

오드레이드는 다마의 지배 패턴을 이미 머릿속에 담아 두었다. 말과 몸짓으로 거미 여왕을 움츠러들게 만들고, 잔뜩 웅크린 채 그녀 자신의 심장 박동을 강렬히 의식하게 만들 수 있을 것 같았다.

'이 연극은 이제 앞을 향해 나아가는 수밖에 없어.'

다마가 황금색 탁자 위의 초록색 장 속에서 손으로 뭔가를 하고 있었다. 그녀는 오드레이드를 무시한 채 그 작업에 몰두하고 있었는데, 그것은 오드레이드에 대한 모욕이자 찬사였다.

'너는 방해하지 않을 거다, 마녀. 그건 너한테 이롭지 않은 행동이니까. 너도 그걸 알고 있어. 게다가 넌 내 주의를 흐트러뜨릴 수 있을 만큼 중요한 인물이 아냐.'

다마는 흥분한 것 같았다.

'가무 공격이 성공을 거뒀을까? 피난민들이 도착하고 있는 건가?'

오렌지색으로 이글거리는 눈이 오드레이드에게 초점을 맞췄다. "당신 조종사가 우리에게 조사받는 걸 거부하고 방금 우주선과 함께 자폭했소. 당신들이 거기에 뭘 싣고 온 거지?"

"우리 자신입니다."

"당신한테서 신호가 나오고 있어!"

"내 동료들에게 내가 살았는지 죽었는지 알려주는 겁니다. 당신도 이미 알고 있을 텐데요. 우리 조상들 중에는 공격이 있기 전에 자기 우주선을 태워버린 사람들이 있었습니다. 후퇴할 수 없게."

오드레이드는 다마의 반응에 맞춰 어조와 타이밍을 조절하면서 지극히 신중을 기했다. "만약 내가 성공을 거둔다면 당신이 내게 교통 수단을 제공해 줄 겁니다. 내 우주선 조종사는 사이보그였기 때문에 시어를 먹어도 당신들의 탐침을 막을 수 없었습니다. 당신들 손에 떨어지느니 차라리 자살하라는 것이 그에게 떨어진 명령이었습니다."

"우리에게 당신네 행성의 좌표를 알려주느니 차라리 그렇게 하라는 거였겠지." 다마의 눈에서 오렌지색이 가라앉았지만 그녀는 여전히 불쾌한 기색이었다. "당신 부하들이 그 정도로 당신한테 복종한다고는 생각하지 않았어."

'우리 마녀들이 성적인 구속도 없이 그들을 어떻게 그리 묶어두는 거냐고? 대답은 분명하지 않은가? 우리에겐 비밀의 권능이 있어.'

이제 조심해야 한다고 오드레이드는 스스로에게 주의를 주었다. '새로운 상황에 대해 긴장을 늦추지 않고 체계적으로 접근해야 해. 우리가 한 가지 대응 방법을 선택해서 그걸 고수하고 있다고 생각하게 하는 거다. 저 여자가 우리에 대해 얼마나 알고 있을까? 저 여자는 심지어 최고 대모조차 한 조각의 미끼에 불과할 수 있다는 걸, 필수적인 정보를 얻기 위한 미끼가 될 수 있다는 걸 몰라. 그 점 때문에 우리가 저들보다 우월한 건가? 만약 그렇다면 우리의 우월한 훈련이 수적인 열세와 속도 면의 열세를 극복할 수 있을까?'

오드레이드는 답을 찾을 수 없었다.

다마는 서 있는 오드레이드를 그냥 내버려둔 채 황금색 책상 뒤에 앉았다. 편안한 보금자리를 찾아 들어가는 듯한 움직임이었다. 그녀가 이 방을 떠나는 경우는 흔치 않았다. 이곳이야말로 그녀가 쳐놓은 거미줄의 진정한 중심이었다. 그녀가 필요하다고 생각하는 모든 것이 여기 있었다. 그녀가 오드레이드를 이 방으로 데려온 것은 다른 곳이 불편했기 때문이다. 이 방과 환경이 다른 곳은 불편했다. 심지어 위협이 느껴지는 것 같기도 했다. 다마는 위험을 자초하는 사람이 아니었다. 예전에 한 번 그런 적이 있었지만, 이미 오래전 일이어서 그녀의 과거 속 어딘가에 봉인된 상태였다. 이제 그녀는 다른 사람들을 조종할 수 있는 안전하고 정돈된 이 고치 속에 앉아 있고 싶을 뿐이었다.

오드레이드는 이 관찰 결과가 베네 게세리트의 추리를 확인해 준다는 것을 깨닫고 반가운 마음이 들었다. 교단은 이 점을 어떻게 이용해야 하는지 알고 있었다.

"더 할 말이 없는 거요?" 다마가 물었다.

'시간을 끌어야 해.'

오드레이드는 용감하게 질문을 던졌다. "당신이 왜 이 회담에 동의했는지 정말 궁금합니다만?"

"뭐가 궁금하다는 거요?"

"이건 너무…… 너무 당신답지 않은 일이라서요."

"우리다운 행동이 무엇인지 결정하는 건 우리야!" 그녀가 발끈해서 소리쳤다.

"하지만 우리의 어떤 점이 당신의 흥미를 끈 겁니까?"

"우리가 당신들에게 흥미를 갖고 있는 줄 아는 모양이지?"

"어쩌면 우리를 놀랍다고까지 생각하는 것 같기도 하지요. 우리도 틀림없이 그런 시각으로 당신들을 보고 있으니까."

만족스러운 표정이 다마의 얼굴을 살짝 스치고 지나갔다. "당신들이 우리에게 홀려 있을 줄 알았어."

"이국적인 것이 이국적인 것의 흥미를 끄는 법이지요." 오드레이드가 말했다.

이 말을 들은 다마의 입가에 알 만하다는 미소가 떠올랐다. 애완 동물의 영리한 행동을 보고 주인이 짓는 것 같은 미소였다. 그녀가 자리에서 일어나 하나밖에 없는 창문으로 다가갔다. 오드레이드를 자기 옆으로 부른 다마는 꽃송이를 매달고 있는 맨 앞의 관목들 뒤의 나무들을 가리키며 예의 그 이해하기 힘든 불분명한 억양으로 말했다.

왠지 내면의 경고등에 불이 들어왔다. 오드레이드는 동시 흐름 속으로 들어가 그 원인을 찾아보았다. 이 방이나 거미 여왕에게 뭔가가 있는 걸까? 이 방의 환경 속에는 자연스러움이 결여되어 있었고, 다마의 행동도 대부분 마찬가지였다. 그러니까 이 모든 것이 어떤 효과를 만들어내기 위해 꾸며진 것이라는 얘기였다. 신중한 계획에 따라서.

'이 사람이 정말로 거미 여왕일까? 아니면 이 사람보다 더 힘센 누군가가 우리를 지켜보고 있는 걸까?'

오드레이드는 이 점을 계속 파고들면서 재빨리 생각을 정리했다. 이 사고 과정은 대답보다 의문을 더 많이 만들어냈다. 멘타트들의 정신적 속기와 비슷한 사고 과정. 관련성이 있는 것들을 분류하고 잠재적인(그러나 잘 정돈된) 배경을 파악하는 것. 일반적으로 질서는 인간의 활동이 만들어낸 산물이었다. 혼란은 질서를 만들어내는 원료로서 존재했다. 이것이 멘타트의 사고방식이었다. 여기서 나오는 것은 불변의 진리가 아니라 의사 결정을 위한 놀라운 수단, 즉 연속성의 시스템 속에 질서 있게 조립된 자료였다.

그녀는 계산 결과에 도달했다.

'저들은 혼란을 한껏 즐기고 있어! 혼란을 더 좋아한다고! 아드레날린 중독자들이야!'

그렇다면 다마는 위대한 명예의 어머니 다마가 맞았다. 영원한 주인. 영원히 남보다 우월한 사람.

'우리를 지켜보고 있는 더 위대한 사람 같은 건 없다. 하지만 다마는

이게 흥정이라고 생각하고 있어. 아무래도 저 여자는 흥정을 해본 적이 한 번도 없는 것 같군. 맞아!'

다마가 창 아래쪽에서 아무 표시도 없는 한 부분을 건드리자 벽이 뒤로 접히면서 창문이 솜씨 좋게 투사된 영상에 지나지 않는다는 사실이 드러났다. 어두운 초록색 타일이 깔린 높다란 발코니로 길이 열렸다. 발코니가 굽어보고 있는 농원은 창문의 영상과 아주 다른 모습이었다. 이곳에는 혼돈이 그대로 보존되어 있었다. 제멋대로 자라도록 내버려둔 야생의 땅은 멀리 보이는 정돈된 정원들 때문에 더 눈에 띄었다. 가시나무, 넘어진 나무들, 무성한 관목들. 그리고 그 너머에는 채소로 보이는 것들이 일정한 간격을 두고 줄지어 늘어서 있고, 자동 수확기가 그 사이를 앞뒤로 오갔다. 수확기들이 지나간 자리에는 벌거벗은 땅만이 남았다.

'과연 혼돈을 사랑하는군!'

거미 여왕이 미소를 지으며 앞장서 발코니로 나갔다.

발코니로 나온 오드레이드는 눈앞의 광경에 다시 걸음을 멈췄다. 왼쪽 난간에 장식되어 있는 것 때문이었다. 거의 천상의 것 같은 재료로 만들어진 실물 크기의 조각상. 온통 깃털 같은 평면들과 둥글게 휘어진 표면.

눈을 가늘게 뜨며 조각상을 바라본 오드레이드는 그것이 인간을 상징하고 있음을 깨달았다. 남자일까, 여자일까? 남자 같기도 했고 여자 같기도 했다. 평면과 곡선이 표류하듯 불어오는 산들바람에 반응했다. 거의 눈에 보이지도 않는 가느다란 끈들(시거와이어인 것 같았다)이 두둑하니 솟아오른 반투명의 물질 속에 고정된 섬세한 곡선의 튜브에서 나와 조각상을 허공에 매달아 두고 있었다. 조각상의 아래쪽 끝은 자갈을 박아 놓은 받침대 표면에 닿을락 말락 했다.

오드레이드는 사로잡힌 듯 조각상을 바라보았다.

'저걸 보면서 왜 시이나의 '허공'이 생각나는 걸까?'

바람이 불어오자 조각상 전체가 춤을 추는 것 같았다. 때로는 우아하게 걷는 모습을 보이다가 발레리나처럼 천천히 발끝으로 도는가 하면, 한쪽 다리를 쭉 뻗고 재빨리 회전하기도 했다.

"이것의 제목은 '발레 명인'이오. 때로는 바람 때문에 저것이 다리를 높이 차올리기도 하지. 난 저것이 마라토너처럼 우아하게 달리는 모습을 본 적이 있소. 때로는 그냥 보기 싫은 작은 동작만 하기도 하고. 마치 무기를 든 것처럼 팔을 움찔거리면서. 아름다움과 흉함, 모두 다 같은 것이오. 내 생각에는 이걸 만든 사람이 이름을 잘못 붙인 것 같아. '미지의 존재'라는 제목이 더 나았을 거요." 다마가 말했다.

'아름다움과 흉함, 모두 다 같은 것이다. 미지의 존재.'

시이나의 작품이 끔찍하게 느껴진 이유가 바로 그것이었다. 오드레이드는 찬물을 뒤집어 쓴 것처럼 오싹해졌다. "누가 이걸 만들었습니까?"

"모르오. 내 전임자들 중 한 사람이 우리가 파괴하던 행성에서 이걸 가져왔지. 왜 그 점에 흥미를 갖는 거요?"

'이건 아무도 다스릴 수 없는 야생의 것이야.' 그러나 그녀는 이렇게 말했다. "우리 둘 다 서로를 이해할 수 있는 기반을 찾고 있는 줄 압니다. 우리들 사이에서 유사점을 찾으려고 노력하고 있는 거죠."

이 말에 이글거리는 오렌지색 시선이 다시 나타났다. "당신은 우리를 이해하려고 노력하는지 몰라도 우리는 당신들을 이해할 필요가 없소."

"우리 둘 다 여자들만의 모임에서 유래했습니다."

"우리를 당신들의 분파로 생각하는 건 위험한 짓이야!"

'하지만 무르벨라가 보여준 증거에 의하면 당신들은 우리 분파야. 대이동 속에서 극단적인 상황에 처한 물고기 웅변대원들과 대모들이 만든

거지.'

오드레이드는 아무도 속일 생각이 없다는 듯 순진한 태도로 질문을 던졌다. "그게 왜 위험한 겁니까?"

다마의 웃음에는 즐거운 기색이 전혀 없었다. 원한이 서린 웃음이었다.

오드레이드는 위험에 대한 평가가 갑자기 새로워지는 것을 경험했다. 지금은 베네 게세리트의 탐색과 검토라는 방법 이상의 것이 필요했다. 이 여자들은 화가 났을 때 누군가를 죽이는 것에 익숙했다. 반사 작용처럼. 다마도 보좌관에게 말할 때 그런 얘기를 했다. 그리고 지금 다마는 자신의 인내심에 한계가 있다는 신호를 보냈다.

'그래, 저 여자도 나름대로 흥정을 하려고 애쓰고 있기는 하군. 저 여자는 자신이 가진 경이로운 기계들, 자신의 권능, 자신의 부를 과시하고 있다. 동맹의 제의는 없어. 기꺼이 하인이 되고, 마녀가 되고, 노예가 된다면 그만큼 용서를 해주겠다는 거지. 100만 행성들 중 최후의 것을 얻기 위해서인가? 행성이 그보다 많은 건 확실하지만, 재미있는 숫자로군.'

오드레이드는 새로이 신중을 기하며 자신의 접근 방법을 수정했다. 대모들은 환경에 적응하는 패턴으로 너무 쉽게 빠져들었다. '나는 당연히 당신과 아주 달라. 하지만 합의를 위해서 허리를 숙이지는 않겠다.' 명예의 어머니들에게 이 방법은 소용이 없을 것이다. 그들은 자기들이 절대적인 통제권을 쥐지 못하는 상황을 절대로 받아들이지 않을 터였다. 다마가 오드레이드에게 이처럼 관용을 베푼 것은 자기가 다른 자매들보다 우월하다는 선언이었다.

다마가 또다시 오만한 태도로 입을 열었다.

오드레이드는 귀를 기울였다. 거미 여왕이 베네 게세리트가 제공해 줄 수 있는 가장 매력적인 것들 중에 새로운 질병에 대한 면역성을 포함시킨 것이 정말 기묘했다.

'저들을 이곳으로 몰아낸 공격이라는 게 그런 것이었나?'

그녀는 순진했다. 몸속에 뭔가가 비밀리에 들어가 있는 게 아닌지 주기적으로 확인하는 귀찮은 짓은 하지 않았다. 몸속에 들어가 있는 균이라는 게 전혀 비밀이 아닌 경우도 있었고, 구역질이 날 만큼 위험할 때도 있었다. 그러나 베네 게세리트는 이 모든 것에 종지부를 찍을 수 있었다. 그리고 적합한 보상을 받게 될 터였다.

'얼마나 기분 좋은 생각인가.'

그러나 다마의 말 한마디 한마디에는 여전히 원한이 서려 있었다. 오드레이드는 이런 생각을 하다가 깜짝 놀랐다. 원한이라고? 이 말은 다마의 분위기를 제대로 잡아내지 못했다. 다마의 말 속에는 뭔가 더 깊숙한 것이 배어 있었다.

'저들이 우리에게서 떨어져 나가면서 잃어버린 것에 대한 무의식적인 질투!'

이건 또 다른 패턴이었고, 이미 양식화되어 있었다!

명예의 어머니들은 반복적인 매너리즘에 빠졌다.

'우리가 오래전에 버린 매너리즘이지.'

이건 단순히 자신들의 기원이 베네 게세리트임을 인정하지 않는 것 이상이었다. 이건 쓰레기 처리장과 같았다.

'저들은 흥미를 잃을 때마다 쓰레기를 떨어뜨린다. 하급자들이 쓰레기를 가지고 나가지. 저 여자는 자기 둥지를 더럽히는 것보다 자기가 다음에 소비할 것에 더 관심을 갖고 있어.'

명예의 어머니들은 짐작했던 것보다 더 커다란 결함을 갖고 있었다. 그들 자신과 그들이 지배하는 모든 사람에게 훨씬 더 치명적인 결점. 그런데 그들은 그 결점을 똑바로 바라보지 못했다. 그들이 보기에는 결점이 존재하지 않았으므로.

'결코 존재한 적이 없지.'

다마는 여전히 손을 댈 수 없는 모순 그 자체였다. 그녀의 머릿속에는 동맹에 대한 생각이 결코 떠오르지 않았다. 그녀가 동맹을 향해 춤추듯 다가서는 것처럼 보일 수도 있겠지만, 그건 오로지 적을 시험하기 위해서였다.

'결국 내가 테그를 풀어놓은 게 옳았어.'

로그노가 쟁반을 들고 작업실에서 나왔다. 쟁반 위에는 황금색 액체가 거의 가득 차 있는 껑충한 잔 두 개가 서 있었다. 다마가 하나를 집어 들고 냄새를 맡은 다음 기분 좋은 표정으로 액체를 한 모금 마셨다.

'로그노의 눈이 저렇게 악의로 번쩍이는 건 왜지?'

"이 포도주를 좀 마셔보시오." 다마가 오드레이드에게 손짓하며 말했다. "이건 당신이 이름도 들어보지 못했을 행성에서 가져온 것이오. 우리가 완벽한 황금색 포도주를 만들기 위해 완벽한 황금색 포도를 생산하는 데 필요한 요소들을 집중적으로 몰아준 곳이지."

고대로부터 내려온 저들의 이 귀중한 술과 인간들이 이토록 오랫동안 관계를 맺어왔다는 사실이 오드레이드를 사로잡았다. 바커스 신. 덤불이나 부족이 소유한 용기 속에서 발효시킨 열매들.

"독은 들어 있지 않소." 오드레이드가 망설이는 것을 보며 다마가 말했다. "내 보장하지. 우리는 필요할 때 사람을 죽이지만 우둔하지는 않소. 가장 노골적이고 무시무시한 행동은 군중을 위해 따로 보류해 두거든. 난 당신을 군중의 한 사람으로 착각하지 않소."

다마는 자신의 말이 재미있다고 생각했는지 쿡쿡 웃음을 터뜨렸다. 애써 우호적인 태도를 보이려 하는 것이 거의 상스럽게 보일 지경이었다.

오드레이드는 잔을 집어 들고 한 모금 마셔보았다.

"그건 누군가가 우리를 기쁘게 해주려고 만든 거요." 다마가 오드레이드에게 시선을 고정한 채 말했다.

한 모금으로도 충분했다. 오드레이드의 감각은 낯선 물질을 감지했다. 심장이 여러 번 뛸 만큼 시간이 흐른 후 그녀는 그 물질의 목적을 알아낼 수 있었다.

'저들의 탐침으로부터 나를 보호하는 시어를 무력화시키려는 거야.'

그녀는 신진대사를 조절해서 그 물질을 무해하게 만든 다음 자신의 조치를 다마에게 알렸다.

다마가 로그노를 노려보았다. "그래서 이게 마녀들에게 전혀 효과를 발휘하지 못한 거였군! 그런데 당신은 짐작조차 못 하다니!" 그녀의 분노가 이 불운한 보좌관을 겨냥한 물리적 힘처럼 느껴질 정도였다.

"이건 우리가 질병과 싸울 때 사용하는 면역 시스템 중 하나입니다." 오드레이드가 말했다.

다마는 자신의 잔을 바닥에 던져버렸다. 그녀가 다시 차분해질 때까지 조금 시간이 걸렸다. 로그노는 쟁반을 마치 방패처럼 들고서 천천히 뒤로 물러났다.

'그러니까 다마는 권력의 자리로 그냥 슬금슬금 기어 올라가기만 한 건 아니로군. 저 여자의 자매들은 저 여자를 무시무시한 존재로 생각하고 있어. 나도 그렇게 생각해야겠지.'

"이 실패에 대해 누군가가 대가를 치르게 될 거요." 유쾌하지 않은 미소를 지으며 다마가 말했다.

'누군가라. 누군가가 저 포도주를 만들었고, 누군가가 저 춤추는 조각상을 만들었고, 누군가가 대가를 치를 것이다. 그 누군가의 신원은 결코 중요한 게 아니야. 저 여자가 느끼는 즐거움이나 징벌의 필요성만이 중요할 뿐. 굴종이야.'

"내 생각을 방해하지 마시오." 다마가 말했다. 그리고 난간으로 가서 '미지의 존재'를 응시했다. '흥정'에 나선 자신의 입장을 다시 정리하고 있음이 틀림없었다.

오드레이드는 로그노에게 시선을 돌렸다. 저 여자가 저렇게 한시도 경계를 늦추지 않고 홀린 듯이 다마에게 시선을 고정하고 있는 이유가 뭘까? 지금은 단순히 두려움 때문만은 아니었다. 갑자기 로그노가 지극히 위험한 존재처럼 보였다.

'독이야!'

오드레이드는 마치 저 보좌관이 큰 소리로 알려주기라도 한 것처럼 그 사실을 분명히 알 수 있었다.

'난 로그노의 과녁이 아니다. 아직은 아냐. 로그노는 이 기회를 이용해서 권좌에 앉으려고 시도한 거야.'

다마를 바라볼 필요는 없었다. 거미 여왕이 죽음을 맞는 순간은 로그노의 표정을 통해 알 수 있었다. 오드레이드는 몸을 돌려 그 사실을 확인했다. 다마는 '미지의 존재' 밑에 쓰러져 있었다.

"나를 위대한 명예의 어머니라고 부르시오. 그리고 나한테 감사해야 한다는 걸 알게 될 것이오. (발코니 구석에 쓰러져 있는 빨간 옷의 여자를 가리키며) 저 여자는 당신을 배신하고 당신들을 말살해 버릴 생각이었소. 난 다른 계획을 갖고 있지. 난 우리에게 가장 필요할 때에 쓸모 있는 무기를 파괴해 버리는 사람이 아니오." 로그노가 말했다.

전투라고? 숨 쉴 여유를 바라는 욕망이 항상 어딘가에서 전투의 동인이 되고 있다.

―테그 바샤르

무르벨라는 마음속 생각과는 달리 초연한 태도로 환승점을 둘러싼 싸움을 지켜보았다. 그녀는 자신의 비우주선 지휘 센터에서 일단의 감독관들과 함께 서서 지상의 기계눈을 통해 중계되는 영상에서 시선을 떼지 않았다.

환승점 주위 사방에서 전투가 벌어지고 있었다. 아직 밤인 지역에서는 섬광들이 폭발했고, 낮인 지역에서는 폭발이 회색으로 보였다. 테그가 지휘하는 대규모 전투는 '요새'에 집중되어 있었다. 요새는 조합의 설계로 지어진 거대한 둔덕 모양으로 가장자리 근처에는 탑이 하나 새로 세워져 있었다. 오드레이드의 생명 징후 신호가 갑자기 끊어져버리기는 했지만, 그녀가 처음에 보내온 보고들은 위대한 명예의 어머니가 그 안에 있음을 확인해 주었다.

멀리서 지켜봐야 한다는 점이 전투에 대해 초연한 자세를 갖는 데 도움이 되었지만 무르벨라는 흥분을 느끼고 있었다.

'흥미로운 시대야!'

이 우주선에는 귀중한 짐이 실려 있었다. 수백만 명에 이르는 람파다스 사람들의 기억이 평소 때는 최고 대모를 위해 비워두는 방에서 나눔의 의식을 통해 전달되어 대이동을 떠날 준비를 하고 있었다. '기억'이라는 짐을 가져온 길들지 않은 자매가 지금 이곳에서 가장 중요한 존재였다.

'틀림없는 황금의 알이야!'

무르벨라는 그 방 안에서 위험을 무릅쓰고 있는 생명들을 생각해 보았다. 그것은 최악의 경우를 위한 준비였다. 자원자는 결코 부족하지 않았다. 또한 환승점을 둘러싼 싸움에서 느껴지는 위험 때문에 나눔의 의식에 시동을 걸기 위해 필요한 유독성 스파이스의 필요량이 최소화되어 위험이 줄어들었다. 이 우주선에 있는 사람들은 누구나 오드레이드가 전부 아니면 전무라는 식의 도박을 걸었다는 걸 느낄 수 있었다. 죽음이 임박했을지도 모른다는 사실을 모두 인식했다. 나눔의 의식은 반드시 필요한 것이었다!

대모들이 자매들 사이에서 위험을 무릅쓰고 전달되는 기억의 집합으로 변신하는 모습이 이제는 무르벨라에게도 신비롭게 보이지 않았다. 그러나 거기서 느껴지는 책임감은 여전히 경외의 대상이었다. 레베카의 용기…… 그리고 루실라……! 그들은 찬사를 받아 마땅했다.

'기억으로 남은 수백만 명의 삶! 교단이 '누진적 극단(極端)'이라고 부르는 것 속에 모두 모이게 된다. 둘과 둘이 합쳐지고, 넷과 넷이 합쳐지고, 열여섯이 열여섯과 합쳐지는 식으로 계속 나아가다 보면, 각자가 그들 모두를 기억에 담아 누구든 살아남는 사람이 그 소중한 축적물을 보존할 수 있게 되는 거지.'

THE DUNE CHRONICLES

사람들이 최고 대모의 방에서 하고 있는 일이 바로 이것과 비슷했다. 무르벨라는 이것에 대해 이제 더 이상 겁을 집어먹지 않았지만, 아직은 이것이 범상하게 느껴지지도 않았다. 오드레이드의 말이 위안이 되었다.

"다른 기억에 완전히 적응하고 나면 다른 모든 것이 지극히 친숙한 시각 속으로 들어오게 됩니다. 마치 옛날부터 항상 알고 있던 것처럼 말입니다."

무르벨라는 테그가 베네 게세리트의 교단 그 자체인 이 수많은 사람들의 의식을 지키기 위해 죽음까지 각오했음을 깨달았다.

'내 각오가 그보다 덜해도 되는 걸까?'

테그는 이제 완전히 수수께끼 같은 존재는 아니었지만 여전히 존경해야 할 대상이었다. 내면의 오드레이드가 그의 업적을 일깨워주며 이러한 생각을 한층 증폭시키더니 이렇게 말했다. "내가 저 아래에서 어떻게 하고 있는지 궁금하군요. 물어보세요."

통신 사령부가 답변했다. "아무 소식도 없습니다. 하지만 최고 대모님의 신호가 에너지 방어막 때문에 차단되었을 가능성이 있습니다."

그들은 그 질문이 원래 누구의 것인지 알고 있었다. 그들의 표정을 보면 알 수 있었다.

'대모님 안에 오드레이드 님이 있어!'

무르벨라는 다시 요새에서 벌어지는 전투에 시선을 집중했다.

그녀는 자기 자신의 반응을 보며 깜짝 놀랐다. 모든 것이 무의미한 전쟁의 반복에 대한 역사적 혐오감으로 채색되어 있었지만, 그녀의 원기 왕성한 정신은 새로 얻은 베네 게세리트의 능력 속에서 한껏 즐거워하고 있었다.

저 아래쪽 명예의 어머니 부대가 좋은 무기를 갖고 있는 것이 눈에 띄었다. 테그 측의 열 흡수 패드들이 공격을 받아내고 있었지만, 그녀가 지켜보고 있는 동안 방어선이 무너졌다. 아이다호가 설계한 커다란 파괴용 무기가 키 큰 나무들 사이를 통통 튀어 내려가며 좌우의 방어 병력을 쓰러뜨리기 시작하자 그녀도 사람들이 울부짖는 소리를 들을 수 있었다.

'다른 기억'이 그녀에게 색다른 비교 대상을 주었다. 이 광경은 마치 서커스와 같았다. 우주선들이 착륙해서 싣고 온 인간들을 토해 내고 있었다.

"중앙입니다! 거미 여왕이에요! 인간의 눈으로는 한 번도 보지 못한 행동들이 이루어지고 있습니다!"

무르벨라의 내면에 있는 오드레이드가 재미있다는 듯한 감정을 드러냈다. '어떻습니까? 우리 교단이 정말 철저하지요?'

'당신 그 아래서 죽은 겁니까, 다르? 그랬겠지요. 거미 여왕은 당신을 탓하며 분노할 겁니다.'

나무들이 테그가 공격하고 있는 길 위로 길게 오후의 그림자를 드리운 것이 보였다. 유혹적인 은폐물이었다. 그는 부하들에게 그곳을 돌아가라고 명령했다. 그 유혹적인 길을 무시하고, 접근하기 어려운 길을 찾으라고.

요새는 거대한 식물원 안에 있었다. 기묘한 나무들과 그보다 더 기묘한 덤불들이 평범한 식물들과 한데 섞여, 마치 어린아이가 춤을 추며 던져놓은 것처럼 사방에 흩어져 있었다.

무르벨라는 이 광경을 서커스로 비유하는 것에 매력을 느꼈다. 그 비유 덕분에 자신이 지금 목격하고 있는 광경을 더 넓은 시야에서 바라볼 수 있었다.

그녀의 머릿속에서 누군가가 선언하듯 말했다.

'저기 춤추는 짐승들, 거미 여왕을 지키는 자들, 모두 복종할 수밖에 없는 사람들! 그리고 첫 번째 무대에서는 우리의 서커스단장 마일즈 테그가 감독한 오늘의 쇼가 벌어지고 있습니다! 그의 부하들이 불가사의한 일을 하고 있군요. 그는 정말 재능 있는 사람입니다!'

지상에서 벌어지고 있는 싸움에는 로마 시대의 서커스 무대에서 연출된 전투 같은 분위기가 있었다. 무르벨라는 이 비유가 마음에 들었다. 그 덕분에 관찰이 더 재미있어졌다.

'갑옷을 입은 병사들로 가득 찬 공성탑이 다가오고 있습니다. 양편이 맞부딪혔군요. 불꽃이 하늘을 가릅니다. 시체들이 떨어지고 있습니다.'

그러나 저 아래에 있는 것은 진짜 시체, 진짜 고통, 진짜 죽음이었다. 베네 게세리트의 감수성 때문에 그녀는 저렇게 헛되이 낭비되는 자원을 아쉬워하지 않을 수 없었다.

'내 부모도 청소가 있었을 때 이런 식으로 휘말렸던 건가?'

'다른 기억'이 제공해 준 비유들이 사라졌다. 그녀는 이제 테그와 똑같은 시선으로 환승점을 바라보고 있었다. 피를 부르는 폭력은 기억 속에서 익숙했지만, 또한 낯설기도 했다. 공격자들이 다가오는 것이 보였다. 그들의 소리가 들렸다.

충격받은 기색이 역력한 여자의 목소리가 들려왔다. "저 덤불이 나를 향해 소리를 질렀어!"

이번엔 남자 목소리였다. "이것들이 어디서 왔는지 알 수가 없어. 저 끈적거리는 것에 닿으면 피부가 타는 것 같아."

무르벨라는 요새 반대편에서 전투가 벌어지는 소리를 들을 수 있었지만, 테그가 있는 곳은 점점 소름이 끼칠 정도로 조용해졌다. 그의 병사들이 그림자들 사이를 휙휙 날듯이 지나가 탑으로 접근하는 것이 보였다. 테그는 스트레기의 어깨 위에 앉아 있었다. 그가 약 500미터 앞에서 자신들을 마주하고 있는 건물의 전면을 잠시 올려다보았다. 무르벨라는 그의 시선이 향하고 있는 곳을 보여주는 영상을 선택했다. 그곳 창문 뒤에 움직임이 있었다.

명예의 어머니들이 갖고 있다던 그 수수께끼의 최후의 무기는 어디 있는 걸까?

'이제 그가 어떻게 할까?'

테그는 대규모 전투가 벌어진 지역 외곽에서 레이저에 맞아 지휘선(船)을 잃어버린 상태였다. 지휘선은 그의 뒤에 모로 누워 있었고, 그는 앞을 가려 주는 덤불 뒤에서 스트레기의 어깨에 앉아 있었다. 덤불 중 일부에서는 여전히 연기가 피어오르고 있었다. 그는 지휘선과 함께 통신판도 잃어버렸지만 아직 은빛 말굽 모양의 통신기를 갖고 있었다. 그러나 통신선의 증폭기가 없으니 통신기가 제 기능을 발휘하지는 못했다. 통신 전문가들이 근처에 웅크리고 앉아 초조해하고 있었다. 전투가 벌어지는 곳과 밀접하게 연락할 수 있는 수단을 잃어버린 까닭이었다.

건물 너머에서 전투의 소음이 점점 크게 들려왔다. 휴대용 무기의 양철 같은 소리와 뒤섞인 갈라진 고함 소리, 연소기에서 나는 횡횡 소리, 커다란 레이저총이 나지막하게 웅웅거리는 소리. 그의 왼쪽 어딘가에서 똑똑 소리가 들려왔다. 중장갑에 문제가 생겼을 때 나는 소리였다. 함께 들려오는 긁히는 듯한 소리는 금속이 망가졌을 때 나는 것이었다. 그 중장갑 무기의 에너지 시스템이 손상된 모양이었다. 녀석이 땅 위에서 몸을 질질 끌듯 움직이고 있었다. 아마 그 때문에 정원이 엉망으로 망가지고 있을 터였다.

테그의 개인 보좌관인 하케르가 바샤르 뒤의 길에서 재빨리 다가왔다.

스트레기가 먼저 그를 보고 아무 말도 없이 몸을 돌렸기 때문에 테그도 할 수 없이 그를 보게 되었다. 검은 피부에 눈썹이 무성하고(지금은 그 눈썹이 땀에 절어 있었다) 몸이 근육질인 하케르가 테그 바로 앞에서 걸음을 멈추고 미처 숨도 고르지 못한 채 입을 열었다.

"마지막 지역들을 봉쇄했습니다, 바샤르 님."

하케르는 전투의 소음 때문에 목소리를 높였다. 그의 왼쪽 어깨 너머의 확성기에서 나지막한 대화 소리가 들려왔다. 딱딱 끊어지는 말투로 다급하게 오가는 전장의 대화였다.

"외곽선은?" 테그가 물었다.

"30분만 있으면 정리될 겁니다. 여길 떠나셔야 합니다, 바샤르 님. 최고 대모께서 바샤르 님이 쓸데없이 위험해지지 않게 하라고 저희에게 말씀하셨습니다."

테그는 쓸모없어진 지휘선을 가리켰다. "왜 보조 통신 장치가 오지 않는 거지?"

"두 개의 보조 장치가 오는 길에 대형 레이저총에 한꺼번에 당했습니다."

"두 개가 함께 있었나?"

하케르는 바샤르의 분노를 알아챘다. "바샤르 님, 보조 장치는……."

"중요한 장비를 함께 보내는 법은 없다. 명령을 어긴 사람이 누군지 알아야겠어." 아직 다 자라지 못한 성대에서 나오는 조용한 목소리는 고함이라기보다 위협에 가까웠다.

"예, 바샤르 님." 하케르는 엄격하게 명령에 복종했다. 실수를 저지른 사람이 그인 것 같지는 않았다.

'젠장!'

"다른 보조 장치는 언제 도착하나?"

"5분 후입니다."

"내 예비 지휘선을 가능한 한 빨리 이리로 가져오게." 테그는 무릎으로 스트레기의 목을 건드려 신호를 보냈다.

그녀가 몸을 돌리기 전에 하케르가 말했다. "바샤르 님, 예비선도 당했습니다. 제가 예비선을 하나 더 보내라고 말해 두었습니다."

테그는 한숨이 나오려는 것을 참았다. 전투에서는 이런 일이 일어나게 마련이지만 그는 원시적인 통신 장치에 의존하고 싶지 않았다. "이곳에 자리를 잡는다. 스피커를 더 가져와." 스피커는 적어도 통신 거리를 확보해 줄 수 있었다.

하케르가 주위의 초록색 풍경을 살짝 둘러보았다. "이리로요?"

"저 앞의 건물들 모양새가 마음에 들지 않아. 저 탑이 이 지역을 지배하고 있다. 그리고 틀림없이 지하 통로도 있을 거야. 나라면 그걸 만들어 놓았을 거다."

"하지만 아무것도……."

"내 기억 속 배치도에는 저 탑이 없다. 땅을 확인하게 음파 탐지기를 가져와. 우리 계획은 완전한 정보를 가지고 정확하게 수행되어야 한다."

하케르의 스피커에서 다른 모든 소리를 제압하는 목소리가 들려왔다. "바샤르 님! 바샤르 님과 통신할 수 있습니까?"

아무런 명령이 없었는데도 스트레기가 그를 하케르 옆으로 데리고 갔다. 테그는 스피커를 움켜쥐면서 휘파람 소리로 된 자신의 암호를 댔다.

"바샤르 님, 착륙장이 엉망입니다. 약 100명의 적들이 이륙하려다 우리 차단막에 걸렸습니다. 생존자는 없습니다."

"최고 대모님이나 거미 여왕의 흔적은 없나?"

"없습니다. 확실히 모르겠습니다. 워낙 엉망이라서요. 제가 영상을 조사해 볼까요?"

"내가 지금으로 통신을 보낼 수 있도록 조치해. 그리고 계속 오드레이드를 찾아!"

"다시 말씀드리지만 여기 생존자는 하나도 없습니다, 바샤르 님." 찰칵하는 소리와 낮게 웅웅거리는 소리가 나더니 다른 사람의 목소리가 들려왔다. "지금 통신입니다."

테그는 턱 밑에서 성문(聲紋) 암호기를 꺼내 재빨리 고함치듯 명령을 내렸다. "요새 쪽으로 급히 공격선을 집결시켜라. 착륙장의 모습과 적들이 곤경에 처한 다른 곳의 모습들을 공개적으로 중계해. 모든 주파수로. 반드시 적들이 그 모습을 볼 수 있게 해라. 착륙장에 생존자가 없다고 발표하고."

기계가 '수신 확인'을 위해 두 번 찰칵 소리를 낸 후 통신이 끊겼다. 하케르가 말했다. "정말로 그걸 적에게 겁을 줄 수 있다고 생각하십니까?"

"적을 교육하는 거다. 저들은 딱할 정도로 교육을 받지 못했어." 그는 오드레이드가 헤어질 때 했던 말을 그대로 되풀이했다.

오드레이드는 어떻게 된 걸까? 틀림없이 죽었을 것이다. 어쩌면 여기서 가장 먼저 발생한 사상자 중에 포함되어 있는지도 몰랐다. 그녀도 그럴 거라고 예상하고 있었다. 오드레이드는 죽었지만, 만약 무르벨라가 충동을 억제할 수 있다면 완전히 사라진 것은 아니었다.

그 순간 오드레이드는 탑에서 테그를 직접 내려다보고 있었다. 가무에서 첫 피난민들이 도착한 직후 로그노는 역신호 방어막으로 그녀의 생명 징후 송신을 차단하고 그녀를 이 탑으로 데려왔다. 로그노가 최고의 자리를 차지했다는 사실에 의문을 표하는 사람은 아무도 없었다. 위대한 명예의 어머니가 죽고 다른 사람이 그 자리에 오르는 것은 그들에게 익숙한 일일 뿐이었다.

오드레이드는 언제 죽임을 당할지 모른다는 생각을 하면서도 경비병들과 함께 무중력 튜브를 올라갈 때에도 여전히 자료를 모았다. 투명한 원통 안에 투명한 피스톤이 있는 튜브는 대이동에서 만들어진 물건이었다. 그들이 지나치는 층들에는 시야를 방해하는 벽이 거의 없었다. 튜브에서는 주로 거주 지역과 불가사의한 기계들의 모습을 볼 수 있었다. 오드레이드는 그 기계들이 군사용일 것이라고 추측했다. 위로 올라갈수록 편안하고 조용한 환경임을 알려주는 증거들이 더욱 많아졌다.

'권력이 심리적으로는 물론 물리적으로도 위로 올라가는군.'

지금 그들이 있는 곳은 꼭대기 층이었다. 튜브의 일부가 밖을 향해 활짝 열리더니 경비병 한 명이 두꺼운 카펫이 깔린 바닥으로 그녀를 거칠게 밀었다.

'저 아래에서 다마가 내게 보여준 작업실도 미리 준비된 무대였어.'

오드레이드는 이곳이 비밀스러운 곳임을 알 수 있었다. 무르벨라가 미리 알려준 사실들이 없었다면, 이곳의 장비와 가구들을 거의 알아차리지 못했을 것이다. 그러니까 다른 작전 센터들은 남에게 보여주기 위한 것인 셈이었다. 대모들을 위해 지어진 겉치레 장치.

'다마의 의도에 대한 로그노의 얘기는 거짓말이었다. 난 아무런 해도 입지 않고 이곳을 떠나게 되어 있었어……. 쓸모 있는 정보를 하나도 얻지 못한 채로.'

저들이 그녀 앞에 펼쳐놓은 얘기들 속에 또 어떤 거짓말이 있는 걸까?

경비병 한 명을 제외한 모든 사람들과 로그노는 오드레이드의 오른쪽에 있는 콘솔로 다가갔다. 오드레이드는 한 발을 축으로 몸을 돌리면서 주위를 둘러보았다. 이곳이 진짜 중심부였다. 그녀는 이곳을 신중하게 살펴보았다. 묘한 곳이었다. 위생적인 분위기. 청결을 유지하기 위해 화학 약품이 사용되고 있었다. 박테리아나 바이러스 같은 건 하나도 없었다. 사람들의 혈관 속에도 이질적인 물질이 전혀 없었다. 마치 보기 드문 요리를 전시하는 진열장처럼 모든 것에서 해충들이 제거되어 있었다. 그런데 다마는 질병에 대한 베네 게세리트의 면역력에 흥미를 드러냈다. 대이동에서 박테리아 전쟁이 벌어지고 있다는 얘기였다.

'저들이 우리에게서 원하는 건 한 가지야!'

살아남은 대모가 한 명만 있어도 그들은 원하는 것을 얻을 수 있었다. 그녀에게서 정보를 짜낼 수만 있다면.

베네 게세리트 간부들이 이 거미줄의 가닥들을 조사해서 그들이 어디로 이어져 있는지 알아내야 할 것이다.

'만약 우리가 이긴다면 말이지.'

로그노가 신경을 집중하고 있는 작전용 콘솔은 전시용 콘솔들보다 작았다. 이 콘솔은 손가락으로 조종하게 되어 있었다. 로그노 옆의 낮은 탁자 위에 있는 덮개는 더 작고 투명했으며, 메두사의 머리처럼 뒤엉킨 탐침들이 드러나 있었다.

'틀림없이 시거와이어일 거야.'

덮개는 테그와 그 밖의 사람들이 설명했던, 대이동에서 온 T 탐침과 아주 흡사한 모습이었다. 이 여자들이 놀라운 기술 제품들을 더 갖고 있는 걸까? 틀림없이 그럴 터였다.

로그노 뒤에는 반짝이는 벽이 있고, 그녀의 왼쪽에는 발코니로 열리는 창문들이 있었으며, 멀리서 병사들과 기갑 부대가 움직이는 모습이 보였다. 그녀는 멀리서 어른의 어깨 위에 올라탄 테그의 모습을 알아보았지만, 전혀 내색하지 않았다. 그녀는 계속해서 천천히 주위를 살펴보았다. 그녀의 왼쪽 바로 옆에 있는 별도의 구역에서 또 다른 무중력 튜브로 통하는 문이 살짝 보였다. 그곳 바닥에도 초록색 타일이 깔려 있었다. 그곳의 기능은 조금 다른 것 같았다.

벽 너머에서 갑자기 폭발하듯 소음이 터져 나왔다. 오드레이드가 아는 소리가 일부 섞여 있었다. 병사들의 장화가 타일을 밟으며 나는 독특한 소리. 이국적인 천들이 스치는 소리. 사람들의 목소리. 그녀는 충격을 받은 어조로 서로 이야기를 주고받는 명예의 어머니들의 말투를 구분해 낼 수 있었다.

'우리가 이기고 있어!'

무적의 존재가 쇠락할 때에는 충격을 받게 마련이었다. 그녀는 로그노를 유심히 살펴보았다. 이것이 그녀를 절망 속으로 던져 넣을까?

'만약 그렇다면 내가 살아남을 수도 있어.'

무르벨라의 역할이 바뀌어야 할 것 같기도 했다. 하지만 그건 나중에 해도 되는 일이었다. 자매들에게는 승리를 거뒀을 경우 어떻게 해야 하는지 이미 브리핑을 해두었다. 자매들도, 공격 부대에 참가한 다른 어느 누구도 명예의 어머니들을 거칠게 다루지 않을 것이다. 성적인 면에서도, 다른 면에서도. 던컨은 남자들에게 미리 성적인 함정의 위험을 철저하게 주지시켜 두었다.

'구속될 위험이 있는 짓은 하지 마라. 새로운 적의를 살 짓도 하지 마라.'

새 거미 여왕이 오드레이드가 짐작했던 것보다 훨씬 더 이상한 사람이라는 사실이 점점 드러났다. 로그노는 콘솔을 떠나 오드레이드에게서 채 한 발짝도 떨어지지 않은 곳까지 다가왔다. "당신들이 전투에서 이겼소. 우린 당신의 포로요."

그녀의 눈에 오렌지색은 전혀 없었다. 오드레이드는 그녀를 지키던 여자들을 한 바퀴 둘러보았다. 무표정한 얼굴에 깨끗한 눈. 저들은 원래 이런 식으로 절망을 나타내는 건가? 왠지 아닌 것 같았다. 로그노와 그 밖의 사람들은 예상했던 감정적 반응을 전혀 드러내지 않았다.

'모든 걸 속에 숨겨두는 건가?'

지난 몇 시간 동안의 사건들이라면 감정적인 위기를 몰고 올 만했다. 그런데 로그노에게는 그런 기색이 전혀 없었다. 어딘가의 신경이나 근육이 움찔거리는 일도 없었다. 아마 심상한 걱정 정도는 하고 있겠지만, 그것이 전부였다.

'베네 게세리트의 가면이야!'

이건 틀림없이 무의식적인 반응일 터였다. 패배 때문에 뭔가가 자동적으로 작동하기 시작한 것이다. 그렇다면 저들이 패배를 진심으로 받아들이지 않고 있다는 얘기였다.

'저들은 아직도 그 안에 우리와 함께 있다. 잠복하고 있지만…… 분명히 그곳에 있어! 무르벨라가 거의 죽을 뻔한 것도 무리가 아니다. 그녀는 최고의 금제를 가하는 자신의 유전적 과거와 마주했던 거다.'

"내 동료들, 나와 함께 왔던 세 여자 말입니다. 그들은 어디 있습니까?" 오드레이드가 말했다.

"죽었소." 로그노의 목소리는 그 내용만큼이나 죽어 있었다.

오드레이드는 수이폴을 생각하며 커다란 고통이 느껴지는 것을 억눌렀다. 탐과 도르투즐라는 오랫동안 훌륭한 삶을 살았지만 수이폴은…… 나눔의 의식도 없이 죽어버렸다.

'훌륭한 인재를 또 잃었군. 이건 정말 신랄한 교훈이 아닌가!'

"복수를 원한다면 그 일에 책임이 있는 사람을 내가 알려주겠소." 로그노가 말했다.

'두 번째 교훈이로군.'

"복수는 어린애나 감정적으로 뒤처진 사람들이 하는 짓입니다."

로그노의 눈에 오렌지색이 조금 되돌아왔다.

인간의 자기기만에는 많은 형태가 있다는 것을 오드레이드는 스스로에게 일깨웠다. 대이동에서 전혀 예상치 못했던 것들이 만들어질 수 있음을 의식하면서 오드레이드는 자기보호를 위해 냉담한 태도를 취하고 있었다. 그래야 새로운 장소, 새로운 물건, 새로운 사람들을 평가할 수 있는 여유가 생겼다. 그녀는 스스로를 위해 이용하거나 위협의 방향을 돌려놓기 위해 많은 것들을 분류하고 분석할 수밖에 없었다. 그녀는 로그노의 태도를 위협으로 받아들였다.

"불편한 기색이 아닌 것 같군요, 위대한 명예의 어머니."

"다른 사람들이 내 복수를 해줄 것이오." 단조롭고 대단히 냉정한 목소리였다.

그녀의 침착한 태도보다 이 말의 내용이 훨씬 더 묘했다. 그녀는 모든 것을 그 면밀한 가면 밑에 감추고 있었으나, 오드레이드의 말에 스치듯이 반응하는 과정에서 숨겨진 조각들이 조금씩 드러났다. 은밀하고 강렬하지만 파묻혀 있는 것들. 모든 것이 그 안에 있었다. 대모들의 방식처럼 가면에 가려진 채. 로그노는 아무런 힘도 없는 것처럼 보였지만, 마치 본질적인 것들이 전혀 변하지 않은 것처럼 말하고 있었다. '난 당신의 포로지만 그런다고 달라지는 건 없어'라고 말하듯이.

그녀에게 정말로 아무런 힘이 없는 걸까? '아냐!' 그러나 그녀는 상대에게 그런 인상을 주고 싶어 했고, 그녀 주위의 다른 명예의 어머니들도 모두 그녀의 반응을 거울처럼 그대로 따라 했다. '우리의 모습이 보이는

가? 자매들 간의 의리와 그들이 우리에게 묶어놓은 추종자들 외에는 아무런 힘도 없다'고 말하듯이.

명예의 어머니들은 자기네 군단이 그렇게 복수심에 불탈 거라고 정말로 확신하고 있는 걸까? 그런 확신은 이런 패배를 한 번도 겪어보지 못한 사람에게나 가능한 것이었다. 하지만 그들을 이 구제국으로, '100만 행성들' 속으로 몰아낸 누군가가 있었다.

테그는 승리를 평가하기 위한 장소를 찾다가 오드레이드와 그녀의 '포로들'을 발견했다. 전투 직후에는 항상 전투를 분석할 필요가 있었다. 특히 멘타트 지휘관의 분석이 필요했다. 이번에는 비교 시험이 그 어느 때보다 요구되었다. 이번 전투를 평가한 뒤, 그에게 의지하고 있는 사람들에게 최대한 널리 알린 뒤에야 이 싸움이 기억 속에 자리를 잡을 것이다. 이것은 그의 변함없는 패턴이었는데, 그는 이 패턴으로 인해 자신의 어떤 특징이 드러나든 개의치 않았다. 서로 얽혀 있는 이해관계의 고리를 끊어버리는 것은 곧 패배를 준비하는 것이나 마찬가지였다.

'이번 전투의 여러 가닥들을 모아 임시로 정리할 수 있는 조용한 장소가 필요해.'

그가 보기에 전투에서 가장 어려운 문제는 전투 수행 과정에서 인간의 야성이 풀려나지 않게 하는 것이었다. 이건 베네 게세리트의 공식적인 입장이었다. 살아남은 사람들에게서 최고의 자질을 끌어낼 수 있도록 전투가 수행되어야 한다는 것. 이것은 가장 어려우면서 때로는 거의 실현 불가능한 과제였다. 병사가 살육의 현장에서 멀리 있을수록 이 과제가 더 어려워졌다. 테그가 항상 전장으로 가서 직접 살펴보려 하는 것도 이 때문이었다. 고통을 보지 않은 사람은 두 번 생각해 보지도 않고 더 커다란 고통을 야기하기 쉽다. 명예의 어머니들이 바로 이 패턴을 따르고 있었다. 그러나 이제 그들이 그 고통을 절실히 느끼게 되었다. 그들은 이것을 어떻게 받아들일 것인가?

이 의문을 머릿속에 담아둔 채 테그가 보좌관들과 함께 튜브에서 내리자 일단의 명예의 어머니들과 대치하고 있는 오드레이드의 모습이 보였다.

"우리 지휘관이 오셨군요, 마일즈 테그 바샤르." 오드레이드가 그를 손짓으로 가리키며 말했다.

명예의 어머니들이 테그를 쏘아보았다.

'어른 어깨에 타고 있는 어린애라니? 이 사람이 저들의 지휘관이라고?'

"골라로군." 로그노가 중얼거렸다.

오드레이드가 하케르에게 말했다. "근처의 어디 편안한 곳으로 이 포로들을 데려가세요."

하케르는 테그가 고개를 끄덕일 때까지 꼼짝도 하지 않다가 정중한 몸짓으로 포로들에게 앞장서서 타일이 깔린 왼쪽 구역으로 가라고 지시했다. 명예의 어머니들은 테그의 지위를 나타내주는 이 움직임을 놓치지 않았다. 그들은 하케르의 권유에 따르면서 테그를 노려보았다.

'남자가 여자에게 이래라저래라 명령을 내리다니!'

오드레이드의 옆에 있던 테그는 스트레기의 목을 무릎으로 건드려 발코니로 가라는 신호를 보냈다. 눈앞의 광경이 조금 묘해서 그는 그 광경을 금방 파악하지 못했다. 그는 지금까지 여러 번 높은 곳에서 전장을 본 적이 있었는데, 정찰용 오니숍터에 탑승한 경우가 가장 많았다. 이 발코니는 공간적으로 고정된 곳이라서 모든 것이 바로 눈앞에 펼쳐져 있는 것처럼 느껴졌다. 두 사람은 가장 격렬한 전투가 많이 벌어졌던 식물원 위로 100미터 높이에 서 있었다. 최후의 모습으로 널브러진 수많은 시체들이 마치 아이들이 이곳을 떠나면서 던져버린 인형들 같았다. 그는 자기편 병사들의 군복이 일부 섞여 있는 것을 알아보고 가슴이 아팠다.

'이런 일을 막기 위해 내가 할 수 있는 일이 혹시 있었을까?'

그는 이미 여러 번 느낀 이 감정을 '지휘관의 죄책감'이라고 불렀다. 그러나 지금 눈앞의 광경은 조금 달랐다. 어떤 전투에든 있게 마련인 독특한 특징 때문만이 아니라, 뭔가가 자꾸 신경에 거슬렸다. 그는 정원 연회에 더 어울릴 만한 풍경이 고대의 전쟁과 다를 바 없는 폭력 때문에 갈기갈기 찢겨 있다는 점이 여기에 일조하고 있다는 결론을 내렸다.

작은 짐승들과 새들이 인간들의 소란스러운 침입으로 인한 혼란을 겪고는 불안한 듯 은밀하게 이곳으로 돌아오고 있었다. 꼬리가 길고 몸에 털이 난 작은 동물들이 쿵쿵거리며 사상자들의 냄새를 맡다가 아무 이유 없이 근처 나무로 쪼르르 올라가 버렸다. 화려한 새들은 앞을 막아주는 이파리들 뒤에서 밖을 내다보거나 전장 위를 빠르게 날아가 버렸다. 그들 몸의 색깔들이 한데 섞여 흐릿한 선 모양으로 보였는데, 그들이 갑자기 이파리 밑으로 쑥 들어가 버리면 그 선이 그들을 가려주었다. 전장에 덧붙여진 이 깃털 달린 새들은 인간들이 평화로 착각하는 '고요하지 않은 모습'을 이런 풍경 속에 다시 회복시키려고 애쓰고 있었다. 테그는 그것이 평화가 아니라는 것을 알고 있었다. 골라가 되기 전의 삶에서 그는 야생의 풍경에 둘러싸여 성장했다. 농장이 근처에 있었지만 경작지 바로 너머에는 야생 동물들이 살고 있었다. 그곳은 고요하지 않았다.

이 생각과 함께 그는 자신의 신경을 계속 건드리던 것이 무엇인지 깨달았다. 그들이 중무장을 갖춘 방어 병력이 지키고 있는, 인력이 풍부한 방어 기지를 급습했다는 점을 감안할 때, 저 아래 사상자들의 숫자가 지극히 적었다. 그는 요새 안으로 들어온 후 이 점을 설명해 줄 만한 것들을 전혀 보지 못했다. 저들이 깜짝 놀라서 당황한 걸까? 저들이 우주에서 패배한 것은 얘기가 달랐다. 방어 세력의 우주선을 '감지'할 수 있는 그의 능력 덕분에 아군이 파괴적인 이점을 가질 수 있었으니까. 하지만 이 단지의 사람들은 미리 준비를 하고 있었으므로 방어 병력이 후퇴하면서 공격 측에게 더 많은 피해를 입힐 수도 있었다. 그런데 명예의 어머니들의 저항이 급작스레 무너졌고, 지금도 그 이유를 알 수 없었다.

'저들이 자기들의 재앙이 전시되는 것에 반응했다고 본 건 틀린 생각이었어.'

그는 오드레이드를 흘깃 바라보았다. "저 안에 있는 위대한 명예의 어머니 말인데, 그녀가 방어 병력에게 멈추라는 신호를 보냈소?"

"그런 것 같다고 가정하고 있습니다."

신중하며 전형적인 베네 게세리트의 대답이었다. 그녀 역시 눈앞의 광경을 신중하게 관찰하고 있는 것이다.

방어군이 갑자기 무기를 내려놓은 것에 대해 그녀의 가정이 조리 있는 설명이 될 수 있을까?

'저들이 왜 그랬을까? 피가 더 흐르는 것을 막으려고?'

명예의 어머니들이 대개의 경우 보여주던 냉혹함을 감안한다면, 그럴 가능성은 거의 없었다. 그런 결정이 내려진 데에는 뭔가 이유가 있었다. 그것이 마음에 걸렸다.

'함정인가?'

이제 생각해 보니 전장에 다른 이상한 점들이 있었다. 여느 때와 달리 부상자들의 외침도 없었고, 들것과 의사를 부르며 허둥지둥 움직이는 사람도 없었다. 수크들이 시체들 사이를 돌아다니는 것이 보였다. 적어도 그건 익숙한 광경이었지만, 그들은 자기들이 살펴본 사람들을 모두 그 자리에 그대로 내버려두었다.

'모두 죽은 건가? 부상자가 하나도 없어?'

두려움이 그를 움켜쥐었다. 전투에서 공포를 느끼는 것은 이상한 일이 아니지만, 그는 그 공포의 의미를 읽어내는 법을 이미 터득하고 있었다. 뭔가가 크게 잘못돼 있었다. 소리들, 그의 시야 안에 있는 것들, 냄새 등이 새로이 강렬하게 느껴졌다. 그는 정글 속에 사는 육식 동물처럼, 자신의 영역을 잘 알고 있지만 먹이를 사냥하는 대신 사냥당하는 신세가 되지 않기 위해 반드시 정체를 파악해야 하는 것이 자신의 영역 안으로 침범해 들어왔음을 인식하고서 모든 감각이 날카롭게 긴장하는 것을 느꼈다. 그는 다른 차원의 의식으로 주위의 것들을 인식하고 동시에 자신의 반응도 읽어내면서 이런 반응을 불러일으킨 원인을 찾았다. 그의 밑에서 스트레기가 떨고 있었다. 그녀가 그의 걱정을 느끼고 있다는 얘기였다.

"뭔가가 크게 잘못돼 있습니다." 오드레이드가 말했다.

그는 그녀를 향해 손을 불쑥 내밀어 입을 다물게 했다. 승리에 들뜬 병사들에 둘러싸인 탑 안에 있는데도 그는 위협에 노출되어 있는 듯한 기분이었다. 그러나 소란스럽게 떠들어대고 있는 그의 감각들은 그 위협의 정체를 밝혀내지 못했다.

'위험해!'

그건 확실했다. 다만 답을 알 수 없다는 사실이 답답했다. 불안 때문에 정신이 흐려지는 것을 막기 위해 그가 지금까지 받은 훈련을 모조리 동원해야 했다.

스트레기를 쿡쿡 찔러 방향을 돌리게 하면서 테그는 발코니 문간에 서 있는 보좌관에게 고함치듯 명령을 내렸다. 보좌관은 조용히 듣고 있다가 명령을 수행하러 뛰어나갔다. 반드시 사상자의 숫자를 알아야 했다. 사망자와 부상자가 각각 얼마인가? 포획한 무기에 대한 보고서도 필요했다. 급해, 서둘러!

전장을 다시 살펴보기 시작한 그는 신경에 거슬리는 점을 또 하나 발견했다. 그의 눈이 아까부터 그에게 알려주려고 애썼던 근본적인 기묘함. 베네 게세리트 군복을 입고 쓰러진 사람들의 몸에 피가 거의 묻어 있지 않았다. 전투에서 쓰러진 사람들에게서는 인류 공통의 궁극적인 증거, 즉 공기 중에 노출되면 검게 변색되지만 그것을 본 사람들의 기억 속에 항상 지울 수 없는 흔적을 남기는 빨간 피가 보이는 게 정상이었다. 살육 현장에 피가 보이지 않는 것은 지금까지 알려진 바 없는 현상이었고, 전쟁에서 미지의 것들은 극단적인 위험을 가져오곤 했다.

그가 오드레이드에게 부드럽게 말했다. "저들은 우리가 아직 발견하지 못한 무기를 갖고 있소."

너무 빨리 자신의 판단을 드러내지 말라. 판단을 숨겨두는 편이 더 효과를 발휘할 때가 많다. 숨겨진 판단은 때가 너무 늦어 돌이킬 수 없을 때에야 효과가 느껴지는 반응을 유도해 낼 수 있다.

— 대모 지망생들에게 주는 베네 게세리트의 충고

시이나는 멀리서 풍겨오는 벌레의 냄새를 맡았다. 멜란지의 계피 냄새가 저변에 깔리고 거기에 돌이 타는 쓴 냄새와 황 냄새가 섞인 것. 그것은 모래를 먹는 라키스의 저 거대한 벌레의, 크리스털 같은 이빨로 둘러싸인 지옥 같은 불구덩이에서 나오는 냄새였다. 그러나 그녀가 그 거대한 벌레의 이 자그마한 후손들을 감지할 수 있는 것은 오로지 그들의 숫자가 많기 때문이었다.

'녀석들은 너무 작아.'

오늘 이곳 사막 감시 센터의 날씨는 아주 뜨거웠다. 늦은 오후가 된 지금 그녀는 인공적으로 서늘하게 해놓은 실내가 반가웠다. 그녀가 오랫동안 사용하고 있는 거처의 온도는 그럭저럭 참을 만한 수준으로 조절되었다. 서쪽 창문이 계속 열려 있었는데도. 시이나는 그 창문으로 가서 이글거리는 모래를 내다보았다.

오늘 밤이 되면 이곳에서 보이는 풍경이 어떻게 변할지 기억이 그녀에게 알려주었다. 건조한 공기 속에서 밝게 빛나는 별빛이 어두운 곡선을 그리고 있는 지평선까지 이어진 모래의 파도를 희미하게 비춰줄 것이다. 그녀는 라키스의 달들을 기억하고 있었다. 그 달들이 그리웠다. 별들만으로는 그녀의 프레멘 기질을 만족시킬 수 없었다.

그녀는 지금 이곳을 조용한 은신처로 생각했다. 그녀의 교단이 지금 겪고 있는 일들을 생각해 볼 수 있는 장소이자 시간.

'악솔로틀 탱크, 사이보그 그리고 이번에는 이것까지.'

나눔의 의식이 있은 후 오드레이드의 계획은 더 이상 수수께끼가 아니었다. 도박인가? 그 도박이 성공한 다음에는?

'아마 내일쯤 성공 여부를 알게 될 것이다. 그럼 그다음에 우리는 어떻게 되는 거지?'

그녀는 사막 감시 센터가 자신을 자석처럼 끌어당기고 있음을 인정했다. 이곳은 지금 벌어지고 있는 일들의 결과를 생각해 볼 장소 이상이었다. 그녀는 오늘 타는 듯한 열기 속에서 사막을 걸으며 자신의 춤으로 벌레를 부르는 것이 아직도 가능하다는 것을 스스로에게 증명했다. 그녀의 춤은 행동으로 표현된 감정이었다.

'속죄의 춤. 내가 사용하는 벌레의 언어.'

그녀는 배고픔 때문에 기억의 무아지경이 산산이 부서져버릴 때까지 모래 언덕 위에서 수도하는 사람처럼 팽글팽글 돌며 춤을 추었다. 그리고 작은 벌레들이 사방에 모여들어 입을 크게 벌리고 그녀를 지켜보았다. 크리스털 같은 이빨에 둘러싸인 입안에서 그녀가 기억하는 불꽃이 타오르고 있었다.

'하지만 왜 저렇게 작은 거지?'

'습기 때문'이라는 조사관들의 말은 나름대로 설명이 되었지만 충분하지는 않았다.

시이나는 듄의 거대한 샤이 홀루드를 떠올렸다. 스파이스 공장을 집어 삼킬 정도로 거대했던 '사막의 노인'. 고리 모양을 한 체절의 표면은 플래스트리트만큼이나 단단했다. 그들은 자기 영역의 주인이었다. 모래 속의 신이자 악마. 그녀는 창가에서 밖을 바라보며 그 잠재력을 감지했다.

'폭군은 왜 벌레와의 공생을 선택했을까?'

저 자그마한 벌레들도 그의 끝없는 꿈을 가지고 있을까?

이 사막에는 모래송어가 살고 있었다. 그들을 새로운 피부로 받아들인다면 그녀도 폭군의 길을 따라가게 될지도 몰랐다.

'변신. 분열된 신.'

그녀는 그 미끼의 매력을 알고 있었다.

'내게 그럴 용기가 있는가?'

그녀가 무지한 상태에서 보냈던 마지막 순간들의 기억이 그녀를 엄습했다. 그때 그녀는 갓 여덟 살이었고, 때는 듄의 이가트 달(月)이었다.

'라키스가 아냐. 듄이다. 내 조상들이 붙인 이름.'

과거의 자신을 회상하는 것은 어렵지 않았다. 호리호리한 몸매에 피부가 가무잡잡한 아이. 줄무늬가 있는 갈색 머리칼. 그녀는 어린 시절의 친구들과 함께 탁 트인 사막을 뛰어다니며 멜란지를 찾아 헤맸다(그것이 아이들의 임무였기 때문이다). 기억 속에 남은 그때의 일들이 얼마나 소중하게 느껴지는지.

하지만 기억에는 어두운 면도 있었다. 어린 여자아이는 자신의 코에 온 신경을 집중시키다 강렬한 냄새를 감지했다. 전(前) 스파이스 덩어리!

'개화!'

멜란지의 폭발이 샤이탄을 불러왔다. 그 어떤 모래벌레도 자신의 영역 안에서 일어난 스파이스 개화의 유혹에 저항할 수 없었다.

'당신이 모두 먹어버렸어, 폭군. 우리가 '집'이라고 부르던 그 초라한 오두막들과 내 친구들과 가족들을 모두. 왜 나를 살려둔 거지?'

그 가냘픈 아이의 몸을 뒤흔든 분노가 얼마나 컸는지. 그녀가 사랑했던 모든 것을 저 거대한 벌레가 가져가 버렸는데, 그 벌레는 자신의 불꽃 속에 몸을 던지려는 그녀의 시도를 거부하고 그녀를 라키스 사제들에게 데려다주었다. 그리고 거기에서 그녀는 다시 베네 게세리트의 손으로 넘겨졌다.

'저 아이는 벌레와 이야기를 하고, 벌레는 저 아이를 죽이지 않아요.'

"나를 살려둔 그들을 나는 살려두지 않을 거예요." 이건 그녀가 오드레이드에게 한 말이었다.

'그런데 이제 오드레이드는 내가 반드시 해야 하는 일이 무엇인지 알고 있다. 야생의 것을 억누를 수는 없습니다, 다르. 이제 당신이 내 안에 있으니 나도 감히 당신을 다르라고 부르겠습니다.'

아무런 반응이 없었다.

저 새로운 모래벌레 각각의 몸속에 레토 2세의 의식의 진주알이 들어 있을까? 그녀의 프레멘 조상들은 그렇다고 고집스럽게 주장했다.

누군가가 그녀에게 샌드위치를 건네주었다. 사막 감시센터의 지휘를 맡은 상급 복사 조수인 왈리였다.

'오드레이드가 나를 평의회 의원으로 승진시켰을 때 내가 왈리에게 이곳의 지휘를 맡기라고 고집을 부렸지. 하지만 그건 왈리가 명예의 어머니들의 성적인 구속에 당하지 않는 내 능력을 배웠기 때문만은 아니었다. 내게 필요한 것이 무엇인지 그녀가 민감하게 알아차리기 때문도 아니었어. 우리는 비밀의 언어를 알고 있다, 왈리와 나는.'

왈리의 커다란 눈은 이제 더 이상 그녀의 영혼으로 통하는 입구가 아니었다. 그 두 눈은 엷은 막으로 덮인 장벽으로 변해 있어서 그녀가 탐색적인 시선들을 차단하는 방법을 이미 알고 있다는 걸 보여주었다. 그녀가 스파이스의 고통을 이기고 살아남는다면 엷은 푸른색인 두 눈이 완전히 파랗게 변할 것이다. 그녀는 거의 백피증에 가까울 정도로 색소가 부족해서 교배를 시켜도 될지 의문스러운 유선자를 갖고 있었다. 왈리의 피부가 이러한 판단을 더욱 강화해 주었다. 창백하고 주근깨가 있는 피부. 피부는 안을 투명하게 비춰주는 표면이었다. 피부 그 자체가 아니라 그 아래 놓여 있는 것, 즉 사막의 태양으로부터 스스로를 보호할 아무런 장치도 갖지 못한, 피가 가득 찬 분홍색 살에 초점을 맞춰야 했다. 이곳 그늘 속에서만 왈리는 자신의 민감한 표면을 의문을 품은 사람들 앞에 노출시킬 수 있었다. '왜 이 사람이 우리를 지휘하는 자리에 있는 것인가?'라는 의문.

'그건 반드시 해야 하는 일들을 그녀가 가장 잘 해낼 것이라고 내가 믿기 때문이지.'

시이나는 사막의 풍경으로 다시 눈을 돌리면서 멍하니 샌드위치를 먹었다. 언젠가 이 행성 전체가 저렇게 변할 것이다. 또 하나의 듄이 탄생하는 건가? 아니…… 비슷하지만 달랐다. 무한한 우주에서 우리가 이런 곳을 얼마나 많이 만들어내고 있는 걸까? 어리석은 질문이었다.

사막이 변덕을 부렸는지 멀리 작은 검은색 점 하나가 나타났다. 시이나는 눈을 가늘게 떴다. 오니숍터였다. 그 점이 점점 커지다가 다시 작아졌다. 모래를 샅샅이 수색하고 있는 것이다.

'우리가 여기서 만들어내고 있는 게 정말로 무엇일까?'

서서히 땅을 잠식해 들어오는 모래 언덕들을 보면서 그녀는 오만을 느꼈다.

'내 작품을 보아라, 하찮은 인간들. 그리고 절망해라.'

'하지만 우리가 이것을 만들어놓았어. 내 자매들과 내가.'

'너희들이 만들었다고?'

"열기 속에서 새로이 건조한 기운이 느껴집니다." 왈리가 말했다.

시이나도 동감이었다. 굳이 말할 필요도 없었다. 그녀는 커다란 작업용 탁자로 다가갔다. 해가 떠 있는 동안 거기에 펼쳐져 있는 지형도를 자세히 살펴보기 위해서였다. 지도 위에는 그녀가 계획했던 그대로 작은 깃발들이 꽂혀 있었고, 압정 위에는 초록색 실이 매달려 있었다.

언젠가 오드레이드가 물은 적이 있었다. "이게 정말로 투사기 영상보다 더 나은 거냐?"

"저는 지도를 직접 만져봐야 합니다."

오드레이드는 이 대답을 받아들였다.

투사기 영상들을 보면 김이 빠졌다. 흙으로부터 너무 멀리 떨어져 있기 때문이다. 영상 위에 손가락을 대고 "저곳으로 내려가자"고 말할 수는 없었다. 영상 속의 손가락은 텅 빈 허공 속의 손가락일 뿐이었다.

'눈으로 보는 것만으로는 절대 충분하지 않아. 몸이 자신의 세계를 직접 느껴야 해.'

시이나는 남자의 강렬한 땀 냄새를 감지했다. 남자가 운동을 했을 때 나는 퀴퀴한 냄새였다. 그녀가 고개를 들자 가무잡잡한 피부의 젊은 남자 하나가 문간에 서 있는 것이 보였다. 오만한 자세, 오만한 시선.

"아, 혼자 계신 줄 알았습니다, 왈리. 나중에 다시 오지요." 남자가 말했다.

그는 시이나를 날카롭게 한 번 노려보고는 가버렸다.

'몸으로 직접 느껴봐야만 알 수 있는 것이 많이 있지.'

"시이나 님, 여기에는 웬일이십니까?" 왈리가 물었다.

'평의회에서 바쁘게 지내는 사람이 여기서 뭘 찾고 있는 겁니까? 날 믿지 못하는 겁니까?'

"내가 저질러버릴지도 모른다고 선교단이 지금도 생각하고 있는 행동에 대해 생각해 보려고 왔다. 그들은 듄의 신화를 무기로 보고 있지. 수십억이나 되는 사람들이 나를 '분열된 신과 얘기를 나눈 신성한 사람'이라 부르며 기도를 하고 있으니까."

"수십억이라는 말은 타당하지 않습니다." 왈리가 말했다.

"하지만 그건 내 자매들이 내게서 보고 있는 세력의 척도이지. 나를 숭배하는 사람들은 내가 듄과 함께 죽었다고 믿고 있어. 내가 '억압받는 자들의 만신전에 있는 강력한 신령'이 된 거지."

"단순한 전도자가 아니란 말입니까?"

"만약 내가 나를 섬기는 이 우주에서 모래벌레와 나란히 모습을 드러낸다면 무슨 일이 벌어질까, 왈리? 그런 일이 벌어지는 경우의 잠재적 가능성이 내 자매들 중 일부의 머릿속을 희망과 불안으로 가득 채우고 있다."

"불안에 대해서는 저도 이해합니다."

'과연. 무앗딥과 그의 아들 폭군이 아무것도 짐작하지 못하는 인류에게 풀어놓은 바로 그 종교적 이식물 같은 것이란 말이지.'

"그들은 왜 애당초 그런 가능성 같은 것을 생각하는 겁니까?" 왈리가 고집스럽게 물었다.

"나를 받침대로 삼는다면 그들이 우주를 움직일 수 있는, 얼마나 굉장한 수단을 얻게 되겠어!"

"하지만 그런 힘을 어떻게 통제할 수 있을까요?"

"그게 바로 문제지. 그 힘은 원래부터 너무나 불안정하니까. 종교는 사실 결코 통제할 수 있는 게 아냐. 하지만 일부 자매들은 나를 중심으로 구축된 종교를 '겨냥'할 수 있다고 생각해."

"만약 그들의 겨냥이 나쁘다면요?"

"그들은 여자들의 종교가 항상 더 깊숙한 곳을 흐른다고 말하지."

"사실인가요?" 자기보다 높은 사람을 의심하는 듯한 어조.

시이나로서는 고개를 끄덕일 수밖에 없었다. '다른 기억'도 그 사실을 확인해 주었다.

"왜죠?"

"우리 몸 안에서 생명이 스스로 부활하니까."

"그게 전부입니까?" 노골적인 의심.

"여자들은 흔히 약자의 분위기를 띠지. 인간들은 맨 밑바닥에 있는 사람에게 특별한 연민을 보이고. 나는 여자다. 거기에 만약 명예의 어머니들이 나를 죽이고 싶어 하는 상황이라면 나는 축복받은 거지."

"마치 선교단의 생각에 동의하시는 것 같군요."

"자신이 사냥당하는 편에 속해 있을 때, 사람들은 어떻게든 도망칠 길을 찾는다. 나는 숭배의 대상이지. 난 거기에 들어 있는 잠재적 가능성을 무시할 수 없어."

'위험도 무시할 수 없다. 내 이름이 명예의 어머니들의 억압이라는 어둠 속에서 밝은 빛이 되었으니까. 그 빛은 모든 것을 집어삼키는 불꽃으로 아주 쉽게 변할 수 있어!'

아니…… 그녀와 던컨이 만들었던 계획이 더 나았다. 참사회를 탈출하는 것. 참사회는 이곳의 주민들뿐만 아니라 베네 게세리트의 꿈에 대해서도 죽음의 함정이었다.

"저는 대모님이 여기 계신 이유를 아직도 이해하지 못하겠습니다. 어쩌면 우리는 이제 더 이상 사냥당하는 입장이 아닌지도 모릅니다."

"아닌지도 모른다고?"

"왜 하필이면 지금 오신 겁니까?"

'그걸 터놓고 얘기할 수는 없지. 그러면 감시견들도 알게 될 테니까.'

"난 벌레들에게 매혹을 느끼고 있다. 내 조상들 중 한 명이 맨 처음 듄으로 이주하던 사람들을 이끌었다는 게 그 이유 중 하나야."

'이것을 기억하고 있겠지, 왈리. 우리 둘이서만 저 바깥의 모래로 나가서 이 이야기를 한 적이 있다. 그러니 이제 내가 왜 이곳에 왔는지 알 수 있겠지.'

"대모님께서 그녀가 훌륭한 프레멘이었다고 말씀하신 걸 기억하고 있습니다."

"그리고 젠수니 스승이기도 했지."

'나도 나만의 이주를 이끌 것이다, 왈리. 하지만 내게는 벌레가 필요할 거야. 너만이 그 벌레들을 제공해 줄 수 있다. 게다가 이 일을 재빨리 해치워야 해. 환승점에서 들어온 보고서들은 서두르라고 재촉하고 있다. 첫 번째 우주선들이 곧 돌아올 거야. 오늘 밤이나…… 내일쯤. 그 우주선이 무엇을 싣고 올지 두려워.'

"벌레 몇 마리를 '중앙'으로 데려가서 자세히 관찰하고 싶다는 생각을 아직도 갖고 계십니까?"

'그래, 그거야, 왈리! 기억하고 있구나.'

"재미있는 연구가 될지도 모르지. 그런 일을 할 시간이 그리 많지는 않지만 무엇이든 우리가 지식을 얻을 수 있다면 도움이 될지도 모른다."

"그곳은 녀석들이 지내기에 너무 습할 겁니다."

"착륙장에 있는 비우주선의 커다란 우리를 사막 실험실로 다시 전환시킬 수 있다. 모래를 깔고 대기를 조절하는 거지. 우리가 맨 처음 벌레를 데려올 때 사용했던 기본적인 것들이 다 그곳에 있어."

시이나는 서쪽 창문을 살짝 바라보았다. "석양이군. 다시 내려가서 모래 위를 걷고 싶다."

'첫 번째 우주선들이 오늘 밤에 돌아올까?'

"그러시겠지요, 대모님." 왈리가 한쪽 옆으로 물러서서 문으로 통하는 길을 터주었다.

시이나가 방을 나가면서 말했다. "오래지 않아 사막 감시 센터가 옮겨질 것이다."

"준비하고 있습니다."

시이나가 부락 가장자리의 아치형 거리를 빠져나왔을 때 태양은 지평선 아래로 살짝 가라앉고 있었다. 그녀는 별빛이 비치는 사막으로 성큼성큼 걸어 들어가며 어렸을 때 그랬던 것처럼 자신의 감각을 동원해 주변을 탐색했다. 아아, 진한 계피 냄새가 났다. 벌레들이 근처에 있는 것이다.

그녀는 걸음을 멈추고는 마지막 남은 햇빛에 등을 돌리며 북서쪽을 향해 돌아서서 과거 프레멘들이 그랬던 것처럼 양 손바닥을 각각 눈의 위와 아래에 놓아 시야와 빛을 가렸다. 그리고 그 사이로 밖을 내다보았다. 무엇이든 하늘에서 떨어지는 것이 있다면 반드시 이 좁은 틈새를 지나가게 될 것이다.

'오늘 밤인가? 그들은 설명을 해야 하는 순간을 뒤로 미루기 위해 해가 진 후에 올 것이다. 밤새도록 곰곰이 생각을 해보려고.'

그녀는 베네 게세리트의 인내심을 갖고 기다렸다.

호선 모양의 불꽃 하나가 북쪽 지평선 위에서 가느다란 선을 그렸다. 또 하나, 또 하나. 그들은 착륙장에 내리기에 딱 맞는 위치에 늘어서 있었다.

시이나는 자신의 심장이 빨리 뛰기 시작하는 것을 느꼈다.

'그들이 왔어!'

그들이 교단에게 어떤 메시지를 전달할 것인가? '승리를 거두고 돌아온 전사들인가, 아니면 피난민인가?' 오드레이드의 계획이 펼쳐지는 모양새를 생각하면 어느 쪽이든 거의 차이가 없을 것이다.

아침까지는 그녀도 알 수 있을 것이다.

시이나는 손을 내리면서 자신이 떨고 있음을 깨달았다. 깊이 숨을 들이쉬며 기도문을 외웠다.

잠시 뒤 그녀는 사막을 걸었다. 기억 속에 남아 있는 듄의 모래걸음으로. 그녀는 발을 끌며 걸어야 한다는 사실을 거의 잊어버리고 있었다. 마치 발에 추가로 무게가 걸린 것처럼 걸어야 했다. 잘 쓰이지 않는 근육들이 동원되고 있었지만, 박자를 완전히 무시하는 이 걸음걸이는 한번 배우고 나면 결코 잊히지 않았다.

'옛날에는 내가 다시 이런 식으로 걷게 될 거라고는 꿈에도 생각하지 못했는데.'

만약 감시견들이 그녀의 이런 생각을 감지했다면 아마 자기들의 시이나에 대해 의문을 품었을 것이다.

그것이 자신의 결점이라고 그녀는 생각했다. 그동안 참사회의 리듬에 점점 익숙해진 것. 이 행성은 지하 깊은 곳에서 그녀에게 말을 걸었다. 그녀는 땅을 느끼고, 나무를 느끼고, 꽃을 느끼고, 생명을 갖고 자라나는 모든 것들을 느꼈다. 마치 그 모든 것이 그녀 자신의 일부이기라도 한 것처럼. 그런데 지금 그녀는 이곳의 리듬을 교란시키는 움직임을 보이고 있었다. 그것은 다른 행성의 언어였다. 그녀는 사막이 변하는 것을 느꼈다. 그것 역시 낯선 언어였다. 사막. 생명이 없는 것은 아니지만, 한때 신록이 우거졌던 참사회와는 근본적으로 다른 삶을 살고 있는 곳.

'생명은 줄어들었지만 더 강렬해.'

사막의 소리가 들려왔다. 뭔가가 주르르 미끄러져 내리는 작은 소리, 삑삑거리며 곤충들이 울어대는 소리, 공중에서 사냥감을 찾는 새들의 음산한 날갯짓 소리, 모래 위에서 빠르게 들려오는 풍덩 소리. 오늘처럼 벌레들이 다시 지배자가 되는 날을 기대하며 이곳으로 옮겨놓은 캥거루 쥐들이었다.

'왈리는 듄에서 온 식물과 동물들을 보내는 걸 잊지 않을 거다.'

그녀는 높은 바라칸 꼭대기에서 걸음을 멈췄다. 그녀의 앞으로 모든 움직임이 정지된 바다가 펼쳐져 있고, 어둠 때문에 파도의 선들이 흐릿해져 있었다. 이 변화하는 땅의 그림자 같은 해변을 때리는 그림자 같은 파도. 이곳은 무한한 사막의 바다였다. 아주 멀리에서 온 이 바다는 앞으로 여기보다 더 낯선 곳들로 퍼져나갈 것이다.

'할 수만 있다면 내가 널 그리로 데려가겠어.'

건조한 땅에서 습기가 더 많은 그녀의 뒤쪽으로 불어온 밤의 산들바람이 그녀의 뺨과 코에 얇은 먼지를 실어다 놓고 그녀의 옆을 지나가면서 머리카락 끝을 들어 올렸다. 슬픈 생각이 들었다.

'어쩌면 이곳에 존재했을지도 모르는 것들.'

그건 더 이상 중요하지 않았다.

'지금 존재하는 것들, 그게 중요하지.'

그녀는 깊이 숨을 들이쉬었다. 계피 냄새가 아까보다 더 강했다. 멜란지. 스파이스와 벌레가 근처에 있다는 뜻이었다. 벌레들은 그녀의 존재를 인식하고 있었다. 언제쯤이면 이곳의 공기가 완전히 건조해져서 모래벌레들이 크게 자라 옛날에 듄에서 했던 것처럼 수확물을 내놓을 수 있을까?

행성과 사막.

그녀는 이 둘을 각각 같은 전설의 반을 차지하는 두 개의 조각으로 보았다. 베네 게세리트와 그들이 봉사하는 인류와 마찬가지로. 서로 짝이 되는 반쪽들. 각각의 조각들은 서로의 존재가 없으면 왜소해져서 목적을 잃어버리고 공허해졌다. 어쩌면 죽음보다 나을 것이 없는 상태로 그저 정처 없이 움직였다. 거기에 명예의 어머니들이 승리했을 경우의 위험이 놓여 있었다. 눈먼 폭력의 과녁이 되는 위험이!

'적대적인 우주에서 눈이 멀어버린 사람들.'

폭군이 교단을 없애버리지 않은 이유가 바로 거기에 있었다.

'그는 자기가 우리에게 방향을 알지 못하는 길을 줄 뿐이라는 걸 알고 있었어. 못된 장난으로 뿌려놓은 종이 조각을 추적하는 게임. 결국은 빈손이지. 하지만 그에게는 정말로 시인 같은 데가 있었어.'

그녀는 다르 에스 발라트에서 나온 그의 '기억의 시'를 떠올렸다. 베네 게세리트가 보존해 둔 잡동사니 중의 일부였다.

'우리가 무슨 이유로 그걸 보존하고 있는 걸까? 지금 내가 그것으로 머릿속을 채울 수 있도록? 내일의 일을 잠시나마 잊어버리라고?'

시인의 아름다운 밤,

순결한 별들로 그 밤을 채우라.

한 걸음 떨어진 곳에 오리온이 서 있다.

그의 이글거리는 눈은 모든 것을 보며,

우리의 유전자에 영원한 표시를 남기지.

어둠과 노려보는 시선을 환영하라,

빛의 잔상 때문에 멀어버린 시선.

거기에 불모의 영원이 있다!

갑자기 자신이 최고의 예술가가 될 수 있는 기회를 얻은 것 같다는 느낌이 들었다. 흘러넘칠 정도로 영감이 가득 차 있는 자신 앞에 원하는 대로 창조할 수 있는 공백이 주어진 듯한 느낌.

'아무런 제한이 없는 우주!'

그녀가 어렸을 적 베네 게세리트의 목적을 처음 접했을 때 오드레이드가 했던 말이 떠올랐다. "우리가 왜 네게 눈독을 들였냐고, 시아나? 이유는 아주 간단하지. 우리는 네게서 우리가 오랫동안 기다려온 것을 발견했다. 네가 나타났을 때 우리는 그것이 일어나는 걸 보았어."

"그것이라고요?"

'내가 얼마나 순진했는지!'

"뭔가 새로운 것이 지평선에서 몸을 일으키고 있다."

'나는 이주를 통해 새로운 것을 찾아 헤맬 것이다. 하지만…… 반드시 달들이 있는 행성을 찾아야 해.'

어느 면에서 보면 우주는 브라운 운동과 같다. 원소의 차원에서 예측할 수 있는 것이 하나도 없지. 무앗딥과 그의 아들 폭군은 운동이 일어나는 구름의 방을 닫아버렸다.

— 가무의 이야기

무르벨라는 서로 조화되지 않는 경험들을 하는 시기에 들어섰다. 처음에는 자신의 삶을 여러 개의 시야로 바라보는 것이 신경에 거슬렸다. 환승점에서 일어난 혼란스러운 사건들이 이 현상에 불을 붙여, 지금 당장 꼭 해야 하는 일들을 뒤죽박죽 섞어놓았다. 그 느낌은 그녀를 떠나려 하지 않았다. 심지어 참사회로 돌아왔을 때에도.

'내가 경고했죠, 다르. 당신은 그걸 부인할 수 없습니다. 난 그들이 승리를 패배로 바꿔놓을 수 있다고 말했습니다. 이제 당신이 내 무릎에 던져놓은 이 혼란을 보세요! 내가 그만큼이라도 사람을 구할 수 있었던 건 행운이었습니다.'

이렇게 내면에서 항의를 하다 보면 그녀는 항상 자신을 이 끔찍한 자리에 올려놓은 사건들 속에 푹 빠져버렸다.

'내가 달리 할 수 있는 일이 있었을까?'

기억 속에서 스트레기가 바닥으로 푹 쓰러지며 피 한 방울 흘리지 않은 채 죽음을 맞는 모습이 보였다. 이 광경은 허구를 바탕으로 한 연극처럼 비우주선의 중계기에 나타났다. 우주선 사령실의 투사기로 보고 있으려니 정말로 일어나는 일이 아니라 환상인 것만 같았다. 배우들이 곧 일어나 관객에게 답례를 할 것이다. 자동으로 윙윙 소리를 내며 돌아가는 테그의 기계눈들은 누군가가 그들을 잠재울 때까지 한 장면도 놓치지 않았다.

그 영상들은 그녀에게 계속 남아 있었다. 으스스한 잔상처럼. 그 명예의 어머니들의 높다란 성 바닥에 널브러져 있는 테그의 모습. 충격을 받은 표정으로 뚫어져라 그것을 노려보던 오드레이드의 모습.

무르벨라가 서둘러 지상으로 내려가야겠다고 선언하자 사람들이 커다란 소리로 반발하고 나섰다. 그녀가 오드레이드의 도박을 상세히 설명하고 나서 '이 일을 철저한 재앙으로 만들고 싶습니까?'라고 다그칠 때까지 감독관들은 완강하게 주장을 굽히지 않았다.

'그 언쟁에서 승리를 거둔 건 내면에 있는 오드레이드지. 하지만 당신은 처음부터 그걸 준비하고 있었지요, 그렇지 않습니까, 다르? 당신의 계획이니까!'

감독관들은 이렇게 말했다. "아직 시이나가 있습니다." 그들은 무르벨라에게 1인용 소형 우주선을 주어 혼자 환승점으로 내려가게 했다.

그녀가 통신을 통해 명예의 어머니라는 자신의 신분을 미리 밝혔는데도 착륙장에서 위험한 순간들을 겪어야 했다.

그녀가 연기를 피워 올리는 구덩이 옆에 우주선을 착륙시키고 밖으로 나오자 무장한 명예의 어머니들 1분대가 그녀 앞에 버티고 있었다. 연기에서는 낯선 폭발물의 냄새가 났다.

'최고 대모의 우주선이 파괴된 곳이군.'

아주 늙은 명예의 어머니가 분대를 이끌고 있었다. 그녀의 빨간 로브에는 얼룩이 묻었고, 장식품도 일부 사라져버렸으며, 왼쪽 어깨가 아래쪽으로 찢어져 있었다. 그녀는 완전히 말라붙은 도마뱀 같았다. 아직 독이 남아 있고, 상대를 물 힘도 있었지만 에너지가 대부분 사라져버렸기 때문에 분노의 힘을 훌륭하게 사용하며 움직이고 있었다. 헝클어진 머리카락은 금방 파낸 생강 뿌리의 겉껍질 같았다. 그녀 안에 악마가 있었다. 무르벨라는 오렌지색 반점이 생겨난 눈 속에서 밖을 내다보는 그 악마를 보았다.

완전한 분대 하나가 이 늙은 여자의 뒤를 받치고 있음에도, 두 사람은 우주선 발치에 자기들만 있는 것처럼 서로에게 맞섰다. 그들은 조심스럽게 쿵쿵 냄새를 맡으며 위험이 어느 정도인지 판단하려 애쓰고 있는 야생 동물들이었다.

무르벨라는 늙은 여자를 조심스럽게 살펴보았다. 이 도마뱀은 재빨리 혀를 약간 내밀어 공기의 맛을 보며 감정을 분출하고 싶겠지만, 그래도 충격이 상당한지 무르벨라의 말에 일단 귀를 기울였다.

"무르벨라가 제 이름입니다. 저는 가무에서 베네 게세리트의 포로가 되었습니다. 저는 호르무의 숙련자입니다."

"왜 마녀들의 로브를 입고 있는 건가?" 늙은 여자와 그녀의 분대는 언제라도 상대를 죽일 준비를 갖추고 서 있었다.

"저는 저들이 가르칠 수 있는 모든 것을 배우고 그 보물을 제 자매들에게 가져왔습니다."

늙은 여자가 잠시 그녀를 유심히 살펴보았다. "그래, 너 같은 타입을 알지. 너는 록이로군. 우리가 가무 프로젝트를 위해 선택한 자야."

그녀 뒤의 분대가 조금 긴장을 풀었다.

"처음부터 저 작은 우주선을 타고 온 건 아닐 텐데." 늙은 여자가 비난하듯 말했다.

"저는 저들의 비우주선에서 탈출했습니다."

"그들의 소굴이 어딘지 알고 있나?"

"알고 있습니다."

늙은 여자의 입술 위로 커다란 미소가 번져나갔다. "좋아! 아주 훌륭한 일을 해냈군! 어떻게 탈출했지?"

"꼭 물어봐야 아십니까?"

늙은 여자는 잠시 생각해 보는 눈치였다. 무르벨라는 마치 그녀가 소리 내어 말을 하기라도 한 것처럼 그녀의 얼굴에서 생각들을 읽을 수 있었다. '우리가 록에서 데려온 이런 아이들은 정말 지독하지. 전부 다 그래. 그 아이들은 손이든 발이든, 하여튼 몸에서 움직일 수 있는 모든 부위를 사용해 상대를 죽일 수 있다. 이런 아이들에게는 전부 '어떤 자세에서도 위험하다'는 간판을 붙여줘야 해.'

무르벨라는 우주선에서 떨어진 곳으로 자리를 옮기며 자신의 신분을 나타내는 표식인 강건하면서도 우아한 움직임을 과시했다.

'속도와 근육이 다 있지, 자매들. 조심해야 할걸.'

분대원들 중 일부가 호기심에 차서 앞으로 밀려들었다. 그들의 얘기는 온통 명예의 어머니들을 비교하는 내용으로 가득 차 있었다. 무르벨라는 그들이 열성적으로 던지는 질문을 상대해야 했다.

"그들을 많이 죽였나? 그들의 행성은 어디 있지? 그곳은 풍요로운가? 그곳에서 많은 남자들을 구속시켰나? 넌 가무에서 훈련받았나?"

"저는 가무에서 3단계를 밟았습니다. 하카 님 밑에서."

"하카! 나도 그녀를 만난 적이 있지. 네가 그녀와 만났을 때에도 그녀의 왼발이 부상을 입은 상태였나?"

'아직도 날 시험하고 있군.'

"부상을 입은 건 오른발이었습니다. 그리고 그분이 부상을 입었을 때 저도 함께 있었습니다!"

"아, 그래, 오른발이었지. 이제 기억이 나는군. 그녀가 어쩌다 부상을 입었지?"

"시골뜨기의 엉덩이를 차주다가 그랬지요. 그가 엉덩이 주머니에 날카로운 칼을 갖고 있었습니다. 하카 님은 너무 화가 나서 그를 죽여버렸습니다."

웃음소리가 분대 전체를 휩쓸었다.

"함께 위대한 명예의 어머니께 가자." 늙은 여자가 말했다.

'내가 첫 번째 조사를 통과한 모양이군.'

그러나 무르벨라는 유보적인 태도를 느낄 수 있었다.

'이 호르무 숙련자는 왜 적들의 로브를 입고 있는 걸까? 게다가 저 아이의 분위기도 이상해.'

'지금 당장 저것과 맞서는 게 제일 좋을 것 같군.'

"저는 그들의 훈련을 받았고, 그들은 저를 받아들였습니다."

"멍청이들 같으니! 정말로 그들이 받아들였단 말인가?"

"제 말을 의심하시는 겁니까?" 쉽게 폭발하는 명예의 어머니들의 방식으로 다시 돌아가는 것이 얼마나 쉬운지.

늙은 여자가 파르르 화를 냈다. 오만한 태도는 여전했지만, 자신의 분대원들에게 경고의 시선을 보냈다. 그들은 조금 뒤에야 무르벨라의 말을 소화했다.

"그들 중의 하나가 됐다는 겁니까?" 그녀의 뒤에서 누군가가 물었다.

"그렇지 않고서야 제가 어떻게 그들의 지식을 훔칠 수 있었겠습니까? 잘 알아두세요! 저들의 최고 대모가 저를 직접 가르쳤습니다."

"그녀가 당신을 잘 가르쳐주던가요?" 아까 뒤에서 질문을 던졌던 사람이 도전적인 목소리로 다시 물었다.

무르벨라는 질문자를 파악했다. 중급에 속하는 야심가였다. 사람들의 눈에 띄어 승진을 하려고 안달이 나 있는 사람.

'이것이 네 마지막이다, 이 안달쟁이야. 네가 사라져도 우주가 잃어버리는 건 거의 없지.'

그녀는 베네 게세리트의 속임수를 이용해 자신의 적을 깃털처럼 사정거리 안으로 표홀히 끌어들였다. 그리고 사람들이 알아볼 수 있도록 호르무 식의 발길질로 그녀를 차주었다. 질문을 던진 여자가 죽어 바닥에 쓰러졌다.

'베네 게세리트와 명예의 어머니의 능력을 결합시키면 아주 위험해지지. 당신들 모두 그 능력을 인정하고 부러워하게 될 거다.'

"그녀는 저를 훌륭하게 가르쳤습니다. 또 다른 질문 있습니까?" 무르벨라가 말했다.

"에에!" 늙은 여자가 말했다.

"당신 이름이 무엇입니까?" 무르벨라가 다그치듯 물었다.

"나는 호르무의 명예의 어머니, 선임장이다. 내 이름은 엘펙이지."

"감사합니다, 엘펙. 저를 무르벨라라고 부르셔도 좋습니다."

"영광이군, 무르벨라. 네가 우리에게 가져온 건 진정한 보물이다."

무르벨라는 잠시 베네 게세리트의 관찰력으로 그녀를 살펴본 후 전혀 즐거움이 느껴지지 않는 미소를 지었다.

'이름의 교환이라! 위대한 명예의 어머니를 둘러싼 유력자 중 한 사람이라는 표식인 빨간 로브를 입은 당신, 당신이 방금 누구를 받아들인 건지 알고는 있나?'

분대원들은 여전히 충격을 받은 표정으로 무르벨라를 경계하며 바라보았다. 그녀는 새로 얻은 감수성으로 이것을 알아볼 수 있었다. 베네 게세리트 안에서는 나이 든 여자를 중심으로 한 조직망이 결코 발판을 얻지 못했지만, 명예의 어머니들에게는 효과를 발휘했다. 그녀는 동시 흐름 속에서 이 점을 확인하는 사실들을 줄줄이 바라보며 즐거운 기분이 되었다. 힘의 이동이 얼마나 미묘하게 이루어지는지. 이들은 힘을 얻기에 적합한 학교를 다니며 적합한 친구들을 사귀다가 졸업한 후 권력의 사다리의 첫 번째 단으로 옮겨 갔다. 이 모든 과정을 이끌어주는 것은 친척들과 그들의 연줄이었다. 그들은 동맹을 유지하는 여러 방법들을 통해 서로의 등을 긁어주었다. 그 방법에는 결혼도 포함되었다. 그녀는 이런 방식이 나락으로 이어져 있다는 것을 동시 흐름 덕분에 알 수 있었지만, 사다리에 올라선 사람들, 남을 지배하는 자리에 앉은 사람들은 그 점을 고민하지 않았다.

'오늘은 오늘로서 충분하다. 엘픽이 나를 보는 방식이 바로 이런 것이지. 하지만 엘픽은 내가 어떤 존재가 되었는지 보지 못하고 있어. 내가 위험하기는 하지만 유용한 존재가 될 수도 있다는 점만 볼 뿐이다.'

한쪽 발을 축으로 서서히 몸을 돌리면서 무르벨라는 엘픽의 분대원들을 유심히 살펴보았다. 성적으로 구속당한 남자는 한 명도 없었다. 믿음직한 여자들이 아닌 다른 사람들에게 맡기기에는 이 임무가 너무나 민감했다. 잘된 일이었다.

"자, 내 말을 잘 들으십시오. 여러분 모두. 만약 여러분이 우리 자매단에 조금이라도 충성심을 가지고 있다면, 그 점에 대해서는 장차 여러분의 실적을 통해 내가 판단하겠지만, 여러분은 내가 가져온 것을 존중할 겁니다. 난 그것을 받아 마땅한 사람에게 선물로 줄 생각입니다."

"위대한 명예의 어머니께서 기뻐하실 거다." 엘펙이 말했다.

그러나 무르벨라를 소개받은 위대한 명예의 어머니는 기뻐 보이지 않았다.

무르벨라는 탑 안의 광경을 둘러보았다. 거의 석양이 다 된 시간인데 스트레기의 시체는 쓰러진 자리에 그대로 누워 있었다. 테그가 데려온 전문가들 중 일부도 죽임을 당했다. 대부분 테그의 경호원을 겸한 기계 눈 담당자들이었다.

'그래, 우리 명예의 어머니들은 다른 사람들이 우리를 염탐하는 걸 좋아하지 않지.'

테그는 아직 살아 있었지만 시거와이어에 칭칭 감긴 채 구석에 아무렇게나 던져져 있었다. 무엇보다 놀라운 것은 오드레이드가 자유로운 몸으로 위대한 명예의 어머니 근처에 서 있다는 사실이었다. 그것은 경멸을 나타내는 제스처였다.

무르벨라는 이런 광경을 아주 여러 번 겪은 것 같은 기분이었다. 명예의 어머니들이 승리를 거둔 후의 모습. 적들의 시체가 낫에 베어진 풀처럼 쓰러진 자리에 그대로 줄지어 널브러져 있는 광경. 피를 내지 않는 무기를 지닌 명예의 어머니들의 공격은 빠르고 무시무시했으며, 더 이상 죽일 필요가 없을 때에도 상대를 죽이는 전형적인 사악함을 보여주었다. 그녀는 이토록 무시무시하게 상황이 반전되던 순간의 기억을 떠올리며 전율을 억눌렀다. 아무런 경고도 없이 줄지어 늘어선 병사들만 쓰러졌다. 그들이 도미노처럼 쓰러지는 모습에 생존자들은 충격에 빠져 헤어나지 못했다. 그리고 이 위대한 명예의 어머니는 그 충격을 즐기는 기색이 역력했다.

위대한 명예의 어머니가 무르벨라를 바라보며 말했다. "그러니까 이 것이 네가 네 방식대로 훈련시켰다는 건방진 갈보로군."

오드레이드는 이 말을 들으며 하마터면 미소를 지을 뻔했다.

'건방진 갈보?'

베네 게세리트라면 별다른 앙심을 품지 않고 이 말을 받아들일 것이 다. 눈에 진물이 흐르는 이 위대한 명예의 어머니는 진퇴양난의 곤경을 마주하고 있었지만 피를 내지 않고 상대를 죽이는 자신의 무기를 불러 올 수 없었다. 매우 미묘한 힘의 균형. 명예의 어머니들 사이에서 흥분된 어조로 오가는 대화가 그들의 문제를 드러내 보여주었다.

그들의 비밀 무기 동력이 모두 고갈되었고, 그들은 그 무기를 다시 장 전할 수 없다는 것. 그들이 이곳으로 쫓겨 오면서 뭔가를 잃어버린 때문 이었다.

"우리의 무기는 최후의 수단이었는데 그걸 허비해 버렸어!"

자신이 최고의 인물이라고 생각하는 로그노는 이제 또 다른 전장에 서 있었다. 그리고 그녀는 자신이 고른 사람을 무르벨라가 너무나 쉽게 죽여버릴 수 있다는 무시무시한 사실을 방금 알게 되었다.

무르벨라는 위대한 명예의 어머니의 수행원들을 침착하게 응시하며 그들의 잠재력을 평가해 보았다. 그들도 물론 상황을 인식하고 있었다. 익숙한 상황이었다. 그들은 어느 쪽에 표를 던졌을까?

'중립을 지키는 건가?'

경계를 풀지 않은 사람들도 있었지만, 어쨌든 모두 기다리고 있었다.

상대가 양동작전을 펼칠 것이라는 기대. 힘이 자기들 방향으로 계속 흘러들기만 한다면 누가 승리를 거두든 상관할 일이 아니었다.

무르벨라는 던컨과 감독관들에게서 배운 대로 근육을 물 흐르듯 움직여 전투 대기 자세를 잡았다. 그녀는 마치 연습장에 서 있는 것처럼 침착하게 상대의 반응에 차례로 대응했다. 그러는 와중에도 오드레이드가 준비시킨 대로 자신이 움직이고 있음을 깨달았다. 정신적으로도, 육체적으로도, 감정적으로도.

'먼저 '목소리'를 써야 해. 저들에게 속이 오싹해지는 것이 어떤 건지 맛을 보여줘야지.'

"베네 게세리트에 대한 당신의 평가가 형편없다는 걸 알겠습니다. 당신이 그토록 자랑스러워하는 그 주장들, 이 여자들은 그런 주장을 하도 많이 들어서 이미 지겨워하는 단계조차 넘어버렸습니다."

상대를 긁어대듯이 조절한 목소리를 들은 로그노의 눈에 오렌지색 반점들이 나타났지만, 로그노는 꼼짝도 하지 못했다.

로그노에 대한 무르벨라의 공격은 아직 끝난 게 아니었다. "당신은 자신이 강하고 영리하다고 생각합니다. 영리해서 힘을 얻게 되었다는 거겠죠? 멍청하기는! 당신은 아주 지독한 거짓말쟁이라서 자기 자신에게도 거짓말을 하고 있습니다."

이런 공격을 받으면서도 로그노가 꼼짝도 하지 않자 그녀 주위의 사람들이 그녀에게서 멀어지기 시작했다. 그렇게 해서 생겨난 공간은 '저 여자를 당신들 마음대로 하라'고 말하는 듯했다.

"당신이 아무리 유창하게 거짓말을 해도 거짓말을 숨길 수는 없습니다." 무르벨라가 말했다. 그녀는 경멸을 담은 시선으로 로그노 뒤의 사람들을 휙 훑어보았다. "내가 '다른 기억' 속에서 알고 있는 사람들과 마찬가지로 당신들도 절멸을 향해 나아가고 있습니다. 문제는 당신들이 죽는 데 정말이지 지독하게 시간이 오래 걸린다는 점입니다. 불가피한 일이기는 하지만 그동안 정말 지루하기 짝이 없지요. 당신이 감히 위대한 명예의 어머니를 자칭하다니요!" 그녀는 로그노에게 다시 시선을 돌리며 말을 이었다. "당신은 어디로 보나 시궁창과 같습니다. 당신에게는 스타일이 없어요."

더 이상 참을 수가 없었는지 로그노가 눈에 보이지도 않을 만큼 빠른 속도로 왼발을 내차며 공격했다. 무르벨라는 바람에 날려 온 이파리를 잡듯이 그 발을 잡으면서 흐르듯 이어지는 동작으로 로그노를 움직여 도리깨질을 하는 것처럼 바닥에 내동댕이쳤다. 로그노는 바닥에 뇌수를 쏟으며 그대로 끝장나 버렸다. 무르벨라는 잠시도 동작을 멈추지 않고 몸을 빙그르르 돌리며 왼발로 로그노의 오른쪽에 서 있던 명예의 어머니의 머리를 거의 잘라버렸다. 그리고 오른손으로는 로그노의 왼쪽에 서 있던 여자의 목을 부수었다. 모든 것이 심장이 두 번 뛰는 동안 이루어진 일이었다.

숨조차 거칠어지지 않은 채(이게 얼마나 쉬운 일인지 알겠나, 자매들) 눈앞의 광경을 자세히 살펴보며 무르벨라는 불가피한 일이 벌어졌음을 인식하고 충격을 받았다. 오드레이드는 엘펙 앞의 바닥에 누워 있었다. 엘펙은 어느 편을 들어야 할지 주저 없이 선택한 모양이었다. 오드레이드의 목이 뒤틀린 모양과 몸이 흐물흐물 늘어져 있는 모습은 그녀가 이미 죽었음을 알려주었다.

"이 여자가 끼어들려고 했다." 엘펙이 말했다.

대모를 죽인 엘펙은 무르벨라가 갈채를 보낼 거라고 생각했다(그녀는 어쨌든 자매였으니까!). 그러나 무르벨라의 반응은 예상과 달랐다. 그녀는 오드레이드 옆에 무릎을 꿇고 앉아 자신의 머리를 시체의 머리 옆에 대고 한 없이 오랫동안 그 자세를 유지했다.

살아남은 명예의 어머니들은 서로 의문이 담긴 시선들을 교환했지만 감히 움직이지 못했다.

'이건 뭐지?'

그들은 무르벨라의 무시무시한 능력 때문에 꼼짝도 할 수 없었다.

무르벨라는 예전에 나눔의 의식을 통해 받았던 기억에 오드레이드의 최근 기억을 모두 덧붙이고 나서 자리에서 일어섰다.

엘펙은 무르벨라의 눈에서 죽음의 기운을 보고 한 걸음 물러선 후 스스로를 방어하려 했다. 엘펙도 위험한 사람이었지만 검은 로브를 입은 이 악마와는 상대가 되지 않았다. 로그노와 그녀의 보좌관들이 당했을 때처럼 충격적일 정도로 갑작스레 모든 일이 끝나버렸다. 후두에 발차기 한 방. 엘펙은 오드레이드의 몸 위에 가로로 쓰러졌다.

무르벨라는 다시 한번 살아남은 사람들을 유심히 살펴본 다음 오드레이드의 시체를 내려다보며 잠시 서 있었다.

'어떤 의미에서는 이건 내가 저지른 일이었습니다, 다르. 당신이 자초한 일이기도 하고요!'

그녀는 고개를 좌우로 흔들며 자신들의 행동이 낳은 결과를 받아들였다.

'오드레이드는 죽었다. 최고 대모님 만세! 위대한 명예의 어머니 만세! 천국이여 우리 모두를 보호해 주소서.'

그녀는 이제 반드시 해야만 하는 일에 주의를 돌렸다. 이들의 죽음은 엄청난 빚을 만들어놓았다. 무르벨라는 깊이 숨을 들이쉬었다. 이건 또 하나의 고르디우스의 매듭(알렉산더 대왕이 칼로 끊어버린 매듭─옮긴이)이었다.

"테그를 풀어주어라. 가능한 한 빨리 이곳을 치우고 누가 가서 내가 입을 제대로 된 로브를 가져와!" 그녀가 말했다.

위대한 명예의 어머니가 명령을 내리고 있었지만, 재빨리 명령을 수행하러 나선 사람들은 그녀에게서 '다른 존재'를 느꼈다.

수스톤으로 정교하게 드래곤을 그려 넣은 빨간 로브를 가져온 여자가 조금 떨어진 곳에서 공손하게 로브를 들어 올렸다. 몸집이 크고 뼈대가 두꺼우며, 얼굴이 사각형인 여자였다. 그녀의 눈은 잔인했다.

"나 대신 들고 있어." 무르벨라가 말했다. 그리고 그 여자가 가까운 거리를 이용해서 자신을 공격하려 하자 무르벨라는 그녀를 세게 내동댕이쳤다. "한 번 더 해보겠나?"

이번에는 그 여자도 아무런 속임수를 부리지 않았다.

"네가 내 평의회의 첫 번째 의원이다. 이름은?" 무르벨라가 말했다.

"안젤리카입니다, 위대한 명예의 어머니."

'보세요! 제가 누구보다 먼저 당신의 호칭을 제대로 불렀습니다. 제게 보상을 주세요.'

"너를 승진시키고 그대로 살려둔 것이 보상이다."

이것이 명예의 어머니다운 반응이었다. 상대도 그렇게 받아들였다.

테그가 시거와이어에 깊이 물렸던 팔을 문지르며 그녀에게 다가오자 일부 명예의 어머니들이 무르벨라에게 주의를 주려 했다. "이자가 무슨 짓을 할 수 있는지 아십⋯⋯."

"그는 이제 나를 섬긴다." 무르벨라가 말을 잘랐다. 그리고 오드레이드의 어조로 놀리듯이 말을 이었다. "그렇지 않습니까, 마일즈?"

그는 그녀에게 슬픈 듯한 미소를 지어 보였다. 아이의 얼굴에 나타난 노인의 표정. "재미있는 시대로군, 무르벨라."

"다르는 사과를 좋아했습니다. 그걸 유념하세요." 무르벨라가 말했다.

그는 고개를 끄덕였다. 그녀를 과수원의 묘지로 돌려보내야 했다. 물론 베네 게세리트의 저 소중한 과수원들이 사막 속에서 오래 버티지는 못할 터였다. 그래도 전통 중에는 가능한 한 계속 이어나갈 만한 가치가 있는 것도 있었다.

'신성한 우연'이 무엇을 가르쳐주는가? 유연해져라. 강해져라. 변화를, 새로운 것을 대비하라. 많은 경험을 모으고 천성적으로 확고부동한 우리의 믿음을 기준 삼아 그 것들을 판단하라.

—틀레이랙스 신조

테그가 원래 짰던 시간표보다 더 일찍 무르벨라는 명예의 어머니 수행원들을 골라 참사회로 돌아왔다. 그녀는 몇 가지 문제점을 예상했으나, 그녀가 미리 보낸 메시지들이 해결책을 마련하기 위한 길을 닦아 주었다.

"조련사들을 끌어들이기 위해 퓨타르를 데려갑니다. 명예의 어머니들은 자신들을 식물인간으로 만들어버린 대이동의 생물학 무기를 두려워하고 있습니다. 조련사들이 그 무기의 출처인지도 모릅니다."

"랍비와 그 일행을 비우주선 안에 모실 준비를 하십시오. 그들의 비밀주의를 존중하세요. 그리고 우주선에서 보호를 위한 기뢰들을 제거하십시오!"(이 메시지는 감독관이 직접 전달했다.)

그녀는 자신의 아이들을 데려오라고 요구하고 싶었지만, 그것은 베네 게세리트답지 않은 행동이었다. 언젠가는…… 어쩌면.

돌아오자마자 그녀는 던컨에게 새로운 숙소를 마련해 주었고, 이것이 명예의 어머니들을 혼란스럽게 만들었다. 그들은 베네 게세리트 못지않았다. "남자 하나가 뭐 그리 특별하다는 겁니까?"

이젠 그가 우주선 안에 남아 있을 이유가 없었지만 그는 그곳을 떠나지 않겠다고 했다. "난 정신적 모자이크를 완성해야 해. 움직일 수 없는 조각 하나, 평범하지 않은 행동, 그리고 그들의 꿈에 기꺼이 참여하는 것. 나는 시험을 위한 한계를 찾아내야 해. 그 조각이 빠져 있거든. 그것을 찾는 방법은 알아. 동조를 해야 하지. 생각하지 않고 그냥 그렇게 해야 해."

이건 말이 되지 않는 얘기였다. 그가 이미 변했는데도 그녀는 그의 비위를 맞춰주었다. 이 새로운 던컨에 대해 변함없는 태도를 보이는 것을 그녀는 하나의 과제로 받아들였다. 그가 도대체 무슨 권리로 자기만족적인 태도를 취한단 말인가? 아니…… 자기만족적인 게 아니었다. 자신이 내린 결정을 마음 편히 받아들이고 있는 것에 더 가까웠다. 그는 자신의 마음을 그녀와 함께 나누려 하지 않았다!

"난 여러 가지 것들을 받아들였어. 당신도 그렇게 해야 해."

그녀는 자신이 지금 하고 있는 게 바로 이것이라는 사실을 인정하지 않을 수 없었다.

참사회로 돌아오고 나서 처음 맞은 아침에 그녀는 동틀 무렵 자리에서 일어나 작업실로 들어갔다. 그녀는 빨간 로브를 입은 채 최고 대모의 의자에 앉아 벨론다를 불렀다.

벨은 작업용 책상의 한쪽 끝에 섰다. 그녀는 알고 있었다. 계획이 실행되면서 그 실체가 분명하게 드러났다. 오드레이드는 그녀에게도 빛을 지워놓았다. 그래서 침묵하며 그 빚을 어떻게 갚아야 할지 생각하고 있는 것이다.

'이 최고 대모를 섬겨라, 벨! 그게 빚을 갚는 방법이야. 기록 보관소가 지금의 사건들을 일탈시키면 그들을 제대로 된 시야에서 볼 수가 없어. 지금은 행동이 필요하다.'

마침내 벨론다가 말했다. "내가 지금과 비교할 수 있는 위기 상황은 폭군이 출현했을 때밖에 없습니다."

무르벨라는 날카로운 반응을 보였다. "입 다물고 계세요, 벨! 뭔가 쓸모 있는 말을 할 생각이 아니라면 말입니다."

벨론다는 이 나무람을 차분하게 받아들였다(그녀답지 않은 반응이었다). "다르는 생각을 여러 번 바꿨습니다. 이건 그녀가 예상했던 겁니까?"

무르벨라의 어조가 부드러워졌다. "고대의 역사를 고쳐 쓰는 건 나중에 하기로 합시다. 지금은 서론이에요."

"나쁜 소식이군요." 이건 예전의 벨론다다운 말이었다.

무르벨라가 말했다. "맨 처음 도착하는 사람들을 받아들이세요. 신중하게 대처해야 합니다. 그들은 위대한 명예의 어머니의 고위 평의회 의원들입니다."

벨은 명령을 수행하러 떠났다.

'그녀는 내가 이 자리에 앉아 마땅하다는 걸 알고 있어. 모두 다 그걸 알고 있지. 투표를 실시할 필요는 없다. 투표를 할 여유가 없어!'

지금은 그녀가 오드레이드에게서 배운 역사적인 정치의 기술을 발휘할 때였다.

"무슨 일을 하든 당신은 중요한 인물처럼 보여야 합니다. 어떤 사람들에게서 충성심을 얻기 위해 '호의'라고 불리는 조용한 행동을 하는 게 아니라면, 사소한 결정들이 당신의 손을 거쳐서는 안 됩니다."

모든 보상은 높은 곳에서부터 내려왔다. 베네 게세리트에게 그건 좋은 방침이 아니었지만 이제 작업실로 들어올 사람들은 보상을 내리는 위대한 명예의 어머니에게 익숙해져 있었다. 그들은 '새로운 정치적 필연'을 받아들일 것이다. 일시적으로. 그런 건 언제나 일시적이었다. 특히 명예의 어머니들에게는.

벨과 감시견들은 그녀가 이 점을 정리하는 데 오랜 시간이 걸리리라는 걸 알고 있었다. '증폭된 베네 게세리트의 능력을 가지고도 그럴 거야.'

그들 모두 지극히 벽찰 정도로 주의를 기울여야 할 것이다. 그리고 가장 먼저 해야 할 일은 순박한 시선으로 상대를 날카롭게 구분해 내는 것이었다.

'명예의 어머니들이 잃어버린 게 바로 그것이지. 저들이 '우리'가 속해 있는 배경 속으로 사라져버리기 전에 반드시 그것을 복원해 놓아야 한다.'

벨론다가 평의회 의원들을 안으로 안내하고는 말없이 물러갔다.

무르벨라는 의원들이 자리에 앉을 때까지 기다렸다. 여러 종류의 사람들이 뒤섞인 일행이었다. 개중에는 최고의 권력을 향해 포부를 품은 사람들도 있었다. 안젤리카가 너무나 예쁜 미소를 짓고 있었다. 어떤 사람들은 그저 기다리면서(아직은 감히 희망조차 품지 못했다) 자기들이 할 수 있는 일이 무엇인지 생각을 정리하고 있었다.

"우리 자매단이 어리석은 행동을 했습니다." 무르벨라가 비난하듯 말했다. 그녀는 이 말에 분노를 드러낸 사람들을 눈여겨보아 두었다. "황금알을 낳는 거위를 죽여버렸을 수도 있어요!"

그들은 이 말을 이해하지 못했다. 그녀는 그 우화를 들춰냈다. 그들은 예의 바르게 그녀의 말에 귀를 기울였다. 심지어 그녀가 이런 말을 덧붙였을 때에도. "이 마녀들 한 사람 한 사람이 우리에게 얼마나 절박하게 필요한 존재인지 모르겠습니까? 우리가 수적으로 그들보다 워낙 많기 때문에 그들 각자는 우리를 가르치느라 엄청난 짐을 지게 될 겁니다!"

그들은 이 말을 잠시 생각해 보았다. 그리고 비록 괴롭기는 하지만 이 말을 조건부로 받아들일 수밖에 없었다. 바로 그녀가 한 말이기 때문이었다.

무르벨라는 다시 그들에게 현실을 역설했다. "난 당신들의 위대한 명예의 어머니일 뿐만 아니라…… 누구 그 점에 대해 이의를 제기하는 사람이 있습니까?"

아무도 이의를 제기하지 않았다.

"……베네 게세리트의 최고 대모이기도 합니다. 내가 최고 대모라는 사실을 승인하는 것 외에 저들이 할 수 있는 일은 거의 없습니다."

의원들 중 두 사람이 뭐라고 반발하려 했지만 무르벨라는 그들의 말을 잘라버렸다. "안 됩니다! 당신들은 저들에게 당신들의 뜻을 강요할 힘을 얻지 못할 겁니다. 그러려면 당신들이 저들을 모두 죽여야 할 겁니다. 하지만 저들은 내게 복종할 겁니다."

반발하던 두 사람이 계속 뭐라고 지껄였지만 그녀는 고함을 질러 그들을 눌러버렸다. "저들에게서 얻어낸 지식을 갖고 있는 나와 비교하면 당신들은 볼품없는 약골들입니다! 누구든 그런 게 아니라고 도전할 사람 있습니까?"

아무도 도전하지 않았지만 오렌지색 반점이 나타나 있었다.

"당신들은 자기가 어떻게 될지 전혀 모르고 있는 어린아이들입니다. 아무런 방어 수단도 갖지 못한 채 되돌아가서 많은 얼굴을 가진 자들과 맞설 겁니까? 식물인간이 되고 싶습니까?" 그녀가 말했다.

이 말이 의원들의 관심을 붙들었다. 그들은 연상의 지휘관들이 이런 어조로 말을 하는 것에 익숙했다. 이번에는 말의 내용이 그들을 붙잡았다. 이렇게 어린 사람의 말을 받아들이기는 힘들었지만…… 그래도…… 그녀가 해낸 일이 있었다. 로그노와 그 보좌관들을 어떻게 처리했는지!

무르벨라는 의원들이 이 미끼에 감탄하고 있음을 알아차렸다.

'수정(受精)이 되었군. 이 사람들은 그것을 가지고 이곳을 떠날 것이다. 혼혈의 활기. 이제 우리는 더 강하게 자랄 거야. 그리고 꽃을 피우겠지. 씨앗도 만들 수 있을까? 그 점에 대해서는 깊이 생각하지 않는 게 좋겠어. 명예의 어머니들은 거의 대모와 비슷한 존재가 될 때까지 이 사실을 깨닫지 못할 것이다. 그리고 그 후에 저들은 예전에 내가 그랬듯이 분노하며 뒤를 돌아보겠지. 우리가 도대체 왜 그리도 어리석었던 건지.'

그녀는 평의회 의원들의 눈 속에서 복종이 형태를 갖춰가는 것을 보았다. 앞으로 밀월 기간이 있을 것이다. 명예의 어머니들은 마치 사탕 가게에 들어간 아이들처럼 행동할 것이다. 그리고 필연적인 것들이 아주 서서히 그들 앞에 분명히 드러날 것이다. 그러면 그들은 함정에 붙들린 것이나 마찬가지였다.

'내가 함정에 붙들린 것처럼. 예언자에게 당신들이 무엇을 얻을 수 있는지 묻지 마. 그것이 함정이니까. 진짜 예언자를 조심해야 해! 권태 속에서 3500년의 세월을 살고 싶은가?'

내면의 오드레이드가 반발했다.

'폭군의 공을 어느 정도 인정해 줘야 합니다. 그 세월이 온통 권태롭기만 했을 리가 없어요. 우주 주름 속에서 항로를 선택하는 조합 항법사와 더 비슷했을 겁니다. 황금의 길 말입니다. 아트레이데스 가문의 한 사람이 당신의 생존을 위해 대가를 치른 겁니다, 무르벨라.'

무르벨라는 짐을 짊어진 듯한 기분이었다. 폭군이 치른 대가가 그녀의 어깨에 던져진 것이다. '난 나를 위해 그런 일을 해달라고 그에게 요구하지 않았어.'

오드레이드는 이 말을 그냥 넘겨버릴 수 없었다. '그래도 그가 그런 일을 한 것은 사실입니다.'

'미안합니다, 다르. 그는 대가를 치렀습니다. 이제는 내가 대가를 치러야 합니다.'

'당신이 마침내 대모가 되었군요!'

평의회 의원들이 그녀의 강렬한 시선을 받으며 동요하고 있었다.

안젤리카가 그들을 대신해서 말을 하기로 결심했다. '어쨌든, 내가 제일 먼저 선택받은 사람이니까.'

'저 사람을 조심해야 해! 눈에서 야망이 불타고 있어.'

"우리더러 이 마녀들에게 어떤 반응을 보이라는 말씀이십니까?" 자신의 대담함에 스스로도 놀란 어조였다. 위대한 명예의 어머니도 이제는 마녀가 아니던가?

무르벨라는 부드럽게 말했다. "그들을 묵인해 주고, 어떤 식으로든 그들에게 폭력을 행사하지 마십시오."

안젤라카는 무르벨라의 부드러운 말투 덕분에 한층 더 대담해졌다. "그건 위대한 명예의 어머니의 결정입니까, 아니면……."

"그만! 난 이 방의 바닥에 당신들의 피를 묻힐 수 있습니다! 그걸 시험하고 싶은 겁니까?"

그들에게는 그러고 싶은 생각이 없었다.

"설사 내가 최고 대모로서 이런 말을 한 거라고 말한다 해도 어쩔 겁니까? 내게 우리 문제에 대처할 정책이 있느냐고 물을 겁니까? 정책이라니요? 아아, 그렇죠. 난 곤충들이 만연하는 현상 같은 중요하지 않은 일에 대해 정책을 갖고 있습니다. 중요하지 않은 일들에는 정책이 필요합니다. 하지만 내 결정 속의 지혜를 보지 못하는 당신들 같은 사람에게는 아예 정책이 필요 없습니다. 난 당신들 같은 사람들을 신속하게 처리해 버립니다. 당신들은 부상을 입었다는 걸 깨닫기도 전에 숨이 끊어질 거란 말입니다! 오물 앞에서 내가 보이는 반응이 바로 그것입니다. 이 방에 혹시 오물이 있습니까?"

그들은 이런 어조를 잘 알고 있었다. 살상 능력을 갖춘 위대한 명예의 어머니의 통렬한 공격.

"당신들은 나의 평의회 의원들입니다. 난 당신들에게서 지혜를 기대하겠습니다. 최소한 지혜로운 척이라도 할 수는 있겠지요." 무르벨라가 말했다.

오드레이드가 익살이 섞인 연민을 보내왔다. '명예의 어머니들이 명령을 주고받는 게 이런 식이면, 벨이 그리 깊이 분석할 필요도 없겠군요.'

무르벨라의 생각은 다른 곳을 향하고 있었다. '난 더 이상 명예의 어머니가 아닙니다.'

명예의 어머니에서 대모를 향해 발을 내디딘 것이 하도 최근의 일이라서 그녀는 명예의 어머니 행세를 하기가 불편했다. 그녀의 이러한 적응 과정은 전에 그녀의 자매였던 사람들도 앞으로 겪을 일이었다. 새로운 역할이 주어졌지만 그녀는 그 역할을 잘 받아들이지 못했다. '다른 기억'은 이처럼 새로워진 그녀 자신과 오랫동안 관계를 맺어온 것처럼 행동하고 있었다. 이것은 신비스럽고 성스러운 변화가 아니라 그저 새로운 능력일 뿐이었다.

'그저?'

변화는 아주 깊은 곳까지 미쳤다. 던컨이 이걸 알아차렸을까? 어쩌면 그가 이처럼 새로워진 자신을 결코 꿰뚫어 보지 못할지도 모른다는 생각을 하자 가슴이 아팠다.

'이건 그에 대한 내 사랑의 잔재인가?'

무르벨라는 이 의문으로부터 뒤로 물러섰다. 대답을 얻고 싶지 않았다. 자신이 들어가고 싶은 곳보다 더 깊숙이 이어진 어떤 것에 반감이 일었다.

'사랑 때문에 반드시 내려야 하는 결정을 내리지 못할 때가 있을 기야. 나 자신을 위한 결정이 아니라 교단을 위한 결정들. 지금 내 두려움이 향한 곳이 바로 그곳이다.'

지금 당장 해야 하는 일들이 그녀를 원래대로 돌려놓았다. 그녀는 평의회 의원들에게 새로운 자제력을 배우지 못한다면 고통과 죽음이 따를 거라고 단언하면서 그들을 내보냈다.

그다음으로 해야 할 일은 대모들에게 새로운 외교술을 가르치는 것이었다. 그 어느 누구와도, 심지어 대모들끼리도 사이좋게 지내서는 안 된다는 것. 시간이 흐를수록 이 방법을 시행하기가 점점 쉬워질 것이다. 명예의 어머니들이 베네 게세리트 방식 속으로 조금씩 들어오게 될 테니까. 언젠가 명예의 어머니들이 전혀 존재하지 않는 때가 올 것이다. 그때에는 개선된 반사 신경과 성에 대한 증폭된 지식을 지닌 대모들만 존재할 것이다.

무르벨라가 그동안 듣기는 했지만 지금 이 순간까지 받아들이지 않았던 말들이 달라붙어 떨어지지 않았다. "우리가 베네 게세리트의 생존을 위해 할 수 있는 일에는 한계가 없다."

'던컨은 이걸 알아차릴 거야. 난 그에게 이걸 숨길 수 없어. 멘타트로서 그는 스파이스의 고통을 겪기 전 나의 모습에 대한 고정된 생각에 매달리지 않을 거다. 내가 문을 열듯이 그는 자신의 정신을 열지. 그는 자신의 그물을 조사할 거야. '이번에는 그물에 뭐가 걸렸을까?'하고.'

레이디 제시카도 이런 일을 겪었던 걸까? '다른 기억'이 제시카를 매달고 나눔의 의식의 날줄과 씨줄 속으로 데려갔다. 무르벨라는 실을 조금 풀어 과거의 지식을 정렬시켰다.

'이단자 레이디 제시카? 공직에서의 배임 행위?'

오드레이드가 바닷속으로 뛰어들었던 것처럼 제시카는 사랑 속으로 뛰어들었다. 그리고 그 결과 생겨난 파도가 하마터면 교단을 집어삼킬 뻔했다.

무르벨라는 이 생각이 자신을 가고 싶지 않은 곳으로 끌고 가는 것을 느꼈다. 고통이 그녀의 가슴을 움켜쥐었다.

'던컨! 오오, 던컨!' 그녀는 손에 얼굴을 묻었다. '다르, 날 도와줘요. 내가 어떻게 해야 하죠?'

'당신이 왜 대모인지 절대 의문을 품지 마세요.'

'난 그럴 수밖에 없습니다! 내 기억 속에서 순서대로 이어지는 일들이 너무 분명해서…….'

'그건 연속적인 과정입니다. 그걸 인과관계로 생각하면, 미망에 빠져 전체에서 멀어지게 돼요.'

'도(道)인가요?'

'그보다 더 간단합니다. 당신이 여기 있다는 것.'

'하지만 '다른 기억'이 계속 뒤로 뒤로 거슬러 올라가서…….'

'그게 피라미드라고 생각하세요. 서로 맞물려 있는.'

'말이야 쉽죠!'

'당신의 육체가 아직 기능을 발휘하고 있습니까?'

'아픕니다, 다르. 당신에게는 이제 몸이 없으니…….'

'우린 다른 구석을 차지하고 있어요. 내가 느꼈던 고통은 당신의 고통이 아닙니다. 내 기쁨도 당신의 기쁨이 아니에요.'

'난 당신의 동정을 원하는 게 아닙니다! 오오, 다르! 내가 왜 태어났을까요?'

'던컨을 잃어버리기 위해 태어난 거냐고요?'

'다르, 제발!'

'당신은 이미 이 세상에 태어났고, 지금은 그것만으로는 결코 충분하지 않다는 걸 알고 있습니다. 그래서 당신은 명예의 어머니가 되었죠. 당신이 달리 무엇을 할 수 있었겠습니까? 그래도 충분하지 않은가요? 이제 당신은 대모입니다. 그걸로 충분하다고 생각합니까? 당신이 살아 있는 한 충분한 건 결코 없습니다.'

'나더러 항상 나 자신을 뛰어넘어 손을 뻗으라는 거군요.'

'하! 당신은 결정을 내릴 때 그걸 기초로 삼지 않습니다. 그의 말을 듣지 못했습니까? 생각하지 말고 그냥 하라고 했죠. 쉬운 길을 택하겠습니까? 불가피한 일과 마주쳤다고 해서 당신이 슬픔을 느껴야 하는 이유가 뭡니까? 만약 당신이 볼 수 있는 게 그것뿐이라면 혈통을 개선하는 일에만 전념하세요!'

'젠장! 왜 나한테 이런 짓을 하는 겁니까?'

'무슨 짓 말입니까?'

'내가 나 자신과 예전 자매들을 이런 식으로 보게 만드는 것 말입니다!'

'어떤 식으로요?'

'제길! 내 말이 무슨 뜻인지 알면서!'

'예전의 자매들이라고 했습니까?'

'오, 당신 정말 교활한 사람이군요.'

'대모들은 모두 교활합니다.'

'당신은 결코 가르치는 걸 멈추지 않아요!'

'내가 가르치고 있다고요?'

'내가 순진했지! 당신에게 당신이 정말로 하는 일이 뭐냐고 묻다니.'

'당신도 나만큼 잘 알고 있습니다. 우리는 인류가 성숙하길 기다리고
있어요. 폭군은 그들에게 성장할 시간을 주었을 뿐입니다. 하지만 이제
그들에게는 보살핌이 필요합니다.'

'내 고통과 폭군이 무슨 상관입니까?'

'이런 멍청이 같으니! 스파이스의 고통에서 실패한 겁니까?'

'실패하지 않았다는 걸 알지 않습니까!'

'뻔히 드러나 있는 것 앞에서 그만 비틀거리세요.'

'이 나쁜 여자!'

'난 마녀라는 말이 더 좋습니다. 어떤 말이든 매춘부보다는 낫지만.'

'베네 게세리트와 명예의 어머니들의 유일한 차이점은 시장입니다. 당
신은 우리 교단을 결혼시켰어요.'

'우리 교단?'

'당신들은 힘을 위해 교배했습니다! 그게 뭐가 다르다는……'

'얘기를 비틀지 마세요, 무르벨라! 생존만 바라봐요.'

'당신들에게 아무런 힘도 없다는 말은 하지 마십시오.'

'강렬한 생존 욕구를 지닌 사람들에게 일시적으로 권위를 발휘하는 겁
니다.'

'또 생존!'

'다른 사람들의 생존을 추구하는 교단에서는 그렇죠. 결혼을 해서 아이를 낳는 여자들처럼.'

'그렇게 해서 번식으로 이어지는군요.'

'그 결정은 당신이 스스로 내려야 합니다. 가족과 가족들을 묶어주는 것에 대해서. 삶과 행복에 자극이 되는 것이 무엇입니까?'

무르벨라는 소리 내어 웃기 시작했다. 그녀가 손을 아래로 떨어뜨리고 눈을 뜨자 벨론다가 서서 그녀를 지켜보고 있었다.

"새로 대모가 된 사람들은 항상 그런 유혹을 느낍니다. '다른 기억'과 조금 수다를 떨고 싶다는 유혹 말입니다. 이번에는 누구였습니까? 다르였나요?" 벨론다가 말했다.

무르벨라는 고개를 끄덕였다.

"그들이 당신에게 무엇을 주든 믿지 마십시오. 그들이 주는 건 전승된 지식이고 당신이 스스로 판단을 내려야 합니다."

'오드레이드의 말과 똑같군. 죽은 자들의 눈을 통해 오래전에 사라진 광경을 본다. 그런 요지경이 있나!'

"그 속에 몇 시간 동안이나 빠지게 될 수도 있습니다. 자제력을 발휘하세요. 당신이 밟고 있는 땅을 단단히 인식해야 합니다. 한 손은 자신의 몸에, 다른 한 손은 우주선에 대고 있으세요." 벨론다가 말했다.

또 그 얘기였다. 과거를 현재에 적용하라는 것. '다른 기억'이 매일의 삶을 얼마나 풍요롭게 만들어주는지.

"그런 유혹은 곧 지나갈 겁니다. 어느 정도 시간이 흐르면 낡은 모자처럼 진부한 게 되거든요." 벨론다가 말을 하며 무르벨라 앞에 보고서를 내려놓았다.

'낡은 모자! 한 손은 자신에게, 다른 한 손은 우주선에. 겨우 관용구일

뿐인데 너무 많은 뜻이 들어 있어.'

무르벨라는 의자에서 등을 기대고 앉아 벨론다의 보고서를 훑어보았다. 오드레이드가 즐겨 쓰던 말이 곧 자신의 모습이 되었다는 생각이 갑자기 들었다. '내 거미줄의 중심에 들어온 거미 여왕이라.' 지금은 그 거미줄이 조금 해져 있는지 몰라도 여전히 식량이 될 만한 것들을 잡아들이고 있었다. 방아쇠 역할을 하는 가닥을 잡아당기면 벨이 기대에 들떠 턱을 벌렸다 닫기를 반복하며 달려왔다. 그 방아쇠가 되는 단어는 바로 '기록 보관소'와 '분석'이었다.

이런 시각에서 벨론다를 바라보며 무르벨라는 오드레이드가 그녀를 지혜롭게 이용했다는 것, 강점만큼이나 결점도 가치 있다는 것을 알 수 있었다. 무르벨라가 보고서 검토를 끝냈을 때에도 벨론다는 그 특유의 자세로 여전히 그 자리에 서 있었다.

무르벨라는 벨론다가 자신을 부른 모든 사람들을 능력 없는 사람으로, 시시한 이유로 기록 보관소를 불러대는 사람으로, 자신이 바로잡아 주어야 하는 사람으로 본다는 것을 깨달았다. 벨론다는 시시한 것을 몹시 싫어했다. 무르벨라는 재미있다고 생각했다.

무르벨라는 벨론다를 즐거이 관찰하면서 즐거운 기색을 숨겼다. 그녀를 다루려면 빈틈이 없어야 했다. 그녀의 강점들을 위축시켜서는 안 되었다. 이 보고서는 간결하고 요령 있는 주장의 귀감이었다. 그녀는 딱 적당한 양의 수식(修飾)을 곁들여서 자신의 주장과 결론을 분명히 했다.

"나를 부르는 게 재미있습니까?" 벨론다가 물었다.

'예전보다 더 예리해졌어! 내가 벨론다를 불렀나? 말을 많이 하지는 않지만 그녀는 자기가 언제 필요한지 알고 있다. 이 보고서에서 벨론다는 우리 교단이 얌전함의 표본이 되어야 한다고 말하고 있어. 최고 대모

는 얼마든지 필요한 모습이 될 수 있지만 교단의 다른 사람들은 그렇지 않지.'

무르벨라가 보고서에 손을 대며 말했다. "이건 출발점입니다."

"그럼 당신 친구들이 기계눈의 중심부를 찾아내기 전에 우리가 시작해야겠군요." 벨론다는 여느 때처럼 자신감 있는 태도로 자신의 의자개에 털썩 주저앉았다. "탐은 갔지만, 내가 사람을 시켜 시이나를 불러올 수도 있습니다."

"시이나는 어디 있습니까?"

"우주선에요. 대우리에 모아놓은 벌레들을 연구하고 있습니다. 우리들도 모두 벌레를 통제하는 법을 배울 수 있다고 하더군요."

"사실이라면 아주 귀중한 정보입니다. 그녀를 내버려두세요. 사이테일은 어떻습니까?"

"아직도 우주선에 있습니다. 당신 친구들이 아직 그를 발견하지 못했어요. 우리가 그를 숨겨두고 있습니다."

"계속 그렇게 합시다. 그는 흥정을 위한 카드로서 갖고 있을 가치가 있는 사람이에요. 그리고 그들은 내 친구가 아닙니다, 벨. 랍비와 그의 일행은 어떻게 지내고 있습니까?"

"몸은 편안하지만 걱정스러워하고 있습니다. 명예의 어머니들이 여기와 있다는 걸 그들도 알고 있습니다."

"그들을 계속 숨겨두세요."

"좀 으스스하군요. 목소리는 다른데 다르가 말하는 것 같으니 말입니다."

"당신 머릿속의 잔향일 뿐입니다."

벨론다가 뜻밖에도 웃음을 터뜨렸다.

"이제 당신이 자매들에게 알려야 하는 일이 있습니다. 우리는 남들이 찬탄하면서 흉내를 내야 하는 사람들로 우리 자신을 내보이면서 지극히 조심스럽게 행동해야 합니다. '당신들 명예의 어머니들이 우리와 같은 삶의 방식을 선택하지 않을 수도 있겠지만 우리에게서 우리의 강점을 배울 수는 있을 것'이라는 식으로요."

"아아."

"이건 소유의 문제입니다. 명예의 어머니들은 물건들에게 소유당하고 있어요. '난 저곳을 원해. 저 장난감을 원해. 저 사람을 원해'라는 식이죠. 뭐든 자신이 원하는 것을 빼앗아 싫증이 날 때까지 이용하는 겁니다."

"그동안 우리는 우리 눈에 보이는 것에 감탄하면서 우리 길을 따라가고 있고요."

"그게 우리의 결점입니다. 우린 쉽사리 자신을 내주지 않아요. 사랑과 애정을 두려워한단 말입니다! 자기 자신에게 사로잡히는 것에도 그 나름의 탐욕이 있습니다. '내가 뭘 갖고 있는지 알겠나? 넌 내 방식을 따르지 않는 한 이걸 가질 수 없어!'인 거죠. 명예의 어머니들에게 절대로 그런 태도를 취하지 마세요."

"우리가 그들을 사랑해야 한다는 얘기입니까?"

"그렇지 않고서 어떻게 그들이 우리에게 감탄하게 만들 수 있습니까? 제시카의 승리가 바로 그런 것이었습니다. 일단 주기로 마음먹으면 그녀는 모든 것을 주었습니다. 우리 자신의 방식에 의해 너무나 많은 것들이 억제되어 있다가 한꺼번에 압도적으로 밀려오는 겁니다. 모든 걸 주니까요. 그런 것에 저항할 수 있는 사람은 없습니다."

"우린 그렇게 쉽게 타협하지 않습니다."

"명예의 어머니들도 마찬가지입니다."

"그건 그들의 기원이 된 관료주의적 방식입니다!"

"하지만 그들의 방식은 가장 저항이 적은 길을 따라가기 위한 훈련의 기반이 됩니다."

"날 혼란스럽게 만드는군요, 다⋯⋯ 무르벨라."

"우리가 타협해야 한다고 내가 말했나요? 타협은 우리를 약화시킵니다. 그리고 우리는 타협으로 해결할 수 없는 문제들이 있다는 것을, 아무리 괴로워도 우리가 반드시 내려야 하는 결정들이 있다는 것을 알고 있습니다."

"그들을 사랑하는 척하라고요?"

"그렇게 시작하는 겁니다."

"이건 지독한 결합이 될 겁니다. 베네 게세리트와 명예의 어머니들이 이런 식으로 연합하는 것 말입니다."

"우리가 가능한 한 많은 사람들과 나눔의 의식을 갖는 게 좋겠습니다. 명예의 어머니들이 학습을 하는 동안 우리 편 사람들을 잃어버릴 수도 있으니까요."

"전장에서 맺어진 부부로군요."

무르벨라는 비우주선에 있는 던컨을 생각하며 자리에서 일어섰다. 자신이 마지막 보았을 때의 우주선 모습이 기억났다. 우주선은 마침내 그 어떤 감각에도 자신을 감추지 않은 채 존재를 드러내고 있었다. 묘하고 기괴한 모습의 이상한 기계 덩어리. 겉으로 보기에는 아무런 목적도 없이 여기저기 제멋대로 튀어나와 있는 듯한 모양들의 집합체였다. 그 물건이, 그토록 거대한 물건이 스스로의 동력으로 떠올라 우주 속으로 사라지는 모습을 상상하기가 힘들었다.

'우주 속으로 사라진다!'

그녀는 던컨의 정신적 모자이크가 어떤 형태인지 알 것 같았다.

'움직일 수 없는 조각! 동조해야 한다……. 생각하지 말고 그냥 행동하라!'

몸이 오싹해질 만큼 갑작스럽게 그녀는 그가 어떤 결정을 내렸는지 깨달았다.

자신의 운명을 스스로의 손으로 결정해야겠다고 생각했을 때, 그때가 바로 당신이 분쇄될 수 있는 순간입니다. 신중하십시오. 뜻밖의 일들이 발생할 여지를 참작하십시오. 우리가 뭔가를 창조할 때에는 항상 다른 힘들이 작용합니다.

—다르위 오드레이드

"극도로 조심스럽게 움직이세요." 전에 시이나는 그에게 이렇게 경고했다.

아이다호는 자신에게 군이 그런 경고가 필요하다고 생각하지 않았지만, 그래도 그것을 고맙게 받아들였다.

참사회에 명예의 어머니들이 와 있다는 사실이 그의 임무를 수월하게 해주었다. 그들 때문에 우주선의 감독관과 다른 경비원들이 불안해하고 있었다. 예전 무르벨라의 자매였던 명예의 어머니들은 그녀의 명령 때문에 우주선으로 들어오지 못했지만 적이 이곳에 와 있다는 것을 모두들 알고 있었다. 탐색기가 중계해 준 영상은 언뜻 보기에 끝없이 이어지는 것 같은 소형 우주선들이 착륙장에서 명예의 어머니들을 토해 내는 모습을 보여주었다. 새로 도착한 사람들은 대부분 착륙장에 앉아 있는 거대한 비우주선에 호기심을 느끼는 듯했지만 위대한 명예의 어머니의 명령을 어기는 사람은 하나도 없었다.

"그녀가 살아 있는 동안에는 그렇겠지." 아이다호는 감독관들에게 자기 말이 들릴 만한 거리에서 중얼거렸다. "암살을 통해 지도자들을 바꾸는 것이 저들의 전통이다. 무르벨라가 얼마나 버틸 수 있을까?"

기계눈들이 그를 위해 그의 일을 대신하고 있었다. 그는 자신이 중얼거린 얘기가 우주선 전체로 퍼져나가리라는 것을 알고 있었다.

그 직후 시이나가 그의 작업실로 찾아와서 그의 행동이 마땅치 않다는 듯 연극을 했다. "뭘 하려는 겁니까, 던컨? 당신 때문에 사람들이 불안해하고 있습니다."

"가서 당신의 벌레들이나 보세요!"

"던컨!"

"무르벨라는 위험한 게임을 하고 있습니다! 지금 우리 앞에서 재앙을 막아주고 있는 건 그녀뿐이에요."

그는 이런 걱정을 이미 무르벨라에게 말한 적이 있었다. 감시자들에게 이건 새로운 얘기가 아니었지만, 이 이야기를 다시 강조함으로써 그의 얘기를 들은 사람들은 모두 안절부절못하게 되었다. 기록 보관소의 기계눈 모니터를 보고 있던 사람들, 우주선의 경비원들, 모두.

명예의 어머니들은 예외였다. 그들이 벨론다의 기록 보관소에 가지 못하게 무르벨라가 막고 있었다.

"기록 보관소는 나중에 보세요." 그녀가 말했다.

시이나가 기다리던 신호였다. "던컨, 사람들의 걱정을 부추기는 짓을 그만두든지 아니면 우리에게 뭘 해야 하는지 알려주세요. 당신은 멘타트입니다. 우리를 위해 기능을 발휘해 봐요."

'아아, 모든 사람 앞에서 위대한 멘타트의 연극을 하란 말이지.'

"당신들이 무엇을 해야 할지는 분명하지만 그건 내게 달린 일이 아닙니다. 난 무르벨라의 곁을 떠날 수 없어요."

'하지만 사람들이 날 그녀에게서 떼어낼 수는 있지.'

이제 시이나의 차례였다. 그녀는 그의 곁을 떠나 자기 나름의 변화를 퍼뜨리러 갔다.

"대이동이 우리의 본보기입니다."

그녀는 저녁까지 우주선의 대모들을 모두 무력화하는 데 성공하고 그에게 다음 단계로 나아가도 좋다고 수신호로 알렸다.

'저들은 나의 지시를 따를 겁니다.'

원래 의도가 그런 것은 아니었지만 선교단은 시이나가 위로 올라설 수 있는 무대를 마련해 준 셈이 되었다. 대부분의 자매들은 그녀 안에 잠복해 있는 힘을 알고 있었다. 위험했지만 그 힘은 분명히 존재했다.

사용되지 않는 힘은 눈에 띄는 줄에 매달린 채 아무도 줄을 잡아주지 않는 꼭두각시 인형과 같았다. '내가 저것을 춤추게 만들 수도 있다'는 생각은 거역할 수 없을 만큼 매력적이었다.

그는 속임수를 한층 더 강화하기 위해 무르벨라에게 연락을 취했다.

"내가 언제 당신을 볼 수 있는 거지?"

"던컨, 제발." 영상을 통해서도 그녀가 곤경에 빠져 있다는 것을 알 수 있었다. "난 바빠. 이게 얼마나 압박이 대단한 자리인지 당신도 알잖아. 며칠 후에 내가 갈게."

자기들 지도자의 이런 괴상한 행동을 보며 뒤에서 인상을 쓰고 있는 명예의 어머니들이 영상 속에 보였다. 대모라면 누구든 그들의 표정을 읽을 수 있을 것이다.

'위대한 명예의 어머니가 말랑말랑해진 건가? 저건 그냥 남자일 뿐인데!'

아이다호는 통신을 끊으면서 우주선 안의 모든 모니터에서 목격된 모습을 한층 더 강조했다. "그녀가 위험해! 무르벨라는 그걸 모르는 건가?"

'자, 시이나, 이제 당신에게 달렸습니다.'

시이나가 우주선의 비행 조종 장치를 회복시킬 열쇠를 쥐고 있었다. 기뢰들은 이미 제거되었다. 어느 누구도 마지막 순간에 숨겨둔 폭발물에 신호를 보내 우주선을 파괴할 수 없게 된 것이다. 오로지 이 배에 실려 있는 인간들만 생각하면 되었다. 특히 테그를.

'테그는 내가 무엇을 선택했는지 알아차릴 거다. 다른 사람들, 랍비의 일행과 사이테일은 우리와 함께 모험을 하는 수밖에 없을 것이고.'

그는 보안 장치가 되어 있는 감방 속의 퓨타르들에 대해서는 걱정하지 않았다. 그들은 흥미로운 동물이었지만 지금은 중요하지 않았다. 사실 그는 사이테일에 대해서도 잠깐 스치듯이 생각해 보았을 뿐이었다. 그 자그마한 틀레이랙스 인은 여전히 경비병들의 감시를 받고 있었으며, 경비병들은 다른 걱정거리가 아무리 심각해도 그를 감시하는 눈길을 늦추지 않았다.

그는 불안한 모습으로 잠자리에 들었다. 기록 보관소의 모든 감시견들은 그의 불안을 쉽게 이해할 터였다. '그의 소중한 무르벨라가 위험에 처해 있으니까'라고.

무르벨라는 실제로 위험에 처해 있었지만 그는 그녀를 보호해 줄 수 없었다.

'지금은 나의 존재 자체가 그녀에게 위험이 돼.'

그는 동틀 무렵 깨어나 무기 공장 하나를 분해하고 있는 병기고로 돌아갔다. 시이나가 그곳으로 그를 찾아와서 경비병들의 구역에서 만나자고 했다.

소수의 감독관들이 그들을 맞았다. 그들이 선택한 지도자는 그가 예상했던 인물이었다. 가리미. 그는 대회의에서 그녀가 보인 활약에 대해 이미 들은 적이 있었다. 의심도 많고, 걱정도 많고, 언제든 자신만의 도박을 할 준비가 되어 있는 사람. 그녀는 냉정한 표정이었다. 그녀가 거의 미소를 짓지 않는다고 말하는 사람들도 있었다.

"이 방의 기계눈들을 다른 곳으로 돌려놓았습니다. 기계눈에는 우리가 간식을 먹으면서 무기에 대해 당신에게 질문을 던지는 모습이 비치고 있습니다." 가리미가 말했다.

아이다호는 속이 갑갑해지는 것을 느꼈다. 벨의 부하들은 거짓 영상을 재빨리 알아차릴 것이다. 특히 그의 모습을 거짓으로 담은 영상이라면 더욱더.

가리미가 인상을 찌푸린 그에게 말했다. "기록 보관소에도 우리 편이 있습니다."

시이나가 말했다. "우리가 여기 온 건 당신도 이곳을 떠나고 싶은 건지 탈출하기 전에 물어보기 위해서입니다."

그는 진심으로 놀랐다.

'뒤에 남는다고?'

그는 그런 생각을 해본 적이 없었다. 무르벨라는 이제 더 이상 그의 사람이 아니었다. 그녀의 마음속에서 유대가 이미 끊어져 있었다. 그녀는 그 사실을 인정하지 않았다. 아직은. 그러나 베네 게세리트의 목적을 위해 그를 위험에 빠뜨리는 결정을 내려야 할 때가 되면 그녀도 인정하게 될 터였다. 지금 그녀는 필요한 것보다 더 많이 그와 거리를 두는 수준에 불과했다.

"당신들은 대이동을 떠나는 겁니까?" 그가 가리미를 바라보며 물었다.

"우리는 가능한 한 많은 것을 구할 겁니다. 우리 발로 투표를 하는 것이지요. 한때 이런 행동이 그렇게 불렸습니다. 무르벨라는 베네 게세리트를 파괴하고 있습니다."

말로 하지는 않았지만 그들의 지지를 얻을 수 있을 거라고 그가 믿고 있는 주장이 있었다. 오드레이드의 도박에 대한 반발.

아이다호는 깊이 숨을 들이쉬었다. "나도 당신들과 함께 가겠습니다."

"후회는 하지 마십시오!" 가리미가 경고했다.

"그런 소리 마세요!" 그가 그동안 억눌러 두었던 슬픔을 분출하며 말했다.

자매가 그런 반응을 보였다면 가리미는 놀라지 않았을 것이다. 그러나 아이다호의 그런 모습은 충격적이어서, 그녀는 몇 초가 지난 후에야 자신을 회복할 수 있었다. 정직해야 한다는 생각이 그녀를 내몰았다.

"네, 쓸데없는 소리를 했습니다. 죄송합니다. 정말로 여기 머무르지 않을 겁니까? 우리가 당신에게 신세를 졌으니 당신이 스스로 결정을 내릴 수 있는 기회를 드리겠습니다."

'충성스럽게 베네 게세리트를 섬긴 자들에 대한 베네 게세리트의 까다로움이군!'

"나도 당신들과 함께 가겠습니다."

그들이 그의 얼굴에서 본 슬픔은 거짓이 아니었다. 그는 자신의 콘솔로 돌아왔을 때에도 노골적으로 슬픈 표정을 하고 있었다.

'내게 배정된 위치.'

그는 우주선의 ID 회로를 위한 암호를 작성하면서 자신의 행동을 숨기려 하지 않았다.

'기록 보관소에도 우리 편이 있다고 했지.'

회로가 그의 영상 속에서 반짝 켜졌다. 비행 시스템과의 연결이 끊어진 색색가지 리본 같은 모습이었다. 그 끊어진 연결 고리를 우회할 방법을 찾아내는 데에는 거의 시간이 걸리지 않았다. 멘타트의 관찰력은 이미 이런 상황에 준비되어 있는 상태였다.

'핵심부를 통과하는 병렬 회로야!'

아이다호는 뒤로 등을 기대고 앉아 기다렸다.

우주선이 이륙하는 순간 두개골이 덜그럭거리면서 머릿속이 텅 비어버렸다. 그러나 그들이 진공장(場)을 작동시켜 우주 주름으로 들어갈 수 있을 만큼 지표면에서 멀어지자 갑작스레 흔들림이 멈췄다.

아이다호는 자기 앞의 영상을 지켜보았다. 그들이 그곳에 있었다. 정원에 있는 노부부! 그들 앞에서 그물이 어렴풋하게 가물거렸다. 남자가 둥근 얼굴로 만족스러운 미소를 지으며 손짓으로 그 그물을 가리켰다. 우주선의 회로들을 보여주는 투명한 영상 속에서 그들이 움직였다. 그물이 점점 커졌다. 이제 그물은 선이 아니라 영상 속의 회로보다 더 두꺼운 리본들로 이루어져 있었다.

남자의 입술이 소리 없이 말했다. '우린 네가 올 줄 알고 있었다.'

아이다호의 손이 콘솔로 다가갔고, 회로 통제에 필요한 요소들을 붙잡기 위해 통신장 속에서 손가락이 벌어졌다. 지금은 우아하게 굴 때가 아니었다. 거친 파괴를 해야 할 때였다. 그는 1초도 되지 않아 핵심부로 들어갔다. 그곳에서 전체 구획들을 던져버리는 건 더 쉬웠다. 항법 시스템이 가장 먼저 사라졌다. 그는 그물이 가늘어지기 시작하는 것을 보았다. 남자의 얼굴이 놀란 표정을 지었다. 그다음으로 사라진 것은 진공장이었다. 아이다호는 우주 주름 속에서 우주선이 비틀거리는 것을 느꼈다. 그물이 기울어지며 점점 길어지고, 두 관찰자는 점점 작고 가늘어졌다. 아이다호는 별들의 자료가 들어 있는 회로와 함께 자신의 데이터마저 지워버렸다.

그물과 관찰자들이 사라졌다.

'저들이 저기 있을 거라는 걸 내가 어떻게 알았을까?'

되풀이해서 나타난 영상 속에 뿌리박힌 확신 외에는 답을 찾을 수 없었다.

그가 경비병 숙소의 임시 비행 조종판에 앉아 있는 시이나를 찾아갔을 때 시이나는 고개를 들어 그를 보지 않았다. 그녀는 몸을 구부린 채 소스라친 표정으로 조종판을 뚫어져라 바라보고 있었다. 그녀의 머리 위에 있는 영상에는 우주 주름을 빠져나온 자신들의 모습이 나타나 있었다. 아이다호는 눈앞에 나타난 별자리들을 전혀 알아볼 수 없었지만 그건 예상했던 일이었다.

시이나가 휙 의자를 돌리며 옆에 서 있는 가리미를 올려다보았다. "저장된 데이터를 모두 잃어버렸습니다!"

아이다호가 집게손가락으로 자신의 관자놀이를 톡톡 두드리며 말했다. "아뇨, 잃어버리지 않았습니다."

"하지만 기본적인 것들을 복구하는 데만도 몇 년이 걸릴 겁니다! 어떻게 된 겁니까?" 시이나가 반발했다.

"우린 정체를 알 수 없는 우주의, 정체를 알 수 없는 우주선입니다. 우리가 원한 게 그런 것 아닙니까?" 아이다호가 말했다.

균형을 잡는 데는 비결이 없습니다. 그저 물결을 직접 느껴야 합니다.

—다르위 오드레이드

무르벨라는 던컨의 결정을 깨달은 후로 오랜 세월이 흐른 것 같은 기분이었다.

'우주 속으로 사라지는 거야! 내 곁을 떠나서!'

스파이스의 고통으로 얻어진 한결 같은 시간 감각에 의하면 그녀가 그의 의도를 알아차린 후 겨우 몇 초가 지났을 뿐이지만, 그녀는 그의 의도를 처음부터 알고 있었던 것 같은 기분이 들었다.

그를 막아야 해!

그녀가 통신판을 향해 손을 뻗고 있을 때 '중앙'이 요동치기 시작했다. 그 진동은 한없이 오랫동안 지속되다가 천천히 가라앉았다.

벨론다는 자리에서 일어서 있었다. "무슨…….."

"착륙장의 비우주선이 방금 이륙했습니다." 무르벨라가 말했다.

벨론다가 통신판으로 손을 뻗었지만 무르벨라가 그녀를 저지했다.

"우주선은 떠났습니다."

'벨론다가 내 고통을 알게 해서는 안 돼.'

"하지만 누가……." 벨론다는 입을 다물었다. 그녀는 나름대로 사건의 결과들을 평가해 보고 결국 무르벨라와 같은 사실을 깨달았다.

무르벨라는 한숨을 쉬었다. 그녀는 역사상 존재했던 모든 욕설을 마음대로 사용할 수 있었지만 지금은 그런 욕설을 쓰고 싶지 않았다.

"점심 때 내 개인 식당에서 평의회 의원들과 함께 식사를 하겠습니다. 당신도 참석하기 바랍니다. 두아나에게 다시 굴 스튜를 만들라고 전해 주세요." 무르벨라가 말했다.

벨론다는 뭐라고 반대 의견을 말하려 했지만 그녀의 입 밖으로 나온 말은 '다시라고요?'뿐이었다.

"어젯밤에 내가 아래층에서 혼자 식사한 걸 기억합니까?" 무르벨라는 다시 자리에 앉았다.

'최고 대모에게는 할 일이 있어!'

지도도 바꿔야 했고, 강의 흐름도 좇아야 했으며, 명예의 어머니들도 길들여야 했다.

'때로는 파도가 사람을 내동댕이치기도 합니다, 무르벨라. 하지만 다시 일어나서 계속 나아가야 합니다. 일곱 번 넘어지면 여덟 번 일어서는 겁니다. 당신은 낯선 땅에서도 균형을 잡을 수 있습니다.'

'압니다, 다르. 당신의 꿈에 기꺼이 참여하라는 거죠.'

벨론다는 무르벨라가 입을 열 때까지 그녀를 빤히 바라보았다. "어젯밤 식사 시간에 나는 평의회 의원들을 나와 떨어진 자리에 앉혔습니다. 이상한 일이었죠. 식당 전체에 식탁이 두 개밖에 없었으니."

'내가 왜 이 공허한 잡담을 계속하고 있는 거지? 나의 평범하지 못한

행동에 대해 내가 무슨 변명을 할 수 있을까?'

"우리가 우리 식당에 들어가는 것이 왜 금지되었는지 우리도 궁금하게 생각했습니다." 벨론다가 말했다.

"당신들의 목숨을 구하기 위해서였습니다! 하지만 당신들이 그들의 관심사를 직접 보았어야 하는데. 나는 그들의 입술을 읽었습니다. 안젤리카가 이렇게 말하더군요. '저분이 무슨 스튜 같은 걸 드시고 계세요. 저분이 요리사와 얘기하는 걸 들었습니다. 우리가 얻은 이 세계가 정말 놀랍지 않습니까? 저분이 주문한 저 스튜의 샘플을 만들어야 합니다.'"

"샘플이라. 그렇군요." 벨론다가 말했다. "알고 계시지요? 시이나가…… 당신의 침실에서 반 고흐 그림을 가져갔다는 걸."

'왜 가슴이 아픈 거지?'

"나도 그게 없어진 걸 봤습니다."

"우주선의 자기 방에 장식하려고 그걸 빌려 간다고 하더군요."

무르벨라의 입술이 가늘어졌다.

'빌어먹을! 던컨도 시이나도…… 테그도 사이테일도…… 모두 떠나버렸는데 그들을 쫓아갈 길이 없어. 하지만 우리에겐 악솔로틀 탱크가 있고 우리 아이들에게서 아이다호의 세포를 얻을 거다. 똑같지는 않지만…… 아주 비슷할 거야. 그는 자기가 도망친 줄 알 테지!'

"괜찮습니까, 무르벨라?" 벨이 걱정스러운 목소리로 말했다.

'야성의 것들에 대해 내게 경고했었지요, 다르. 그런데 난 그 말에 귀를 기울이지 않았습니다.'

"식사를 마친 후 내가 평의회 의원들을 데리고 '중앙'을 순회하며 시찰을 하겠습니다. 내 복사에게 내가 잠자리에 들기 전에 사과주를 가져오라고 전해 주세요."

벨론다는 투덜거리면서 자리를 떴다. 그게 좀더 그녀다웠다.

'이제 날 어떻게 이끌 겁니까, 다르?'

'인도를 원합니까? 안내인의 인도로 당신의 인생을 살겠다고요? 내가 죽은 이유가 그겁니까?'

'하지만 저들은 반 고흐도 가져갔습니다!'

'당신이 그걸 가장 그리워하게 될 것 같은가요?'

'그들이 왜 그걸 가져갔을까요, 다르?'

신랄한 웃음소리가 이 질문을 맞이했다. 무르벨라는 다른 사람이 이 소리를 듣지 못해 다행이라고 생각했다.

'그녀의 의도가 뭔지 모르겠습니까?'

'선교단 계획!'

'아, 그렇게 단순한 게 아닙니다. 다음 단계로 넘어가는 거예요. 무앗 딥, 폭군, 명예의 어머니, 우리, 시이나…… 그다음은 뭘까요? 그래도 모르겠습니까? 그건 당신의 생각 끝에 바로 매달려 있습니다. 쓴 음료를 삼키듯이 그걸 받아들이세요.'

무르벨라는 부르르 몸을 떨었다.

'알겠습니까? 시이나의 미래라는 쓴 약을? 우린 한때 모든 약이 다 써야 한다고 생각했지요. 쓰지 않은 약은 효과가 없다고. 단것에는 치유 능력이 없습니다.'

'꼭 그렇게 돼야 합니까, 다르?'

'사람들 중에는 그 약 때문에 숨이 막히는 사람도 있을 겁니다. 하지만 생존자들이 흥미로운 패턴을 만들어낼지도 모르죠.'

꞉꞉꞉꞉

반대의 것들을 한 쌍으로 묶은 것이 너희의 갈망에 대한 정의이며, 그 갈망이 너희를
가둔다.

—젠수니 총무

"당신 일부러 그들이 도망치도록 내버려둔 거지, 다니엘!"

노파는 얼룩이 묻은 정원용 앞치마에 손을 문질렀다. 꽃이 만발한 여
름날 오전, 근처 나무에서는 새들이 지저귀었다. 하늘은 안개가 낀 것처
럼 몽롱하고, 지평선 근처가 노랗게 빛났다.

"자, 자, 마티, 일부러 그런 게 아냐." 다니엘이 말했다. 그는 꼭대기가
납작한 모자를 벗고 짧고 무성한 흰머리를 문지른 다음 모자를 다시 썼
다. "나도 그 아이한테 깜짝 놀랐어. 그 아이가 우리를 보았다는 건 알고
있었지만 그물까지 봤을 줄은 생각도 못 했다고."

"그들을 위해 내가 아주 좋은 행성을 골라놓았는데. 가장 좋은 곳으로.
그들의 능력을 진짜로 시험할 수 있었는데."

"투덜거려봤자 소용없어. 이제 그들은 우리가 손댈 수 없는 곳에 있으

니까. 하지만 그 아이가 워낙 여러 곳에 닿아 있어서 힘에 부칠 테니까 그 아이를 쉽게 잡을 수 있을 거야."

"그쪽에는 틀레이랙스의 주인도 한 사람 있어. 그들이 그물 밑으로 사라질 때 내가 그를 보았다고. 또 다른 틀레이랙스의 주인을 연구할 수 있었다면 정말 좋았을 텐데."

"이유를 모르겠군. 항상 우리에게 신호를 보내면서 항상 우리가 자기들을 짓밟게 만든단 말이야. 난 틀레이랙스의 주인들을 그런 식으로 대접하는 걸 좋아하지 않아. 당신도 알잖아! 그들이 아니었다면……."

"그들은 신이 아니야, 다니엘."

"그건 우리도 마찬가지지."

"난 지금도 당신이 그들을 도망치게 내버려두었다고 생각해. 당신은 장미의 가지치기를 하고 싶어서 안달이 나 있었잖아!"

"그건 그렇고, 그 틀레이랙스의 주인에게 무슨 말을 하려고 한 거야?" 다니엘이 물었다.

"그가 우리에게 우리 정체를 물으면 농담을 할 생각이었어. 그들은 항상 그걸 묻거든. 그래서 나는 '뭘 기대한 건가? 수염을 휘날리는 신을 직접 보게 될 줄 알았나?'라고 말할 작정이었어."

다니엘이 쿡쿡 웃었다. "그거 재미있었겠는걸. 그들은 얼굴의 춤꾼들이 자기들과 떨어져 독립적으로 움직일 수 있다는 사실을 도통 쉽게 받아들이지 못하니까 말이야."

"난 이유를 모르겠어. 그건 자연스러운 결과인데. 그들은 우리에게 다른 사람의 기억과 경험을 흡수할 수 있는 힘을 주었지. 그런 걸 충분히 모으면……."

"우리가 취하는 건 페르소나야, 마티."

"어쨌든. 틀레이랙스의 주인들은 우리가 언젠가 그런 걸 충분히 모아서 우리 자신의 미래에 대해 스스로 결정을 내리게 되리라는 걸 알고 있었어야 했어."

"그리고 그들의 미래에 대해서도?"

"오, 그를 그 자리에 넣은 후 내가 그에게 사과했을 거야. 다른 사람들을 관리하는 데에는 한계가 있으니까, 안 그래, 다니엘?"

"당신이 그런 표정을 지으니까 말인데, 마티, 난 장미의 가지나 쳐줘야겠어." 그는 초록색 이파리들과 그의 머리만큼 커다란 검은 꽃들을 매단 채 일렬로 늘어서 있는 덤불들로 돌아갔다.

마티가 그의 뒤에서 소리쳤다. "사람들을 충분히 모으면 커다란 지식을 얻을 수 있어, 다니엘! 내가 그를 만났다면 그렇게 말했을 거야. 그 우주선에 탄 베네 게세리트들에게도! 내가 그들을 몇 명이나 데리고 있는지 말했을 거라고. 우리가 그들을 엿볼 때 그들이 얼마나 소외감을 느끼고 있는지 눈치챈 적 있어?"

다니엘은 자신의 검은 장미를 향해 몸을 수그렸다.

그녀는 엉덩이에 양손을 올리고 그의 뒷모습을 노려보았다.

"멘타트들은 말할 것도 없지. 그 배에는 멘타트가 두 명 있었어. 둘 다 골라였지. 그들을 데리고 놀고 싶어?" 그가 말했다.

"틀레이랙스의 주인들은 항상 그들도 지배하려고 해."

"그 우주선에 있던 틀레이랙스의 주인이 그 어른 골라에게 손을 대려다가는 곤란을 겪게 될 거야." 다니엘이 장미의 뿌리에서 솟아 나온 어린 싹을 자르면서 말을 이었다. "이런, 이놈은 예쁜걸."

"멘타트들도 마찬가지야. 난 그들에게도 말했을 거야. 서푼어치밖에 안 돼, 그들은."

"서푼? 그들이 그 말을 이해했을 것 같지 않은데, 마티. 대모들은 이해 했겠지만, 그 어른 멘타트는 아냐. 그 아이는 그렇게 오랜 과거까지 닿아 있지 않았어."

"당신이 뭘 도망치게 내버려뒀는지 알아, 다니엘?" 그녀가 그의 옆으로 다가오면서 다그치듯 말을 이었다. "그 틀레이랙스의 주인은 가슴속에 무엔트로피 튜브를 갖고 있었어. 골라 세포도 잔뜩 있었다고!"

"나도 봤어."

"그래서 그들을 도망치게 내버려둔 거지!"

"내가 그런 게 아냐." 그의 전지가위가 찰칵찰칵 소리를 냈다. "골라들이지. 그는 그들에게 반가운 존재거든."

옮긴이 | **김승욱**

성균관대학교 영어영문학과를 졸업하고, 뉴욕 시립대학교 대학원에서 여성학을 공부했다.
《동아일보》문화부 기자로 일했고, 현재는 전문 번역가로 활동 중이다.
옮긴 책으로는『리스본 쟁탈전』,『우아한 연인』,『19호실로 가다』,『대담한 작전』,
『나보코프 문학강의』,『소크라테스의 재판』,『노년에 대하여』,『신은 위대하지 않다』,
『행복의 지도』,『제1구역』,『분노의 포도』등이 있다.

듄의 신전 CHAPTERHOUSE:DUNE

1판 1쇄 펴냄 2002년 2월 20일
개정판 1판 1쇄 펴냄 2021년 1월 21일
개정판 1판 17쇄 펴냄 2024년 9월 26일

지은이 | 프랭크 허버트
발행인 | 박근섭
옮긴이 | 김승욱
편집인 | 김준혁
펴낸곳 | 황금가지

출판등록 | 2009. 10. 8 (제2009-000273호)
주소 | 06027 서울 강남구 도산대로 1길 62 강남출판문화센터 5층
전화 | 영업부 515-2000 편집부 3446-8774 팩시밀리 515-2007
홈페이지 | www.goldenbough.co.kr

도서 파본 등의 이유로 반송이 필요할 경우에는 구매처에서 교환하시고
출판사 교환이 필요할 경우에는 아래 주소로 반송 사유를 적어 도서와 함께 보내주세요.
06027 서울 강남구 도산대로 1길 62 강남출판문화센터 6층 민음인 마케팅부

한국어판 ⓒ ㈜민음인, 2020. Printed in Seoul, Korea
ISBN 979-11-5888-759-9   04840 (6권)
       979-11-5888-760-5   04840 (세트)

㈜민음인은 민음사 출판 그룹의 자회사입니다.
황금가지는 ㈜민음인의 픽션 전문 출간 브랜드입니다.